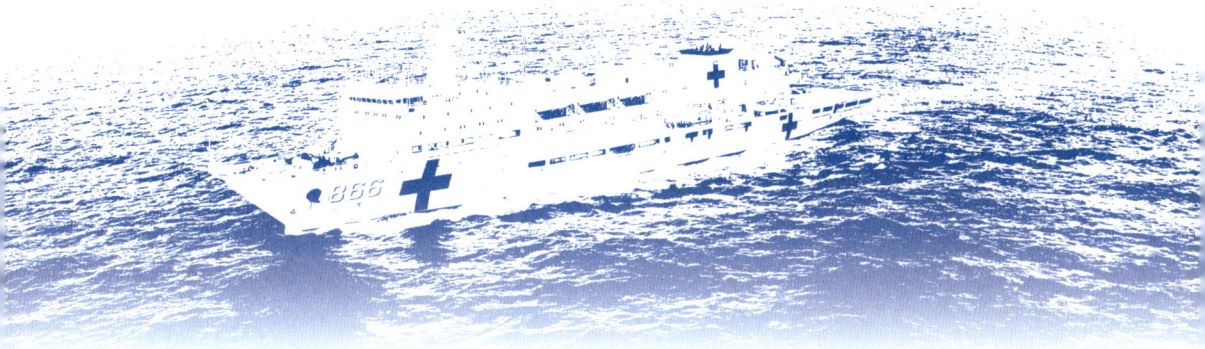

HEPING
FANGZHOU

和平方舟

——人民海军866医院船使命任务全记录

时代出版传媒股份有限公司
安徽文艺出版社

沙志亮◎著

　　沙志亮，原海政创作室《海军文艺》主编，中国报告文学学会会员、理事。长期从事报告文学创作，参与多个重大典型及使命任务的宣传及文学作品创作，曾荣立二等功1次，三等功10次，多件作品在全国、全军获奖。

　　主要作品有：《烈马雄鹰——英雄飞行员王自重传》《海天舞大鹏》《神州神舟——中国航天工程揭秘》《天之魂 海之魄——"海空卫士"王伟》《马忠全将军人生足迹》《特殊材料铸人生——颜鸣皋院士传》《国家救援》《铁脚板传奇》《中国航母舵手——辽宁舰纪实》《刀尖上的舞者——"航母战斗机英雄试飞员"戴明盟的故事》等。

　　《刀尖上的舞者——"航母战斗机英雄试飞员"戴明盟的故事》获第七届徐迟报告文学奖、2017年冰心儿童图书奖、山西出版传媒集团年度"十大好书"，入选2017年国家出版基金项目、2017年新闻出版广电总局"向全国青少年推荐的百种优秀出版物"。新创作的长篇报告文学《和平方舟》，入选中央军委办公厅2020年度"建党100周年军事文艺重点选题"、国家"十四五"重点出版物出版规划项目、安徽省"十四五"重点出版物规划（2021）项目。

和平与舟

——人民海军866医院船使命任务全记录

沙志亮◎著

HEPING
FANGZHOU

时代出版传媒股份有限公司
安徽文艺出版社

图书在版编目（ＣＩＰ）数据

和平方舟：人民海军 866 医院船使命任务全记录/
沙志亮著.--合肥：安徽文艺出版社,2022.4
　　ISBN 978-7-5396-6777-5

　　Ⅰ．①和… Ⅱ．①沙… Ⅲ．①纪实文学－中国－当代
Ⅳ．①I25

　　中国版本图书馆 CIP 数据核字(2022)第 037446 号

出 版 人：姚　巍　　　　　　图书策划：姚　巍　　汪爱武
责任编辑：孙晓敏　　汪爱武　装帧设计：张诚鑫

....

出版发行：时代出版传媒股份有限公司　www.press-mart.com
　　　　　安徽文艺出版社　　www.awpub.com
地　　址：合肥市翡翠路 1118 号　　邮政编码：230071
营 销 部：(0551)63533889
印　　制：安徽新华印刷股份有限公司　　(0551)65859551

....

开本：710×1010　1/16　印张：30.75　字数：520 千字
版次：2022 年 4 月第 1 版
印次：2022 年 4 月第 1 次印刷
定价：79.00 元

....

目　录

引　子

"正义必胜！和平必胜！人民必胜！"

2015 年 9 月 3 日，中国首都北京，天安门广场上。在纪念中国人民抗日战争暨世界反法西斯战争胜利 70 周年大会上，中共中央总书记、国家主席、中央军委主席习近平发出了这一时代最强音。

这天，我们全家守在电视机前收看实况直播，人人沉浸在无比激动的情绪之中。就连刚刚 2 岁的外孙女小糯米也手舞足蹈，兴奋无比。我虽然无缘置身现场，但那颗为祖国祝福的心也在接受检阅。

夜里 10 时许，广场上欢庆的人群还没散去，神州上空不时绽放着五彩的烟火。这时，一阵电话铃声把我从激动和兴奋中拉了出来。接过电话，我更加激动和兴奋。

时任海军政治部创作室主任的周志方通知我："你随'和平方舟'号医院船执行'和谐使命-2015'任务，上级批准了！"

啊！我跳了起来。全家人都在看我，和我一样激动和兴奋……

这夜无眠。

我的脑海中不停地闪过这艘以"和平方舟"命名的"大白船"，翻卷着"和平"这个美好的字眼。和平，是全人类的梦想；和平，是我们这个文明古国的长期追求。

风云变幻，斗转星移。中国在一步一个脚印地走近世界舞台中央的同时，也坚定地扛起了一个负责任大国的和平担当。

习近平主席庄严地宣告："中国始终是世界和平的建设者、全球发展的贡献者、国际秩序的维护者。中国军队始终是维护世界和平的坚定力量。"

我们这次任务最大的特色也是"和平",它分两个阶段:第一个阶段是前往马来西亚参加"和平友谊-2015"中马联合实兵演练;第二个阶段是执行"和谐使命-2015"任务,环太平洋访问澳大利亚、法属波利尼西亚、美国、墨西哥、巴巴多斯、格林纳达、秘鲁,并在中南美洲开展免费医疗和人道主义服务。

我虽然是个老海军,穿上海魂衫已40余年了,但前20多年在海军航空兵部队服役;我虽然在人民海军报社当过记者,但下舰艇部队采访较少;我虽然随舰出访过韩国,到过中国西沙、南沙诸岛礁,但毕竟时间、航程都较短;我虽然知道"和平方舟"号医院船,但对这艘船毕竟不是十分熟悉,心中有许多问号……

我在思索,我在探究:

和平方舟在挺进深蓝、传播友谊的航程中,遭遇过哪些意想不到的惊险?这艘生命之船,究竟给身处贫困、疾病和灾难中的各国百姓带去了什么?这艘文明之舟,给当今世界留下多少动人心魄和催人泪下的中国故事?又是什么样的力量驱动着它破浪而行,驶向大洋?……

也有人这样问过我,你们这艘医院船,在真正发生海战和海难时,能起到作用吗?还有人不客气地说,每次出去花费那么多钱,给外国人搞医疗服务,值吗?更有人埋怨,国内还有许多人看不起病,医院船应该多给中国老百姓看病,而不是到国外……

这些似乎都有点儿道理。当时,我无法圆满地、理直气壮地回答,因为我还没有真正登上过"和平方舟"号医院船,只是从媒体上听到和看到过它的点滴事迹……

直到我随"和平方舟"号医院船执行"和谐使命-2015"任务,经过142天的万里航程,直到我采访了数百名船员和参加"和谐使命"任务的官兵,直到我几年如一日地追寻了它入列10余年的历史航迹,直到我翻遍了它9次驶出国门的壮丽画卷……我才提笔用心撰写它的故事,带亲爱的读者们一起了解它,并希望你们像我一样爱上它……

我讲述的故事,实际上是从"和平方舟"号医院船万里航程的中间开始的,是从我接到命令那天开始的……

此后几天,我马不停蹄地办理各种手续,诸如出访证、体检、供给关系等。我很着急,怕赶不上。

因为在我办手续的过程中,"和平方舟"号医院船遵照习近平主席和中央军委的命令,已于 9 月 7 日从母港起航,驶向海南三亚某军港。在那里,它将与另外两艘军舰会合,组成编队,前往马来西亚,参加"和平友谊-2015"中马联合实兵演练。

9 月 11 日一早,我和几位媒体朋友打了个时间差,在编队出发的前一天,从北京直飞海南三亚。直到下了飞机,双脚踩在机场坚实的跑道上,我心里才踏实下来。

此后的 4 个多月里,我与来自 40 余个单位 7 个民族的近 400 名任务官兵同舟共济,共同战斗在"和平方舟"号医院船上。

我们踏着太平洋的澎湃浪花,挽着大西洋的猎猎长风,犁开加勒比海的汹涌海面,穿过巴拿马运河的巍巍闸门,扬帆远航……

正如这次任务结束后的总结所说的:这是一次大国形象的展示之旅,这是一次和谐文化的传递之旅,这是一次精诚仁爱的播撒之旅,这是一次强军实践的先锋之旅!高扬的是"和平、发展、合作、共赢"的伟大旗帜,传递的是人类命运共同体的美好理念,诠释的是平等、互鉴、对话、包容的中华文明,书写的是精诚奉献和大爱无疆的中国故事!

我真正理解和体会到,为什么许多外国民众一提起中国,首先会想到三件事物:长城、熊猫、"大白船"。

转眼几年过去了,我的心依然住在"和平方舟"号医院船上,留恋和战友们共同战斗的日日夜夜;我依然常常回望和平方舟的那一道道深蓝航迹,脑海中浮现出它搏风斗浪的雄姿;我依然常常追逐激荡的似水流年,梳理使命任务馈赠给我的财富……

今天,我又一次翻开了"随和平方舟出访日记"……

在这里需要说明的是,这部报告文学采用 A、B 卷结构,交替叙述,A 卷是我随"和平方舟"号医院船执行"和谐使命-2015"任务时的亲身经历,B 卷则是该船历次执行使命任务的精彩而又翔实的记录。

A 卷

　　站坡，起航，"和平方舟"号医院船踏上参加"和平友谊－2015"中马实兵联合演练、执行"和谐使命－2015"任务的旅程。

　　医院船在南中国海劈波斩浪前行，船上的一位军官说："我们船是'明星船'，苏丽亚是我们船上的'明星'。"操舵兵苏丽亚是一位维吾尔族女战士！虽然我是个老海军，可还是平生第一次见到女舵手操大船……

第一章　南中国海的呼吸

　　多次走南海，次次皆不同。

　　我曾多次踏访人民海军官兵驻守的岛礁，可唯有这一次是从南海踏出国门，也唯有这一次心情极不平静，可能是因为所执行的任务性质不同，可能是因为这次任务时间较长，也可能是因为前几天的紧赶慢赶……

1. "大白船"上走一圈

　　2015 年 9 月 11 日这天，我下了飞机，乘车急切地赶往军港，扑向那艘"大白船"。

　　"和平方舟"号医院船通体亮白，与海军其他舰艇外涂银灰色不同，所以有了"大白船"这个昵称。此刻，它静静地依靠在军港码头旁，风儿掠过海面，轻浪与它相拥，它微微有些晃动，起起伏伏，像是在有节奏地呼吸。此后的日子里，我伴随它或航行或停泊，在不同的海况下，它的呼吸时而舒缓，时而剧烈……

　　9 月，虽已迈进秋季，但海南三亚还是以它特有的方式热烈欢迎我们，燥风扑面而来。

　　午后的阳光像一束火柱，直直地从天而降，打在我们身上，点燃满腔激情，令人热血沸腾;打在停泊在军港的"大白船"上,"大白船"闪烁着光芒,光芒翩翩飞舞,与那硕大而颇具特色的红十字以及舷号"866"一起,成为颇具动感的音符……

"沙老师! 哈哈,您来了!"

时光回溯到我上船的那一刻,一个熟悉的声音响起。

我抬眼一看,一位身着全白军服的军官正笑吟吟地站在舷梯旁,真让我喜出望外。我非常兴奋地喊了一声:"江山!"

江山与我曾是人民海军报社的同事,办公桌紧挨着,后来他调往东海方向。几年未见,他没怎么变,一张娃娃脸上依然看不到胡楂,浓眉下一双大眼睛还是那么明亮。

战友见面格外亲。他抢步上前,从我手中接过行李,一边领我跨上舷梯,一边热情地说:"听说您也随船执行任务,一直盼着您来呢。"

舷梯如同浮桥,连接着通体亮白的医院船和陆地,中间的过道上铺着绿色的防滑钢化胶板,两旁护栏上面罩着的白色帆布上,喷绘着彩色的海军军徽和"中国人民解放军海军和平方舟"蓝色大字。

在走上甲板的那一刻,我的心脏不由自主地剧烈跳动了几下,一种说不出的感觉充溢在胸间。

我被安排到03甲板0307室,和原中央人民广播电台军事宣传中心记者郭林雄住在一起。

舱室像宾馆里的标准间,2张单人床铺,床头边摆着2个储物柜,还有2张桌子、2把椅子,桌子上方的舱壁上挂着一台电视,门口有一个洗手间。

这在远航的军舰上是相当豪华了。

放好行李,江山对我说:"沙老师,下午怎么安排?"

"听你的。"

"您是不是先见见指挥员和政委?"

"他们是谁?"我问。

"指挥员是管柏林和吴成平。"

我擦了把汗，想了一下，说："他们现在肯定很忙，不打扰了，等起航了再去见他们。咱们先在'大白船'上转一圈，怎么样？"

江山点点头："好。我领您去转一转，先认识一下这条船。"

"和平方舟"号医院船给我的第一印象是大。它是国际上第一艘，也是目前唯一一艘专门设计的大型专业海上应急医疗救护船，战时担负海上伤病员医疗救护和后送任务，平时为我国岛礁上的居民和驻岛礁部队官兵巡诊，执行国际人道主义医疗服务、重大灾难应急救援和对外军事医学交流与合作等任务，被誉为海上"生命之舟"。该船全长178米，全宽24米，高35.5米，共有8层甲板，满载排水量14300吨。我这可不是吹牛，虽然美国、俄罗斯等国的海军也有医疗船，有的吨位还比较大，但那可都是用油轮、货轮改装的。

全船分驾驶区、医疗区、飞行区、动力区和生活区五个区域，并具有五个鲜明特点：

一是远洋救生能力强。有着良好的适航性、操纵性，具备很强的远洋航行和在复杂海况下实施高难度手术的能力。

二是伤病员换乘手段多样。配有高速登陆艇和全封闭式救生艇，搭载1架救护直升机，具备吊篮换乘、舷侧门换乘、靠帮换乘和直升机换乘等多种手段，可以灵活快捷地实施伤病员接收和后送。

三是医疗设施设备齐全。设有洁净手术室8间、病床300张。配备医护办公室、护士站、各类诊疗室，包括重症烧伤病房、ICU（重症监护治疗病房）、DR（直接数字化成像系统）室、CT（计算机X线断层摄影机）室、口腔诊疗室、特检室、血液准备室、检验室和医疗信息中心等，配置各类先进医疗设备2666台（套），相当于一所流动的"海上三甲医院"。

四是配套设施先进。配有远程医疗会诊、医疗局域网和视频监视系统，具备后方中心医院实时指导诊疗和手术功能。全船医疗区域设置独立的洁净空调系统，配备医疗废弃物和污水处理系统，能焚烧、打包处理固体废弃物，过滤净化医疗污水，达到《国际防止船舶造成污染公约》要求。

五是医护力量雄厚。涵盖外科、内科、妇产科、儿科、眼科、耳鼻喉科、口腔科、中医科等临床科室，根据不同任务需要配备相应的专业医护力量，抽调的医生来自原海军总医院（现为中国人民解放军海军总医院第六医学中心）、海军军医大学附属教学医院、海军直属医院、兄弟兵种医院等单位，具备主治医师资质，均有丰富的临床经验。

当我们沿着舷梯一层层往下参观时，我从内心里赞叹它的设施先进和医疗系统完备。

01甲板、02甲板是海上医院区域，伤病员被送进检伤分类区后，首先进行分类处理，对其中的危重病人实施抢救。在04甲板撤离平台两侧，拴靠在舷边的6艘全封闭伤病员专用救生小艇，就像6辆椭圆形的面包车，它们构成了"生命之舟"的最后一道生命防线。

看完各科室，我们又从检伤分类区奔向飞行甲板。一架银灰色救援直升机像只和平鸽，静静地卧伏在中间。它显著的标志是机身上涂有大红十字，机舱里有固定担架，专门用于海上救护和运送伤员。由于我是海军航空兵出身，一种亲切感油然而生，我围着它转了一圈又一圈。

下面的甲板我还没有转完，就到了吃晚饭的时间。我恋恋不舍地走向船尾，与旗杆并立，上面高高飘扬的是一面中国人民解放军海军军旗。

这面旗帜的旗面是正红色，靠旗杆上部有金黄色五角星和"八一"字样，旗面的下部约八分之三为横向的三条海蓝色和两条白色条纹，分别象征蓝色的大海和白色的海浪，十分庄严。有人将三条海蓝色条纹引申解读为我国的南海、东海、黄渤海，还有人说它们代表我人民海军原北海、东海、南海三大舰队。

我扶着栏杆眯眼往远处看，浩瀚的南中国海上，浪峰列阵，前赴后继地奔腾着，绵延不断……

吃过晚饭，江山又领着我往上爬，到驾驶室等处看了看，我总算第一次在"大白船"上完整地转了一圈。

在这次使命任务中，我一直担任《和平方舟报》的编审工作，编辑过海上医院医生史丽静题为《相逢是首歌》的稿件。她在描述与"和平方舟"号医院船初次相逢的感受时这样写道:"初见她,就被她吸引和震撼!她那么大气,又那么安详;她那么稳健,又那么温婉。她不像驱逐舰那么威武,不像航空母舰那么霸气,但她周身带着祥和、静谧的瑞气,环绕着和平、和谐的光环。长航漂泊期间,在每一位执行'和谐使命'任务的官兵心中,她就是幸福的怀抱,她就是温暖的家!经过这几年的风浪和历练,她的内涵越来越丰富,她已经是一种情怀象征、一种精神符号!今天第一次见到她,她就深深铭刻在我心中了。"

是的,首次是难忘的。我和史医生的感觉是相同的。

在"和平方舟"号医院船上的第一个夜晚,我静静地躺在舱室里,脑中像放电影似的回想着白天看到的一切。轻浪拍打船舷伴我入眠,船上一片寂静,我分明听到了"大白船"的呼吸、南中国海的呼吸……

2. 维吾尔族女兵开大船

9月12日,星期六。

清晨,朝霞映红了海面。我早早地起床,脚步不由得随着备航的节奏加快。彩旗、鲜花、红地毯,如同为码头披上了节日盛装,连空气中都流淌着欢送的热情。

这天,是我们170编队解缆起航的日子。为啥称为"170编队"?因为这次任务的首舰舷号为170。

我们第一阶段的使命任务拉开了帷幕,远赴马来西亚参加"和平友谊-2015"中马联合实兵演练。此次实兵演练是中马两国军队的第一次,也是当时中国与东盟国家举行的规模最大的双边联合军事演练,将在马六甲海峡及其附近海域举行。中方主要参演装备包括导弹驱逐舰"兰州"舰、导弹护卫舰"岳阳"舰、"和平方舟"号医院船,以及4架运输机和3架舰载直升机。

"兰州"舰是我国自行研制设计生产的第三代驱逐舰,也是我国第一艘安装有相控阵雷达和垂直发射系统的导弹驱逐舰,被誉为"中华神盾"。舰长155米,宽17米,可搭载1架直升机。舰艇整体采用隐身设计,具有很强的中、远程防空作战能力。

"岳阳"舰是我国自行研制设计生产的多用途导弹护卫舰。舰长 130 米,宽 16 米,配备主炮、垂直发射防空导弹、反舰导弹、速射炮等武器。"岳阳"舰可单独或协同海军其他兵力攻击敌水面舰艇、潜艇,具有较强的远程警戒和防空作战能力,是我海军新一代主力作战舰艇。

"和平方舟"号医院船则是我国精心打造的海上救护平台。

上午 9 时,我身着一套白色军装,迈向 03 甲板的护栏边,参加站坡,跨步和战友们一起站成了一道独特的风景线。

站坡,又叫"站泊",为海军传统礼节之一,源于帆船时代,是全世界海军约定俗成的独特的迎送方式。每当舰艇离靠码头时,以及在首长检阅、迎接贵宾、友军来访、重要节庆、海上校阅等重大场合,官兵们都要军容严整,列队站立。

站坡在海军术语中称为"分区列队",舰员分列舷边,面向舷外,双腿跨立,双手背后,神情严肃而又庄重。在古代,这还表示友好、没有敌意的意思。

我置身于站坡队列的那一刻,被一种从没有过的感觉所环绕,站得人感情丰富充沛,站得人身心澄澈透明。是呀,面对着祖国的海岸,面对着前来送行的首长、战友和亲人,每一位站坡的官兵刚毅的脸上都焕发着荣耀和神圣之光,这荣耀和神圣直透人心,抵达肺腑。

9 时 30 分,军乐声声,汽笛长鸣。"和平方舟"号医院船与同行的 2 艘战舰起航,告别三亚军港和送行的战友与亲人,缓缓驶向大洋,劈波斩浪,首先踏上了"和平友谊-2015"中马联演的旅程。

起航,我们为了和平驶向大洋!

起航,我们为了友谊走向世界!

我凝目回望渐远的人群、城市和海岸线,一种对祖国、对故土、对亲人的依恋油然而生,这种依恋从未这样强烈过。

我当了大半辈子海军,这次才真正驶向深蓝。虽说我曾跟随舰艇出访过韩国,但时间很短,才 10 多天。这次才算真正的远洋航行,要历时 140 余天,4 个多月。

站坡归来，我登上04甲板，穿过中间绘有大红十字的宽阔的撤离平台，攀登到驾驶室。

驾驶室在船头上方，视野开阔，面积也不小，有几十平方米。虽然里面有一二十人，却没有一点儿噪音，只有值更官与操舵兵脆亮的口令声：

"左舵5！"

"5度左！"

"右满舵！"

"满舵右！"

"把定！"

"明白！"

值更官下令干脆利落，操舵兵回应清晰准确。男声女声，胜似美妙音乐。

口令声中，"和平方舟"号医院船划出了一个半圆，平稳地驶离港湾。

下达口令的是时任船长郭保丰，他坐在正中间的椅子上，目视前方，沉着冷静地指挥着。操舵兵是一位女战士。我暗自惊诧，虽然我是个老海军，可还是平生第一次见到女舵手操大船。

更令人吃惊的是她的长相，面如满月，高鼻亮目，鬓发微黄。如果她不是穿着这身中国人民解放军海军军装，大多数人会误认为她来自西洋。在此后的出访中，有些华侨曾好奇地问我："我们中国海军也招外国女兵啊？"

我突然想起，昨天吃晚饭时与她匆匆见过一面。我是回族，在船上特设的民族餐厅里用餐，当时她正值班，跑进来打点饭菜就走了。

站在我身边的一位军官说："我们船是'明星'船，苏丽亚是我们船上的'明星'。"

这位战士"明星"引起了我的关注，我在此后执行任务的过程中熟悉了她、了解了她。

她叫苏丽亚·买提明，是位90后维吾尔族姑娘，说她青春靓丽恰如其分。

2011年冬,苏丽亚正在位于乌鲁木齐的新疆师范大学读书,是一名大二的学生,学习资源环境与城乡规划管理专业。一天下午,一个偶然的机会,她在学校的网站上读到了一条消息:海军来新疆招收女兵!

这条消息她看了一遍又一遍,生怕是假的,还特意找别的同学核实了一下。

她太兴奋了,当兵,当海军,看大海,坐军舰……在美妙的幻想中她情不自禁地踏起了舞步。

苏丽亚抄起电话先打给父亲,开口就说:"我要去当海军。"

父亲被她说愣了,问她:"你不是正在上大学吗?"

于是,她把海军来招女兵的消息告诉父亲,并且说当了兵还可以保留学籍。

父亲倒不反对她去当兵,无非是担心她离家远,受不了苦,生活不习惯,等等,她用坚定的语气一一做了回答。

同样的电话打给了母亲,同样的问题重复了一遍。

这通电话打了1个多小时,还有一个重要的电话未打,不知道热恋中的男友是啥态度。

男友很坚决,任她千般理由,就是不同意。

苏丽亚很无奈,也很沮丧,最后留下一句话:"我铁了心了,这个兵我非当不可!"连男友提出分手,都没有动摇她的决心。

苏丽亚几乎打了一个下午的电话,这时有位同学提醒她:"你既然想去当兵,还不快去武装部报名。"

苏丽亚这才回过神来,飞跑出去。可等她到了校武装部,负责报名的人已经离开了。她很不甘心,把自己的名字和电话号码写在一张小纸条上,留在报名处。

苏丽亚期盼有奇迹出现。

一天过去了,没有动静;两天过去了,没有消息;三天、四天、五天过去了,依然沉默……

那几天,苏丽亚是在焦急的等待中度过的,她有点儿失望,甚至在心里决定要放弃了。

第六天上午,一阵舒缓动听的电话铃声响起,她接到了到市人民武装部面试的通知。

"哇!"苏丽亚喜出望外,高跟鞋迅即发出了一串急促的、有节奏的叩地声。

她如愿了!

2011 年 12 月,苏丽亚被批准入伍。她光荣地成为海军第一批新疆女兵之一,也是他们学校当年唯一一名大学生女兵。

天山女儿奔向祖国南疆,维吾尔族姑娘扑向大海。

苏丽亚第一次来到广东东莞虎门的海边时,边跑边喊:"大海啊,我来了!"如今说起那一刻,她觉得自己好可笑。

她和我讲起诸多第一次,表情丰富地感叹:"真是酸辣苦甜咸,啥滋味都有!"

第一次捧起清冽的海水,她悄悄地尝了一口,真是又涩又咸,这才相信大人和书本没有骗人;第一次队列训练拔正步,她的双脚摔肿了,一按一个坑,疼痛钻心,可她咬牙坚持了下来;第一次在梦里见到妈妈,她哭醒了,真的很想家,但她硬是把这个念头憋了回去;第一次受到连队嘉奖,她美美地笑了,解散之后,她迫不及待地把这个好消息传递到故乡……

就是这一个个第一次让她迅速成长,她似乎一夜之间长大了。在新兵训练期间,她个子长高了,身体也结实了,视野开阔了很多,真正领悟了部队是一座大熔炉、一所大学校的真谛。

当新兵连连长宣布她们这批新疆女兵被分配到舰船,先期学习各类专业时,苏丽亚高兴得简直要蹦起来。

苏丽亚被分配学习报务专业。此后几个月的时间里,她和有关报务的知识较上了劲,课堂上认真学,休息时反复背,甚至在去食堂吃饭的路上,脚下铺路的石子都变成了密密麻麻的文字,变成了数据、符号、原理,就像一个个小精灵,灵巧地在她的脑海里交替着、跳跃着……

几个月后,苏丽亚以优异的成绩和战友们一起完成了专业学习。

2012 年 9 月,苏丽亚·买提明和吐尔孙古力·买买提、努尔帕夏·阿不都瓦依提 3 位新疆维吾尔族女兵被分配到了"和平方舟"号医院船。

苏丽亚兴高采烈地上船之后,看起来平静仁厚的大海就给了她一个下马威。第一次出海那天,风浪并不大,她却吐了个稀里哗啦。用她自己的话说:"晕船的滋味真不好受,吐完饭食吐苦胆汁,连跳海自杀的念头都有啦。"

说到这里,我想起了时任医院船政委姜景猛给我讲的故事:他刚入伍时在一艘补给船上,一次,海上遇到大风浪,补给船在波峰浪谷中穿行,官兵们像在坐游乐场里的"海盗船",忽上忽下,吐得一塌糊涂。就连不知什么时候溜上船的几只老鼠也受不了了,刺溜溜地首尾相接跳下海……

苏丽亚晕船,晕得比别人都厉害,在船上几年她晕几年。可她不服气,人民海军就要战风斗浪,晕船不可怕,怕就怕精神倒下。每逢值班上更,她就准备好 2 个塑料袋,上衣口袋里装一个,作战靴里掖一个。吐得再厉害,她都要坚守在岗位上。她说:"这是生理上的挑战,更是精神上的挑战,我一定能够取得胜利!"

苏丽亚喜欢挑战。她虽然从小接受的是双语训练,普通话说得也不错,但毕竟带有口音。船上自办"和谐之声"广播,让大家自愿报名当播音员,她当仁不让。为了纠正自己的不标准发音,她一有时间就跟着中央电视台的节目主持人白岩松、海霞等人,一字一句地学播新闻。这种"鹦鹉学舌"的方法还真管用,她很快就能字正腔圆地念广播稿了。

2013 年 6 月至 10 月,苏丽亚随船远赴亚丁湾——医院船为各国护航舰艇巡诊,接着履行"和谐使命-2013"任务,访问文莱、马尔代夫、巴基斯坦、印度、孟加拉国、缅甸、印度尼西亚、柬埔寨并提供医疗服务。

远洋大海、异国他乡使她的心胸更开阔,视野更高远,一种冲动或者说一个追求,常常在她的脑海里翻腾……

闲暇时,苏丽亚爱到驾驶舱里转,她从内心里非常羡慕操舵手,尤其对操舵台上那个带着四只手柄的圆形舵轮感兴趣。

转眼到了 2014 年初,这天,"和平方舟"号医院船靠岸休整。

吃过午饭,苏丽亚又来到驾驶舱,抚摸着闪闪发光的舵轮,自言自语:"靠它就能把大船开走?"

"不相信你就试试。"苏丽亚大吃一惊,回头一看,时任船长于大鹏铁塔般伫立在她身后。

她有点儿害怕,手足无措。

"对操舵感兴趣?"于大鹏一脸严肃地问。

苏丽亚先是摇摇头,后又使劲地点点头。

"摇头不算点头算。"于大鹏挥挥手,"你去找印达军班长,让他带你学操舵。"

苏丽亚瞪大了本来就很大的眼睛,惊喜地应道:"好嘞!"

于大鹏望着一阵风般跑出去的女兵的背影,很少露笑的黑脸庞松弛了下来。

从此以后,苏丽亚沉浸在航海知识、操舵知识、口令传递的海洋里……

2015年2月,苏丽亚第一次独立值更操舵,驾着大船驶出驻地外面的狭水道,奔向辽阔的海面。

执行这次使命任务时,苏丽亚已经是较为熟练的操舵手了。下更时,她虽然有点儿累,有点儿紧张,但心情非常舒畅,情不自禁地哼起她最喜欢的歌曲《女兵谣》:

带着五彩梦

从军走天涯

女儿十七八

集合在阳光下

走进风和雨

走过冬和夏

心有千千结

爱在军营洒

……

钢铁的营盘里朵朵姐妹花

一身戎装靓丽我青春年华

钢铁的营盘里深深战友情

一声令下男儿女儿并肩出发

……

歌声里荡漾着我人民海军官兵满满的自豪和光荣,还饱含着中华各族儿女满满的自豪和光荣!

我作为一个少数民族海军大校军官,对这种自豪和光荣体会得尤深:中华大家庭 56 个民族,平等友爱,勤劳勇敢,自强不息,爱好和平,为了祖国的振兴,像"石榴籽一样紧紧抱在一起,共同团结奋斗,共同繁荣发展",任何谣言诬蔑、无端指责,都不能撼动我们民族大团结的基石,都不能动摇我们捍卫世界和平的决心!

"和平方舟"号医院船这次执行使命任务,就集合了 7 个民族的好儿女,大家为着共同的目标并肩出发……

3. 南海之上瑞兽翔

向南,向南,"和平方舟"号医院船随着编队向南进发。

9 月 13 日,星期天。今天风有点儿大,多云。

上午 9 时 30 分左右,一片云彩从我们头顶飘过,带来了一阵雨,时间不长,却很急。船越往深海行驶,海水的颜色越重,特别是在云影下,海水就像烧开了的浓稠石油,呈沸腾状。

我站在舷边,极目往远处看。这时,江山跑来叫我,说海上指挥所要召开媒体记者见面会,介绍一下情况。

我匆匆来到 04 甲板会议室,人已差不多到齐了。

长方形的桌面上放着姓名牌,我坐下后依次看去:

指挥员管柏林、吴成平,副指挥员于大鹏、副指挥员兼海上医院院长孙涛、指挥组组长章荣华、海上医院政委王海涛、外事组组长曹凌、医疗组组长王志慧、政管组组长林天杰、后勤组组长童剑中、装备组组长徐建国、直升机机组组长赵巍仑、警卫组组长倪兴勇、医院船船长郭保丰、医院船政委姜景猛等。来自新闻媒体的有新华社的王玉山、中央人民广播电台的郭林雄、中央电视台海军记者站的杨毅斌、人民海军报社的肖勇利、当代海军杂志社的吴丹等。

我是以海军政治部创作室作家兼随船记者身份参加的,在体验生活的同时参与宣传报道。

这次会议是以座谈会的形式召开的,气氛轻松又活跃。

管柏林开门见山地说:"经习主席和中央军委批准,我们医院船这次出访共有两大任务:一个是随编队参加'和平友谊-2015'中马联演,另一个是单船执行'和谐使命-2015'任务。大家都清楚,这两项任务都是中央军委统筹国家军事外交大局而确定的全军年度重大活动。此次上级命令我带队执行任务,是组织的信任、人民的重托,我深感使命光荣,责任重大。我们都是此次使命任务中的一员,希望咱们不负厚望,同舟共济,齐心协力,圆满完成使命任务。拜托大家了!"说到这里,他站起身来,向大家致意。

吴成平接过话来:"各位战友和朋友,我们这次出访意义重大啊。首先,这是弘扬国际人道主义精神的具体行动;其次,是对'和谐世界''和谐海洋'以及'和平、发展、合作、共赢'理念的明确诠释;最后,生动展示了我负责任大国和我军威武之师、文明之师、和平之师的形象,还锤炼了我人民海军远洋卫勤的能力。"接着,他话锋一转,说,"我们此次'和谐使命'任务,面临一些全新的特点,理一理还真不少呢。"

管柏林点点头,掰着手指头说道:"和平方舟已经执行了 4 次'和谐使命'任务,次次都不同。我们这次任务最鲜明的特点是,到访的发达国家(地区)占一定比例,比如澳大利亚、美国、法属波利尼西亚等。过去我们在医疗服务方面付出和传授相对较多,这次我们将更加注重交流展示和学习借鉴。另外,与前几次'和谐使命'任务相比,这次任务时间最长,142 天;航程最远,31400 余海里;到达陌生海域最广,纵横太平洋,航迹将至太平洋的最南、最东、最西边;到访国家(地区)最多,加上马来西亚,共有八国(地区)九港;任务也最为多元,既有中外实兵联演又有军事外交,既有医学交流又有免费医疗和人道主义服务等。"

吴成平补充说:"根据以上特点,我们这次任务的组织协调也最为复杂,到访国家(地区)的医疗资源和服务需求不一,医疗准入制度和医疗服务许可各异,这将给我们带来一定的挑战和考验。"

大家越听越兴奋,争相发言,表达坚决完成任务的决心。

我认真地聆听着,飞快地记录着,时不时地捕捉战友们的表情。

管柏林,江苏东台人,高高的个头,挺拔的身材,高高的鼻梁上架着一副黑框金丝边眼镜,留着寸头,声音洪亮,手势坚决有力,给人一种既英武雄壮又儒雅睿智的感觉。他曾多次参加"和谐使命"任务,这次出发时任海后卫生部(指海军后勤部卫生部)部长,航行没几天,便被任命为海军某舰队副参谋长。

吴成平,安徽桐城人,南方人的特点很鲜明,个儿不高,脸庞白净,近视眼镜后面的眼睛里总是透着笑,偏分的黑发衬得他越发文质彬彬。他是在某基地副政委岗位上被任命为这次任务的指挥员的。

一武一文,相得益彰。巧的是:2个人同年生(一位是1961年3月,一位是5月,相差不到2个月),同年同月(1979年11月)入伍,还同是大校军衔。他们将率领398名官兵,战风斗浪,驰骋大洋,用真诚爱心、开放姿态、精湛医术,全心全意为中外民众提供力所能及的各种服务。

我在执行这次任务的官兵中年龄最大,兵龄最长,理应带头表态:"虽然'和谐使命'任务已执行了多次,许多同志也参加了多次,但对于我来说还是首次,一切都是从零开始。我将以新兵的姿态,用首次标准、首次激情、首次状态,激发责任担当,为进一步履行好大国责任、传播和谐文化、讲好中国故事尽心尽力。请首长和战友们放心,我决不会倚老卖老,一定完成好海上指挥所下达的一切任务。"

我的发言,引起了战友们一阵善意的笑声。

会议结束时,船上的广播播放起了音乐,先是《人民海军向前进》,后是《军港之夜》:"……海风你轻轻地吹,海浪你轻轻地摇,远航的水兵多么辛劳……"

晚饭后,不值更的官兵可以自由活动一段时间。长期生活在船上,大家根据自己的爱好,选择不同的锻炼方式。有人打乒乓球,有人举哑铃,有人做俯卧撑,还有人跟着海上医院院长孙涛和中医专家马广昊学打太极拳……更多的人是在飞行甲板上散步,转圈子。官兵们基本上是上身着海魂衫,下身穿蓝短裤,脚蹬解放鞋,没人喊口令,却齐刷刷的,很一致。队伍首尾相接,大圈套小圈,非常壮观,形成了一道亮丽的风景线。

我行进在队伍里,和医院船政委姜景猛并排,边走边聊,了解一些具体情况。

"快来看啊,一群白海豚!"不知是谁大喊了一声。

队伍迅即散开,战友们扑向船舷,对着后面和两侧指指点点。

只见一群白海豚正追逐着医院船的尾迹欢畅地竞游。它们时而跃出海面,展示曼妙的舞姿;时而潜入水中,呈现冲刺的速度;时而摇头摆尾,憨态可掬;时而侧身翻滚,调皮有趣……

我深情地望着它们,心中暗想,这群可爱的海洋动物也许知道我们就要驶离祖国的蓝色国土了,热情地来给我们送行呢。

过了十几分钟,它们才恋恋不舍地离开。有个调皮的小家伙掉头时还来了个飞翔动作,猛地跃起,在空中滑行了一段距离。

夕阳下坠,在浓云中时隐时现,多姿多彩的晚霞幻化出形色各异的图案。

这时,姜景猛斜伸手臂指给我看,说:"沙老师,您看,两条'飞龙'!"

我抬眼一望,只见海天之间,两条彩云自然形成的"祥龙"高悬,如水墨画一般。我忍不住大喊:"哇,真像!连'龙须'都惟妙惟肖!"

战友们纷纷掏出手机一阵猛拍,记录下了这美妙的时刻。

夜幕降临,风渐渐息了,唯有船在破浪前行。经过一天剧烈运动的南中国海,用平稳的呼吸推送着我们……

在外活动的战友们陆续回到舱室。

我意犹未尽,约上郭林雄来到撤离甲板,这里非常安全,可以安安静静地观赏海上夜景。

我们 2 个都没有说话,只是并肩向大海深处久久地凝望着……

不知过了多长时间,一个念头闪电般从我脑海中掠过,我下意识地觉得,似乎曾经到过这片海。

"我来过吗？我来过吗？"我不停地在心中问自己。一个声音顽强地回答我："你来过！你来过！"良久，我终于从记忆深处捞出一些碎片，然后把它们完整地拼接起来，最后非常确定地想起，我来过这片南中国海！

　　人的记忆就是这样神奇，你看到的任何东西，其实都没有遗忘，只是暂时放入大脑这个"储藏室"里了，当被触动时，它可能会腾挪闪现出来。

　　我凝思回想：我曾随海军文化医疗服务队来过南沙各岛礁，当时乘坐的军舰航线经过这片海。每登上一处岛礁，我都感到无比兴奋和自豪，可每每往远处看，目光触及那些被外国侵占的岛礁，心中又是满满的忧愤和羞愧……

　　南中国海是中华民族的祖宗海！祖先们在南海活动已有2000多年历史。历史，是血与汗浸染的时光；历史，是骨和肉撑起的岁月；历史，是一个国家和民族最厚重的共同记忆，它记录曾经的奋斗与苦难，昭示未来的光明与辉煌。

　　中国人最早发现、命名和开发利用南海诸岛及相关海域，最早并持续、和平、有效地对南海诸岛及相关海域行使主权和管辖。

　　南海既是沟通中国与周边国家的桥梁，也是中国与周边各国和平、友好、合作和发展的纽带。中国秉持人类命运共同体的理念，坚持与邻为善、以邻为伴，践行亲诚惠容的周边外交理念。

　　我们进行南海岛礁建设的一个重要目的，就是积极履行在海上搜救、防灾减灾、海洋科研、气象观测、生态环境保护、航行安全、渔业生产等方面承担的国际义务，为航行南海的各国船只提供公共服务。

　　长期以来，中国始终致力于维护南海地区和平稳定，在坚定维护自身在南海的主权和相关权利的同时，坚持通过同直接当事国友好协商谈判，和平解决争议，与东盟国家共同保障南海航道的畅通和安全，并做出了卓越贡献。

　　这次以"和平友谊"命名的中马实兵联演，就充分表明了中方愿同东盟各国一道，努力将南海打造成和平之海、友谊之海、合作之海的真诚愿望。

　　想到这里，一首豪迈激昂的歌曲在心头翻滚，我情不自禁地轻轻哼出声来：

　　蓝色国土澎湃激荡

强军号令雄壮激昂

集结　集结　我们在南海集结

神圣使命肩上扛

迎酷暑顶骄阳

汗水洒歌声扬

战狂风斗恶浪

军威壮志如钢

筑礁为了和平

建岛夯实理想

座座岛礁座座丰碑

经略南海确保打胜仗

……

郭林雄扭头望着我,问道:"什么歌? 这样雄壮激昂!"

我微微一笑,回答他:"这是我前年写的《南海工程建设之歌》。"

郭林雄点点头,没再说话。

这时,起风了,风越来越大,吹得我们的衣服像扯起的帆。四周一片漆黑,什么都看不见,我们只好回房间。

4. 海空雄鹰拨云雾

9 月 14 日,星期一。阴云密布,电闪雷鸣。气象部门的同志介绍:我们赶上了一个台风的尾巴,风急浪大阵雨猛。

船在不停地摇晃,不是轻轻地摇晃,而是使劲地摇晃。

海水也并不是想象中那么蔚蓝清澈,而是藏青发黑,浓浓的、稠稠的,唯有船后尾迹溅起一溜白。

由于天气问题,预定的直升机演练取消了。本来我是要登机进行飞行体验的,也只能推迟了。

上午 10 时左右,船上广播响起:"战友们,和平方舟现正驶出南中国海。请您在心中道一声:祖国,再见!"

我的心弦仿佛被谁重重地拨了一下,久久地铮铮作响,心声随着波浪,沿着航迹,无声地传递着……

我隔着舷窗,久久凝视着风雨中的海面,思绪万千:祖国,普通而又神圣的字眼。她永远是我们的依靠,是呵热护冷的墙,是生养我们、哺育我们、关心我们、疼爱我们的家园。无论你走多远,无论你何时归,只要你一回头,只要你一抬眼,她肯定在那里,深情而温暖地看着你、念着你、护着你、想着你、等着你……

我平复了一下心绪,拿着采访本向直升机机组所住舱室走去。

直升机机组来自原海军航空兵舰载直升机某团,带队机长是该团副团长赵巍仑。

赵巍仑是山东人,1991 年入伍。他中等个头,很精干,两眼炯炯有神,说话干脆利落,如同他的名字一样,浑身充满豪气。

赵巍仑没有先谈自己,而是讲自己所在的团。一说起他们团,他脸上就洋溢着光荣和自豪。

这是一支英雄的团队,屡创奇迹的团队,也是我军第一支舰载直升机部队。

那是在 20 世纪 70 年代,团里引进新装备后,一切从零开始。战友们只凭飞行教官带飞一两次的体会编教材,用土办法进行探索性训练。着舰训练技术要求极高,飞机下滑进入甲板的方位、速度和高度必须准确,稍有不慎,就可能撞上舰上的建筑物,甚至滑出甲板摔入大海。他们先是用白颜料在跑道中间画上一个大圆圈,反复练习降落;待熟练了,又加大难度,用灰土在跑道头堆出一个高高的平台,模拟着舰……

1980 年 1 月 3 日,中国海军航空兵飞行员首次着舰试验在上海长江口进行。中国舰载机"第一着"成功后,飞行员们在随后的 50 多天里,又连续进行着舰训练 2783 次,用不到国外飞行员一半的训练时间,就掌握了着舰技术要领,参训合格率 100%。从此,中国海军有了第一代舰载直升机飞行员。

　　1980 年 5 月,一支飘扬着八一军旗的庞大海军舰队出现在太平洋上。这支舰队是人民海军为保障我国首次由陆地向南太平洋预定海域发射远程运载火箭派出的特混编队。随特混编队执行任务的有该团 4 架舰载机。18 日,北京时间上午 10 时整,中国自己研制的第一枚远程运载火箭准时从祖国大西北某导弹发射基地升空,飞向南太平洋某海域。远在数千里之外的太平洋试验海区,所有舰船和飞机都处于"一等状态"。10 时 30 分,火箭数据舱与火箭分离弹落大海,释放出的染色剂把海水染成绿茵茵的一片。发现目标后,机长郭文才驾机左绕右转,勇敢地将飞机从 1000 米高度降到 500 米,在云下冒雨飞行,仅用 5 分 20 秒,就干净利落地把数据舱打捞上来。当我舰载机胜利归来时,特混编队所有舰船汽笛长鸣,声音响彻云霄。一直盼望这一胜利到来的特混编队副总指挥、海军副司令员杨国宇兴奋地写诗祝贺:"海阔天空望天涯,争看神箭舞浪花;宝伞开处银箱落,直升飞机一网拉。"新华社很快向全世界播发了振奋人心的消息:中国首次发射远程运载火箭试验获得成功……中国海军第一代舰载直升机已能在大洋上安全起降,腾飞海空!

　　1982 年 10 月,我国首次潜艇水下发射导弹,这个团的特级飞行员陈金龙奉命驾机执行末区航拍导弹弹着点任务获得成功。

　　1984 年,该舰载直升机部队又奉命协助建立我国在南极的第一个科考站"长城站",战胜了极其复杂的气象条件,创造了世界各国南极飞行史上的奇迹。在这次任务中,海军功勋飞行员、机长于志刚被誉为"南极飞将军",舰载机机组荣立集体一等功……

　　1994 年 2 月,填补了中国航空史上十多项空白的该团飞行大队,被海军授予"海空先锋大队"荣誉称号……

　　1995 年 6 月,赵巍仑从飞行学院毕业后就被分配到该团,汇入这个英雄的集体。

　　奔腾的历史长河翻卷着绚丽的浪花,也带来动力和责任。

　　赵巍仑在继承中成长,在成长中传承! 他很快成长为一名尖子飞行员,并一步步走上领导岗位。

2010年,他驾机参加海军第六批护航编队,在大洋之上练翼砺剑,在低空盘旋驱赶海盗……

2013年,他带队执行"和谐使命-2013"任务,随"和平方舟"号医院船出访。这是他第一次在异国上空飞行,没有航图就用海图代替,起落条件不具备就创造条件,顺利开辟了空中医疗通道,圆满完成了使命任务。

这一次,直升机团派出机组执行任务,又是他挂帅领兵。

我和机组告别时,赵巍仑握着我的手说:"我们'海空先锋'的精神是:敢闯敢干,任务第一,不怕艰险,勇争第一! 如果明天不是特别恶劣的天气,咱们天上见。"

我用力摇了摇他的手,说:"好! 咱们一言为定! 明天见。"

第二天,我们2个都没失约。

10时左右,我套上橘红色的救生衣,弯腰跑向已经启动的直升机。赵巍仑坐在主驾驶座位上,向我扬了扬手。

发动机轰鸣,翼刀飞旋,直升机拔离甲板,围着"和平方舟"号医院船转了几圈之后,侧身向外飞去。

今天的天气也不好,一直雾蒙蒙的,时而有细雨飘洒。我通过舷窗往下望,海面上的货船渐渐多了起来。我判断:我们已经进入马六甲海峡。

机组的一位同志指给我看,那边就是新加坡。我努力寻找着,只看到一片朦朦胧胧的轮廓,十分不清楚。

直升机在空中完成了悬停、搜索、低飞等一系列演练课目后返航。

我下了飞机,长出一口气。在飞行甲板侧口等待的任务指挥员管柏林问我:"感觉怎么样?"

"挺好的。只是天气不好,一片迷蒙,什么也看不清。"

管柏林笑了。

经过一段时间的航行,这天夜里,各编队分别按时抵达马来西亚领海,在锚地抛锚,待命进港。待命期间,我找到任务指挥员管柏林,让他给我讲讲"和平方舟"号医院船的前世今生……

B 卷

一些自媒体言之凿凿地介绍,人民海军 866 医院船名叫"岱山岛"号,"和平方舟"只是称号。不对! 重要的事情说三遍:船名就叫和平方舟! 船名就叫和平方舟! 船名就叫和平方舟!

第一章　锻造和平方舟

要说谁最了解"和平方舟"号医院船,那得数管柏林。从动议到立项,从建造到下水,从试航到入列……可以说,他基本上全程参与其中。此外,他还作为副指挥员、指挥员,多次率船执行菲律宾救援、"和谐使命"系列任务。

管柏林让时任海军后勤部卫生部某处处长的王志慧找来一本《中国海军医学史》,他说:"你先了解海军卫勤战线,再写和平方舟。"

王志慧,山东梁山人,1995 年 9 月考入原海军医学高等专科学校。在"和平方舟"号医院船的多次出访中,他都参与了前期的联络协调,后期的医疗活动组织及实施,他更是冲在第一线。

我与王志慧乍一见面时,没有想到他是山东梁山人。因为看他的外形,不是我想象中的山东大汉。他身材偏瘦,显得干练利索;秀眉下的一双锐眼,透出机灵聪慧;语言组织能力很强,说起话来滔滔不绝又很有逻辑,讲到"和平方舟"号医院船时,更是如数家珍。

我心中暗暗窃喜,又找到了一座素材宝库……

1. 大海深处的急切呼唤

历史是人们世世代代行为的记录,现实是人们世世代代行为的叠加。创造历史,留下史实,引发思考,是每个人的责任。

《中国海军医学史》放在我的案头上。

我轻轻地、慢慢地、小心翼翼地翻开它有些发黄的书页，认真地、迫切地、仔仔细细地寻找里面记载的隐秘而又细小的故事。

在这一节里，我需要把笔触伸得远些，更远些，让回顾的镜头定格在奔腾的历史长河那翻卷的浪花之上……

先让你看到炮火、硝烟，听到军号和厮杀声，再闪现卫勤战线官兵的身影。

镜头的切入，当然要从 1949 年 4 月 23 日开始。

这一天，百万雄师过大江，人民解放军解放了南京，将总统府上那面"青天白日"旗拔了下来，踩在脚下，迎风展开一面沾染着鲜血的红旗。

这面红旗飘扬在胜利大进军的黎明，昭示着中华人民共和国即将诞生！

此时此刻，在长江北岸，江苏泰州一个叫白马庙的地方，一位叫张爱萍的中年解放军干部正在主持召开大会，宣布人民海军成立。说是大会，人却很少，只有 5 名干部，8 名战士，外加 3 辆吉普车。

张爱萍巍然伫立，激情满怀地说道："同志们啊，我们 13 个人就是我们华东军区海军的先头部队。"为此，他发出了感慨，"一共 13 个人啊，这大概是全世界最小的海军了。"

而后，张爱萍环视着在场的每一个官兵，又自豪地补充说："13 个人啊，就是未来的 13 万兵马！"讲完，他手一挥，下达命令，"出发！"

出发！军情急，责任重！蒙蒙细雨中，从一个偏僻的小乡村，13 个人斗志昂扬地出发了。向着新中国出发！向着祖国的海疆出发！

大海无垠，天水苍茫。

人民海军刚刚组建之时，真正是一穷二白，连最能代表海军的舰艇都没几艘，基本上是国民党海军起义时带过来的，或我军在战斗中缴获的。

镜头闪到第二年，1950 年 3 月，人民海军第一任司令员萧劲光上任后抵达山东威海，欲到刘公岛视察，却因无艇可用，只好租了一艘渔船。

渔民一边摇着桨，一边好奇地问："你是海军大司令，怎么上岛还要租俺的渔船?"

萧劲光苦笑了一下,没有回答。他神情凝重地眺望着不远处的刘公岛,心被深深地刺痛了。

上岛之后,萧劲光心情沉重地对身边的同志说:"请记下今天这个日子,海军司令员萧劲光一行上刘公岛,租用渔船一艘。"

这声音随着浩荡海风飘向万里海战场,将以知耻而后勇的气概洗刷中华民族百年屈辱,激励在战火中诞生的人民海军加速成长、壮大。

我将长镜头摇向了开国领袖,他们对海军的发展始终给予极大的关注,寄予厚望。

1953 年 2 月 19 日,毛泽东主席登上人民海军"长江"舰。他与全舰官兵共同度过四天三夜后,挥毫写下了"为了反对帝国主义的侵略,我们一定要建立强大的海军"的光辉题词。随后,他又给"洛阳""南昌""黄河""广州"等 4 艘舰艇写下了同样的题词。

是啊,强大! 要强大! 毛泽东主席一连为 5 艘战舰写下内容相同的题词,这在他一生中绝无仅有。这一举动凝聚着他对人民海军建设的殷殷期盼、对人民军队未来发展的谆谆嘱托!

人民海军没有辜负人民的期望和统帅的重托,历经血与火的锤炼,以不畏艰难险阻、不怕流血牺牲的英雄气概,排除万难、自强不息、乘风破浪、奋勇前行,取得了一个又一个胜利!

要奋斗就会有牺牲,有战斗就会出现伤病。

在人民海军创建初期,第一代海军官兵对此就有了清醒的认识,逐渐开始在舰船上派驻卫生员,并要求从医学院毕业的医务人员先下部队实践锻炼,但由于时代和条件限制,没有从根本上解决问题。

随着人民海军的发展壮大,各部队开始有了自己的后方医院。在最鼎盛时期,卫生部下辖 30 余家医院和疗养院,卫勤干部 2 万余人。原解放军第二军医大学还专门设立了海医系。由于当时发展的理念不在海上,我海军的战略思想只是近岸防御,卫勤工作的目光还未投向远海,当海上发生伤病时,只能用舰船或直升机后送伤病员到陆地医院。由于条件限制,许多伤患往往救治不及时,造成遗憾。

我在20多年前曾写过一篇题为《南海救护神》的报告文学,记述了原南海舰队航空兵某直升机团排除千难万险越海着岛,先后紧急接转抢救病危官兵和渔民数百人次,在茫茫大海间,架起了西沙、南沙、中沙军民跨越死亡的生命虹桥,被海南军民亲切地誉为"南海救护神"的动人事迹。

文中第三节这样写道:

"哎哟!……"茫茫大海中突然传来一声惨叫。在一艘台湾渔船上,一位渔民作业时被钢缆打断了双腿,击伤了头颅,生命垂危!

风雨中,台胞们调正航向,将船急速驶向祖国,驶向大陆,驶向海南岛,同时紧急向政府有关部门求救……

团长王绍军临危受命。

当他驾机搜索到渔船,将伤员吊上飞机后,天气变得越来越恶劣,雨越下越大。为争取时间,避开雷雨区,他决定选择海上超低空飞行方案。

这种飞行,距海面仅有几十米,有很大的危险性,稍有不慎就可能葬身鱼腹,飞行员必须具有高超的飞行技术。

为了抢救台胞的生命,王绍军拼了!飞机犹如一只搏击风雨的海燕,鸣叫着展翅飞翔。

飞机飞到距海口市西北方向20余千米处时,耳机里突然传来地面指挥所的紧急通报:西南方向,一块巨大的雷雨云快速向海口机场迫近,可找场地迫降。

王绍军抬眼一望,前面就是一块空旷地。降还是不降?不降,危险可想而知,撞进雷区有可能机毁人亡;降,耽误抢救时间,台胞随时都有生命危险!他凭经验判断,雷雨云将在6分钟后发展到海口机场,飞机如果抄近路直飞,可以赶在雷雨到达之前降落。他迅速请示指挥所,并命令机组人员密切注视雷雨云动向,在机场附近选好紧急备降场。

一场惊心动魄的较量开始了!

王绍军将飞机加到最大速度,与雷雨展开了赛跑。

黑压压的积雨云借着风力翻腾着,气势汹汹地向机场扑来;轰隆隆的闷雷趁着闪电炸响着,一阵紧似一阵,惊天动地……

王绍军驾银鹰斜插疾飞,从两座高楼中间穿过去,从高压线下钻过去,从椰子树梢上飞过去……此时此刻,他只有一个念头:加速度、抢时间、抄近路,超过雷雨,为抢救台胞生命争分夺秒!

王绍军机组终于取得了胜利,飞机安全着陆在海口机场。可是,就在伤危的台胞刚被抬进救护车,飞机的旋翼还没刹住时,倾盆大雨就泼了下来。不到1个小时,机场跑道积水就有30余厘米。

还是这一年,还是王绍军机组。

8月初,正在南沙岛礁执勤的一名战士突发高烧,20多天里,时而清醒,时而昏睡,再加上南沙高脚屋环境恶劣,条件艰苦,缺医少药,病情突然恶化,多天昏迷不醒,情况万分危急。

上级决定:派出军舰紧急将战士送到西沙某岛,然后让直升机出动,转到陆地医院抢救。

8月25日上午,王绍军机组接到命令,飞往西沙某岛接转病危战士。

这天,风急浪高,海况恶劣,军舰在某岛靠岸时已夜幕笼罩。

要想赢得抢救时间,飞机必须夜航返回。可是,西沙夜航,风险太大。当时,他们团还从没有跨远海夜航的记录,西沙某岛也没有保障夜航的设备,再加上气象条件复杂,随时都可能有紧急情况发生。但是,不飞夜航,无疑会耽误病危战士的抢救时间。

飞不飞? 王绍军的脑海里如同沸腾的水,上下翻腾不止。他在想:南沙将士为国为民守礁站岗,默默奉献,在他们有人身患重病、生命垂危时,作为战友,作为一名海军航空兵飞行员,应当尽心尽力、想方设法,与病魔抢时间。他下定决心,请示指挥所夜航返回。

病危战士被抬上了飞机,战鹰的旋翼搅碎了西沙的夜幕,西沙海域第一次在夜间听到了飞机的轰鸣。

西沙的天,孩儿的脸——说变就变。飞机起飞还不到 10 分钟,无线电波就传来新的航线通报:80 千米内有 1—3 块浓积云!

浓积云是飞机的天敌,是飞行禁区,它带有强大电流,如果不小心钻进去,飞机会被它击毁。

王绍军紧皱眉头,决定绕过第一块浓积云。他转压舵,向旁边飞过去,可是,已偏离航线 9 千米了,飞机仍被黑色的云层阻挡着。他倒推舵,迅速下降高度,800 米、600 米、300 米……一直下降到可以看见小岛和礁盘狰狞的轮廓,才摆脱了第一块浓积云的纠缠。

更大的风险还在后面。飞机平飞了不到 10 分钟,又一块浓积云悄然出现。它长几百千米,厚几十千米,像一个张着血盆大口的恶魔,横在了前面,覆盖了整个航线。

王绍军深吸了一口气,处事不慌不乱,凭着以往的飞行经验和机组人员提供的情况,时而改变高度,时而左绕右转,寻找云缝空隙,突破薄弱云层。10 余分钟后,他又将这块浓积云远远地抛在了身后。

晚上 9 时许,王绍军机组历经艰险,终于将飞机安全降落在三亚,为抢救病危战士的生命赢得了宝贵时间,同时也写下了某直升机团首次跨海夜航的历史。

我之所以摘抄这 2 个故事,是想让读者们对当时海上救护的严峻现实有个比较形象的认识。

我国是个陆地大国,有着 960 万平方千米的陆地国土;同时,还是一个海洋大国,有着 1.8 万多千米的漫长海岸线、300 万平方千米的管辖海域。

人民海军作为战略军种,主战场在海洋。其主要作战任务是保卫我国的海上安全,捍卫中华民族的海洋权益。

国际上根据海水远近距离的颜色,有种比较通俗而又形象的说法:把近岸防御型海军称为"黄水海军",把近海防御型海军称为"绿水海军",把具有远洋作战能力的海军称为"蓝水海军"。

人民海军初创时期,在当时的国情下,借鉴苏联"老大哥"海军建设的经验,确立了建设一支近岸防御型海军的指导方针。这表明,我们那时还只是一支"黄水海军"。

岁月更替,时代发展,形势逼人,使命呼唤!我人民海军经过数十年筚路蓝缕,数十年迎风战浪,从无到有,由弱变强,有了突破性的发展,战略指导思想也有了根本性的转变,由"近岸防御"变为"近海防御"。这虽然仅是一字之差,却凝聚了几代人的心血和奋斗,经历了数十年的探索与拼搏,同时也开启了我人民海军威武舰队"突破岛链,挺进大洋,筑梦深蓝,向海图强"的新航程。

在这个过程中,在这个编队序列里,人民海军卫勤战线官兵同样在拼搏中探索,在探索中前进,从 20 世纪 70 年代就开始谋划建造医院船,并进行了一系列具体操作和试验:

先是在出海编队的综合补给舰上设立医疗救护所,以各舰船自救互救的方式医治轻症患者,对重症患者则想办法逐级后送……

1983 年,南海舰队率先将 3 艘小型客、货轮改装成代医院船。其中较大的一艘名为"琼沙"号,舷号 833,设置了 2 间手术室、100 张病床,并取得了很好的效果,引起了上下关注。

1988 年 3 月,南海发生局部冲突。随后几年,海峡上空气象变幻,电闪雷鸣。海军卫勤工作面对云谲波诡的严峻形势,战时救护问题迫在眉睫,海战场急切呼唤相适应的医疗力量和设施。

这时,搭载 200 张病床的综合训练医疗舰 82 船应运而生。原海军医学研究所投入力量,集中攻关,采用医疗模块形式,研制出一套大型集装箱组,将其装配到一艘大型训练舰上。各医院的医务人员轮流上舰学习、实践,一路航行,一路训练,为提高海上救护水平做出了突出贡献。

回顾这段历史时,管柏林说:"海军卫生部门采取以上措施,虽然取得了一定成效,但离海战场的要求差距还很大。要想走出去,驶向深海,必须要有一艘现代化的医院船。这是我们海军卫勤战线官兵多年的梦想,也是建设强大海军的需要和保障。"

管柏林还说:"我很荣幸,作为一个追梦人,我圆了梦。"

2. 船名就叫和平方舟

这是 2005 年的一个春夜,北京城冰消雪融,西郊某大院里的各类花草树木染上一片新绿,有几棵着急的已孕育出花骨朵。

大院西北角的一座三层办公楼,有一间办公室的灯光已经连续多天亮到深夜。

办公桌上摆满了各种资料,玻璃烟灰缸里的烟蒂堆积成了小山。

时任海后卫生部部长的吴爱民抬腕看了看手表,已是凌晨 1 时。他下意识地又点燃了一支烟,翻着资料,凝眉沉思。

他在思索建造中国海军的医院船,建造什么样的医院船,多大体量,多大规模,多少装备,多少人员……

据管柏林介绍:早在十几年前,还在处长岗位上的吴爱民就和战友们一起呼吁、论证,并上件请示建造医院船。经过几代卫勤人的共同努力,建造一艘现代化医院船的论证工作,终于得到了总部、海军、海后领导和机关的认可。

历史的重任落在吴爱民的肩上。这些天,吴爱民始终处于激动、兴奋之中。

在夜深人静之时,他敲打着键盘,侧耳细听,似乎听到从岁月深处隐隐传来的一声声号角,铿锵、沉雄、激越、振奋……

在遣词造句之时,他翻阅着资料,注目凝视,似乎看到从万里波涛中破浪而来的一艘艘战舰,雄壮、威风、豪迈、英勇……

号角声中,战舰列阵,一艘白色的医院船也从他的心中驶来……

连续多天,吴爱民和战友们加班到深夜,为打造中国海军真正的医院船撰写计划和报告。

吴爱民的思绪飞越千年——

医院船被称为"海上流动医院",是为满足海上作战医疗救护的需要而诞生的,在世界海军史上扮演着重要角色,其主要使命就是充当"一支机动、灵活、快速反应的海上医疗救护力量"。

早在公元前 5 世纪就有了医院船的雏形——当时的罗马和希腊舰队指定某些船只临时执行海战伤员抢救任务。

18 世纪,西方列强在对外掠夺的殖民战争中,其大型舰队几乎都编有卫生舰船。俄罗斯帝国在对瑞典的战争中,先后有多艘医院船参与了海上医疗救护。

18 世纪前的医院船,都是临时指定不同类型的大小舰船,配上医务人员和医疗器材,用于完成海上伤病员的救治和后送任务。

历史上比较符合医学要求的医院船,是 1856 年英国改装的"美女岛"号医院船,曾在侵略中国的第二次鸦片战争中使用过。

19 世纪中期,随着海上军事行动的扩大、科学技术的发展和造船业的进步,各国海军对医院船的布局、装备、医疗技术人员及救治工作的展开程序等,提出了比较完善的医用要求。

在此后的中日甲午战争(1894—1895)、美西战争(1898)、日俄战争(1904—1905)中,日本、美国、俄国都使用了医院船。然而卫生船舶真正大规模出现,还是在第一次、第二次世界大战中。第一次世界大战期间,英国改装了约 100 艘医院船,法国、俄国各 16 艘,德国 17 艘,意大利 7 艘;第二次世界大战期间,英国改装了 11 艘,美国改装了 12 艘,德国改装了 14 艘。在后来的朝鲜战争、越南战争中,美军开始在医院船上加装直升机平台,开用直升机将伤员送上医院船的先例。

在 1982 年英阿马岛战争中,英军仅用 65 个小时,就将排水量 16910 吨的"乌干达"号客轮改装成拥有 1300 张病床的医院船,设有内科、外科、眼科、口腔科、X线科、检验科、病理科、药房、手术室、烧伤科和加强护理病房,增添了直升机平台、伤员输送斜滑道、升降机、海上补给及海水淡化装置和卫星通信设备。在这场战争中,该医院船在伤病员的医疗救护中发挥了巨大作用。

医院船是专门对伤病员及海上遇险者进行海上救护、治疗和运送的辅助舰船。

医院船具有十分醒目的标志。一般医院船全身都是白色的,在船舷等地方标有明显的红十字标志。

按照1949年《改善海上武装部队伤者病者及遇船难者境遇之日内瓦公约》的规定,医院船不可侵犯,医院船有义务救助交战各方的伤员,交战各方均不得对其实施攻击或俘获,而应随时予以尊重和保护。

吴爱民的笔端落到了现实——

21世纪被称为"海洋世纪"。海洋已成为国家利益拓展的重要空间,海洋安全已成为国家安全的重要领域。争夺海洋权益的斗争愈演愈烈。但是,权益永远要靠力量来捍卫。努力建设一支与我国地位相称、与国家发展利益相适应的强大海军,是有效履行新世纪新阶段我军历史使命的客观要求,也是维护日益全球化背景下我国国家利益的必然选择。

近些年来,医院船也被拓展到其他领域,比如国际人道主义救援、援助及军事外交。当时只有美国、俄罗斯的海军有专门改装的医院船,其他国家的海军是靠战时征用民船改装,战后再退役。

目前世界上最大的现役医院船是美国海军"仁慈"号和"舒适"号,它们是由油轮改装而成的,使命是战时为作战部队提供机动后勤保障,尤其是为海外作战部队提供应急医疗支持。

中国人民海军专门打造一艘现代化的海上医疗平台,是建设强大海军的迫切需要。

这天,当彩霞铺满东方天际之时,吴爱民在请示报告上画上了一个圆满的句号。

可以说,这份报告的每一字、每一句都倾注了吴爱民和战友们的心血,每一个标点、每一个符号都激荡着卫勤战线官兵追赶世界强国的强烈愿望……

很快,这份报告得到了上级的批准。

管柏林深有感触地说:"我从海军机关助理员干到处长,尽管在2004年5月我被调到原济南军区联勤部任卫生部副部长,但我的心没有离开,始终关注着医院船的建造过程和进展。"

中国船舶工业集团有限公司很快完成了设计。广州广船国际股份有限公司派出精兵强将，只争朝夕地投入建造之中。

该船2006年8月正式开工，2007年8月28日下水。2008年10月23日，国际上第一艘，也是目前唯一一艘专门设计建造的万吨级大型专业医疗船驶向东海，加入了中国人民解放军海军序列。

它的使命任务是：战时，为作战部队伤病员进行海上专业治疗；平时，它为舰艇编队和边远驻岛守礁部队及群众提供医疗服务，而提供国际人道主义服务，同样是它的主要职责之一。同时，随着它的诞生，救护艇、救护直升机也完成了建造入列。

我国人民海军海上医疗救护平台，实现了从无到有、从兼用到专用、从改装到制式的新突破，结束了近海卫勤保障无骨干依托、远海保障无专用手段的历史，填补了中远海卫勤保障的空白，使我国成为世界上少数具有远海医疗救护能力的国家之一。

巧的是，曾经见证人民海军海上医疗救护平台建设与发展，并为之付出过辛苦努力的管柏林，在医院船入列的2个月前调了回来，接任海后卫生部部长。

关于这艘船的名字，现在的百度百科和一些自媒体上都言之凿凿地这样介绍：中国的这艘医院船名字叫"岱山岛"号，舷号866，由广船国际生产制造。"和平方舟"只是该船的称号，由于"和平方舟"更加贴近舰只功能，所以媒体报道多采用"和平方舟"这一称呼。

这种似是而非的介绍，不知误导了多少国人，特别是关于医院船的名字，存在着重大谬误。

我在这里郑重地说明："和平方舟"不是称号，而确确实实是这艘船的名字！

中国海军舰艇命名有着严格的标准和切实的条例条令依据。根据《海军舰艇命名条例》，舰艇命名须遵循以下原则：区别于国际上其他国家和地区的舰艇命名；区别于国内地方船名；条理性强，便于记忆；字音清楚，不易相互混淆；名称响亮,有意义,能够体现祖国的尊严,表现出中国的悠久历史和文化;能够经得起历史的考验,使用长久,在相当长时间内,能够满足装备发展的需要。

中国海军舰艇的命名是有一定规律可循的,一般情况下:

航空母舰,以省、直辖市名命名。如"辽宁"舰、"山东"舰。

驱逐舰,以大中城市名命名。如"武汉"舰、"济南"舰等。

护卫舰,以中小城市名命名。如"菏泽"舰、"安庆"舰等。

综合补给舰,以湖泊名命名。如"千岛湖"舰、"微山湖"舰等。

登陆舰,以山岳名命名。如"井冈山"舰、"昆仑山"舰等。

训练舰,以人名命名。如"郑和"舰、"世昌"舰、"戚继光"舰等。

医院船在人民海军的编制序列中,是一艘极为特殊的舰船,命名无例可循。

起初有人提出,我国海军舰船命名,有大中小城市名,有山名湖名人名,医院船索性以岛屿名命名,就叫"岱山岛"号吧。

这么一说,还真有一定的道理,当时就把这个名字作为一个方案保留了下来。

可是,从上到下,从机关到部队,很多人对这个名字不满意,觉得这个名字叫起来不大气、不响亮,意义不深远,也不能体现其基本功能。

那段日子里,管柏林也是绞尽脑汁,惦记着为这艘船起个好听而又有意义的名字,用他自己的话说:"比给自己的女儿起名还用心,还费神。"他还让部里的同志集思广益,广泛听取部队及广大官兵的意见,征集船名。

这天下午,管柏林又来到海军后勤部林部长的办公室。

林部长知道他来是为什么事,便直截了当地问:"名字想好了吗?"

"除了'岱山岛'号,还有'和平'号、'和谐'号、'仁爱'号、'仁心'号等几个方案。"

"你觉得哪个名字好?"

"'岱山岛'号肯定不行。其他的我拿不准,真让人为难啊!"管柏林叹了一口气。

林部长笑了,说:"别犯愁了,海军领导替我们想好了。"

"叫什么?"管柏林急切地问。

林部长一字一顿地说:"和、平、方、舟!"

"啊,好! 好! 首长起的这个名字好!"管柏林一听非常兴奋,连声赞叹。

那一瞬间,管柏林马上想到了传说中的"挪亚方舟",那艘在洪水中拯救万物的巨船,承载了生命的希望。我人民海军的这艘白色军舰,更是满满地承载着中国人民和军队对和平的向往、对世界的友爱。

那一刻,管柏林也充分理解了海军领导将这艘船命名为"和平方舟"的深刻寓意,更加明确了它的使命和担当。他的眼前仿佛出现了光彩夺目的四个大字,像一张金子般的名片,闪耀在伟大祖国的万里海疆之畔,闪耀在蓝色星球的波峰浪尖之上……

2008 年 12 月 22 日,海军正式授旗,命名这艘医院船为"和平方舟",舷号 866。

这个决定一公布,当即好评如潮,就连欧洲某国家的网站也刊文称,"它反映了中国始终要当世界和平建设者和负责任大国的决心与愿望,表达了中国人民解放军海军建设成为一支世界级海军的雄心"。

"和平方舟"号医院船启航了,开始了它波澜壮阔的万里航程……

在这里,我也学着当前的时髦语句,重要的事情说三遍:

船名就叫和平方舟!

船名就叫和平方舟!

船名就叫和平方舟!

3. 生日庆典惊艳亮相

天蓝,云洁,水碧,风疾。

一艘崭新的大白船迎风踏浪,从东海而来,驶往美丽的军港之城青岛。

2009 年 4 月 18 日至 25 日,为庆祝中国人民解放军海军成立 60 周年,我国将在这里举行多国海军活动。来自五大洲 29 个国家的海军代表团、14 个国家海军的 21 艘军舰、上万名中外海军官兵欢聚一堂,共同庆贺。

这是自八国联军入侵中国 100 多年来，中国人民抗击外辱取得民族独立后，外国代表团、外国军舰聚集在中国军港最多的一次。

"和谐海洋"是这次中国海军阅兵的庄严主题，也是中华民族经略海洋的核心理念。这是新中国历史上迄今为止最大的一次军事外交活动，被世界媒体誉为海上多边交流合作的经典。

"和平方舟"号医院船刚刚列装几个月，便奉命前来参加。它在世人面前首次亮相，登时惊艳了全场，吸引了众多眼球，成为全世界关注的焦点。

在起航之前，他们进行了认真准备，除了配齐配强船上官兵力量、对各种设备进行精心调试之外，还专门成立了海上医院。

海上医院院长由原海军总医院副院长孙涛担任。

孙涛，1962 年生，祖籍江苏盐城，父亲曾当过海军。孙涛毕业于原第二军医大学海医系，后又到协和读博士，到香港做访问学者，到海军航空兵基层场站卫生队任职，逐渐成长为消化系统的专家，先后任主治医生、科室主任、副院长。

他曾到南沙为守礁官兵看病开药，曾在汶川大地震时连续 48 小时不合眼地抢救伤员，曾在"非典"疫情肆虐时挑起海军感染控制专家组组长的重任……

这次，他成为医院船首任海上医院院长，是组织的信任。这年，他 47 岁，正值壮年，是干事业的好时候。

孙涛率领以原海军总医院医护为主的医务人员赶到了舟山。第一次登上"和平方舟"号医院船时，他们除了惊叹，感到惊喜和无比骄傲之外，还有沉甸甸的责任及热血澎湃的决心。

回忆那次多国海军活动，孙涛告诉我："我们医院船的任务主要有三项：一是参加海上大阅兵；二是参与军事外交活动，接待来宾，展示装备；三是进行医疗保障。"

说到海上大阅兵，孙涛眼睛一亮，有些兴奋："4 月 23 日那天，各国舰船一字排开，威武列阵，接受时任中共中央总书记、国家主席、中央军委主席的胡锦涛的检阅。和平方舟通过检阅舰时，我看到胡锦涛主席频频向我们挥手，激动得心都快跳出来了。此后 10 年间，医院船又 2 次在海上光荣接受习近平主席检阅，一次在南海，一次也是在青岛。"

"这些让你终生难忘吧？"我盯着他问。

"那次多国海军活动，难忘的事还有很多。"

他说起"和平方舟"号医院船上做的首例手术。

4 月 21 日上午 11 时许，孟加拉国"奥斯曼"号导弹护卫舰舰员阿莱姆被紧急送往和平方舟。

孙涛立即启动应急方案，召集医务人员处置，经检查，确诊为肛门脓肿，必须马上动手术。

这可是国际大事，经请示协调，决定手术就在医院船上做。

"没想到，我们医院船开的第一刀，是为一位外国水兵。切除手术做得非常成功，非常漂亮，为这名患病 15 天的孟加拉国水兵治愈了疾病。第二天一大早，舰长专门带着礼品，到和平方舟表达谢意。"孙涛讲起来眉飞色舞的。

他们接诊的第一位外舰伤员是墨西哥"夸乌特莫克"号风帆训练舰舰员科罗拉。科罗拉被送往和平方舟后，医疗队立即为他进行了骨伤治疗。

21 日上午，他们还为参加海上阅兵的新西兰军舰上的伤员威廉姆、史蒂文和丹尼尔诊疗。威廉姆 20 天前右手腕关节韧带损伤，在拍摄 X 光确诊后，威廉姆感叹地说，这么先进的医院船在新西兰还没有，希望可以参观一下，并与为他治疗的医生、护士合影。他说要将照片带回去给他新西兰的朋友们看看。

几天来，"和平方舟"号医院船上的医疗队成为外舰伤员的守护神，成为传播友谊的和平使者。

海上大阅兵结束后，各国军舰返回青岛港，靠在岸边，进行静态展示。

"和平方舟"号医院船成了参观的热点，迎来了一批批中外来宾。

24 日上午，各国海军代表团、大使和夫人及武官和夫人等 100 多名外国客人上船参观。

美国代表团团长、时任美国海军作战部部长的拉夫黑德上将站在 04 甲板上，伸开双臂，用西方人特有的夸张姿态连声赞叹："伟大的青岛港太壮观了！中国海军的医院船太漂亮了，可以和我们的医院船媲美！你们的服务太热情、太周到了!"

孙涛英语不错,听得懂他说的话。

中午,我方留外宾在船上茶歇,孙涛等人陪同参加。

交谈中,拉夫黑德上将又一次称赞"和平方舟"号医院船。

孙涛客气道:"美国海军医院船比我们的大,比我们的先进。我们才刚刚起步,而你们经验丰富,值得我们学习。"

两国军方领导还探讨了海上共同进行人道主义救援问题。谈到兴奋处,拉夫黑德上将指着孙涛说:"你是院长,可以到我们医院船上来看看。"

孙涛听后非常兴奋。海军领导拍板同意。

拉夫黑德上将当即表示:"我回到美国就发邀请。"

4月底,美国人倒是兑现了承诺,但是在邀请函上附加了某些条件:孙涛到美军医院船参观访问,只能带3名医生、护士,不能带其他随行人员,包括翻译。

人民海军生日庆典及多国海军活动结束后,"和平方舟"号医院船趁热打铁,5月初,他们在东海舟山海域又开始了以人装结合为主的全员、全装、满负荷海上检验性训练。

这次训练,海上医院加强了力量,从原海军总医院抽调了169人,并召集了300名模拟伤病员,将病床全部住满,全方位、全过程、全时空演练海战中掌握使用医疗设备、接送伤病员程序、抢救治疗应急方案等。

1个多月持续的满负荷训练,全面检验评估了医院船综合保障效能,使队伍得到了锻炼,装备得到了检验,技术得到了提高。

6月份,训练结束后,他们没有休息,直接返回青岛海域,与2艘救护艇、2架救护直升机、8艘其他舰船会合,进行了以海上落水伤病员搜索与捞救、换乘与后送及医院船紧急救治等课目为重点的"新型海上医疗装备立体救护检验性演示",成体系检验展示了保障能力和建设成果,得到前来观摩的总部领导及机关和全军后勤部领导的高度肯定和一致好评。

整个救护演示过程很逼真、很新奇、很震撼,在全军引起了极大轰动。

孙涛说:"这次演练非常成功,我和战友们各方面都有了很大提高,特别是在思想认识上有了很大提升。说实话,起初我还是有很多疑惑的。"

"哪些疑惑?"

"比如说,医院船很先进,平时干什么用? 和平年代用得着吗? 战时管不管用? 等等。"

"这些疑惑是怎么解开的?"

"有些是通过检验性训练和救护演示解开的,有些则是在走出去开阔视野后有了清晰认识的。此后没多久,我应邀去美国海军医院船上参观学习,虽然时间很短,但收获很大,有种让人茅塞顿开的感觉。"

孙涛等一行 4 人是在这年 6 月成行的,正巧赶上美国海军"舒适"号医院船前往哥伦比亚帕斯托,开展代号为"持久承诺 2009"的医疗服务。

美军医院船"持久承诺 2009"行动固定在某几个国家,每 2 年去一次,以宣扬美国人的所谓"人道博爱"。

"舒适"号医院船到达帕斯托后,因船大无法靠岸,只能锚泊在外面。哥伦比亚人来看病,全靠运输艇接送。

孙涛等人上船后,由一名武官全程陪同。因定位是参观学习,他们可以到船上各处参观,观摩诊治过程,并且每天参加早晚交班会。

孙涛评价说:"实事求是地讲,美国医生很细心、很专业,他们安排得也很周密。因为他们船上的人多,有 1000 多人,根据不同病情,不停地换人、换医生,让每个专业、每个人都能得到锻炼。"

在船上 7 天,孙涛像一只采蜜的工蜂,如饥似渴地吸吮着各种知识,大脑也如机器般高速运转,疯狂地搜集着各种可借鉴的资料与经验。

他山之石,可以攻玉。

孙涛参观学习归来之后,除了当面口头汇报之外,还将自己的所见所闻所思写成专题报告,上交给海军领导和机关。

这对海军领导及机关对海上医疗平台今后的使用和发展的规划有着很好的参考作用。

4.万里海疆初显神通

"和平方舟"号医院船在人民海军生日庆典惊艳亮相之后,未来的航程陌生而遥远,需要不停地摸索和实践。但是,方向是明确的:服务部队官兵,服务人民群众,服务战斗力。

随着海军转型发展的步伐,海军卫勤保障能力建设也面临着诸多转变。这就是:

任务距离从近向远转变,任务范围从浅海向深海转变,任务时间从短向长转变,任务类型从单一向多样化转变,作战平台从小型到大型转变,保障手段从机械化到信息化转变,训练模式从自保自训向联保联训转变……

新时代,新挑战,新机遇!

练为用,练为战。为此,海军卫生部门开始策划"和平方舟"号医院船首次巡回医疗服务活动,对医疗平台和医护人员进行实质性的检验,让官兵和人民群众零距离享受高水平的医疗服务。

一份"和平方舟"号医院船"海疆万里行"医疗服务活动的报告摆在了海军领导的案头。

这天,管柏林拿到了海军领导的批示,心头却不由得一震。虽然领导对报告没改一个字,但对活动的名称进行了调整,"海疆万里行"变为"万里海疆行"。

管柏林马上领悟到领导这种调整的深远意义和具体意图,心中暗呼"高明"!

原先,他们只是根据这次活动的航程近万海里而起的名字,所以称为"海疆万里行"。

"万里海疆行"的视野则是放射到了祖国的万里海疆,不拘泥于具体航程,内涵更深远,今后类似的活动都可以叫这个名字,为医疗服务打造出一个响亮的品牌。

管柏林没有领会错,"和平方舟"号医院船在此后的定期不定期服务中打的都是这个牌子。

2009年10月至11月,"和平方舟医疗服务万里海疆行活动"历时41天。和平方舟从上海吴淞港起航,自大连海洋岛,由北向南跨经渤海、黄海、东海、南海,至西沙、南沙群岛,共为沿海18个岛礁、港点的军民送医、送药、送温暖。其间,海上医院共巡诊8700余人次、体检2000多人次,创造了我国海上卫勤保障服务区域最广、服务项目最多、服务对象最全的纪录。

11月17日,航行至南沙海域的"和平方舟"号医院船突然接到"桂合渔62028"号渔船的求救,渔民苏光博病情恶化,生命危在旦夕。

时值季风季节,南沙海域风疾浪高,采取传统换乘方式十分危险和困难。

时间就是生命!任务指挥员殷月皓果断决定,采用直升机施放救生吊篮进行换乘。苏光博被迅速安全地送至医院船上后,立即被送到检查室,专家、救护人员利用船上先进的医疗设备对其进行检查、会诊。

苏光博患有严重的胸膜炎伴胸腔积液,心脏已被挤压移位,导致他呼吸困难,如不及时治疗,将有生命危险。

海上医院迅即成立治疗小组,精心制订救治方案,当天就对苏光博实施手术和抗感染治疗,经过9天的精心治疗和护理,使苏光博转危为安。此次抢救渔民兄弟,医院船创造了首次在恶劣海况下实施立体救护、首次在恶劣海况下成功实施手术的纪录。

为了使医院船发挥出最大效能,医院船官兵从专业医疗设施的特殊要求着手,建立各项规章制度,完善训练大纲,形成预案方案,积极开展针对性训练,在最短时间内形成海上医疗救护能力,提升了海军完成多样化军事任务的能力。

"第一年接装,第二年即形成综合保障能力,这就是海军发展速度。"管柏林介绍说。

我们这次出访集结前,"和平方舟"号医院船又开展了"万里海疆行"医疗服务活动。

我随手采撷其中几朵浪花,让读者们对这项活动有个简单的了解——

"云雾满山飘,海水绕海礁。人都说咱岛儿小,远离大陆在前哨,风大浪又高。啊!自从那天上了岛,我们就把你爱心上。陡峭的悬崖,汹涌的海浪,高高的山峰,宽阔的海洋。啊! 祖国,亲爱的祖国! 你可知道战士的心愿? 这儿正是我最愿意守卫的地方……"

读过这段歌词,许多人会马上说出歌曲的名字《战士第二故乡》。

可你是否知道,这首耳熟能详、脍炙人口、传唱了半个多世纪的军旅歌曲,由谁创作? 是谁首唱? 什么时间诞生在什么地方?

这首歌的词作者是一位叫张焕成的守岛战士,歌曲由沈亚威谱曲,顾松民原唱。1963 年春天,《战士第二故乡》的第一个音符就鸣响在波涛汹涌的东海之上,回荡在一个毫不起眼的小岛上空,小岛的名字叫东福山岛。

东福山岛位于东海东极列岛最东端,靠近公海,面积 1—2 平方千米,常住人口不到 50 人,被称为"风的故乡,雨的温床,雾的王国,浪的摇篮",自然环境极为恶劣。

据传,秦朝方士徐福出海寻丹曾到过此岛,此岛因此得名东福山岛。

这里是东海防守最前哨,常年驻守着人民海军某观通站(海岸观察通信站)的雷达兵。

"和平方舟"号医院船在东海开展"万里海疆行"医疗服务活动,首先想到的是这里的官兵。

医院船抵达东极列岛附近海域时已是 8 月 30 日深夜,由于体积庞大,无法靠岛,只能锚泊。

第二天天刚亮,几艘登陆艇就劈波斩浪,兵分几路,载着医务人员驶向了几个小岛。

东福山岛上的官兵列队来到医疗点。年轻的雷达兵小林向医生诉说自己的忧虑:一年多前,他在一次执勤时不慎摔伤,造成右腿胫腓骨骨折,虽经治疗康复,但心里总是不踏实。

"将小林送上医院船,彻底检查一下,让我们的战士彻底放下思想包袱。"带队领导当即拍板。CT 检查、专家会诊,结论是完全康复。小林终于放下心来,开心地笑了。

指导员戴昊倪说:"由于官兵们常年工作生活在高温、高湿、高盐的环境里,很多同志都不同程度地患上了风湿病,这次不少是来看腰腿关节毛病的。"

问诊、治疗、取药……

中医理疗组,陈明霞医生手脚麻利地用传统中医手法为官兵们解除病痛,一会儿为这个针灸,一会儿为那个拔罐……

空闲时,她擦了一把汗,真诚地说:"作为军医,为守岛的基层官兵服务,是义不容辞的责任。他们的健康,也是我们最大的牵挂。"

东极岛主岛庙子湖岛上,庙子湖村,一座刻上了岁月痕迹的石头屋里,端坐着一位白发苍苍的老人。

她叫罗珠杏,已是耄耋之年。她在等人,一有动静,就努力睁一睁眼睛。

前些天,民政干部毛素芹告诉她,解放军的医院船要来他们岛,海军的医疗专家要上门来给她看眼睛。

于是,她就惦记上了,天天盼,天天等,终于盼来等来医院船今天要来的好消息。

罗婆婆是个命运多舛的孤寡老人。多年前,她的 2 个儿子出海打鱼遇到风暴,同时罹难。她以泪洗面,哭瞎了双眼。前年,相依为命的老伴不幸去世,这更让她觉得天塌了。幸亏党和政府在各方面关怀、照顾她,使她觉得日子还有盼头。

来了,来了,那艘船来了,人民海军的医生来了。

"老人家,您好啊!"一声问候,让罗珠杏老人倍感亲切,十分激动。

她颤巍巍地站起身,挨个摸着医生们的手。很少与人说话的她打开了话匣子,用当地方言不停地说。

经过陪同前来的民政干部的解说,大家明白了,罗珠杏说的是:"好,好,现在的社会好,政策好,日子也好。政府每个月给我发钱,共产党专门派人照料我,解放军还派你们来给我看病。虽然我眼睛看不见,但心里看得清……"

是的,罗珠杏看不见也不知道,眼前为她量血压的,是第 44 届南丁格尔奖获得者——海军护士长王海文,为她检查眼睛的,是海军眼科专家石芊……

为了让罗珠杏得到更好的诊疗，医疗组临时决定，将老人送上医院船，进行全面检查。

"慢点，慢点，一定要搀扶好老人家，照顾好老人家！"在登艇时，海上医院院长孙涛反复叮嘱陪同人员。

"谢谢！谢谢！"罗珠杏老人喃喃地说着，潸然泪下，"没享到儿子的福，享了共产党的福，享了解放军的福……"

望着远去的登陆艇，孙涛倍感肩上责任重大，也更加理解海岛军民的期待……

在倒笃街医疗服务点，一位叫姚根来的老人也在期盼着医疗服务队的到来。看到海上医院院长孙涛带人过来，姚根来立即迎上前，高兴地说："见到你们就像见到家人一样。"

姚根来是位年近七旬的海军退伍老兵，1966年参军，到过抗美援越战场，后在海军航空兵某部服役。他满脸自豪地向战友们讲述着战斗经历，非常亲切地与医务人员拉着家常。

孙涛紧紧拉着他的手，说："姚老啊，你为国家、为部队做出了很大贡献，国家不会忘记你，部队不会忘记你，战友们不会忘记你。现在就让咱们海军的医生专家好好给你量量血压，听听心脏，检查检查身体。"

姚根来连声说"好"。体检完了，他没有离开，而是帮着维持秩序，翻译乡亲们说的难懂的方言。

任务结束了，他站在岸边送别医疗组，不停地挥着手，是那样依依不舍……

汽笛长鸣，轮机轰响，"和平方舟"号医院船驶离锚泊地，潇洒地犁开了一道新的航迹，向着新的目标前进……

A 卷

和平方舟于风雨中靠泊马来西亚巴生港,参加为期 2 天的"和平友谊-2015"中马两军实兵演练。

大海摆战场,炮火掀巨浪。马六甲海峡的薄雾,笼罩着战舰列阵的海面,给海战场平添了一分肃静气氛……

第二章　实兵演练马来西亚

汽笛长鸣,轮机轰响,"和平方舟"号医院船驶离锚泊地,潇洒地犁开了一道新的航迹,这次是向着马来西亚前进……

马来西亚位于亚洲东南部。1974 年 5 月 31 日,中马两国建交。随后两国关系逐年加深,高层互访频繁。2013 年 10 月,习近平主席对马来西亚进行国事访问,双方一致同意将双边关系提升为全面战略伙伴关系。

我们这次停靠的巴生港位于西马来西亚。

海上停泊期间,战友们并没有闲着,而是为即将到来的两军联合实兵演练认真地准备着,不停地操练着……

1. 疾风骤雨巴生港

2015 年 9 月 17 日,星期四。天阴,能见度不高,海天一片迷蒙。

上午 8 时 30 分,"和平方舟"号医院船缓缓靠近巴生港。

船只靠岸是个复杂的过程,特别是在陌生港口,对水文情况不了解,需要慎之又慎。一般情况下,对方会专门派出引水员,上船协助进港停泊。

我来到驾驶舱,看到各类人员各司其职,紧张而有序地工作着。

马方派来的引水员是位皮肤黝黑的中年男子。显然他是会汉语的,因为他指着不远处的一艘集装箱船用中文告诉我们,这艘船是中国台湾的,在新加坡注册。可是在引导过程中,他用的又是英语。

船舷边,站坡的官兵已军容严整地挺立着。船艏上,几位身穿橘红色救生衣的官兵不停地忙碌着,整理缆绳,为靠岸做着各项准备工作。

我从驾驶舱望出去,隐约看到码头上欢迎的人群在列队。船在缓缓行驶,心在慢慢靠近……

就在这时,一片浓云向着我们头顶翻滚而来。突然,一道闪电划破长空,那爆裂的惊雷震得整条船都在轰轰作响。紧接着,倾盆大雨便从空中倒下来。

驾驶舱里的气氛顿时紧张起来。

站在我旁边的一位媒体朋友抬眼望了望舱外,轻声对我说了一句外行话:"在外面站坡的官兵怎么还不撤回来?"

我摇了摇头,回答他:"不行,这是规矩。"

"这么大的雨,那还不把人淋病了?"

"再大的雨也要坚持,坚持就是胜利!这就是规矩,这就是海军。"我自豪地说。

他把敬佩的目光投向冒雨站坡的官兵,并向我竖起了大拇指。

风雨中靠码头,对每一个人都是考验。

指挥员沉着冷静,操作手临危不乱,站坡者岿然不动……

大雨倾注之下,船艏上很快就有了积水,准备撇缆的官兵稍一活动就水花飞溅。

"撇缆!"随着洪亮的口令,几道缆绳向岸边飞了出去。

"各缆挽住!"

我看了一眼天空中不停爆耀的闪电,听着驾驶室顶上密集如瀑的雨声,心仿佛被人紧紧攥住了一般。

"搭舷梯!"又一声口令响起。

我回过神来,这才知道"和平方舟"号医院船已稳稳地靠在了巴生港,扭头看船舷边站坡的官兵,个个被浇得透湿。

好在巴生港码头边有一座二层廊桥,在那里等待我们的中国驻马来西亚大使黄惠康以及马方有关人员得以暂避风雨,船靠岸后,他们冒雨上船。没多久,雨突然就停了。

太阳从乌云中钻了出来,笑眯眯地看着我们。

东南天际出现了一道彩虹。

我在心里感叹:"这老天真调皮,欢迎我们的形式多变,一会儿疾风骤雨,一会儿虹桥跨顶……"

我们靠港的第二天是 9 月 18 日,星期五。作为一名中国军人,我的骨子里都铭记着这天是"国耻日",记住了日本军国主义对我中华民族犯下的累累罪行。

吃过早饭,我伏案疾书,为《和平方舟报》写一篇有关九一八事变的稿件。

上午 10 时左右,舱室门被敲响了,江山在外面叫我:"沙老师,海上医院组织海上救生演练,你去不去看?"

"好!"我拉开舱门,跟着江山向下面的检伤分类区跑去。

演练很逼真,伤员都化了装,躺在担架上。有的赤脚裹着纱布,有的胳膊上挂着绷带,有的满脸鲜血昏迷不醒,有的胸部中弹塞着纱包……乍一看,和从战场上撤下来的伤员一模一样。

医护人员一丝不苟,紧张而有序地救治,全部按照流程走。海上救捞之后,检查、吸氧、吊瓶、打针、手术、进病房,一项不落。

我知道,这是为后天的正式演练做准备。

下午,马方派出 6 名医务人员驻船观摩,其中 3 名马来族人、1 名华裔、2 名印度裔。

上船后,海上医院安排他们体验中医针灸、拔火罐。特别是马方 3 名穆斯林医务人员,得知我和马广昊医生是中国回族人,出身于"中国穆斯林"家庭时,更是十分兴奋。

穆斯林是伊斯兰教信仰者的通称,意为顺从真主者,实现和平者。在中国,有回族、维吾尔族、哈萨克族、乌孜别克族、柯尔克孜族、塔吉克族、塔塔尔族、东乡族、撒拉族、保安族 10 个少数民族的群众信仰伊斯兰教,他们统称为"中国穆斯林"。

我告诉他们："中国有 56 个民族,紧密团结在一切,和马来西亚人民一样,追求世界和平和国家振兴。这次来马访问,船上就有 7 个民族的官兵,有好几位是回族和维吾尔族人。我们是为和平友谊而来,也很符合伊斯兰教教义。"

通过那位华裔马来人的翻译,他们听懂了我的意思,连连点头称是。

2. 惊心动魄马六甲

警报!

警报!

船上拉响了刺耳的警报!

9 月 20 日早晨 7 时 40 分,从前面传来消息:一艘商船在马六甲海峡被海盗劫持。

马六甲海峡有着长达 2000 多年的通航历史。约在公元 4 世纪时,阿拉伯商人就开辟了从印度洋穿过马六甲海峡,经过南海到达中国的航线。他们把中国的丝绸、瓷器,马鲁古群岛的香料,运往罗马等欧洲国家。公元 7—15 世纪,中国、印度和中东的阿拉伯国家的海上贸易船只都要经过这里。

马六甲海峡无论在经济上还是军事上,都是很重要的国际水道,可与苏伊士运河和巴拿马运河相比,其繁忙程度仅次于英吉利海峡,每天都有上千艘船只通过。这里是沟通太平洋与印度洋的咽喉,是亚、非、欧及大洋洲沿岸国家往来的重要海上通道,对于中国、日本、韩国等附近国家而言,这里更是最主要的能源运输通道,被称为"海上生命线"。

由于马六甲海峡海运繁忙,地理位置独特,且海峡有很多宽度狭小处,因此从 19 世纪起,海盗就开始在海峡出没,打劫来往商船,猖獗作案。

今天是中马海军联合军演日,打击海盗是其中的课目之一。

所以,请你不要紧张,发生在马六甲海峡的海盗劫持商船场景,是中马双方在军演中模拟的:商船由一艘马来西亚军舰充当,海盗与船员由官兵扮演。

实际上,中马联合实兵演练已在昨天全面展开,空中、陆地正进行得如火如荼。

虽然是模拟,但气氛还是顿时紧张起来。

飞机出动!

中马双方 3 架固定翼飞机飞赴预定海域,对"被劫持船只"进行搜索定位,然后通报指挥所……

快艇出动! 直升机出动!

海上行动舰艇迅速抵达事发海域,双方 3 架舰载直升机飞到"被劫持船只"上空……

霹雳行动,铁腕手段!

双方突击队员从天而下,成功滑降到船顶,占据有利地形。与此同时,4 个海上突击组从左右舷分别攀爬登船,对舱面、船室进行搜索,解救"船员"……

"海盗"受到震慑,束手就擒。

在带着特战队员撤离时,马方的直升机还特意做了表演,吊着一串队员升空,绕了一圈后再安全返回。

行动大获成功!

海峡上空响起一片掌声和欢呼声。

"这次两军演练,给中马双方特战队员提供了一个交流的机会。"海上突击组组长、中方特战队员赵成金说,"行动中双方在口令、手语等方面使用流畅,配合默契。"

大海摆战场,炮火掀巨浪。

这天有薄雾,笼罩着战舰列阵的海面,给海战场平添了一分肃静的气氛。

12 时 55 分,伴随着阵阵战炮轰鸣,实弹演练正式展开!

中马 4 艘战舰呈一路纵队,劈波斩浪,疾驶而来。领头的是中方的"兰州"舰,咣咣两声试射之后,主炮就开始了一连串的怒吼。首发命中,旗开得胜! 随后中马双方舰艇依次对海上目标进行炮击,均完成了发射任务。

炮响过后,战舰掉转方向,划出几道美丽的弧线,又向预定海区前行。

一个粉红色的气冲靶标出现了,轮到双方特战队员出场,轻武器射击开始了。每艘战舰驶过,都有一阵清脆的枪声爆响,能清晰地看到靶标周围弹着点激起的水花。

我被眼前的一幕幕所震撼,不由得浮想联翩:

炮火、硝烟、奋勇的士兵,为战争而存在的,今天却在和平的大幕下绽放、疾行。

战争、和平,这两个词虽然是矛盾的,但又互相依存。为了和平,我们必须准备战争。准备战争,是为了永久的和平。

下午3时,联合搜救演练拉开了帷幕。

这是重头戏,"和平方舟"号医院船是主角。

演练的背景是:一艘商船被撞,在大海中倾覆,部分船员受伤落水,其余船员跳水逃生……

岸上接到求救信号后,空中、海面同时展开立体救援。

万分危急!生命至上!中马双方4架飞机听令而动,率先搜索查证,确定商船遇险位置;双方海上舰艇快速到达出事海域,制订搜救方案,并同步释放出小救生艇进行水面搜救;"和平方舟"号医院船也紧急起航,做好接收救治"伤员"和"落水船员"的准备。

"和平方舟"号医院船搭载的救护直升机闻令而动,飞往出事地点,实施搜救。发现目标!搜救员迅速滑下,将"伤员"(模拟假人)救起,然后疾速飞回,降落在起降甲板上……

马方出动了1架"山猫"直升机,运载着"伤员"降落在"和平方舟"号医院船上;双方的几只救生快艇救起"伤员"后,疾速驶到"和平方舟"号医院船舷边,将"伤员"送到吊篮里……

严阵以待的我方官兵和医务人员推着担架冲过去,将"伤员"抬下飞机,搬出吊篮,迅速接到01甲板检伤分类区。

这个时候,为了更加逼真,就用真人代替模拟假人,和前天演练准备时一样,还根据不同伤情化了装。

在这批"伤员"中我发现了一个特殊的人员,他穿着外国军装,如血的液体从他微鬈的头发里往下淌,赤红的脸庞上被弄得到处都是,他咧嘴扮痛时露出一嘴白牙。我知道,这是驻船观摩的一名马方医务人员,他亲自体验了一把当伤员的滋味。还有一名马方医务人员,参与了手术室手术治疗。检查、急救、手术,一切按照程序走,将整个抢救过程逼真地演绎出来。真正是刀光剑影,无影灯下血淋淋的场面,让人紧张得透不过气来。

用了 1 个多小时,所有"落水船员"均被救起,并送至"和平方舟"号医院船救治。中马两军携手诠释着和平、友好、协作,联手书写人间大爱,联合搜救演练圆满成功!

下午 5 时 30 分,双方参演舰船按照"和平队形""友好队形""分散队形"进行编队运动后,分别驶离。

我方舰船驶向此前停靠的巴生港,马方舰艇驶向其母港。至此,为期 2 天的"和平友谊-2015"中马联合实兵演练全部结束。

马方驻船观察员、马方海军上尉埃在说:"这次实兵演练非常成功,中国军人的表现令人印象深刻。为了和平友谊,期待与中国海军再次联演。"

返航途中,我手扶舷边栏杆,眺望夜空。今夜星稀月明,弯弯的月亮上挂着一抹赤红,海天之上,仿佛洋溢着一片喜庆的气氛。

9 月 21 日上午舰船靠码头,重回巴生港。这天下午,马方 60 名医护人员和 23 名记者参观"和平方舟"号医院船,其中还有许多戴着盖头的穆斯林女士。当得知我是一位中国回族人时,他们非常惊讶,也非常高兴,围着我问这问那,可惜我一句也听不懂,无法和他们对话。大家在一起合影,气氛十分热烈。

晚上,"和平方舟"号医院船召开甲板招待会。马方陆海空军队代表、中方参演部队代表、我驻马大使馆人员及侨界代表欢聚一堂。

我方总部领导和马方的一位中将致辞,盛赞这次联演成功,均表达了加强两国、两军友谊的强烈愿望。

马来西亚是个以伊斯兰教为国教的国家。马方人员对我方准备的丰盛食品虽然很感兴趣,但一开始他们只吃瓜果和蔬菜,估计是担心它们不是清真食品。

真巧,下午来参观的医护人员马哈西尔也参加了招待会,他看到我非常高兴。虽然相识没有几个小时,但我们显然已成了老朋友。

我告诉他,医院船准备的全部是清真食品,可以放心食用。起初他还有点儿犹豫,看我拿起一块"骨肉相连"咬了一口,他这才放心,马上拿了两串,并招呼同伴。我还告诉他水饺是羊肉馅的,其他还有鸡肉、牛肉等食品。他非常高兴,抱着我两边脸颊互贴行穆斯林礼,并掏出一个他的马来西亚军队牌送给我。遗憾的是,我当时无东西回赠。

马哈西尔对我说:"非常感谢你们,给我们机会参观访问医院船。你们都是非常友好与善良的朋友,我们记住了你们,你们也不要忘记了我们。"

"兄弟,不会忘记你们的!"我给了他一个大大的拥抱。

驻船观摩的马来西亚军医克赛文在旁边热情地说:"真的很感谢,我们在这儿受到盛情款待和热烈欢迎,很享受在船上的 2 天时光。我们在船上的住宿条件是很好的,你们还给我们提供了营养可口的清真食品。"

"对客人热情友好,是我们中华民族的传统,这是应该的。"我说。

克赛文指指旁边的外事翻译黄小平说:"你们的联络官很机智,给我们提供了畅通的交流。通过他们及船上的官兵,我们学到许多新鲜的东西。比如,第一天晚上,孙涛院长带我们练习太极拳;第二天晚上,郭保丰船长教我们写毛笔字;我们还通过体验拔罐、针灸和艾灸,对中医有了一定了解。中华文化博大精深,中国不愧是文明古国!"他越说越兴奋。

"你亲身参加了这场演练,一定感触很深吧?"

"是的,是的。整个演练就像一场真实发生的救护行为,所有的医护人员和假扮伤员者都做得很好。他们用专业的手法和认真的态度,为马中军演的合作与成功做出了贡献。我期待今后有更多机会与中国医护人员进行医疗交流,也希望你们将来能够邀请我们更多的医护人员上船,共同进行人道主义救援。"

我们越聊越投机,越聊越亲切。愉快的时光过得很快,招待会结束了。

我送他们下船时,马哈西尔反复说:"你有时间一定要到我们首都吉隆坡去看看,方便时我请你吃饭。"

我虽然答应了他的邀请,但知道很难实现。望着他们渐行渐远的背影,我感慨颇多:和平、友谊、幸福、富有,是人类共同的追求,唯有真诚地付出、辛勤地努力才能获取……

3."爱情湖"绕双子塔

9月22日,我们媒体记者和部分官兵获得了前往马来西亚首都吉隆坡的机会,体验生活,感受异域风土人情。

上午8时30分,我们从巴生港乘大巴车出发。

导游是个华人女子,胖胖的,叫蔡晓慧,祖籍中国广东,汉语也算流利。她一路上教我们说了不少马来语,我只记得对男士的尊称是"短短",对女士的尊称为"胖胖",其他都忘了。

第一站是太子城,这里是马来西亚的行政中心,几十个国家管理部门都在这里。

太子城有一座粉红色的清真寺,非常独特,坐落在太子湖畔,漂亮得惊人。虽说今天不是"主麻日"(主麻,亦称"聚礼",在每个星期五举行),但参观的人依然络绎不绝。

我罩上游客必须穿的袍子,脱了鞋子进入大殿,仰望其穹顶,金碧辉煌,更显雄伟。

离太子城不远就是皇宫。宫殿大门两旁各有一名持枪卫士和骑马卫士,皇宫非常庄严、非常华丽。

蔡晓慧向我们介绍,马来西亚最高国家元首是否在国内,当地人一看皇宫内悬挂的旗帜就知道:如果黄旗高挂,说明在国内;没挂,一定是出访了。

我抬头看了看,一面黄旗高高飘扬。我明白了,马来西亚最高国家元首没有出访。

在前往吉隆坡时,一路上看到各种建筑物上都高挂着马来西亚国旗,洋溢着一种非常浓烈的节日气氛。一打听才知,8 月 30 日是马来西亚联邦成立日,9 月 16 日是马来西亚独立日,相当于我们的国庆节。

导游很会安排,到了吉隆坡,第一站就是自由广场。一片空阔的草地旁有许多各式各样的建筑。广场北头有一座浮雕,这是为争取独立而英勇斗争的马来西亚首位国家元首的雕像,他叫东姑阿都拉曼,现在每一种面值的马来西亚货币上都印有他的头像。

我们到达马来西亚国家石油公司双子塔时,已是中午。双子塔是吉隆坡的标志性建筑,高 452 米,共 88 层,非常雄伟壮观。它曾经是世界上最高的摩天大楼,也是世界上目前最高的双子楼,两座独立的塔楼直耸云天,并与裙房相连,外形像两个巨大的玉米,故又称"双峰大厦"。新华社的王玉山建议我们到上面观光,他曾上去过,说非常值得一看。

我和中央人民广播电台的郭林雄、马艺决定去一次,每人 88 马币,时间安排在下午 5 时 30 分,15 人一批。

我们先在塔里的商场中转了转,到了时间,电梯先把我们送到 42 层双塔的横桥处,这里大概是目前世界上最高的过街天桥了。此时,外面下起了小雨,云雾缭绕,如同仙境一般。十几分钟后,电梯到了 86 层,在这里俯瞰吉隆坡,更有一种海外仙山般的感觉。近处,一座座高楼在脚下;远处,山与城市皆在云中。

短短半个小时过得很快,我们下来之后,回首仰望,特别是在太阳落山、华灯初上之时,双子塔更显得华丽巍峨。

双子塔前广场上有一座人造湖,双塔倒映其中,如同一对恋人手牵着手,所以这个湖被称为"爱情湖"。

晚上 8 时,爱情湖里还有音乐喷泉。湖面随着音乐变换颜色,组合成绚丽的图案,十分浪漫,十分精彩。我们怀抱美好的愿望而去,带着美好的心情归来。

有美好就想与人分享。回到巴生港,我敲开了船长办公室,想找时任船长郭保丰聊聊。

郭保丰是"和平方舟"号医院船第三任船长。前面说过,首任船长叫于大鹏。

第二任船长叫章荣华。现在他们三位都在船上,可见领导对这次任务有多重视。

郭保丰给自己起了个英文名字"Ark",也就是"方舟"的意思。

"让自己的一切都成为和平方舟的一部分,船是我,我也是船。"郭保丰对我这样解释。

一说起船长,我的脑海里就会蹦出这样一个形象:皮肤古铜色,骨骼坚硬,满脸沧桑,眼神深邃,头发花白……

可是见到郭保丰时,我的想象被彻底颠覆了。他很年轻,1979 年 1 月出生在浙江诸暨浬浦镇兼溪村。他肤色白净,清瘦俊雅,微笑常挂在脸上,目光中闪烁着精明,浑身透着一派"江南才子"的潇洒。

称郭保丰为"江南才子"还真不是夸张,通过这些天和他的接触,我对他有了一定的了解:他是个十分活跃的人,各类体育运动都能露一手,尤喜足球,他任队长的船上足球队,在业余时间常到外面绿茵场上比赛一番;他浑身充满文艺细胞,口琴、笛子、二胡、古琴、葫芦丝、吉他、萨克斯、架子鼓,甚至钢琴,十几样乐器,他都能吹拉弹奏得有模有样;他还对国画艺术有一定研究,时不时画上几张展示一番,尤其写得一手好毛笔字,身后有一帮粉丝索求收藏。

不仅这些,郭保丰还涉猎广泛,掌握了一些历史、理工、医药等方面的知识,而且说得一口不算流利但能和人对话的英语。

早在 2005 年郭保丰第一次随军舰走出国门时,他就意识到,"走向深蓝,中国海军需要有'硬件',更要有'软件'"。于是,学生时代背记单词的英语手抄本又一次成了他日常的必备品。这真是现代化舰船有现代化船长,让人刮目相看。

进入和我所住舱室大小差不多的船长室,首先闯入我眼帘的是舷窗边、衣柜上、电视旁挂着的好多串色彩鲜艳、样式不同的平安符。

"这是我妈妈亲手编织的,每次出海她都会编一个送给我。"郭保丰告诉我。

"老妈的手真巧,各种丝线搭配得也漂亮。"我说。

"老人的心愿,她相信她编织的平安符,一定会保佑我们在海上平安。"

郭保丰请我坐下,倒上一杯茶,趁着夜深人静,我们神聊起来:

郭保丰和我说起他的故乡,那个叫兼溪村的小村庄。一说村名,我就想起当年海军歌唱家卞小贞唱的那首著名歌曲《泉水叮咚响》，仿佛看到竹林掩映下，一条弯弯曲曲的小溪唱着歌儿流向远方……

郭保丰和我讲起慈祥善良的爷爷奶奶，讲起当过解放军炮兵的父亲，更多的是讲起他从小崇拜的哥哥，讲他们的童年趣事……

哥哥比他大3岁，童年时郭保丰喜欢跟在哥哥屁股后面疯跑。在他眼中，哥哥似乎无所不能，尤其是网鱼捉虾，每一次都会有所收获。有时候，哥哥坐在小溪边聚精会神地盯着水面，搜索着鱼虾游过的水纹；他则跟着溪水往前跑，跑着跑着，村里浅浅窄窄的小溪变深变宽，汇入了一条大大的河流。

这条大河叫浦阳江，江面很宽阔。

偶尔，哥哥会带着他跳上一只竹筏，一边撑着竹竿，一边快乐地唱起歌来。

郭保丰的嗓子很好，会唱许多江南歌谣。

唱到高兴时，兄弟俩会跳进江里嬉戏，在打闹中练就了一身"浪里白条"般的游泳本领。

有时候，他们会忘了时间，忘了距离，任由竹筏顺着江水前行，来到那座以"西施故里"闻名的诸暨城。哥哥给他讲西施的故事，讲西施的美丽善良和为国献身的精神。

这会让年幼的郭保丰魂神游2500多年前，潜移默化地塑造了他正直、勇敢和坚韧的性格，树立起造福乡里、为国为民献身的远大志向。人生有志，就会奋斗，就会成长。

在少年郭保丰的成长过程中，哥哥的辍学对他冲击很大。因为家庭困难，哥哥读完初中就离开学校，外出打工。临别时，他笑着对郭保丰说："你是全家的希望，就看你的了。"

这句话听起来很轻，却让郭保丰感到"压力山大"。他愈加发奋努力，成为浬浦中学的学霸。

1997年，郭保丰参加高考，第一志愿他填的就是海军大连舰艇学院。

他如愿以偿，拿到录取通知书的那天，喜气溢满乡村小院，亲人们为他送来真诚的祝福。哥哥说："你帮我完成了自己的心愿。"妈妈说："乡村娃要闯大海了,我会编好多好多的平安符,伴你四海为家。"爸爸说:"当兵的人,肩上扛的是家国大事,国为最大。"

家国家国,以国为家。

从军校毕业后,郭保丰被分配到东海舰队,历任枪水长、作战参谋、枪炮长、副船长、副舰长、大队参谋长,直至掌舵和平方舟这艘万吨级医院船。他追求知识的步伐从没有停歇,他先后到原海军广州舰艇学院、海军兵种指挥学院培训学习,后来又考上了海军指挥学院的在职研究生。

郭保丰小时候的梦想是当一名医生。后来,悬壶济世的梦想变成了"我为祖国守海疆"。如今,他驾驶着和平方舟走遍世界,儿时的梦想与现实交互叠合。这样的情况,郭保丰以前从没想过。他只知道,坚持梦想并付诸行动,梦想才可能开花。

郭保丰文学艺术细胞很丰富,是"和平方舟"号医院船上出了名的"文艺青年",航行一路写一路。灵感来了,他会写上一首诗或一篇散文。

"对于大海来说,每日的潮起潮落、星光渔曲也许是她的少女舞曲,波涛汹涌是她留给天空最美的油画……包容是她的主色调,有容乃大则是她的追求……"

"自己的影子,有时是最好的陪伴;自己的泪水,有时是最解渴的。信仰,是最亮的星星、最有力量的桨……"

这首题为《梦想》的诗就很唯美:

小小的梦想

我曾渴望远航

成为夜空中最明亮的星

长大后

一点一点靠近

大海里最奔放的浪花

我躺在满是星光的战舰上

听见来自海底的鱼群道着晚安

梦里面我看见了最纯的笑靥……

"最纯的笑靥",这里面一定有郭保丰的2个儿子锦斌、锦鹏,他们的照片一直摆在他的案头;这里面肯定还有郭保丰的前妻周正芳,他一直珍藏在心头……

郭保丰和周正芳是高中同学,2个人都是学习尖子。上学时,他是副班长,她当团支部书记。高考时,他考上军校,她被浙江师范大学录取。

2005年初,郭保丰探家,参加班主任黄伟朵召集的同学聚会。周正芳从杭州回家,也应邀参加。

黄老师见到这对金童玉女,十分欢喜,一打听,2个人都未成家,就萌生了当"红娘"的念头,为他们扯起了红线。

实际上,2个人在学校时就已经产生了那种朦胧的感情,心中都给对方留下了位置,只不过忙着学习,谁也没说。天缘凑巧,这次聚会,老师给他们捅破了这层窗户纸。

周正芳在浙师大本硕连读,毕业后,响应国家号召,成为第一批支教大学生,前往广西龙游。当时正值她圆满完成任务,回校等待分配之时。

互相都熟悉,互相都了解,互相都爱慕,2个人的爱情之火迅速燎原,很快就到了谈婚论嫁的阶段。

周正芳毫不犹豫把工作地点定在了郭保丰所在部队驻地,到位于舟山的原浙江海洋学院数学系任副教授。

郭保丰半开玩笑地说:"从杭州到舟山,从大学到学院,你可亏大了。"

"还不是因为你!"周正芳灿烂地一笑,推了他一把。

郭保丰一本正经地说:"嫁给了军人就是嫁给了寂寞,就是嫁给了辛劳。"

"我懂,我也有思想准备。"

2005年4月,他们结婚了。2006年4月,他们有了爱的结晶,起名锦斌,期望儿子文武双全。可是,大喜伴大悲。在生孩子时,周正芳被检查出癌症晚期,孩子还未满月她就动了手术。

周正芳是位性格坚强的女性！在妊娠反应最厉害时,郭保丰出海执行任务,她报告的全是喜讯。手术后,她骑着电动车到医院化疗,郭保丰还是在海上,她传递的全是平安;在此期间,学院参加全国数学竞赛,她带病坚守岗位,带领学生夺得了第一名⋯⋯

周正芳是位追求完美的女人！在一次去部队驻地时,她因吃了文书帮她打来的饭菜不舒服,吐得一塌糊涂。她流着泪对郭保丰说:"老公,不好意思,在战士面前给你丢人了。"在一次化疗时,一位年轻护士几次扎针都没扎好,疼得她直皱眉头。当医务主任批评护士时,她却道歉说:"是我的血管太细,是我太娇气,给你们添麻烦了。"在一次上课时,因事耽误了 2 分钟,她向同学们检讨道:"守时遵诺,是一个人起码的素质。我今天迟到了,耽误了大家的时间,老师向你们说声'对不起'！"⋯⋯

2007 年初,周正芳感觉到自己的时间不多了,平静地做着一些准备工作:她在电脑上为未满周岁的儿子下载了许多宝宝儿歌、儿童游戏、学前教育资料,把衣物、玩具全部整理好,将绵绵无尽的母爱留在了上面;她整理好教案,为主治医生、护士甚至病友送去礼品,为家人、老师、同学、同事、学生以及丈夫的战友送去祝福,将美丽、善良与热情留在了人间;她给至爱留下了遗言,嘱咐郭保丰尽快走出痛苦,为孩子找一个疼爱他的新妈妈。她什么也不带,只带上她常用的手机,里面有他们爱情的见证——全家人的照片与视频,还有她教学用的三角板,在另一个世界里它们依然与她相伴。她要求骨灰分两半:一半撒大海,相伴爱人驰骋深蓝;一半葬故乡,守望亲人幸福生活⋯⋯

4 月,还是 4 月。

2005 年 4 月,喜结连理。

2006 年 4 月,喜得贵子。

2007 年 4 月,不幸病逝。

周正芳走了,年仅 28 岁,像她的名字一样,在花开正芬芳的年龄走了,带着对亲人、对生活的无限眷恋和热爱走了⋯⋯

悲痛如磐,泪雨滂沱。止不住的泪水,从郭保丰的脸上滚落。太多的遗憾,太多的愧疚,太多的思念,充溢在他的心间;太多的话语,太多的痛惜,太多的爱恋,奔涌到他的口边。可这一切周正芳都不知道了,都无法听到了……

风含悲,海呜咽,一艘军舰为一位普通的军嫂送行。伴随着骨灰撒入滔滔大海,官兵们飞溅着泪花的呼喊响彻海天:"嫂子,您一路走好!嫂子,您一路走好!……"

讲述完周正芳的故事,郭保丰的双眼已盈满泪水。

我们两人都长久地沉默。

我的心如坠上了铅块那样沉重。

人是感情动物,每个人都有爱。只不过,心揣家国情怀的中国军人,爱得更特别,爱得更炽热,爱得更深远,爱得更宽广……

我们把对亲人的爱凝聚成对祖国的大爱,还有对世界人民的大爱!我们用切实的行动,诠释着大爱无疆!

B 卷

2010 年,和平方舟入列后首次驶出国门,执行"和谐使命-2010"任务,奔赴亚丁湾海域和亚非五国,为我护航官兵及出访国民众提供医疗服务。大爱无疆,生命至上!一名生命被中国军医拯救的孟加拉国女婴,起名字叫 China——中国。

第二章 首出国门大爱无疆

——"和谐使命-2010"(上)

挽着龙的梦,我们把和平之声播撒大洋;

捧着橄榄枝,我们把和谐理念传向远方。

这是一次庄严而又绚烂的起航,

这是一页和谐而又峥嵘的篇章。

我们走出国门,让世界知道中华人民共和国的爱;

我们踏着波浪,请祖国检阅水兵的豪迈……

时光倒流到 2010 年 8 月 31 日,舟山军港,阳光明媚,军乐嘹亮,《人民海军向前进》的雄壮旋律在蓝天碧水间回荡,让世界知道中华人民共和国的爱,请祖国检阅水兵的豪迈!

汽笛长鸣,"和平方舟"号医院船携包括 100 名医务人员在内的 428 名官兵和 1 架救护直升机,缓缓离开舟山码头,劈波斩浪,驶向大洋。

任务指挥员包裕平,副指挥员王建勋、管柏林、汪光鑫和战友们一样,神采飞扬,信心百倍,深感使命光荣,责任重大。他们知道:这是和平方舟首次跨出国门,将跨越两大洋,航经六大海峡,行程 17800 海里,赴亚丁湾海域和吉布提、肯尼亚、坦桑尼亚、塞舌尔、孟加拉国5个国家,执行"和谐使命-2010"任务,为我海军护航官兵进行医疗巡诊,为五国民众提供人道主义医疗服务。

1. 亚丁湾上的"蓝海天使"

"走出去了?"

"走出去了。"

那年,我随"和平方舟"号医院船完成任务之后,去看望一位老首长。2个人一问一答,同样四个字,只是语气不同。我们2个人都笑了。

我从老将军的笑容里,从那四个字的询问中,读出了分量,听出了深意。是的,我们海军"走出去了",并且越走越远……

"走出去",将多少代水兵对大洋痴情的梦想变成现实,用一道道航迹描绘出中国海军建设的宏伟蓝图!

"走出去",海军不仅要战胜大海,在汹涌波涛之上能够安身立命,还必须在大海上有所作为,以征战的姿态傲立涛头,振我国威军威,在更开阔的领域实现、维护、巩固或开拓国家利益,把国家的意志投向远海惊涛之间,展示在万顷波澜之中。

"走出去",随着我国国力的不断增强,人民海军积极适应国家利益发展需求,拓展海军战略运用空间,进入了跨越式发展的重要时期:现代化程度不断提高,核心军事能力不断提升,遂行多样化军事任务的本领不断增强,以更加自信的形象走向世界。

2008年12月26日,肩负着神圣使命,承载着国人期望,人民海军开始了真正意义上的"走出去"。

由3艘现代化军舰组成的首批护航编队,从海南岛亚龙湾军港出发,挺进亚丁湾、索马里海域,拉开了中国海军远洋护航的序幕,犁出了中国海军远洋护航的新航迹,开启了中国海军走向深蓝的新征程,奏响了构建"和谐海洋"的新乐章。

这是我国首次使用海军军事力量赴海外维护国家的战略利益,首次组织海上作战力量赴海外履行国际人道主义义务,首次在远海保护本国及世界重要交通运输安全。

从这一天起,许多国人才知道世界上还有个亚丁湾,对出没于那里的海盗有了更多的关注。

亚丁湾,是位于也门和索马里之间的一片阿拉伯海水域,面积53万平方千米。亚丁湾以也门的海港亚丁为名,其北面是阿拉伯半岛,南面是非洲之角,西侧有亚丁港、吉布提港2个驰名世界的海港。

亚丁湾通过曼德海峡与北方的红海相连,是船只快捷往来地中海和印度洋的必经站,又是印度洋通向地中海、大西洋航线的重要燃料港和贸易中转港,还是波斯湾石油输往欧洲和北美洲的重要水路,具有重要的战略地位。

水路繁忙,商船云集,再加上近些年该地区长期战乱,管理失控,经济贫困,民不聊生……一些人开始结队拉帮,过上了低成本高收益的掠夺性生活,并愈演愈烈。

由于该地区海盗猖獗,所以亚丁湾又被叫作"海盗巷"。为了打击海盗,保护过往商船安全,联合国授权各成员国派出军舰护航。小小亚丁湾,顿时云集了十几个国家的数十艘军舰,成为一个展示"硬实力"和"软实力"的舞台。

伴随护卫、应召支援,慑止海盗、解救商船……从第一批舰艇编队开始举世瞩目的远洋护航至今,中国海军一批批舰艇编队在亚丁湾连续完成护航任务,有效履行党中央、中央军委和习近平主席赋予的神圣使命。护航官兵一次次直面生死,一次次化解危机,一次次挑战极限,用忠诚与奉献、责任与担当,彰显了"威武之师、文明之师、和平之师"的风采,提升了中国的国际地位,赢得了国内外舆论的高度评价,谱写了人民海军迈向世界一流的新时代壮歌。

可以说,这是一次直接维护国家利益的实践,更是一次维护世界和平以及建设"和谐海洋"的努力。但是,面对陌生的战场和全新的对手,护航编队也面临着三大考验:一是陌生海域的考验。周边环境、海况变化、水文气象等都很陌生。二是陌生对手的考验。海盗熟悉环境,机动性强,行踪诡秘,大多采用狼群战术,声东击西,突然出击,这对我们提出了新的要求。三是人员海上长期生存能力的考验。祖国和人民关注着他们，首长和战友们牵挂着他们。

中央军委决定：“和平方舟”号医院船执行“和谐使命－2010”任务，前往亚丁湾，为人民海军第六批护航官兵和亚非五国民众提供医疗服务。这次任务，使命光荣而又艰巨，意义重大而又深远。这不仅是医院船列装后首次走出国门，还是我军首次派医院船赴海外执行任务，首次派医院船为国外民众提供人道主义医疗服务，首次组织远海卫勤演练，谱写了海军卫勤遂行远海多样化军事任务和对外医疗交往的新篇章。

管柏林告诉我：“我能随船参加那次使命任务，是海军领导后来调整确定的。”

怎么回事？

“当时，海后卫生部领导讨论由谁随船执行任务，其间有一个小插曲。”管柏林笑呵呵地跟我讲。

“和平方舟”号医院船首次出访，从筹划、组织到实施，海后卫生部机关做了大量的具体工作。当年5月，管柏林作为先期考察团团长，率团赴到访国进行实地考察调研，并提交了可行性报告。随船执行任务，他理应是最合适的人选。可是，海后领导从卫生部日常工作出发，拟定一名副部长参加。

就在临近任务集结时，海军领导看到任务名单，问：“此次任务管柏林怎么不去？”

“卫生部工作忙，这次任务时间又长，他不好离开。”

“工作忙？不是还有副部长吗？他熟悉情况，让他去。”海军领导当场拍板。

就这样，管柏林搭上了“末班船”，以副指挥员的身份参加了“和平方舟”号医院船的首次出国远航。

乘长风，战恶浪。经过连续数天的大风浪航行，2010年9月16日，“和平方舟”号医院船驶抵亚丁湾海域。大洋上的相遇令人分外激动和难忘。

当地时间下午2时50分，由“兰州”号导弹驱逐舰、“昆仑山”号船坞登陆舰和“微山湖”号综合补给舰组成的编队逐渐出现在“和平方舟”号医院船左前方。

医院船全体官兵和护航编队官兵身着白色夏常服在舷区整齐列队站坡。

"你们辛苦了,向你们学习""向亚丁湾护航战友们学习致敬"的信号旗语和醒目横幅,传达着"和平方舟"号医院船官兵对护航官兵的深情问候和满腔敬意。

下午3时整,呜——随着一声长长的汽笛在大洋深处响起,"和平方舟"号医院船全体官兵立正敬礼,同时,"微山湖"号综合补给舰也以汽笛回应着医院船的问候。随后,双方相互挥手致意,成功会合。

"和平方舟"号医院船的到来,给长期航行在远离祖国海域的海军官兵带来了祖国人民的问候,带来了军队各级领导的关怀,也带来了先进的医疗器械和热情的医疗服务。

从9月17日至10月7日,"和平方舟"号医院船根据编队护航行动计划和各舰艇状态,分三个阶段,相对集中两周时间,分别采取海上定点、伴随护航和码头同时靠泊等方式,利用舰艇舷靠、小艇和直升机换乘等手段,派出医务人员登舰巡诊和分批次接收舰艇官兵来船诊治,为护航官兵的健康"加油"!

老天助力!17日这天,亚丁湾风平浪静,为"和平方舟"号医院船远洋医疗服务的"开门红"提供了稳稳的平台。

清晨6时许,"和平方舟"号医院船与昨天会合的"微山湖"号综合补给舰进行了海上靠帮连接。不到7时,"微山湖"号上的150名官兵跨过跳板,来到医院船。

"和平方舟"号医院船海上指挥所领导在甲板上热情迎接这些战友。紧接着,参加体检的人员分成七个小组,在海上医院医护人员的带领下,分赴各个科室,有条不紊地开展各项体检。

对于留在补给舰上的值班人员,医院船派出医疗小分队,到舰上为他们抽取血样,并开展医疗巡诊和心理咨询,保证做到服务不漏一人。

对于需要住院治疗的官兵,医院船从这天开设病房,让伤病员入院治疗。

"微山湖"号的副航海长马树江激动地说:"我们离开祖国,在海上执行护航任务已经有近半年的时间。大家长期在高温、高湿、高盐的海上执勤,很需要查身体、充充电。听说医院船要来,大家都非常高兴。医院船的热情服务,更坚定了我们完成好护航任务的信心。"

在大洋之上、亚丁湾海域、吉布提港,"和平方舟"号医院船为第六批护航编队3艘舰艇的1000余名官兵提供了融医疗巡诊、门诊诊治、健康体检、心理疏导、留船休整、药材补充、医疗设备检修等为一体的,内容丰富、形式多样的医疗服务;还首次探索性组织了四批27名官兵留船休整数天,采用临床治疗、健康知识辅导、心理干预、科学合理饮食、体能恢复训练、文化联谊等方式,综合施治,对保持护航官兵身心健康、提高编队战斗力发挥了积极作用。其间,健康体检772人次,门诊诊治762人次,医疗巡诊462人次,心理疏导688人次,CT检查86人次,开展手术2台,检修医疗设备13台(件),补充药品34类2262盒。

在远离祖国、远离亲人的护航官兵心中,医院船是他们遂行任务的"加油站""充电桩",医护人员是名副其实的"蓝海天使"!

10月的亚丁湾,风平浪静,海鸟低飞,美不胜收。然而,也就是这片海域,海盗猖獗,令过往商船担惊受怕。商船一旦遭袭,如何快速解救? 船员受到伤害,怎样有效救治?

10月7日早晨,围绕如何构建完善护航编队医疗救护体系,"和平方舟"号医院船利用为护航官兵提供医疗服务的时机,首次协同护航编队在远海开展了代号为"蓝海天使-2010"的医疗救护演练,希望通过此次演练,完善海军远航舰艇编队医疗救护体系,探索海军远海卫勤保障组织、指挥、协同、管理、运用的新机制、新模式和新理论,以此带动中国海军远海医疗救护能力的全面提升。

随着清晨的阳光洒满海面,一场近似实战的突发事件发生了。

8时整,"和平方舟"号医院船突然收到编队海上指挥所的信息。

"一艘商船遭海盗袭击,现已被我成功解救! 28名伤员已经得到我护航舰艇、编队医疗所初步急救,请做好伤员救治准备!"

时间就是生命! 接到任务的"和平方舟"号医院船火速驰援!

此次演练的重点是,完全按照护航舰艇编队护航队形实际,根据单舰艇救护所、编队医疗救护所和医院船海上三级医疗救护体系,协同开展演练,提升舰艇编队医疗救护体系能力。

"兰州"号导弹驱逐舰距离事发海域最近,立即前往解救商船,并对"伤员"进行现场急救;然后将"伤员"后送至设在"微山湖"号综合补给舰上的编队医疗救护所,进行紧急救治;最后通过救护直升机将"伤员"后送至远距离的"和平方舟"号医院船,进行早期治疗和部分专科治疗。

在医院船信息中心,救治准备工作同时展开。海上医院与万里之外的原海军医学研究所进行远程音视频连线,两地专家正在紧急制订救护方案。

8时55分,救护直升机携带大量战伤救护药材,从高速航行的"和平方舟"号医院船上起飞,直奔"微山湖"号综合补给舰。

随着一名名"伤员"被抬下直升机,检伤分类组的医护人员对各种伤情进行检伤分类。

"报告,'伤员'呼吸困难!"在检伤过程中,护士张茜突然报告。

"立即给予面罩吸氧……"医生周凤梁果断回答。

"是,面罩吸氧。"

"送ICU病房。"

挂上电子伤票后,"伤员"被送到ICU病房。在这个拥有20张铺位的特殊病房内,多功能呼吸机、多参数监护仪、除颤起搏器、加压输液泵等先进诊疗设备早已开机工作。

根据电子伤票信息,该"伤员"被诊断为烧伤、冲击复合伤,头面、四肢、上呼吸道烧伤,肺爆震伤。海上医院的杜亚南医生给他做了气管插管,陈雷医生准备呼吸机、输血、输液。在海上医院普外科主任陈森林实施紧急气管切开手术后,"伤员"症状趋于稳定……

经过医院船全体医务人员的共同努力,所有"伤员"的早期治疗和部分专科治疗基本结束,"伤员"情况稳定。

救治基本结束,演练还在继续。在完成国外伤病员的基本救治之后,如何与国际红十字会协调,将伤病员移交相关国家岸基医疗机构,成为此次演练的新课题。

10 时 06 分,医院船信息中心再次召开远程会议。

"和谐使命-2010"任务指挥员包裕平正在向原总后卫生部汇报情况:"因我船需继续执行'和谐使命-2010'任务,需通过国际红十字会协调,将伤病员移交相关国家岸基医疗机构。请总后卫生部明确移交程序及有关要求。"

原总后卫生部回复说:"总后卫生部机关与国家卫生部、中国红十字总会进行了沟通和协调,并与相关国家红十字会取得联系,明确了伤病员通过 G 国海军基地移交给 G 国红十字会,并由该国移交至伤病员本国红十字会。"

10 时 20 分,伤病员转运工作正式开始。

随着指挥员包裕平一声令下,"和平方舟"号医院船舰载救护直升机载着经过治疗的"伤员",朝 G 国海军基地缓缓飞去。飞机上的红十字与医院船上的红十字上下呼应,在亚丁湾的阳光下熠熠生辉。

演练结束时也是分别时。当离别的汽笛响起的时候,医院船和护航编队的官兵们依依不舍,聚集在船舷挥手眺望,久久不愿离去……

再见,亚丁湾! 再见,护航的战友们!

2. "真主派来的光明使者"

请允许我将时光倒回到几天前,随"和平方舟"号医院船到访一个非洲国家,这也是它自入列以来到访的第一个国家。

那么,就让我们把目光投到岸上,去看看那个陌生的国度吉布提。

9 月 22 日至 28 日,"和平方舟"号医院船停靠在吉布提港。时任中国驻吉大使张国庆这样表述:"和平方舟首次到访,为吉政府官员、军队官兵、普通民众、驻吉有关国家使馆人员,以及中资机构人员、华侨华人等提供了全面、细致、高效的医疗服务,在吉布提引起了强烈的反响,受到一致好评。"

中吉自 1979 年 1 月 8 日建交以来,两国各领域合作顺利开展。

吉布提共和国战略位置十分重要,国内有美军在非洲最大的军事基地、法军在海外最大的军事基地,以及后来设立的中国人民解放军保障基地。

2017 年 11 月 23 日,中国国家主席习近平在人民大会堂同来华进行国事访问的吉布提总统盖莱举行会谈。两国元首一致同意,建立中吉战略伙伴关系。

吉布提共和国素有"炽热的海滨之国"之称,干燥酷热、终年少雨,沿海地区属典型的热带沙漠气候,内陆则属于热带草原气候。吉布提一直是世界上医疗欠发达地区之一。"和平方舟"号医院船此次亚非五国之行的首站服务,对于当地民众来说,无疑是久旱之后的甘霖。

医院船抵达吉布提当天,100 多名军政要员、驻外使节、民众代表齐聚码头,以当地最隆重的礼仪欢迎"和平方舟"号医院船的到来。一时间,医院船在吉布提开展医疗服务的消息,像春风一样迅速吹遍了吉布提的城镇乡村。

一连 2 天,人们慕名相约而来,就医人数大大超过了通过我驻吉大使馆预约的数量。通过与吉方的进一步磋商,"和平方舟"号医院船在全面展开接诊工作的同时,派出两支各 10 人的医疗分队,分别赴陆军医疗所和贝尔蒂医院,为吉布提民众提供包括疾病诊治、住院和手术治疗在内的医疗服务。

吉布提陆军医疗所。11 时,一对夫妻怀抱一名患儿,急急地冲入儿科诊室,请求中国医疗专家救救他们 2 岁的儿子。

"怎么回事? 什么症状?"海上医院医疗小分队的吴南海医师边检查边询问。

患儿父母焦虑地回答,孩子腹泻伴呕吐已经 4 天了,从昨晚开始出现无尿、不吃饭、精神极度萎靡等症状,今天上午连续昏睡几个小时,叫也叫不醒。

吴南海医师结合丰富的临床经验,当即诊断患儿为小儿腹泻合并重度脱水、早期休克,马上下达了一连串医嘱:"静脉输液! 快速扩容! 密切观察! ……"

时间一分一秒地过去,患儿父母满头大汗地焦急等待着……

12 时 10 分,患儿恢复排尿,5 分钟后缓缓睁开了双眼。

现场的中吉医护人员都从紧张的抢救气氛中走出来,长舒了一口气,抢救室内顿时响起了热烈的掌声。

患儿家长脸上露出了笑容,他们紧紧握住吴南海的双手,连声道:"谢谢! 谢谢! 你们真是真主派来的救人使者!"吉方医务人员也向中国医疗队员竖起了大拇指。

吴南海在叮嘱为患儿进行后续补液纠酸处理后介绍说："这孩子腹泻时间较长、症状较重，如果再晚几个小时就诊，后果将不堪设想。"

贝尔蒂医院。一大早，因为"和平方舟"号医院船医疗小分队的到来，医院的走廊里、诊室旁挤满了从各地赶来的患者。

此时，手术室里也有几位患者在排队等候中外医生联合对其进行手术。

可是，刚刚来到贝尔蒂医院坐诊的中国军医卢旺盛、刘鹏，却与当地医护人员发生了争执。

起因是一名叫穆罕默德的男子头部受伤，被紧急送来，2 名中国军医检查后认为，要救治穆罕默德，必须马上进行开颅手术，否则伤者的生命最多只剩下半个月时间。虽然吉布提医生也了解伤者伤情的严重性，但由于在当地打开头颅是一种禁忌，这种手术在吉布提从未有人做过，他们没有把握，所以坚决反对。

医者仁心。卢旺盛与刘鹏不断地解释手术的可行性。他们的理由也很简单：如果能救而不去救，那还当医生干什么？

最终，贝尔蒂医院的同行们被他们的诚心所打动，破例同意他们对伤者实施手术。他们立即将此情况报告给海上指挥所。

时任海上医院院长的蔡宏伟立即组织有关专家对穆罕默德进行了全面会诊，并制订出详尽周密的手术方案。

参加完会诊的刘鹏医生马上投入了一台预定的手术。上午 9 时 15 分，他与正在该国进行医疗援助的古巴医生 Dr. Fong 一同进入了手术室，联合为一位患者进行手术。

这位患者 52 岁，患有左侧腹股沟斜疝，因无钱医治，已反复发作 20 余年。虽然语言沟通不畅，但切开、复位、缝合等一个个过程自然流畅，中外医生之间、医生与护士之间配合得十分默契。

在这里，语言已经不是障碍，微笑成了共同的名片，合作成了共同的语言。

仅用时 1 小时 5 分钟，手术便顺利结束。

刘鹏与 Dr. Fong 的双手紧紧握在一起,Dr. Fong 连连讲"Perfect"(完美的),喜悦与友情在每个人的心中流淌。

11 时,刘鹏再次与 Dr. Fong 合作,为一名患有左侧睾丸鞘膜积液的患者进行手术。他们采用经典的鞘膜翻转缝合术,解决了困扰该患者 10 多年的痼疾。

11 时 20 分,眼科医生刘百臣不顾多日连续手术的疲劳,与该院眼科主任阿布迪进入了手术室,联合为一名男性患者进行手术。

40 分钟后,他们又连台为另一名女性患者成功实施了手术。

手术一台连一台。那是让贝尔蒂医院的医护人员大开眼界的一天。

当天晚上,22 时 30 分,卢旺盛与刘鹏又出征了,为伤者穆罕默德实施手术。手术台旁,一帮当地医生被破例允许来到现场,他们亲眼看见了当地第一例开颅手术,开展手术的是来自万里之外的中国军医。

手术非常成功! 伤者穆罕默德得救了!

事后,卢旺盛与刘鹏还自掏腰包为他留下了一笔术后护理费用。

7 年之后,当"和平方舟"号医院船再次访问吉布提时,当地许多人还提起这个神奇的开颅故事。

"和平方舟"号医院船主平台。

由于吉布提日照时间长、紫外线强烈,当地眼病患者尤其是白内障患者占有相当大的比例。为最大限度解除当地民众的眼病困扰,9 月 22 日"和平方舟"号医院船抵达这里后,海上医院便把治疗眼病患者作为此次医疗服务的重要内容突出出来,通过视力测试、药物治疗、配镜矫正、开展手术等多种手段,采取接诊、前出、住院相结合的方式对患者进行集中诊治。

53 岁的伊卜拉辛是从索马里移居吉布提的普通贫民。几年前,患有严重腰椎间盘突出的他,又不幸得了白内障。由于家境困难,他无法得到及时治疗,最终导致双目失明。

体检那天,从测视力到做 B 超,伊卜拉辛接受完 17 个项目的全面检查后,已经是 13 点多了。正当他为自己无着落的午餐感到焦虑时,亲切的话语响在耳边："您好，先吃点东西。"早已守候在病房外的海上医院院长蔡宏伟热情地递上了矿泉水、面包和牛奶。

面对这突如其来的"天上掉馅饼"，伊卜拉辛一时不敢相信自己的耳朵，如同做梦一般。"中国医生免费看病，还免费管饭？"当手里实实在在拿到东西时，他才相信这一切都是真的。

重见光明，是伊卜拉辛的夙愿。他说，自从双目失明以后，他的生活就成了一种无尽的煎熬。

然而，当从医务人员那里得知需进行手术治疗时，他又犹豫不决起来："万一手术出现意外怎么办？"

白内障手术虽然不算复杂，但需要病人很好地配合。为了消除伊卜拉辛对手术的恐惧心理，来自原海军总医院的心理护师晋翔可没少费心思：从消除思想顾虑到重树生活信心，从交流生命意义到共话人生追求……晋翔不顾工作的劳累，坚持每天通过翻译对伊卜拉辛进行心理疏导和干预。终于，伊卜拉辛勇敢地走上了手术台。

9月26日，这是伊卜拉辛生命中最值得纪念的一天。

这一天，在中国的"和平方舟"号医院船上，眼科医生刘百臣轻轻地为他揭去罩住眼睛的纱布。他重新见到了久违的阳光，并永远记住了第一个映入眼帘的这个中国医生的笑脸，永远记住了"刘百臣"这个名字。

他轻轻地捧起了刘百臣的手，重重地吻了上去。心情同样激动的刘百臣，当即回吻了老人。时间在这一刻定格，温暖了在场所有人的心，湿润了大家的眼睛。

在场的中外记者都情不自禁地连连按动快门，抓住了这一历史瞬间。

"感谢中国兄弟让我重见光明。你们是真主派来的光明使者！我将每天为你们祷告，祈愿你们平安幸福！"尽管在场中国医生的面孔对于伊卜拉辛来说仍很陌生，但他此时感受到了亲人般的温暖。这一幕在随后的服务中不停地上演。

刘百臣和他的战友们成功地帮助一名又一名非洲兄弟重见光明。

64岁的蒙乌萨和伊卜拉辛遭遇类似，他不仅因白内障失明，还患有严重的类风湿病。

当他通过手术重见光明时,他紧紧地拉着刘百臣的手,泪流满面地哽咽着说:"感谢中国,感谢和平方舟,感谢真主派来的光明使者!"

这天傍晚,刘百臣送老人离开时,像搀扶亲人一样,紧紧地挽着他的手臂,一步一步将他送下医院船的舷梯。

夕阳西下,温柔的晚霞中,他们两人的背影朦胧而温馨,一幅动人的画卷展现在吉布提港湾……

"和平方舟"号医院船在吉布提停靠时间有限,但在此期间,医护人员尽最大努力为该国民众提供医疗服务,共健康体检 351 人次,门诊诊治 2758 人次,医疗巡诊 515 人次,开展手术 19 台,住院治疗 8 人,CT 检查 165 人次,开具处方 1790张,发出药品 4514 盒,并向我驻吉使馆赠送药品 13 类 89 种。

"和平方舟"号医院船虽然离开了,驶往下一站肯尼亚,但"真主派来的光明使者"这一誉称在吉布提人民口中久久相传……

3. 中国来的"提灯女神"

东非,肯尼亚共和国,古老的蒙巴萨港历经千年沧桑。

肯尼亚共和国位于非洲东部,赤道横贯其中部。蒙巴萨是东非著名的古城之一,最早是阿拉伯人建的。早在公元 9 世纪,就有来自阿曼的阿拉伯人在这一带定居。19 世纪以前,每年 12 月到次年 1 月,大批来自阿拉伯、波斯、印度和欧洲的帆船队到此经商。

对外来者,蒙巴萨人的心底有恨,这源于他们曾长期被殖民压迫:

16 世纪,葡萄牙殖民者占领了肯尼亚沿海地带。

1557 年,葡萄牙在东非肯尼亚的蒙巴萨建造要塞。

1589 年 3 月爆发的蒙巴萨之战,使得葡萄牙与奥斯曼在西印度洋的势力平衡连续维持了百余年。

1890 年,英、德两国瓜分东非,肯尼亚被划归英国。英国政府于 1895 年宣布肯尼亚为其"东非保护地",1920 年改为殖民地。

1963 年 12 月 12 日,肯尼亚共和国成立,真正获得了独立。

对外来者,蒙巴萨人的记忆中也有甜:

1405 年,我国明代伟大航海家郑和率领庞大的船队,开始了七下西洋的伟大创举。船队从西太平洋穿越印度洋,到达西亚和非洲东岸,其中就包括蒙巴萨。在《郑和航海图》里,蒙巴萨被标作"慢八撒"。同时,郑和船队带来了瓷器、丝绸和种子,还有来自中国的农耕技术。在蒙巴萨出土的大量中国瓷器和古钱币等文物,也是这一历史事实的有力证据。

据说,郑和船队到达肯尼亚的拉穆群岛时,一艘海船不幸在这里沉没,劫后余生的船员登岛安身立命,后在这里繁衍生息。今天这里有个拥有 3000 多名居民的上加村,被称为"中国村",传说其先民为郑和船队中的上海人。

时光掠过 600 多年,2010 年 10 月 13 日,一艘乳白色的东方大船在晨雾中缓缓驶入肯尼亚蒙巴萨港。这是自 1963 年中肯建交以来,中国海军舰艇首次访问肯尼亚,首次停靠蒙巴萨港。

中国海军"和平方舟"号医院船是一艘专门为海上医疗救护而量身定做的大型专业医院船,上面没有导弹,没有舰炮,没有鱼雷,而是满载着技术精湛的中国军医,肩负着构建人类命运共同体的使命,为和平、友谊与健康而来。

当地人奔走相告:当年的郑和船队回来了!

在这艘船上有一位中年女性,她叫王文珍,是原海军总医院的总护士长。2009 年 10 月 27 日,她获得了国际护理界最高荣誉——第 42 届"南丁格尔奖章"。

时任中共中央总书记、国家主席、中央军委主席、中国红十字会名誉会长的胡锦涛为王文珍和其他 5 名中国获奖者颁发了奖章。

"南丁格尔奖章"源自一位名叫南丁格尔的女护士。100 多年前,南丁格尔女士在克里米亚战场上,冒着炮火硝烟,不顾个人安危,每晚提着油灯,奔走在交战双方的营区里,一间病房一间病房地探视、救治伤员,被人们誉为"提灯女神"。

南丁格尔成为国际护理界的一个传奇,也成了所有护理工作者的共同骄傲,感动了全世界！为了纪念她，每年的国际护士节就定在她生日这一天，即 5 月 12 日。国际红十字组织专门设立了"南丁格尔奖章"，作为各国优秀护士的最高荣誉奖，每 2 年颁发一次。

王文珍被人们称为"当代军中的南丁格尔"，这一称号，她当之无愧。仅举她数十年护理生涯中的几个事例就可见一斑：

2003 年，北京发生"非典"疫情。在抗击"非典"的 122 个日日夜夜里，王文珍始终坚守一线，和同事们护理了 3000 多名发热病人，用自己的生命守护病人的生命。其间，医院领导三次让她轮换休息，可每次她都表示："除非患病倒下，否则绝不离开岗位。"

2008 年 5 月 12 日，我国汶川发生特大地震。这一天，正好是国际护士节。灾情面前，作为医院总护士长，46 岁的王文珍主动请缨。当天晚上，她把工资卡郑重地交给了爱人赵刚毅。她的这一举动，让爱人赵刚毅感觉有点儿"悲壮"。那一夜，爱人赵刚毅没合眼；那一夜，王文珍也没合眼。

70 多个日日夜夜，王文珍和战友们从废墟下成功救出被困人员 10 名，救治伤员 109 名。在曲山小学坍塌的楼板中，他们钻进废墟，为被埋 70 个小时之久的少女李月实施了截肢手术。

这年夏天，残奥会在北京举行。当从电视上看到"芭蕾女孩"李月翩翩起舞时，王文珍流泪了："自己救过的患者，想想都觉得很亲；自己救出的孩子，就好像是自己亲生的孩子！"

2009 年，王文珍获得"南丁格尔奖章"之后，上级颁发给她 2 万元奖金。她马上把这钱捐献出去，给另一个她亲手救出的孩子邱耀安装假肢。她和战友们还专门把邱耀接到北京，带他逛天安门、看鸟巢、吃烤鸭，让孩子度过了一个难忘的寒假。

这一次，王文珍随"和平方舟"号医院船首次走出国门，她在航行日记上写下这样一段话："爱心无国界，医护无国界。我能代表中国海军医护人员远赴重洋，为亚非五国的人民服务，传递'和谐海洋''和谐世界'的理念，这是我莫大的光荣。我一定要做好每一件事，通过一点一滴展示中国海军、中国军人的良好形象!"

此次越洋航行,对于王文珍来说也是个挑战。她晕船很厉害,经常是一边呕吐一边准备卫生宣教的课件。但无论在船上多难过、多疲惫,一旦下船上了码头,王文珍就神采奕奕。

2010年10月14日,"和平方舟"号医院船来到蒙巴萨的第二天,王文珍就率领以她的名字命名的健康服务小分队,在中国驻肯尼亚大使刘光源的引领下,走进一所孤儿院,开展文化联谊。

起初,孩子们看到黄皮肤的叔叔阿姨们时十分紧张。一个胆大点的孩子围着队员们转了好几圈之后,渐渐被他们和善的笑容打动,带着些许腼腆靠过来。伴着中国乐曲《茉莉花》的旋律,王文珍拉着他跳起了舞蹈。其他孩子见此也都纷纷聚拢过来。

队员们和孩子们一起做游戏,教他们唱中文歌曲,介绍有关中国的知识。

王文珍健康服务小分队还为孩子们过了一个集体生日。当粉红色的奶油蛋糕摆上桌子,王文珍邀请孤儿院院长萨拉玛女士和几个孩子一起点燃蜡烛时,笑声、歌声、欢呼声汇成一片欢乐的海洋。

望着孩子们的笑脸,王文珍陶醉了。然而此刻,她的胃里正翻江倒海。为了买到这块蛋糕,她忍着水土不服造成的肠胃不适,在赤道烈日下跑遍了附近市集上的蛋糕店,汗流浃背。另外,她在出发前不久,刚做了腹膜肿瘤切除手术,留下的20余厘米长的刀口也在隐隐作痛……

其实,早在出国前,王文珍就自费1万多元给孩子们买了糖果、文具、球等礼物。每到一个地方,王文珍总是希望能带给孩子们更多的快乐。

王文珍在给孩子们分发蛋糕前,还教给他们一套英文版的"洗手操",让孤儿院的孩子们开心地跟着她学习洗手。她用女性特有的耐心,告诉他们要从小养成健康的生活习惯……

孤儿院院长萨拉玛女士激动地说:"谢谢中国! 你们的到来,让我们感受到了来自中国的仁爱文化。你们不仅为孩子们送来了健康,还带来了欢乐。"

临别前,孩子们已经对王文珍恋恋不舍了,老师和孩子们一起高喊:"中国!中国!"……

王文珍健康服务小分队来到了"老年之家",王文珍带领护士们为老人们体检后,又一起为老人们梳头、捶肩。

王文珍对 63 岁的斯宾塞·齐亚勒老人说:"在中国,给老人梳头、捶背,是晚辈对长者的孝道和尊敬,希望您能把我们当成自己的女儿。"

饱经风霜的老人流泪了,连声说:"你们真是东方的天使!"

王文珍笑着回答:"我们不是天使,是中国海军的护士。"

一路走来,王文珍除了在医院船平台上做好医疗、手术中的护理工作之外,一有闲暇,她就带领小分队的战友们前往孤儿院、聋哑学校和老人院,为特殊群体服务,与他们进行文化交流。

亚非各国民众了解到她的身份之后,都亲切地称她为中国来的"提灯女神"!

在这里,我还要介绍我们海军的另一位"提灯女神"。

她的名字与王文珍的名字只差一个字,叫王海文,浙江舟山人,也是一位护士长。她的名字里之所以有一个"海"字,是因为她的父亲当了一辈子海军,她在军营里长大。从医学院毕业后,她如愿被分到海军一家基层医院,先是干妇产科护士,后任传染科护士长,再任手术室护士长。

王海文个儿不高,说话慢声细语,脸上总是挂着亲切的微笑,让人忘不了。

2010 年初,在海军组建第四批护航编队前往亚丁湾护航时,王海文报了名。

回到家,她对父亲说:"我报名参加亚丁湾护航了。"

父亲有点儿疑虑:"女孩儿能行吗?"

"这是我们舰队第一批护航,我是护士长,应该带头,给年轻人做出榜样。您不是一直遗憾没有驶往远海吗? 我替您去。"

父亲是位老军人,深明大义,听女儿这样说,点点头:"你们赶上好时代了,我女儿要走出国门,走向深蓝啦!" 他用羡慕的眼光看着女儿。

在海上战风斗浪 176 天，王海文刚刚完成护航任务归来，又赶上"和平方舟"号医院船首次走出国门，执行"和谐使命-2010"任务，前往亚丁湾，为人民海军第六批护航官兵和亚非五国民众提供医疗服务。她荣幸地成为任务官兵中的一员，和王文珍成了"谐友"（共同执行过"和谐使命"任务的，互称"谐友"）。

王文珍是她心中的偶像，是她学习的榜样。在任务中，她经常白天参加王文珍健康服务小分队的活动，晚上在手术室里坚守岗位，同样被亚非各国民众亲切地称为中国来的"提灯女神"。

这里插一段后话。

"提灯女神"还真没叫错，2013 年 8 月 24 日，王海文也获得了国际护理界最高荣誉——第 44 届"南丁格尔奖章"。

中共中央总书记、国家主席、中央军委主席习近平为她和另外 5 位获奖者颁奖。

2015 年 9 月，我与王海文也成了"谐友"，随"和平方舟"号医院船执行"和谐使命-2015"任务。

下一段航渡时，医院船专门组织了心得体会交流，王文珍的发言中有这样一段话："一位哲人说，每个人来到人世间，第一个抱着你的不是妈妈，而是护士。当你离开人世时，最后一个送走你的，不是亲人，也是护士，是她替你盖上白布床单。还有诗人说，我们是白衣天使。其实，我更愿意认为我们是平常人，有累的时候，也有痛的时候。我认为，一个护理工作者要想把护理事业进行得备受敬重，就应该做到不为任何荣誉而骄傲自满，不为任何挫折而低头撤退。护士必须要有同情心和一双愿意工作的手。在今后的日子里，我将始终怀着对护理事业的挚爱，以感恩之心，在平凡的护理岗位上前行……"

写到这里，我想起著名女作家冰心赠葛洛的一段话："爱在左，情在右，在生命的两旁，随时撒种，随时开花，将这一径长途，点缀得花香弥漫，使穿枝拂叶的行人，踏着荆棘，不觉得痛苦，有泪可挥，不觉悲凉！……亲情是一种深度，友情是一种广度，而爱情是一种纯度。亲情是一种没有条件、不求回报的阳光沐浴；

友情是一种浩荡宏大、可以随时安然栖息的理解堤岸；而爱情则是一种神秘无边，可以使歌至忘情、泪至潇洒的心灵照耀。"关键要看自己的理解，怎么解释都行，大意就是去爱人，爱这个世界，爱你身边的人，用自己的心去播撒爱的种子。

同样是女性，职业有所不同，但从她们的话语中，我读出了同样的内涵，领悟到了无疆大爱。这爱如海浩荡、如山厚重，这爱照耀心灵、温暖世界！

10月18日，"和平方舟"号医院船圆满完成在肯尼亚的医疗服务，准备起航离开蒙巴萨。

一大早，码头上就挤满了从四面八方赶来的民众，他们挥舞中肯两国国旗，跳起欢快的民族舞蹈，以当地最高欢送规格为医院船官兵送行。

随着一声汽笛的长鸣，医院船缓缓驶离码头。"和平方舟"号医院船犁开海面，破浪向前，渐行渐远……

这时，海堤上，一支足有2000多米长的摩托车队，紧追着医院船航行的方向鱼贯行驶，每辆摩托车上都插着一面巨大的五星红旗。

他们时而疾驰鸣笛致敬，时而停下挥手告别，久久不愿离去。

在异国他乡的土地上，鲜红的国旗迎风飞舞，随车绵延数里，映红了蔚蓝的天空，也湿润了"和平方舟"号医院船任务官兵的眼睛。

大洋彼岸国旗猎猎，见证的是祖国母亲博大胸怀的感染力，显示的是华夏儿女无疆大爱的震撼力！

4. 跨国追随"救命方舟"

"拉菲克。"

"瓦提那。"

"夸海里尼！"

"绱鞋不使锥子——真（针）好。"

"狗撵鸭子——呱呱叫。"

小时候从广播里听马季、唐杰忠说的相声《友谊颂》，我总是笑得前仰后合，百听不厌。现如今,一听人说起坦桑尼亚、赞比亚,我马上就会想到中非友谊、坦赞铁路,这几句话也立即浮现在脑海中。

《友谊颂》是这2位著名相声表演艺术家的代表作,创作于20世纪70年代,盛赞中非友谊。《友谊颂》讲的是中国铁路勘测队员乘坐"友谊"号轮船来到坦桑尼亚后,为了援建坦赞铁路,在原始森林中顶风冒雨,披荆斩棘,不怕艰辛,完成野外勘测任务,受到当地人民的热情赞扬。

在坦桑尼亚的官方语言之一斯瓦希里语里,"拉菲克"是朋友的意思,"瓦提那"是中国的意思,"夸海里尼"是再见的意思。这段相声当时在全国引起极大轰动,"拉菲克"一词也成为那个年代的流行语。

2010年10月19日,军乐高奏,彩旗猎猎,雄狮劲舞……"和平之港"迎来了和平方舟,传统友谊之邦坦桑尼亚迎来了来自中国的"拉菲克"。

坦桑尼亚是古人类发源地之一,位于非洲东部、赤道以南。达累斯萨拉姆是坦桑尼亚最大的港口城市,素有"和平之港"的美誉。由于达累斯萨拉姆地理位置优越,加上经济、政治等方面的原因,许多坦桑尼亚本国之外的人,都认为这里是该国的首都。

时任中国驻坦桑尼亚大使刘昕生介绍说:"事实上,达累斯萨拉姆已不是坦桑尼亚的首都。1974年,坦桑尼亚议会决定把首都迁往内陆城镇多多马,迁都计划正在进行中。"

中坦友谊源远流长,特别是建交半个世纪以来,两国关系友好密切,人员往来频繁。坦桑尼亚是中国在非洲的最大受援国,自1964年开始,中方已向坦方提供了包括坦赞铁路、友谊纺织厂、姆巴拉利农场、基旲那煤矿和马宏达糖厂在内的各种援助。目前,中方已向坦方派出医疗队员1400多人次,现有近50名医疗队员在坦桑尼亚大陆和桑给巴尔工作。

达累斯萨拉姆是海上"丝绸之路"沿线城市,执行"和谐使命"任务的"和平方舟"号医院船,将对其进行为期5天的访问和人道主义医疗服务,这必将为两国、两军特别是两国海军的交往掀开新的一页。

是的，两国海军的交往掀开了新的一页。

10 月 22 日上午，中国海军"和平方舟"号医院船派出一支 6 人医疗小分队，来到坦桑尼亚海军基地进行医学交流，并深入一线舰艇战位，为坦海军官兵进行医疗服务巡诊。

医疗小分队的队员们搬着药箱，提着便携式医疗设备，走进一艘巡逻艇的驾驶舱。

王英禹医生和陈晶护士立即展开了门诊服务，50 多名坦桑尼亚官兵闻讯排队候诊。

41 岁的海军战士 Said Ally 第一个走进驾驶室，成为王英禹医生诊治的首位患者。"3 年前，我因踢球受伤，膝盖一直疼痛，希望能够得到您的治疗。"陈述完病情，他用期待的目光看着王英禹医生。

"不要担心，让我来看看。"王英禹医生一边说着，一边将 Said Ally 的腿抬到桌子上仔细检查。很快，王英禹确诊其患有外伤性关节炎，为其开具了处方并发放了药品。随后，王英禹医生还亲自为他贴上了关节止痛膏，认真叮嘱他有关注意事项。

紧接着，一位 24 岁的坦桑尼亚海军战士走了进来……

战位巡诊在继续，医患交流在延伸。

与此同时，医疗小分队的另一批队员在相邻舰艇上，与 3 名坦桑尼亚海军医院军医展开了舰艇伤员急救与后送联合交流。

坦桑尼亚海军医院的上尉军医 Clement Swai，曾经在中国原第二军医大学进修过 1 年，与中国同行结下了深厚感情。这次，"和平方舟"号医院船来坦桑尼亚进行医疗服务，并深入海军基地巡诊、交流，更是让他感到十分兴奋。

可以说，作为中国军医的学生，他非常自豪、骄傲，也非常高兴。他发自内心地说："中国海军军医给坦海军官兵送医送药，让我们学会了如何在舰艇上进行伤员急救，让我们掌握了很多医疗救护知识。感谢中国人民，感谢中国军医！"

坦桑尼亚是联合国宣布的世界最不发达国家之一，经济上还比较落后，医疗条件也较差。

据坦桑尼亚三军总医院骨科医生朱里尤斯介绍,在整个坦桑尼亚地区只有7台CT机,不但需要预约,而且收费很高,每次需要35万到40万坦桑尼亚先令,相当于普通民众2个多月的收入。

同一天,在医院船主平台上就发生了这样一幕——

"这是什么设备?我从来都没见过!"躺在新型CT机上,塞弗塞德显得极不适应,他的双手紧紧拽着升降床的床沿,两只眼睛惊恐地注视着红色激光束。

放射诊断科医生马戈赶紧上前解释,并对相关动作进行了示范,这才帮助塞弗塞德慢慢平静下来。

52岁的塞弗塞德是达累斯萨拉姆市的一名公交车司机。他经常感到头晕和胸闷,先后多次去当地医院检查,但一直没有查出真正的病因。为此,塞弗塞德一直很苦恼。

"知道中国的'和平方舟'号医院船来到我们坦桑尼亚开展医疗服务,而且带来了很多先进的医疗设备后,我非常激动,想在这里检查一下自己的身体。"塞弗塞德说。

塞弗塞德有些忐忑地来到"和平方舟"号医院船,医务人员为他进行了CT、DR、胸部透视、心脏彩超和血液化验等项目的检查。经过会诊,塞弗塞德被确诊为肺炎并发高血压。随后,专家还对他进行了治疗。

"非常感谢中国医生!我终于知道了自己的病情,并懂得了如何治疗。这里的医疗条件很好,能够更好更快地检查出病情。你们是真正的朋友!拉菲克,瓦提那!"拿到病情确诊单,塞弗塞德激动不已。

"拉菲克,瓦提那!"老一辈中国人熟悉的语言在"和平方舟"号医院船上响起。

非洲是艾滋病、疟疾等传染性疾病的重灾区。资料显示,目前,世界上70%的艾滋病患者和艾滋病病毒携带者在非洲。对于此次亚非五国之行的医院船官兵来说,艾滋病的威胁可谓无处不在。特别是出血患者和抽血化验患者,对于拿手术刀的医生和抽血打针的护士来说更是防不胜防。

原 411 医院护理部主任江有琴就遇到了这样一位患者。患者是肯尼亚人，HIV（艾滋病病毒）呈阳性。

"和平方舟"号医院船在肯尼亚开展医疗服务时，这位患者多次徘徊在医院船旁。自卑、沮丧、无助、痛苦，使他没有勇气跨上去。

他从当地人的口口相传中，知道了这艘船被誉为"救命之舟"，中国军医被称为"救命天使"，他终于下定决心上去看看。

可是，当他赶到码头时，"和平方舟"号医院船已经前往坦桑尼亚了。

于是，他不远千里，专程乘飞机从肯尼亚追到坦桑尼亚，追到达累斯萨拉姆，登上了"和平方舟"号医院船。

患者把自己的病情向中国军医说明之后，护理部主任江有琴二话不说，挤上前去，轻轻地推开了身边的年轻护士，说："让我来吧。"

她觉得自己是个老护士，经验丰富，应该也必须冲在前，不能让年轻人冒这个险。

江有琴随后快捷地为患者抽了血，并和声细语地同他攀谈，解除他的顾虑，帮助他缓解紧张情绪，带领他完成了所有检查项目。

那位患者对江有琴掏出了心窝子里的话，他眼里噙着泪说："得了这个病，我的家人都对我十分避讳。有时候，我觉得这世界一片黑暗，没有了奔头，甚至想到了死。没想到，你们对我一点儿不歧视，还如此关爱和体贴。我来追赶你们值了，你们给了我活下去的信心和勇气。我会永远记住你们这些好心的中国军医，永远记住中国！"

他越说越激动，说到后来竟泣不成声……

5．"明珠岛"植下"友谊树"

我凝视着一枚椭圆形的国徽：一艘白色帆船划破海浪，正航行在远洋航线上，这是该国的经济命脉；国徽中央是一株结满椰子的椰树，这是该国的国宝，产出一种叫"海椰子"的奇异水果，外国游客若想带出境，须持有当地政府的许可证;下面的玳瑁、大旗鱼则是该国的特色海产;基部白色饰带上铭刻着一句格言,意为"事竟功成"。

拥有这枚国徽的国家叫塞舌尔,一个被誉为"印度洋明珠"的美丽岛国。

蓝天、碧水、阳光、沙滩、海风,一个美丽的海岛国家应该具有的一切,这里不仅都有,而且更多。有人说,在塞舌尔,你会变得贪婪,因为空气中有栀子花的清香,连最简单的呼吸都变成了享受。这里的植物都是超大型的,茂盛中还带着几分放肆,色彩更是浓郁如高更的画。松塔有哈密瓜那么大;无忧草的叶子居然长了一尺多宽;巨大的椰子树横斜在窗前;挺拔的扶桑后面高大的凤凰树红得绚烂,几乎遮住半边天。身处其间,你会觉得生机勃勃的花花草草才是岛上真正的主人,人不过是其中的点缀。

2010年10月27日上午,"和平方舟"号医院船抵达塞舌尔共和国,停靠在首都维多利亚。这是自1976年中塞建交以来,中国海军舰艇首次访问塞舌尔。

首都维多利亚是塞舌尔唯一的城市,坐落在马埃岛的东北角,依山傍水,幽雅秀丽。维多利亚港是塞舌尔唯一的天然深水良港,位于印度洋国际航道,是印度洋上重要的交通枢纽。

塞舌尔全国共有7所医院,90多名医生。尽管塞舌尔公民享受免费医疗,整体健康保障水平较高,但医疗条件仍较有限。自1985年以来,中国向塞舌尔派出多批医疗队,现仍有6名医务人员在塞舌尔工作。

在塞舌尔期间,"和平方舟"号医院船作为医疗服务的主平台,亮出了一份耀眼的成绩单:5天里,共接诊1640人,开展手术21台,收治住院14人,还接受了267名塞舌尔各地医务人员登船学习观摩。这份成绩单得到了塞舌尔卫生部和普通民众的广泛认可,特别是手术病人的数量和100%的成功率,让塞舌尔的同行惊叹不已。

从白内障手术到宫颈息肉摘除,从副乳切除到疝修补术,21台手术既考验医务人员的技术,也考验他们的意志,同时也向塞舌尔民众传递了来自东方大国的深情厚谊。仅10月28日一天,医院船就连续开展了8台手术。其中4台白内障手术由刘百臣医师连台完成。当时的塞舌尔副总统丹尼·富尔在时任中国驻塞舌尔大使王卫国的陪同下,亲自登船为术后恢复视力的病人揭开了纱布。

53 岁的 Helene Macle 也是这次医疗服务的受益者,她因右侧腋下副乳疼痛来船诊治,陈森林医师仅用 1 个小时就解除了困扰她几十年的病痛。10 月 30 日出院时,她竖起大拇指连连说"Perfect"。

在这个实施预约就诊的国家里,医院船的工作质量和效率,成了当地民众传颂的一个奇迹。和平方舟访问期间,该国卫生部部长厄娜·阿塔纳休斯不顾自己膝关节术后行动不便,4 天内 5 次登船了解情况、学习经验。

"和平方舟"号医院船除了在主平台上开展人道主义医疗服务外,还应塞方请求,在陆上设立前出服务点,开设临时门诊部。

普拉兰岛是塞舌尔第二大岛,也是举世公认的世界排名前五的美丽海岛,居民有 7000 多人。因受热带海洋气候影响,这里的居民眼科、骨科疾病和心脏病发病率较高。但岛上只有一所拥有 4 名医生、17 名护士、34 张床位的医院,只能开展一些常规诊疗项目,接诊能力有限,所有手术均需出岛到首都维多利亚实施。

10 月 29 日,塞方派出唯一一架军用飞机,运载由"和平方舟"号医院船副指挥员、时任海军后勤部卫生部部长的管柏林带队的 15 人医疗分队,空降普拉兰岛,为该岛民众上门服务。

该国卫生部为了让更多的民众能享受到中国的医疗服务,提前 2 天向普拉兰岛和周边各岛发布了中国医疗队即将到来的消息,在海岛民众中引起了轰动。除了普拉兰岛民众外,周边各岛上的患者也蜂拥而至。一大早,3 名患者便结伴从远离普拉兰岛的 La Dihue 岛匆匆乘船而来,直到下午才找到医疗队。医疗队没有辜负他们的期望,为他们做了明确诊断并提供了药物治疗,他们深感不虚此行,满意而归。

这次上岛服务,还结束了普拉兰岛上医院建院 10 多年来从未实施一例手术的历史。

首例手术出自原海军总医院医师刘刚之手，他接诊了一位名叫卡恩的渔民，卡恩患的是肛周皮肤乳状瘤。刘刚仅用 10 多分钟时间，就为卡恩切除了困扰他 5 年之久的病灶。

手术刚完，刘刚回到门诊，又接待了一名一直头晕、恶心的中年妇女。经仔细问诊，他了解到该病人已经 1 个多星期未排便。为确诊病情，他毫不犹豫地为这位女患者进行肛门指检，帮助她抠出了硬结的大便，并开具了相应药物，解除了她的痛苦。医者仁心。面对中国军医的专业素养和职业精神，这名妇女流下了感激的眼泪。

任务结束时，普拉兰岛医院院长迪娜说："非常感谢中国海军医疗队，你们是第一支到访普拉兰岛医院的外国医疗队，而且帮助我们实施了首例手术，我们由衷地表示感谢。你们用实际行动把爱留在了普拉兰岛，你们将永远载入医院的史册。"

自 1976 年中塞建交之后，塞舌尔政府和人民对中国都十分友好。为迎接这次医疗服务，塞方还将条件最好的塞舌尔中心医院——维多利亚医院——作为中国军医在首都的前出点，并整饬一新，临时门诊部则开设在医院新建的专家楼里。

专家楼是一座三层的白色建筑，也是该院为医疗专家救治疑难重症患者专门设计建造的，刚刚装修完毕，尚未正式启用。

"'和平方舟'号医院船不远万里来为我国民众提供医疗服务，我们理当最大限度地为你们提供便利！"得知医院船到访的消息，维多利亚医院医务总管、此次任务的联络官米歇尔医生喜出望外，"专家楼让中国朋友替我们剪彩使用，大吉大利。"

很快，一个集内科、外科、中医理疗科、妇产科、眼科、耳鼻喉科、特检科等多功能科室于一体的中国式的综合性门诊部出现在人们面前。

诊治疾病、健康宣讲、学术交流、联合手术，服务搞得有声有色……

一名前来就诊的患者说："我们以前对中国不了解，对中国的医生和医术也不了解。这次医院船到我们国家服务，没有想到组织得这么规范、技术这么高明、态度这么友好,我们都很喜欢他们,愿意找他们看病。"

服务结束时,中塞双方还在专家楼前联手种下了几棵"友谊树"。

"友谊树"是塞舌尔的国宝海椰子树,树高一般 10 米,最高有 35 米。海椰子树第一年发芽只长出一片叶子,通常高 1.5—2 米,随后每年长出一片叶子。这些叶子围成环状,斜指向天,以利于汇集雨水流到根部。到树龄 15 年时,海椰子树才开始长出树干,到树龄 25 年时才完全长成,开花结果,而一个海椰子果要 8 年才能成熟。海椰子树龄最长可达 400 年! 海椰子果实是植物王国中最大、最重的,一颗果实通常在 10 公斤左右,最重的有 30 多公斤。在其 7—9 个月大,果肉还是胶质状时可以食用,一旦超过 9 个月,果肉就会逐渐变硬。成熟的海椰子果肉洁白而坚硬,曾经有人拿来冒充象牙,其硬度可想而知。

树龄长,果实硬,象征两国世代友好,友谊无比牢固!

6. 孟加拉国女婴起名叫"中国"

金色的孟加拉,我的母亲,我爱你。我心里永远歌唱你的蓝天,你的空气。金色的孟加拉,我的母亲,我爱你……

这首题为《金色的孟加拉》的诗,是著名诗人泰戈尔创作的,后来由他谱曲,成为孟加拉人民共和国的国歌。

2010 年 11 月 1 日,中国海军"和平方舟"号医院船掉转航向,离开塞舌尔维多利亚港,经过连续 8 天的大风浪航行,于北京时间 11 月 9 日下午,抵达此次亚非五国之行的最后一站——孟加拉人民共和国吉大港,进行为期 6 天的访问和医疗服务。

时任中国驻孟加拉国大使马明强曾经这样说:1975 年 10 月 4 日,中国与孟加拉国正式建立外交关系。建交后,两国友好合作关系一直健康、顺利地向前发展。双方在政治、经济、军事、文化等各个领域进行了卓有成效的合作。两国在一系列重大国际和地区性问题上看法基本一致,在国际事务中密切配合。两国高层领导互访频繁,各种交往不断增加,合作领域不断扩大。孟加拉国的"金色孟加拉"梦想与中国梦相融相通,两国携起手来能够尽快到达梦想的彼岸。

2009年4月与11月,孟加拉国海军、空军参谋长分别来华参加中国海军、空军成立60周年阅兵、庆典活动。

后来,中国国家主席习近平曾飞抵孟加拉国进行国事访问。习近平主席的访问被视为两国建交以来"久经考验的兄弟"关系中又一个里程碑。

时任孟加拉国外交部部长的马哈茂德·阿里称这次访问将引领两国关系踏上"历史性新征程",开辟"新天地"。他说:"这次访问是孟中友谊的象征……将通过开辟两国经济关系新天地来开始历史性新征程。"

"和平方舟"号医院船停靠的吉大港,是孟加拉国最大港口城市和人口第二大城市。2006年诺贝尔和平奖得主、小额贷款的先驱、孟加拉国乡村银行的创始人穆罕默德·尤努斯就出生在这里。

当时,孟加拉国国立和私立医院有1600余家,床位51000余个,注册医生44000余人。国立医院费用较低,但医疗条件较差,只能治疗一些常见病。私立医院条件较好,但费用很高。因此,当得知医院船到来的消息后,广大民众欣喜若狂,蜂拥而至。

11月10日,医院船一天繁忙。

11月11日,医院船繁忙一天。

11月12日凌晨,东方刚刚露出鱼肚白。风儿掠过海面,轻缓地推出层层波纹,港口依然在沉睡中……

丁零零! 一阵急促的电话铃声骤然在"和平方舟"号医院船值班室内响起,打破了主平台的宁静,惊醒了连续劳累2天的官兵们的梦。

电话来自孟加拉国海军帕腾加医院,妇产科主任沙努尔上校急促地说:"一名患有先天性心脏病的高危产妇临近分娩,情况十分危急。我们海军帕腾加医院虽然是吉大港较好的医院,但医疗条件相对有限,没有相关手术经验,这种情况对于我们来说,只能把她送到首都达卡的医院,而从吉大港前往达卡有七八个小时的车程,路上难保不出意外。正巧'和平方舟'号医院船在这里,我们只好向你们求援!"

值班员明白了:一位患有心脏病的孕妇即将早产,命悬一线。

一道严峻的选择题摆在"和平方舟"号医院船面前:风险巨大的手术,做还是不做?

人命关天,时间就是生命!不容犹豫,不容耽搁,医院船出于人道主义使命,下定决心,伸出援手,抢救生命。

任务指挥所当即发出指令,派出精兵强将,加强手术力量,一支由妇产科、心内科、儿科、麻醉科专家和妇产科护士组成的医疗分队火速赶往孟加拉国海军帕腾加医院。

到达帕腾加医院后,医疗分队立即兵分三路进行术前准备:"和平方舟"号医院船副院长王雪松与该医院协调总体方案;妇产科医生陈蕾、心内科医生费宇行对孕妇的各项生理指标进行检查;儿科医生吴南海、麻醉师盛睿芳、护士王芳对手术设备和儿科条件进行评估。

陈蕾和费宇行检查过后都暗暗吃惊:这位名叫杰娜特的 25 岁孕妇患有严重二尖瓣狭窄的先天性心脏病。按照国际惯例,以她的病情是不适合怀孕的,怀上了大人、小孩都非常危险。但杰娜特已经怀孕近 36 周,这天凌晨还出现了宫缩早产状况。如果顺产,心脏是无法承受生产过程所带来的巨大压力的,只能选择剖宫产。

剖宫产的手术风险也非常大,医疗分队的 6 名医务人员慎之又慎,对手术方案进行了认真讨论,对采取什么样的麻醉方式还产生了分歧:主张局部麻醉的医生认为,如果采取全麻,由于孕妇患有心脏病,稍有不慎,病人可能会出现休克;而主张全身麻醉的医生则提出,采用局麻的话,担心产妇感受到手术过程,心理紧张,血流过快,对心脏造成压力,引发心脏病。

风险很大!"压力山大"!事关两条人命,必须迅速做决定。

医疗分队在充分评估各种风险之后,决定采用局麻,并制定出各种防范措施,力争把手术风险降到最低。此次手术的主刀,是原海军总医院妇产科主任陈蕾。

手术正式开始了。偌大的手术室里几乎没一点儿声音,所有人都屏住呼吸注视着主刀医生的一举一动。

陈蕾拿起了手术刀,可是手术刚进行 5 分钟,惊险的一幕发生了:产妇心率出现大幅度波动。一同进行手术的孟方医务人员盯着监护仪器,有些不知所措。手术室内的气氛顿时凝重起来。

陈蕾吓了一大跳——心衰一共分四级,产妇已经到三四级边缘了。心内科专家费宇行立即冲上前来,果断采取应对措施,帮助降低心率。3 分钟后,产妇心率恢复正常。

一波刚平,一波又起!

产妇突然咳嗽了一声,并吐出一口粉红色泡沫痰。手术中的陈蕾一想,坏事了,这很危险,氧饱和度上不去,肯定是肺水肿。

采取措施,闯过险关。血压下降,直触谷底!险情!险情!一个险情接着一个险情!心脏衰竭、典型肺水肿、血压降低等,一连串紧急突发状况,让一台常规剖宫产手术一波三折。

手术室内,仿佛连空气都绷得紧紧的,让人们喘不过气来。时间显得那么漫长,可这才仅仅过去了 25 分钟。

"哇——"一声响亮的婴儿啼哭声冲破了紧绷的空气,使手术室内的气氛顿时缓和下来。一名体重 4.6 斤的女婴顺利出生,身体健康。陈蕾等医护人员笑容刚绽,又马上严肃起来。因为他们知道,对于这名产妇而言,闯过手术这道"鬼门关"后,还要经历产后 48 小时的危险期。果然不出所料,下午 3 时,杰娜特因腹腔压骤减而出现了肺水肿,生命再次受到严重威胁。

陈蕾、费宇行、盛睿芳 3 名医师以及护士王芳专门留在帕腾加医院重症监护室,实行 24 小时监护,对产妇进行多次抢救治疗。

手术室外,面对刚刚出生的女儿,初为人父的阿努瓦·霍森有些不知所措,一次次想伸出手去抱,又一次次中途缩了回来。他怕一不小心碰伤娇嫩的女儿,只好把脸凑到离女儿近得不能再近的地方,温情地注视着……

一场新的令人煎熬的等待开始了。1 个小时、10 个小时、24 个小时……

看过天使般的女儿后,阿努瓦·霍森一直坐在 ICU 外等待着。他在等待中国军医顺利走出来,他在等待妻子杰娜特被平安推出来……

11 月 14 日 10 时许,陈蕾等人陪着杰娜特走出了 ICU。陈蕾长舒了一口气,对费宇行说:"我咋觉得今天的阳光这么灿烂呢? 你觉得呢?"

"这是因为我们 2 天没有见到太阳了。"

陈蕾笑了,笑得如阳光般灿烂。

她看看同样绽放着笑容的杰娜特,真诚地说:"祝你们母女一生平安,生活像这阳光一样灿烂!"

杰娜特虽然听不懂她的话,但觉得很亲切,满眼流露出的都是感激。

帕腾加医院的护士抱着新生的女婴迎接他们。阿努瓦·霍森眼含热泪地跑上前来,紧紧抓住他们的手,激动地表示:"谢谢! 谢谢! 非常感谢中国医生,是你们救了我的妻子和女儿,我们一生都不会忘记!"他转身大声向在场的人宣布,"我已经给我女儿起好了名字——她的名字叫'China'。起这个名字,就是让她永远记住中国!"

阿努瓦·霍森希望女儿永远记住中国,记住"中国妈妈"。

从此以后,人们也都知道了,一位被中国军医拯救的孟加拉国女孩,名字叫 China——中国。

医者仁心,守望和平,它是最柔软也最坚韧的力量。

我们在执行"和谐使命"当中有很多这样的故事,播撒了无数爱的种子。我相信,这些爱的种子在很多年以后,肯定会开花结果的。

"和平方舟"号医院船首次走出国门,时间虽短,但它让亚非五国人民永远记住了中国。一路走来,医务人员良好的医德、过硬的医术、热情的态度,给各国医务人员、官员及民众留下了深刻的"中国印象",得到了各国官方和民众的广泛赞誉。

中国军人所担负的是维护世界和平的使命,希望有一个携手发展的人类命运共同体。放眼全球,我们参与的海外行动越来越多,责任越来越重,范围越来越广,官兵们用善心良行,播撒着温暖人间的大爱。

A 卷

爪哇海上的中秋明月、珊瑚海上的狂风巨浪、澳大利亚内海上空的美军侦察机、布里斯班港湾旋起的"中国风"、中澳两军开展的友好交流活动,这一切都将随着时光的流逝,成为我美好的追忆……

第三章 《歌唱祖国》响彻布里斯班

大爱无疆,温暖人间!

留下深刻的"中国印象",让到访国人民永远记住了中国,"和平方舟"号医院船首次走出国门的故事暂告一段落,请读者们随我把思绪拉回到马来西亚。

2015 年 9 月 23 日,我们在完成军演任务之后,"和平友谊-2015"转换为"和谐使命-2015","和平方舟"号医院船开始了新的航程……

1. 爪哇海上中秋月

9 月 23 日,星期三,下午 5 时 30 分,"和平方舟"号医院船离开巴生港码头。

岸上送行的人们渐渐消失在我的视线里,渐渐消失的还有地平线。

我们的船闯进夜幕,穿行在马六甲海峡、新加坡海峡,向着预定目标进发!

在这个阶段,整个航渡时间较长,据说需要 2 个星期才能到达澳大利亚的布里斯班。

航渡期间,官兵们并不是无事可做,而是把日常生活安排得很丰富,诸如开展各种活动,组织各类学习、演练,进行各种设备的日常维修和保养等。

离开马来西亚的第二天,吃过晚饭,我从船政委姜景猛那里得知一个消息:我们的船今天要过赤道,在 23 时左右。

过赤道,就是从北半球进入南半球。我很兴奋,急忙把这个消息告知郭林雄。

刚过 22 时,我们俩就上到 04 甲板撤离平台,很天真地想寻找过赤道的明显标志,可是四顾茫茫大海,穹隆之下一片黑暗,什么也看不见,唯有风声、涛声在耳边作响。

我们又上到驾驶舱,和许多同志一起静静地等待那一刻的到来。

到了!到了!北京时间 22 时 55 分 25 秒,仪表盘显示出 7 个"0",从 N 瞬间跳到 S。在大家的欢呼声中,我们驶进了南半球!

赤道风!中国情!

从理论上讲,南太平洋上不应有这么大的风,可我们在航行中一直顶着六七级的风。

9 月 25 日上午 10 时,"履行和平使命,展示军威国威"宣誓签名仪式在 04 甲板上举行。横幅在风中猎猎作响,五星红旗在 4 名男女官兵手中庄严地展开。

时任"和平方舟"号医院船船长的郭保丰发出口令:"航向××,面向祖国!"

官兵们着装整齐,列队整齐。

赤道的阳光照拂着官兵们严肃的脸庞,大红十字映衬着五彩服装,深蓝的飞行服、洁白的军装、浅灰的医生装、浅蓝的技师装、粉红的护士装,还有舷旁深蓝的海水、翻卷的浪花,构成了海天间最绚丽多彩的画卷。

任务指挥员吴成平举起右手,庄严地领誓:"我们宣誓:忠诚于党、牢记使命,服从命令、听从指挥,精诚团结、密切协作,恪守职责、敢于担当,严格正规、严守纪律,积极创新、再攀高峰……为伟大的祖国、伟大的人民、伟大的军队争光!"誓词发自肺腑,誓言响彻海天!

随后,我们每个人都在那条横幅上庄重地签上了自己的名字。

在签字的人群中,我看到了一位个子不高、略显消瘦、头发稀疏、戴着眼镜的年轻人。他比其他战友签得要慢,也似乎更沉重。一笔一画,方方正正;一撇一捺,非常用力。他叫童皖宁,是原海军 411 医院呼吸科的主治医师。出发前,童皖宁的妻子已经临产。但为了任务，他还是毅然登上了"和平方舟"号医院船，并得到了妻子的理解和支持。

医院船靠在马来西亚巴生港时，电话有了信号，一个喜讯传来：9月15日，妻子生下了一个7斤多重的胖小子。按照行前商定的，大名由童皖宁起，叫童秋阳，意为生在秋天的阳光下；小名由妻子起，叫苗苗，意为如禾苗一样苗壮成长。

再次起航的前一天，童皖宁又一次接到电话，妻子还没说话，就哇的一声大哭起来。

怎么回事？

原来，刚出生7天的儿子童秋阳生病住院，病情还十分危重。

到底是什么病？

妻子一个劲地哭，什么也说不清，一下子把童皖宁击蒙了。他强迫自己冷静下来，拨通了一个熟悉的长海医院医生的电话，从她那里了解到，儿子患的是溶血性黄疸，并严重贫血。作为医生，童皖宁了解这种病对新生儿危害的严重性。

此后两三天，用寝食不安、忧心如焚、度日如年等诸多形容词来描述童皖宁的状态都不为过。

小秋阳的病情也牵动着各级领导的心。东海舰队、原海军411医院派专人来到孩子所住医院，并协调各方力量全力救治；任务指挥所的领导更是时刻关注着小秋阳的病情发展。

"和平方舟"号医院船穿过赤道时，终于传来好消息：孩子的病情稳定了。

童皖宁和妻子商量，把孩子的小名改为壮壮，希望他壮壮实实、健健康康！

后来，我在采访时任"和平方舟"号医院船指挥员的管柏林时，他对一个数字印象尤为深刻——"和平方舟"号医院船入列11年来，医院船上总计有90多名官兵在远航任务期间当上了父亲。

"人们都知道，女人生孩子时，最期望自己的爱人陪伴在身边。但为了使命，官兵们只能义无反顾地出发。伴侣愧疚情，无法来弥补。这让我想起诗人郭小川的诗：'战士自有战士的爱情：忠贞不渝，纯美如画……'"

听着他深情的诉说,我的眼前、耳畔神奇地出现了这样的蒙太奇,时空交错,声音混鸣:远方的祖国,婴儿落地哇哇啼哭;辽阔的大洋,滔天巨浪咆哮翻腾……这穿越时空、震撼人心的交响协奏曲,浸透着任务官兵一次次远渡重洋的艰辛付出,鸣响着任务官兵一曲曲忠诚使命的大爱颂歌。

"海上生明月,天涯共此时。"9月26日晚上,"和平方舟"号医院船在04甲板上举办"中国梦 强军梦 和谐梦"爪哇海欢庆中秋暨"和谐标兵"颁奖晚会。

我前面说过,04甲板上有一处标着大红十字的方形区域,叫撤离平台,最初的设计功能是疏散人员。走出国门后,这里便成了官兵们举办集体活动、进行文化联谊的场所,甲板招待会一般也在这里举行。

说起来真不好意思,也很惭愧。平时读书、写文章,甚至说话,经常看到或用到"爪哇国""爪哇海",但都是一带而过,对此不求甚解,直到看到这个横幅,才入了脑,心中不由得感叹:这世上还真有"爪哇国""爪哇海"啊!

为此,我专门上百度查了一下,扫除知识盲点。

爪哇国是古国名,在2000多年前的秦汉时期就已存在,即今南洋群岛的爪哇岛。因其远在海外,迷迷茫茫,故多借指遥远虚无之处。

爪哇海临近赤道带,终年高温多雨,可这两天老天爷格外照顾我们,白天天气晴好,夜晚月朗星稀。

"战友们,中秋快乐!"晚上7时,女主持人刘莉莉闪亮登场,她是某支队宣传科干事。一声问候点燃了全场的激情,也拉开了中秋晚会的帷幕。

顿时,音乐响起,官兵们八仙过海,各显其能,尽情地表演着自己的拿手戏。我对同坐在第一排的吴成平政委说:"这帮丫头小子可撒了欢了!"

独唱、合唱、二重唱,响遏行云;二胡、长笛、手风琴,调追风起;舞蹈、戏曲、诗朗诵,精彩纷呈;书法、武术、军体操,波澜壮阔……演出期间,还穿插举办了"和谐标兵"颁奖活动。我毫不谦虚并自豪地评价:我们船上的晚会,不亚于电视台的综艺节目。

晚会结束后,官兵们还久久地不愿散去,三五成群地聚在一起,边赏月,边唠嗑,边品尝着李树飞、吴林、刘勤等几位炊事员赶制的"和平方舟"牌月饼。

我和年轻人一样兴奋,特意请身边的战友帮我拍了几张上身着海魂衫,下身穿作训服,单手托明月及双手抱圆月的照片,为这次海上欢度中秋留下了永久的纪念。

碧海美景,战友笑脸,让我记起了巴金先生的散文《海上生明月》,仿佛老先生此时此刻就置身于我们中间:

四周都寂静了。太阳也收敛了它最后的光芒。炎热的空气中开始有了凉意。微风掠过了万顷烟波。船像一只大鱼在这汪洋的海上游泳。突然间,一轮红黄色大圆镜似的满月从海上升了起来。这时并没有万丈光芒来护持它。它只是一面明亮的宝镜,而且并没有夺目的光辉。但是青天的一角却被它染成了杏红的颜色。看!天公画出了一幅何等优美的图画!它给人们的印象,要超过所有的人间名作。

这面大圆镜愈往上升便愈缩小,红色也愈淡,不久它到了半天,就成了一轮皓月。这时上面有无际的青天,下面有无涯的碧海,我们这小小的孤舟真可以比作沧海的一粟。不消说,悬挂在天空的月轮月月依然,年年如此。而我们这些旅客,在这海上却只是暂时的过客罢了。

与晚风、明月为友,这种趣味是不能用文字描写的。可是真正能够做到与晚风、明月为友的,就只有那些以海为家的人!……

"和平方舟"号医院船上的战友们,就是那些以海为家的人!

机电部门主机二班班长张猛是位老兵,四级军士长,河北沧州人,以海为家10余年,别看他长得粗粗拉拉,感情和文笔都非常细腻。作为《和平方舟报》的特邀编审,我有幸看到了他写给妻子的信:

天高云淡明月夜,烟波浩渺不系舟。

转眼离开祖国半个多月,终于有时间仔细品味离别时的分分秒秒,码头上挥动的手臂、嘱咐不尽的话语此刻仍在脑海,眺望家的方向,眼前出现的是你们的身影。我不在家的日子,你们过得还好吗? 临走前买的米和油还没吃完吧? 太重的东西就不要买了,搬到楼上太累了。一个人持家,让你受累了。还有我最爱的儿子,在家乖一点儿,你已经是个男子汉了,要听妈妈的话,妈妈一个人很辛苦的,回来爸爸给你带好多好多好吃的……

出海的日子,让思念变得绵长,时断时续的信号牵动着彼此的心,短短的话语和字里行间虽有戏谑却满含情意,争吵也变成了宽容。原来分离可以让心灵靠得更近。

古人说得好:"海上生明月,天涯共此时。"想我的话,就看看月亮吧,那也许是连接你我最短的距离……

读着这封普通士兵的家书,我再次抬头看那轮海上明月,千般思念、万种柔情也不由得涌上心头……

每逢佳节倍思亲! 这对于身在远海异国他乡的任务官兵来说,可不是虚的,是实实在在地思念祖国的亲人。

任务指挥所也很人性化,每逢重大节日,都会开通几部卫星亲情电话,让任务官兵和家里联系一下,只不过有时间规定,每人通话不能超过 3 分钟。

我很少打电话,这天破例排了队。看我站在后面,几位年轻人硬推着把我让到了前头。

电话一接通,我和妻子还没说上一句完整的话,就传来一个稚气的童声:"姥爷、姥爷,你什么时候回来呀? 我都想你了。姥爷、姥爷……"

这是我刚满 3 岁的外孙女小糯米金一诺,她从姥姥手中抢过了电话,不停地喊着嚷着,惹得排队的战友们都笑了起来。

从此以后,我在船上的年轻人中间有了个雅号:沙姥爷。大家很少再叫我"沙老师、沙主任、沙记者"了。

当天,我在出访日记中这样写道:"明月年年有,今夕大不同。今天是中秋节,在海上度过,我是第一次,或许也是最后一次。"

2. 在阿拉弗拉海过国庆

行一个军礼潇洒利落

我庄严地报告祖国

报告祖国海疆安宁

报告祖国边关祥和

小鸟在月光下刚刚睡去

高原在金风里正在收割　正在收割

啊！报告祖国　报告祖国

大地有我们　天空就有白鸽

啊！报告祖国　报告祖国

只要有我们　人间就有欢乐

……

旭日东升，光芒万丈。9 月 30 日，"和平方舟"号医院船行进在阿拉弗拉海域。

阿拉弗拉海是印度洋东部边缘的岛间海，位于新几内亚岛与澳大利亚北岸之间。

一大早，我们就着装整齐、精神抖擞地来到 04 甲板撤离平台上集合，参加庆祝中华人民共和国成立 66 周年升旗仪式！

医院船的主桅杆上，悬挂着航行代满旗和信号旗，以及大幅标语"祝同志们节日快乐""为人民服务"等，一派欢庆气氛。水兵军乐队演奏着雄壮的乐曲《中国，中国，鲜红的太阳永不落》。广播里播放的是那首官兵们喜爱的优美歌曲《报告祖国》……

中国有句俗话："六六大顺。"祝福祖国大顺，祝愿亲人平安，是每一名任务官兵的心声。

我昂首挺胸地站在这片流动的国土之上,面向遥远的祖国,激情澎湃,心中反复翻腾着这样一句话:辽阔的大海,盛满我们对祖国无限的爱;跳跃的浪花,激荡着我们对亲人不尽的情! 这绝不是空话套话大话,也绝不是矫情,而是我此时此刻,面对此情此景,实实在在的感受。

当地时间上午8时整,任务指挥员管柏林一声令下:"升国旗!"仪式开始。

嘀——信号班班长韩大林鸣笛一长声。

"起来,不愿做奴隶的人们,把我们的血肉筑成我们新的长城……"水兵军乐队奏起国歌,肃立在甲板上的任务官兵们齐声高唱。信号兵刘璐、刘文阁缓缓升起国旗。

嘀! 嘀! 随着两声短促的鸣笛,升旗完毕。

蓝天、白云、朝阳,沧海、波澜、浪花,红旗、白船、士兵,装点着这个非常美妙的清晨,完成了一个无比庄严的仪式!

8时50分,警铃骤响! 庄严的仪式激发战斗热情。

"和平方舟"号医院船任务官兵们用一种特殊方式,表达身在大洋、心系祖国的赤子之心和履行"和谐使命"、展示国威军威的报国之志,以实际行动和优异成绩向伟大祖国献礼。一场全员额、全要素、全流程的海上立体救护演练在陌生海域展开:

舰载救护直升机闻令腾空而起,海上医院接收伤病员部署迅速到位。

一名"落水伤员"被直升机救起,紧急转运至检伤分类区。

测量生命体征,检查受伤创面,采取紧急抢救措施,拍 X 片确定损伤程度……

15分钟后,急救小组完成伤情判断处置;1个小时后,"落水伤员"完成手术,并被转移至重症监护室。与此同时,舰载救护直升机正在航拍昼间行进间着船训练,以巩固和保持飞行技术,检验装备状态。一个起落、两个起落、三个起落……

我和郭林雄、吴丹3人,在第四个起落乘机升空,再次体验从空中看大海、看行进中的舰船的情景。旋翼舞动,劈开云团,直升机呼啸着直上蓝天。

我们从上往下看,无边无际的大海宛如一张巨大的墨蓝色的天鹅绒毯,白色的医院船如同绽放其上的一朵白牡丹,04甲板上的红十字则是鲜艳的花蕊……

绕船飞行两周,舰载救护直升机侧飞下降,稳稳降落在医院船飞行甲板上,没有停机,等我们下来之后,随即进行最后一个起落的训练……

今天是你的生日

我的中国

清晨我放飞一群白鸽

为你衔来一枚橄榄叶

鸽子在崇山峻岭飞过

我们祝福你的生日

我的中国

愿你永远没有忧患

永远宁静

我们祝福你的生日

我的中国

这是儿女们心中期望的歌

……

水兵餐厅里传出一阵阵深情的歌声。

欢庆在继续。国庆节这天晚上,炊事员精心制作了六个大蛋糕,上面总共点了66根蜡烛,寓意中华人民共和国66岁生日。任务官兵们欢聚一堂,齐声高歌。

在餐厅的正中间,摆放着几张特殊的大圆桌。"和平方舟"号医院船首任船长于大鹏、副主任护师郭红霞、检验科主管技师程晓蓉、麻醉科护师张笛、航海长陈维兵、报务兵陈文峰、雷达兵张双晶等32名官兵的生日在10月份,船上为他们过集体生日。

大家连着小家,祖国的生日连着个人的生日。

于大鹏平时一脸严肃,不苟言笑,让人难以接近,被一些女生唤作"男神",今天却一反常态,笑逐颜开。

"哈哈!"趁此机会,几位调皮的官兵用奶油给他抹了一个大花脸,还硬拉着这位东北汉子唱了一段二人转,才算他过了关。

喜庆的欢笑声一浪高过一浪,真诚的祝福一茬接一茬。大洋之上,和平方舟之中,战友之间,流淌着蜜一般的浓情,洋溢着海一样的深爱……

我羡慕他们,也为他们感到幸福,能和祖国母亲一起庆生!

回到住舱,我打开手机一看,不知什么时候手机有了信号,接到了"辽宁"舰原政委梅文、副政委李东友,某政治部副主任张永平,以及裴宏森、许红、吴宝通、马宝亮、龚苇、王红等战友和亲朋的节日祝福短信,我匆忙回复:

"和谐使命"责任重,环太七国破浪行。此身常怀报国梦,犹记浓浓故园情。

沙志亮在大洋之上祝亲友们国庆节快乐!

3. 珊瑚海唱"晕船谣"

10月2日,星期五。"和平方舟"号医院船驶入托雷斯海峡,在进入珊瑚海前,大风巨浪就结伴而来。

10月1日晚上,船上进行了抗风浪部署,固定物品,闩牢水密门。

珊瑚海是世界上最大的海,总面积达479.1万平方千米,相当于近一半的中国大陆国土面积。

珊瑚海位于太平洋西南部海域,因有大量珊瑚礁而得名。这里有世界上最大的三个珊瑚礁群,即大堡礁、塔古拉堡礁和新喀里多尼亚堡礁。

海面沸腾,有节奏地发出哗哗的喧嚣声;浪坡高耸,撞击得船体咚咚作响。巨浪与钢铁之舰相撞,粉身碎骨之后,或撕扯成大片的浪花瓣,或飞溅起粉末状的水珠,摔回大海,形成一片乳白色的花环,然后旋转着筑起一堵新的浪坡,又奋不顾身地向医院船扑来。周而复始,海浪不停地反复撞击,不停地摔破组合……

水连着天,天接着水,混混沌沌,分不清哪里是水,哪里是天。风大浪高,一叶孤舟。我们的医院船在大海中显得那样弱小,像一片树叶前俯后仰,左右飘摇,但依然不屈不挠,破浪前行。

我甚至有点儿担心,怕它迷失航向,被这大风浪吹回爪哇国去。

船上许多同志产生了晕船反应,饭吃得明显少了。

第二天,风更大了,浪更高了,阵风八九级,浪高五六米。

更多的同志顶不住了,特别是住在高层或船艏舱室的同志,感觉最明显。有些人甚至不愿回舱室,面色苍白地坐在 01 甲板或 1 甲板的船舷上;有的晚上也不敢回去,在下层或后面找个地方凑合着睡一会儿。

与我住一个舱室的郭林雄主任自称不晕船,中午却也没去吃饭,全天躺在床上。

郭林雄来自中央人民广播电台原军事部,出身于陆军,比我小几岁,是位非常敬业的老记者。一般情况下,他是不会躺倒的,而是白天利用一切机会采写新闻,晚上编发到台里,常常工作到深夜。我被他的精神所感动,有时在深夜主动陪他到甲板上找信号、对方向等。

可是,这次他起不来了,看我出出进进,他非常羡慕地对我说:"你行,是当海军的料。原来想象着当海军非常浪漫,可以到世界各地。没想到航行途中这么寂寞,晕起船来这么痛苦。"

我自豪地笑了,为我们海军,为我们的水兵战友……说老实话,我虽然顶住了,但也觉得不舒服,胃里一涌一涌的,喉咙里泛着恶心味儿。在上下各层甲板时,我还体会到一种类似失重的感觉。特别是上转弯舷梯时,一会儿轻飘飘的,如同驾云一般,很轻易地上了一个台阶;一会儿猛地一沉,脚像坠上了铅块,迈一步都非常沉重,上一个台阶都非常艰难。

我们走在过道里,人人如同喝醉了酒,左右摇晃着,站不稳。有的同志笑说:

"咱们这是在跳舞,跳独特的风浪舞,不用排练了。"

有人可能会问,医院船上有这么多医生,有的甚至是专家级军医,怎么不去找他们要点儿药呢? 为此,我专门找了船上的军医李学周。

李学周祖籍山东烟台,在新疆伊犁长大,带有当地口音,个儿不高,黑黑的,一看就是个能干的小伙子。"和平方舟"号医院船一入列他就上了船,参加了医院船执行的所有任务。

李学周告诉我:"通常情况下,晕船的症状是递进发展的,从胃部不适到恶心,出冷汗,最后到呕吐。虽然有治疗晕船的药物,但只能短时间内抑制,不治本。你不是看到船上好多医生也一样遭受晕船的折磨吗?"

"那是为什么呢?"

"研究表明:晕船跟人的小脑对平衡的敏感程度有很大关系,平衡能力好的人更容易晕船,而一个人平衡能力的强弱是天生的,没有办法通过药物来改变。"

"看来我的平衡能力不怎么样,还'因祸得福'了呢。"

李学周笑了,说:"你不能这样说。晕船是可以预防或减轻的,通过增强自身体质,或采取一定措施,改变一些不良习惯和因素,就可以最大可能地避免晕船。"

他说了三条注意事项:一是加强锻炼。平时多做转头、弯腰及下蹲动作,以增强前庭器官的耐受性。二是避免不良因素。吃得过饱、疲劳、睡眠不足、情绪紧张、看书、看手机、看电视,以及污浊空气、特殊气味等,都可能促使晕船发生,或加重症状。三是尽量限制头部运动。将头靠在靠背椅上固定不动,以减少加速度的刺激,特别是旋转性刺激,有可能的话尽量平卧,闭目养神,这样就可以减少晕船的发生。

我点点头,心里有点儿明白了。

李学周是个健谈的人,也是个闲不住的人。我们边走边聊,他在风浪带来的摇晃中检查着各种医疗设备的固定情况,非常麻利地爬上爬下。

他还向我谈及自己的外号——"猴子"。仔细一打量,他的眼睛还真有点儿像六小龄童的眼睛。这真是个有意思的年轻人!

第三天,风浪依然狂烈。早晨,民族餐厅里只有我一个人吃饭。

我猜想:山东的回族小伙刘星没来,他不怎么晕船,大概是因为夜里值班,这会儿在补觉。其他几位没来,恐怕是因为晕船,爬不起来了。

我猜得没错,吃午饭时,他们都来了,但那难受劲,看着真可怜。

马广昊医生本来肤色就白,现在有点儿煞白,吃一口饭便要停一会儿,几十秒后再吃第二口;维吾尔族女兵苏丽亚·买提明边吃饭边不停地喊"妈耶";尤其是吐尔孙古力·买买提,她索性坐在地上,把饭碗搁在凳子上,吃一口都很艰难……

我在一旁鼓励她:"古力加油!吃饭也是战斗!"

古力喘着粗气,点头同意:"是呀,是呀,吃饭也是战斗!"

古力和苏丽亚的经历差不多,来当兵也经历了一番曲折。

古力家在喀什,她的名字吐尔孙古力,在维吾尔语中是"花朵"的意思。

她在家里排行老四,上面有两个哥哥、一个姐姐,用她的话说,"我是爸妈不想要的孩子"。她从小在乡下跟着爷爷奶奶,7岁上小学时才回到城里的家。

报名参军那年,她和二哥、姐姐都在上大学。二哥在新疆大学;姐姐在新疆交通职业技术学院;她在新疆喀什大学,学的是心理咨询专业。

她接到入伍通知书后,其他人谁也没告诉,只是悄悄告诉了爷爷。爷爷当过兵,至今还保留着一顶军帽,常常拿出来炫耀。

直到要去乌鲁木齐报到的前一天,她才对父母说:"我被批准入伍了,明天要去报到。"

爸爸瞪大了眼睛,不相信地问:"是真的吗? 你是在开玩笑吧?"

古力回答:"是真的,我当的是海军!"

"你一个没结婚的女孩子去内地,受了欺负怎么办?"

"不会有人欺负我的,他们会照顾我的。"

"不能去,我不同意。"

"不去会受处分的,你不同意我也要去!"

"我不去送你,看你怎么去!"

"你不送我,我走着去,一定要去!"

"好吧,好吧,在外面吃了亏可别找我。"

父女两个激烈争吵之后,看女儿态度坚决,父亲只好妥协,连夜开车 4 个多小时,将女儿送到报到处。

古力很倔强,也很直爽,喜怒哀乐都挂在脸上。

在新兵连,她被分到标兵班,班长叫吴莎。

古力说班长是位知冷知热有爱心的好姐姐。她踢正步时,满脚血泡,是班长帮她打来泡脚水;她普通话说得差,是班长让她出来喊口令,"一二一,一二一,立正,稍息,向右转",边教她边锻炼她。

新兵下连学专业,古力学的是报务专业。

古力是个左撇子,抄报速度慢,她急得直掉眼泪。

连长艳群苗对她说:"抄报一定要反应快,你要不要换个专业?"

古力头一昂,倔强地说:"别人能学的,我也一定能学!"

"你确定?"

"我确定,我还要学得比别人好。"

古力果然兑现了诺言,真的超过了战友们。

连长比她还高兴,真诚地对她说:"我原本以为你会拖后腿的,没想到你很优秀。"

2012 年 9 月 19 日,古力被分配到了"和平方舟"号医院船。

古力没想到自己晕船这么厉害,可她不服输,常常一边吐一边发报,口袋里装满了呕吐袋,体重急剧下降,从 110 斤降到 94 斤。在这样的情况下,她坚持值班不缺勤,在报务岗位上没出过一个差错。

古力对飞机有无限遐想,为此,她申请调到与飞行有关的部门。她如愿了,来到航空部门油料班。

在这里,她又遇到了一个好班长,叫唐德骐。

唐班长耐心地教古力各种有关知识,反复地讲:"你不要着急,一遍听不懂我就讲两遍。你只要好好学,我讲一百遍都可以。"

面对新的挑战,古力又胜利了,很快掌握了有关知识和技能,顺利地单独值班了。

这次遇到大风浪,古力晕船很厉害,但她还是坚守岗位,值好每一次班。

我们正在吃饭,指挥员管柏林、吴成平推门进来,他们惦记着官兵们的身体状况,来看看官兵们的饮食情况。

古力咬牙站起来,笔直挺立,向首长敬礼。

管柏林回礼,然后笑呵呵地双手往下压了压,让大家坐下,问道:"这几天感觉怎么样?"

马广昊说:"可不怎么样,晕得昏天黑地。"

"妈呀,我把塑料袋挂在脖子上值班,他们还笑话我。"古力表情夸张地说。

她一句话把大家都逗笑了。

管柏林笑着说:"我这里有段'晕船谣',你们听听形象不形象。"他掰着手指头数了起来,"一言不发,两眼发直,三餐不思,四肢无力,五脏翻腾,六神无主,七上八下,酒(九)醉状态,十分难受。"

我细细品味,这晕船的感受,还真差不多。我脱口在后面又加了三个数字成语:"百爪挠心,千形一貌,万般无奈!"

话音刚落,餐厅里就爆发出一阵哄笑。那一刻,大家似乎把晕船的折磨扔到爪哇海了。很快,这段"晕船谣"就在战友们中间传开了。

第四天,风略小了些,海面上的浪花像只只小鸟跳跃,不再像前几天,如头头白鲸跃起或条条白龙飞蹿……

10月6日,天气晴好。大海平静了许多,铺展的深蓝也很少见白点。放眼望去,粼粼波光闪耀,像一面巨大的圆镜,倒映着匆匆而过的白云。"和平方舟"号医院船驶近澳大利亚内海,今天全船都在为明天的进港做准备。

中午时分,忽听舱外有人喊:"快来看! 快来看!"还隐约听到飞机轰鸣声。我和郭林雄跑到舱外,抬头仰望,是美国的EP-3侦察机光临我们船上空,他们在澳大利亚有基地。侦察机飞得很低,他们用这种特殊方式欢迎我们……

4. "布村"旋起"中国风"

10 月 7 日上午,"和平方舟"号医院船缓缓靠上澳大利亚布里斯班港码头。

澳大利亚联邦,简称"澳大利亚",位于南太平洋和印度洋之间,四面环海,是世界上唯一一个国土覆盖整个大陆的国家。

布里斯班是澳大利亚的第三大城市和主要港口,也是澳大利亚昆士兰州首府,位于布里斯班河畔,濒临摩尔顿湾。布里斯班临近南回归线,属亚热带湿润气候,年均日照时间 7.5 小时,故有"阳光之城"的美誉。

这天,阳光下的布里斯班港是一片欢腾的海洋,是一片深情的海洋!

当地时间上午 8 时,近千名华侨华人已经齐聚码头,犹如过节一般,穿着盛装,欢呼雀跃,迎接我们的到来。

他们从布里斯班来,从黄金海岸来,从悉尼来,从墨尔本来,从澳大利亚各地赶来,为的是看一眼人民海军的"和平方舟"号医院船,为的是登上这块中国流动的国土……

靠岸了,我跑下舷梯,以记者的身份率先汇入这片欢腾、深情的海洋:

> 五星红旗迎风飘扬
>
> 胜利歌声多么响亮
>
> 歌唱我们亲爱的祖国
>
> 从今走向繁荣富强
>
> ……
>
> 越过高山
>
> 越过平原
>
> 跨过奔腾的黄河长江
>
> 宽广美丽的土地
>
> 是我们亲爱的家乡

英雄的人民站起来了

我们团结友爱坚强如钢……

在《歌唱祖国》的千人大合唱中,只见6名男青年各擎一面五星红旗,引导2位手捧鲜花的女青年缓缓走来,后面是"热烈欢迎和平方舟访问布里斯班"大红横幅和打着彩伞、身着旗袍的模特队。

咚咚锵、咚咚锵……紧接着是欢快的老年腰鼓队,他们平均年龄约70岁。一位白发苍苍的大妈肯定超过80岁了,依然身手矫健。

"欢迎、欢迎……"手持小红旗的孩子们来了,童声中饱含着对祖国的挚爱。

唰唰唰、唰唰唰……一队身着墨绿色仿制军服、头戴国际帽的中青年女性列队整齐,帽徽上是镰刀斧头,她们正步走过,向医院船敬礼。

"你是我的小呀小苹果,怎么爱你都不嫌多……"欢快的音乐声中,广场舞大妈们更是跳得欢畅喜悦,她们还幽默地扯起"布村广场舞欢迎和平方舟到访澳大利亚"横幅。

还有我国驻澳使领馆人员、澳大利亚迎接人员、留学生代表、中资机构代表、工商界代表、侨界代表以及闻讯赶来的同胞……

他们分批登上了"和平方舟"号医院船,将欢声笑语带到了这片流动的国土的上空……

我看到一位老人坐着轮椅被女儿推来了。他女儿告诉我:"我们老家是重庆的,姓杨,父亲叫杨毅斌。"真巧,和我们同行的一位中央电视台记者同名。"和平方舟来澳大利亚,昨天我们才知道,父亲一定要来看看。他凌晨4时30分就起来了,开车赶到这里。"杨女士激动地说。战士们帮着把杨毅斌先生抬上了医院船,海上医院院长孙涛把他推到了飞行甲板上,一直平静如水的老人眼中泛起了泪光……

我看到华文学校及假日特殊训练营的华人儿童上来了。一位叫王澳曦的小女孩,有五六岁,非常漂亮、乖巧,她专门画了一幅水彩画带来,要送给和平方舟上的解放军叔叔阿姨们。她父亲得知我是山东人,十分高兴,紧拉着我的手说:

"太好了,遇到了老乡,俺家是济南的。孩子出生在澳大利亚,时间在早晨,所以给她起了这个名字。"还有一个"洋娃娃",非常可爱,才一两岁,已经能说能听中国话,他母亲是华人,父亲是澳大利亚人。这孩子一见到穿一身军服的古力,非要叫她抱。当古力抱起他时,他搂着古力的脖子使劲亲,沾了古力满脸口水,引得我们在场的人哈哈大笑。当我们和他"拜拜"时,他扬着小手用中文说"再见"……

我看到老年腰鼓队上来了,我看到舞蹈队上来了,我看到身着旗袍的模特队上来了……腰鼓队的一位大妈自豪地说:"我今年 82 岁了,盼着你们多来,我可以尽情地跳,尽情地敲!"舞蹈队更炫,在舰载救护直升机前,在飞行甲板上跳起来。我开玩笑地说:"你们这是飞行甲板大妈舞!"她们大笑着,跳得更欢了……

在 01 甲板,我遇到一家华人,一对夫妻领着 2 个男孩。男同胞激动地跑过来,喊着"首长",要和我合影。他说:"我叫裘二立,住在黄金海岸市,来这里 4 年了。我平时对中国的各项事业都非常关心,特别是一直关注着和平方舟,环太军演、'和谐使命'、菲律宾救灾、西沙救援等,对和平方舟的每次行动都跟踪。当听说这艘船要来时,我特别激动,赶快通过朋友报名,争取上船参观的机会。虽然离得远,开车要 1 个多小时,但能看到朝思暮想的和平方舟,非常高兴。我为中国能有这样的装备,能够传播和平友谊,能开展医疗服务感到非常自豪。我在今天登船的那一刻,通过微信不断地向朋友们发布信息。他们都说我是代表,代表他们来参观和平方舟。我对朋友们说,我们的军队是一支仁义之师,没有什么比和平方舟更能代表中国军队仁义之师的形象。"

裘先生还说了许多,句句都是肺腑之言。

我人民海军舰船首次来访,在当地引起了不小的轰动,布里斯班旋起了一阵"中国风"……

一直到下午,人们才依依不舍地离去。我久久地沉浸在这浓浓的乡情之中,耳畔还回响着侨胞们临走时深情的歌唱:

　　……

海风你轻轻地吹

海浪你轻轻地摇

远航的水兵多么辛劳

待到朝霞映红了海面

看我们的战舰就要起锚

……

5. 美好交流成追忆

10月8日,有点儿想变天,港口偶尔飘过几片阴云。当地时间上午8时30分,用过早餐,我随部分医务人员和直升机机组前往布里斯班市,到澳大利亚皇家空军安伯莱基地,参观卫生中心、航空中心并进行专业交流。

在"和平方舟"号医院船抵达的当天,澳方7名医学专家就应邀登船参观,并就医疗信息技术等课题与我方进行了学术交流。

我们上了大巴,看到澳方除了司机之外,还派出4名陪同人员:2名外事部门的军官,1名上校,1名少校;2名华裔翻译,1名中士,1名下士。后来从他们的自我介绍中了解到,中士是天津人,姓冯;下士是黑龙江牡丹江市人,姓于。

车一开动,少校就给我们讲一些参观注意事项,可以说是下马威,诸如根据同盟国规定,保密级别提高到C级,不准拍照,等等。按照A、B、C、D排列,他们最低级别是A,C级基本上接近最高级别了。讲完,他就和于下士坐到最后一排了,上校和冯中士则坐在最前排。前后都有人盯着,气氛十分严肃。

我知道,澳大利亚和美国是军事同盟关系。也正是凭借着与美国的这种特殊关系,它才能在国际上享有远超其实力的政治、军事、经济利益和地位。但是,中国的一艘医院船到访,他们便提高保密级别,未免让人感觉不舒服。

当时,中澳两国的关系还是比较积极的。自1972年12月两国建交以来,澳大利亚历届政府总体奉行积极务实的对华政策。经我方推动,双方于2013年建立中澳战略伙伴关系和两国总理年度定期会晤机制。

大巴在平坦的公路上中速行进着,路上的车辆很少,大家也很少讲话,气氛有点儿压抑。

我坐在前排,和上校坐在一起。他的汉语名字叫麦保罗,能讲一口流利的汉语。后来我才了解到,他曾当过 3 年驻华武官,并在解放军洛阳外国语学院上海分院学习过半年。大概是为了缓和气氛,他不停地给我们讲述着路边的风景。

车进市区,行驶在布里斯班河畔,他指着一处码头对我说:"你们这次运气不好,地点老是在变。先是说到访悉尼,因当地召开大型国际会议,改在了布里斯班,停泊在汉密尔顿港。可你们到来的前一天,一艘日本货船因机械故障让不出泊位,你们只好改停在了布里斯班港,离市区就远了。"

我心中暗想:这里面一定有玄机!船出故障,拖走就是了。

为了打破尴尬,我问麦保罗:"你哪年当的兵?"

"1978 年。你呢?"

"我是 1976 年入伍的。"

他幽默地说:"我是新兵,新兵蛋子!"引得大家大笑,气氛渐渐轻松起来。

他又问我:"你今年多大了?"

我回答:"57 岁了。"

"咱俩同岁。你哪天生日?"

"7 月 1 日。你呢?"

"噢,我 7 月 7 日,你比我大 6 天,是哥哥。"

"那我就不客气啦,就叫你老弟了。"

"好,好,大哥好!"他主动伸过手来,与我相握。

看我们聊得热闹,少校从后排走到前面,也加入进来。麦保罗给我们当起了翻译。少校主动给我们介绍起澳大利亚皇家空军安伯莱基地的情况,一改板着的面孔,说话也十分幽默。他说基地很大,停着各型飞机,周围有各种矿山,一直开采着,到底是什么矿石,他也不知道,"只要中国需要,我们就开采供应"。一席话把大家逗乐了。

他说的倒是实话,我国是澳大利亚第一大贸易伙伴、第一大进口来源地、第一大出口市场,两国在经济上有着非常密切的关系。澳大利亚的主要贸易伙伴依次为中国、日本、美国、韩国、印度、新加坡、英国、新西兰、泰国、德国等。

我问他:"你在机场干什么工作?"

他回答:"是保卫机场的工作。"

我问:"是机场军务或保卫部门吗?"

他摇了摇头,对我说:"老兄,我只能告诉你这么多,我是保卫机场安全的。"

他既然这样说,我也明白了,他来自澳大利亚皇家空军安全部门。

看着车窗外一闪而过的绿树红花,我又问少校:"这花叫什么名字?"

"你看那花的形状像不像毛刷子? 我们给它起名叫'刷子花'。"后来他又补了一句,"这名字起得一般,不如中国人起名有文化内涵。"又把我们都逗笑了。

在笑声中,大巴驶进基地。

澳大利亚皇家空军的卫生长官在等着我们,上校,相当于我军兵种的卫生部部长,很精干。

卫生中心实际上是一个医生培训基地,每一期人不多,三五个、七八个不等,都有结业照片挂在墙上。

关于战场救护等的交流很顺畅,两国军人的关系也渐渐自然起来。

我和麦保罗上校的交谈更加无拘无束,他告诉我他家就在附近,父亲在这里当过兵,他在这里当过飞行员,他有2个女儿,大女儿在加拿大。我们两个都有烟瘾,只不过他刚改抽电子烟,我们俩找了个能抽烟的地方,悄悄过了把烟瘾。

麦保罗告诉我,实际上他已在当年5月退休了,空军有任务,把他召回来了。

中午,澳方在基地安排了午餐,很丰盛:烤肠、牛排、鸡肉串、袋鼠肉和各种蔬菜,主食是面包。

午饭后,两国军人还合了影。

接着我们参观了他们的机场医院。这是根据我方的要求,临时加的项目。没想到澳方空军卫生长官答应得很爽快,不过他下午有事不能陪我们,需要赶回悉尼。

更让人没想到的是,下午,在回港口的途中,大巴把我们拉到一处动物自然保护区,少校开着小车,早早联系好了导游。

一说起澳大利亚,大家自然而然地会想到袋鼠。

动物园和野生动物园里的除外,澳大利亚其他所有袋鼠都在野地里生活。

澳方安排我们参观的动物自然保护区,离布里斯班仅有 1 千米。这里一切都是那么自然与平和,人和各种动物基本上是零距离接触,爬行动物随处可见,鸟类五彩缤纷……这里面当然少不了袋鼠,还有一群可爱、珍稀的树袋熊。

树袋熊又名"考拉"或"树熊"。这种珍稀动物憨态可掬,十分可爱,我们许多人都是第一次见到。

考拉是澳大利亚特有的动物之一,既是澳大利亚的国宝,又是澳大利亚奇特而珍贵的原始树栖动物,属哺乳纲有袋目树袋熊科,分布于澳大利亚东南部的尤加利树林区。在澳大利亚,只有在布里斯班的考拉保护区才可以和考拉零距离接触,允许游客抱着这种动物合影留念。

2014 年 11 月 14 日,中国国家主席习近平抵达布里斯班,出席二十国集团领导人第九次峰会,并对澳大利亚进行国事访问。

这里的工作人员介绍:随访的彭丽媛女士在参观考拉保护区时,曾抱着一只考拉在这里拍照留念。

下午 5 时许,我们回到港口,与澳大利亚空军的朋友们握手敬礼告别。他们还专门给我们准备了一些空军小徽章留作纪念。那位少校还特意多送了我几枚,让我赠人。

此后 2 天,"和平方舟"号医院船组织开放日活动,2000 余名澳军地官员、医护人员,以及当地民众和华侨华人上船参观。当地媒体对此给予了广泛、深入的报道,开放日活动一时成为布里斯班这个海滨城市最热门的话题,引起了强烈反响。

同时,医院船还派出两支健康服务和文化联谊分队,赴布里斯班敬老院和听障儿童语言训练中心,为 500 余名老人、儿童送去健康与欢乐。

访问期间，任务指挥员管柏林在我国驻布里斯班总领事赵永琛的陪同下，分别拜会了昆士兰州总督、议长、布里斯班市议员，以及南昆士兰州海军司令部司令，宾主进行了友好会谈。保尔德泽西总督表示："和平方舟"号医院船的到访，意义重大。它的各种事迹和行动，都向世界人民展示了中国海军弘扬"和谐海洋"理念、致力于人道主义事业的精神……

实事求是地讲，我们这次出访交流时，两国两军的关系还是正常、友好的。

风云变幻，世事难料。万万没想到，近几年，随着中美两国关系出现挫折，中澳关系也以令人难以置信的速度急剧恶化，寒意越来越重，甚至直奔冰点。同时，两国民间的敌意也迅速上升。有关民调显示：大部分澳大利亚人对中国持负面态度，而在中国民间，澳大利亚也已成为西方国家表现最差的前几名之一。

究其原因，主要是澳方无原则地选边站队。第二次世界大战后，澳大利亚与新西兰、美国正式结盟，签署《澳新美安全条约》。此后，澳大利亚成为美国的跟随者，对美国言听计从，美国让打谁就打谁，表现积极。从20世纪50年代到目前，澳大利亚几乎参与了美国发动的所有战争，在朝鲜战争、越南战争、海湾战争、阿富汗战争和伊拉克战争中，均有澳大利亚军人的身影。特别是澳军在阿富汗残杀平民的暴行，在全世界引起了极大的愤怒。

澳大利亚几乎没对美国说过"不"字，一直积极参与美国在亚太遏制中国的行动，在南海兴风作浪，为维系澳美同盟充当"马前卒"，还同美国、英国、加拿大、新西兰组成"五眼联盟"，对中国及其他国家进行监控。

随着时间的推移，近2年，莫里森政府及个别政客基于冷战思维和意识形态偏见，推出系列干扰破坏两国正常交流合作的举措，一次次针对中方进行无理挑衅，变本加厉地充当反华"急先锋"。

2021年5月6日，我国国家发改委发布声明，决定无限期暂停中澳战略经济对话机制下一切活动，对澳方破坏两国关系的言行进行了必要、正当的回应。这是两国关系恶化以来首次正式"冻结外交机制"，举世震惊。

10月11日，"和平方舟"号医院船按照出访计划离开澳大利亚布里斯班。

预定起航时间是上午 10 时整,可码头上早已是人山人海。由于来的人太多了,还有许多人被遗憾地挡在了码头外面。

欢送的场面隆重而热烈。

大幅的五星红旗飘起来,"和平方舟一帆风顺"的横幅打起来,"祖国万岁,欢迎再来!""和平方舟,一路平安!"的祝福响起来⋯⋯

在汽笛被拉响的那一刻,《歌唱祖国》的歌声再次响彻布里斯班港上空。

我挺立站坡,一种异样的感情在胸中翻腾,眼眶发热,心中不停地喊着"再见"。

再见,布里斯班! 再见,在澳的华侨华人同胞们!

离开码头时,海上又开始起风了。

"和平方舟"号医院船顶风破浪出发了,向着我们访问的下一站——法属波利尼西亚出发。

出发了,这是一次新的出发! 向着新的目标,向着下一个出访地出发⋯⋯

B卷

"飒爽英姿五尺枪,曙光初照演兵场。中华儿女多奇志,不爱红装爱武装。"在执行"和谐使命-2010"任务的官兵中,有个特殊的群体——由24名女性组成的女舰员海上实习队,她们是即将前往中国第一艘航母——"辽宁"舰服役的女舰员。这是中国海军首次组织女舰员随船远航实习,并创造了多个第一……

第三章 和平方舟上的航母女舰员
——"和谐使命-2010"(下)

出发了,这是一次新的出发!向着新的目标,向着下一个出访地出发……

"和平方舟"号医院船的每一次出发,都创造了许多个首次,展现着人民海军崭新的历史画卷。

前面我曾经介绍过,执行"和谐使命-2010"任务,是"和平方舟"号医院船首次走出国门,创造了海军卫勤遂行远海多样化军事任务和对外医疗交往的多个首次:首次赴国外执行医疗服务任务,首次派医院船为国外民众开展人道主义医疗服务,首次组织远海卫勤演练,首次为我海军护航编队提供医疗后勤保障等。

还有一个首次,我有意留在这一章来讲。在执行"和谐使命-2010"任务的428名官兵中,有个特殊的群体——由24名女性组成的女舰员海上实习队,她们均是即将前往中国第一艘航母"辽宁"舰服役的女舰员。这是中国海军首次组织女舰员随船远航实习,并创造了多个第一。

"战争让女人走开!"曾几何时,无数血性男儿把这句豪言壮语吼得惊天动地。

特别是中国海军,成立60多年来,舰艇上没有女性服役,战位上不设女性岗位。以前,舰艇只有在出海执行任务时,才偶尔接受医院、上级机关等单位的女性随舰临时执行任务。

时代发展,科技进步,观念改变,装备更新。也就是从这次开始,中国海军舰艇上的战位不再对女性说"不"。

跟随"和平方舟"号医院船远涉重洋,开展医疗服务的战斗经历,也为女舰员走上"辽宁"舰赢得了本钱。她们破茧成蝶,实现人民海军女舰员由岸基向深蓝、由短期驻舰向长期驻舰、由服务保障型向战斗型的漂亮转身。

那么,她们的表现如何,又有什么精彩故事呢?

1. 实习队的妈妈指导员

女兵上战位,还一下呼啦啦上来24位,这在中国海军是开天辟地第一回!

上什么舰船? 当然是"和平方舟"号医院船,这里女性医护人员多,工作、生活、学习都方便。

她们全都是航母"辽宁"舰未来的女舰员,先跟着医院船学学技术、经经风浪、练练胆魄。

"和平方舟"号医院船也是首次远涉重洋,这么多女兵,谁来带?

上级任命女军官郭志芳为女舰员海上实习队指导员。

初次见到郭志芳,看不出她的威武劲,她周身透着的是成熟女性的温柔与善良。

在这个世界上,在我们部队里,平时大家都是按部就班地工作着,不显山露水地生活着。但是,有责任、有担当的人,总会在某个时刻,总要以某种方式,或通过一个偶然的机缘,或通过某个重大事件,迸发出异样的光彩。

郭志芳就是这样一个人。

郭志芳原是南海舰队某保障基地政治处干事,后任"辽宁"舰勤务部门的教导员、协理员等。她爱人王建新也是位海军军人,是某保障基地食品供应站站长。

2010 年初,航母部队挑选第二批舰员时,郭志芳正在家里休产假。他们刚有了一个小宝贝,除了大名外,夫妻俩还为孩子起了个昵称"小土豆"。

这天傍晚,王建新下班回家,亲了亲宝贝,顺口说了句:"航母部队又来咱们这里选舰员了。"

郭志芳问:"要不要女的?"

"可能要吧。"

王建新说者无意,郭志芳却记在心上了,一个埋藏在心底的梦想猛然间苏醒了——做海军,上大舰,驰骋大洋!她试探性地问丈夫:"我去报名行不行?"

王建新笑了,以为她开玩笑,就说:"带着个吃奶的孩子,人家能要你?只要你能舍得,上级能批准,我就支持。"说过就没当回事。

郭志芳却真正当成了一回事,这一晚她辗转反侧,怎么也睡不着了。报名还是不报名?去还是不去?她在心中反复掂量着,她的思想在激烈斗争着,决心难下,决定难做……她亲亲身旁还未满百天的幼子,是那样不舍;她看看酣睡中的丈夫,是那样眷恋;她环顾自己操持的温馨小家,心中满是甜蜜;她想想未来的海上岁月,充满未知……爱情、亲情、柔情包围着这个穿着军装的女性。最后,军人的血性占了上风,她狠狠心做出了决定。

第二天,郭志芳毅然决然地来到单位报了名,连她自己也觉得有点儿疯狂。

"此生只为航母狂!"郭志芳决心已定。

前来考核干部的李晓岩、梅文等人大吃一惊,劝她慎重考虑。

郭志芳坚定地说:"我就是要上航母,请让我圆这个梦!"

"女军人上舰有诸多不便和困难,何况你的孩子还那么小。"

"战争不分男人女人,只有军人!我应该属于航母!"郭志芳回答的声音虽不高,却很坚定。

真心相爱的人,心是相通的。王建新对妻子的选择虽感到有点儿突然,但还是理解了她。在许多人觉得不可思议,家人反对的情况下,王建新始终做她的坚强后盾。他们把孩子送回了老家。

离开老部队那天,郭志芳频频回头,内心里的诸多不舍在拽扯着她:她舍不得培养她成长的老部队,舍不得朝夕相处的领导和战友,舍不得相濡以沫的爱人,更舍不得嗷嗷待哺的幼子……

"不是没有犹豫,不是没有纠结,但如果不到深蓝事业中闯一闯,我的人生就不够圆满。"郭志芳在日记里写下这句话。

是的,深蓝的海洋在呼唤着她,责任和使命在鼓舞着她,更吸引着她……

郭志芳到了航母部队之后,先是进行院校培训、海上适应性训练,然后带领 20 余名女舰员登上医院船远航实习,全程参与"和谐使命-2010"任务。

在远航实习中,女舰员主要是在"和平方舟"号医院船的相应岗位上进行航海基础课目和专业课目训练。

出发那天,郭志芳和其他女舰员们一样,也是第一次站坡,穿着一身洁白的军装,一种庄严、神圣、荣耀、自豪从心底油然而生。她深情地回望着欢送的人群,深情地回望着她的小土豆,还有那渐行渐远的祖国的海岸线,那一刻她视线模糊了……

对于这批女舰员来说,郭志芳是老大姐。她们大都是 85 后,80% 具有大专以上学历。很多人从小就有当海军的梦想,渴望成为一名女水兵。在出航前的出海适应性和针对性训练中,她们吃苦耐劳,聪明好学,作风顽强,勇于拼搏,初步掌握了一些海上生活技能,并具备了一定的军事素养。

郭志芳虽然觉得肩膀上有点儿沉重,但对当好她们的指导员还是很有信心的。她相信,这些战友通过长时间的远航训练,一定能在风浪中成长,在磨炼中成熟,成为优秀的女舰员。

医院船在浩瀚的大海上疾驰,郭志芳真想带着女兵们大喊一声:"大海,我们来了!"

有时候,大海是平静的,平静得宛如一匹铺展的蓝缎,随着微风的轻拂飘动;有时候,大海又是狂躁的,狂躁得如同还没被驯服的野马,在波峰浪谷间上蹿下跳。海上生活有时是非常枯燥的,满耳是单调的机器轰鸣声和同一韵律的浪拍船舷声;海上生活有时又是丰富多彩的,霞光满天,鸥鸟飞翔,浪花如雪,涛声如歌……

对于郭志芳这批首次出海并且出那么远的海的女舰员来讲,起初,在海上经历的一切都是新鲜的,如同嫩芽上顶着的一颗颗露珠。有时舷边飞过一只海鸟,海面上游过一群鱼,都会引得她们欢呼雀跃。然而,时间一长,或遇到大风浪,她们就蔫了。有人晕船了,有人想家了,有人生病了,有人实习中遇到难题了……

一遇到这情况,郭志芳就满脸绽笑,跑上跑下,嘘寒问暖:给悄悄抹泪的递上一张餐巾纸,给不愿吃饭的塞上几块巧克力,与打不起精神的合唱一首军歌,和遇到困难的说上几句知心话……不经意间,她让女兵们心中荡漾起小幸福,环绕着正能量。

女兵们猜不透她们的指导员,她哪里来的这么足的精神头,还有那始终如一的好心情?她们不仅体会不到,还无法理解,她们的指导员,作为一个妻子、一个母亲,对家庭、对儿子如大洋般深厚的思念和挂牵……

郭志芳很纠结。忙碌起来,她似乎什么都忘了,可一到闲的时候,夜深人静的时候,爱人爽朗的笑声、儿子如音乐般的哭声,就顽强地往她耳膜里钻。她在心中一遍遍地放小电影,每一个镜头都是亲人的笑颜。有时候,她想儿子想得心口痛,在睡梦中常常叫几声"小土豆"。怪不得人们说,回忆是件幸福和痛苦掺杂的事情。

9 月 21 日,中秋节的前一天。晚上,一轮圆月高悬在亚丁湾上空,如银的清辉倾泻在微波荡漾的海面上。

郭志芳组织女兵们把明天中秋晚会的节目又排练了一遍,回到住舱时已经很晚了。也许是太兴奋,大洋上的晚会让她有太多期待,也许是闲下来时思绪驰骋得太远,想收又收不回,她失眠了。

每逢佳节倍思亲。郭志芳索性坐起来,摊开信笺,在浩瀚的大洋上,记下了自己此时此刻的内心独白,写就了一封不可能寄出去的家书:

建新:

"和平方舟"号医院船抵达亚丁湾已经几天了,明天就是中秋节。看着往来穿梭、挂着异国旗帜的商船,看着空中偶尔掠过的海鸥,特别想念你,想念咱们的孩子——小土豆。到了深夜,明明很困,却怎么也睡不着,望着舷窗外的一轮明月,睁眼闭眼都想到和你有关、和小土豆有关、和家有关的种种琐事。

从我离开家到现在也不过 3 个来月,对于我像过了半年之久,脑子里掠过一幕幕 3 个来月前小土豆的画面,我不断回想起怀抱着他时那种幸福的感觉。可偏偏起航后不久,船上的卫星电话就打不通了。我只能把对你和小土豆的思念写在纸上,每天一张,折成一个个小灯笼的形状。等到我们相聚的时候,你就可以看到我有形的思念了。

前段时间,遭遇热带低气压,海上刮起 9 级大风,掀起的大浪最高有四五米。我初次出海,晕船,吐得很厉害。越晕,我就越想念你们。你又要笑我软弱了。想想也是啊,护航官兵离开家的日子更久。上周五,医院船为 887 舰开展医疗服务,遇到 887 舰上的一个老乡,他说已经出海 197 天了。与他们相比,我们这短暂的分离又算什么呢? 医院船上 400 多名执行任务的官兵中,有的因为要执行任务,妻子生产时不能陪在身边,有的在孩子出生没多久就要随船出海……这样的人这样的事,这段时间我听了很多,深深感到军人的职责使命在现实中沉甸甸的分量。

明天就是中秋节了,这是一个引人思亲的日子。可是山太遥,水太远,风带不来家乡的气息,即使是这一轮明月,你我也有着 5 个小时的时差,不能共赏。我希望,在中秋节晚上的梦中,陪着你,陪着我们的小土豆,一家人坐在一起,欣赏着皎洁的月亮,吃着月饼,享受天伦之乐。

爱你的妻:志芳

2010 年 9 月 21 日

"和谐使命-2010"任务历时 88 天。"和平方舟"号医院船跨越两大洋,航经六大海峡,行程 17800 余海里,赴亚丁湾和亚非五国,为我海军护航舰艇官兵进行医疗巡诊,为亚非五国民众提供人道主义医疗服务,受到了护航官兵和亚非各国人民的热烈欢迎,国内外媒体进行了铺天盖地的报道,为中国、为人民海军赢得了极大的声誉。

郭志芳和战友们在这次远航实习中，经受住了风浪的洗礼，得到了狂澜的锤炼，掌握了基本的航海技能，向着成为一名真正的女舰员迈出了坚实的一步。

11 月 26 日，"和平方舟"号医院船回来了，稳稳地靠上了祖国南海边上的某军港码头。实习队全体女舰员迎着阳光整齐列队，她们可以自豪地向为她们送行并合影留念的海军首长汇报了，她们达到了"早日成为第一代合格女舰员"的目标要求！

码头上，在欢迎的人群中，郭志芳看到丈夫王建新的笑脸，他把儿子高高举起，大声地喊着她的名字。

领导特批给郭志芳 1 个小时的假，让她下船，全家相会。因为这里不是他们的最终目的地，停靠不长时间他们就要起航。

郭志芳冲下舷梯，一边喊着"我的小土豆，我的小土豆"，一边扑了过去。

可是，分别 5 个多月的孩子已经不认识妈妈了，哇哇大哭着不让郭志芳抱。

"宝贝，宝贝！我是妈妈啊，让妈妈抱抱，让妈妈抱抱啊……"郭志芳简直是在央求儿子。这位坚强的女性流泪了，眼泪像大洋上的雨，滂沱汹涌，在脸上横流……

儿子哭得声嘶力竭，就是不让妈妈抱。

时间飞逝，眼看要到点了，郭志芳才把儿子抱到怀里，她吧嗒吧嗒地将儿子的小脸亲了个遍。当时在场的人真想把钟表的秒针钉在原地，让这对分别了这么长时间的母子亲个够。

可是不能啊！时间依然不紧不慢地踱着步。1 个小时到了！郭志芳要把儿子交给丈夫，可是在此时，小宝宝不愿离开妈妈了，两只小手紧紧地抓住妈妈的军装。她狠狠心掰开了孩子的手，流着泪，一步三回头，却又坚定地登上了即将远征的舰艇。她在心中默默地对儿子说："宝贝，对不起了！不要恨妈妈无情，等你长大了，你会理解妈妈的。为了一个伟大的事业，总要有人做出牺牲……"

回到"辽宁"舰后，郭志芳专门以《我骄傲，我是中国女水兵》为题撰文。她写道："由于对舰艇生活的热爱，加上女性特有的细致、耐心，她们对舰艇操纵理论技能的掌握进度超出男兵一大截！上船没多久，'第一女操舵兵'诞生了，'第一女雷达兵'诞生了,'第一女信号兵'诞生了! 到任务的中后期,通过理论和技能考核,女舰员和男舰员一样开始独立值更并参加夜航值班,女兵们终于可以自豪地大声说:我骄傲,我是中国女水兵!"

2. 第一位苗族女值更官

在"和谐使命-2010"任务中,在"和平方舟"号医院船上,有一位风风火火的苗族女军官,她叫宋美燕。她被上级任命为女舰员海上实习队队长。后来,她成为人民海军第一位女值更官!

宋美燕是湖南沅陵人,家住借母溪乡筒车坪村代家组,就在借母溪国家级自然保护区内,典型的深山老林。

宋美燕的父亲找人算过命。算命先生这一次倒没胡说,算着他们家的出路是送子女上学。可是,三个哥哥均因家庭困难而先后辍学。特别是三哥,学习很好,可是家里实在负担不了 2 个学生,他只好忍痛辍学外出打工,把上学的机会留给了妹妹。

宋美燕是承载着全家人的期望读书的。她每天翻山越岭到乡里的学校,无论刮风下雨,都是来回一路小跑。大自然和生活的艰辛唤醒了这个苗家女儿的运动天赋。

初中三年级那年,沅陵县召开全县运动会。宋美燕是借母溪乡的运动员,报了好多项目。铅球、铁饼、垒球她拿了冠军,长跑、短跑成绩也不俗。

在主席台上观战的县一中校长连连夸赞:"这个小姑娘不错,是个当运动员的好苗子!"他找借母溪乡的领队打听,知道宋美燕还是个初三学生,当即表态:"这个学生我们要了。"

宋美燕是作为特长生被破格录取到沅陵县一中的,虽然各项费用减免,但伙食要自己解决。父亲每个月从家里背上一袋大米,走上大半天的山路送到学校。不幸的是,宋美燕刚读完高一,父亲就因病去世了。此后的粮食,或是由母亲来送,或是她自己跑回山中家里去取。

大山的女儿能吃苦,苗家的姑娘性格要强。在教练员的带领和指导下,宋美燕苦练加巧练,运动成绩突飞猛进。到了高二时,她已经达到国家一级运动员水平,并在地区、省、全国的一些比赛中崭露头角。

好苗子人们盯着要。宋美燕上高三时,一些大学的体育班就将她列入选择目标,甚至清华大学也愿意给她录取指标。

宋美燕在心中反复掂量,她找教练商量。

教练说:"当然是清华。你的意见呢?"

"我想上军校。"

"为什么?"

"上军校不用掏钱,我们家困难。"

教练沉思良久,没有说话,看宋美燕已经有了自己的主意,就尊重了她的选择。2003年,宋美燕考上了位于长沙的中国人民解放军国防科技大学指挥自动化系。经过4年的深造,山里的妹子长大了,主意也更正了。

2007年,宋美燕面临毕业。本来学校想让她留校任教,这是多少同学求之不得的:留在本省省会,离家近;学校工作安稳,条件优越,战斗部队毕竟艰苦,且有风险。而且一个女孩子,当军校教师,又在城市,对组织一个安稳的小家庭非常有利……

可是,宋美燕不看重这些,当学员队干部找她谈话时,她表示不愿留校。

"不想留校,你想去哪里?"

"去海军。"

"为啥去海军?"

"我喜欢在大风大浪中摔打自己。"

"去海军,你想到哪个舰队?"

"最好去南海,南中国海更辽阔。其他舰队也行。"

学校部分满足了她的愿望。

2007年8月,宋美燕被分配到东海舰队某保障基地通信站。

虽然到了海军,虽然到了舰队,虽然到了海岛,可在通信站工作毕竟不能随舰出海,宋美燕有点儿不满足。

2009 年 5 月,时任某基地通信站分队长的宋美燕奉命参加全军军事三项角逐。她为海军赢得两枚金牌,荣立二等功,前程一片大好。

转眼到了 9 月,人民海军开始组建航母部队,宋美燕闻讯异常兴奋,当即报名。她要圆自己从小的梦,也弥补母亲没见过大海的遗憾。

这年 11 月,在等待报到的日子里,宋美燕回湖南老家休假。她问母亲:"妈妈,您现在最大的愿望是什么?"

66 岁的母亲告诉她:"就想跟着你到外面转一转、看一看。"

宋美燕笑了,说:"好啊,您想去哪里?"

母亲说:"你当了海军,我还没见过大海是啥样子,我想去看看大海。"母亲想了一下,又说,"再就是去北京,去看看毛主席。"

宋美燕满足了母亲的愿望,带着老人第一次坐火车,第一次坐飞机,第一次来到了祖国首都北京。她领母亲来到了天安门广场,在人民大会堂、国旗护卫队、故宫、人民英雄纪念碑前合影留念;在毛主席纪念堂里,让母亲给伟大领袖毛泽东献上了一束鲜花……

为了实现母亲去看大海的心愿,宋美燕又带着母亲第一次坐上高铁来到天津,漫步在大海边。在参观航母主题公园时,她十分骄傲地向母亲透露了一点儿消息:"妈妈,以后我可能要在这样的大舰上工作了。"

母亲满脸都是幸福和满足,含着热泪对她说:"好啊,我女儿有出息,妈妈这辈子值了,死了也值了。"

宋美燕拥着母亲说:"妈妈,您不能这样说。等女儿下次休假,我还要带着您出来呢,先到咱们湖南韶山,去毛主席的老家,然后再去海南、西藏,去看看咱们中国的大海有多大,大山有多高。"

母亲笑了,充满憧憬地说:"好啊,我等着。我等着女儿上大舰,好好保卫咱们的祖国;我等着女儿带我出去玩,只要妈妈能走得动,就好好看看咱们中国的好山好水。"

这是一位山村母亲的憧憬,这是一位苗族老人的心愿,也是一位海军女军人的憧憬和心愿……

宋美燕带着憧憬和心愿来到了航母部队，成为第一代航母女舰员，并被任命为海上实习队队长，随"和平方舟"号医院船远航实习，执行"和谐使命–2010"任务。这次任务不仅是女舰员岗位职责拓展、能力素质全方位锻炼的崭新实践，更肩负着宣扬构建"和谐海洋"理念、履行国际人道主义义务的重大使命。

　　起航远征的那天，海军领导登船亲切地看望了她们，并与她们合影留念，要求她们在大风大浪中摔打、磨炼自己，争取早日成为第一代合格女舰员。

　　中国海军首批女舰员各方面的表现，引起了随船出访的各级领导和广大官兵的普遍关注。

　　女舰员海上实习队的成员来源比较复杂，有特招的地方大学生，有入伍不久的女兵，还有从海军各部队选调的官兵。

　　宋美燕对战友们说："我们是首批女舰员，但这不是我们骄傲和让人关照的资本。我们要时刻警醒自己，走出国门自己就是国家、民族和军队的代表，在出访部队内部，自己就是第一代航母舰员、中国海军第一代女舰员的代表，是'代表中的代表'，必须始终当标杆、做表率。"

　　航行中，女舰员要过的第一关，是晕船呕吐。宋美燕不知是因为队长职责所在，还是天生的，她竟没有晕船的感觉，风风火火地东跑西颠、上上下下，照顾完这个又抚慰那个。

　　宋美燕知道，在海上，对女舰员的管理不能像在陆地，要想方设法让她们注意力集中，克服航行中的寂寞，忘掉甚至没时间晕船。业余时间，在风平浪静的时候，她带领战友们在甲板上练军姿、走队列；工作中，她和战友们自觉刻苦钻研，主动拜师学艺，坚持跟班实习，克服独立值更的紧张心理，战胜夜晚值班的疲劳挑战，经受住了晕船呕吐的痛苦煎熬，逐渐适应了舰艇生活的陌生环境，始终坚守在战位，出色地完成了各项工作任务。

　　在任务中，女舰员们不仅充分发挥自己的才艺特长，参加"和平方舟"号医院船的各项文体活动，丰富了官兵们的远航生活，还全员、全程参与了6次甲板招待会的服务保障任务，承担了接待外宾和华侨上舰参观的所有讲解工作，并主动参与王文珍健康服务小分队的巡诊和慰问,与所在国民众一起联欢,传递友谊。

时间到了 9 月。"和平方舟"号医院船这时的目的地是吉布提共和国。"吉布提"在阿法尔语中意为"沸腾的蒸锅",从字面上看就知其有多炎热。

"和平方舟"号医院船开进吉布提港那天,舱面温度在 40℃ 以上。首先映入欢迎人群眼帘的是,一排身姿挺拔的女舰员,在队长宋美燕的带领下,顶着烈日的炙烤,岿然不动,伫立成一道亮丽而又威武的风景线。

这道风景线,改变了人们认为女兵只有"骄娇"二气的成见,赢得了出访国军民和全体出访官兵的赞誉和尊重。

任务指挥所的领导这样评价女舰员海上实习队:"不管多么辛苦,每次站坡列队,女舰员海上实习队的军姿都是最挺拔、最飒爽的。"

任务结束时,女舰员海上实习队全部通过了独立值更考核,能力素质得到了全面锻炼和提高,达到了海军、舰队领导为她们定下的实习目标。

载誉归来,宋美燕回首 88 个日日夜夜、17800 余海里的征程,深深地感到:亚非五国之行,不仅是一次学习之旅、宣传之旅、和谐之旅,更是一次磨炼之旅、收获之旅、展示之旅。

宋美燕难抑兴奋之情,以《心迹——梦》为题,撰写了一篇柔情款款而又激情飞扬的文章。她写道:

> 阳光、沙滩、椰林、碧浪是我儿时梦寐以求的,无数次幻想沐浴着阳光,嗅着潮湿而又温暖的海风,聆听鸥鸟婉转悦耳的歌鸣,随椰林轻轻摇曳,伴浪花翩翩起舞。
>
> 终于有了这么一次机会,我参加了"和平方舟"号医院船赴亚丁湾和吉布提、肯尼亚、坦桑尼亚、塞舌尔、孟加拉国亚非五国的"和谐使命-2010"任务。我的心也随着 866 船的航行漂向了深蓝,儿时的梦想在这里如愿以偿。
>
> 时常喜欢一个人戴着耳机,在星空下散步,没有一丝杂念,让眼睛穿过黑幕,在星空下追寻着梦的痕迹,总有一丝浅笑隐藏在温暖里。
>
> 有时候,我喜欢端详自己的内心,聆听脉动的声音。在潮落的清晨,第

一缕阳光敲开心扉,照耀着梦的小屋;在浪起浪伏的傍晚,落日熔金,夜幕降临,梦和心诉说着一天的琐碎……

心有多大,梦就有多远!

我在"辽宁"舰的走道里和甲板上曾多次遇见她,她总是问上一句"首长好",然后就脚步匆匆地离去。

望着她忙碌的背影,我想,这位从大山深处走出来的苗家妹了,心大似海,梦远入云,一定会在我们这艘中华民族的航母上绽放异彩……

"男舰员能做到的事,女舰员照样能做好!"宋美燕这样告诉我。她曾2次赴海军大连舰艇学院雷电指挥专业深造。

人民海军舰艇上的指挥岗位上还没女性,要想当一名值更官,需要经过严格的考核。值更官考核涉及理论、实做、实操三大部分内容,航行、救生、损管等部署纷繁复杂,航行、抛锚、防台等知识及处置时机奥妙无穷。

"救生部署,舰务部门组织救生!"2013年3月,在舰和舰务部门领导的支持、帮助下,宋美燕向执更官岗位发起冲锋。

厚积薄发,百炼成钢。数千道(种)习题、处置方法和时机烂熟于胸,宋美燕最终以优异成绩通过值更官考核,完成由管理教育型军官向作战指挥军官的人生嬗变。

战斗舰艇指挥岗位,历来是女舰员的禁区,现在终于被突破了。

2013年8月29日,是"辽宁"舰作战部门某中队副队长宋美燕终生难忘的日子。这一天,宋美燕成为人民海军第一位女值更官!

3. 我渴望成为一名女水兵

翻看"和谐使命-2010"任务女舰员海上实习队名单,我看到了一个熟悉的名字——何瓃。谈起何瓃,我有一些发言权。我在人民海军报社当记者时,处理过她的来信。

那也是在2010年,我在人民海军报记者处任主任编辑、机动记者,负责整个报社的通联工作。5月下旬的一天,我接到从祖国西部寄给报社领导的一封信,就把它交给了时任社长袁华智。

袁社长看过信之后很兴奋,对我说:"何飔的志向,反映了新时代女性对人生价值和职业价值的追求。这是一份拥军爱军的好教材,咱们报纸要登一下。"

我在全面了解何飔的情况后,在6月8日出版的《人民海军》报头版上,以《我渴望成为一名女水兵!》为题,加框、配彩色照片,刊登了何飔的来信,并特意加了编者按:

> 她是一位女性,闺房里却贴满了各国海军舰艇的挂图;她是一位地方大学毕业生,却放弃优越的工作,准备报考研究生,盼望有一天能上舰服役、指挥作战。5月27日,何飔从新疆乌鲁木齐给本报编辑部写来了信。透过这封信,我们看到了一名当代女青年的高尚追求,这也值得我们这些身处军营的官兵好好思考一下,如何珍惜多少人向往的军旅生活。这里,向读者推荐这名女青年的来信(标题为编者所加)。

我渴望成为一名女水兵!

人民海军报社编辑部:

我名叫何飔,今年24岁,去年7月毕业于"211工程"重点建设高校——长安大学的机械设计制造及其自动化专业,大学学历,中共党员。我出生在军人家庭,从小受环境及家庭的影响,崇尚军人、热爱部队、偏爱海军。5年前,我通过高考考入重点大学后,除努力学习专业知识外,在校期间一直保持先前的阅读、购买军事类图书报刊的习惯,尤其是收集各国海军舰艇的挂图彩页、海报,成了我的最爱。

5年来,我把对海军的爱深深融入心中,立志把"当一名女水兵"作为我人生的奋斗目标。大四那年,我参加了全国硕士研究生考试,报考国防科技大学,但因地方女生入伍名额有限,我与军校失之交臂。即便是这样,参加工作后我依然关注中国海军的建设发展,如"和平-09"多国海上联合军演、远航训练、舰艇编队护航、装备实现信息化等,平时每每得知海军建设又取得了新成就,我的心都会激动不已,欣喜若狂。

虽说先前我已到某军工企业工作,却不能满足我心中渴望。在我看来,任何花花绿绿的衣裳都无法和军装相比!于是,我毅然辞去工作,准备报考研究生,并专心研究海军,"不抛弃、不放弃"当一名女水兵的信念,坚定了我将自己的青春和热血献给人民海军建设的决心。

当前,各国越来越多的女性加入军营中,她们涉足军中各个岗位,表现出了卓越的才华,她们担当着指挥官、飞行员、水兵、特种兵、参谋等种种角色,如美国海军中女兵比例占15%,英国1998年第一次任命2名女舰长操纵指挥军舰,挪威和瑞典海军还率先允许女兵上潜艇服役。随着军队信息化程度的提升,越来越多的军队岗位适合女性。由于身体和心理的特质,女性具有温柔、心细、责任心强、人道等独特优点。有社会学家还认为,男人一般具有保护女性的本能,因此有女兵在,可以激发男人的英勇天性,虽然女兵无法在作战一线和男兵的勇猛、体力相媲美,但是这些优势远大于劣势。

在中国军队中,涌现出许多的优秀女参谋、女工程师、空军女飞行员甚至女歼击机飞行员,她们为中国女军人、中国女性做出了表率,激励我们向她们学习。我时常在想,等中国拥有了自己的大型舰艇以及更多精良装备时,我们中国海军也一定会涌现出更多更优秀的女舰员、女舰长,她们能够以女性的特质与才华,和男军人一样指挥舰艇、维护机械设备,共同保障舰艇的顺利航行,填补这个空白。而这正是我们这些后辈将为之努力的!当一名女水兵、女舰员,是我人生中最大的梦想。如果我能如愿,我会带着对海军事业的热爱,将理论和实践相结合,不断提高自己的技术水平,同男兵一样,既练指挥,又钻难题,深入一线采集重要数据,克服各种艰难险阻,同男兵合作,保证出色完成任务。我想,我们当代女大学生一样能在军事领域展现中国女性风采,并让世人所知。中国海军必将有新一代的女舰员、女舰长出现。

我不知道什么时候能够实现自己的愿望,但这个不变、不老、不灭的梦始终会指引着我坚定地走下去,永不回头!

一个爱海军的女孩:何飔

2010 年 5 月

这封信登出后,在全海军引起了强烈反响,并受到海军领导和有关部门的重视。当时正值海军为我国首艘航空母舰挑选女舰员,何飔是"211 工程"重点建设高校的毕业生,学的又是航空母舰上急需的机械类专业。海军领导当即指示有关部门到何飔成长的乌鲁木齐和西安等地进行考察,得知何飔的父亲和外公、外婆都曾是军人,何飔从小到大一直成绩优异,大四毕业那年报考国防科技大学研究生时成绩优异,只因军校招收地方大学毕业女生名额太少,而与军校失之交臂。

2010 年 7 月,何飔,这个"爱海军的女孩",这个在新疆长大的陕西姑娘,实现了自己的愿望,被特招入伍。

何飔刚穿上军装不到 2 个月,就登上"和平方舟"号医院船远航实习,执行"和谐使命-2010"任务。

有战友对她说:"何飔参加'和谐',同音不同字,巧了。"

她一听笑了,攥紧拳头在眼前晃了晃,充满信心地说:"这就是缘分,我一定珍惜这次历练,破茧成蝶。"

"和平方舟"号医院船在亚丁湾遭遇大风浪,5 米高的大浪盖过前甲板。首次担任战位值更的何飔忍不住交了"公粮",但她在心里默念着"坚持就是胜利",咬牙坚守在岗位上。

何飔要强,何飔执着,何飔心中燃烧着信念和理想! 她常常在心里提醒自己:决不能辜负亲友的期望和海军领导的厚望,要当就当一名最优秀的舰员!

某型雷达开机步骤多,程序复杂。这型装备的技术大拿是位叫纪华明的老班长,何飔主动找他学习请教。纪华明话不多,很有性格,看看她说:"别小看开机,给你一个星期的时间,你也不一定能学会。"

何飔说:"纪班长,您给我5天时间,我保证学会。"

"行。"

何飔掏出笔记本:"您说吧,我记下来,到第五天时您检查我。"

到了那天,何飔如约请纪班长考核,她操纵准确,没有任何错误程序。

纪班长点点头,只撂下一句话:"好,不要小看任何操作!"说完扭头走了。

何飔望着老班长的背影,笑了。从那以后,老班长对何飔热情多了,主动教她技术。

执行任务回来,她带着那个"不变、不老、不灭的梦",实现了"当一名女水兵"的愿望,成了航母的一名女舰员,并被任命为作战部门警戒雷达分队长。

为了梦想而来,为了梦想而奋斗!何飔说:"干了航母,这辈子就有资格写自传了!"她的这句话,在"辽宁"舰上广为流传。

4. 铿锵玫瑰绽放在大洋上

2010年9月15日,经过16天的航渡,执行"和谐使命-2010"任务的"和平方舟"号医院船,顺利抵达亚丁湾海域。在这次航程中,上船实习的女操舵兵具备了独立值更能力,获得操船闯大洋的通行证,创造了中国海军历史上又一个第一! 这位女操舵兵叫徐玲。

那是在2005年,我军首次尝试大规模招收大学生入伍当兵。

"到部队去,当海军去。"毕业于南京体育学院的徐玲,毅然放弃了心爱的自行车赛车,走进蓝色方阵,穿上了洁白的海军军装,成为一名卫星通信兵。

徐玲坦言:"我就喜欢有挑战性的工作,这样带劲!""带劲"是她的口头禅。

这带劲的事还真让她遇上了——中华人民共和国成立60周年,国庆要进行大阅兵,喜欢挑战的徐玲,迈进了三军女兵方队。

在阅兵训练的日子里,徐玲每天踢正步四五千米,汗水顺着裤腿往下流,休息时,脱下鞋子把汗水往外倒。

2009年10月1日,英姿飒爽的徐玲正步走过天安门,接受了时任中共中央总书记、国家主席、军委主席胡锦涛的检阅。

徐玲参加大阅兵之后正在休假,得知海军在各高等院校和部队招收女水兵,她毅然提交申请,成了其中的一员。从女海军到女水兵,从陆地卫星通信专业到上舰服役,说起自己的选择,这位出生于 1988 年的 80 后心直口快:"在电视上看到外国女舰员驰骋大洋、环游世界,带劲!"

更带劲的事在等着她——中国海军首批女舰员,登上"和平方舟"号医院船远航实习。徐玲喜欢挑战,实习课目,她选择了操舵这个非常男性化的专业。

在"和平方舟"号医院船上,徐玲跟着操舵班班长、四级军士长陈继发进行了海上适应性训练,学会了辨别方位、航线,学会了如何执行命令和报告。

9 月 1 日,在"和平方舟"号医院船起程的第二天,徐玲开始独立值更,成为独立值更的第一个实习女舰员,令船上的男舰员们刮目相看。

值更一小步,历史一大步。在浩瀚的大洋上,驾舰闯大洋不再是中国男舰员的专利。

以前,我们中国海军的军舰,由于吨位有限,空间和居住环境也相当有限,女性上舰,在生活上有诸多不便,也会给军舰的设计带来很大的压力。因此,在各方面条件有限的情况下,要优先保证战斗力,女舰员就无法上舰。

现代战争是信息化的战争,拼的不再是体力,而是智力。在这样一个环境中,特别是在打信息化的战争的情况下,很多岗位、战位上,女性比男性更有优势。比如说,需要比较细致的、心态很稳定的,或是较长时间有耐力的,这样一个工作岗位,女性舰员细腻、柔韧,跟男性舰员相比,绝对有优势,可能更胜任。

"和平方舟"号医院船航经台湾海峡、西沙海域、南沙海域、马六甲海峡、印度洋、阿拉伯海等,航程 5300 多海里。特别是 13 日这天,进入阿拉伯海后,遇到热带低气压,海上风力达 8 级,阵风 9 级,掀起四五米的大浪。汹涌澎湃的巨浪打向船头,直扑驾驶室。在持续 2 天多的大风浪航行中,徐玲坚守在战位上,经受住了大洋的考验,驾船耕波犁浪,稳稳地操纵着手中的舵轮,谱写了中国海军女舰员挺进深蓝的新篇章。

"为了圆梦,付出再多也值得。"我在采访随船实习的女舰员张蕊时,她说得很干脆。

这是一位长着大眼睛、圆脸的姑娘，浑身散发着艺术气息，如果不是穿着这身军装，用时髦的话说，整个一文艺范儿。上大学时，她学的是艺术设计专业。如今，她要操控的是导航雷达。大概是由于经过了海浪的洗礼，再加上家庭环境的影响，她说话时总让人感到她下嘴角透着一股坚定，吐出的字也硬邦邦的。

张蕊是河北廊坊人，家在农村，父亲也当过兵。张蕊的独立生活能力很强。上初中后她喜欢上画画，经常独自一人到离家百余里的地方学习。高考时，她一个人背着画夹天南海北地参加各种美术考试。终于，在 2006 年，她凭着自己的努力考上了南京艺术学院传媒学院。

在南京艺术学院传媒学院的同学们心中，"张蕊"这个名字就有着几分传奇色彩。她曾是学校的学生会主席、团总支副书记、学工助理，她拿过国家励志奖学金、优秀学生奖学金等多项奖学金。有的同学说，张蕊几乎把各项荣誉拿了个遍，同学们有困难都喜欢找她帮忙。在校期间，她参与制作的三维动画短片《门神》，还获得了 2009 年全国美展金奖。

老师对她寄予厚望，相信她将在艺术的道路上走得更远。同学们也给了她很多祝福，盼着她能在艺术事业上做出更多更大的成绩。

大四，是大学校园里的动荡季。有的同学准备考研，有的同学忙着找工作。张蕊不急。学校每年有 3 个保送上研究生的名额，她进入了前三。可是，她竟做出了一个令许多人吃惊的决定：当兵去！有人说她"心血来潮"，有人说她"欠考虑"，还有人说得难听，什么"缺心眼""发神经"……

对于女儿的这个选择，当过兵的父亲并不十分看好，他提醒张蕊："当兵就要能吃常人不能吃的苦，能受常人不能受的罪。你有这个思想准备吗？"

"我知道，我对这个选择有准备。"张蕊回答得很干脆。

张蕊在回母校给师弟师妹们做讲座时说："其实我选择当海军，并不是心血来潮。从军和画画始终是我最大的 2 个梦想。虽然高考时选择了画画，但我的军旅之梦并未因此而停止！"

新兵训练团，女兵过的第一关——剪头发。条令规定，头发不能过肩。

张蕊有一头秀美的长发,乌黑发亮,从人前走过时长发飘飘,常引来羡慕的目光。

剪头发那天,新兵班班长反复比画,舍不得下剪子,故意问她:"你真舍得啊?"

张蕊笑笑说:"这没什么啊,你剪吧!"

班长说:"我真剪啦。"

"你剪吧!"张蕊故作轻松。

可是,当咔嚓一声,班长一剪子下去时,张蕊的眼泪还是不听话地流了出来。她接过班长剪下的长发,双手捧着放到鼻子下闻了闻,那上边依然散发着沁人的芳香。她决定把这束长发保存下来,作为一个由民向兵转变的纪念。

2010 年 8 月 31 日,张蕊登上"和平方舟"号医院船,成为海军首批上舰的 24 名女舰员之一,开始了远航实习训练的航程。

"第一次踏上和平方舟真的好兴奋!"回忆起初次上船的感觉,张蕊满脸笑容,"我终于成为一名真正的水兵了!"尽管这种美好的感觉很快就被海上训练的辛苦代替,但她仍旧利用自己的文艺专长,参加各种文艺活动,在办舰报、播音和主持等方面做了许多工作,成为医院船上的文艺骨干。

上船后,女舰员们分别进入信号、报务、雷达、操舵专业实习,并完成了专业理论、跟班值更、参加远海卫勤演练等阶段训练,又通过独立值更合格考核,就开始了 24 小时独立值更。

在驾驶室的雷达战位上,张蕊是首批通过考试,开始独立值更的女舰员之一。有一天,张蕊在独立值更时发现前方海区气象异常,她马上向指挥员报告,"和平方舟"号医院船及时调整航向,安全通过飓风区。在执行任务期间,她及时准确报告情况 20 余次,为值班船长操控船提供了可靠依据。

有人说,张蕊和她的战友们已经创造了三项第一——中国海军第一批上舰的女水兵,中国海军第一批独立值更的女舰员,中国海军第一批上航母的女舰员。

张蕊对我说:"我还想创造一项新纪录——在航母上服役时间最长的女

水兵。"

张蕊说这话时,目光灼灼,语气非常坚定。说完,她又舒心地笑了。

受她的感染,我也笑得非常开心。

我在"辽宁"舰自己编印的《开拓者》报上,曾看到过张蕊在随"和平方舟"号医院船远航实习胜利归来后写的一首题为《祖国》的小诗,也许读者们可以从中寻找到她的心路轨迹:

> 情系祖国人民,扬帆和谐征程。
>
> 抗风雨斗巨浪,远赴亚非五国。
>
> 脚踏流动国土,播撒红色爱心。
>
> 肩负神圣使命,保和平战海盗。
>
> 船艏红旗飘扬,内心热血澎湃。
>
> 满怀报国之志,谱写金色辉煌。

虽然这诗水平不高,也不押韵,但每个字蹦出的都是她的心声,每一行抒发的都是她的志向……

让我们再听听几位女舰员的肺腑之言吧,这些是她们实习时在大洋之上留下的——

夏卉说:"何为家?家就是那个我们用满腔热血热恋着的地方;家就是那个我们愿用血肉之躯誓死守护的地方;家就是那个无论我们走到哪里都深深眷恋的地方;家就是那个在大洋那边——名叫中国的地方!"

张嘉洋说:"也许我的青春是一片小小的心情,但我将把它奉献给我深爱的祖国。"

徐培培说:"身为这个蒸蒸日上的集体中的一员,尤其是在来到我们部队之后,光荣自豪的背后更是一份沉甸甸的责任。"

姜磊说:"让自己尽情地展现,站着就该是一座山,倒下也该是一条路,完整给人以启示,粉碎给人以告诫……在阳光下,用身影来发表宣言,你就是一道风景!"

宋晴阁说:"我爱这蓝色的海洋,爱它迷人的风光,更爱它深邃的力量。"

袁媛说:"船上的生活虽然枯燥无味,但是我们学会了用不断创新的理念和不断开拓的视野,来增添生活的色彩。"

顾伽瑞说:"天下兴亡,匹夫有责。作为中国的首批女舰员,我们更感到责任的重大。在未来的日子里,我们会牢记光荣使命,立足本职岗位,以真正的标杆舰员标准要求自己,争做合格的海上标兵!"

……

听着她们深情的诉说和铿锵的誓言,您是否和我一样,想到了一首当年红遍神州大地的诗?

"飒爽英姿五尺枪,曙光初照演兵场。中华儿女多奇志,不爱红装爱武装。"这是毛主席挥毫为女民兵照片所题。把这首诗赠送给中国首批女舰员们,送给这些被战友们称为"铿锵玫瑰"的女水兵,同样十分贴切。

她们的奇志绽放在浪尖上,她们的奇志展现在远航中!

在出访的航程中,我曾这样寄语和我同舟共济的女战友们:

"穿过五洲,就有了五洲的远大;走过四海,就有了四海的辽阔;翻过巨澜,就有了巨澜的豪迈;越过大洋,就有了大洋的气魄!"

A 卷

"穿过五洲,就有了五洲的远大;走过四海,就有了四海的辽阔;翻过巨澜,就有了巨澜的豪迈;越过大洋,就有了大洋的气魄!"这是和平方舟跨越国际日期变更线,到达南半球,访问法属玻利尼西亚时我的切身感受……

第四章 当"浪花白"遇到"黑珍珠"

2015 年 10 月 11 日,"和平方舟"号医院船离开澳大利亚布里斯班,驶往计划中的下一站——法属波利尼西亚。

航渡中,我和郭林雄的住舱热闹起来,因为过几天指挥所政工组要组织演讲比赛,几位参加比赛的选手来找我们修改演讲稿。《擎灯扬帆,筑梦深蓝》是女雷达兵俞茜的演讲题目。我在开头为她加了上面这段话,以增强气势和点明主题,也代表了我这个老兵对年轻一代水兵的赞许和期望……

1.在跨越中时光倒流

天高云淡,风急浪大。

浪打船舷的哗哗声不绝于耳。

我们的船在海上连续航行好几天了。空闲的时候,我喜欢靠在舷边,眺望天空、大海。海天间蓝得透彻,白得透亮,外面的一切似乎都静止了。如果短时间内看到这一切,那简直是美极了、爽极了。可是,长时间千篇一律,海天间只有同一景象,连艘同行或逆行的船,甚至连只飞鸟都看不到,难免会引起视觉疲劳,让人心里焦躁。

这是陆地上的人们体会不到,也不能理解的。这不,"长航综合征"随着这同一频率的哗哗声和隔不了 2 天就要调整的时差,悄然无声地上船了。据有关资料显示,"长航综合征"有以下表现:有人嗜睡,十分困乏,哈欠连天,无法集中精力;有人失眠,翻来覆去睡不着,数羊、蒙眼,甚至吃药,各种方法用尽了,依然无法进入梦乡,一些陈年旧事、烦恼苦闷,跳跃着刺激脑神经,活跃着大脑;有人记忆力减退,一些平时非常熟悉的人名、地名或物品名到了嘴边就是说不出来,需苦思冥想老半天,或查文字记录才能记起来,让人哭笑不得;更严重的是,还有人产生忧郁之情,甚至连跳海的想法都有,十分可怕……

10 月 16 日 0 时 30 分左右,我正倚在床铺上看书,忽听有人敲舱门:"沙老师,睡了吗?"

我翻身下来,拉开舱门,见是海上医院政委王海涛,回答道:"王政委,我还没睡,有事吗?"

王海涛急急地告诉我:"咱们船上有一位干部突发急病,可能要做手术,你去不去看看?"

我点头应了一声"好",就急匆匆地和他一起往手术室跑。

当时我们行驶在斐济海上,阵风 7 级,浪高 3 米。船有点儿晃,脚踏在舷梯上有时不稳,我几次抓住栏杆防止摔倒。

原来,一位叫倪炜的干部突发急性结石性胆囊炎,疼得在床上打滚。

海上医院院长孙涛立即组织肝胆科医生杨宁、麻醉师傅海龙、重症病房主任李大伟等人进行医疗会商:在这样的海况下要不要立即实施手术?

做,技术上肯定没问题,他们非常有信心,也有把握,但患者处于炎症急性期,术后极易出现并发症,存在一定风险。不做,继续保守治疗,待回国后择期手术,符合临床处理原则,但会影响患者后续任务的执行和生活质量。

他们征求患者倪炜的意见,得到的回答很坚决:"做!为了执行任务,马上做!我相信战友们。"

海上医院做出决策:实施手术。凌晨 1 时 07 分,手术室的灯亮了……

等待是令人着急的。我和海上医院政委王海涛、政工组樊中文等人在手术室外焦急地等待着。在等待的过程中,我在与王海涛的交谈中对他有了一定了解。

在执行这次任务前,王海涛任原海军总医院副院长兼纪委副书记。他1966年出生于河北乐亭,是中国共产党主要创始人之一李大钊的同乡,1983年入伍,大校军衔。

王海涛给我的第一印象是办事认真,执行力强。他中上等个头,结实强壮,国字脸,面庞赤红,浓眉大眼,双目有神,举手投足有一种标准军人的范儿,总感觉我们似曾相识。

这里插一段后话。我们完成任务返航回国后不久,军队吹响了改革的号角,海军总医院划归中国人民解放军总医院,改称第六医学中心。改革大潮冲击着每一个人,王海涛遇到了一次艰难抉择。医院里的部分同志要么退休、转业,要么改为非现役文职。他坚决拥护改革,服从组织决定,带头转改,含泪脱下军装,换上"孔雀蓝"文职服装。2019年10月1日,在庆祝中华人民共和国成立70周年大阅兵上,他作为文职方队的领队,正步通过天安门广场,接受了习主席的检阅!

有一次,我遇到王海涛,问他转改了文职有何感受。

他坚定地回答我:"有两句诗我始终忘不了:'若以小利计,何必披征衣?'既然当初选择了军队,就要坚守初心,矢志不渝。转改文职同样可以投身强军事业。身份虽然变了,但献身国防的初心永远不会变!"

好了,我们还是回到手术室外吧。1个多小时后,手术顺利结束,大家都长长地舒了一口气。

这是"和平方舟"号医院船入列以来,在远海航行期间开展的首例比较复杂的开腹手术,检验了复杂海况下医院船的医疗救治水平和医疗设备性能,锤炼了人民海军远海卫勤综合保障能力。

手术成功,安排妥当,一切归于平静。"和平方舟"号医院船继续乘风破浪前行……

我离开医疗区之后,睡意全无,抬腕看看手表,已接近清晨6时,就约上樊中文,到甲板上等待看海上日出。

樊中文曾任原海军总医院政治部宣传科科长,与我们报社打交道多,我们是老朋友了。就在我们站在甲板上等待的时候,我看到旁边的电子屏上闪动了一下,从"2015.10.16 星期五"跳到了"2015.10.15 星期四"。这真是奇特的一刻,时光倒流,我们又回到了前一天。

我知道,医院船在太平洋上跨越了国际日期变更线,由东半球来到了西半球,时间向后拨回一天。我心中不由得感慨:都说时间不可以重来,光阴一去不复返,可我们在今天又回到了昨天,或者说昨天重来。

没有这个经历之前,我对调时和日期变更这两个概念一直比较模糊,经历过之后,我还专门查了一下资料:

平常我们所说的时间,准确地说,应是某一地区的具体时刻,它既是一个天文概念,也是一个地理概念。在地球上某个特定地点,根据太阳的具体位置所确定的时刻,称为"地方时"。在地球上看到日出的时间并不是同一时刻,有早有晚,无数个地方时的运用,会给世界带来混乱。历史上曾出现过某地 20 日发出的电报,另一个地方 19 日收到的奇怪现象。

资料显示,1879 年,加拿大铁路工程师伏列明提出了"区时"的概念。"区时系统"规定,地球上每 15°经度范围为一个时区(1 个小时内地球绕着太阳走过的经度)。这样,整个地球表面就被划分为 24 个时区。这个建议得到国际认同。

1884 年,为了避免日期上的混乱,国际经度会议规定了一条国际日期变更线。这条变更线位于太平洋中的 180°经线上,也就是我们刚刚穿越的 180°经线地区。这条变更线是地球上"今天"和"昨天"的分界线。根据规定,越过国际日期变更线时,日期要发生变化:从东向西越过这条线时,日期要加一天;从西向东越过这条线时,日期要减一天。实际上,国际日期变更线并不是一条直线,而是一条折线,这是为了避免在一个国家中同时存在两种日期。它北起北极,通过白令海峡、太平洋,直到南极。这样,国际日期变更线就不会穿过任何国家。这条线上的子夜,即地方时间 0 时,为日期的分界时间。

举个最现实的例子:此时是当地时间清晨 6 时,我们"和平方舟"号医院船正航行在太平洋上,不值班的官兵还在睡梦中,国内则是北京时间 11 时,人们正在紧张工作或准备吃午饭;当这里傍晚 6 时的时候,医院船上的官兵该吃晚饭了,而国内的家人大多已经入睡,新的一天即将来临。这就是奇怪的时间与空间。

我往回拨了一下手表,笑问樊中文:"你说,我们这台手术,是 16 号做的还是 15 号做的?"

他一下子被问住了。他挠挠头,良久才说:"还真不好回答,说哪一天都行吧。"

"说 16 号,我们可是往前穿越了,奔向了未来,手术已经结束了,现在才是 15 号清晨。"

"哈哈,这可是穿越小说和科幻电影的好情节。"

"我们都成了穿越小说和科幻电影里的人物。"

后来,王海涛告诉我一件趣事:消化科王晓辉的生日是 15 日,同寝室的战友在航海中祝福他生日快乐。可是一觉醒来,过了国际日期变更线,从 16 日又跳回 15 日,他笑说:"今天我还过生日。"战友们一愣,马上就明白了,这家伙过了 2 个生日,笑着闹着让他请客。

我们说笑间,东方天际开始发白,继而透出一丝亮光,一抹圆弧状太阳探出头来,慢慢地往上鼓,越来越红,映红了海面,映红了天空,又渐渐变淡,鲜红、浅红、橘红……浸在海水里的球体也渐渐变大,似乎突然往上一跳,一轮朝阳水淋淋地跃了出来……

啊,太阳出来了! 新的一天开始了! 否,又一个 10 月 15 日开始了……

这里插段后话:

军队体制改革之后,王海涛、樊中文这 2 位"谐友"都开始了新的征程:一个从领导干部转为非现役文职,留在原海军总医院;一个转业到地方,在新的阵地上继续从事宣传文化工作。

前些日子,他们不约而同地用微信发给我一首歌,歌名叫《永远的蔚蓝》,是张新宇、王毅 2 位"谐友"谱写、演唱的:

某年某月的某一天

我们相遇在八一湖畔

平静的湖面倒映点点风帆

红花点缀了上白下蓝

平静的夜空星星点点

昔日的朋友聚聚散散

曾陪伴我们的那艘"大白船"

如今停泊在哪个港湾

当往事浮现

就像在昨天

永暑礁的天空永远蔚蓝

我们曾一道

走过了万水千山

留在心中的是永远的蔚蓝

啊……

把酒斟满

一口喝干

别让泪水沾湿我的海魂衫

道一声"珍重"

道一句"朋友再见"

但愿我们重逢在海的那一边……

听着这首歌,我不禁泪流满面,泪水透过上白下蓝的军装,浸湿了贴身的海魂衫。我心中更是五味杂陈,感慨万千,有酸楚,有留恋,有自豪,有骄傲……

啊,"谐友",道一句"再见",曾经陪伴我们的那艘"大白船",继续航行在和平的航道上,传播着友谊和大爱,为世界各国人民进行着人道主义医疗服务……

啊,战友,道一声"珍重",无论何时何地,在何种岗位,留在我们心中的是那片永远的蔚蓝……

2. 我在南半球向祖国敬礼

现在,让我们回到"和平方舟"号医院船上,继续体验任务官兵的海上生活吧!

"医护人员的好样子,就是在分秒必争中抢救生命;军人的好样子,就是使命高于一切。"

舷窗外,浪花飞;水兵餐厅里,官兵热血沸腾。

10月17日19时30分(当地时间,此后不再注明),"'我在南半球向祖国敬礼'——争当'四有'革命军人主题演讲会"拉开了帷幕。我和指挥员管柏林、吴成平等人坐在评委席上,为选手们打分。

第一位登台亮相的海上医院护士马德芳,是位山东姑娘。她在阐述了自己理解的"好样子"之后,讲述了前些日子在中马联合实兵演练中的艰辛与自豪:那天,作为直升机医疗救护组的一员,在闷热、嘈杂的机舱里,她克服晕机反应,仔细调试抢救设备与仪器,与战友第一时间将"落水人员"从生命边缘抢救过来。此外,她还道出了一个秘密:为了执行这次"和谐使命"任务,她毫不犹豫地推迟了早已确定的婚期。她在演讲结尾这样说:"感谢'和谐使命-2015',让我个人的经历与国家使命紧密联系在一起,成就了我不寻常的青春记忆。我为自己的执着和坚定自豪,为祖国的繁荣和强大自豪。"

紧接着演讲的是一位英姿勃发的小伙子——直升机飞行员王靖。他从另一个角度回顾了中马联合实兵演练中难忘的飞行经历:"此次搜救演练,是一次国际性的交流合作,更是一次实战背景下的同场竞技,也锤炼和检验了我救护直升机综合救护能力。"演练开始后,他驾直升机疾速升空,与马方直升机同时展开搜救。为了尽快救起"落水人员",他凭借过硬的飞行技术,采用扇形方式进行搜索,及时调整飞行高度,避开反光面,压杆大坡度转向对正目标,逐渐下降抵达目标上空悬停,与战友密切配合,从救生员出舱到救起"落水人员"仅用了 2 分 10 秒,赢得了一片喝彩。他的演讲同样赢得了一片喝彩,他说:"满怀强国梦、强军梦的我们,应以勇锐盖过怯懦,以进取压倒苟安,在波涛汹涌的大海中,扬起奋斗的风帆,展示新世纪中国海军的壮美与力量,让我们的梦想发出耀眼的光芒,让海空雄鹰在大洋上空自由地翱翔!"

大学生直招士官俞茜,江苏徐州人,导航雷达专业岗位,女兵班班长。俞茜是位很有思想的姑娘,业余爱好广泛,会吹长笛、播音、演讲等。她上大学时学的是能源与动力工程专业,如果不来当兵,她会有个不错的工作。俞茜的父亲一直有个从军梦,给女儿起名叫俞希,寄托希望的意思,可报户口时写成了俞茜,好在"希""茜"同音。但"茜"又是多音字,不熟悉的人常叫错。她说:"我入伍有点儿替父从军的味道。"她的演讲十分动情:"我站在这片流动的国土上,依旧与祖国母亲共享同一轮高照的艳阳。亲爱的妈妈,在和平方舟传播友谊和大爱的航程上,我们用同样的赤诚和才华向您敬礼!"

向祖国敬礼! 向母亲问候!

信号班班长韩大林是位老兵,多次随"和平方舟"号医院船执行出国访问任务。2011 年,第一次在异国他乡听到那首熟悉的《歌唱祖国》时,站在甲板上的他只觉得脸颊发烫,热血沸腾。这一次,医院船缓缓靠近澳大利亚布里斯班港,他远远地就听到从岸上飘来《歌唱祖国》的歌声。他的眼眶不禁有些湿润,趁大家不注意,他悄悄抹了把泪。他自嘲"年纪大了",一听这首歌就激动。"不出国,永远都不知道祖国有多好。"他每一次休假回家,都会跟家里的亲戚朋友强调这句话。这次演讲,他还是这样说。说到自己的工作,他的话和人一样实在:"从一个战位延伸到一个团体,船上的每个战位、每名官兵无时无刻不在坚守岗位,默默奉献。"

"10 月,在遥远的异域海疆漂流,望向窗外,浪花四溅,无法割舍的是我那淡淡的乡愁,更有对祖国深深的思念……金秋十月,我的家在 866!"海上医院眼科护师李嫒如是说。

"试看今日之中华,民智渐开,国力日强,我等后辈青年,必继先辈遗志,终此一生,竭心尽力,再造盛世,为天下先!"兵龄最短、年龄最小的列兵卫生员沈婧堉肯定读过不少古籍。

海上医院护士长杨小燕说:"我们的强国梦、强军梦,在每一艘驰骋的战舰里,在每一架起降的飞机里,在每一个手握钢枪的剪影里,同时也在每一个传递和谐友谊的微笑里……"

王国俊是一位手握钢枪的警卫战士,他代表特战队的战友表示:"什么也不说,祖国知道我。我们的任务才刚刚展开,后面的路还很漫长,任务依然艰巨。让我们将无悔的青春和汗水洒在岗位上,扎实工作,默默奉献,一起谱写一曲'和谐使命'的赞歌!"

"和平方舟,你是我心目中最美的'语言'!"外事组西班牙语翻译李孟菲从事语言工作,她的演讲,开头别具一格,"……我为自己能够在和平方舟上工作感到无比骄傲,为自己能够作为和平使者传诵这种'语言'感到无比自豪!愿'和谐使命-2015'任务圆满成功,愿我们的祖国更加繁荣富强!"

维吾尔族女舵手苏丽亚的演讲充满了深情:"海魂衫下跳动着我们对祖国的热爱,八一军旗飘扬着我们的荣光,天山女儿的青春也带着梦想启航!今天,在南半球,在浩瀚的大洋之上,我愿朵朵浪花都化成圣洁的雪莲,献给我们的母亲,我们的祖国!"

……

在整个演讲过程中,掌声、喝彩声伴着涛声,回荡在茫茫大洋的夜空中……

听着战友们的精彩演讲,我被深深地感动了,一腔热血如万马奔腾,那一份独属于我们中国海军的自豪同样溢于言表;同时,我也深刻理解了战友们常挂在嘴上的一句话:"我们的风采,就是人民海军的风采;我们的形象,就是中国在世界上的形象。"

军舰是流动的国土。在远海大洋,在异国他乡,军舰不仅代表中国海军,更代表中国!走出国门的中国水兵,是展示中国军队形象的国家使者。

无论是参加多国联合演练,还是进行人道主义医疗服务,"和平方舟"号医院船上的每一个人都在无垠大海的洗礼下,渐渐懂得"祖国"这个词的厚重,真正体会到"你怎么样,中国便怎么样"的深刻含义,真切感受到个人命运与祖国命运是如此紧密相连。

颁奖结束后,水兵餐厅里响起了音乐,播放的是那首脍炙人口的《什么也不说》:

……

你喝你的酒哟

我嚼我的馍

你有儿女情

我有相思歌

只要是父老兄妹

欢声笑语多

当兵的吃苦受累算什么

什么也不说

祖国知道我

一颗博大的心哪

愿天下都快乐

……

3. "龙女"献艺甲板招待会

连续几天,"和平方舟"号医院船日夜兼程,向着下一个出访地进发。离法属波利尼西亚近了,船反而摇晃得厉害了。虽没觉得风力加大,但浪涛滚滚,使船体的倾斜度越来越大,一会儿左边缓缓抬起,一会儿右边缓缓抬起……

10月18日晚饭后,我和新华社原军分社记者王玉山等几位战友在飞行甲板上活动,不用凭身体感觉,肉眼就能很明显地看出船与海面的角度,船体左右摇晃在十几度,每一次摇晃都让人发出阵阵惊叹。

海军后勤部原卫生部舰艇航空卫生处的王岩助理员特意掏出手机,录下了这忽高忽低的景象,说带回去让家人看看这精彩而又惊险的画面。

甲板上没法待了,我们几人忽左忽右地走回住舱。在走廊上正巧碰到船长郭保丰,我故意开玩笑说:"嗨!这船是怎么开的?找船长郭保丰去。"

郭保丰哈哈大笑着解释说:"现在速度较慢,又遇横风横浪,所以船摇晃得厉害。我们已向右调整了一下航向,速度也加快了一点儿。"

王玉山在一旁笑说:"郭保丰船长就站在这里,你找人家,冤枉不冤枉?"

郭保丰笑眯眯地说:"不冤枉,不冤枉。"

"好,既然郭船长说不冤枉,那到了'大溪地',你送我们每人一颗野生黑珍珠,算作赔礼道歉!"我笑着"趁火打劫"。

郭保丰摆着手说:"这我可赔不起,野生黑珍珠太珍贵,人工养殖的还差不多。"

我们都哈哈笑了起来。说笑间,医院船的又一个夜航来临了。我们枕着涛声,迎接又一个大海上的黎明。

海上有仙山,云雾缥缈间。10月20日早晨,"和平方舟"号医院船驶近法属波利尼西亚首府帕皮提。云雾缠绕的远山近岛,真给人一种海上仙境的感觉,怪不得这里被人们称为"离天堂最近的地方"。

法属波利尼西亚位于太平洋的东南部,共有118个岛屿。其中塔希提岛最大,属热带雨林气候。塔西提岛,当地华人称其"大溪地",总面积约1000平方千米,从空中鸟瞰,形似一尾海鱼,"鱼头""鱼身"被称为"大塔希提","鱼尾"叫"小塔希提"。岛上多山地,著名的奥罗黑纳山海拔2200多米。全岛森林茂密,峡谷幽深,断崖瀑布,湖泊如镜,花木遍野,自然景色优美,气候温和宜人,被誉为"南太平洋上的一颗明珠"。塔希提岛是火山岛,周围却生长着许多珊瑚礁。这里的黑珍珠世界闻名,但真正野生的黑珍珠十分昂贵稀少,大多是人工养殖的。

帕皮提位于塔希提岛西北方的太平洋岸边,为法属波利尼西亚的政治、经济、文化和交通中心,是法阿国际机场、法国海外海军基地所在地和南太平洋海空航线中继站,战略地位十分重要。

法国画家保罗·高更生前移居到塔希提岛,以法属波利尼西亚的土著与文化作为创作题材,其一生中的巅峰画作都是在这里完成的。

2007 年,中国驻帕皮提领事馆开馆。

我们靠港之后,码头上欢迎的人虽然不是很多,但很有特色。一群毛利人载歌载舞:男人雄性十足,赤脚边跳边有力地吼叫;女人柔情尽显,将国花提亚蕾花戴在头上、围在腰间,用椰子壳遮掩的胸部更显丰满,迷人的笑容始终挂在脸上。他们表演的是送男人出征的"战神舞",战鼓及各种叫不上名的乐器咚咚地响。当我们下船时,他们更有劲了,还热情地邀请官兵参与其中,欢乐的气氛延续了很久。

现代的法属波利尼西亚人既接受了西方的生活方式,又保留了他们祖先毛利人的文化遗产和风俗传统。

码头紧靠帕皮提市区,步行几分钟就到。下午,我和人民海军报社的肖永利想利用空闲时间,考察一下当地的风土人情,就请了假,让刚认识的一位志愿者带着我们去市区。这位志愿者姓银,是孔子学院的一名教师,湖南人。

帕皮提气候宜人,一年四季如初夏,气温在 20—30℃。当地生活也很宜人,工作日中午,除了饭店,各类商店都在 11 时 30 分之前关门,13 时 30 分开门,17 时左右关门,晚上八九点连吃饭的地方都找不到。

沿街一些中文招牌让人倍感亲切,如"忠义堂""中华会馆"等。我甚至还看到了一个独门院落里,一座嵌着繁体字的"中国国民党驻大溪地第一直属支部"的两层楼房。

银老师告诉我们,实际上这里华人很多,据说这里的人 50%以上都有华人血统,但基本上不会说普通话,少数人讲客家话,大部分人说本地语和法语,沟通很困难。但人与人之间沟通并不全靠语言,更多的是文化和心灵的沟通。

晚上,"和平方舟"号医院船甲板招待会如期举行。举行甲板招待会是世界上海军舰艇出访的惯例,通常以冷餐会的形式举行。主人备好富有本国特色的各种糕点、菜肴、酒水,邀请当地的军政官员、侨界领袖、商界精英、民众代表,以及本国驻该地的使领馆人员等,边品尝边交谈,以加强沟通,增进友谊。

据说,"中国国民党驻大溪地第一直属支部"的一位老者在接到中国领事馆的邀请时泪流满面,激动地说:"我们中国的军舰来了! 祖国没有忘记我们……"

"和平方舟"号医院船甲板招待会,每次都是在04甲板撤离平台上举行。高高耸立的驾驶舱后墙上悬挂着一块大大的电视屏幕,在招待会开始前不停地播放着介绍医院船的专题片,屏幕上不时闪现出"中法友谊万古长青""中波人民友好万岁"等标语。

真是高朋满座。法国总统特使、驻法属波利尼西亚高级专员贝弗尔,法属波利尼西亚政府主席弗里奇、议长马塞尔、旅游部部长布依苏和帕皮提市市长米歇尔,以及法国太平洋海区副司令巴代尔等军政官员,或携夫人亲属,或带助手随从,相约上船参观并出席招待会。

甲板招待会隆重而又热闹。忙碌了一天的官兵们,此刻变身为歌手、乐器手、茶艺师、书法家、功夫小子、民族舞者……一场场引人入胜的表演,将古老而现代的中国,将威武而文明的中国军人,呈现给在场的不同肤色、不同语言、不同文化、不同信仰的朋友。

"太棒了! 中国文化这么美,中国军队这么伟大!"人群中不断有人发出赞叹。这一刻,人们沉浸在中国军人营造的和平友好氛围里,相互结伴聚谈,举杯共庆。

其间,帕皮提市旅游部部长助理主动与我碰杯。她长着一副法国人的面孔,普通话却说得很好,一开口就让我大吃一惊。这位金发碧眼的女郎对我说:"我叫奥丽塔娅,有华人血统,外祖父是中国人!"言语中透露出一种自豪和骄傲。

我用惊喜的目光看着奥丽塔娅,对她说:"真看不出来,你还有华夏的血脉。欢迎你在方便的时候,去看看你外祖父的故乡。"

"好啊,好啊,也欢迎你和中国同胞多来帕皮提。"奥丽塔娅也发出诚挚的邀请。

演出中间,帕皮提人又给我带来了惊喜:伴随着法属波利尼西亚音乐的节奏和西方乐曲的旋律,三位靓丽女孩闪亮登场。甲板招待会上有客人表演节目,实属罕见。她们三位均穿着飘逸的长裙,戴着花环,只是裙子的颜色不同,一条洁白,一条粉红,一条墨绿。

奥丽塔娅告诉我:"她们均是近三届评选出来的'龙女',也称为'龙小姐'。"

"'龙女'?"

"是啊,现在世界上不是时兴选美比赛吗? 我们这里也开展了选美活动,每2年举办一次。对参赛选手的首条要求是:必须是具有华人血统的未婚女孩。"

表演开始了。白衣女孩长袖飘逸,如踏步云端;红衣女孩快速旋转,如霹雳火星;绿衣女孩不紧不慢,如风中棕榈。然后,三人牵手,结成一组绚丽的花环……

奥丽塔娅笑着问我:"美吗?"

"美,真美!"

这让我突然想起有着50%中国血统的"大溪地"女孩——被人们称为"落入凡间的天使"的塔丽塔·特里帕亚。1960年,因好莱坞在"大溪地"拍摄电影《叛舰喋血记》,塔丽塔与曾获奥斯卡金像奖最佳男主角奖的马龙·白兰度相识,两人相爱43年,并育有一子一女。我脑海中甚至还闪过这样的念头:如果那时候有"龙女"评选,塔丽塔一定会拔得头筹。

"龙女"们的表演赢得一片喝彩,随着她们曼妙的舞姿,一股奇香弥散开来。

我问奥丽塔娅:"她们戴的花环是用什么花编的?"

"提亚蕾花。这是我们的国花,盛开在帕皮提的各个角落。"

她还向我详细介绍说,提亚蕾花是法属波利尼西亚的象征,简单、优雅,具有无与伦比的香气,是法属波利尼西亚文化的重要标志。

提亚蕾花是一种小而精致的花,由黄色花蕊和5至8片白色花瓣组成,一年四季盛开。由于它香气袭人,以它为原料生产的莫诺伊精油、香水和香皂,成了帕皮提著名的特产。

这里的人们通常将其做成花冠、花环或耳饰,并作为礼物送给来访的客人。

当地的年轻女性还喜欢将完全开放的花朵戴在耳朵上,但意义不同:花朵戴在右耳上表示她是单身,花朵戴在左耳上表示她心有所属。

讲到这里,奥丽塔娅调皮地眨眨眼睛,和我开玩笑说:"你要是追帕皮提女孩,可要看清她把花戴在哪只耳朵上哟。"

我被她逗笑了,一股花香涌入了肺腑……

4. 以孔子的名义相聚

清晨的码头,弥漫着浓郁的提亚蕾花香。

10 月 22 日,早饭后,健康与文化联谊小分队集合。我们在任务指挥员吴成平的带领下,前往法属波利尼西亚大学孔子学院进行文化联谊活动。

随着使命任务的深入开展,"和平方舟"号医院船官兵们越来越清晰地认识到:"中国要走向世界,必须让世界更多地了解中国。我们要给自己的职责再多一个定位,那就是做一个自觉的文化使者。"文化传播也因此由甲板向村落、社区、学校延伸,让世界上越来越多的人感受到中国魅力。

我们一行 20 余人,男兵女兵,老兵新兵,医生护士、船员警卫、作家记者等乘车前往孔子学院。这次文化联谊活动,是我们第一次走进国外大学,走进孔子学院,能否成功,谁心里也没有底,但心中都有一个隐隐的期盼。

法属波利尼西亚大学是这个地区唯一的一所大学,建在一个高坡上。这个大学里的孔子学院创办于 2013 年。

孔子学院是中外合作建立的非营利性教育机构,以"创新、合作、包容、共享"为努力方向,致力于适应世界各国(地区)人民对汉语学习的需要,增进世界各国(地区)人民对中国语言文化的了解,加强中国与世界各国(地区)的教育文化交流合作,促进中国与各国(地区)的友好关系,发展儒家文化,服务于"一带一路"建设,推动世界多元多彩文明和谐发展。

世界上第一所孔子学院,于 2004 年 11 月 2 日在韩国首都首尔挂牌。此后,孔子学院发展迅速,在欧洲、美洲、非洲相继成立,截至我们这次出访时,已在 140 个国家(地区)建立了 500 余所学院和 1000 余个课堂,有各类学员 210 余万人,孔子学院逐渐成为中外文明交流互鉴的"架桥人"、世界认识中国的一个重要窗口、中国与各国(地区)深化友谊和合作的重要平台。

习近平主席曾经这样定位："孔子学院属于中国,也属于世界。"

同样,"和平方舟是中国的,也是世界的"!

对于我们的到来,院方有着很大的期待,并给予了热烈的欢迎。

"子曰:有朋自远方来,不亦乐乎?"学院师生见到我们时齐声诵道。

孔子学院法方院长穆思言是位华裔,长着一张中国脸,汉语虽然讲得不流利,但思路很清晰。他兴奋地说:"以孔子的名义相聚,让大家相互认识,相互了解,这也是我们孔子学院办学的初衷。"他介绍说,"我们大学有 3000 余名学生,其中孔子学院有近 400 名,还有教职员工近千人。听说中国海军来访问我们国家,中国军人来我们学校,大家都很高兴,也很期盼。我相信,通过这次活动,你们一定会给师生们带来无比的惊喜,让不同肤色、不同语言、不同种族的人们接触到更多、更纯正的中国文化。"

确实,我们带去了文化,也带去了惊喜:

音乐响起,大屏幕上波澜壮阔,展映"和平方舟"号医院船自入列以来,积极参与国际人道主义救援,以及多次到世界各国(地区)提供医疗服务的事迹。

纪录片吸引着师生们的眼球,也赢得了一阵阵热烈掌声。

"你是一朵圣洁的雪莲,开在我心间;你是一朵火红的玫瑰,燃烧在我心田;你是一首动听的歌儿,打动我的心弦;你是天下最美的姑娘,让我爱恋……"苏丽亚、古力这 2 位来自天山的姑娘,带着 6 位女战友,换上了民族服装,伴着《天山姑娘》的歌曲翩翩起舞。

在"美呀,真美呀"的赞叹声中,有几位爱好舞蹈的师生对新疆舞中动脖子的技巧非常感兴趣,忍不住跟在后面亦步亦趋地学了起来。

马广昊中医师的陈氏太极,行云流水,有张有弛;警卫战士的传统武术,气势磅礴,威风凛凛;张晓东医生的毛笔书法,画地成字,精彩绝伦;女兵俞茜的古筝独奏,余音绕梁,韵味悠扬……

现场互动十分热烈,师生们对中国传统文化非常感兴趣,积极参与其中。

孔子学院学生诺拉妮·特佩雅兴奋地说:"我对中国非常感兴趣,在这里也经常见到中国人。对于我个人而言,学习汉语,学习中国文化,是一种需要,是为了更加全面地了解中国，为了更好地与中国人交流，以后在就业方面也会有更大的优势。"

法属波利尼西亚不断兴起的"汉语热"，让更多的人以语言为桥，了解一个"全面、真实、立体的中国"……

学汉语，读孔子，在这里的华人中间更是方兴日盛。我在人群中认识了一位叫黄镕基的老人，76岁。他说，在孔子学院，他不是年龄最大的，还有一位比他大2岁的老人，今天没来。老人很热情，对中国的什么事都感到稀奇。当看到换上海军军装的苏丽亚和古力时，他更是问个不停，还非要请我们到他开的饭店里去吃午饭。还有一对叔侄，叔叔叫谢方亭，61岁，侄女叫谢菊兰，二人在同一个班里学汉语。

活动结束时，吴成平感慨地说："中国传统文化的核心是以和为贵。中国人民热爱和平，向往和平，维护和平，真心与世界各国、各地区人民交朋友。今天我们与大学师生共同学习、交流中国传统文化，共同分享'和谐世界''和谐海洋'的理念。师生们参与的热烈气氛、执着精神以及恋恋不舍的眼神，让我们更深刻地感受到'和谐使命'是非常神圣的使命。"

世界文明的魅力在于多姿多彩，人类进步的真义在于互学互鉴。

历史是最好的老师。

透过历史的"望远镜"，才能更好地审视过去、把握当下、思考未来。

轻轻翻开历史卷轴，我们看到：从2000多年前张骞出使西域完成"凿空之旅"，到600多年前郑和下西洋开辟海上通道，古丝绸之路不仅见证了"使者相望于道，商旅不绝于途""舶交海中，不知其数"的辉煌传奇，更记录了东西方文明相遇相知、互学互鉴的动人诗篇。

中华民族曾有过灿烂辉煌的历史，但也有过苦难与屈辱的一页，只有在中国共产党的领导下才能真正站立起来，续写辉煌历史的新篇章。

每到一个新地方，我喜欢了解其历史，参观一些博物馆和纪念地，这也是相遇相知、互学互鉴的一种有效途径。

轮班休息时,我与郭林雄、江山及海上医院的沈红星、杨小燕等人一块请假外出。沿着海边一路走来,真是风景如画,高档游艇、滑板船满目皆是,各种古建筑、纪念碑充分反映了这个地区的历史。这里管理得也非常好,清洁工打扫花木落下的叶子与花瓣,不是扫,而是捡,几千米长的海边公园路上看不到一点儿垃圾。

行走间,我们遇到一对华人老夫妻,向他们问路。江山是客家人,与他们一搭话还能听得懂。男的叫刘汉光,法国名罗申,也是客家人,72岁;女的叫王彩文,60多岁,会说些普通话。两人对我们这些来自祖籍国的军人非常热情,一听说我们要去博物馆,就打电话让儿子开车过来,载着我们一同前往。

塔希提群岛博物馆就坐落在海边,离防波堤仅有几百米远,四周绿树掩映,花团锦簇。建筑虽不雄伟,也略显简陋,但朴实无华;展品虽不算很多,也比较简单,但件件独特。博物馆中,按照年代介绍了法属波利尼西亚诸岛的演变史,我们对此有了大概了解。

我们驻足在独木舟前。在欧洲人得出"地球是圆的"这个结论之前,塔希提岛伟大的航海者已经航行在太平洋上。他们划着双桨,以日月星辰导航,借着风势,穿越浩瀚的海洋。今天,独木舟依然存在于塔希提人的日常生活里,多姿多彩的各类比赛和盛会,如过节般喜庆,当地人以此为傲。

我们徜徉在毛利会堂,这里被称为"露天圣殿",是古代波利尼西亚的权力中心。这些用巨石堆砌的建筑类似于寺庙,通常在这里举行一些比较重要的仪式和活动,比如敬神、祭拜、签署和平协议、庆祝战争胜利等。

我们注目各类文身图案。英文中的文身音译词最早就来源于波利尼西亚文化。传说文身之神 Tonu,曾给大海之中的所有鱼类文上色彩多样、造型各异的图案。以海为生的波利尼西亚人,有着对大自然的敬畏和对力量的渴望。他们相信,通过文身可以获得神的庇护和无穷的力量;他们还认为,一个人如果能够忍受文身的痛苦,他就能在任何情况下,勇敢乐观地面对生活中的各种挑战。文身还被认为是美的象征并被赋予各种意义,在原住民中,青春期男女都会被隆重地刺上文身。文身图案非常多样,有线条、几何图形及动物、植物的象形图案等。

海洋元素图案更是十分常见,如海浪、鲨鱼、乌龟、贝壳等。每个图案都有其内涵,文身师通过图案的不同组合,讲述着每个人不同的故事。

尤其吸引我们的是,这里有大批华工来此的记载,如1865年,有1000名来自广东的华工,被东印度公司招募登岛种棉花,由于种种原因,大部分在此滞留并扎根。

2015年是华人登岛150周年。据说,法属波利尼西亚政府正在筹备大型庆祝活动。

我们在历史走廊里穿越,回到今天时阳光灿烂,步出博物馆,走到防波堤前,正赶上涨潮。只见大海深处,波浪涌起,层层推进,一排排浪涛前赴后继地奔腾向前,奋不顾身地扑向防波堤前的块块巨石,发出声声雷鸣般的轰响,摔得粉身碎骨之后,留下一片白色旋涡……

远处有几位勇敢的弄潮儿,脚踏冲浪板,踩着浪尖,翻转腾挪,一会儿被怒涛拍倒,一会儿又趁势跃起,离岸边近时还友好地朝我们挥挥手……

那几天,我常在心中吟诵"有朋自远方来,不亦乐乎",也真正理解了这句话的语境。

"和平方舟"号医院船访问期间,全过程、全方位地组织舰艇开放日活动,使登船的参观者兴致盎然而来,兴高采烈归去。参观者中既有军政高官,也有普通兵民;既有本地的民众,也有从外岛赶来的居民;既有专程前来的华侨华人,也有慕名而来的世界游客……他们都怀着喜悦的心情欢迎我们这些来自东方大国的客人,把和平方舟作为一处必看的特殊景点。

"和平方舟弘扬的人道、博爱、奉献精神,比黑珍珠更珍贵!"这是贝弗尔高级专员在会见任务官兵时的评价。

政府主席弗里奇在登船参观时留言:"很多时候,我们看到的是中国经济迅速发展的一面。医院船执行人道主义救援和医疗服务任务,体现了中国作为大国的责任与担当,展现了中国的另一面,为我们做出了好榜样,值得世界各国学习与借鉴。"

议长马塞尔感叹："像法属波利尼西亚这样的多岛屿地区要是能有这样一艘医院船,该是多么幸福的事情啊!"

帕皮提市市长米歇尔是位华裔,前些年专门到中国寻根。他从祖居地深圳龙港带回来几块老屋上的瓦当,一直放在办公室里。见到任务官兵,他热情地说:"你们是老家来的亲人,欢迎,热烈欢迎!"

当地媒体《塔希提快报》、TN-TV 电视台以及政府网站,连续跟踪报道,亲切地称"和平方舟"号医院船为"传播友谊与关爱的和平使者"……

有时候我想:如果全世界都能这样友好祥和,该有多好!

5. "大溪地"上的"阿庆嫂"

"去看和平方舟,去看远方来的亲人!"这是近几天塔希提华人圈的流行语。

10 月 23 日上午,"和平方舟"号医院船专门组织力量,为部分领事馆人员和华侨华人提供体检及医疗服务。

我向中国驻法属波利尼西亚领事馆馆长龙凌了解当地华人的情况,他说:"塔希提岛被誉为'南太平洋上的一颗明珠',更有人说,这颗'明珠'因华人的到来而大放异彩! 在塔希提,应该说华人的地位还是比较高的,他们受到普遍尊重。这与他们自尊自强、不懈奋斗、艰苦创业、友好博爱分不开,你应该写写他们。"

"好呀,你看我应该采访哪一位?"

龙馆长抬眼一看,指着正在排队体检的一位华人女子对我说:"你应该写写她。"

"为什么?"我向龙馆长投去了探询的目光。

龙馆长告诉我:"她很有故事,大家都说她就是'塔希提的阿庆嫂'!"

闻听此言,我顿时有了很大的兴趣。

在龙馆长的引荐下,我认识了她,得知她叫廖晓敏。这是一位典型的华人女子,与当地人长得不同,高高的个子,运动员般的身材,白皙的皮肤微微泛红,两道浓眉下是一双明亮的大眼睛。我曾注意过她,在我们到访的这几天里,她每天都是急匆匆地来,风风火火地走。

我们约定,在她方便的时候采访一下她。

相约之后没一会儿,廖晓敏还没体检完,就匆匆回去了。

我正纳闷,领事馆的老李告诉我,她先回去了,将经营的饭店开门,10点钟再来接我。果然,10点钟,廖晓敏准时开车来了。我约郭林雄同去。

廖晓敏带我们来到了她家。这是一处紧靠海边刚刚建好的两座连体三层别墅,独门独院,四个车库,后院有个游泳池,几棵椰子树下还养了十几只兔子,墙外就是澎湃的大海。伴着涛声,她诉说起经历过的岁月……

"你问我的籍贯?广东、武汉、'大溪地',我也说不清。"廖晓敏边给我们沏茶边悠悠地说。

在首批广东客家人漂洋过海,被招来种棉花,并在此滞留扎根之后,到了20世纪20年代,又有一批种棉工被从中国内地招来,其中就有廖晓敏的祖父廖也。

廖也的家在广州宝安,也就是现在的深圳。几年后,他把妻子接来,在外岛开了一个小店,维持生计。温和宜人的气候,远离战乱的生活,孕育了一个大家庭。他们夫妇共生养了十二个子女,前六个是男孩,后六个是女孩。廖晓敏的父亲排行老五,生于1931年4月,名叫廖瑞兴。

转眼间,廖瑞兴十几岁了,可一个中国字都不会写,只能听懂几句客家话。

廖也犯了愁:"这怎么能行?时间一长,这些海外的孩子还不断了根?"也巧,当地的中华会馆这时办起了中文补习班,他把几个孩子都送过去学习中文。

毕竟是补习班,学习没有系统性。1947年,廖也咬咬牙、狠狠心,决定把五儿子廖瑞兴和六儿子廖瑞安送回广东老家,全面学习母语。

风华正茂的少年,回到祖国母亲的怀抱。廖瑞兴不仅如饥似渴地吸吮着丰沛的中华文化乳汁,还接收着向往光明的新思想。

1949年,广州解放了。新诞生的人民空军急需有志青年,廖瑞兴毫不犹豫地报名参军,成为一名维护战鹰的机务战士。

由于表现突出,廖瑞兴被提升为军官。几年后,他被调到北京,成为空军司令部里的一名参谋。对于他来说,这是一段激情燃烧的岁月。然而,他也有一种说不清道不明的烦闷与苦恼,这就是他年年递交入党申请书,得到的回复却总是继续接受组织考验。

就在这漫长的考验中,1959 年,这位华侨出身的青年军官被安排转业到了湖北武汉。

大概是因为廖瑞兴当过兵,他被安排到原武汉工学院当了一名体育老师。他在这里认识了柔情似水的汉口女子冯美华,二人于 1961 年结婚。于是,一个小家庭在长江之畔、黄鹤楼下诞生。

1963 年,廖晓敏出生,为这个小家庭增添了忙碌中的温馨、喧闹中的安宁。

说到这里,廖晓敏笑着对我说:"在国内填表时,我常常发愁,籍贯不知怎么填,你说我是填广东、武汉,还是'大溪地'?"

在廖晓敏看来,父亲很执着,甚至有点儿偏执。她出生后,父亲是按照一名合格军人的标准来培养、塑造她的,从穿衣叠被和按时作息的生活细节,到体魄锻炼和性格养成的每一步。因此,她一入学,体育成绩就很好,在武汉市学生运动会上,夺取过跳高、短跑等项目的第一名。1970 年,祖父母回国探亲,力邀他们出国定居,可父亲坚决不同意,他心中还有一个执念:组织上还没批准他入党呢。直到 1979 年,父亲才松了口,让廖晓敏独自一人移居"大溪地"。

异国他乡,寄人篱下。廖晓敏满怀期望又忐忑不安地来到"大溪地",那年她才 16 岁。很不幸的是,在她来之前,祖父母相继去世,她只能寄宿在伯父家。亲戚们误认为她是来争家产的,女眷比较尖酸刻薄,毫不客气地使唤她这个"免费保姆"。

从早忙到晚,经常干到深夜,廖晓敏累啊,有时累得睡不着。有一天晚上,她悄悄走出房间,来到海边。正是夜半时分,万籁俱寂。没有人影,没有灯光,唯有一轮明月,冰清玉洁,照耀于海上,泛出一片光芒,折射人间。她感到一股股寒意侵入周身,沁入肺腑,透心地凉。她很少流泪,可这一天,清冷的月光辉映着亮晶晶的眼泪,泪水从她的脸颊上滚落下来,像两根琴弦,弹奏出心底的酸楚和呐喊:

要想在这里生存下去,就要学语言、学知识、学技能!

廖晓敏争取到了上学的权利,到当地的一所中学做了插班生。在班级里,她年龄最大,个子最高,虽然因语言不通受到一些同学的歧视,虽然还要干活,不能满勤准时上课,虽然还是很累,有的课程跟不上,但她还是觉得,只要能读书,就是最开心的日子。而且,她还遇到一位好老师——一个叫巴宏的法国人。巴宏当时已经60多岁了,常常在课后为她补课。有时她缺课了,他就去家里,为她传授知识。她也很争气,学什么都进步很快。

转眼几年过去了,廖晓敏渐渐融入了当地社会,有了自己的朋友圈,她也出落成一个亭亭玉立的大姑娘。

廖晓敏和爱人程沛文的相识源于一次不期而遇。

那是1984年5月的一天,廖晓敏应邀参加一个小姐妹的生日派对。在跳舞时,小伙子们虽都跃跃欲试,但没有一个敢来邀她。因为她个子高挑,显得与众不同,虽然常年劳作使她的双手粗糙,脸上挂着明显的倦容,但这些并不能遮掩住她青春勃发的生机与活力。舞会快结束时,一个勇敢者终于出现了,他就是程沛文,来自广东中山,1957年生,1980年来到“大溪地”,在一家华人开的酒店里当厨师。当时他想:别人不敢,我试试。我就找这位个子比自己高的女孩跳,碰壁也没关系。就这样,他们相识了,并有了联系。

很快,家里人知道廖晓敏认识了一个华人小伙子,那还得了?伯父在当地是个有名望的人,很讲究排场,他绝不允许自己的侄女嫁个“厨房佬”。伯父要求她断绝与程沛文的一切来往,并开始给她介绍一些有钱有势的大户人家的孩子。实际上,当时她真没有与程沛文谈恋爱的想法,只觉得他是老乡,人也老实,两人聊得来。

这年8月15日傍晚,廖晓敏接到程沛文的电话,说他被人骗了钱财,而且骗他的是最亲近的人——一个结拜的干妹妹。他很难过,想找人倾诉,就想到了她。他现在在码头上,甚至有一种想跳海的念头。

廖晓敏闻听此事,答应他去码头。

家人坚决不同意。伯父怒气冲冲,撂下了狠话:“你要是去,就不要回来了!”

在许多方面,廖晓敏继承了父亲的性格,倔强、执着。她的回答是:"不回来就不回来,我就是要去!"

劝慰好了程沛文,廖晓敏深夜回到家,伯父还在客厅里坐着,他生气地说:"你还回来干什么?"

这句话深深地刺激了廖晓敏。

"不回就不回!"她扭头走进自己住的房间,收拾一下衣物,提着个箱子就往外走。

伯父怒了,拍着桌子吼道:"你要是敢出去,就不要姓廖!"

在那一刻,廖晓敏脑袋里轰的一声,一片空白。

廖晓敏嘴唇哆嗦着,什么都说不出来,也没有回头,她勇敢地迈开步子,将孤独的身影融进无边的黑暗中。她一时冲动跑了出来,无处可去,坐在海边流泪到天亮。

一大早,她找到程沛文,说:"我无家可归了。"

此后,她借住在程沛文那里,两人的感情迅速升温,于10月21日结婚。

婚礼很简单。家人没有前去祝福,他们想不通:为什么不嫁个"财珠佬",却嫁给了"厨房佬"?

说起和家人的这场冲突,廖晓敏叹了一口气:"唉,那时候太年轻,不理解老人。但勇敢地走出这一步,我并不后悔。"

大伯心里却后悔了,后来常在人前自豪地夸耀:"廖晓敏是我侄女,靠个人奋斗当了老板,成了'财珠佬'。"这是后话。

廖晓敏讲述他们的婚后生活时这样说:"我们夫妻俩依然给人打工,第二年大女儿出生了,日子显得有些紧巴。我不甘心,不服气,发誓一定要混出个人样来,并逐步走上创业之路。"

她当时在一家服装店打工,老板叫伊索。当地人的生活习惯是,中午休息,店铺不开门,有顾客也不接待。

廖晓敏找老板商量:"中午我帮你开门看店卖东西,如果有收益,你发我点儿奖金行不行?"

老板点头同意之后,又摇摇头说:"你们中国人真能吃苦。"

廖晓敏不怕吃苦。

过了2年,他们全家回武汉探亲。廖晓敏对家乡的风味麻辣鸭印象颇深,就暗暗琢磨起来:"大溪地"养鸭的人很多,爱人程沛文又懂厨艺,为什么我们不做些风味独特的麻辣烤鸭卖呢?

夫妻俩一商量,回到"大溪地"后说干就干。头三脚难踢,怎么推销呢?

在廖晓敏的讲述中,我的眼前出现了这样的场景:

晨鸟在沿海的一株株椰子树、提亚蕾花树的枝头跳跃,唤醒了沉睡的岛城。天色慢慢亮起来,海面像黛色的珍珠,风吹过来,它就滑动一下。不一会儿,东方一点儿一点儿披上灿烂的红,海水也仿佛被泼上了这亮丽的颜色。

就在这时,街道上走来一大一小两个人——廖晓敏领着她3岁的女儿,沐浴着霞光,挨家挨户地敲门,"老板、太太"地叫着,推销刚刚出炉的中华麻辣烤鸭,其中的酸甜苦辣唯有当事人知晓。

通过廖晓敏起早贪黑的努力,这款中华麻辣烤鸭渐渐火了,有时候还到了供不应求的地步。廖晓敏母女俩不用上门推销了,许多人为了尝尝这口特色风味,早早地就到她们家门口排队。有的公司还提前打电话预约,成批购买。

随着国际贸易和旅游业的兴起,廖晓敏又抓住机遇,利用掘得的第一桶金进行投资,有了较好的收益。

就在这时,程沛文当厨师的那家酒店的老板要移民,酒店急于脱手。

廖晓敏对程沛文说:"咱们索性盘下来,自己当老板。"

程沛文心中一动,但还是有点儿犹疑:"行吗?"

"怎么不行? 你当大厨师,我懂点儿管理,保准能火起来。"廖晓敏给他吃定心丸。

"咱也没那么多钱啊。"

"不够就借、就贷,这饭店我开定了!"廖晓敏眼中放射出坚毅的目光。

"好!"

夫妻俩下定了决心。经过一番努力,他们终于实现了自己的愿望,将酒店过户到自己名下,并改名为"海洋海鲜大饭店"。

廖晓敏介绍说,自从接手饭店之后,生意越做越大,事业也越来越顺遂。

说起他们的小家,两人育有一男三女 4 个孩子。孩子们都很有出息,先后被送到国外上了大学。二女儿在法国读完大学本科后,又考入我国上海复旦大学读研究生,进行中国经济学方面的研究。

"感恩、坚韧、吃亏、诚信,这是我处世做人的信条,并且传给了孩子们。"

廖晓敏说话和她的性格一样,风风火火、干脆利落,思维如他们家房后的海浪,活跃而跳动、奔涌而急促……

我明白了,这是她创业的秘诀,也是她的育儿真经。

这天晚上,中国驻法属波利尼西亚领事馆及侨界宴请医院船官兵代表,地点在中华会馆,来的都是当地华人领袖。我看到,廖晓敏也参加了。

这家会馆已有近百年历史,大厅里挂满了会馆创始人及各任主席的照片,还有名人书画及题词。"神州日再中",于右任先生的题词尤为醒目。

我久久地注视着这五个大字,在心里告慰这位中国国民党元老:您的期盼,在中国共产党的领导下已经实现,中华民族已经站起来了,巍然屹立在世界东方! 万里神州,红日高照,光耀四方,再现辉煌!

6. 法国海军发来感谢电

前面我介绍过,法属波利尼西亚的防务由法国负责。法国在法属波利尼西亚的一些岛礁上建有核试验中心、后勤供应基地等。特别是帕皮提,它是法国在海外的重要海军基地,建有现代化的港口设施,水深 11.5 米左右,能泊远洋巨轮。法国太平洋海区司令部、海军分舰队司令部、海军舰艇部队、海军航空兵及陆战队等部队驻扎在这里。

开展国际军事交流合作,是"和平方舟"号医院船执行使命任务的一个重要方面,在与外军一次次友好的握手交流、一次次肩并肩的联合演练中,传递中国军队爱好和平的真诚愿望，使我们的"朋友圈"越来越大，同时展示着中国军队维护世界和平的决心和信心，"走出去"的脚步愈远愈坚。

在我们抵达的当天，任务指挥员管柏林一行就前往法国太平洋海区司令部，拜会了副司令巴代尔，双方进行了友好交谈。

此后几天，"和平方舟"号医院船官兵分批赴法国太平洋海区海军保障基地，参观了指挥所、巡逻艇、舰艇修理所等，就联合作战指挥、训练组织、后装保障及军官任职培训等问题，与法国海军官兵进行了深入交流。同时，医护人员还重点赴法阿国际机场空中救援连队、消防救援中心、塔希提中央医院等，成体系地进行了参观交流。

我是 10 月 23 日下午 3 时前往法国海军基地参观的，出发时天就有点儿阴，不大会儿，飘起了蒙蒙细雨。

法方先是带我们参观一艘 1100 吨的巡逻艇，艇名很有意思，叫"玩笑者"号，舷号 P689，主要任务是近海防御、护渔、救助等。从舱里出来登上船台，本想多待一会儿，可雨越下越大，只好下船跑到修理车间，虽然没多远，但衣服还是被浇湿了。这天我们穿的是迷彩服，法方陪同人员穿白军装，看上去淋得更惨。

双方官兵边抖搂着衣服，边互相问候，十分友好。

法国是第一个与中国建交的西方大国，也是第一个派军舰访问中国的西方大国，还是第一个与中国开展联合军事演练的西方大国。

前些年，我与许多国人一样，对法国抱有好感。

然而，风云变幻，斗转星移。2020 年岁尾，追随美国入侵阿富汗的澳大利亚士兵残忍杀害阿富汗俘虏、平民甚至儿童的恶行被揭露后，中国发出正义声讨时，法国外交部却为刽子手站台，对中国说三道四，充分暴露了其双标与"普世价值"的破产，令人大跌眼镜。

此后，习近平主席与法国总统马克龙通电话，指出："当今世界不稳定性不确定性增加，呼唤更多大国担当。'独立自主、相互理解、高瞻远瞩、互利共赢'是中法建交的初心。坚持多边主义，维护以联合国为核心的国际体系，维护以国际法为基础的国际秩序，是中法两国的重要共识。我们要牢记初心，坚持共识，把稳中法关系方向盘,加强交往,深化合作,就重大国际和地区问题保持密切沟通和协调,推动两国关系取得更大发展。"

马克龙做出了积极响应,表示:"法方秉持独立自主的外交传统,高度重视发展同中国的关系,愿同中方继续努力,深化法中、欧中合作。"

10月24日,雨后的"大溪地"到处散发着清新的气息。

我早早起床,伫立在甲板上,眺望着这座岛城,默默地等待朝阳升起的那一刻。转眼又到了离开的时刻,这也许是我此生对这个岛国做永远的告别,别有一番滋味上心头。

有几位战友也许和我怀有同样的心情,先后过来与我相伴,静静地等候着日出的到来。

大海的清晨是沸腾的,风助浪涛,拍打峭岸,发出阵阵轰鸣。在我听来,那荡气回肠的声浪从四周强大地扑来,似乎铆足了劲,奋力往上托举那枚圆圆的"火轮"。

"火轮"往上跃起时,洋面上就如烧开了锅一般,将彩霞幻化的云朵推向了"锅沿",一会儿那"火轮"就逐渐变了颜色。大家指指点点,开着玩笑,有人说像鸡蛋黄,有人说像寿山石。随着高度的上升,它成了耀眼的和田玉了。

10时,热烈的欢送仪式之后,"和平方舟"号医院船缓缓驶离帕皮提港,在南太平洋留下一抹清晰的航迹。

这天天气奇好,湛蓝的天空中飘着奇妙的白云,湛蓝的大海泛着洁白的浪花,海天间似乎只有两种颜色——清澈的蓝、爽心的白,让人的肺腑透心地亮。

突然,警铃拉响。"和平方舟"号医院船接到救援信号:法属波利尼西亚马克萨斯群岛遭受飓风袭击,人员伤亡严重,当地应急救援力量不足,当地政府紧急向途经附近海域的中国海军医院船求援。医院船接到信号后,马上调整航向,迅速驶向该岛西北海域。

顿时,整个船上下都行动起来,做好了救援准备。

我虽然知道这是中法海军举行的首次国际人道主义医疗救援联合演练,但心里还是有一点儿紧张。

我长吸了一口气，问任务指挥员管柏林："今天的演练都安排了些什么？"

管柏林告诉我："这次演练的课目主要包括五个方面：空中救援、直升机索降、甲板伤员转运、联合医疗救治、伤员快速后送。"他还说，"这次演练，虽然双方经过商定，有个粗略的计划，但是，伤病员的伤情、换乘的时间、海域、方式和下一步如何救治，事先都没有沟通。这是一次背靠背、实打实的练兵。"

听他这样一说，我对此充满了期待。

11时，一架法方救援直升机飞临医院船上空，并通过索降将"伤员"和陪护医务人员送至飞行甲板。

联合救治随即在抢救区展开。"伤员"模拟飓风中发生煤气爆炸、火灾、楼房坍塌情况下，发生骨折、烧伤、腹腔内大出血等多发伤。专科会诊后，"伤员"被送往手术室救治。待伤情稳定后，又组织直升机将其转运到后方医院。

"对于这次演练，你感觉怎么样？"在演练进入尾声时，我问参与抢救的法国三军救援中心医生福吕赞。

福吕赞笑眯眯地竖起了大拇指："好，很好！法中在伤员救治理念方面是共通的，通过演练，我们双方都学习到了很多东西，收获颇丰。期待下次与中国海军同行再相遇。"

法方护士汤米·李也说："今天的演练大家配合得很好，整个过程有条不紊，速度也很快。我看到中国军医是怎么工作的，专业水平令人佩服。"

一次演练，双方满意。

对于"和平方舟"号医院船来说，这次演练，检验了医护人员的技术水平，进一步锤炼和提升了中国海军在远海陌生海域开展国际合作和应急救援的能力。

中午时分，"和平方舟"号医院船拉响汽笛，我们向"大溪地"的侨胞们告别，向法属波利尼西亚告别，向法国海军朋友告别，向着下一站出访地——美国圣迭戈进发……

航行中，我们收到了法国海军发来的感谢电，他们对此次演练成功表示祝贺，感谢中国海军的精诚合作，盛赞中国军医的娴熟技术和专业精神，并预祝我们在此后的加勒比海航程中风平浪静……

B卷

"手把海天两道脉,敢学诸葛借东风。谋时谋天谋使命,报阴报晴报国家。"加勒比海波涛汹涌,风云变幻,而任务官兵信念如磐,坚持在拉丁美洲四国救难解危、济世救人,留下一段段雪中送炭的美谈……

第四章　加勒比海波涛汹涌
——"和谐使命-2011"

"和平方舟"号医院船对加勒比海并不陌生。继首次"和谐使命"任务后,2011年9月16日至12月29日,由任务指挥员邱延鹏、骆源,副指挥员王仲才等率领的416名官兵,再次从浙江舟山某军港起航,赴古巴、牙买加、特立尼达和多巴哥、哥斯达黎加拉美四国,进行友好访问和医疗服务,履行"和谐使命-2011"任务,有一个航段就是环绕着加勒比海。

拉丁美洲地区是美国的传统势力范围,也是我国台湾所谓的主要"邦交国"所在地区,外交环境复杂,限制条件苛刻,履行手续繁多。面对如此复杂的政治军事外交背景,全体任务官兵牢记使命,自觉从政治角度审视行动,从战略高度理解任务,从大国形象诠释担当。

1. "无论多大的风浪,也撼不动古中友谊"

当当、当当。2011年9月16日,"和平方舟"号医院船起航没多久,指挥员邱延鹏住舱的门就被敲响了。进来的是位女同志, 她叫董克慧,原东海舰队海洋水文气象中心总工程师,中校军衔,负责这次出访的海上气象预报任务。

"小董,有事吗?"

董克慧中等个头,留着一头短发,戴着一副近视眼镜,透着知识分子的文静和军人的干练,说话也干脆利落:"报告指挥员,台风'洛克'将于17日凌晨到18

日下午影响到航线。"

"多大?"

"风力可达 8 至 9 级,浪高 4 至 5 米。"

"你的建议?"

"加快航速,抢在台风前面穿过宫古水道。过水道后根据台风距离适当往南调整航线,以规避台风影响。"

"好!"邱延鹏点点头,做出了决策。

出海前一周,台风"洛克"已被董克慧领导的气象小组预测出来。这时,有人建议提前出发绕行。海上指挥所认为,在保证安全的前提下,人民海军就要经过风浪洗礼,仍按预定时间出发。

熟悉海况的人都知道,在医院船航经的西北太平洋台风肆虐,东北太平洋飓风频发,加勒比海更是危机四伏。作为首位随海军舰艇出访并负责气象保障的女同志,出发前,董克慧还是感到压力很大:"医院船首访加勒比地区,海区生疏,气象保障手段少,且恰逢台风多发季节,任务很重。"其实,指挥所领导也有顾虑:一位女同志,身体能不能吃得消? 关键时刻能不能完成任务?

为了打消领导的顾虑,每次领导询问时,她都大声回答"没问题"。事实证明,董克慧负责气象保障确实没问题!

9 月 17 日,风来了,浪来了,雨也跟着凑热闹来了!"和平方舟"号医院船船内广播传出抗台风指令。全船人员闻令而动,对摆放物品和门窗设备进一步加固。

在大型军舰上,广播是发布命令的最重要渠道。几百人分布在各个甲板的数百个房间内,想在第一时间下达命令或传递信息,没有比广播更快捷的手段了。

"和平方舟"号医院船在全速前进,以最快的速度在中午通过了宫古水道。这时,台风"洛克"风力已达 10 级,半径 200 千米范围内的风力也有 7 级,最大浪高在 4 米以上。虽然"和平方舟"号医院船已经打开了减摇鳍,但船体的摇晃角度仍然较大,有 20 多度。减摇鳍是一种类似鱼鳍的东西,在船的下方,遇到大风浪时,将减摇鳍伸出来,有助于保持船体平衡。

董克慧晕船厉害,吐得一塌糊涂,用了多少个垃圾袋,连她自己也不记得。但气象会商责任重大,每次吐完,她都会和其他船员一样,迅速回到战位上。身边的战友给她送来了晕船药,可她怕吃晕船药嗜睡,影响工作,一直没有吃。

过了宫古水道之后,在她的建议下,船往南修正航向。9 月 18 日早上,在距台风"洛克"中心 180 千米的大风圈内的左侧,"和平方舟"号医院船与之擦肩而过,乘风破浪,向大洋深处前进。

董克慧长长地舒了一口气,浑身像散了架似的,瘫坐在甲板上。然而,她在心里暗暗告诫自己:此时此刻,不能松劲,后面还会有更大的风浪。

气象预报不仅需要胆量,更需要细心。"和平方舟"号医院船未来航段要经过东北太平洋,那里是飓风多发区。董克慧在进入东北太平洋前,时刻关注云团变化。

10 月 2 日,董克慧发现有 2 个云团正在发展加强,一个大胆的预测在她脑海中闪现:这 2 个云团未来可能发展为飓风,如果不调整航线,7 日前后医院船将与其正面相遇。

她又一次推开海上指挥所的舱门,建议调整航线。指挥员相信她的预测,采纳了她的建议。6 日,飓风"欧文""霍瓦"相继生成,而此时医院船已航行在风平浪静的海域,丝毫没有受到影响。指挥组组长董焱事后感慨地说:"董工牛! 如果没有及早调整航线,后果将不堪设想。"

10 月 21 日上午 9 时 30 分,中国海军"和平方舟"号医院船抵达了"和谐使命-2011"任务的第一站——古巴。在古巴海军导弹快艇和巡逻艇的引导下,医院船缓缓驶入哈瓦那港。

加勒比温暖的阳光、海天一色的蓝、沿岸莫罗城堡上的彩旗,以及身着盛装的数百名列队的哈瓦那民众,热情地迎接着任务官兵;古巴革命海军副司令佩德罗·罗曼海军上校、中国驻古巴大使刘玉琴及使馆工作人员,以及中资机构人员和留学生、华侨华人代表,也早早来到码头。

古巴共和国国名源自泰诺语,意为"肥沃之地""好地方"。哈瓦那是古巴的经济、政治中心和首都,这座美丽的城市被誉为"加勒比海的明珠"。

海明威笔下的古巴海滩、世界闻名的古巴雪茄和蔗糖、棕榈树下富于拉美情调的酒吧和歌舞,以及热情好客的古巴人民,令这个加勒比海上的国家充满了神秘情调。

但是,对于中国人来说,古巴非常透明:古巴是世界上坚持走社会主义道路的国家之一,也是第一个与中国建交的拉美国家,两国有着历经风雨的牢固友谊。

中古友谊源远流长。19 世纪中叶,大批中国劳工远赴重洋,打造了拉丁美洲最大的中国社区——哈瓦那中国城。如今,透过那巨大的华人街门牌楼,仍然依稀可见一个多世纪前这里的繁华与喧嚣。

在古巴哈瓦那海滨大道附近的 9 号街广场上,耸立着一块高达 8 米的旅古华侨协助古巴独立纪功碑,上面详细记载着华侨在古巴独立战争中的不朽功绩,它是在古巴独立战争领导人盖萨达将军的倡议下建成的。该碑用黑色大理石砌成,正面用中文、西班牙文刻着"旅古华侨协助古巴独立纪功碑";背面用西班牙文刻着盖萨达将军对参战华人的评价:"没有一个古巴华人是逃兵,没有一个古巴华人是叛徒。"

在我们心中,也同样激荡着以下几个耳熟能详的古巴英雄的名字——

"和平方舟"号医院船抵达哈瓦那港后,指挥员就和时任船长于大鹏等官兵代表,前往哈瓦那中央公园,向古巴民族英雄、思想家、革命家、著名诗人何塞·马蒂的纪念碑敬献花圈。

何塞·马蒂从 15 岁起就参加反抗西班牙殖民统治的革命活动,42 岁便牺牲在独立战争的战场上。他短暂的一生完全献给了争取祖国独立和拉美自由的事业,这使他的名字在拉丁美洲成为自由的同义词。

何塞·马蒂的思想被写入了古巴共产党党纲和古巴共和国宪法,成为古巴党、国家和社会的指导思想,并对世界各国都产生了巨大而深刻的影响。

现如今,人们依然传诵着他在战斗间隙写下的诗篇:"当你看到白浪滔天,那就是我的诗篇:它像一座高山,又像一把羽扇。我的诗像一把短剑,从剑柄放射光焰;我的诗像一眼喷泉,喷出银珠儿串串……"

人们更不会忘记古巴革命领袖菲德尔·卡斯特罗和他的战友们,他们于1959 年 1 月 1 日发动起义,通过浴血奋战,在美国的后院,建立了一个主权独立的社会主义国家,一个民主、统一的共和国。特别是面对美国长达几十年的经济封锁,以及无所不用的种种威胁手段,他们带领古巴人民,克服重重困难,顽强拼搏奋斗,开创了属于自己国家的发展道路。

还有一个史诗般的英雄、极富传奇色彩的英雄,他的名字在世界上传颂,他就是拉丁美洲马克思主义革命家切·格瓦拉。1928 年 6 月 14 日,切·格瓦拉出生于阿根廷的罗萨里奥。1957 年,他参加了菲德尔·卡斯特罗领导的古巴革命,被誉为古巴起义军中"最强劲的游击司令和游击大师",一举推翻了亲美的巴蒂斯塔独裁政权。

切·格瓦拉曾 2 次访问中国,受到了中国人民的伟大领袖毛泽东的亲切接见。他在古巴革命政府担任了一系列要职之后,于 1965 年离开古巴,到刚果(金)、玻利维亚等国发动革命,后不幸受伤被俘,壮烈牺牲。

切·格瓦拉虽然已经离去 50 多年,但他的形象从未离开过他曾为之奋斗的世界,他的理想主义、英雄主义和浪漫主义仍然影响着一代代人,成为一个革命、信仰、激情的时代标志,一种偶像级的精神符号。人们把他的头像印在旗帜、书籍、影视戏剧海报等各种物品上,许多年轻人以穿着印有他的头像的 T 恤为傲。

作为同志和战友,我们的心是相通的。所以"和平方舟"号医院船的官兵来到古巴,倍感亲切。

古巴是"和平方舟"号医院船赴拉美四国执行访问暨医疗服务任务的第一站。

古巴的医疗事业很发达,医学和医疗体系都达到了世界先进水平。古巴在眼科、矫形术、生物工程等方面的专业技术超过了许多发达国家,并且对国民实行免费的医疗体系和高等教育体系。

因此,在医院船的出访计划中,两国医务人员的交流是重要的组成部分。

"大家的到来是我们非常大的荣幸,这里就是你们的家。"在交流中,这是大多数古方负责人的开场白。

在这种亲切友好的气氛中,医院船官兵分6批次先后赴古巴格拉玛海军学院、古巴革命武装力量医科大学、卡洛斯·芬莱军事中心医院、弗兰克·派斯骨科医院、拉丁美洲医学院、潘托·费雷尔眼科医院以及海军"塞斯佩德斯"号训练舰等单位进行参观和军事、医学交流。古巴军队和地方医生也有400多人登上我船参观。双方还举行了学术研讨会,就中医、骨科等内容进行了深入的交流。

通过学习交流,任务官兵对古巴人民在有限的条件下所取得的成就有了深入的了解,特别是对古巴医生秉持人道主义理念,不仅为本国民众服务,还活跃在拉美其他国家和地区,为广大民众提供医疗服务,表示了由衷的敬佩。与此同时,古巴还充分利用医学院的资源,为其他国家培养医生。在古巴的中国留学生,很大一部分就是来学习医学知识的。

董克慧总工随任务官兵来到古巴格拉玛海军学院参观时,古巴海军官兵为来访的中国战友送上了一束散发着淡淡清香的姜花,并现场演唱了赞美白衣天使的英雄之歌。

姜花是古巴的国花,象征纯朴、素雅、高洁。董克慧印象最深刻的是,古巴战友在介绍这种花时深情地讲道:古巴革命时期,姜花在情报传递中扮演了重要的角色。许多妇女积极投身革命,将重要情报藏在姜花的花骨朵里,躲避敌人的搜查,传递给革命队伍,对古巴革命的最终胜利发挥了重要作用。

特别喜欢这种花的还有一位女军官,她是随船出访的西班牙语翻译,叫李孟菲。我随"和平方舟"号医院船执行"和谐使命-2015"任务时,李孟菲又一次随船担任翻译工作,后面我还要写到她。

对于古巴,对于哈瓦那,对于这里的人民,李孟菲有很深的感情,因为这是她读大一时出国交流学习的地方。她的西班牙语启蒙老师叫特蕾莎,特蕾莎像妈妈一样呵护着这位当时年仅十几岁的中国姑娘,还为她起了个西班牙语名字"丽达"。

说来也巧,10月23日那天是舰艇开放日,李孟菲站在舷梯口引导上船参观的古巴民众。她在人群中突然看到了一个熟悉的身影,是自己的恩师特蕾莎。她激动万分,立即扑了过去,大声喊着:"老师,老师,特蕾莎妈妈!"

特蕾莎一愣,打量着眼前这位中国海军女军官,惊喜地问道:"丽达,丽达,是我的小丽达吗?"李孟菲使劲地点点头。

特蕾莎把李孟菲搂在怀里,泪流满面,喃喃地说着:"我的小丽达,这是真的吗? 怎么像做梦一样? 我太高兴了!"

这一天,李孟菲陪老师参观了医院船,还请她吃了饭。特蕾莎依依不舍地离开时,紧紧地拉着李孟菲的手说:"太好了,你参加中国海军太好了! 你们的医院船太好了! 这是我最高兴的一天,老师的心永远和你在一起!"

"国之交在于民相亲,民相亲在于心相通。"

正如古巴革命武装力量部总政治部主任卡里略·戈麦斯登船后所说:"医院船的来访,进一步深化了古巴和中国人民的友好情谊,进一步促进了自古巴独立战争以来我们两国之间业已存在的传统关系。从 1958 年 1 月 1 日开始,我们参加的每一次战斗,始终都有中国人民的支持。在今后的日子里,无论多大的风浪,也撼不动古中两党、两国和人民钢铁般的友谊!"

时间匆匆,"和平方舟"号医院船在古巴访问时间虽然很短,不到一周,但圆满成功。

10 月 25 日晚上,船上的战友都在为第二天的起航忙碌着,董克慧却拧着眉头,坐在那里苦思冥想……

"和平方舟"号医院船准备次日离开古巴赴牙买加,此时,二级飓风"丽娜"正在西加勒比海肆虐,所有气象预报结果都显示,"丽娜"将会往偏西方向移动。

慎重起见,董克慧还是反复推算研究,深入分析判断。她脑海中电光石火般突然蹦出来一个念头:"丽娜"会在 24 小时之内转向西北方向! 若按原计划航行,27 日 11 时左右,医院船将进入飓风的危险半圆内,且航经的尤卡坦海峡海域较窄,没有规避空间。董克慧心中一凛,猛然站起身,向海上任务指挥所舱室跑去。海上任务指挥所的同志一见她进来就有点儿紧张,知道气象上肯定有事。

为了缓和气氛,她故作轻松地说:"飓风'丽娜'可不像名字那么温柔,要在我们经过的航路上发威呢。"

指挥员邱延鹏问:"你的建议?"

她用非常自信的口吻回答:"调整航线!"

指挥所采纳了她的建议。事实证明她的判断是完全正确的。又一次精准的预报,使指挥员邱延鹏非常高兴,他由衷地赞道:"这位女将不简单! 胆大心细,主动作为,为海上行动提供了全面准确的气象预报,功不可没!"

董克慧此时正迎风站立在甲板上,一双锐眼向西北方久久凝望。我觉得,她一定看到了飓风"丽娜"掀起的滔天巨浪……

2. "和平方舟为牙买加穷人服务"

远处,巨浪滔天;近处,风轻涛平。

2011年10月29日,"和平方舟"号医院船抵达牙买加首都金斯敦,开始友好访问并将开展医疗服务活动。

牙买加副总理兼外交部、外贸部部长肯尼思·鲍在欢迎仪式上,代表牙买加政府和人民对中国海军舰船首次到访表示热烈欢迎。他说:"中国海军'和平方舟'号医院船的到来,为牙中关系注入了人道主义内容,为牙中两军交往加入了新的亮点。"

时任中国驻牙买加大使的郑清典向官兵们介绍说:1972年11月21日,中国同牙买加建立外交关系。2005年2月,两国建立共同发展的友好伙伴关系。中牙两国友好合作关系发展顺利,高层往来不断,在国际事务中保持良好配合。

牙买加是加勒比海西北部的一个岛国,海岸线长1220千米。首都金斯敦坐落在它的东南角,是牙买加政治、工业和交通中心,是世界第七大天然深水良港。

实事求是地说,牙买加对"和平方舟"号医院船首次到访的欢迎是真诚的,但是在开展医疗服务方面,卫生部门对医院船的医疗服务程序和医疗水平了解得很少,甚至持怀疑态度。牙买加与美国关系密切,美国是牙买加最大的贸易伙伴和第二大经援国。美国的医院船也定期来该国提供医疗服务,开展"持久"行动,再加上牙买加司法体制以英国为蓝本,因此,在前期办理医疗服务相关手续上,程序复杂,要求提供的材料相对较多。牙买加还对医院船开展医疗服务提出了诸多限制条件,例如看病医生需要有关部门核发的医师资格证,发放药品需出具国际认可的合格证等。

面对这种情况,海上指挥所根据牙买加的实际情况,在中国驻牙买加大使馆的协调和帮助下,在不违反原则的基础上,尽最大可能满足对方需求,终于使对方松了口。

我方医护人员及健康指导和文化联谊分队出动了,前往金斯敦奥林匹克公园医疗中心接诊,前往金斯敦医院巡诊,前往学校开展诊疗和捐赠活动……

在此期间,在医院船停靠的金斯敦港口,每天早晨 7 时不到,码头上就挤满了闻讯前来就诊的民众,港务局不得不派出保安在大门口控制人流,分批放行。

“这几天的经历就像做梦一般。我非常感谢来自中国的医院船全体医护人员!”11 月 3 日,48 岁的安东尼·贝克福德在即将离开医院船前,从病床上吃力地起身,和医护人员握手道别。

两周前,他因发生严重车祸,造成左腿粉碎性骨折,一直在医院排队等候手术。

10 月 31 日,“和平方舟”号医院船医务人员在金斯敦公立医院巡诊时遇到了他。海上医院骨科医生丁宇仔细为其做了检查,对牙买加卫生部官员和医护人员说:“这位病人是股骨干粉碎性骨折,伤情非常严重,血色素只有正常值的一半。事故后两周属于最佳手术时机范围,若不及时救治,复位和固定都会比较困难,极有可能致残,建议转送到医院船平台实施手术。”

当天,在双方协商下,安东尼·贝克福德被送入医院船。根据伤情,海上医院迅即组织有关科室进行专家会诊,并确定了实施全身麻醉条件下体内固定的手术方案。这是“和平方舟”号医院船投入使用以来实施的首例全身麻醉手术。

动刀三分险,这在陆地上也是不折不扣的大手术。海上医院麻醉医生李军皱着眉头对主刀医生丁宇说:“病人术前的血色素很低,只有 8 克多,病程已经两周多了,他的身体很虚弱,手术和麻醉的风险都很大,你要有充分的思想准备。"

丁宇回答得铿锵有力:"我是一名人民海军军医,上手术台就是上战场! 请放心,我一定打胜这一仗!"

战斗开始了,丁宇操起手术刀,他将贝克福德的碎骨重新拼接,然后植入钢板,将骨折处固定。在近 3 个小时的手术中,他还首次使用了 C 型臂和自体血回输技术。

"C 型臂相当于一台 X 光机,它可以使医生在手术中实时看到体内游离的碎骨和接骨的准确度。自体血回输技术,则解决了特殊环境下血源不足的难题。"丁宇自豪地说,"这都是和平方舟功能的拓展和创新。"

手术很成功。很快苏醒的贝克福德含泪对牙买加卫生部官员迈克说:"中国医生做了好事,保住了我这条腿。我现在最惦记着我的土地,中国医生使我能尽早回去(耕种土地)。"

"中国医生的工作很专业! 中国军人很友好!"迈克朝丁宇竖起了大拇指。

让迈克竖大拇指的事还不少。

这件事发生在一个华侨身上。91 岁的张官胜老人,祖籍东莞。他患白内障已 2 年多,眼前一片黑暗。听说祖国的医院船来到牙买加,他和家人都强烈要求手术治疗。

张官胜是高龄患者,并伴有高血压、心肌梗死史,手术的风险很大。但是,尽最大可能满足海外赤子的心愿,是医院船掌握的标准。经过周密安排,医院船派出眼科专家刘百臣连夜对其实施手术。

转天,当刘百臣医生轻轻地揭开盖在老人眼睛上的纱布时,老人惊喜地说道:"我看到了! 我看到了!"迈克还用标准的医学手势对老人的视力进行了测试。老人抓住刘百臣医生的手,连声用客家话说:"眼睛很舒服,没问题,多恰(谢谢),多恰!"病房里响起了热烈的掌声。迈克又一次对医护人员竖起了大拇指,又一次赞叹道:"中国医生非常专业!"

"和平方舟"号医院船在牙买加提供人道主义医疗服务,受到了当地民众的热烈欢迎,产生了较大反响。当地主要媒体对服务情况和系列活动,都以头版头条、大篇幅、滚动播放等形式进行了连续报道。

《新闻集锦日报》刊发了记者马丁采写的一篇题为《"和平方舟"号医务人员救助亟须救治的牙买加患者》的文章,其中这样写道:

> 61 岁的肯尼斯·蒙推斯戴着太阳镜,穿着鲜亮的国旗色服装耐心地等待医生的诊治。在位于圣安德鲁的奥林匹克公园医疗中心候诊区,他翻动着挂号处发放给他的记录卡,身旁是将近 70 名候诊者。
>
> "我想请他们检查一下,我知道他们都是好医生。"蒙推斯对记者说,"我去了公立医院,但是这边有中国医生,所以我打算到这边检查一下。我很高兴,我接受了检查,但不用付任何费用,因为我支付不起。我没有工作,所以我很感谢中国医生。"

11 月 1 日,美联社也刊发了一篇题为《和平方舟为牙买加穷人服务》的报道,称中国正以软实力展示硬实力:

> 几十名医生、护士从一艘中国海军的医院船上下来,分头为牙买加穷人治病。这是全球人道主义行动中的一部分,为的是把中国快速发展的军队描绘成一个负责任的力量。

此次"和谐使命"任务的目的是树立中国军人的国际形象并增强与其他国家的武装部队的关系。

约翰斯·霍普金斯大学国际问题高级研究学院中国项目主任戴维·兰普顿说:"中国力图以一种让人放心、不令人感到威胁的方式来使用军事力量。中国的战略是提高其硬实力,但同时以一种软性的、让人感到放心的方式来使用这种硬实力,因此不会树敌。"

在金斯敦奥林匹克公园的一家诊所外,数百名牙买加人站在炽热的阳光下等候数小时。48岁的佩亚莱内·坎贝尔天不亮就来到诊所。她说："我的眼睛越来越糟,我希望能领副眼镜。5年来别人一直让我戴眼镜,但是我买不起。我希望中国人能够帮我。"

"感谢和平方舟!感谢中国军医!"这些回响在空中的话语,也激荡在人们心中。

在此次对牙买加进行的人道主义医疗服务中,"和平方舟"号医院船共诊治患者1540人次,在船上成功完成各种手术27例,与牙买加医院联合开展眼科手术2例。

11月4日上午,"和平方舟"号医院船要离开牙买加,前往特立尼达和多巴哥,执行下一站的"和谐使命"任务。牙买加卫生部官员迈克匆匆赶来送行,希望能跟骨科医生丁宇说一声"再见",并送给他一张明信片。

然而,起航临近,迈克来不及上船,不能亲手将明信片交给丁宇,他有些遗憾,只好托最后上船的指挥员转交,说:"请告诉丁,贝克福德转回金斯敦公立医院了,情况很稳定。丁已将联系方式、邮箱地址留给了我。他至少要为贝克福德随诊1年,我们会经常联系。"

迈克向着即将起航的医院船频频挥手,大声喊着:"再见,希望你们再来!再见,希望你们再来!"作为卫生部的官员,这里面似乎还包含着一种不可言说的遗憾……

3. "我很庆幸,没做令人后悔的决定"

这里是南北美洲的分界处,素有"美洲中枢"之称;这里是用外国国家名字命名的国家首都,享有"全世界最大的城市绿地"称号;这里独立后的首任总督是位华裔,还是"中国现代舞蹈之母"的出生地……

2011年11月8日上午,"和平方舟"号医院船抵达此行的第三站——特立尼达和多巴哥共和国西班牙港。

说起特立尼达和多巴哥共和国,大多数中国人可能感到生疏或念起来拗口。

它位于中美洲加勒比海南部,全国由 2 个主要的大岛特立尼达岛与多巴哥岛,以及 21 个较小的岛屿组成,所以名为特立尼达和多巴哥共和国,属于英联邦成员国,简称特多。

特多的首都西班牙港是一座美丽的滨海花园城市和深水良港,是全国政治、经济、文化和金融中心,也是加勒比海地区商业和金融中心。400 多年前,它曾一度沦为西班牙殖民地,也因此而得名。

特多与中国虽远隔重洋,却渊源深厚。早在 1806 年,中国人就已踏上这片土地。200 多年来,这里的华侨华人辛勤耕耘、自强不息,在特多开创了一片新天地,落地生根,并诞生了一个又一个响亮的华人名字。

首先要提到的是特多独立后的首任总督何才。他出生在一个草根家庭,2 岁时随双亲从牙买加移居特多,成年后通过不懈奋斗崭露头角。1960 年,他出任特多总督。1962 年特多独立,他继续担任总督,直至 1972 年。他不仅是所有英国殖民地中首位华人总督,还是当时英国殖民的西印度群岛联邦首位当地人出身的总督。

特多独立后需要一面国旗,主持设计者也是一名华人。他叫卡莱尔·张,1921 年出生于特多的一个华人家庭,长期从事艺术创作,在特多及加勒比地区艺术界享有较高声誉。

陈友仁是孙中山的亲密战友,他出生于特多的一个华商家庭,是特多的第一个华人律师。辛亥革命爆发后,他毅然放弃丰厚的海外产业,回到中国。他英文、法律功底深厚,长期在孙中山身边担任顾问。1926 年他出任国民政府外交部部长,其外交风格以"铁腕"著称,主持了收回汉口、九江英租界的谈判。

我们最熟知的是著名舞蹈艺术家、教育家戴爱莲。她 1916 年出生于特多,自幼学习舞蹈,14 岁赴伦敦留学。抗日战争爆发后,戴爱莲在伦敦多次参加为筹集抗日资金举办的义演。1940 年她回到香港,后取道澳门回到内地,创作了大量以抗日救国为题材的舞蹈作品。自 20 世纪 40 年代末起她就在内地从事舞蹈教育工作,为中国培养了大批舞蹈人才。她还搜集整理了大量民族舞蹈素材,为中国民族舞蹈走上现代舞台做出巨大贡献,被誉为"中国现代舞蹈之母"。

1974 年 6 月 20 日,中华人民共和国与特立尼达和多巴哥共和国正式建交。建交以来,双边友好关系不断得到巩固和发展。2005 年,两国建立互利发展的友好合作关系。

我查阅着这些资料,眼前闪现出历史走廊中留下的枚枚印痕、时间长河中驶过的片片白帆,甚至想当然地认为,我们的医院船驶进西班牙港,当地政府和民众一定会热烈欢迎,并给予各方面的方便。可是,到了这里之后,一切却与我想象的大不一样。

虽然特多与中国有着千丝万缕的联系,但如同我们对该国知之甚少一样,这里的民众对中国的了解也不多,甚至停留在 20 世纪四五十年代。在中国海军舰艇首次对特多进行友好访问并开展人道主义医疗服务过程中,政府官员,特别是其卫生部门顾虑重重,缺乏信任。

特多与牙买加一样,是英联邦成员国,因此,要求提供的各种资料繁多,审查过程复杂,比牙买加有过之而无不及。好在反复核对相关手续后,双方达成一致意见,并制订了相关医疗服务计划。

然而,好事多磨。就在任务官兵信心满满地做好一切准备,即将启动医疗服务程序之时,特多方面却突然变卦,全盘推翻事先商定的医疗服务计划,不允许当地民众登船看病,不同意开展手术治疗。

针对这一突如其来的变化,任务指挥员和中国驻特多大使杨优明、参赞王建群等利用礼节性拜会的机会,和对方反复交涉,向其说明、介绍,终于使对方松了口,但对方又提出了一些限制条件。

为了进一步缓和双方的关系,"和平方舟"号医院船在当天晚上特意举办了 VIP 宴请,可是,特多卫生部部长缺席了。

我问当时参加任务的医院船检验技师张雅芳:"你听到对方变卦的消息时啥感觉?"

"诧异,还有点儿怨气,"她笑了笑又说,"甚至产生了不让服务就算了的想法。可转念又想,我们的任务就是航行一路、服务一路、展示一路,将中国的和平理念与友谊传播给全世界,怎么能说算了就算了呢?"

"对方为什么这样呢?"

"说到底,是了解少,有顾虑,缺乏信任,并不是对我们不友好。我给你讲个笑话吧,但你听了肯定笑不出来。"

这是一个什么笑话呢?那天,医院船的部分官兵应邀参观世界著名的天然沥青湖。

沥青湖位于西班牙港南,面积约 47 万平方米,湖中沥青质地优良,略经加工即可使用。湖中沥青取之不尽,用之不竭,100 多年来人们不停地开采,新的沥青源源不断地从湖底涌出来,湖面几乎没有降低过。它每年提供全世界所需沥青的 95%,沥青成为特多重要的出口产品和创汇源泉。

中国是特多最大的沥青进口国。途中路过一座双层立交桥,它比原海军总医院西边的"航天桥"要小一些。这时,车上陪同的女导游介绍说:"这是我们国家最大的立交桥,它的建成极大地方便了前往沥青湖的游客,也是一道美丽的风景。"说到这里,她话题一转,"我相信,友好的中国,在不久的将来,也会和我们一样,有能力建成这样的立交桥。"

什么?几十双眼睛齐刷刷地看向了她。

大家都觉得这番话有点儿可笑,这样的立交桥恐怕在中国绝大多数县级城市都可以看到,而她却当作一道风景来炫耀。可是,大家笑不出来。

和战友们一样,张雅芳此时的心情非常沉重,还有点儿难过。她在出访加勒比地区和提供医疗服务时,曾问一些当地人:"你知道中国吗?"令她吃惊的是,有些人从没听说过中国。还有的人虽然表示知道中国,但大都停留在贫穷落后的层面。也难怪,这些国家,有的是与中国建交不久,有的偏远落后信息不畅,有的过去是西方殖民地,无法了解一个真实的现代的中国。

听了她讲的这个笑话,我确实没有笑出来。有一种地方,风景是在路上;有一种路过,风景是留在心中。那座立交桥,在张雅芳和战友们的心中,虽然算不上一道十分美丽的风景,却久久驻留下来,时刻提醒他们,要用实际行动宣传中国文化,展示中国形象,讲好中国故事……

中国海军军医在行动！11月9日，海上医院三支医疗分队分别前往圣詹姆斯医疗中心、国防军军营、钱奎斯尔政府小学，开展医疗服务和健康咨询；在医院船平台，妇科、内科、眼科、骨科、检验科等十几个科室的24名医学专家在各自的工作岗位上开展医疗服务……

11月10日早晨7时，一架军用飞机呼啸腾空，载着海上医院医疗分队飞往特多的第二大岛屿多巴哥岛。这座岛长42千米，最宽处也只有11千米，形状狭长，像一支雪茄，而且岛上盛产烟草，因此岛的名称也就叫作"多巴哥"，意思就是"烟草"。他们抵达多巴哥岛斯卡伯勃医疗中心之后，立即投入了工作。随机同来的王文珍健康服务小分队则前往当地小学开展服务，到下午医疗队撤收时，共接诊了80名患者，为44名小学生进行了体检和健康指导，临走时还赠送给医疗中心一些药品和中医医疗箱。医疗中心负责人凯姗·奥特丽动情地说："中国医生就是我们的福音，希望你们一定再来。"

11月11日，医院船繁忙和紧张的一天到来了，海上医院热情地为当地民众开展医疗服务，接收诊治外出医疗小分队后送的伤病员。耳鼻喉科医生李进让、袁伟早早来到手术室，认真地做着术前准备。

10时，一位27岁的特多国防军陆军士兵被推进了手术室，2位医生成功地为他实施了低温等离子射频扁桃体切除术，被切下的扁桃体直径竟有4厘米左右。术后他被安全转入病房。

12时30分，2位医生并没有离开，而是进行了连台手术。在全麻条件下，他们成功地为一位31岁的特多国防军空军军官实施了鼻内窥镜下鼻中隔矫正、低温等离子射频双下鼻甲消融术。

这是"和平方舟"号医院船首次在国外为外军官兵实施手术。

23时，海上医院创造的首次在继续。患者是一位叫瑞贝卡的中年妇女，从5年前开始她感到腹痛，1年前被确诊为胆囊结石，但由于害怕开腹手术，病患一直未能解决。中国海军"和平方舟"号医院船的到来，为她燃起了希望，她专程前来寻求更好的治疗方法。

通过会诊,医院船决定满足她的愿望,实施自投入使用以来的首例微创手术——腹腔镜胆囊切除术,由夏念信、祝建勇 2 位医生主刀。

夏念信术后介绍说:"瑞贝卡的身体比较胖,(腹腔)内在的空间相对小,但手术非常顺利、非常成功。微创技术已成为未来外科发展的方向,患者出血少,感染发生率低,恢复也比较快。在医院船上开展这种手术对整体要求较高,比如急救准备,因为船上环境毕竟无法与陆地相比。"

晨曦划开夜色,一轮朝阳缓缓升起,将仁爱的光辉洒向人间。术后苏醒的瑞贝卡笑中含泪,激动地说:"中国医生为我解除了多年的痛苦,我从心里感谢中国恩人!"

不到 24 小时,瑞贝卡已能下床走动并进流食。

无影灯下的妙手许多人看不到,大庭广众下的神奇让人有目共睹。

11 月 12 日,西班牙港市市政厅,任务官兵进行了一场别开生面的中医疗病展示。

政府官员来了,国防军官兵来了,医护人员来了,普通民众来了……

中医顾群以生动的例子和易懂的语言讲解了中医理论和与之相辅的中国文化,并在现场通过中医特有的望、闻、问、切诊断方法,准确地分析了几名当地民众的健康状况。她对一位中年男子说:"通过摸脉,我发现你身体情况不是很好,经常会觉得背部不舒服。"一语中的,这位男子不停地点头。

这种不借助任何医疗设备的检查方式,引起了现场观众的极大兴趣,他们纷纷表示要登台体验。

40 岁的出租车司机安德瑞·卡巴尔是第一个体验中医诊疗的患者。他在接受针灸、拔火罐治疗后说:"我的腿部很僵硬,这个毛病已经有 3 年时间了。刚刚尝试了针灸、拔火罐治疗,感觉确实很好,很舒服。"

莱娜·佩莱拉是位年届六旬的老人,右腿膝关节瘀血、肿胀,已被病痛折磨了许多年,近 2 年连走路都困难。这次,她是坐着轮椅前来的。

另外一位中国海军中医付本升一边安慰她,一边为她进行针灸、拔火罐、推拿等中医治疗。

莱娜·佩莱拉觉得疼痛得到了很大缓解，也不知道自己怎么就站了起来。那一刻，她愣在那里，在场的其他人也都愣在那里。突然，她举起双手失声痛哭，嘴里喊着："感谢上帝！感谢上帝将中国海军医生带给我！只有上帝才知道我这些年经受的痛苦，上帝保佑你们！"

喜极而泣的莱娜·佩莱拉拉起付本升的手，深情地亲吻着，喃喃地说道："你的双手太神奇了，谢谢您，谢谢你们！现在我感觉都可以跳舞了！"然后，她抹了把脸，情不自禁地跳起了欢快的民族舞蹈，全场掌声雷动……

伟大的文明古国、神奇的中医疗法、友爱的任务官兵、高超的医疗技术，在当地产生了极大反响，受到了特多人民的热烈欢迎。无论是大街小巷，还是各种新闻媒体，都在谈论中国海军"和平方舟"号医院船的到访；从政府官员到普通民众，都期望得到中国海军"和平方舟"号医院船的医疗服务。

11月13日，医院船主平台又迎来异常繁忙和热闹的一天。特多总统的女儿和儿媳来了，外交事务与通信部部长、教育部部长、发展部部长、科技部部长，以及西班牙港市市长、市首席执行官等政府官员及其家属来了，更多的当地民众来了……

外交事务与通信部部长夫妇登船接受中医治疗后，对疗效赞不绝口："太棒了！你们有很好的医疗设备，有很好的医疗手段，有很好的医生。"

西班牙港市市长路易斯·李兴在亲自体验中医针罐技术后表示："我多么希望西班牙港市也有这样一支专业的中医队伍来为广大市民服务。我感觉中医和西医一样治疗效果明显，这次中医治疗体验加深了我对中医的认识。"

这天，张雅芳和战友们忙碌了一天。望着渐渐退去的人潮，她倚在栏杆上喘了一口气，抹了一把汗，愣了一会儿神。只见夕阳西下，天上的白云渐渐变成了红霞，挂在天际，每一朵都像是刚刚出锅的金色棉花糖，是那样丰盈、那样可爱。此时此刻，她的心中充满了甜蜜，脸上露出释然的笑容。

11月14日，是医院船在特多开展人道主义服务的最后一天。据统计，整个医疗服务期间共开展门诊诊治2969人次，利用CT、DR等先进设备为患者检查

1600 人次,实施手术 33 例,住院治疗 32 人。"和平方舟"号医院船在特多的医疗服务,受到特多政府和社会各界的广泛赞誉。特多参议院代理议长林迪拉·奥迪特女士说:"和平方舟是国际人道主义事业当之无愧的旗舰。"

特多国家安全部部长桑迪准将登船参观,他说:"和平方舟仿佛昨天刚到,明天就要走了。能不能多留些日子啊?"当得知计划难以改变时,他真诚地表示,"希望明年你们再次到访,我们的政府和人民欢迎你们。"

这天,此前一直未露面的特多卫生部部长科汉博士专程来了。他是一位知识型的医学专家和政府官员,只相信眼睛看到的事实。他上任时间不长,比较谨慎,登船参观后真诚地表示:"我来迟了,我来迟了。我们很多人对你们热情周到并且非常专业的服务感到非常满意。谢谢你们来到我们国家,你们对我们非常友好,医术非常高。"他随后又不好意思地说,"我为当初险些做出让特多感到颜面尽失的错误决定而致歉!我也很庆幸,最后没做那个会令人后悔一辈子的决定。"

11 月 15 日,科汉博士早早来到码头送行。在欢送仪式上,他将特多卫生部特意制作的刻有"感谢你们为特立尼达和多巴哥人民提供的无私医疗服务"内容的纪念牌,赠送给"和平方舟"号医院船。

望着渐行渐远的"大白船",科汉博士对中国驻特多大使杨优明、参赞王建群等人说:"我此次有个最大的遗憾,就是没有和中国同行同台做一次手术。"

"和平方舟"号医院船是在充满疑虑、障碍重重中来到特多,靠泊西班牙港的;在随后的医疗服务中,官兵们用真诚的关爱、热忱的医疗服务和高超的医术等,以实际行动赢得了就诊患者和当地民众的高度评价,也使得当地官员的态度从开始的疑虑、试探变为信服、敬佩,满载盛誉而离去的……

4. "关键时刻,中国伸出援助之手"

加勒比海波涛汹涌,热带气旋频发。2011 年 11 月 23 日,"和平方舟"号医院船劈波斩浪,避开了自然界的热带气旋,安全抵达哥斯达黎加蓬塔雷纳斯港,却赶上这里汹涌的麻醉师罢工潮,一种躁动不安的气旋笼罩在码头上空。

哥斯达黎加共和国,首都圣何塞。

蓬塔雷纳斯港是该国在太平洋的最大港口,位于尼科亚湾东岸,距首都圣何塞80余千米。2007年6月1日,哥斯达黎加与我国签署《建交公报》,承认世界上只有一个中国,并正式宣布与台湾"断交",结束了两者之间自1944年以来持续63年的"外交关系"。

哥斯达黎加在西班牙语中意为"富饶的海岸",其经济发展水平在中美洲名列前茅。这里的气候环境与其他地方截然不同,彻底颠覆了我们一年四季的划分。这里只有2个季节:雨季和干季。4月到12月为雨季,降雨多;12月底到第二年4月为干季,也称为夏季。

哥斯达黎加实施全民医疗保险制度,国民通常在公立医院看病。但是,由于发展不平衡,部分地区医疗资源匮乏,患者做一次手术非常难,甚至预约排队到一两年后。

在"和平方舟"号医院船停泊的蓬塔雷纳斯地区,居住着近26万人,却只有几名专科医生,想及时做手术非常困难。

11月15日,该国麻醉师协会因加薪问题与政府产生矛盾,组织全国麻醉师集体罢工。当地发行量最大的报纸《民族报》报道说,全国公立医院麻醉师罢工,截至报道刊发时已造成1596例预约手术被延误。

转眼罢工一周多了,矛盾双方都没有缓和的意思,患者及其家属忧心如焚。

什么叫"雪中送炭"?什么叫"急人之困"?什么叫"救难解危"?什么叫"济世救人"?这一连串成语涌进我的脑海,也代表了当时哥斯达黎加政府官员和民众的心情。中国海军"和平方舟"号医院船到来后,他们看到了希望,也寄予了厚望。

面对哥方的请求,任务指挥所庄重承诺:加大开展外科手术力度,尽全力为患者提供人道主义医疗服务。

海上医院也及时科学地调整了外科医生、麻醉师、护士分组,增加开展普通外科、肝胆外科、骨科、眼科等手术台次,医院船的8间手术室全部启动,以应对当前的局面。

没有半点儿耽搁,医院船靠港的当天下午,中国海军医务人员就立即奔赴前出医疗点萨拉波利医院,筛选手术病人,并后送医院船平台。当天晚上9时,我方医务人员就连夜开展了白内障、疝气等4台手术。

"中国军医来了,为患者免费治病并开展各种手术!"电视台等各大媒体迅速将这一喜讯传遍哥斯达黎加。全国各地的患者闻讯赶来,在后续的5天医疗服务时间里,纷纷拥入蓬塔雷纳斯,每天均有千余人在陆上前出医疗点和医院船主平台等待就诊。有些患者甚至花大半天乘坐各种交通工具赶到医院,昼夜排队等候治疗。

医院船主平台的门诊量与日俱增,每名医生每天接诊60人次左右,CT、DR等医疗设备更是超负荷运转。相较前几站,此站工作量最为繁重,门诊、手术、住院、大型设备检查等数据创下新高。

由于手术量增大,医护人员要24小时连轴转才能满足医疗需要。

那么,就让我们先把目光聚焦到萨拉波利医院前出医疗点服务现场。

只见分诊台前,中国医护人员细心地与患者们交流沟通、填写录入信息、分诊引导患者;引导护士们带领患者们匆匆来到就诊科室门前,然后又小跑着返回,带领下一批;患者们在骨科医生丁宇的诊室外排起了长队,人数早已超过了全天就诊的最大限额;眼科医生贾洪真在为第14名患者写完下睑板腺炎诊断后,才喝上第一口水;耳鼻喉科医生李进让午饭时间又为2名患者进行了鼻部检查,并安排将其转送到医院船进行鼻息肉手术;内科医生姜天俊整整4个半小时未离开过他的诊桌……

哥斯达黎加社保局官员何塞·安东尼奥坚守在萨拉波利医院前出医疗点,每天负责将医生确定的30位需要手术的患者送到医院船进行初筛。他激动地说:"在这个关键的时候、困难的时刻,中国医生为我们提供了人道主义援助,在一定程度上弥补了我们在外科手术上的损失,这种帮助是非常有价值的。我们的政府和人民永远不会忘记!"

为了解除患者的病痛,任务官兵夜以继日地工作着。官兵们用辛勤的付出拉近了中国与拉美民众的距离,加深了中国与拉美国家的情谊。

这是一份不曾张贴的这些天的作息表:

6时30分,起床;

7时到7时30分,分3批次吃早饭;

7时45分,门诊室内就位;

8时,开放门诊;

11时30分,吃午饭;

12时30分,门诊;

18时,门诊结束;

18时30分,吃晚饭;

19时,开展散步、打乒乓球、练太极拳等文体活动;

20时到21时,专家组讨论病例,确定诊疗方案;

21时到0时,夜间手术;

0时到2时,术后随访记录;

2时到6时30分,休息。

虽然这只是一组枯燥的时间数字,却是任务官兵们每天生活的真实写照。

说起那段忙碌的日子,普外科副主任陈森林既感慨又得意:"唯一的休息时间是吃饭和解手,还不到10分钟,马上又会被广播喇叭叫回手术室。每日的安排特别紧张,有时甚至都没有时间吃饭。"

在这次任务期间,陈森林主刀46例,成功率100%。说到手术,在当时的哥斯达黎加,手术是重中之重、急中之急。

我们现在回到医院船,回到主平台这个主战场,关注一下手术室里无影灯下的冲锋:

11月25日,主平台日门诊量首次突破1000人次,靠港60余个小时就开展手术25例。海上医院手术组主任、麻醉医生李军对前来采访的各国媒体记者说:"从昨晚到今天早晨,我们已经连续做了7台手术,白天还有10台手术。目前,大家的工作强度虽然非常大,但一定会把握好麻醉安全,把最好的服务带给哥斯达黎加人民。"

外科医生姜福亭上午出门诊,下午进行手术患者初筛,晚上连夜实施手术,每天睡眠仅有 4 个多小时。他有点儿疲惫地说:"等待治疗的患者非常多,他们对治疗的需求非常强烈。作为医务工作者,我们希望在有限的时间内,为更多的患者手术,解除他们的痛苦。"

一位叫加茜亚的 24 岁女孩,腰部时常疼痛难忍,当地医院检查出她有严重的腰椎毛病,可是,仅仅做一次 B 超或是心电图检测,就要提前 1 个月左右预约,手术的预约时间定在了 2013 年。

加茜亚忐忑不安地来到中国医院船,经过分诊,排队接受放射、B 超等初步检查后,海上医院安排她当天夜里做手术。她含泪带笑地说:"太好了,太好了!对于我来说是喜从天降,不用再忍受 2 年的痛苦了。中国医生安排我在先进的医院船上马上做手术,我感到非常开心。"

11 月 25 日晚上 10 时许,19 岁的小伙子艾尔兰德斯被推进手术室,海上医院骨科医生丁宇、罗旭耀为他做的是全麻腰椎手术。这是"和平方舟"号医院船投入使用以来难度最大的手术。

艾尔兰德斯是位大学生,酷爱足球,为自己祖国的国家足球队曾打入世界杯决赛圈而骄傲,崇拜被誉为"猎犬"的优秀前锋冯塞卡和万乔普。不幸的是,6 个月前,他在一次运动中被撞伤,特别痛苦,腰都无法弯,学业也被耽搁了。

天下同理,儿女是父母的连心肉。这半年来,母亲蓓蕾丝带着儿子去了很多公立医院,其中有一家医院告诉她,能通过手术治疗,但手术预约也是要排到 2013 年。

"啊,要 2 年呀!"蓓蕾丝望着儿子,既痛苦又无奈,她担忧儿子的病情在等待的 2 年间不知会发展到什么地步。

这天,她从电视上看到中国医院船正在为当地居民免费看病的消息,凌晨 4 时就带着儿子从居住的小岛划着小船出发了。

满怀的期待没有落空,医院船上的骨科医生丁宇全面认真地检查了艾尔兰德斯的病情和身体,认为必须尽快做手术。他和船上各位专家对病情做了充分讨论,会诊商榷,并对手术方案进行反复论证。

丁宇非常清楚这台手术的难度:"这是和平方舟投入使用以来进行的最复杂的手术。在医院船实施该手术难度高、风险大,要求术前检查、麻醉、备血及术后监护等各环节做到无缝隙衔接。术中主要难点就是摘除髓核,因为神经根跟椎间盘突出的髓核关系非常密切,我们需要把这个髓核摘掉,又不能损伤到神经。"

面对困难,面对风险,更需要一定的勇气和担当。

丁宇和战友们怀着对拉美人民的真挚感情,以过硬的专业素养和高超的医疗技术,一次又一次地迎接挑战。

手术进行中,一个意外的情况发生了! 由于蓬塔雷纳斯港特殊的地理环境,在手术最关键的时候,港口出现了退潮,引发船体晃动。

主刀医生丁宇暗叫一声"不好"。他知道,在晃动的情况下动手术,稍有不慎,就会损伤脊椎神经,导致患者下身瘫痪。他及时调整身体状态,确保手术姿态平稳,并与其他医务人员保持密切配合。与此同时,任务指挥所也紧急行动起来!

稳住,稳住,把船稳住! 副指挥员王仲才坐镇指挥,调动一切力量,采取有效措施;时任船长于大鹏冲进驾驶舱,对船体姿态进行及时调整,然后紧把舵轮;岸上,任务官兵们紧急加固缆绳;海里,几艘小艇奋力挺住大船……

3小时,惊心动魄的3小时,手术圆满结束! 丁宇等在场的所有医护人员都长长地舒了一口气。

一轮朝阳冉冉升起,苏醒后的艾尔兰德斯同样朝气蓬勃。他手术后感觉良好,在医生的指导下在病床上进行功能性锻炼,3天后就可以下床活动了。

艾尔兰德斯说:"手术以后,我感到一切都很好,希望身体能很快康复。"他表示,他想出院后快点儿去学校,他要去绿茵场上踢球,他要去创造新的生活,他还想拜访太平洋彼岸那个伟大的国度中国,去看看长城、大熊猫……

艾尔兰德斯家有8个孩子,他排行老四。对于母亲蓓蕾丝来说,儿子的康复使一家人松了一口气,他们将共同迎接美好的生活。她说:"这次手术为我们全家带来了美好的希望,我没办法用任何语言、任何物品来表达我的感激之情、感恩之心。"

她唯一能做的是打电话给丈夫,告知他艾尔兰德斯手术安全顺利的喜讯之后,让他把家里的其他 7 个孩子都带来,与主刀医生丁宇等医护人员在医院船上拍个合影,让他们永远记住中国及中国医生的恩情。

拉丁美洲民间有这样一段很有哲理的话:真正的朋友,不是那些在你得意时找你去出席派对的人,而是在你卧病在床时来到你身边帮助你的人。

"和平方舟"号医院船以"行胜于言"的实际行动,生动诠释着"雪中送炭"的中国道义。

在哥斯达黎加短短几天的人道主义医疗服务中,海上医院共为华侨华人及当地民众体检 381 人次,门诊诊治 6351 人次,住院 46 人,开展手术 79 例,进行各类仪器检查 2881 人次。

哥斯达黎加副总统路易斯·利伯曼在中国驻哥大使李长华的陪同下,专程来到医院船,看望术后患者,对中国海军军医表示真诚的感谢:"谢谢! 谢谢! 关键时刻,中国伸出援助之手。和平方舟此次到访哥斯达黎加,正如它的名字一样,通过提供人道主义医疗服务,展示了中国政府、中国人民和军队维护和平、关爱生命、增进友谊、推进合作的良好愿望。这让我想起了中国哲人老子的话'功成而弗居',以及后人所说的'行胜于言'。智者通过行动而不是言语来影响别人。虽然我们两国建交还不到 5 年,但你们的到访会使我们两国政府和人民的友谊更加牢固,联系更加紧密,特别是在推进两国防务力量之间的相互了解和各领事合作等方面,具有十分重要的历史意义,产生深远影响。"他还真诚地期望医院能多留些日子,继续帮助解决该国医疗方面的矛盾和困难。

但是,使命任务的行程已定,只能留下遗憾了。

我在随船执行使命任务时亲身感受到:"和平方舟"号医院船肩负大国道义,一次次鸣笛起航,每靠一港都留下传播和平友谊的"高光时刻",每到一国都掀起强劲的"中国潮流"。它的航迹,如同中国伸出的友爱之手,诚恳而舒适、温暖而有力,让中国同世界更加紧密地联系在一起。

11 月 30 日,"和平方舟"号医院船在哥斯达黎加政府和人民的依依不舍中,鸣笛起航,穿越浩瀚的太平洋,返回母港。

太平洋上不太平,有冷雨有热风,有惊涛有骇浪!

12 月上旬,"和平方舟"号医院船 2 次进入热带辐合带,冒着风雨疾行;

12 月中下旬,"和平方舟"号医院船 2 次受到冷空气影响,顶着狂浪返程……

太平洋上真是不太平!

A 卷

这是一个晴朗的早晨,鸽哨声伴着起床号。但是这世界并不安宁,和平年代也有激荡的风云。太平洋上不太平! 和平方舟在驶往美国圣迭戈的航程中,我们惊闻美舰艇在中国南海挑衅!

在"胜利之吻"广场那座巨大的雕塑下,在医院船留言簿上华侨华人炽热滚烫的话语里,我感慨万千……

第五章　太平洋上不太平

在我随"和平方舟"号医院船执行使命任务前,有战友这样对我说:"没有在太平洋上纵横驰骋过,不知太平洋究竟有多大;没有经过太平洋的洗礼,不知太平洋上的惊涛骇浪究竟有多高有多猛。"

我虽然不怎么晕船,但思想上迎接大风浪的弦一直紧绷着。

2015 年 10 月 24 日,"和平方舟"号医院船与法军进行一场联合演练后,驶离法属波利尼西亚海域。

出发时,风平浪静,一片澄澈,海水蓝得醉人。我听船上管气象的战友说,到下一站美国圣迭戈的航程,基本上没有大风浪。闻听此言,我的心情放松下来,与整条船的氛围很相符。

经过 3 天的航行,10 月 26 日,我们将再一次过赤道,从南半球回到北半球。

离过赤道还有十几分钟,我和许多同志早早来到飞行甲板上,等待那一刻。

一位浪漫的同志想了个点子,他把在"大溪地"买的几个橘子剥开,分给我们每人两瓣。他说,这橘子瓣儿像小脚丫。

10 月 26 日 17 时 41 分,大家齐声喊:"再见,南半球!"往后扔下一瓣。17 时 42 分,大家一起吼:"来了,北半球!"往前扔下一瓣。南北半球各扔上一瓣,以表明我们在两边都留下了脚印。

一时间，飞行甲板上很是热闹，笑声一片。我用手机拍下了战友们嬉笑欢乐的场面，也让一位战友替我留下了过赤道的瞬间。

这个季节，医院船由南向北疾驰，天气也渐渐有了凉意。在扔下"脚丫"之后，我在闲谈中对医院船政委姜景猛讲，出访美国这个世界头号军事强国，它可别骄横地给我们个"透心凉"。

一语成谶，不幸被我言中。

1. 美军在南海兴风作浪

10 月 31 日，天时晴时阴。我们的"大白船"，有时从一片乌云下驶过，淋上一阵"过路雨"，更显得透亮秀丽。

这几天风浪渐渐大起来，船有点儿摇晃。但对于常年生活在海上的医院船官兵们来说，这点儿风浪确实不算什么。

雨后的清晨，一道彩虹挂在天边，显得那样艳丽，转瞬就消失了，又是那样短暂。我急忙掏出手机抓拍，却只留下一抹残影，内心深处发出一声感慨：人间绝美都是短暂的，但也正因短暂才显得更加美妙，宛如人的青春。

屈指算算，到美国圣迭戈的航程已经过半。我静静地站在飞行甲板上，盘算着如何开展到达下一站后的工作。

这个时候，医院船副政委陈洋阳跑来叫我："沙老师，快点儿，紧急会议。"

在船上，我和陈洋阳接触得较多。我们一起办任务特刊《和平方舟报》，我参与他组织的各种文体活动等。这是一位 80 后年轻军官，瘦高个子，非常有活力，来自湖北兴山。他平时脸上总是洋溢着亲和的笑容，可今天一脸严肃。

我问："什么事这么急？"

"很快你就知道了。"他急匆匆地说，急匆匆地往回走，不，是一路小跑。

我们跑进会议室，一种压抑的气氛笼罩着在场的每一个人。我还隐约听到一两声愤怒的斥骂。这是怎么了？

我忐忑不安地看了看周围的战友，他们个个脸上阴云密布，简直能拧出水来。

我找到放有自己姓名牌的位置,人还没坐稳,吴成平就把一份传真电报复印件递过来。

上面赫然印着新华社向全世界发布的消息——《吴胜利与美国海军作战部长视频通话　对美舰擅自进入我南沙群岛有关岛礁邻近海域表示严重关切》:

新华社北京 10 月 30 日电(记者吴登峰)　中央军委委员、海军司令员吴胜利 29 日晚与美国海军作战部长约翰·理查德森海军上将视频通话,对美海军舰艇 27 日擅自进入中国南沙群岛有关岛礁邻近海域事件表示严重关切。

吴胜利指出,美方不顾中国政府多次交涉和坚决反对,派出"拉森"号导弹驱逐舰,擅自进入中国南沙群岛有关岛礁邻近海域,美方的这种行为威胁了中国主权和安全,损害了地区和平稳定,极具危险性、挑衅性。中国海军舰艇从两国关系大局出发,多次运用《海上意外相遇规则》对美舰进行了提醒警告,但美舰依然置若罔闻,中国海军对此表示严重关切。

吴胜利强调,中国对南沙群岛及其附近海域拥有无可争辩的主权,这是中方的一贯立场,也是众所周知的事实。中方在南沙进行岛礁建设,是在我们自己的领土上开展的,是中方主权范围内的事,是完全合情、合理、合法的,不针对、不影响任何国家,不会对各国在南海享有的航行和飞越自由造成任何影响。事实上,南海航行自由过去不存在、现在不存在、将来也不应存在任何问题。航行自由原则没有赋予任何国家损害他国的主权与安全的借口和特权,美方不应将自己的主张强加给他国,不能借维护航行自由之名,行侵害他国权益之实。如果美方一意孤行,继续无视中方关切,我们将根据需要不得不采取一切必要措施,维护中国主权和自身安全。

吴胜利指出,根据包括《联合国海洋法公约》在内的相关国际法,各国在享有相应航行和飞越自由时应正常航行,且充分尊重沿海国主权和安全利益,而非炫耀武力,对沿海国进行威胁及恫吓。如果美方继续进行这种危险的挑衅行动,双方海空一线兵力之间极有可能发生严重紧迫局面,甚至擦枪走火。希望美方珍惜中美海军之间来之不易的良好局面,避免类似事件再次发生。中美两国海军在南海有着广阔的合作空间和潜力,应共同为维护南海地区的和平与稳定发挥积极作用。

理查德森表示,美国舰艇在南海海域的和平通过,是其全球"航行自由"行动的一部分,是遵循国际法和国际惯例的,不针对任何一个国家,更不针对中国。美方在南海的立场是一贯的、明确的,不选边站队。美中海军高层沟通很有必要,希望未来能够继续推动两国海军关系进一步发展。

我一目十行地看完这篇新华社新闻通稿,心情异常沉重,也很震惊、很愤怒,甚至也想骂人,美军又在南海兴风作浪了!

太平洋上不太平,大海无风三尺浪,这是自然界的现象。同样,我们居住的这个星球也不太平,硝烟战火时常弥漫,和平需要坚定地守护。

和平,人类的梦想;和平,中国的追求。

在一步一个脚印走近世界舞台中央的同时,中国坚定地扛起一个负责任大国的和平担当。"和平方舟"号医院船就是传播和平理念的光荣使者,任务官兵就是这一担当的有力践行者。

紧急会议之后,各部门分别召集任务官兵进行传达,统一思想,面对出访中突然出现的复杂和不稳定因素,讨论研究应对方案等。

这晚,我失眠了,翻来覆去怎么也睡不着。这个夜晚实在太漫长,我索性穿衣来到甲板上,双手握住护栏,向着夜空凝望。

天上没有星辰,也没有月亮。夜空与海面无缝接合,真黑,黑如浓墨。我想,这世界太复杂,人心太复杂。有的国家、有的人看不得他国、别人比自己好,比自己强,心比这黑夜还要黑。我们的"大白船"依然坚定地破浪前行。我的耳畔掠过呼呼的风声和澎湃的涛声,宛如激昂的军号声。

虽然我们参加的是"和谐使命"任务,但军人的血性依然沸腾燃烧,战士的风骨依然挺立高昂。如果有一天,有人把战争强加在我们头上,我们一定会义无反顾地出征。要知道,战斗是为争取和平,同样是为和平护航!

　　就在我陷入无边的遐想时,一首歌突然从我脑海里蹦了出来,与从我耳畔掠过的风声、涛声合为一曲雄壮的交响曲:

　　　　这是一个晴朗的早晨

　　　　鸽哨声伴着起床号音

　　　　但是这世界并不安宁

　　　　和平年代也有激荡的风云

　　　　看那军旗飞舞的方向

　　　　前进着战车、舰队和机群

　　　　上面也飘扬着我们的名字

　　　　年轻的士兵渴望建立功勋

　　　　准备好了吗

　　　　士兵兄弟们

　　　　当那一天真的来临

　　　　放心吧祖国

　　　　放心吧亲人

　　　　为了胜利我要勇敢前进

　　　　准备好了吗

　　　　士兵兄弟们

　　　　当那一天真的来临

　　　　放心吧祖国

　　　　放心吧亲人

　　　　为了胜利我要勇敢前进

　　　　……

　　哦!我在不眠中迎来了一个晴朗的早晨……

2. 甲板上的外交辞令

11 月 3 日,一个晴朗的早晨。中国海军"和平方舟"号医院船顺着美国海军基地的边沿,缓缓驶进圣迭戈港。我站在驾驶舱外面的空阔处向四处观望:一侧是美国的直升机机场,直升机密密麻麻如蜻蜓般起降着,不远处停着一艘在修航母,再往远处看,"中途岛"号航母展览馆映入眼帘;另一侧是浅浅的海湾,停满了五颜六色的各种帆船……

10 时靠码头,美方派出了军乐队,不失礼节,奏两国国歌。美海军西部卫生司令部司令格林汉姆海军少将和"仁慈"号医院船船长等一些军政官员前来迎接。双方握手寒暄,气氛虽不热烈,但还是比较友好的。

圣迭戈是一个太平洋沿岸城市,是美国加利福尼亚州第二大城市,也是美国第七大城市,位于该州南端圣迭戈湾畔,民间常译为"圣地亚哥"。

圣迭戈港系世界著名的天然良港之一,为美国海军太平洋舰队最大的综合性作战基地,也是美国本土的第二大海军基地,位于圣迭戈湾的中部,成为美西南部的海上门户和重要屏障,控制着太平洋东部海域,战略位置十分显要。

圣迭戈的战略位置决定了此地海军驻军繁多,美海军第三舰队司令部、太平洋舰队水面舰艇部队司令部、航空兵部队司令部、训练部队司令部、海军特种作战司令部等上百个指挥机构在这里建立。由于第三舰队司令部及所属许多部队驻扎在此,舰队半数以上的舰艇,包括航空母舰、核潜艇等都以此为母港。

有人称这里为"水兵之城",还有人称这里为"海军航空兵的诞生处"。为了纪念这个城市,在役的数艘美国海军军舰以"圣迭戈"命名,最新的"圣迭戈"号是一艘两栖船坞运输舰。

实实在在地讲,在我"和平方舟"号医院船对圣迭戈进行为期 5 天的访问期间,双方军人的交流还是正常的,各种安排也是饱满和妥当的。

我方精心组织舰艇开放日活动,在船上举办了具有中国文化特色的甲板招待会。任务指挥员管柏林一行在我驻美大使馆吴玺公使的陪同下,还拜会了美方军政官员。任务官兵赴圣迭戈州立大学孔子学院和退伍军人医疗中心举行文化联谊活动等,全面展示了我负责任大国务实合作、开放自信的良好形象,在美国军政界及民众中引起强烈反响。

美方在海军反潜中心举行了欢迎招待会,组织人员分批来"和平方舟"号医院船参观等。几天来,美方还安排我任务官兵分批赴圣迭戈海军医疗中心、水面作战医学院、海军卫生研究中心参观,就医学和文化领域等方面进行了交流。

到了圣迭戈港,肯定要去参观美国海军的医院船,"仁慈"号医院船就停泊在这里。

我们分批登上了这艘巨轮。"仁慈"号医院船由一艘超级油轮改装而成,满载排水量高达7万吨,最大航速20节,拥有床位1000张,各种医疗设施先进齐全。"仁慈"号医院船于1987年服役,是美军现役的两艘医院船之一,也是世界上最大的医院船之一。

上船之后,双方的医护人员必定进行一些交流。由于刚刚发生"南海事件",虽然彼此尽量避开,不谈这个话题,但心中还是有了阴影,说的都是些外交语言,比如互相夸赞一下对方的医院船、医疗设备和医疗技术等,医疗学术交流也比较浮泛,总给人一种放不开、有戒心的感觉。

11月4日到6日,我方医院船组织舰艇开放日活动,接待了1000多人次登船参观,并为中国驻美使领馆工作人员、家属安排体检,为中资机构人员、华侨华人、留学生进行常见病诊疗。

11月5日上午,我留在船上,也算新闻值班,随时留意新闻线索。

中医诊疗室依然是热门,李伟红、马广昊、沈红星等人忙得不亦乐乎。

10时许,一位美国老人来到中医诊疗室,事后得知他叫布拉斯·米歇尔。他上个月不慎滑倒,手撑地时拉伤了肌肉,一直疼痛,肩膀也不敢活动,上船后主动要求中医治疗。

中医李伟红为他治疗,针灸、拔火罐双管齐下,效果还真不错。

布拉斯·米歇尔接受治疗后惊喜地问:"我吃了不少药,也去了不少医院,都没有解决问题,而你这小针、小罐却这么神奇,在很短的时间里就让我疼痛减轻了,肩膀也能活动了,这是为什么?"

李伟红笑着给他解释:"我们中医讲究通,经络通,血液通,痛则不通,通则不痛。我用这些中药理疗器具给你做了调理,使你身体内部各方面畅通了,所以疼痛就减轻了。"

布拉斯·米歇尔似乎听懂了,使劲地点点头。然后,他兴致勃勃地到医院船各处去参观。

在此期间,美国《圣迭戈联合论坛报》的2位女记者一直以游客的身份进行采访。后来,又上来2名扛着摄像机的电视记者。他们看我年龄大、军衔高,以为我是领导,找到我要求采访。

这时,我看到海上医院院长孙涛在巡视各个科室,正巧迎面走来,就把这难缠的差事推给了他。

孙涛苦笑了笑,也不好推辞,只好把他们带到04甲板空阔处,来一个现场答记者问。

一个名叫珍妮特·史迪尔的女记者直截了当,上来就问敏感话题:"前不久,中美两国海军在南海发生了冲突,你们医院船为什么还来美国访问?"

孙涛回答:"我们来访是按计划进行的,是中美两国早在年初就定下的。况且中美两国军队和人民都热爱和平,希望浩瀚的太平洋能架起友谊的桥梁。"

"这次冲突,对你们的出访有没有影响?"

"我们这次出访是为和平而来,为友谊而来,为合作而来,为交流而来。我们出访的目的很明确,愿望也很真诚。这几天,我们与当地政府、军队、人民进行了广泛的接触,他们都很友好,所以说没受大的影响。"

"中美是世界上两个最有影响力的大国,在今后发展的道路上,必定有各个方面的利益冲突。请问,如果发生对抗,会不会更激烈、更严重,甚至发生局部战争?"

孙涛看了看这个女记者,长吐了一口气,很认真也很严肃地说:"对于这个问题,我不好预判,也不好回答。我只是个医生,一名中国海军军医。我们的习主席讲得非常清楚:世界好,中国才能好;中国好,世界才更好。天下太平、共享大同,是中华民族绵延数千年的理想。我们的政府,我们的人民,我们的军队,都为实现这个理想努力着、奋斗着。我们的领导人在不同场合多次讲过,太平洋足够大,容得下中美两国和军队。我前面也已经说过,我们医院船这次出访圣迭戈,就是想通过交流合作、对话沟通,增强两国军队的互信和友谊。但是,有一点非常明白,在事关中国主权、统一和领土完整的问题上,中方没有任何妥协退让余地,希望美方尊重中方核心利益,不要挑战中方的红线。"

这时,一直站在旁边静听的布拉斯·米歇尔老人突然走过来插话道:"这位长官的话我听懂了,中美两国就是要多交流,有什么事商量着来,多沟通,别产生误会。刚才那位女军医给我治病,对我说中医讲究通,不通则痛。你们看,她给我通了,我的肩膀也不痛了。"说着,他还很得意地摇了摇受过伤但经过中医治疗已经好转的肩膀。

人们听了他的这番话,笑了起来,这让本来紧绷的气氛有所缓和。

布拉斯·米歇尔老人却没有笑,很真诚地说:"你们别笑。两国军队和人民都不希望打仗,都想过太平日子。战争是很可怕的,打仗是要死人的!"

孙涛听后点点头,说:"这位老兄讲得很对。天下一家,人类同心,敞开怀抱,彼此理解,善意沟通,求同存异。这样,世界上的许多问题就都迎刃而解了,许多事情也就好办了。"

在这场不怎么正规的记者招待会上,孙涛的回答虽然都是些标准性的外交语言,但很得体、很有力。此后,当记者的问题转向医院船设备、医护人员等技术性问题时,他回答得更加得心应手、收放自如了。

第二天,珍妮特·史迪尔在《圣迭戈联合论坛报》上报道美国人迈克·布拉斯金登舰参观,并亲身体验中医疗法时这样写道:布拉斯金一边拔罐,一边盛赞中美两国的交流给普通百姓带来了实实在在的好处。"太棒了,"他说,"美中两国只要不对抗,保持交流,两国关系就能健康发展,这对我们两国人民来说就是好事。"同时,他还对中医治好了布拉斯·米歇尔老人的肩伤给予了高度赞扬。

3. "胜利之吻"雕像下的遐思

11月5日下午,我结束了新闻值班任务,没什么大事,就请假下船走上码头。"和平方舟"号医院船所靠码头的另一侧,就是"中途岛"号航母展览馆,几分钟就能走过去。

在不远处的岸边绿地上,高高地矗立着"二战结束之吻"雕塑,它也被称作"胜利之吻"。所以,人们不约而同地把这里称为"胜利之吻"广场。这座巨人的雕塑,再现了二战胜利时,一位水兵紧抱一个白衣女护士相吻的场景。许多人都知道,这座雕塑取材于一幅著名的新闻摄影作品。

那是1945年8月15日,纽约时代广场上的人们从广播里听到日本投降、第二次世界大战结束的消息后,顿时沸腾起来。人群中,一名水兵和一名白衣护士萍水相逢,他们相拥在一起,深情相吻。这个吻,不是普通男女的自然本能之吻;这个吻,是一种精神层面的升华之吻。它浓缩了人类对反法西斯战争胜利的内心喜悦,它反映了人们对和平终于到来的情感宣泄。这种喜悦发自内心,水到渠成;这种宣泄恰如其分,无比圣洁!此情此景,正好被摄影师阿尔弗雷德·艾森施泰特及时捕捉了下来。水兵和女护士那种因战争胜利而欢喜异常的心情、忘乎所以的举动,给人以深深的感动和震撼。

这张照片被誉为"二战结束之吻"或"胜利之吻",曾经传遍全世界,也感动全世界。这座"胜利之吻"雕塑,也成为圣迭戈港的标志。我在这座雕塑前流连忘返,从不同角度拍下了许多张照片,也请人帮我与这座雕塑合影留念。

而后,我顺着以鹅卵石铺成的小径往里走,一个声音在吸引着我。这声音来自遥远的过去,仿佛穿越时空,带我回到了当年。这声音是两个人的,在不断地循环播放:一位是二战期间美国最有名的播音员鲍勃,他正在向民众广播振奋人心的二战胜利消息;一位是时任美国总统的罗斯福,他在发表宣布战争胜利的广播演说。

在这声音的环绕下,一组反映战时的雕像栩栩如生。这组雕像反映的是圣迭戈当地当时的情景：一群刚从航空母舰上下来的水兵正在驻足聆听，这里面有刚下飞机的战斗机飞行员，有跪在地上的战地女护士，有挂着双拐的士兵，有坐在轮椅上的伤员，还有海军官兵和陆战队队员，他们脸上都流露着对和平的期待。

我往后面走，继而看到，在这组雕像的背面，还有一座呈"V"字形、刻着文字的黑色矮墙，这是美国海军名将克利夫顿·斯普拉格将军纪念碑。二战期间，太平洋上美日决胜莱特湾的关键之战，就是克利夫顿·斯普拉格少将指挥的。美军第七舰队所属的 3 个护航航空母舰大队，起到了扭转战局的重要作用。

我离开"胜利之吻"广场时，夜幕已悄悄降临。回头再看，这里似乎被黑暗凝固了。"中途岛"号航母的影子黑压压地倾斜过来，让人产生喘不过气的感觉。好在灯及时亮了，不停地闪烁着，让那些雕像时隐时现。

我往回走，边走边想。我在想，这里是浓缩的历史，但又残酷地映照着现实。

我甚至有点儿不敬地觉得，美国的某些人似乎不太珍惜无数人用生命换来的和平。二战结束后，他们变幻着各种旗号，编造着各种理由，挑起一次次战争。随便举几个大家耳熟能详的例子，诸如朝鲜战争、越南战争、海湾战争、阿富汗战争、伊拉克战争、叙利亚战争等，似乎世界上的绝大多数冲突中都有美国大兵的影子。虽然美国建国只有短短 200 多年，但它没有参与打仗的日子，屈指可数。

我在想，人们都渴望和平，可某些人为什么背道而驰呢？究其根源，是一小撮战争贩子操纵着武装力量这部残酷的机器，热衷于所谓的"冷战""热战"，频频挑起争端，发动战争，侵略他国，绞杀着人类对和平的渴望。其终极目的，是掠夺世界财富；其险恶用心，是霸占全球资源。

我甚至为雕像中的那对青年男女悲哀，他们的勇敢举动、美好心情、圣洁之吻被人破坏了、歪曲了、玷污了。

在这个庆祝胜利、诉求和平的广场上，我在心里大声疾呼：善良的人们，警惕啊！要携手合作，制止恶行；勿忘过去，珍惜和平！

4. 为祖国骄傲的海外游子

在我们医院船 01 甲板进口处,舱室门的内侧放着一张方形小桌,每当开放日时,这上面就会摆上两本留言簿,供上来参观的人员签名留念或留言。

在每个开放日结束的晚上,我都会翻阅一遍,看看上面写了些什么。

从"胜利之吻"广场回来后,我又捧起了留言簿,被上面炽热的语言深深感动了:

"中国强大,海军强大,中国人在世界上才能堂堂正正做人!"这是一位名叫王印其,特别注明 72 岁的老华侨的感慨。

"在美国的港口见到祖国的舰船心情非常激动,我们一定能建成强大的海军!"这是一位署名"老水兵的后代张江淮"的华裔的心声。

"非常感动中国的强大,24 时赶到,就是为了看一下和平方舟。祖国强大,我们自豪!"这是孟海鸣、秦绍林 2 位旅美华人共同留下的感动……

正当我沉浸在这感动中时,一个声音唤醒了我:"沙老师,您回来了?"

我抬眼一看,一对伉俪正笑吟吟地看着我。男的叫周缵方,女的叫周月初,夫妇俩移民墨西哥已经几十年了。我们是同年代生人,他们虽比我大几岁,但显得很年轻。听说中国海军"和平方舟"号医院船访问美国圣迭戈,他们就提前过境来迎接。在医院船靠港那天,我们认识了,并且一见如故。

周缵方先生穿着一身合体的西装,浓密的黑发下方正的脸庞显得"很中国",沉稳的气质里透着高雅,高高的个子、魁梧的身材,乍一看像个北方汉子,但带有广东一带的口音,柔和似水,给人一种亲切感。

我放下留言簿,上前和他握手,问道:"周先生,您怎么还没回去休息?"

"你们明天就要离开美国去墨西哥了,真有点儿舍不得。本来我正好可以尽尽地主之谊的,但不巧,我这几天在美国还有一些业务要处理,回不去,实在对不起老弟了。"他说话总是这么客气,待人接物非常热情。

我忙说:"没关系的,没关系的,等你有机会回国,在北京咱们再聚。"

"好! 一言为定,咱们北京见。你可不能忘了我,不能忘了在遥远的大洋彼岸还有一位炎黄子孙!"

我郑重地点点头。

2019 年 10 月,周缵方先生应国家有关部门邀请,回国参加活动。我们兑现了诺言,相聚在北京。那天晚上,我们都有点儿激动,频频举杯,颇有点儿"老夫聊发少年狂"的感觉,一直聊到很晚,才依依不舍地分手,相约有机会再聚。

周缵方先生是侨界成功的跨国企业家和著名的社会活动家,在墨西哥和美国拥有多家产业,任墨西哥巨龙实业公司、美国龙泉实业公司的总裁。此外,他还兼任多个社会职务:墨西哥西北地方中国和平统一促进会副主席、墨西哥西北地方华商总会副会长、墨西哥洪门民治党主席、中墨友好促进会主席、美国英端工商会圣地亚哥分会会长、第一届世界致公联谊会常务理事等。说起他的经历,颇有点儿传奇色彩:

1952 年,周缵方出生在广东开平百合镇光汉村的一个农民家庭。20 世纪 70 年代初,他高中毕业回村种地,与周月初相恋结婚,并育有二子。

周月初的娘家百合镇仁兴村在那一带很有名,是名副其实的侨乡,家家有移民,目前在国外的人数比留在村里的多 1.5 倍,被称为"世界村落""墨西哥村"。

说起村里的移民,不得不说到周月初的祖父周城耀。那是在 1920 年,如今算算已经有百余年了,少年周城耀随人出国谋生,来到墨西哥,在餐馆打工,是村里第一个走出去的人。经过几十年的奋斗,他成了家,有了四个儿子,当了老板,成为当地知名的华人富翁。老人家心中始终有一股浓浓的华夏情,不忘故乡这个根。在 20 世纪四五十年代,他做出了一个惊人之举:出资帮村里每家每户移民一人到国外,开仁兴村移民的先声。然而,就在他忙着帮别人办移民的时候,他却把还没成年的大儿子送回国内,到村里当农民。后来,大儿子在国内成了家,有了孩子,这才有了周月初和邻村周缵方的相识相恋,促成了一段金玉良缘。

中国改革开放,周缵方夫妇随着人潮走出去,前往墨西哥下加利福尼亚州首府墨西卡利市,投奔周月初的祖父周城耀。

周城耀对孙女和孙女婿的到来当然非常高兴,让他们住在家里,请来西班牙语老师给他们上课,为他们今后谋生打下基础。但是,老人家并没有因为他们是至亲,白养活他们,而是让他们和普通打工者一样,从最基础的干起,自己挣钱养自己。周缵方到餐馆学做厨师;周月初当杂工,端盘子、洗碗、择菜。

周缵方对爷爷的安排非常理解,也非常感恩。是他老人家给了他们一家落脚之处,让他们有了移民和打工资格,他常用自己的奋斗经历激励他们不懈努力,创造辉煌未来,他们从他身上学到了不少做人做事的道理。

当时,夫妇俩的月工资加起来仅有250美元,除去孩子的学费,所剩无几,但他们省吃俭用,开始了点点滴滴的原始积累。

周缵方在打工过程中不断积累经商经验。从厨房订货、切配打荷到掌勺大厨,从大堂站台、迎宾、为客人结账到财务管理,他努力学习,认真做事,几年工夫,便掌握了餐馆的整个流程和管理。

1987年,夫妻俩以分期付款的方式,在墨西卡利市开了第一家属于自己的中餐馆。1988年,周缵方来到美国圣迭戈,在那里开了他的第二家中餐馆。1990年,周缵方又转到墨西哥蒂华纳市发展,开了一家中型酒家。他一边继续经营餐饮业,一边进行美墨边境贸易。

到2002年,周缵方夫妇经过不懈打拼,将餐馆扩展到四家,其中最大的“碧湖酒家”,面积达4500平方米,还拥有相同面积的停车场。另外,他们开了蒂华纳市第一家占地35000平方米的华人实业商场。与此同时,他们还成立了建筑公司,拉起了施工队伍,开始在美墨边境买地,进军房地产业。周缵方成功了,可谓顺风顺水,事业有成。

为了回报祖国,促进两国邦谊,2010年9月,周缵方创立了中墨友好促进会,随后又成立了下属的慈善基金会。他说:“能为中国的发展贡献一份力量,这是我人生中最有意义的一件事,也令我感到非常自豪。”

关注贫困地区,心系故园建设,捐助失学儿童,支援抗震救灾……周缵方用一个个善举赢得了海内外各界的钦佩,得到了国家各级部门的肯定和赞扬。他曾应邀回国参加庆祝新中国成立55周年、60周年、62周年、65周年、70周年活动,以及国务院侨务办公室和中国致公党等举行的活动,先后受到了胡锦涛、习近平的接见。

我们在圣迭戈访问期间，认识了好多位和周缵方夫妇一样的华侨华人。

"祖国的医院船来啦！"华侨华人们奔走相告。在圣迭戈生活了 17 年的蔡丽薇得到消息后，第一时间赶来迎接。

那几天，"和平方舟"号医院船就停靠在"中途岛"号航母对面，全程举行开放日活动。虽然身躯不及航母庞大，但它以洁白的船体、飘扬的满旗和醒目的大红十字，吸引来自世界各地的游客。

"'中途岛'号是战争的印记，'和平方舟'号是和平的象征。"蔡丽薇每天都会准时赶来，为外国友人当志愿引导翻译，结束时她总会强调这么一句话。她觉得，能让更多外国友人感受到中国发展是为了和平，而不是扩张，很有意义。

蔡丽薇的话，不仅是海内外中华儿女的共同心声，更是无数旅居海外的华侨华人的自觉行动。

11 月 7 日，"和平方舟"号医院船完成出访美国圣迭戈的任务，前往墨西哥阿卡普尔科港。

每一次离港，看起来千篇一律，告别、送别、祝福的话语、再见的期待……可对于我及每一个任务官兵来说，每一次都是"别是一般滋味在心头"。

我着装整齐地挺立在舷边，向前来送行的美方人员及我国驻美使领馆人员，向周缵方夫妇、蔡丽薇等华侨华人挥着手。这时，完成解缆、起锚组织任务的枪帆部门长曾付站到了我身边。

他是山东高密人，高高的个子，很精干，1983 年出生，2002 年考入军校，2006 年毕业分到海军部队，2011 年 5 月到"和平方舟"号医院船任职，多次执行"和谐使命"任务。这是位已经当了父亲的年轻中校军官，采访他时，说到刚刚 2 岁的女儿曾小可，那可是幸福满满；说到妻子剖宫产时，他却因出海执行任务，不能陪在妻子身边而内疚不已……

就在我们不停挥手之时，他突然对我说："沙老师，你看。"顺着他的视线，我扭头看到这样一幕：码头上，一对老夫妻带着两个儿童，正奋力追赶我们医院船……

船渐行渐远,我们停下了挥动的手臂。曾付长长地叹了一口气:"唉——这可真是,正像前些年一部电视剧片头曲里的那两句歌词,'千万里我追寻着你','在梦里你是我的唯一'。日月流转,山高水远,隔不断中华儿女爱国的心!"说这话时,他的眼圈红了。

我听着他富有文采的话语,心中一动,向他提议:"你把今天看到的这一切写下来,我给你发在《和平方舟报》上。"

他郑重地点点头,说:"好的,保证完成任务!"

第二天一大早,他就把一篇题为《望乡》的稿件交给了我,我一字未动,刊载了出来:

2015年11月7日上午10时10分,美国圣迭戈。刚刚结束访问的中国海军"和平方舟"号医院船解缆完毕,正准备离港。此时,只见码头大门外面急匆匆赶来一对满头银发的老夫妻,还带着两个四五岁的小孩。他们看上去应是祖孙关系。老太太体态较胖,有些驼背。老爷子着装庄重整齐,腿脚有些不方便。

伴随着汽笛一长声,和平方舟开始缓缓向外移动。

大约300米外,那对老夫妻发觉有点儿不对劲,便迈开略显沉重的步子追了起来,一边追一边挥手,像是生怕错过了这艘船。

或许是因为和平方舟不舍得这么快就离开圣迭戈,也或许是因为这对老夫妻想让我们再等等他们,和平方舟竟然没有像往常那样加速前进。

这对老夫妻终于赶到了码头边上,兴奋地挥动着双手,与和平方舟合影留念,还不时地向两个小孩说着什么。他们好像忘记了自己的年龄,经过300多米的奔跑,竟然看不出有丝毫劳累。

和平方舟渐渐远离,他们又随着送别的人群追了过来,老太太还一个劲地向和平方舟飞吻,一直追到了岸的尽头,眺望着和平方舟,久久不愿离去。

我不知道他们是什么时候离开中国,什么时候移居到圣迭戈的。但是,他们的行为让我感觉到:他们看到的和平方舟不仅仅是一条船,还是亲人,是祖国。

或许,这就是千百万海外中华游子的落叶归根之情吧!

看着曾付的这篇稿件,想着昨天发生的事情,我心中感慨良多:让和平的薪火代代相传,让发展的动力源源不断,让文明的光芒熠熠生辉,是各国人民共同的期待。"和平方舟"号医院船,这艘闪耀在世界舞台上、航行在五洲四海的"中国之舟",它为和平而生,向和平而去;它为医治而生,向救助而去;它肩负着中国道义,彰显着中国担当。

这让我想起了老战友刘文平给我们《海军文艺》杂志提供的稿件《和谐使命赋》。我们是山东老乡,他曾是我报社的同事,全程参加了"和谐使命-2013"任务,并将出访中采写、创作的新闻、文学作品汇编成《医帆济世——一名军事记者随和平方舟赴亚洲八国医疗服务手记》一书,并赠送给我一本,出访时我带到了船上。

在那篇赋中有这样一段:

一路航行,十分豪迈,百倍风采,千番锤炼,万般雄阔。和谐使命浓缩中华民族和平发展之胸襟,任十万里航程奔来眼底,气象万千;和平方舟凝聚华夏儿女伟大复兴之梦想,踏三大洋波涛云蒸霞蔚,气势磅礴……

我们"一路航行,十分豪迈,百倍风采,千番锤炼,万般雄阔"地朝着墨西哥阿卡普尔科港进发……

B卷

一路航行,十分豪迈,百倍风采,千番锤炼,万般雄阔。2013年6月,和平方舟再次起航,赴亚洲八国开展医疗服务。一个个孩子纯真的眼神、一张张患者欣喜的笑脸,以及留在异乡的抗战老兵和柯棣华大夫的亲属,人们表达着对中国政府、人民和军队的感激之情……

第五章　睦邻友好,守望相助
——"和谐使命-2013"

长风破浪会有时,九万里风鹏正举。高擎强国旗帜,扬起强军风帆,驶入报国洪流,和平方舟再谱中国海军奋进之歌、和谐之歌、战斗之歌、胜利之歌!

这是刘文平随"和平方舟"号医院船执行"和谐使命-2013"任务时撰写的那篇《和谐使命赋》的结尾。

2013年6月10日,"和平方舟"号医院船再次起航,任务指挥员沈浩、陈显国,副指挥员管柏林、潘志强、孙涛,率领413名官兵,执行党的十八大后中国海军的首次军事外交任务。

1. "这是一艘名副其实的'明星舰'"

睦邻友好,守望相助,是中华民族的传统美德。"和平方舟"号医院船参加的一些实兵演练,均与人道主义援助救灾有关。

2013年6月16日下午5时45分,"和平方舟"号医院船驶进文莱首都斯里巴加湾市穆阿拉港。我国驻文莱大使郑祥林、文莱国防部常务秘书阿斯马扎、海军舰队代理司令拉赫曼以及华侨华人、中资机构代表和当地民众在码头迎接。

"和谐使命-2013"任务与我参加的那次任务类似,分两个阶段,先是联合实兵演练,后是前往亚洲其他七国访问并提供医疗服务。

文莱达鲁萨兰国,简称"文莱",位于东南亚的婆罗洲北岸,国名中含有"和平之邦"之意,国徽底部红色饰带上的文字意为"和平之城——文莱"。

"和平方舟"号医院船到访文莱,首要任务是参加"10+8"东盟防长扩大会机制,以及人道主义援助救灾和军事医学联合实兵演练。靠港的第二天,指挥员沈浩、时任船长于大鹏就参加了开幕式。

联演一小步,和平一大步。此次联合演练意义深远,是亚太国家为构建地区安全合作机制所进行的新探索,有利于提高各国在非传统安全领域务实合作水平。中国海军走出国门,在国际舞台上传播习近平主席"和平、发展、合作、共赢"外交新理念,有利于提高中国军队完成多样化军事任务的能力,既是难得的机遇,也是严峻的挑战。

6 月 19 日,穆阿拉港微波荡漾,阳光明媚。

下午 2 时 55 分,在此港锚泊的"和平方舟"号医院船接到演练指挥所的指令:受台风"Stmpug"影响,A 国近日连续遭遇暴风雨,导致洪水泛滥,受灾严重,伤亡众多,当地政府请求国际支援。医院船要立即出征,紧急转送伤病员,提供国际人道主义救援和军事医学援助。

灾情就是命令,时间就是生命! 战斗警报立即响彻医院船。

下午 2 时 58 分,船载救生直升机起飞! 赵巍仑率领 5 名机组成员冲向后甲板,模拟起飞前出接送伤病员。

5 分钟后,载有 2 名"重伤员"的直升机平稳地降落在医院船上,医护人员快速将"伤员"抬下飞机,随即用抬架车推至检伤分类区。

吴剑宏医生通过电子伤票系统获得"伤员"的基本信息后,迅即进行问诊查体。郑路平护师熟练使用单兵生命体征监测系统,及时将"伤员"的血压、血氧浓度、心率、脉率、体温、呼吸这 6 项生命体征报告医生。

吴剑宏医生依据先重后轻的原则,根据伤情下达处置意见:一名"伤员"5 小时前被树木砸到胸部且在海水里浸泡了 2 小时,情况危急,"送 ICU 病房抢救";

另一名"伤员"主要是外伤,"送手术室"。

下午 3 时 35 分,随着一声哨响,"伤员"们均得到妥善处置和有效治疗,演练圆满结束。来自文莱、新加坡、印度尼西亚、美国、印度 5 个国家的 30 多名观摩团成员现场观摩了整场演练,对中国"和平方舟"号医院船先进的设备和医护人员良好的职业素养给予高度评价。类似的演练,我方参与了 6 次。模拟伤员扮演者——文莱空军工程师哈尼斯说:"对于中国来说,能够利用医院船服务世界,传递友谊与和平,这是一项很伟大的事业。"

手术台上显身手,演讲台上也精彩。在此期间,医生杜昕、徐文通、丁宇等还分别以《汶川地震中分级救治模式的运用》《损伤控制性手术》《针灸疗法在我国部队中的应用》为题,与主要参演的 8 个国家的医护人员进行了多边军事医学交流,受到了各方赞扬。

访问期间,海上医院在主平台开展医疗服务的同时,还派出屈岚、杜侃等医生,前出马来西亚医疗队营地,两国医生联合坐诊,为文莱民众看病送药,并受到文莱苏丹的亲切接见。

苏丹是文莱的最高领袖,现任为第 29 世哈吉·哈桑纳尔·博尔基亚。以往外国舰艇来访,苏丹通常派王储或王子登船拜访参观。

6 月 20 日下午 1 时 40 分,文莱苏丹哈吉·哈桑纳尔·博尔基亚却出人意料地率领各国观摩团团长一行 50 余人登上了"和平方舟"号医院船。他在中国代表团团长和郑祥林大使的陪同下,兴致勃勃地与来自印度尼西亚、马来西亚、菲律宾、新加坡、泰国、文莱、越南、老挝、柬埔寨、缅甸、俄罗斯、韩国、美国、新西兰、澳大利亚、日本、印度等国的代表一起参观了医院船。

他说:"医院船的设备非常先进齐全,医务人员服务周到热情,给我留下了非常深刻的印象,这是一艘名副其实的'明星舰'。感谢'和平方舟'号医院船为文莱、为东盟、为亚洲做出的贡献。"他还表示,10 月份将在印度尼西亚巴厘岛举行APEC(亚太经济合作组织)峰会,在文莱召开东盟峰会,参加会议时,一定向习近平主席、李克强总理表达其对医院船的感谢。

这次活动参加的国家较多,前来参演的舰船也不少,文莱苏丹唯独登上了中国的"和平方舟"号医院船,足以体现苏丹对中国舰船的高度重视和赞赏,其在对外交往中给予如此高规格的礼遇也是很少见的。

正如文莱电视台及《联合日报》《诗华日报》等当地最具影响力的媒体在头版头条报道的那样:中国海军"和平方舟"号医院船,是驶向大洋的"生命之舟"!

这艘"生命之舟"在此次任务中,也为自己的灿烂航程创下了7个首次:首次参加国际人道主义援助救灾军事医学联合实兵演练;首次参加多国海军联合巡诊,并与外方医务人员共同坐诊;首次组织无码头保障条件下与外军合作实施患者转运治疗;首次利用直升机在他国开辟空中医疗通道;首次综合利用岸、海、空多种手段机动前出医疗服务;首次为外国护航官兵开展诊疗服务;首次参加军地海上联合搜救并全流程处理遇难人员等,积累了海军多样化卫勤保障的宝贵经验。

6月21日,"生命之舟"驶离文莱,开始了它"生命至上"的新航程……

2."小孩子的眼神不会骗人"

"生命之舟"来了！2013年6月29日,在马尔代夫人民的期盼中,中国海军"和平方舟"号医院船抵达该国首都马累马加苏发兰码头。

马尔代夫共和国位于印度洋北部,是世界上最大的珊瑚群岛国家,陆地面积298平方千米,是亚洲最小的国家。首都马累,位于同名的马累岛上。

马尔代夫的医疗卫生条件比较落后,全国仅有23家医院,最大的医院在马累。

时隔多年,海上医院麻醉师李鹏仍然珍藏着一张照片:一个小男孩,胳膊紧紧地搂着为他做手术的医生侯黎升,脸上洋溢着灿烂的笑容。

这个小男孩叫穆罕默德,生活在马尔代夫的一家孤儿院。当"和平方舟"号医院船健康服务和文化联谊小分队来到这家孤儿院,中国军医给孩子们送礼物时,其他的孩子都兴高采烈,只有穆罕默德躲在角落,暗淡的眼神让李鹏很心疼:"这样的眼神不该属于这个年纪的孩子。"

李鹏走到穆罕默德身边,递给他礼物,他却坚决不伸出手。院长告诉李鹏,这个孩子 11 岁,有六指畸形,想矫正只能去印度。

李鹏是浙江金华人,1986 年 8 月出生,在这次执行使命任务的医护人员中年龄最小,但麻醉师的责任重大。

海上医院决定立刻为穆罕默德实施赘指切除术,原海军总医院骨科医师侯黎升义不容辞地领受了任务。

侯黎升医生是位博士,山西临汾人,1987 年大学毕业后入伍。后来,我们曾一起执行过"和谐使命-2015"任务。他高高的个子,略显消瘦,胡楂较重,深深的眼窝里透出锐利的眼神。他说话很幽默,常常引得人们哄堂大笑。

有一天,我们两个在甲板上散步,他半开玩笑地对我说:"沙姥爷,你不知道吧?大家给我起绰号'猴哥',不仅仅因为我姓侯,还与我的职业有关。"

我一听他这样说,顿时来了兴趣:"说给我听听。"

"作为骨外科医生,一上手术台,就要全神贯注,心无旁骛,手疾眼快。久而久之,别人觉得我的眼睛不一样,似乎像孙大圣的眼睛一样闪闪发光。"他哈哈笑着,又说,"手术刀虽小虽轻,但责任千钧重,关乎人的生命,压力很大。每做完一台手术,我就做做怪样、开开玩笑,这也是我发明的一种特殊的放松方式。"

我点点头:"嗯,'猴哥'说得有道理。"

我们两人都轻松地笑了。

就说那次赘指切除术吧,对于握手术刀 20 余年,做过无数次大手术的侯黎升来说,绝对是小菜一碟,但他没有轻视,而是认真地做方案,精心实施。他要给孩子一双完美的手,留下极微小的疤痕,甚至看不见疤痕。

6 月 30 日晚,手术很顺利,也很成功!

3 天后,缚在手上的纱布被摘掉时,穆罕默德看着自己和正常人无异的手,立刻眉头舒展,甜蜜地笑了起来。

出院时,他扑向侯黎升,紧紧地搂住不放。随行记者拍下了这张照片,留下了这动人的一幕。

"小孩子的眼神不会骗人。"李鹏指着这张照片说,"当时穆罕默德搂着侯医生不想离开，眼神中带着光。"

"是的，小孩子的眼神不会骗人。"原海军总医院耳鼻喉科医师李厚恩也这样说。

李厚恩出生在鲁西南古城定陶，从地方医学院硕士毕业后被分配到家乡地区医院，已凭着精湛的技艺闯出了名气。1993 年，他毅然参军入伍，成为一名人民海军军医。

李厚恩也是高高的个子，身材很标准，浑身上下都透出山东人的憨厚，一双弯弯的眼睛总是带着笑，给人一种亲和感。

转眼 20 年过去了，李厚恩在部队也干出了不菲的业绩，成长为本科室的业务骨干。这一次，李厚恩奉命参加"和谐使命-2013"任务。

也是 6 月 30 日，李厚恩为一个也是 11 岁的名叫阿立的小男孩进行了鼻内镜下经鼻腺样体切除术。这例手术，自医院船投入使用以来，尚属首次。

李厚恩清楚地记得：

手术前，男孩看他的眼神非常复杂，有胆怯，有期盼……

他露出自己的招牌微笑，伸手轻轻抚摸了一下男孩的脸庞，有安慰，有鼓励……

男孩平静了，笑了，眼睛里闪烁着信任的光芒！

李厚恩成功了，男孩术后恢复良好，很快出院。

此后，在这次使命任务中李厚恩又创造了一个个首次的成功案例：

当天晚上，20 时 40 分，他为一个年轻的马尔代夫女子进行了海上医院首次鼻前庭肿瘤切除术；7 月 19 日，在亚丁湾，他为我护航战士进行了海上医院首次双侧扁桃体切除术+腭咽成形术，解除了其睡眠呼吸暂停综合征的隐患；7 月底 8 月初，在巴基斯坦，他进行了海上医院首次扁桃体恶性肿瘤活检术、首次电视支撑喉镜下声带息肉切除术；8 月 9 日，在印度，他进行了海上医院首次鼻腔扩容鼻腔结构重塑术……在孟加拉国、在缅甸、在印度尼西亚、在柬埔寨……出访在继续，人道主义医疗服务在继续，李厚恩和战友们创造的一个个首次也在继续……

"小孩子的眼神不会骗人。"原海军总医院儿科医生杜侃对此体会尤深。

杜侃和我也是"谐友",她是位博士后。

她出生在古都西安,2007年入伍,个子不是很高,看不出猜不透她的年龄,乍一接触,给人一种灵秀的江南女子的感觉,浑身上下散发着清澈和纯净的青春气息,白皙的脸庞上总是洋溢着微笑。

"和平方舟"号医院船到达马尔代夫后,任务指挥所针对该国居民岛礁点多线长面广和医疗资源短缺、对医院船期望值高、医疗需求强烈等实际情况,除主平台全面展开接诊病人,每天派出专家到马累的2家医院坐诊,并对马方医务人员实施全方位的"帮教带"外,还积极统筹医疗资源,采取空中输送与陆上、海上输送相结合等立体机动、纵深辐射方式,先后派出20批次医疗队115人次医务人员,深入该国北、中、南部的十个岛,累计行程5000多千米,最大限度地为马尔代夫民众提供医疗服务。

拉斯度岛男性青壮年居民大多在外打工,留守者多为老弱妇孺,不少儿童患有先天性、代谢性疾病。

7月1日上午,一阵直升机的轰鸣打破了该岛的宁静。中国医生的到来,顿时让这个仅有1600余人的小岛热闹起来。

海上医院副院长李露嘉率医疗小分队刚跨下飞机,看到早早排着长队候诊的民众,就带领任务官兵马上行动起来。

然而,随着时间的推移,李露嘉的眉头越皱越紧:时间紧、场地有限、就诊儿童多,必须加强力量,这样才能完成任务。她毅然请求任务指挥所,派儿科专家前来支援。

破天荒,医院船舰载直升机在国外前送医疗队员!破天荒,儿科专家一人乘专机直飞外国海岛!

杜侃来了,带着微笑来了,在数十名孩子家长的欢呼声中走下飞机,在一群孩子的前簇后拥中走向诊疗台。

孩子们的心是纯真的,孩子们的眼神是洁净的,他们围着这位美丽的中国军医阿姨,用听不懂的语言七嘴八舌地诉说着病痛……

杜侃顾不得喘口气,顾不得喝口水,先从最小的孩子看起。这是个仅有 3 个月的婴儿,患的是消化道功能障碍,开方、拿药、喂服,婴儿母亲的心终于放了下来,黝黑的脸庞上绽放出了笑容……

这个是吃了不洁净的食物,患的是肠炎,那个是在外疯跑,有点儿中暑;这个是发育不良,需补充营养,那个是先天性心脏缺陷,需跟踪治疗……一个又一个,杜侃真诚地为每一个孩子诊疗着疾病,并向他们的家长提出建议,如何照顾好孩子;一个又一个,孩子们用崇拜的眼神望着她,心中深深地埋下感恩的种子……

国土有界,大爱无疆。

我仅用一段简短的总结性文字,说说"和平方舟"号医院船在马尔代夫期间所奉献出的大爱吧:7 天时间里,诊疗民众 2970 余人次,手术 9 例,为马方培训护理人员 40 人,接收马方医务人员登船见学 140 人次,到访马环礁总数的 35%,医疗服务的民众覆盖马尔代夫总人口的 80% 以上;派出医疗队数量之多、覆盖范围之广、服务之深入,创下了马方历史纪录和"和平方舟"号医院船历次"和谐使命"任务新高!

马尔代夫总统穆罕默德·瓦希德在其国防部专门举办的答谢招待会上对指挥员一行说:"你们百分百地实现了'用真诚的爱心、周到的服务和精湛的医术,传播友谊,传递关爱'这个目标,给了马方民众一个最大的惊喜,现在所有的马尔代夫人都知道了中国。"他还在出席我方甲板招待会时,致辞盛赞"和谐使命"任务,并挥笔签字留言:"感谢中国政府安排'和平方舟'号医院船访问马尔代夫,并为马尔代夫人民提供出色的医疗服务!"

世界卫生组织驻马尔代夫专员阿克洁玛女士这样说:"中国海军医院船专业水准高,服务态度好,为民众健康做了一件非常有意义的事。"

7 月 5 日,"和平方舟"号医院船在一片盛赞声中驶离马尔代夫,前往亚丁湾,为各国护航官兵开展医疗服务,书写军事外交的新篇章!

3. "全天候的友谊牢不可破"

亚丁湾上再现"红十字"！

2013 年 7 月 11 日,中国海军"和平方舟"号医院船又一次驶抵亚丁湾。

海上任务指挥所在部署海上医院迅即开始对我第 14 批护航编队官兵进行医疗服务的同时,还针对首次对各国护航舰艇官兵开展服务的实际,研究确定了对内服从对外、定点服务与机动服务相结合的医疗服务原则。

任务指挥员沈浩说:"我们中国开展人道主义医疗服务只有一个目的:宣扬和平大爱,履行大国责任。"

滔滔亚丁湾,各国护航舰艇云集,医院船根据护航舰艇兵力行动特点,精心选择靠泊海区,并通过国际海事公用频道发出邀请,为各国护航官兵提供免费医疗服务。很快,北约 508、欧盟 465、美盟 151 等护航编队积极回应,纷纷派员登船开展医学交流,进行诊治体验。

北约 508 编队荷兰"范·斯派克"号导弹护卫舰在 4 级海况下,仍派出小艇,分 3 批次搭载官兵上船参观就诊,其中一名被牙痛折磨了多日的舰员,在船上得到了牙齿根管引流术治疗;美盟 151 编队指挥官及编队参谋长分批登船参观交流就诊,一名颈部反复疼痛的军官接受了血常规、彩超和 DR 等专项检查,被确诊为颈部淋巴结炎,并得到了具体处置意见,同行官兵们纷纷接受中医特色诊疗,对中医在海上常见病、多发病防治中的显著成效给予了高度赞扬;欧盟 465 编队旗舰葡萄牙海军"卡布拉尔"号导弹护卫舰,临时调整护航安排,与医院船会面交流,编队医务顾问一直腰痛,在接受了中医针灸治疗后得到有效缓解,他为中医有如此立竿见影的疗效而惊叹!

一时间,中国海军"和平方舟"号医院船情满亚丁湾,誉满亚丁湾!

北约 508 编队专门发来感谢电:"和平方舟之旅是一次愉快之旅,让我们大开眼界。你们救死扶伤的服务理念,深深地感染了我们。"

美盟 151 编队指挥官——巴基斯坦海军准将穆罕默德·伊沙安·卡迪尔上船参观后,讲话更富有感情色彩,他说:"'和平方舟'号医院船出现在亚丁湾,并为各国护航官兵提供医疗服务,构成了一道亮丽的风景。海洋安全需要国际社会的共同努力,中国派出医院船为其他国家服务,将有助于世界了解一个和平崛起的中国。"

当他得知"和平方舟"号医院船下一站将访问他的祖国巴基斯坦时,十分高兴,他说:"巴中两国全天候的友谊牢不可破,我们是老铁!"

是的,我们是老铁!

在我们国内,一说到"巴铁",大家马上就心领神会,谁都知道说的是我们的邻居巴基斯坦。众所周知,"巴铁"向来是中国的好兄弟。

巴基斯坦伊斯兰共和国,简称"巴基斯坦",意为"圣洁的土地""清真之国",95%以上的居民信奉伊斯兰教,是一个多民族伊斯兰国家,首都伊斯兰堡。

作为中国最坚定的朋友,巴基斯坦与中国"是长期、全天候和多方面发展的友好关系",中国人称其"巴铁",巴基斯坦人则自称"巴钢"。两国人民都在心里认为:两国的情谊比喜马拉雅山高、比印度洋深。

在我创作本书时的 2021 年 3 月 2 日,我正巧看到巴基斯坦外交部部长马赫杜姆·沙阿·马哈茂德·库雷希刊载在《环球时报》上的专稿,题为《庆祝巴中友谊七十周年》,现摘录几段:

> 1951 年 5 月 21 日,是巴基斯坦历史进程中的一个关键时刻。这一天,巴基斯坦与中华人民共和国正式建立外交关系。经过 70 年不断发展壮大,巴中关系已达到现代国家关系史上少有的高度。作为铁杆兄弟,两国总是在艰难时刻站在一起,建立了"全天候战略合作伙伴关系"。

他在回顾了历史及中巴各个层面的友好关系后写道:

> 毛泽东主席、周恩来总理等中国伟大领导人为推进两国关系发展发挥了关键作用,两国历代领导人和广大人民也持续为此做出宝贵贡献。70 年

来，我们秉持相互信任、相互支持、相互理解的原则，建立起不可动摇的友好关系。

……

在巴中建交 70 周年的特殊时刻，我们庆祝两国之间的历史渊源，致敬老一辈领导人为建立巴中特殊友谊所做出的贡献，并郑重表明在继承 70 年发展成就基础上做出更大努力的决心。巴基斯坦计划在这一年里举办一系列活动，以纪念这一历史性年份，激励青年一代更好地了解巴中关系所具有的生机、深度及重要历史意义。

……

正如习近平主席 2015 年 4 月访问巴基斯坦期间，在巴议会演讲时所说，巴中关系"比山高，比海深，比蜜甜"。

最后，我愿重申，巴基斯坦将继续坚定致力于打造新时代更加紧密的中巴命运共同体，让两国关系更加牢不可破。

时间到了 2021 年 7 月，在举国同庆中国共产党成立 100 周年的日子里，巴基斯坦总理伊姆兰·汗发表了一封公开信，热情洋溢地表示：

我谨代表巴基斯坦政府和人民，向中国兄弟姐妹郑重重申，无论什么时候，巴基斯坦将永远同中国站在一起，做中国最可靠的伙伴、铁杆兄弟和值得信赖的朋友……

国家与国家之间的友谊从来都不是靠说出来的，而是做出来的。中国之所以能够与巴基斯坦建立坚固的友谊，最重要的一点就是双方相互尊重，在和平友好的基础上面向未来，携手发展。没有哪一个国家是另一个国家的附庸，大家都是平等独立的个体，大家携起手来合作，是基于真正的认同和尊重，并且能够为对方的利益考量，相互理解，相互支持，这样才能够建立起历经风雨但始终都不褪色的深厚友谊。相信中国与巴基斯坦的铁杆友谊还将会不断地延续下去。

2013 年 7 月 29 日 10 时,"和平方舟"号医院船在巴基斯坦海军陪访舰"塞义夫"号护卫舰的引导下,驶进了卡拉奇港。

卡拉奇是巴基斯坦的最大城市和最大港口,在巴基斯坦独立之初是该国的首都（后迁到伊斯兰堡）。

"和平方舟"号医院船到来后,立即成为当地军政官员、民众和媒体关注的焦点,并受到热烈的欢迎。

巴基斯坦海军参谋长桑迪拉上将临时调整计划登船参观,并率领 30 余名将军全程参与我方甲板招待会。

我方任务指挥员沈浩和巴基斯坦海军西法医院院长阿尤伯准将在医院船上召开了新闻发布会,16 家媒体的 28 名记者在现场进行了采访。

为了最大限度地为巴民众提供优质医疗服务,医院船主平台采取医务人员轮流就餐和随时服务的方式,将医疗服务时间尽可能地拉长,从每天的 7 个小时延长至 10 余个小时。

7 月 31 日下午 4 时 40 分,医院船主平台上一片忙碌,前来看病的巴民众在各科诊室门前排起了长队。就在这时,外科诊室门前一阵躁动,一个小男孩在母亲怀里拼命地扭动着,张嘴啊啊地哭叫着,还用小手掏着喉咙。

男孩的父母手足无措,边哄边准备给孩子喂水。

正在门诊的海上医院外科医生孙德好抬头看到此情景,大喝一声:"不要!"然后就一个箭步冲了出去。

他一把将孩子夺了过来,迅速侧抱倒立,然后扬起大手,连续有力地拍打着孩子的后背。

"他怎么打孩子?"

孩子的父母惊呆了! 在场的人都惊呆了! 气氛顿时紧张起来。大约有 1 分钟,孩子嘴里吐出一个东西,原来是一粒糖果。伴随着一阵响亮的啼哭,孙德好长长地松了一口气,把孩子抱正,交给了他父母。孩子的母亲一个劲地流泪,不知说什么好。

孙德好擦了一把汗,这才向孩子的父母和在场的其他人解释道:"真危险啊!根据孩子当时的症状,我判断可能是异物堵塞了他的气管,导致严重缺氧。如果这时喂水,会呛入气管,有生命危险!所以,我也顾不得那么多了,就抢过孩子实施急救处置。"

小男孩名叫瓦利德·乐迪,刚刚 3 岁,调皮好动。这天,他随父母上船看病。大概是医院船太新奇了,他和几个小伙伴在门诊室外玩闹,高兴得忘记了嘴里含着的糖果,不小心吞了下去,糖果卡在了气管里。

有人问小乐迪的父母:"你们看到中国军医用力打孩子的背部,当时有什么想法和感觉?"

孩子的母亲回答:"当时我们也蒙了,脑子里一片空白。但是,我和在场的人都知道,这是中国兄弟,对孩子肯定没恶意,所以,谁也没上前制止。现在我们都明白了,是他及时出手,救了我的小乐迪。谢谢!谢谢中国军医!"

孙德好摇了摇手,平静地走回门诊室,继续为前来求医的巴基斯坦民众诊疗。

这虽然是个小插曲,与这两天妇产科医师张兰梅进行的妇科腹腔镜手术、肝胆外科医师杨世忠和白宏伟进行的腹腔镜胆囊切除术、耳鼻喉科医师李厚恩进行的扁桃体恶性肿瘤活检术等海上医院诸多首次手术相比,分量没那么重,但同样惊心动魄,令人难忘。

8 月 1 日,原海军总医院普外科医生刘刚做完第二例手术走出手术室,抬腕看看手表,表针指向 0 时 05 分。他忽然意识到,自己在无影灯下迎来了中国人民解放军建军 86 周年纪念日。他对战友们说:"以在异国他乡履行国际人道主义医疗援助使命,来度过我们中国军人的节日,这是一件多么有意义的事情啊!"

这一天,全体任务官兵奋战在医疗服务岗位上,用实际行动度过了自己的节日。

这一天,门诊接诊患者 548 人次,实施手术 9 台,创下此次任务以来单日手术量新纪录。

在巴基斯坦短短 5 天里,医院船主平台共门诊 2029 人次,辅助检查 1130 人次，手术 28 例；此外，还派出数支医疗小分队，赴巴海军西法医院开展定点医疗，赴巴海军"白哈度"军事训练基地开展医疗巡诊，赴卡拉奇特殊儿童学校开展健康宣教和捐赠活动，共为 1005 名官兵和民众提供了医疗服务。

在最大限度地为巴民众提供优质医疗服务的同时，"和平方舟"号医院船还利用此次机会，全面加强与巴方医务人员的交流和合作，组织专家举办了中巴医学论坛，开展了四次联合手术和战伤救护演练，接待了 346 名巴方医护人员登船观摩医疗服务的组织实施程序。

8 月 4 日，巴基斯坦民众依依不舍地为"和平方舟"号医院船送行。正如巴基斯坦海军参谋长桑迪拉上将专门让人送来的感谢信中所说："'和平方舟'号医院船此访为巴中两国海军进一步合作提供了极好的契机，这一里程碑式的访问将长久铭记在巴基斯坦人民心中！"

读着这封感谢信，展望下一段航程，任务官兵们的心情非常激动，也十分复杂……

4."中国人民不会忘记他"

当我查阅 2013 年《和谐使命志》，采访参加"和谐使命－2013"的任务官兵时，心情也是非常激动和十分复杂的。"和平方舟"号医院船出访的下一站是印度共和国。对于这个邻国，我们并不陌生。

印度是南亚次大陆最大的国家，是世界上仅次于我国的第二人口大国。中印是毗邻而居的两大文明古国，也是当今世界 10 亿以上人口级别的两大新兴经济体。

从历史教科书上，我们知道了古印度是四大文明古国之一，公元前 2500 年诞生了印度河文明(主要位于今巴基斯坦境内)，后来逐渐消亡了。

当然，我们还了解了圣雄甘地的一些事迹、亚洲第一位诺贝尔文学奖获得者泰戈尔的诗篇，以及发生在 20 世纪 60 年代的那场边境冲突……

历史上的风风雨雨，两国交往的时冷时热，始终让我对这个邻国有着矛盾、复杂的心情。

当写到这一章时,我的面前摆放着一张当天的《解放军报》,时间是 2021 年 2 月 19 日,星期五。在头版,《解放军报》用醒目的标题,大篇幅刊登了长篇通讯《英雄屹立喀喇昆仑——走近新时代卫国戍边的英雄官兵》,并配发了评论员文章《唱响英雄壮歌　奋力强军打赢》。通讯开篇这样写道:

题记:

我站立的地方是中国

我用生命捍卫守候

哪怕风似刀来山如铁

祖国山河一寸不能丢

　　　　　　　　——高原边防官兵喜爱的一首歌

喀喇昆仑高原,横亘西部边境。

立春过后,大江南北暖意渐浓,高原深处的加勒万河谷依然严寒彻骨,大河冰封,群山耸立。

这里是祖国的西部边陲,也是守卫和平安宁的一线。来自天南海北的一茬茬官兵,扎进茫茫群山,挺立冰峰雪谷,用热血和青春筑起巍峨界碑。

2020 年 4 月以来,有关外军严重违反两国协定协议,在加勒万河谷地区抵边越线修建道路、桥梁等设施,蓄意挑起事端,试图单方面改变边境管控现状,甚至暴力攻击我前往现地交涉的官兵。

面对外方的非法侵权挑衅行径,我边防官兵保持克制忍让,尽最大诚意维护两国关系大局和边境地区和平安宁。在忍无可忍的情况下,边防官兵对暴力行径予以坚决回击,取得重大胜利,有效捍卫了国家主权和领土完整。

官兵们敢于斗争、敢于胜利,展现出誓死捍卫祖国领土的赤胆忠诚和一不怕苦、二不怕死的战斗精神,涌现出某边防团团长祁发宝,某机步营营长陈红军和战士陈祥榕、肖思远、王焯冉等先进典型,彰显了新时代卫国戍边英雄官兵的昂扬风貌。

中央军委授予祁发宝"卫国戍边英雄团长"荣誉称号，追授陈红军"卫国戍边英雄"荣誉称号，给陈祥榕、肖思远、王焯冉追记一等功。

雪山回荡英雄气，风雪边关写忠诚。

"决不把领土守小了，决不把主权守丢了！"万千官兵发扬喀喇昆仑精神，克服极度高寒缺氧，守边护边、不怕牺牲，像钉子一样牢牢钉在战位上。

巍巍喀喇昆仑，座座雪峰耸峙。

千里热血边关，遍地英雄屹立。

……

这篇通讯我读了一遍又一遍，也清晰地知道文中"有关外军"和"外方"所指。但我也十分清楚：边防斗争是使命任务，出访和谐同样也是使命任务。

那么，我就循着"和平方舟"号医院船的航迹，继续我的"追星"之旅，和读者们一起分享后面在印度的故事吧……

2013 年 8 月 6 日，"和平方舟"号医院船在印度海军"布拉马普特拉"号护卫舰的引导和陪访下驶进孟买港。

孟买位于印度西海岸外的孟买岛（该岛已与大陆联结）上，西濒阿拉伯海，是印度最大的港口和第二大工商业城市。医院船到访孟买时，中印两国关系、两军交流总体保持着正常状态，我们出访印度的目的也很明确，就是深化了解、增进互信、展示形象，以及为我使领馆、中资机构人员及华侨华人开展医疗服务。

孟买是个古老的城市。14 世纪以前，这里是原住民科利人居住的小渔村，人们过着平静的生活。

1534 年的一天，这里的平静被打破了，一艘战船载着葡萄牙人登了岸，他们把这里的一切据为己有。侵略者看这里景色优美，大声呼叫着"美丽的海湾"，葡萄牙语的发音为"孟买"，小渔村也因此而得名，从前的名字则消失在历史的狼烟之中。

中国人对孟买有着一种特殊的感情,来到这里,有一个人不能忘,有一个地方不能不去,有一家人不能不看。

这个人就是伟大的国际主义战士柯棣华。他是印度人,却是中国共产党党员。在抗日烽火中,他参加了八路军,把壮丽的青春年华乃至生命都献给了中华民族的解放事业。

孟买是柯棣华的故乡,现如今他的家人还生活在这里。

孟买人也没忘记他,把 6 月 29 日这一天命名为"中国日",因为 1938 年 6 月 29 日这一天,柯棣华申请并加入了由他和爱德华、巴苏华等 5 位医生组成的印度援华医疗队,冒着炮火硝烟来到中国,支援中国人民的抗日斗争。

柯棣华原名德瓦卡纳思·桑塔拉姆·柯棣尼斯,1910 年 10 月 10 日出生,家庭属于较高的种姓,但由于他家有八个兄弟姐妹,母亲还有残疾,全靠父亲一人挣钱养家,生活并不富裕。他的父亲是一位有民族解放思想的进步人士,柯棣华幼年时,就随同父亲参加过抵制英国货的斗争。在考入孟买著名的 G. S. 医学院后,因为参加反对英国殖民者的斗争,他被迫辍学。然而,他顽强不屈,重新考学,进入孟买助学医学院学习,于 1936 年毕业,同时考取英国皇家医学院。

二战的爆发阻碍了柯棣华求学的进程,他没有去英国上学,而是在中华大地燃起抗战烽火之际,积极报名参加了印度援华医疗队,并留下了"不在中国工作满一年不回国"的诺言。

柯棣华整装出发了。1938 年 9 月 17 日,印度援华医疗队到达中国。在广州码头,他们受到了中国民众的热烈欢迎,保卫中国同盟主席宋庆龄亲自前来迎接。9 月 29 日,医疗队从广州经长沙辗转来到汉口,被中国红十字会编为第 15 救护队,先后在汉口、宜昌、重庆等地工作。

在重庆,医疗队员们为了表达与中国休戚相关的决心,特意请中印文化协会主席谭云山为他们每个人都起一个中国名字。谭云山提议,在他们每个人的名字后面加上"华"字。柯棣华的名字就是这时从原名柯棣尼斯改成的。

早在来中国之前,医疗队就听说共产党与国民党不同,八路军与国民党军队不一样。因此,他们渴望到共产党领导的敌后战场去。刚到中国时,他们就向前来迎接他们的宋庆龄提出到华北前线工作的请求;到武汉后,他们向周恩来提出了同样的要求;在重庆,他们又一次向董必武提出了去延安的请求。

1939 年 1 月 16 日,就在医疗队获得批准,准备奔赴延安的前夕,柯棣华接到父亲不幸去世的消息。重庆八路军办事处的同志和其他几位医生都劝他回国料理后事,他强忍悲痛说:"我的家庭确实遭到了巨大的不幸,但这里千千万万无辜受难的人民更需要我。在我没有实现我所做的保证——至少在中国工作满一年之前,我决不回印度。"

从那时起,柯棣华和医疗队的同伴们出入于枪林弹雨,走遍了晋东南、冀西、冀南、冀中、平西和晋察冀敌后抗日根据地,与抗日军民共患难,数次通过敌人的封锁线,以饱满的热情投入工作,在沿途施行了 50 余次手术,诊治了 2000 余名伤病员。

当百团大战进入第二阶段,晋察冀军区进行涞水战役时,柯棣华奉军区司令部之命,出发去军区的南线,负责阵地救护工作。

战火硝烟中闪现出柯棣华的英勇身影,他毫无畏惧地冲向了前线。迎接他的是战斗、战斗、不停地战斗,受伤的官兵是后送、后送、陆续地后送,他在手术台上抢救、抢救、不分昼夜地抢救……在战斗最激烈的时刻,他三天三夜几乎未曾合过眼,始终以最大的热情坚守在岗位上。在 13 天的战斗中,他接收了 800 余名伤病员,施行手术多达 558 人。

柯棣华把中国看作第二故乡,完全融入中华民族之中,为能成为一名八路军战士而自豪。

1941 年 1 月,在抗日根据地最艰苦、最危险的时候,柯棣华申请正式参加了八路军,并被任命为晋察冀军区白求恩国际和平医院第一任院长,兼任白求恩卫生学校教员。

柯棣华这样说:"这里是白求恩工作过的地方,学校也以白求恩光荣的名字命名。我一定要像他一样,献身反法西斯斗争的伟大事业,决不玷污白求恩的名字!"

1941 年 10 月 25 日,柯棣华与卫生学校教员郭庆兰女士喜结良缘。1942 年

8月23日,柯棣华亲自接生了他们的爱情结晶。孩子的降生,为这对夫妇和他们的朋友带来了巨大的欢乐。时任八路军晋察冀边区司令员、新中国十大元帅之一的聂荣臻,亲自为孩子起名"柯印华"。"印"表示印度,"华"表示中国,这个名字寓意着中印将世代友好。

在晋察冀的2年多时间里,柯棣华始终以白求恩为榜样,对工作极端负责,对同志对人民极端热忱。他不仅从事医疗工作,还从事教学训练,编写讲义,担负行政和政治工作。在敌人向根据地残酷"扫荡"的情况下,他和战友们一边作战,一边转移,一边护理伤病员,以惊人的毅力和革命乐观主义精神,克服了一切艰难险阻。他热爱这里的山山水水,与根据地人民血肉相连,把为群众服务看作自己的幸福。在敌人的一次"扫荡"中,他路过一个被日寇摧残的村庄,听到断续的呻吟声,就循声查找,在一间残破的房子里,见到一个由于难产而生命垂危的妇女。他连忙找来游击队和担架,把产妇送到一个临时救护所,连夜为她做手术,挽救了母子的生命。

部队和战友信任他,伤病员和人民群众敬爱他,亲热地称他为"老柯""贴心大夫"和"黑妈妈"。

1942年7月,柯棣华光荣地加入了中国共产党。但是,严酷的冬天、恶劣的环境、疯狂的"扫荡"、凶恶的敌人……在摧残着他的身体。

1942年12月9日,白求恩式的国际主义战士柯棣华,不幸积劳成疾,在华北抗日根据地病逝,年仅32岁。他像一颗明亮的星,陨落在中国大地上。

中国人民的伟大领袖毛泽东主席,对柯棣华的逝世寄托无限哀思。在延安各界举行的追悼会上,毛主席送了亲笔挽词:"印度友人柯棣华大夫远道来华,援助抗日,在延安华北工作五年之久,医治伤员,积劳病逝,全军失一臂助,民族失一友人。柯棣华大夫的国际主义精神,是我们永远不应该忘记的。"

朱德总司令为柯棣华的陵墓题词:"生长在恒河之滨,斗争在晋察冀,国际主义医士之光,辉耀着中印两大民族。"

是的,中国人民不会忘记他,为中国人民解放事业鞠躬尽瘁的国际主义战士——柯棣华。

　　现在,柯棣华的陵墓塑像同白求恩的陵墓塑像并立在华北军区烈士陵园,供后人永世瞻仰。

　　2014 年 9 月 1 日,柯棣华被列入中华人民共和国民政部公布的第一批 300 名著名抗日英烈和英雄群体名录。

　　2015 年 9 月 2 日,中国人民抗日战争暨世界反法西斯战争胜利 70 周年纪念日前夕,中共中央总书记、国家主席、中央军委主席习近平向 30 名抗战老战士老同志、抗战将领、为中国抗战胜利做出贡献的国际友人或其遗属代表颁发了纪念章。

　　从习主席手中接过那枚沉甸甸的纪念章的,是柯棣华的侄女苏曼加拉·博卡。

　　柯棣华逝世 70 余年后,中国海军"和平方舟"号医院船首次访问印度孟买。

　　在任务官兵心中,柯棣华大夫是同志和战友,是前辈和同行,是永远学习的榜样。

　　8 月 9 日下午,雨后的孟买碧空如洗。任务指挥员沈浩、陈显国一行 10 余人驱车 30 余千米,来到孟买西北郊的柯棣华故里,探访柯棣华的妹妹马诺拉玛及亲属。

　　这里是楼房林立、绿荫掩映的小区,他们一家住在 5 号楼左单元。马诺拉玛女士已是 92 岁高龄,听说中国客人要来,她十分高兴,特意穿上了鲜艳的民族服装,买来了怒放的鲜花。

　　"尊敬的马诺拉玛女士,我代表中国海军'和平方舟'号医院船 413 名任务官兵向您问好! 向无私帮助中国人民解放事业的柯棣华大夫致敬!"一见面,任务指挥员就躬身握住她的双手亲切致意。

　　"谢谢! 谢谢!"马诺拉玛女士眼里饱含泪花,激动地说,"在 5 月份,中国总理李克强访问印度,在首都新德里亲切会见了我们这些柯棣华的亲属,今天,你们又专程前来探望,这说明中国政府、人民和军队始终没有忘记柯棣华。我们作为他的亲属备受感动,也十分自豪。我们将继承和发扬他的精神,当好印中人民世代友好的使者。"

双方落座之后,任务官兵打量着并不宽敞的客厅,一张柯棣华大夫在中国拍的黑白照片挂在显著位置,定格了他战斗的风采:坚定的信念、勃勃的英姿、无畏的姿态、忘我的风骨……令人肃然起敬。

任务指挥员陈显国向马诺拉玛女士介绍了医院船访问印度的情况,并告诉她,自 6 月 10 日起航以来,医院船已为 3 个国家和亚丁湾护航编队开展医疗诊治5425 人次。

马诺拉玛女士听后双手合掌以示敬意和尊重。她说:"当年我哥哥柯棣华到中国支援抗日战争,开展医疗服务,是履行国际主义义务;今天和平方舟开展国际人道主义救援,也是在世界上传播友谊、传递友爱。再次感谢你们,这么多年了,你们没有忘记他。"

陈显国拉着马诺拉玛女士的手说:"是的,中国人民不会忘记他。我们以柯棣华大夫为榜样。当年,他在抗日战争中为抢救伤员废寝忘食、呕心沥血,曾经几天几夜不休息;现在,我们医院船上的白衣战士正是发扬他不怕疲劳、连续作战的精神,将健康送给亚非拉各国的普通民众。"

马诺拉玛女士连连点头。

这时,海上医院妇产科医师张兰梅和年轻护士马鑫代表任务官兵向她赠送血压自动测量计,并为她量了血压。

张兰梅看了看,微笑着说:"不错,没有超标。"

"不,血压还是有点儿高。"医生出身的马诺拉玛女士亲切地拍着帮她量血压的马鑫的手,笑着道,"今天血压有点儿高,那是因为见到你们这些和平方舟的中国朋友,我太激动了。"

她的这番话,让在场的人都开心地笑了,客厅里洋溢着愉快的气氛。

愉快的时间总是过得飞快,2 个多小时转眼便过去了。

任务官兵告别时,马诺拉玛女士依依不舍,坚持送到门外。

车子驶出很远,他们回头看看,那位耄耋老人依然伫立在门外,夏日的风吹拂着她的满头白发,白发丝丝缕缕地飘舞在夕阳下,似乎在诉说对早逝亲人的不尽思念,似乎在表达对中国朋友不忘友情的赞许……

中国有句古语:"滴水之恩,当涌泉相报。"这句话我们记住了,并一辈辈传承着……

5.　"这孩子见到你们格外亲"

"滴水之恩,当涌泉相报。"这也是世界各国善良民众普遍遵循的美德。

通过参加"和谐使命"任务,我这样理解,这样体会,也这样认为:

一个人懂得"知恩、感恩、报恩",这个人肯定心地善良,可以用心相交。一个国家、一个民族懂得"知恩、感恩、报恩",这个国家、这个民族肯定祥和安宁,可以成为挚友。由于双方都懂得"知恩、感恩、报恩",我们与邻国孟加拉国就有着愈来愈紧密的情谊。

大家一定还记得那个名叫 China 的孟加拉国小女婴吧。

2010 年 11 月 12 日,执行"和谐使命-2010"任务的中国海军军医,在孟加拉国海军帕腾加医院实施紧急剖宫产,将她迎接到这个世界上。

China 在孟加拉国逐渐长大,他们一家对中国救命恩人的思念也愈来愈浓,期盼着再次见到恩人们,当面向恩人们表达感谢。

这一天终于到来了。时隔近 3 年,2013 年 8 月 19 日,"和平方舟"号医院船执行"和谐使命-2013"任务,又一次来到了孟加拉国吉大港。

8 月 22 日下午,China 一家专程登上"和平方舟"号医院船,感谢中国海军的救命之恩。

任务副指挥员管柏林率医疗组组长王志慧、海上医院护士王芳等执行过"和谐使命-2010"任务的人员,热情地接待了他们一家。

管柏林见到 China,有点儿激动,也非常高兴。他对"小中国"的父母说:"China 是你们两个人的爱情结晶,也是见证中孟友谊的小天使。3 年前,我亲眼见证了她的诞生。3 年来,我们全体任务官兵都十分牵挂你们一家和孩子的成长。今天见到 China 十分健康,十分漂亮,我心里也十分高兴,特别代表任务官兵向你们全家送上衷心的祝福。"

祝福里包含"和谐使命-2010"任务的有关照片、祝福贺卡和任务官兵赠送的一些礼物。

China 的母亲杰娜特激动地说:"3 年来,我们一直盼望着和平方舟再次来访,这一天终于到来了,使我们一家有机会当面向和平方舟、向中国军医表达感激之情!'小中国'与中国有缘,与和平方舟有缘。这孩子见到你们格外亲,期待她有机会去中国接受教育。"

任务官兵为他们全家进行了常规体检,随后他们全家参观了医院船医疗中心和救护直升机。是的,"见到你们格外亲"。

这天,"小中国"成了"大明星"。她身着一袭紫红色底配黑花的长裙,映衬得她红红的脸庞十分俊美,微鬈的黑色短发,长长的黑睫毛,忽闪着一对明亮的大眼睛,十分乖巧地配合闻讯赶来的新闻媒体采访,十分亲热地让任务官兵抱着合影留念。她与曾经为她接生的护士王芳更显得亲近,搂着王芳的脖子久久不愿松手……

是的,"'小中国'与中国有缘,与和平方舟有缘",和中国的联系也越来越紧密。

2017 年,中国海军舰艇又一支编队来到吉大港。

China 在父母的带领下又来到码头,见到阔别已久的"中国妈妈"——执行出访任务的麻醉师盛睿芳。

说起当年的事,China 的父母几度落泪,几度哽咽,感恩之情溢于言表。

盛睿芳见到"小中国",亲了又亲,泪花花直在眼眶里打转转……

2019 年,一场跨越千山万水的重逢,见证了中孟两国友谊的高光时刻,为这首生命之歌添上最动人的旋律。

9 岁的 China 在父母的陪伴下,第一次来到中国,第一次在中国与她的亲人相拥,第一次用中文说出"感谢"二字。

China 美丽的大眼睛里,有对中国的好奇,但更多的是见到陈蕾、费宇行等"中国妈妈""中国爸爸"时的亲切。

这些均是后话。

在孟加拉国，知道感恩的大有人在。塔拉库·利斯朗就是其中一个。

在那些日子里，他几乎逢人便讲："3 年时间，我的眼睛做了 2 次手术，是中国海军刘医生为我带来了 2 次光明。我是孟中两国人民伟大友谊的见证！我不仅自己永远不会忘记，还要子子孙孙地传下去！"

2010 年 11 月，"和平方舟"号医院船第一次来到孟加拉国吉大港。

海上医院眼科医师刘百臣，为双目失明的塔拉库·利斯朗实施了右眼白内障手术，使他重见光明。

塔拉库·利斯朗做梦也没想到，3 年后，"和平方舟"号医院船重访孟加拉国。8 月 20 日这天，刘百臣医生又为他实施了左眼白内障手术。

同一个患者、同一个医生、一样的手术，当塔拉库·利斯朗双眼都能清晰地看到眼前的世界时，泪水忍不住尽情地流。他抓住刘百臣的手，喃喃地说道："感谢中国兄弟！你们创造了人间奇迹！"

在孟加拉国，中国军医创造的奇迹在继续。

海上医院刘百臣、李厚恩、刘刚、张兰梅、夏菁等专家级医生更是连续作战，白天前出医疗点巡诊，晚上坚持开展手术。有时病情急，他们连饭都顾不得吃，就走上了手术台。

就拿前面我曾提到过的妇产科医师张兰梅来说：

她是山东青岛人，博士研究生学历，1980 年 9 月入伍。来到孟加拉国后，她已在海军帕腾加医院连续 2 天实施了 3 例剖宫产手术和腹腔镜子宫切除手术。

8 月 20 日，一位 60 多岁的女患者被后送到医院船主平台。

这位女士叫阿苏拉，20 多年前腹部就时常疼痛，并逐渐肿胀。近年来，其下腹隆起如孕妇一般，影响了日常生活，但一直未能得到彻底医治。特别是近些日子，腹胀、腹痛加重，吃东西困难，病情有恶化的趋势。

在医院船主平台，经过超声、CT 等各项检查，均显示巨大腹腔肿瘤，但来源、性质不明。为此，海上医院进行专家专题会诊后，决定对其实施肿瘤切除手术。

在医学界的有关文献中，直径 4 厘米的肿瘤就被定义为"巨大"。阿苏拉肚子里的这个瘤子,显然是"超级巨大"。

这把柳叶刀谁来拿?大家把目光投向在会诊讨论时力主手术的张兰梅。

张兰梅的神色虽然很从容,但内心不可能不纠结:做,还是不做?做,有巨大风险,万一出现问题,自己的声誉受损不说,还将使"和谐使命"任务受到严重影响;不做,患者已出现部分肠梗阻症状,生命受到威胁。

医者仁心。导师和前辈们的教导犹在她耳旁:"医生没有挑选病人的权利,只有为患者解除病痛的义务。病人没有高低贵贱,对每一个病人都要像对待亲人一样。"

张兰梅不犹豫了,她要挑战风险,她要挽救生命!凭着多年的临床经验,她判断肿瘤来源于卵巢的可能性很大,即使是卵巢恶性肿瘤,自己也有能力完成手术。另外,海上医院还组成了由麻醉科、普外科、ICU 和病理科等科室的专家参加的团队,作为她手术时的坚强后盾,再加上医院船先进完备的手术设备和器械,尤其是任务指挥员沈浩对她说的"战友们相信你,你一定会圆满完成任务"这句话,使她信心倍增。

8 月 21 日下午 5 时,患者被推进手术室内。

孟方对这台手术非常重视,不仅派出海军医院妇产科医生上台助阵,还挑选8 名医生到现场观摩学习。

张兰梅拿起那柄分量很轻,但责任重如千钧的柳叶刀,从容地切开患者的腹壁,打开腹腔,一个如足球大小的肿瘤出现在大家眼前。她仔细探查后发现,肿瘤与肠管及腹腔其他部位都有粘连,但起源不是这些地方,而是在术前所预料到的右卵巢,切除时不会伤及其他器官。

张兰梅深深地吸了一口气,在十几双眼睛的注视下,干净利落地钳夹、分离粘连、结扎止血等,仅仅用了半个多小时,就将肿瘤完整地剥离出来。

妇产科医师杜昕双手捧起肿瘤放到磅上一称,竟有 3 公斤多,她禁不住惊叹:"哇!这么大,这么重!"

张兰梅成功实施了巨大肿瘤切除手术,并对多名孟方军医进行了现场技术帮带。她精湛的医术、严谨的作风和开朗友善的性格,赢得了外国同行的尊重与称赞。

患者阿苏拉被移交孟方时,张兰梅前来送别。

阿苏拉老人用双手捧着她的脸,深情地看了又看,然后在她的耳边低语了几句。

张兰梅没有听懂,但她知道一定是感谢和祝福的话,就点了点头。

阿苏拉的儿子在一旁翻译说:"我母亲说,你就像她的女儿。她要天天为你祈祷,愿真主保佑你永远美丽,永远健康,永远幸福!"

那一刻,一股幸福的暖流涌上张兰梅的心头。

张兰梅知道,她与阿苏拉彼此语言不通,但心是相通的。作为医生,能为患者解除病痛,就是世界上最幸福的人。

是的,张兰梅是幸福的,完成任务归国后,上级为她记了二等功!

全体任务官兵都是幸福的。这一次再到孟加拉国执行"和谐使命"任务,他们在就诊人次、住院人数、手术数量、发放药量四个方面刷新了服务纪录。与"和谐使命-2010"任务相比,此次就诊人数达 7084 人,增加了 78%;收治住院 43 人,增加了 3 倍多;精心实施各类手术 84 例,增加了近 3 倍……

这一切,孟加拉国人民看在眼里,记在心里,他们怎样来表达衷心感谢呢?

在"和平方舟"号医院船的甲板招待会上,一种特殊的表达感谢的方式展现在人们面前:

孟海军副参谋长赛义夫少将率领 7 名将军与我任务指挥员携手并肩,齐声高唱中国歌曲《团结就是力量》:

团结就是力量

团结就是力量

这力量是铁

这力量是钢

比铁还硬

比钢还强

……

几人唱，众人和，雄壮有力的歌声回响在"和平方舟"号医院船甲板上，回荡在吉大港的夜空下，昭示着中孟两国"比铁还硬、比钢还强"的团结关系。

2021 年 3 月 17 日，国家主席习近平向孟加拉国纪念"国父"穆吉布·拉赫曼 100 周年诞辰暨庆祝独立 50 周年活动发表视频致辞，代表中国政府和中国人民向哈米德总统、哈西娜总理以及孟加拉国政府和人民，致以诚挚的问候和良好的祝愿。

习近平主席强调，50 年前，穆吉布·拉赫曼先生亲手创立了孟加拉人民共和国。他是中国人民的老朋友、好朋友，2 次访问中国，同中国老一辈领导人结下友谊。我们要铭记老一辈领导人为中孟关系发展做出的贡献，将中孟友好的接力棒传递好。

习近平主席指出，孟加拉国独立 50 年来，在建设国家的道路上取得令人瞩目的成就。作为友好邻邦，我们深感高兴。

习近平主席指出，中国和孟加拉国自古以来就是友好邻邦，古老的丝绸之路见证了两国的千年友谊。建交 46 年来，双方始终相互尊重、平等相待，相互支持、携手前行。当前，中孟都处在振兴发展的关键阶段。中华民族伟大复兴的中国梦和"金色孟加拉"梦想相互契合，中孟务实合作为两国人民带来实实在在的福祉。新冠肺炎疫情发生以来，两国共克时艰，相互帮助，中国企业参与建设的孟方重大项目取得突破性进展，孟加拉国 97% 税目商品输华零关税待遇正式生效。

习近平主席强调，我高度重视中孟关系发展，愿同孟方一道，加强两国发展战略对接，共同推进"一带一路"建设，将中孟战略合作伙伴关系推向新高度。祝愿孟加拉国繁荣昌盛，人民幸福安康！祝愿中孟两国友谊世代相传、万古长青！

6.　"抗战老兵永远心向祖国"

明媚的阳光，洁白的云朵，湛蓝的海水，金色的沙滩，翘首的老人，欢迎的人群……

这是 2013 年 8 月 28 日上午，在缅甸仰光迪洛瓦港，人们期待已久的中国海军"和平方舟"号医院船靠岸了。

说到缅甸，对于大多数国人来说，这是一个熟悉而又陌生的国度。

熟悉。

这是因为我们知道：中缅两国是山水相连的友好邻邦，两国人民之间的传统友谊源远流长。自古以来，两国人民就以"胞波"（亲戚）相称。两国于 1950 年 6 月 8 日正式建交。20 世纪 50 年代，中缅共同倡导了和平共处五项原则。60 年代，两国本着友好协商、互谅互让的精神，通过友好协商圆满解决历史遗留的边界问题，为国与国解决边界问题树立了典范。

陌生。

我和许多人一样，没注意也不清楚缅甸的新首都是内比都，而想当然地认为是仰光。

我们还是回到"和谐使命-2013"任务吧。

在这里，我要特别说明的是，在执行"和谐使命"任务之时，正是西方对缅甸实施严厉制裁之际。

"和平方舟"号医院船到达缅甸之后，任务指挥所针对此站与前一站孟加拉国间隔时间短、转换节奏快、协调工作量较大的特点，为应对缅甸国情、军情、社情的特殊形势和医疗资源薄弱、民众医疗需求强烈的实际，积极统筹医疗服务力量，创新医疗服务实践，采取"1+1+1"的模式，即医院船主平台全面展开、巡诊医疗队定点展开、专家医疗队流动展开的方式，将医疗服务的能力和范围前伸、医疗服务的深度和广度拓展，继续保持发扬了医疗服务的良好势头。

为了简明扼要，我列出一串数字，来印证这个良好势头：在此一周时间里，共为缅甸政要、军人、民众和中国使领馆、中资机构人员及华侨华人诊疗 6422 人次,住院 49 人,手术 77 例,开展 CT、DR 等辅助检查 2766 人次。派出健康服务和文化联谊分队赴学校、孤儿院健康宣教巡诊 321 人次,接待缅方 169 名医务人员登船观摩,与缅方 70 名医务人员就 7 个专题进行了学术交流。

任务官兵力求尽最大努力展示良好形象,最大程度地深化传统友谊,最大能力地实施医疗服务,最大效果地扩大任务影响。其中感人的场面很多,动人的故事不少,李厚恩、侯黎升、张兰梅、刘百臣等几位专家在手术台上更是使出浑身解数,为一些十分罕见的病例患者解除了痛苦。比如:侯黎升在 8 月 31 日晚上,为一位 65 岁的男性切除了长在左大腿上直径 16 厘米的巨大脂肪瘤;李厚恩在 9 月 2 日上午,为一位 38 岁的女性患者实施了鼻腔巨大结石取出术;刘百臣一天连续为 9 名患者实施双眼白内障超声乳化及人工晶体植入术,创造执行任务以来眼科单日手术之最。主平台在 9 月 1 日这天,同时展开 4 个手术室,从早晨 7 时开始,一直持续到次日凌晨 3 时 30 分,长达 20 余个小时……

这一切怎不令人感动?

请原谅我医学知识匮乏,不能绘声绘色地讲述手术台上的妙手匠心,就用仰光省行政长官吴敏瑞的话来浓缩那无边的感动吧,他说:"缅中友谊源远流长,就像亲兄弟一般。中国在缅甸最困难的时候给予了真诚帮助,派'和平方舟'号医院船来访,并提供人道主义医疗服务,缅甸政府和人民永远都不会忘记这份恩情!"

不知您是否注意到,我在本节开头写到"翘首的老人",这可不是我信手拈来,随意写下的,而是真正有一位这样的老人,并且是一位有故事的中国远征军抗战老兵。

这位老人叫刘大江,1920 年出生在安徽太和。2013 年时,他已经 93 岁高龄了。

任务官兵慕名前往仰光拜访他时大吃一惊:老人红光满面,精神矍铄,腰板挺直,身体硬朗,看上去也就 70 多岁。

老人握着任务官兵的手,朗声说道:"欢迎,欢迎! 按咱们老家的规矩,我今年虚岁 94 岁了,没想到这么大年纪,还能在家里接待祖国来的亲人。"

说起自己的人生经历,老人思路清晰,记忆力超强,还不时地打着手势,滔滔不绝:从太和到上海,从上海到南京,从太原到西安,从重庆到贵阳,从印度到缅甸……

随着他的诉说,历史的烟云在人们面前弥漫,波澜壮阔的场景在人们眼前展现……

1937 年 10 月,刘大江从上海中学毕业了,准备继续深造。此时正值"中华民族到了最危险的时候",日本军国主义野兽般的铁蹄践踏着神州大地,炎黄子孙被迫发出最后的怒吼,组成抗日民族统一战线,"冒着敌人的炮火前进"!

年仅 17 岁的热血青年刘大江,毅然决然地弃学从戎,义无反顾地参军抗战。他在抗日战场上一路征战,一路冲锋,出生入死,身上留下多处伤疤。

1941 年底,他被编入中国远征军。

中国远征军是抗日战争时期中国入缅对日作战部队,亦称"中国赴缅远征军""中国援缅远征军"。它是根据中英双方于 1941 年 12 月 23 日签订的《中英共同防御滇缅路协定》编成的,计 9 个师 10 万余人。

1942 年 3 月,远征军入缅发起滇缅路作战。

几场血战后远征军失利,余部大部分退回云南,后重建时称滇西远征军;一部分撤至印度,后称中国驻印军,这就是刘大江所在部队。

1943 年 10 月至 1944 年 5 月,为配合中国战场及太平洋地区的战争形势,中国驻印军和滇西远征军先后发起缅北、滇西作战,歼灭日军 4 万余人。

中国远征军是中国与盟国直接进行军事合作的典范,也是甲午战争以来中国军队首次出国作战。中国驻印军和滇西远征军在缅北、滇西反攻中,收复缅北大小城镇 50 余座,收复滇西失地 8.3 万平方千米,共歼灭日军 4 万余人。中国军队也付出了重大牺牲,伤亡官兵约 6.7 万人。

刘大江当时已是中尉军官,为什么未随部队撤回国内呢?

因为他又一次在战场上负了重伤,昏迷中与部队失去了联系,幸遇从北京来的 2 名流亡学生,救了他的性命。

养好伤,已是 1 年之后。这时,抗日战争虽然已经取得胜利,但内战又起。

"国民党发起内战不得人心,就是客居海外,也不为蒋介石卖命!"这是 3 位年轻人的共识。

刘大江和 2 位伙伴商量决定,在仰光的广东华人观音庙旁办一所华夏学校,服务当地的华侨华人子弟。

因为当时在缅甸的华侨华人之间语言沟通也很困难,广东人只会讲潮州话,福建人只讲闽南话,交流起来像吵架,谁也听不懂。

老人至今还保留着当年使用的课本。这发黄发霉的课本里面有他的心血和智慧,他一直珍藏着。他十分自豪地说:"我们的华夏学校很受华侨欢迎啊,第一次招生,就招了 100 多个孩子,都想来学中国文化。"

1949 年 3 月,刘大江与华裔少女庄秀凤喜结连理。结婚后,夫妻俩同在华夏学校教书,携手致力于教育华侨华人后代、维护华侨华人利益的事业。

刘大江在缅甸生活的 70 年里,其间当了 50 年的华文教师。他用中国的语言文字、诗词歌赋、历史地理知识等传统文化,滋养了一辈辈华侨华人的后代,使他们茁壮成长,受益良多。

值得刘大江永远自豪的是,1957 年,中国驻缅大使馆组织包括刘大江夫妇在内的爱国华侨华人参观团,到北京参加国庆 8 周年观礼。刘大江夫妇在天安门东四观礼台上,受到毛泽东主席的亲切接见。

1958 年,刘大江夫妇又在大使馆的安排下,分别在北京虎坊桥小学和东四幼儿园进修,一共 3 个月左右时间。

2011 年,刘大江作为抗战老战士,应邀回国观光。这一次,他不仅又回到了安徽太和省亲,还游览了合肥、南京、上海等城市。看到祖国欣欣向荣的新景象,他一路参观,一路感慨,多次含泪赞叹道:"祖国变化太大了!国家繁荣富强是中华儿女伟大的梦想,在中国共产党的领导下实现了,真了不起!"

对于"和平方舟"号医院船的到来,当地的华侨华人如过年般喜庆。刘大江老人更是翘首期盼。

任务指挥所特意将老人请上船，为他做了全面体检，除了血压稍高之外，其他指标均很正常。

体检结束后，老人走上飞行甲板，向迎风飘扬的八一军旗郑重地敬了一个军礼。他对任务指挥员陈显国颤声说道："我小时候，在黄浦江上看到的都是来自美国、英国、德国的军舰，就是没有咱们自己的。现在不一样了，中国海军舰艇到世界各地出访，到亚丁湾护航，军舰很威武，也很有战斗力，我们华侨华人感到扬眉吐气啊！和平方舟很漂亮，医疗设备一流，医护人员服务周到，到世界各地履行国际人道主义，多给中国人长脸、长志气啊！"说到此处，两行热泪情不自禁地往下滚落，他紧紧抓住陈显国政委的手，又说，"离开祖国几十年，不变的是一颗中国心。我这个抗战老兵为中国海军的强大感到高兴，感到自豪！请给亲人们捎句话，就说抗战老兵永远心向祖国！"

医院船离开缅甸那天，刘大江在从老家过来照顾他的侄孙刘晓峰的陪同下前来送行。他对我驻缅大使杨厚兰说："这些官兵就像我的孩子，真舍不得他们走啊。可我知道，他们不仅仅在一个国家开展医疗服务，还有更多的国家和更重要的使命在等待着他们。"

汽笛声声，"和平方舟"号医院船缓缓驶离。

刘大江老人频频挥手，双眼发红，声音洪亮地喊着："再见，再见……"

我想，这位抗战老兵也许进入了新一轮的翘首期盼中……

7.　"我们是真正的国际大家庭"

我非常荣幸，能随"和平方舟"号医院船执行"和谐使命"任务，并通过采访任务官兵，加深了对任务意义的理解和认识：我们中国海军舰船执行环球访问、远洋护航、联演联训等多样化军事任务，不仅仅是单纯意义上的生命救助，实际意义已经超出行动本身，成为舞动世界的友谊彩带、连通海洋的友谊纽带、连通中外的友谊窗口。

2013 年 9 月 10 日早晨，"和平方舟"号医院船与印度尼西亚海军"瓦拉卡斯"号巡逻艇会合，共同驶向雅加达丹戎不碌港。

印度尼西亚共和国,简称"印尼",位于亚洲东南部,首都为雅加达,地跨赤道,疆域横跨亚洲及大洋洲,拥有 17000 多个大小岛屿,素有"千岛之国"或"万岛之国"之称,是世界上最大的海岛国家。

在新中国诞生不久的 1950 年 4 月 13 日,印尼就与我国正式建立了外交关系。两国关系虽历经风雨,但总的来说逐年向好,传统友谊逐年加深,合作愈来愈密切。

"和平方舟"号医院船在驶往印尼的航路上,海上医院医务部主任周山为全体医务人员解读了印尼站医疗服务方案。此后,海上医院还组织了拉布汉巴焦医疗服务任务动员部署会。

周山在原海军总医院担任医务部副主任,是一名副主任医师。她是安徽桐城人,1996 年入伍,博士学位。

周山这个名字很男性化,大家一看到或听到这两个字,脑海里肯定会浮现出一名威风凛凛的男军人形象。实际上,周山是一个看着很文静的女军医。但是,她的性格如同她的名字一样,风风火火,执着坚定。她抓起工作来,既有女性的细腻周密,方方面面都顾及,滴水不漏,也有男性的魄力和胆量,不落实到位决不松手、不收兵。

我与周山一起执行过"和谐使命-2015"任务,她担任的还是海上医院医务部主任职务。

采访时,我请她把"和谐使命-2013"任务中印尼站的内容给我也解读一遍。

"这站任务内容多、形式多、组织繁重。"她说。

"与从前的任务不一样吗?"

"是的。先说组织吧。医院船先是停靠在雅加达,举行完欢迎仪式便起航到拉布汉巴焦群岛锚地开展医疗服务,然后返航雅加达进行访问,并参加'科莫多航行 2013 庆典'和海上阅兵活动,来来回回多次出港靠港。"

我点点头,静听下文。

"医院船这次医疗服务活动形式多样,首次参加多国联合巡诊活动,在与印尼和新加坡医务人员联合坐诊的过程中，既是共同服务，也是同台竞技。另外，还首次在海上锚地为外国民众提供医疗服务，有效地探索了医院船在无码头保障条件下医疗服务的方式。"

这让我想起了此后不久他们急赴菲律宾抢险救灾的情景，在后面的章节中我要写到。

周山停顿了一下，笑笑说："内容之多就不言自明了，医疗服务、学术交流、军事互联、参加庆典、海上阅兵等。"

那么，我们就随周山前往印尼首都以东 1500 千米的拉布汉巴焦群岛吧。

据曾到那里旅游的网友称：印尼的拉布汉巴焦群岛，是一个非常美丽的 360°无死角的地方。在碧蓝的海水中，坐落着一个个美不胜收的无名小岛。同一片海域，左边是白色的沙滩，右边是黑色的沙滩，还有一片比科莫多沙滩还要粉红的沙滩，是游客们的必到之地。著名的科莫多岛就坐落在这片群岛之中，上面生活着很多巨蜥，给人们留下非常深的印象。

任务官兵无暇欣赏这里的美景，在拉布汉巴焦港外锚地抛锚之后，就全力以赴参加包括印尼"苏哈索"号医院船、新加坡"努力"号两栖船坞运输舰在内的多国海军联合巡诊活动。

中国海军"和平方舟"号医院船首次在无码头保障的条件下，主平台通过与印尼登陆艇合作，实施病人转运，24 小时开放全部科室，随时为当地民众开展医疗服务；同时派出医疗分队，与印尼、新加坡海军医疗队一同前往当地轮渡码头开展联合医疗服务。其间，三国舰船指挥员和医务人员进行了相互参观交流，并在印尼医院船上组织了病例研讨会。

9 月 10 日，任务副指挥员兼海上医院院长孙涛率 21 人医疗分队，乘印尼军方交通艇赴拉布汉巴焦港候船大厅开展定点医疗服务，后送患者登船诊疗30 人。

9 月 11 日，海上医院医务部主任周山率 32 人医疗分队再赴拉布汉巴焦港候船大厅开展定点医疗服务，后送患者登船诊疗 41 人。此次是执行任务以来，前出医疗专家分队人数最多的一次。

在联合开展医疗服务的几天时间里,三国海军医疗队共计诊疗服务 1193 人次,其中中国医疗队诊治患者 700 余人次,完成手术 16 例。

周山兴奋地告诉我:"我们是真正的国际大家庭,三国海军联合医疗共同体,帐篷内的'全科三甲医院'!"

拉布汉巴焦群岛离首都遥远,岛上居民近万人,无一家正规医院。

三国军医联合巡诊,令岛上民众喜出望外。一位当地患者激动地对媒体记者说:"太好了,太好了!三国海军医疗队联合巡诊,送医送药到家门口,我们真是太幸运了!"

我医院船医疗分队抵达后,第一时间投入工作,迅速搭起了一顶绿色帐篷,摆上桌子、打开药箱、取出医疗器材,瞬间落成了一间医院门诊部。

别看条件简陋,这可是一座名副其实的"全科三甲医院",内科、外科、妇科、儿科、眼科、耳鼻喉科等 23 个科室的医生齐上阵。

此时,轮渡码头上人流如织,上千名当地民众早已蜂拥而至,等候就诊。几分钟的时间里,中国医疗队的帐篷前就排起了长队。

3 岁的小女孩艾夫瑞达是"帐篷医院"接诊的第一个患者。她的妈妈说:"昨天村里通知,今天在码头上有三国医生联合医疗巡诊,我们全家非常高兴,早早抱着孩子来排队。我信任中国医生,希望能看好我女儿的病。"年轻的妈妈充满了期待。

艾夫瑞达长期厌食,显得比同龄孩子瘦弱许多。

儿科医生杜侃详细询问了艾夫瑞达的情况,并为她做了细致的检查,微笑着对她妈妈说:"不要担心,孩子是消化不良。我为她开一些药,平时注意让孩子多活动,她很快就会好起来的。"

艾夫瑞达的妈妈闻听长舒了一口气,连声表示感谢。

如果在现场,你还会看到,"帐篷医院"里一片繁忙:心内科医生王峰拿起听诊器,为一位村民认真检查心脏,并开出了进行心电图检查的诊疗单;眼科医生刘百臣的诊疗台前挤满了候诊的人,他一个个认真地检查着,并开单将需要手术的后送到医院船；耳鼻喉科医生李厚恩的额头上挂满了汗珠，他顾不得擦拭，小心翼翼地将耳内镜插入患者耳朵里进行检查；帐篷门边，口腔科医生章禾搭起简易的口腔检查椅，与助手一起为患者进行诊疗；皮肤科医生刘启芳，一度因患者太多，被挤出帐篷，蹲在地上为患者检查、诊疗、开药……

其间，不时有印尼、新加坡的军医走进帐篷，与中国同行交流患者病情和诊疗意见。在与患者语言交流困难时，几名印尼医生自愿留下来当起了翻译，成了医疗队与当地民众沟通的桥梁。其中一位叫李雅芝的华人实习医生，更是忙得不亦乐乎。她祖籍福建福鼎，去年刚从哈尔滨医学院留学毕业归来，能讲一口流利的普通话。她刚为这个诊疗台翻译完，那个诊疗台又在叫她。她乐此不疲，汗水湿透了衣衫……

烈日炎炎，三国联合巡诊开展得如火如荼；热浪滚滚，浩瀚的大海翻腾着中国军医满满的大爱！

9月15日，"和平方舟"号医院船完成联合巡诊任务，起锚驶离拉布汉巴焦海域，重返雅加达，参加"科莫多航行2013庆典"和海上阅兵活动。

在巡诊期间，还发生了这样一个小插曲：

一名澳大利亚人在来印尼旅游时，烤瓷牙桩冠不慎脱落，十分不便和难受。当从当地民众的交口称赞中得知中国海军"和平方舟"号医院船正在拉布汉巴焦一带开展医疗服务时，他驾船前来寻医问诊。

医务人员很快为其进行了牙桩冠修复固定。

他满怀感激地表示："我在大海上，看到866船巨大的红十字，就看到了希望！中国军医不仅技术好，而且十分热情。非常感谢！非常感谢！"

他在准备驾船离开时，又由衷地对任务官兵赞叹道："爱，没有国界。你们为印度尼西亚，也为世界上其他许多国家送去健康和希望，送去了爱。以前我只了解长城、大熊猫，现在在我心里，你们就是中国的一张新名片！"

是的，"爱，没有国界"。

"和平方舟"号医院船跨越大海，向世界传递着无疆大爱，彰显着扶危济困的中国力量……

8. "乘坐铁哥们儿的飞机去看病"

人们常说:"亲戚越走越近,朋友越走越亲。"加强了解、增进友谊,是和谐的国际关系的基础所在。

2013 年 9 月 24 日,"和平方舟"号医院船驶抵此次"和谐使命"任务的最后一站——柬埔寨王国西哈努克港。

任务官兵访问此地并进行人道主义医疗服务,有一种走亲戚、会朋友的感觉。

对于上了点儿年纪的中国人来说,一提起"柬埔寨""西哈努克",马上就有一种亲切感,年轻一辈则对"柬铁"一词较为熟悉。

柬埔寨古称"高棉",是个历史悠久的文明古国,早在公元 1 世纪就建立了统一的王国。9—14 世纪的吴哥王朝时期,为柬埔寨历史上最辉煌的时代。从 20世纪 70 年代开始,柬埔寨经历了长期的战争。1993 年,随着柬埔寨国家权力机构相继成立和民族和解的实现,柬埔寨进入和平与发展的新时期。

西哈努克港位于柬埔寨西南海岸线上,简称"西港",以西哈努克亲王的名字命名,是柬埔寨最大的海港,目前是柬埔寨唯一一个经济特区,其地位类似于中国的深圳。

柬埔寨和中国是老朋友。1958 年 7 月 19 日,中柬两国正式建交。长期以来,中国几代领导人与西哈努克建立了深厚的友谊,为两国关系的长期稳定发展奠定了坚实的基础。1955 年 4 月,周恩来总理与时任柬埔寨政府首脑的西哈努克在万隆亚非会议上结识。20 世纪 60 年代,周恩来、刘少奇曾先后率团访柬。西哈努克也曾 6 次访华。

1970 年 3 月 18 日,朗诺趁西哈努克出国访问,在美国的策动下发动政变。在西哈努克有国无法归的关键时刻,中国总理周恩来亲自到机场迎接他来北京,辽阔的中华大地成为柬埔寨人民抗战的大后方和指挥部。3 月 23 日,西哈努克宣布成立柬埔寨民族统一阵线,5 月 5 日成立以宾努亲王为首相的柬埔寨国民族团结政府。历经数年,终于取得了斗争的胜利。但好事多磨,在其国内再次发生动乱,遭到外族入侵之时,西哈努克又一次避难北京。

20 世纪 70 至 80 年代,西哈努克 2 次在华长期逗留,领导柬埔寨人民进行反抗外来侵略、维护国家独立和主权的斗争,得到中国政府和人民的大力支持。

中国政府和人民对柬埔寨的坚定支持和无私援助,柬埔寨王室、政府和人民永远铭记在心。

2010 年 12 月,两国建立全面战略合作伙伴关系,双边关系进入新的发展阶段。

柬埔寨王国现任首相、人民党主席洪森,更是以和中国结成"钢铁般的兄弟情谊"而光荣和自豪。

2020 年 2 月 5 日,在中国人民全力抗击新冠肺炎疫情的关键时刻,洪森首相临时决定在此特殊时期来华访问,以表达他对中国人民的大力支持,并表示愿意在非常时期与中国人民患难与共。他也成为中国鼠年第一个来华访问的外国首脑。中国国家主席习近平、国务院总理李克强分别在北京会见洪森首相。会见中,习主席用了一句特别动情的话:患难见真情。

是的,患难见真情。

对于洪森首相这次访华的特殊意义,国内外新闻媒体给予了详细的解读,我仅写出几个标题,大家就可以了解了:《"铁杆朋友"特殊时刻访华:以中柬命运共同体凝聚国际战"疫"共识》《关键时刻,这场会见诠释"患难见真情"》《特殊时期,柬埔寨首相洪森访华的特殊意义》《关键时刻,洪森来到中国》……

"人敬我一尺,我敬人一丈。"这是中国人铭刻在心的格言。

任务指挥所针对中柬睦邻友好,访问和提供医疗服务任务重、规格高,气象复杂,组织难度大,以及直升机在陌生环境长距离跨岛礁飞行安全要求高、当地传染性疾病流行防范压力大等实际,梳理明确了 10 项主要工作,提出了"积极热烈、严谨稳妥"的指导方针。

对待亲人和朋友必须要"积极热烈"。我仅列出医疗服务一周中的一些数字,就可看出"积极热烈"的程度:体检、诊疗达 8170 人次,收治住院 17 人,手术治疗 65 例,辅助检查 2135 人次,派出 8 批医疗分队前出诊疗 3133 人次;派出健康服务与文化联谊分队开展宣教诊疗 256 人次;与 30 名柬方医务人员开展医学交流,接待 130 名医务人员登船观摩见学等。连续 3 天,医院船主平台日接诊人次突破千人次,最高达到 1275 人次,连创任务新高。首次到边防海岛为外军官兵提供医疗服务,首次赴艾滋病毒携带者孤儿院开展健康宣教活动,首次利用救护直升机后送病人登船治疗等。

"严谨稳妥"是"积极热烈"的保障和基础。任务指挥所提出了"强化思想认识、强化管理教育、强化组织指挥、强化综合保障"的总要求,并专门就直升机飞行有关计划、保障等问题与柬方进行了协调沟通,就如何加强甲肝、登革热、禽流感等传染病防护问题进行了研究部署。

访问服务获得了柬方高规格接待和全方位支持,受到柬军政高层、社会民众的高度赞誉,在当地产生热烈反响。柬国防部国务秘书宁帕上将、海军司令迪文中将及西哈努克省副省长布拉斯哈拉等高官热情接待前来拜会的任务指挥员一行。

阿列伦第三孤儿院院长在接待任务指挥员沈浩带领的健康服务与文化联谊分队时说:"和平方舟为柬埔寨孤儿,特别是携带艾滋病毒的患儿送医送药,感动了全体工作人员,温暖了孩子们的心,充分展示了中国人民的深情厚谊和中国海军的医者仁心、大爱情怀。"

任务官兵们要离开时,许多患儿紧抱着他们舍不得分开。孩子们眼含热泪,大声地喊道:"中国!中国!再来,再来……"

这是心的呼唤,这是爱的呐喊!

那几天里,心的呼唤、爱的呐喊,澎湃在海天之间,涌动在城乡角落。

9 月 25 日上午,柬埔寨威岛,救生直升机旋翼飞转,在一阵轰鸣声中盘旋而去,载着筛选出来的 5 名当地患者及其家属,飞往"和平方舟"号医院船主平台。

大概是第一次坐飞机,一位年轻的女性非常紧张,脸色煞白,闭着眼睛紧紧抓住丈夫的手。

她叫彭萨帕薇，虽然才 20 岁出头，但结婚已经几年了，一直没孩子，这成了他们全家的心病。中国医院船的到来，为他们带来了希望，夫妻俩早早地就在医疗点等待了。中国军医一问病情，认为需要到医院船主平台为她进行全面检查，才能找出病因。

于是，他们有幸平生第一次坐上了飞机。

"你真有福气啊，乘坐铁哥们儿的飞机去看病。"丈夫为了缓解妻子的紧张情绪，不停地和她说着话。

彭萨帕薇点点头，胆怯地睁开了眼睛。

"中国军医技术好，保证'手'到病除。"

"是真的吗？"

"当然是真的了。对中国人咱要绝对相信，他们一定会治好你的病。"

"嗯，我相信。"

"明年咱们就能抱上可爱的小宝宝了。"

彭萨帕薇羞涩地笑了，脸色也缓了过来。

在夫妻俩幸福的憧憬中，直升机降落在医院船飞行甲板上。

经过检查，彭萨帕薇被诊断为卵巢囊肿，造成不孕。

9 月 26 日傍晚 6 时 30 分，海上医院医师张兰梅亲自主刀，为她做了腹腔镜下粘连松解术。术后，彭萨帕薇恢复良好。

9 月 28 日，彭萨帕薇出院了。张兰梅前来送行，笑着对他们说："等你们有了宝宝，一定要想办法把好消息告诉我呀。"

夫妻俩异口同声地说："一定，一定！"

满怀着希望，充满了幸福，他们下船了。

可是，他们并没有立即返回家乡，而是久久地伫立在岸边，凝望着那艘"大白船"。

他们心中一定在默念着"中国！中国！"，一定期盼着这艘给人们带来健康和幸福的和平方舟，多停留一段时间，多来几次……

9月30日,"和平方舟"号医院船驶离柬埔寨王国西哈努克港,踏上了归国的航程。

然而,就在这时,一个撼人心魄的消息传来:台风横扫西沙海域,多艘渔船被吹翻沉没。

上级命令:"和平方舟"号医院船立即转向,参与紧急搜救遇险渔民和善后行动!

迎着风浪,全速前进!

10月3日,他们到达事发地点。

6天时间里,他们海空搜索了西沙琛航岛周围的11021平方千米的海域,发现了多处目标,并做了妥善处理;

6天时间里,任务官兵战风斗浪,锤炼意志与体格,直面鲜血和生死,经历了惊心动魄的场面……

10月12日,"和平方舟"号医院船完成长达125天的"和谐使命-2013"任务,返回浙江舟山母港。

A 卷

　　"海上丝绸之路"的另一端是墨西哥阿卡普尔科市。当医院船抵达这里时，当地的人们正在欢度"中国之船"节。墨西哥有一位家喻户晓的"中国姑娘"，她是许多年前随商船远涉重洋，来到墨西哥定居的，在当地留下许多关于美德与智慧的故事，设计出具有墨西哥象征符号的"普埃布拉中式女装"。当地政府在城市中心建了一座纪念碑，竖起一座美丽的女性雕像，以纪念这位在墨西哥文化史上占有重要地位的"中国姑娘"……

第六章　"中国之船"和"中国姑娘"

　　战风斗浪，锤炼意志与体格，直面鲜血和生死，经历惊心动魄的时刻……在随"和平方舟"号医院船执行"和谐使命－2015"任务时，这些我多少都亲身体验了。

　　从美国圣迭戈前往墨西哥阿卡普尔科时，我心里还有点儿忐忑，对下一段任务中的困难做了一些思想准备。因为我在出发前，曾在百度上搜索了一下这座城市，它居然上了世界十大凶险城市的榜单，排在第四。网上说这里治安极差，充斥着贩毒、谋杀、抢劫等犯罪活动。

　　然而，当我们来到这座美丽的海滨城市，接触到当地广大民众，听到"中国之船"和"中国姑娘"的故事时，特别是在当地军政部门的强力保障下，我原先的担忧烟消云散，留下的都是难以忘怀的美好记忆……

1.一颗火球疾速朝我们追来

　　2015 年 11 月 7 日，中国海军"和平方舟"号医院船驶离美国圣迭戈港，向着下一站——墨西哥阿卡普尔科快速航行。

这天,艳阳高照,天气晴好。大海平静了许多,铺展的深蓝也很少见白点。

我站在舷边,放眼望去,海面波光粼粼,像一面巨大的圆镜,倒映着匆匆而过的白云。在风平浪静中向南方,一天无事。

晚饭后,我与医院船政委姜景猛在飞行甲板上散步。

姜景猛是个文质彬彬的中年人,中等个头,很符合他的职务形象。

"这几天天气怎么样?"出海问天气,成了我的习惯。

姜景猛说:"不错,不会再出现大风浪。"

我感叹道:"太好了!战友们不会再受晕船之苦了。"我转了一个话题又问他,"在圣迭戈靠码头时,你跑下去和美国人比画什么?"

"噢,那时我们要在后面缆绳上装防鼠圈,因为语言不通,只好连说带比画。"

"记得你曾给我讲过,老鼠也晕船,晕得受不了,在甲板上瞪眼往海里跳。"

他笑着说:"是啊,这是我从前在别的船上亲眼所见的,当时我正晕船,看到这情景,竟忘了难受了。"

说笑间,天渐渐黑下来。大洋上夜幕笼罩,唯有星星在闪烁。这时,我突然看到,在我们船的正后方,紧贴着海面出现了一团光晕。

"你看,那是什么?"我问姜景猛,并指给他看。

姜景猛盯着那团光晕看了看,说:"那光是从海里跳出来的,是月亮在升起吧。"他也说不清。

"不对,是艘船,正朝着我们追来。"

"也不对,船没有这么快。"

我们两个不停地变换着判断。

转眼间,那光团由白变黄变红,几秒钟后,已变成一个大火球,疾速地向我们扑来。

甲板上所有散步的同志都停下了,观看着,惊呼着……

说实在话,当时我心里也十分紧张,但并没有慌张,而是掏出手机对着那团火球录像。因为我知道,医院船是受国际法保护的,美国军队或者海盗再穷凶极恶,也不敢冒天下之大不韪,对一艘没有武器的医院船发动攻击,更何况,我们有强大的祖国做后盾,并且一路播撒大爱,宣扬和平。

只见那火球在离我们医院船一两海里时,突然斜着向西南方的夜空上升,并拖着长长的尾巴,到达一定的高度时,化作一个巨大的云团,并闪烁着蓝光。

那闪烁着蓝光的云团渐渐扩散,占据了西南方半边天,后来慢慢淡薄以至消失,整个过程持续了20余分钟。

惊魂的时刻过去了,我们船上却热闹起来。大家都在谈论这件事,任务指挥所没对此事做什么解释,我心中至今还留着一团疑云……

第二天,11月8日,一大早,我和郭林雄、杨毅斌、肖永利、吴丹等人来到01甲板后侧,这里靠近水兵餐厅和厨房,今天轮到我们政工组帮厨,媒体记者全部参加。

帮厨是部队的老习惯、好传统,帮炊事班干点儿诸如洗盘子、刷碗、择菜的事,这样既能分担炊事班的一些琐碎活,节省时间,又可体验炊事班战士的辛苦,同时自己也把关饭菜卫生质量。

炊事班班长吉成统带着几位炊事员将几筐蔬菜抬了出来,有土豆、豆角、茭白、藕、大葱、洋葱等,铺在一块巨大的油布上。我们的任务是将菜择干净,别看活不重,可是个细活。因为有些蔬菜是在上几站购买的,经过这么多天的远航,有的菜出现发蔫霉烂现象,要把烂处掐掉。土豆要用削皮刀将皮一点点削净,特别要注意有没有发芽的。十几位帮厨的同志都很认真,仔细剔除任何一点儿可能影响健康的东西。要知道,这是吃到自己肚子里的东西,大家不敢有丝毫马虎。

大家边干活边议论昨天的事,猜测着那团火球到底是个什么东西。

炊事班班长吉成统是位上士,海南昌江人,黎族,他长得可不像我们印象中的大厨形象,脸圆腰粗,而是有点儿黑瘦。这是个"闷葫芦",大家聊得不亦乐乎,他却一言不发,闷着头干活。

我边剥葱边主动过去找他聊天,终于他打开了话匣子。

我请他介绍一下炊事班的情况。

吉班长告诉我,航行时,每天要做四顿饭,除了正常的早中晚餐,还有夜宵,设备要24小时运转,机电、航海、通信等很多部门的战友夜里要值班。炊事班共有16人,分为一个面点组和三个炒菜组。其中,面点组负责所有面食和每日早餐,炒菜组轮流值班午饭和晚饭。所有人员都经过专业培训,其中有3名高级厨师、7名中级厨师、6名初级厨师。

怪不得大家都在议论,"和平方舟"号医院船的饭菜香甜美味,原来,炊事班个个身手不凡。

吉班长说,航行时,时差频繁调整,面点组要从凌晨4时开始工作,生物钟总是混乱;高温厨房是用来蒸馒头、做汤和稀饭的地方,工作时温度50℃左右;海况恶劣时,炒菜大锅里的菜汤很容易溅出来,把人烫伤……

吉班长还说,各部门都很辛苦,比如说舵手的工作每天"四班倒",值班之外还要参加训练。行驶在不同时区,碰上调时间,有时一整夜不能睡觉。这么多年,所有人都坚持过来了,也不觉得苦和累。"我们炊事班做这点儿事,实在算不了什么。"

这让我想起船上口口相传的一句话:"一艘船,一家人,一条心,一股劲。"任务指挥员、政委、参谋、助理、干事、船领导、医生、护士、飞行员、警卫战士、船员、炊事员……这些人就像螺丝钉,每个岗位都很重要,共同构成了"和平方舟"号医院船这个整体。

这时,任务指挥员、船政委等人也来帮厨了,后面跟着航空部门的维吾尔族女兵吐尔孙古力·买买提。

任务指挥员管柏林笑着对吉成统说:"吉班长,你派人多拿点儿牛肉给古力。听说她牛肉面做得不错,今天她要亲自下厨露一手,我们几个搞个特殊,晚饭到民族餐厅去吃。"

吉班长点点头,指派炊事员桂江波前往储存冰库拿牛肉。

我主动请缨,随同前往。

桂江波是个上等兵,入伍培训后就随船执行任务。他来自安徽池州,1994年生,刚过20岁,瘦高的个子,白皙的脸庞,有些腼腆,多才多艺,是船上有名的小画家。

在小桂的带领下,我们来到肉类储存冰库,这里靠近机电舱,几乎位于医院船的最底部。他递给我一件老式海军棉大衣,自己也穿了一件,熟练地打开继电开关,弯腰钻了进去。我紧跟着他,进到里面,寒气顿时在我的眼镜上结了一层霜。

这是一个宽大而又狭窄的储存冰库,宽大是因为原本储存面积很大,狭窄是由于放满了箱子,走道狭窄。小桂直奔一个大冰箱而去,拉开门,拿出一箱牛肉,递给我。

我们民族餐厅有点儿特殊,在水兵餐厅旁边另开了一个灶,船上安排一位炊事员给我们这些少数民族船员定时做饭,肉类得是清真的,冰库里有一个冰箱专门存放。

我虽然在里面待了不到 2 分钟,但还是觉得冷气顺着裤腿一个劲地往上钻,很快进入腰腹部,不由自主地浑身哆嗦了一下。走出冰库后,我忍不住感叹:"真冷啊!"

锁好冰库门,小桂从我手中接过牛肉,笑说:"沙老师,我们每天都要走过'一年四季'。"

我愣了一下,用疑惑的眼神看着他。

"这里是-18℃,菜库里是 4—6℃,船舱里是 20℃多一点儿,工作时高温厨房里达到 50℃。我们每天都要在这些地点走上几个来回,待上一段时间,不是犹如穿越了春夏秋冬四个季节吗?"

我仔细想想,确实是这么回事。

上到甲板,我再看这群平常似乎又不平常的炊事班战士,不由得肃然起敬。他们许多人不会在出访和医疗服务时走上前台,不会出现在电视镜头里或记者的笔下,但他们为了确保使命任务的完成,为了全船人员的身体健康,辛辛苦苦地工作,默默无闻地付出。古语说:"民以食为天。"他们承担着天一样的责任,是这支队伍中不可或缺的一员,同样是光荣的任务官兵。

海上风云多变幻。这天下午,整个天空都铺满了鱼鳞云,特别是在太阳西移之时,先是青灰,继而鹅黄,再成赤红,到了夕阳快入海时,半边天都成了墨红和褚红色,真是美轮美奂,撼人心魄,恐怕许多人这辈子都难见到。我和战友们争相拍照,留下这美妙的景色。

吃晚饭时,我捧着古力做的牛肉面,品出了别一番滋味……

2. "中国之船"圆了盲童的梦

别一番景色,别一番风情,别一番滋味。

11月12日中午,我随中国海军"和平方舟"号医院船到达墨西哥,到达阿卡普尔科。

墨西哥合众国,简称"墨西哥",位于北美洲南部、拉丁美洲西北端,是南美洲、北美洲陆路交通的必经之地,素称"陆上桥梁"。

阿卡普尔科是墨西哥著名的海滨旅游城市之一。这里有平静的海湾、细软的沙滩、明媚的阳光,椰林摇曳,海风习习,风景十分优美。1985年,它与我国同为美丽海滨城市的青岛结为友好城市。

墨西哥虽于1972年才和我国建交,但阿卡普尔科港和我国有着悠久的历史渊源。史料记载:1550年11月17日,一艘载有中国丝绸、香料、瓷器、家具、纸张的商船,漂洋过海来到墨西哥阿卡普尔科,被人们亲切地称为"中国之船"。在这之前,这里还只是个仅有250余户渔民的小镇。随着"中国之船"的到来,小镇日渐繁荣起来,并衍生出"中国之船"抵达时的大规模集市贸易。那一天,俨然已成为当地的重大节日,人们载歌载舞,举着保护商船的神像,唱着"德·德乌恩"的圣歌,来到码头欢迎"中国之船"平安抵达,祝福集市买卖兴隆。商贩们成群结队地前来赶集,有的购买商品,有的出售给养,甚至吸引了远在利马、瓜亚基尔和加拉加斯等地的船只前往转运物资,随之形成了每年11月17日的"中国之船"节。

"中国之船"一路风雨兼程,先抵墨西哥阿卡普尔科,再南下秘鲁卡亚俄港(不知是否有意安排,我们之后也将南下,在最后一站到访秘鲁卡亚俄港)。它开辟的这条太平洋上的航路,被誉为"海上丝绸之路",把中国的广州、泉州、澄海等闽粤港口,同菲律宾的马尼拉、墨西哥的阿卡普尔科和秘鲁的卡亚俄港连接在一起。自那以后,中国同拉丁美洲国家的贸易往来一直持续不断。

岁月如梭,"海上丝绸之路"运载着货物,也承载着友谊。直到如今,阿卡普尔科市民众对当年满载货物的"中国之船"和神秘的中国依然怀有深情和向往。

"协和万邦",是中华民族凝固在血液和骨髓里的基因。早在 2000 多年前,汉朝张骞肩负和平友好使命,2 次出使中亚,开启了中国同中亚各国友好交往的大门;600 多年前,郑和率领庞大船队七下西洋,最远抵达非洲东海岸肯尼亚,留下了中国同沿途各国人民友好交往的佳话;400 多年前,"中国之船"开辟的这条"海上丝绸之路",更让拉美人民念念不忘;今天,"和平方舟"号医院船秉持中华民族"以和为贵""和而不同"等传统理念,满载着中国人民对和平的渴望、中国军队对和平的捍卫及向世界做出的坚定承诺,走出国门,履行国际人道主义义务。

历史,像一棵沧桑遒劲的老树,岁月的触须从它的血脉、它的枝杈中伸出,茁壮、顽强,盘根错节,绿荫如盖。昨天,在老树上成长为今天;今天,又在老树上成长为明天。那些祖先的传奇,那些祖辈的故事,并没有随着时间的流逝而湮没。时间,舒展着巨大的羽翼,在今天甚至遥远未来的某一天、某一刻,将历史之谜揭开。

在"和平方舟"号医院船靠上阿卡普尔科码头的那一刻,我在心中惊问:历史怎么有这样惊人的巧合?! 这是不是历史的延续和复制?

时隔 465 年,在 11 月 12 日至 18 日,在阿卡普尔科人欢度"中国之船"节的日子里,"和平方舟"号医院船,这艘新时代的"中国之船"首次访问这里,并为墨西哥军人、民众提供医疗服务。它虽然没有带来货物和金钱,但带来了和善与友爱,带来了幸福与健康。

"和平方舟"号医院船驶进阿卡普尔科港,只见码头上红旗飘扬,数条大红横幅被挤满的华侨华人及墨西哥民众扯着一字排开,上面写着"旅墨华侨华人欢迎祖国和平方舟访问墨西哥""中国驻墨西哥使馆热烈欢迎和平方舟访问墨西哥""驻墨中资机构、留学生向和平方舟全体官兵致敬""中墨友谊万古长青""阿卡普尔科欢迎中国之船"等。墨方政府和军队也派出了阵容豪华的欢迎队伍,与前几站相比,规模和热烈程度均是空前的,可见墨方对双方关系的重视。

在欢迎仪式上,我对由墨华社团组织的舞狮、舞龙队表演印象尤深,因为表演者是清一色的墨西哥男女青年,只有组织者是位华人。他们穿着墨西哥民族服装,载歌载舞,将欢迎的气氛推向高潮。

当时,我站在甲板上,目光越过欢迎的人群,看到岸边有一座宏伟坚固、造型别致的历史建筑。我以军人的感觉判断,这是一座防御性的军事要塞。后来,在当地军警的护卫下,我和几位战友走遍了它的角角落落。

这座阿卡普尔科市的标志性建筑,史称"圣迭戈堡垒",扼守在海湾的入口,最初的目的是抵御海盗进攻,保护商船安全靠港。整个建筑用石块建成,呈五角形,要塞的顶上四周安放着一门门大炮,要塞的外围是一道几米深的沟。现在,它以阿卡普尔科历史博物馆的崭新姿态,继续守护着这座美丽的港口城市的前世今生。在该博物馆丰富的馆藏中,最引人注目的莫过于16至19世纪通过"中国之船"从亚洲运抵阿卡普尔科市的精美的中国瓷器、色彩艳丽的丝绸、做工精细的家具和钱币。它们染满岁月的风霜,如今安卧在博物馆内,静静地向世人述说着中国与阿卡普尔科千丝万缕的历史渊源。历史博物馆中的中国文物,以及百姓间代代相传的中国传说,凝结成阿卡普尔科市民众心底最美好的回忆,夯实了中墨友好的牢固基础……

阿卡普尔科市位于太平洋东岸,气温常年偏高,那几天35℃左右。11月13日上午,海上医院派出两个专家组前往"复兴社区""米拉社区",与当地医疗部门联合进行义务诊疗活动。

我随专家组下船时,被眼前的情景惊呆了:千余名民众顶着酷暑,踏着热浪,早早地排队等候在码头上,准备上船就诊,并向路过的我们露出友善的微笑,有的还向我们轻声说着"欧拉"(你好)。

"欧拉!"我从志愿者口中得知这句西班牙语的意思,也不停地回应着他们。

我们到达"复兴社区"医疗义务诊疗活动地点时,同样的场景再现,社区中学一座空旷的礼堂里挤满了前来候诊的人。大门外面,人们有序地排起了几列长队,还有人络绎不绝地赶来。

10 时许,一对老人领着一个黑瘦的男童匆匆赶来,望着人头攒动的活动现场,他们的脸上不由得露出焦急的神色。他们看到我在现场拍照,就连说带比画地对我说着什么。

我急忙招呼志愿者申强,让他过来帮我翻译。申强是位英俊的小伙子,在墨西哥留学。祖国的医院船到访阿卡普尔科市,他就和杜晨曦、李博雅、石雨晨、李铁等几位中国留学生从首都墨西哥城赶来,义务为我们做翻译工作。

我在申强的帮助下,明白了这对老人的意思:男童叫米盖尔,今年 6 岁了,是2 位老人的外孙,从小失明,父母就把他丢给了外公外婆。

外婆米格拉尔说:"我们之前也带他去看过很多医生,但是他们说什么都做不了。我们的孩子这么可爱,却什么都看不见,我们着急啊。听说从中国来了一艘海军医院船,我们觉得中国医生很棒,想让他们给我的孩子看看眼睛。可人这么多,怕轮不上。"

我一听是这事,急忙帮他们挂上号,领他们来到海上医院眼科医生石芊的诊疗台前。经过仔细检查,石芊医生十分遗憾地告诉他们:"由于医院船停留时间太短,无法给孩子进行长期治疗,只能给你们提一些建议,拿一点儿药物。"

米盖尔的外婆长叹了一声,眼圈顿时红了。

我望着米盖尔失望而又呆滞的神情,也是一阵心酸,握着他的小手,轻声用刚学的西班牙语说了一句"欧拉"。

孩子用稚嫩的声音回了一句:"欧拉。"

"米盖尔,你知道今天谁给你看眼睛吗?"

"我知道,外公外婆告诉我,从中国来了一艘美丽的船,上面有天使般美丽的医生。"

我蹲下来又问他:"孩子,你现在最想要什么? 最想干什么?"一种莫名的感觉拽着我的心,我总想为这个孩子做点儿什么。

米盖尔闻听精神振奋起来,透着一种向往,对我说:"啊,我想要个足球,我要和路易斯一起踢球。"

路易斯是墨西哥足球队的球星,米盖尔用耳朵追星,路易斯的每场比赛他都"听"。我起身看到带队的海上医院院长孙涛,走过去把孩子的愿望告诉他。孙涛马上联系后方,将此事告诉任务指挥员管柏林。管柏林答应,在前往联合医疗活动现场时,满足孩子的心愿,给孩子带去一份意外的惊喜。

　　我让申强告诉米盖尔一家,让他们稍等一下。中午,管柏林一下车,就将两个从中国带来的足球递到小米盖尔手上。两位老人激动得热泪盈眶。

　　米盖尔把足球紧紧地抱在怀里,发出了天真的笑声。当管柏林把他抱起来时,米盖尔的笑容更加灿烂!

　　这时,掌声响起来,现场民众自发地围过来,数百人有节奏地鼓着掌,持久而又热烈! 这掌声是对任务官兵最真诚的感谢,是对中墨两国人民和军队友谊最充分的肯定,是对中国作为负责任大国最由衷的赞赏!

3. "男孩之家"迎来"中国姑娘"

　　在墨西哥人民心中,还有位美丽善良的"中国姑娘"。她随16世纪中期的"中国之船"来到墨西哥阿卡普尔科,最后定居在普埃布拉,不仅把中国的刺绣和服装裁剪技艺传授给当地妇女,还留下了许多关于美德与智慧的故事。特别是她为女性设计的丝料无袖连衣裙,底衣上加金色镶边和红、白、绿色的绣花,鲜艳夺目,既有中国特色,又是墨西哥的传统式样,直至今天还深受墨西哥妇女的喜爱,被称作"普埃布拉中式女装",成为墨西哥各种节日庆典上的代表性服饰之一,是墨西哥民族文化的象征符号。

　　关于她的传说、逸闻、甚至是神话,有许多版本:有的说她是公主,有的说她是女奴,还有的说她是圣女……关于她的名字,有的说叫美兰,有的说叫米兰,还有的称她为"圣胡安的卡塔琳娜",但"中国姑娘"是公认的,是一个在当地家喻户晓、妇孺皆知的名字。

　　她在1688年去世以后,当地信徒尊她为圣女,将她埋葬在她最后定居的普埃布拉市"耶稣会教堂",后世称作"普埃布拉的中国姑娘之墓"。1989年,普埃布拉市政府在城市中心的公交站附近建立了一座纪念碑,矗立起一座美丽的女性雕像,以纪念这位在墨西哥文化历史上占有重要地位的"中国姑娘"。

11 月 14 日,阿卡普尔科老城"男孩之家"孤儿院里,孩子们悄悄地传递着一个消息:"中国姑娘"要来看他们了。

9 岁男孩凯文早早就起床了,今天是他的生日。他站在庭院的高处,眺望着不远处码头上停靠的中国海军"和平方舟"号医院船。阿卡普尔科市家庭全面发展理事会主席、市长夫人佩尔拉·艾迪斯·里奥斯女士这两天多次来这里,给他们送来新衣服、新鞋子,还告诉他们,中国海军的叔叔阿姨要来看望他们,里面有许多漂亮善良的"中国姑娘"。

为了迎接中国客人,孩子们头天晚上加班加点,在黑板上画中墨两国国旗,书写西班牙文和中文欢迎词,张贴起源于中国的剪纸和中国古建筑图案,悬挂中国国旗颜色的红、黄气球,将并不宽敞的庭院布置得温馨而华丽。

下午 2 时 30 分左右,在孩子们的期盼中,我们在佩尔拉·艾迪斯·里奥斯夫人的陪同下,来到了"男孩之家"。

佩尔拉·艾迪斯·里奥斯夫人是位美丽的女性,高高的个子,一头略微带黄的披肩长发,充满了活力。她十分热衷于慈善事业,兴建了好多家孤儿院和敬老院。

"哇——"孩子们瞪大眼睛,望着我们这些身穿一身洁白军装的中国海军任务官兵,发出了一阵欢呼。

医疗服务和联谊活动开始了:

先让孩子们了解一下中国。海上医院漂亮的 90 后护士余霜霜一面展示图片,一面娓娓道来:"这是中国首都北京,这是中国国宝大熊猫,这是中国万里长城……"

孩子们听得聚精会神、津津有味。13 岁的宫扎罗举手问:"万里长城到底有多长?"

"有 2.1 万多千米。"从余阿姨口中得到满意的答案后,宫扎罗非常激动。他表示:"等我长大了,我一定去看看中国!"

给孩子们唱几首中国歌曲,抚慰孩子们的心灵。海上医院2位主管技师程晓蓉、张雅芳共同演唱的《清晨我们踏上小道》,让10多岁的塔利尔兴奋得拍红了巴掌。一个偶然的机会,他听到了中国歌曲《最炫民族风》,十分喜欢,便渴望学唱中国歌曲。今天机会终于来了!待张雅芳唱完,塔利尔立即找到她,现场学唱起了《最炫民族风》。

男孩子们喜武,给他们展示一下中国功夫。范盼盼、徐浩田表演的中国武术,一招一式让他们入了迷。11岁的艾迪看完之后,特意跑回宿舍,换上了佩尔拉夫人送的新运动鞋,缠着范叔叔要学两招。

最让孩子们高兴的是,中国海军叔叔阿姨们为他们过集体生日。炊事班专门为孩子们精心做了一个五层大蛋糕。在《祝你生日快乐》的乐曲声中,孩子们大声唱起来,个个脸上洋溢着幸福的喜悦。凯文一边吃着童皖宁医生递给他的蛋糕,一边笑着说:"今天是我9岁生日,这个蛋糕真好吃!"说着还举起左手,食指一弯,做了一个"9"的手势。

世界上没有完全相同的脸庞,却有相同的笑容。看着眼前满脸带笑的凯文,童皖宁想起了自己生病的儿子。他对身旁忙着采访的《人民海军》记者肖永利、吴丹说:"作为一名父亲,谁都希望自己的孩子健康成长;作为一名医生,治病救人、博爱奉献是使命职责,这也正是我坚持参加'和谐使命'任务的意义所在。"

双方虽然存在语言障碍,但爱心没有障碍。我被现场所发生的一切深深感动着,歌声、掌声、笑声连成一片。在一个角落里,海上医院中医沈红星正抱着8个月的孤儿史鲁德,逗得他露出甜美的笑容。沈红星非常开心,她说:"今年是青岛市与阿卡普尔科市结为友好城市30周年,我在青岛出生、长大,今天能有机会到友好城市的孤儿院开展服务,是一种荣耀。"

从表演中国歌舞到教中国功夫,从过集体生日到赠送文体器材,从身体检查到环境消杀……短短一个下午,孩子们与任务官兵结下了深厚的情谊。孤儿院负责人瓜达卢佩说:"这是一次全面性的探访,不仅为孩子们提供了医疗服务,还与他们分享了中国传统文化,更重要的是传递了一个价值观——大爱与和平!这是中墨两国人民共同崇尚和追求的。"

暮色涂染天空,我们就要离开,孩子们依依不舍地向我们挥手告别。不知在谁的带领下,他们整齐地喊出:"中国!中国!'中国姑娘'!'中国姑娘'!"

次日上午,我们来到了另外一家孤儿院"女孩之家",这里寄养的全部是女童。

相同的场景,相同的真情,相同的感动,又一次出现。任务指挥所还邀请两家孤儿院里所有的男孩、女孩登上"和平方舟"号医院船参观,让孩子们亲身感受这艘彰显中国理念的和平之舟。

2 天来,全程陪同我们探访孤儿院的佩尔拉·艾迪斯·里奥斯夫人感慨地说:"阿卡普尔科是中墨友好和贸易开始的地方,中国人民是我们非常要好的朋友。此次和平方舟来访,我们敞开怀抱欢迎,因为它带来的是爱心与和平,进一步加深了两国人民之间的感情。你们是新时代的'中国之船'、新时代的'中国姑娘',我们会把这友好一代一代传下去。期待和平方舟尽快再次来访,期盼我们尽早再次相会。"

4. "夸乌特莫克"号风帆训练舰

阳光和热情,是我这些天对墨西哥这个国度、阿卡普尔科这座城市以及这里的民众总的感觉和评价。我也明白了,为什么这里治安形势虽然不怎么好,可世界各地的人们还是被它独有的风景及人文所吸引,争相前来旅游。

到了阿卡普尔科,墨西哥海军的"夸乌特莫克"号风帆训练舰更是人们期望一睹为快的独特风景。因为它只有在靠港后的开放日,才允许人们接近它。

"夸乌特莫克"号是一艘钢质三桅训练舰,是墨西哥海军专门向西班牙毕尔巴鄂造船厂订造的,满载排水量 1662 吨,舰长 67.2 米,舰宽 12 米,航速 17 节。"夸乌特莫克"号 1982 年下水,用来在远洋航行中锻炼海军学员的团队合作精神、英勇顽强的品格和强壮有力的体魄。

"夸乌特莫克"这个名字有着特殊的含义,和我们海军将舰名起为"郑成功"号、"戚继光"号、"郑和"号一样,是为了纪念一个伟大的人物。

夸乌特莫克是墨西哥著名的反西班牙殖民者斗士。1519 年,西班牙殖民者

H.科尔特斯率兵入侵墨西哥(阿兹特克帝国),诱捕了该国首领蒙特苏马二世。1520年4月,特诺奇蒂特兰城遭到围困时,夸乌特莫克被推举为阿兹特克新首领。他在粮食断绝、天花流行的情况下,率领阿兹特克人与西班牙殖民者浴血战斗达3个月之久。8月,该城失守,夸乌特莫克被俘。西班牙侵略者对他严刑拷打,但他英勇不屈,拒不透露阿兹特克人财宝的埋藏地,最后被杀害。夸乌特莫克被墨西哥人民尊奉为民族英雄,塑有他铜像的纪念碑矗立在首都墨西哥城。

啥是风帆训练舰呢? 中国军网发文对其做过说明:

"风帆训练舰,是指用风帆获取动力,供海军院校学员和水手进行海上实习训练的勤务舰只。"

历史上,风帆航海曾是人类文明发展的重要标志,人类的航海史中有3000多年是风帆航海史。只是后来蒸汽动力的出现,才使叱咤海洋的风帆战舰逐步淡出历史舞台,但帆船至今没有彻底隐退。当然,这些舰船大多经过现代化改装,已非昔日帆船的翻版。目前,绝大多数风帆训练舰都采用混合动力,配有柴油发动机和螺旋桨,保障舰船能在特殊气象条件下或进出港时自由航行。为了利于远洋航行,风帆训练舰一般都配备有现代远航装备,如雷达、导航和无线电通信等电子设备。

虽然风帆在现代海军中已经不被使用,但是风帆训练舰仍然能提供很多和普通训练不一样的锻炼。风帆训练舰有助于海军学员更快、更好地认识和熟悉海洋。"海洋感知"是风帆训练舰的重要课目,学员们通过驾驶帆船航行与大海零距离接触,在大风大浪中,通过体验气象、水文、潮汐、洋流等对海上军事行动的影响,可以形成集人、船、海于一体的全面认知。

风帆训练舰还有助于帮助海军学员掌握基本航海技能。在风帆训练舰上,学员从最原始的水手工作学起,可以得到观天象、识水文、打绳结、攀高桅等最基本的航行技能训练。利用六分仪测量天体高度为舰船定位,是传统的海洋定位手段。在信息化条件下进行这类训练并不过时。战时,GPS导航等先进的导航定位系统一旦被敌方摧毁,六分仪就会派上用场。

风帆训练舰也是培养海军团队精神的利器。海军学员在风帆训练舰上都是集体活动,升帆、收帆等需要很多人配合才能够完成,这种同舟共济的意识和习惯自然会催发团队意识。

1805 年,英法之间爆发的特拉法尔加海战,被称为帆船时代最后一战。此战不但成就了英国海军长达 200 年的霸业,基于帆船战舰创建的一套海军文化也被传承至今,成为各国海军共同遵循的惯例。

11 月 15 日,墨西哥海军第八海区邀请"和谐使命-2015"任务官兵,分批参观"夸乌特莫克"号风帆训练舰。这里是它的母港,这几天正巧它没有出海训练任务,和我们的"和平方舟"号医院船停靠在一个港口。

我和外事组的汤颖颖等战友是中午前往参观的一批。汤颖颖少校是我们这次使命任务的英语翻译,由原东海舰队翻译队派出,浙江东阳人,观察事物带有女同志独特的视角和细腻。参观回来后,她写了一篇题为《我与"夸乌特莫克"号风帆训练舰的不解之缘——"当海军　看世界"之墨西哥行点滴记录》的文章,刊登在《和平方舟报》上,我摘录几段,和大家分享:

> 11 月 15 日,被告知可以去墨海军基地参观一艘风帆训练舰,听到舰名的那一刻,简直让人有种要去老朋友家做客的亲切感。
>
> "夸乌特莫克"号,墨海军著名的风帆训练舰、明星舰,曾于 2009 年参加在青岛举行的庆祝中国海军成立 60 周年海上大阅兵,"吸睛"无数。其在随后对上海扬子江码头进行访问时,以站桅并高声歌唱的方式进港和离港,同样"谋杀"菲林(胶卷)无数。在"夸乌特莫克"号靠港开放时间,其所在区域总是人流如织,大排长龙。有幸的是,2009 年该船的中国青岛、上海之行,我都全程参与保障,此次能在墨西哥它的母港再次登船参观,喜悦之情难以言表。
>
> 我们于 15 日下午 1 时抵达帆船停靠的码头,烈日之下,熟悉的船影把连日平静的心情瞬间点亮。虽说是在靠港期间,二十三面帆都被收拢,但一眼便能清楚看见三根主桅杆。相比我们的医院船,其圆圆的身形略显秀气,

但33年的船史加上老牌帆船的古典气质,还是让它显得异常沉稳和端庄,让人脑海中不禁浮现出人类从帆船时代开始征服海洋旅程的种种画面。时隔6年,它依然干净整洁如初见,大到桅杆小到罗盘,不管扶手、缆绳挂钩还是舷梯口的铜制铭牌,都被擦拭得一尘不染,在阳光的照射下熠熠生辉,足见墨海军对其维护保养的精心和细致。不同的是,在悬挂荣誉栏的过道里,多了好多到访国赠予的徽章,其航迹遍及世界各地。甲板上的6颗星奖励已升至8颗星,足见这6年间该船执行大项任务之频繁。

茶歇期间,该船开放了VIP室供我们休息,边吃茶点边交流,负责介绍情况的军官自豪感溢于言表。我们参观期间,舰长马塔上校正准备外出,得知中国海军同行正在参观,特意过来寒暄几句表示欢迎,带着拉美高级军官特有的绅士风度。同时,我们也与他约定,邀请他次日下午去参观我们的船。

16日下午,马塔上校乘小艇如约抵达我船停靠的码头。在会议室里,见到他的那一刻,他很开心地冲我点头笑了笑,算是对昨天做的口头约定履约的肯定。

交谈在轻松友好的气氛中进行。同样作为传递友谊的使者,"夸乌特莫克"号风帆训练舰与我们"和平方舟"号医院船肩负的使命任务有着共同性。随着交流的深入,马塔舰长给人的感觉和"夸乌特莫克"号风帆训练舰的气质极其吻合,端庄稳重,在航程无数之后,带着对世界的见识和思考,来分享海军的使命任务和职责。我想,这也是"夸乌特莫克"号风帆训练舰成为墨海军明星舰船的一个很重要的原因吧。借用马塔舰长的话说,我们参观每一条舰船时,不仅仅看它的结构、建造和内部装饰,更重要的是人,不同的人传递着不同的文化素养和气质,而且,每一名舰员代表着自己的国家和本民族的文化,所以,在不同时间参观同一艘舰船也会有不同的感受。言谈中,我们得知马塔舰长特别注重与自己的舰员分享如何更好地以他们风帆训练舰为平台,向世界展示墨西哥的多元文化和友好气息。这也是各国海军在当今国际形势下,除了保卫祖国领海、履行常规海上使命以外,一项很重要的工作。

因为不会西班牙语,我们只能全程用英语交流。其间,马塔舰长特别开心地对指挥员提及我很准确地用西班牙语发音,说出"夸乌特莫克"号风帆训练舰的舰名。在参观时,他反而对我一直多有照顾,这也是在外军中常见的照顾女士的绅士作风。都说各国海军有着太多共同点和发自肺腑的感受,比如长航时候的种种情绪,以及对母港的期待,连彼此间的问候语都是出奇地一致——"一帆风顺"。但让我有点意外的是,被问及舰员最优秀的品质是什么时,马塔舰长不假思索、掷地有声地给出"耐心"的答复,这有别于以往听到的任何对舰员品质的描述。看我们有些诧异,他补充解释说,长航期间,人与人之间的交流非常频繁和密切,新鲜感会在一段时间后逐渐减退,后续的航程,更多的体验是无聊和不安。因此,保持宽容和互相尊重,并存有耐心,是十分必要的。多么质朴的语言,多么真切的感受,相信这才是对不同国家海军有着共同"语言"的更深层次的理解吧。

马塔舰长的风格是祥和淡定的。他说,他本人从未到过中国,他对中国的印象都是来自他的前任舰长和在中国接受过培训的同事,他们时常会分享在中国看到和学到的点滴,以及中国悠久的历史文化和别样风情。他还说,此次参观"和平方舟"号医院船,已经给他留下了非常特别的中国印象,期待有一天能够访问中国。

如果说从一个人看一条船,从一条船看一国海军,马塔舰长无疑是墨西哥海军很好的代言人。我们非常期待能在不久的将来看到他率"夸乌特莫克"号风帆训练舰访问中国,也祝福他和他的船"一帆风顺"!

汤颖颖的这篇文章,准确而又翔实地记述了我们参观"夸乌特莫克"号风帆训练舰的感受,文笔也挺好的。

我这里仅需要补充说明的是,后来,马塔舰长实现了他访问中国的愿望。另外,我们中国海军也有了自己的风帆训练舰,起名为"破浪"号。

2016 年 9 月 28 日,距我们参观"夸乌特莫克"号风帆训练舰不到 1 年,我在

国家主流媒体上看到了这样一条消息:《中国海军准备服役首艘风帆训练舰　已组建接舰部队》。文中这样写道:

　　"乘风破浪会有时,直挂云帆济沧海。"9月26日上午,我海军首艘风帆训练舰"破浪"号接舰部队组建仪式在广州举行,标志着人民海军舰艇序列中将增加风帆训练舰这一传承海军特色文化、培训远洋航海技能、开展对外军事交流的重要舰种。

　　我海军首艘风帆训练舰舷号为"86",舰名为"破浪",取"乘风破浪"之意,意寓乘八面风、破万重浪,培养学员一往无前的航海精神。

　　"破浪"号风帆训练舰隶属海军大连舰艇学院某训练舰支队,设计为三桅全装备快速帆船,舰长85米,宽11米,标准排水量1200余吨,最大帆面积2630平方米,最大使帆航速约18节,可供50名海军学员实习。

　　"破浪"号于今年5月开始在广船国际建造,建造工期约18个月,预计2017年底下水。目前,该舰已完成人员编制设置、舰员选拔等工作,下一步将分阶段进行航海理论学习、攀桅训练、航海实习等方面的培训。

　　"破浪"号主要用于海军院校学员进行攀高桅、操帆缆、打绳结、天文航海等基本船艺技能和传统航海技能训练,锤炼培养海军官兵的意志胆魄、团队精神、航海技能和海洋素质,同时肩负着开展对外军事交流和宣扬海军特色文化等职能。

　　"破浪"号首任政委侯志鑫告诉记者:"风帆训练舰虽然古老,但在培养海军学员素质方面具有不可替代的作用。至今,美、欧传统海军强国和南美、亚洲新兴海军国家先后发展建设了30余艘风帆训练舰。通过搏击风浪、驰骋海洋的历练,可以促使官兵感悟海洋、认识海洋、敬畏海洋和征服海洋,从而达到锤炼军人血性、培养同舟共济意识的目的。"……

不言而喻,目前,我们中国海军"破浪"号风帆训练舰已经乘八面风、破万重浪,驰骋在万里海疆了……

5. 实现"胜利大阅兵"时的约定

11 月 17 日,是个特别的日子。大家都已经知道,阿卡普尔科人将在这一天欢度"中国之船"节。

11 月 17 日,对于随医院船执行"和谐使命-2015"任务的西班牙语翻译李孟菲而言,也是个特别的日子。这天,她与墨西哥海军威廉姆上尉,在阿卡普尔科,在"和平方舟"号医院船上喜相逢,实现了他们在胜利大阅兵时的约定。

2015 年 9 月 3 日,由 77 名墨西哥陆海空三军学员组成的方队,应邀参加了中国人民抗日战争胜利暨世界反法西斯战争胜利 70 周年大阅兵。大阅兵前,墨西哥方队提前来华,参加了训练、合练、彩排等一系列活动。威廉姆上尉是这个阅兵方队的负责人。李孟菲则是中方特意派来的西班牙语翻译和联络官。

我曾在前面的章节里写到过李孟菲,她在海军某研究院工作,来自古都西安,在古巴留学时学的是西班牙语,入伍才 4 年。这次大阅兵专门抽调她出来,为墨西哥阅兵方队提供支持和保障。那段日子里,两国军人朝夕相处,结下了深厚的友谊,成了很好的朋友和"战友"。

李孟菲是个热情友好的姑娘,她尽职尽责,协调并帮助墨西哥阅兵方队解决了不少难题,深受大家喜欢。同是军人,同是海军,同是年轻人,同是阅兵方队联系的负责人,李孟菲和威廉姆交往更多,交情也更深。

胜利大阅兵结束后,要分别了,威廉姆在李孟菲的记事本上这样留言:"中国与墨西哥一样,都离不开像你们一样为之奉献的军人,你们使得中国更加强大。谢谢你为我们所做的一切。——你永远的墨西哥朋友!"

李孟菲在对方的记事本上挥笔写下的是:"中墨两国人民都热爱和平,让我们携起手来,为构建和谐世界、和谐海洋而奋斗! ——你的中国朋友李孟菲。"在签名的后面还画了一朵花。

李孟菲把记事本递给威廉姆时,微笑着说:"欢迎你和战友们再来中国,可别忘了我这个老朋友哟。到时候我陪你们到我的家乡西安,逛古都,吃羊肉泡馍。"

威廉姆哈哈笑着,点头答应:"一定,一定。你到了墨西哥,也一定要告诉我。"

双手击掌约定，在方便的时候，到对方的国家走一走、看一看。

李孟菲自己都没想到，完成阅兵任务回到部队后，她就领受了参加"和谐使命-2015"任务，随"和平方舟"号医院船出访，承担西班牙语翻译工作，踏上了新征程，经过2个多月的多国访问，于11月12日抵达墨西哥阿卡普尔科。

访问期间，李孟菲作为西班牙语翻译，随同我驻墨西哥大使邱小琪和任务指挥员管柏林、吴成平等人一行，分别拜会了墨海军第八海区司令萨米恩托海军上将、墨陆军第九军区司令萨维德拉上将、阿卡普尔科市长贝拉斯科斯等军政要员，双方进行了坦诚友好的会谈。

在拜会墨海军第八海区司令萨米恩托海军上将时，宾主相谈甚欢，双方都特别提到墨西哥学员方队赴华参加抗战胜利大阅兵的事。

"这就是墨西哥学员方队的翻译兼联络官。"管柏林向萨米恩托海军上将介绍李孟菲，并邀请这些学员有机会到"和平方舟"号医院船上看看。

萨米恩托海军上将非常惊喜，连声说："好，好！中国大阅兵好，展示了国威、军威。我们墨西哥军人能够参加胜利大阅兵，感到无比骄傲和自豪！那天现场直播，我可是从头看到尾。"他转脸对李孟菲说，"你这翻译和联络官当得也好。我会通知他们，让他们来看你。"

这天的话题很轻松、很愉快，也很融洽，但有时也很沉重。军人之间交流自然谈到生死问题，萨米恩托海军上将介绍了墨西哥人的生死观：墨西哥人看待死亡很洒脱，无论早亡、病故还是其他原因死去的，只是到另一个世界去了，其家人都不十分悲伤。因此，墨西哥人不怕死，死只是生活的另一种形式。

李孟菲听后感到很意外。还让她感到意外的是，萨米恩托海军上将记住了让墨西哥阅兵方队队员来看她这件事，并促成威廉姆上尉从墨西哥东部城市韦拉克鲁斯来到阿卡普尔科。

威廉姆上尉正在度蜜月，一听说李孟菲来到墨西哥，喜出望外，马上就自费乘飞机赶来。

"我代表墨西哥陆海空三军学员方队所有队员专程来看你，欢迎你随和平方舟访问我们国家。"一见面,威廉姆便向李孟菲转达大家的问候。

李孟菲看到老朋友威廉姆突然出现在自己面前,十分激动,虽笑颜如花,但眼里饱含着泪花,颤声问:"大家都好吗?"

威廉姆紧握着李孟菲的手回答:"大家都好,要不是你们马上要走,他们都要来看你呢。"

"我真高兴,没想到咱们这么快就又见面了,可我又不好意思,中断了你的假期,请向你的新婚妻子问好。"

"没事的,本来她要和我一起来看你的,因为家中有事离不开,非常遗憾,但她给你带来了礼物。"

这件礼物就是普埃布拉中式女装,一位墨西哥新娘赠送给来自大洋彼岸古都西安的"中国姑娘"。

李孟菲回赠了一条精美的苏州丝绸围巾。

我作为旁观者,也被中墨2位军人这段诚挚的友谊深深感动着……

11月18日,是"和平方舟"号医院船离开阿卡普尔科的日子,邱小琪大使、华侨华人、中资机构人员、留学生代表,以及墨西哥有关军政要员和民众前来送行。

短短几天里,医院船克服语言交流存在障碍、治安形势遭遇挑战等困难,积极采取走出去、迎进来的方式,为当地民众提供优质的人道主义医疗服务。主平台诊疗、社区巡诊、医学研讨、孤儿院联谊……访问的时间虽然仅有7天,但为墨西哥军人、民众和华侨华人提供医疗服务4855人次,主平台日就诊最高达1275人次,用仁爱之光温暖人心,留下一个东方大国的和善印记。

在送行的人群中,我见到了来自"米拉社区"的白发苍苍的老人何塞,他发自肺腑地说:"这艘来自中国的医院船,这群来自中国海军的医生,对于我们来说,就好比远方来的亲人一样。请向船上所有远道而来的亲人表达我们阿卡普尔科人民的谢意,我们永远欢迎你们!"

专程赶来探望中国阅兵联络官的威廉姆上尉,手一直不停地挥动着,向李孟菲和医院船呼喊着:"再见,再见……"

贝拉斯科斯市长紧握着任务指挥员管柏林的手,真诚地说:"谢谢!谢谢!我代表我夫人和全体市民非常感谢你们。这几天,我们的许多民众得到了相关诊疗。你们除了在医院船主平台上开展医疗服务,还派出医务人员到社区巡诊、到孤儿院开展联谊活动,让市民更全面地了解了医院船弘扬的和平、友善、博爱、奉献的人道主义精神。墨中两国友谊万岁!"最后这句话他是大声喊出来的。

我站在舷梯旁耳闻目睹这一切,心里有无限感动和感慨:

离港,挥手告别,虽说每次都千篇一律,但每次的内涵不尽相同。

再见,美丽的阿卡普尔科;再见,善良的墨西哥人民;再见,独特的"夸乌特莫克"号风帆训练舰……

"和平方舟"号医院船平稳地前行,驶出墨西哥内海。

这天,天气很好。湛蓝的天空中飘着奇妙的白云,湛蓝的大海泛着洁白的浪花,海天间似乎只有两种颜色——清澈的蓝、爽心的白,让人的肺腑透心地亮。

我站在04甲板上眺望海天,心潮澎湃,思绪万千,人类与大海之间紧密关联的画面一个个闪现:

浩瀚的海洋是人类生命的起源和人类文明的摇篮,狂风中、怒涛里,先祖们凭着几块木板、几根树枝,漂洋过海,在这个蓝色星球上寻觅着赖以繁衍生息的落脚之地……继而,一叶扁舟、一柄木橹,承载着人类的希望,延续供养着后代的成长……再后来,风帆取代了桨橹,使人们的生存和交往有了更便利的条件。历史上,正是有了这一取代,部分国家的海军才得以由近海走向深海,成为蓝水海军,但也使人类的竞争更加血腥。英法特拉尔加海战是19世纪规模最大的一次海战,也被称为风帆战舰的压轴之战,此后不久,随着蒸汽动力战舰的出现,一个新的时代到来了……时代的车轮驶进20世纪、21世纪之后,人类掌握了核动力,驾驭、征服、搏击海洋的手段更加多样……

海洋是人类生存发展的第二空间,现在世界商业及军事运输总量的95%都通过海洋来完成,海洋运输是世界经济运输的主动脉。

在世界史上,航海总是与探险、征服、掠夺联系在一起的,然而唯有中国郑和的航海,既没有野蛮的征服与掠夺,也没有血腥的摧残和杀戮,从没有掠夺过他人一分财富,没有占领别国一寸土地,没有伤害一个无辜百姓。郑和七下西洋,中国与世界30多个国家建起了一座文明传播与文化交流的桥梁,把博大精深的中国文化传播到东南亚、南亚乃至非洲那些遥远的地区。郑和是中国的,更是世界的。在东南亚,许多国家以"三宝"命名为荣耀,这已成为一种习俗,泰国有三宝庙、三宝城,马来西亚有三宝山、三宝井,印度尼西亚有三宝垄、三宝港……

我踏在海浪之上,穿行在大洋之间,可以如此自豪和骄傲地宣称:我们民族的郑和,是世界航海史上的一座丰碑,是举世公认的海上巨人,是为人类和平友谊贡献一生的伟人。

到了傍晚时分,无数的海鸟铺天盖地而来,在"和平方舟"号医院船上空鸣叫着、翱翔着,有的还降落在舷边扶梯、舱室窗台等地方,梳理着羽毛,吸引了我和许多战友驻足甲板观看、拍照。

我分不清这些海鸟的种类,也叫不出它们的具体名字,便统统把它们唤作"海燕"。望着它们上下翻飞的英姿,我想起了高尔基的不朽诗篇《海燕》:

在苍茫的大海上,狂风卷集着乌云。在乌云和大海之间,海燕像黑色的闪电,在高傲地飞翔。

一会儿翅膀碰着波浪,一会儿箭一般地直冲向乌云,它在叫喊着……

——暴风雨! 暴风雨就要来啦!

这是勇敢的海燕,在怒吼的大海上,在闪电中间,高傲地飞翔;这是胜利的预言家在叫喊:

——让暴风雨来得更猛烈些吧!

B 卷

危难中,点燃生命之光! 伤病时,伸出援助之手! 和平方舟的每一次出航,都像她的名字一样,传扬和平理念。骑涛踏浪,奉命出征,紧急驰援遭受超强台风"海燕"袭击的菲律宾灾区,在莱特湾畔奏响了一曲人间有大爱的颂歌。

"第一时间抵达,第一时间展开,第一时间救治",第一个"和谐宝宝"在和平方舟上诞生……

第六章 紧急驰援,播爱莱特湾
——菲律宾风灾人道主义救援任务

文学作品中的暴风雨充满了寓意,但现实中自然界的暴风雨往往给人类带来灾难。

这不,2013 年 11 月 8 日,代号为"海燕"的超强台风袭击菲律宾中部,造成惨重灾情。当时,中菲关系正值冰点时期,中国政府、人民和军队以德报怨,派出"和平方舟"号医院船紧急驰援,在莱特湾畔奏响了一曲人间有大爱的颂歌……

1. 十万火急 千里驰援

一场天灾来得如此突然,并且创下了多个历史罕见。

历史罕见! 这次台风强度之强历史罕见。"海燕"登陆菲律宾莱特岛北部沿海前后时,最大风力达到 17 级以上(78 米/秒),超过了风力等级划分的最高标准(61.2 米/秒),属超强台风。

历史罕见! 这次台风移动速度之快历史罕见。一般来说,自东向西行进的台风,移动速度一般为每小时 15—20 千米,最快速度为每小时 30—35 千米。"海燕"多数时间段移速为每小时 30—35 千米,经过菲律宾前后移速达到每小时 35—40 千米。

历史罕见！这次台风风雨强度之大历史罕见。"海燕"影响期间，菲律宾、越南、中国等均出现了大范围的大暴雨或特大暴雨，很多地区的单日降水量打破了当地 11 月份的历史纪录……

历史罕见！这次台风对菲律宾造成的破坏历史罕见。事后，菲律宾国家减灾委员会发布报告："海燕"共对菲律宾 44 个省的 1607 万余人造成了不同程度的影响，其中 6300 人死亡、1062 人失踪、28688 人受伤；受损的房屋数量达 127 万多栋，其中 60 余万栋房屋完全被毁，导致近 400 万人流离失所，在避难中心内外接受救济；受灾人数超过 1000 万人，直接经济损失达 1813.25 亿菲律宾比索（当时约合 35.2 亿美元）。同时，也给中国和越南造成了重大人员伤亡和经济损失。

2013 年 11 月 11 日，菲律宾全国进入灾难状态，超过 20 个国家及国际组织加入救援行动。

大国自有大国的胸怀，大国自有大国的责任。

在超强台风"海燕"给菲律宾带来巨大损失后，中国国家主席习近平第一时间向菲律宾灾区人民表达了同情和慰问，祝愿他们早日战胜灾害，重建家园。

尽管中国在"海燕"超强台风的袭击中也有人员和财产损失，但中国政府还是积极调动各方力量和资源，履行自己的人道主义国际义务，在 2 次捐助钱物的基础上，派出中国红十字救援队奔赴菲律宾。习主席还下令中国海军"和平方舟"号医院船向菲律宾灾区进发，展开生死大救援。

然而，总有一些国家、一些人，"以小人之心，度君子之腹"。一些境外媒体竟早早地将中国救援行动降格为"国际政治秀"，认为救援行动"小气""吝啬"，是一次"外交失败"。在某些人眼里，这场"救援秀"还是一场"地缘政治较量"，是一场"军事投射能力的大比拼"。他们有意无意间忘记了救援的本质和核心：践行国际人道主义。

正如《人民日报》在一篇评论中所说的：杂音也好，误解也罢，中国没时间去受伤、去愤怒，因为中国很清楚，现在最重要的是去救人，是干实实在在的事。毕竟，践行人道主义不是靠嘴皮子，而是用行动去说话。

浙江,舟山群岛。这几天,在我国的东海方向,天多阴,云压得很低,有时还会下起一阵雨。

"和平方舟"号医院船医疗中心主任蔡金辉大校,随船刚刚完成长达125天的"和谐使命-2013"亚洲八国出访和医疗服务,以及我国西沙海域搜救遇险渔民任务,回到母港仅仅1个月,回家休假还不到10天。此时,医院船人员、装备均处在休整、检修阶段。400多名官兵回到各自的原编制单位,有的休假探亲,有的重返日常工作岗位。

蔡金辉是一位朝鲜族的老同志,江苏启东人,高高的个子,满脸挂着憨厚。从"和平方舟"号医院船服役那天起,他就锚在了这个岗位上,在陆地上的时间没有在海上的多。

那天,蔡金辉和妻子在细雨中去逛菜市场,享受很少有的清闲时光。半路上,他接到一个电话。他停下脚步,沉默了一阵,对妻子说:"咱们回去吧,单位有事。"

妻子轻声问:"怎么? 又要出发?"

蔡金辉点点头,没有多说一句话。

这时候,雨下得有点儿急,雨线斜飘着,噼里啪啦地溅落在伞布上,一层蒙蒙的白色雾气在四周涌起,他似乎看到妻子的眼中也飘起了雾气……

蔡金辉伴着"和平方舟"号医院船一起服役,见证了医院船由国内到国外、从近海驶向深蓝的航迹。他深知:使命催征,刻不容缓。我采访他时,他波澜不惊地说到那次救援:"救死扶伤是医院船的使命,我们要把身体安康和生命希望送到海角天涯,每时每刻都在待命出发。"

"若有战,召必回,战必胜!"每一位海军官兵都在用行动践行着这句话。

大家一定还记得那位被外国民众称为"微笑天使"的儿科医生杜侃吧?

北京,原海军总医院。杜侃执行任务回来后,总觉得浑身不舒服,提不起劲来。起初,她认为这是"长航疲劳症",过几天就会好。可是,她的症状愈来愈严重,人也一天天消瘦,索性来个全面检查。

　　杜侃拿到检查结果后,脸唰地一下子白了,秀气的眼睛里噙着热泪,久久地愣在那里——白纸黑字分明写着"疑似宫颈原位癌"。她从心里不愿相信,但又不得不承认,自己患病了,而且很严重。就在这时,驰援菲律宾的命令下达了。她悄悄把检查结果藏了起来,毅然收拾行囊,做好了出征准备。

　　丈夫望着她日渐消瘦的脸庞,有点儿担忧地说:"你这几天身体状态不太好,能不能和领导说说,这次就不去了?"

　　"那可不行,我是军人,只有冲锋在前,没有临阵逃脱!"实际上,领导也劝她不要参加,她回答的也是这句话。

　　丈夫了解她,劝也没用,迟疑了一下,低声对她说:"注意安全,注意身体。"

　　"放心吧。"杜侃微笑着回答。每次她外出执行任务,丈夫总会说这八个字,这仿佛成了他们夫妻间固定的套话。但她心里清楚,这八个字不是套话,是真心话,是发自肺腑的真心话。

　　女儿正在上中学,杜侃拍了拍她的脑袋,叮嘱道:"在家好好听爸爸的话,我回来要检查作业的哟。"

　　女儿俏皮地耸了耸鼻子,抻了抻妈妈的军装,用小大人般的口吻说道:"你照顾好你自己,就算完成任务。"

　　杜侃向父女俩敬了一个军礼,笑着说:"是,保证完成任务!"

　　在全家的笑声中,她转身跨出了家门……

　　为了叙事完整,在这里我就暂时打乱时空,告诉你杜侃医生此后的一些事:她到了处处充满危机的菲律宾灾区后,就风风火火地投入抢救灾区伤病儿童之中,完全忘了自己是一个重症病人。令人欣慰的是,她完成任务归来,立即做了肿瘤切除手术,身体恢复得很好。2 年后,我们又一起参加了"和谐使命-2015"任务。

　　在采访的过程中,我不知道用什么词来形容她,唯一的感觉是,美丽的坚强。在这个女军医身上,透着一种特别的力量——使命的力量! 这力量特别坚强,又是那样美丽,给人以吸引、以震撼,让我这个有着数十年军龄的老兵为之感动。

现役军人闻令而动,在医院工作的非现役文职人员同样雷厉风行。

渭河平原西部,陕西宝鸡下辖的一个乡镇。初冬,凌晨,空阔的街道上,料峭寒风中,一个男人久久伫立。他是谁? 他站在那里干什么? 他是原海军总医院高压氧科护师高苗莉的父亲,他在为女儿送行。

高苗莉不是现役军人,是医院聘用的文职人员,但她自己以及同事们似乎都忽略了这一点。

女儿是父母的小棉袄,高苗莉随"和平方舟"号医院船完成使命任务回来休假,二老心里乐开了花。高苗莉对假期也早早做了安排:陪父母、走亲戚、会同学……

可就在这天傍晚,一通电话打乱了这一切。医院通知她:参加"和平方舟"号医院船支援菲律宾风灾一线。闻令而动,高苗莉匆忙收拾行装。她买好票,怕路上耽误事,预约了出租车,天不亮就出发。父母也起来了。母亲边抹泪边叮嘱;父亲在一旁抽着闷烟不说话,眼睛却一直没离开女儿……

"别着急……来得及……注意安全……到了打电话……"母亲的唠叨始终围绕着她。

告别的时刻到了,高苗莉抱了抱母亲,让母亲放心。她把目光投向一直沉默的父亲。父亲的脸色看起来很平静,平静得没起半点儿波澜,他只是对她挥了两下手,用几乎听不到的声音说:"走吧,走吧……"

高苗莉坐上等在家门口的出租车,向着远方疾驰而去……父亲小跑着追了出去,追出了家门,追到了空旷的街道上,直到看不见了,他才停住脚步,久久地望向远方……

对于女儿这次出任务,正如 10 年前女儿报考海军文职人员一样,他感到意外,也感到不意外。从那一刻起,他的心就和女儿一起上前线了……

高苗莉和我也是"谐友",她是一个活泼漂亮的姑娘,曾多次执行"和谐使命"任务,多次被评为"和谐标兵",被战友们称为"明星船员"。虽然她只是高压氧科的一名护师,但在任务中处处都能见到她的身影:导引患者看病有她,病床护理送药有她,迎接宾客上船有她,文化联谊服务有她,甲板招待表演节目有她……

她从家乡提前返回部队,领导和战友们都有点儿意外,问她:"你是飞回来的?"

她笑笑未答。

11 月 19 日,一声令下,"和平方舟"号医院船的第一次国际人道主义灾害救援,一场令世人瞩目的"生命大营救",就这样在意外中展开。

快!快!快!"使命光荣,任务艰巨,责任重大。"海军召开紧急会议,向舰队、各有关医院和单位传达上级命令,进行任务部署,要求任务官兵按照"能打仗、打胜仗"的要求,充分发挥专业优势,科学运用医疗力量和设备,以严谨扎实的工作作风和过硬的医疗技术,确保圆满完成任务。

快!快!快!各有关单位立即进行研究,展开人员抽组工作,分布在全国各地数十家单位的官兵,跨建制遴选的 128 名海上医务人员,短短 48 小时内就集结完毕。

快!快!快!"和平方舟"号医院船不仅高质量地提前结束了船只的检修保养,还以最快的速度按时完成针对此次医疗救助准备的 35 吨 1400 余种医疗物资的整理点验,同时对 217 种 2414 台(套)固定医疗设施及 100 多台携行医疗设备进行了检修调试,确保抵达灾区后能立即展开医疗救助行动。

快!快!快!由王志慧、王楠崟、谢利仁组成的海军 3 人先遣组,紧急飞赴菲律宾,协调医疗救助各项工作。36 小时内,他们先后会见菲国家卫生部、外交部部长助理及军方有关人员,商定医疗救助展开地域和展开方式,然后马不停蹄地赴塔克洛班市进行现场勘察,选定野战医院配置地点和海上、空中换乘地点,并配合我驻菲大使馆及时向外交部和总参、海军上报有关情况和意见建议,为军委、总部决策提供了依据,为任务指挥所展开针对性的准备赢得了时间和先机。

这真是临危受命,读秒出征。

11 月 21 日 11 时,"和平方舟"号医院船在任务指挥员沈浩、李桦,副指挥员管柏林、潘志强、孙涛的率领下拔锚起航,向菲律宾灾区高速进发。谁知海上的天气说变就变,10分钟前还是阳光明媚,转眼就风起云涌。船刚驶出西水道,就遭遇了8级大风、4米大浪的恶劣海况。

眼前的大海,白浪滔天;上方的天空,阴云密布。那一刻,硕大的医院船与汪洋大海相比,显得那样微小,像一个用白纸做的模型,随着海流摇摆起伏。怎么办? 是绕过风浪区,还是顶着狂涛行?

绕过风浪区,能够保证人员和设备、船只安全,但势必延误到达时间。十万火急啊,早到1分钟,就可能多抢救一个受伤民众,多医治一个危重病人。

顶着狂涛航行,要冒极大的风险,对医院船本身及医疗设备和全体官兵都是一个考验,更是一个挑战。为缩短航程,争取更多时间营救生命,任务指挥所做出了一个大胆的决定:直穿风浪区,全速前进,赶赴菲律宾灾区! 决心好下实施难。

全体任务官兵紧急动员起来,做好未知的所有风险和困难的预案及准备工作,确保人员和设备安全。同时,为了不影响航速,船上还把平时遇到风浪使用的减摇鳍关停,以确保用最快的速度到达救灾地点。这是惊心动魄的77小时,这是争分夺秒的77小时!

11月24日下午3时50分,比预定时间提前一天,"和平方舟"号医院船抵达灾情最严重的菲律宾塔克洛班市附近海域。这不但体现了大国担当,还反映了医院船装备的高可靠性,以及在入列后短短几年的使用中,已具备较强的快速反应能力。

2. 希望之舟　生命绿洲

"第一时间抵达,第一时间展开,第一时间救治",这是"和平方舟"号医院船应急救援的理念。

11月24日这天下午,医院船刚一停泊,指挥员沈浩第一时间就率管柏林、孙涛及医务人员一行11人,搭乘菲律宾军方提供的交通艇上岸,在我驻菲律宾大使马克卿的引领下进入重灾区,实地查看,了解灾情。

心急如焚! 此时,时任船长于大鹏望着远去的交通艇,眉头紧锁,黝黑的脸膛仿佛阴云密布的天空。他在船上急得直转圈圈,真正体会到了什么叫"心急如焚"。

虽然医院船冒着风险,穿越风浪,最终提前一天抵达塔克洛班市附近海域,但由于港口被冲毁,无法满足医院船停泊的条件,只能在港外约 10 海里的莱特湾锚地停泊。

于大鹏眺望着岸边,模模糊糊看不清。指挥所给他下达了任务,组织突击队,到岸边寻找合适的登陆地点。

天渐渐暗下来,海也变了颜色,不再是悦目的蓝,而是阴森森、黑乎乎的,涌浪在阵风的推动下不停地拍打着船舷,有点儿令人望而生畏。

于大鹏什么也没说,只是大手一挥,吼了一声:"出发!"转身抓住软梯,第一个跳上了交通艇。他的身后,是一个个坚毅的脸庞和无畏的身影。

交通艇嘶吼着冲向海岸。奔腾的海浪似乎体会到任务官兵急切的心情,推开一切阻碍它前进的东西,将艇体托起飞驰;横飞的浪花也似乎了解任务官兵的心意,劈头盖脸地浇下来,浇湿了迷彩服,也舒缓火急火燎的情绪……

1 个多小时后,他们终于找到了一处略为平缓的海滩,可以作为医务人员的临时登陆点。为了醒目,他们用油墨画上一个大大的红十字。

朝着这个目标,搭载 6 名医生和有关人员的另一艘交通艇也上来了。对菲律宾的灾情,虽然大家有思想准备,但还是被眼前的一切震惊了。台风挟着海浪荡平了岛上的一切,岸边更是一片狼藉。

经过简短的协调,6 名医生立即前往莱特省塔克洛班市公立医院参与值班和医疗工作。

即将退伍的老兵、医院船卫生员罗晶回忆说:"当时坐小艇靠码头,一上去我就惊呆了。椰子树要么被台风拦腰折断,要么被吹得只剩树干,房屋也几乎全塌了,石砌码头成了石堆。路上全是垃圾,没法走。到了塔克洛班市,这座美丽的海滨小城也已变成满目疮痍的灾区,莱特省公立医院的房子塌了一半。"

救人如救火!面对这家医院损坏严重的状况,他们没考虑自身的安全,也顾不上休整一下,就马上以冲锋的姿态投入了"战斗",立即对伤员、病人进行诊断和治疗。中国军医的"武器",是挂在胸前的听诊器,是肩上的担架,是手中的手术刀。

短短十几分钟内,中国军医判定有 3 名病人急需进一步治疗,要马上送往医院船。其中一位名叫依力克德,是位老年人,身患糖尿病、开放性结核,风灾中左下肢被砸伤,引发恶性感染,伤口腐烂,恶臭难闻,需要考虑截肢手术;另一人患急性阑尾炎已有数天,因当地条件有限,无法手术;还有一位叫弗雷拉的中年人,在风灾中受伤,造成右股骨粉碎性骨折。

冲破夜幕,踏平海浪,3 名菲律宾重症伤病民众在中国军医的陪护下,被吊篮送上了"和平方舟"号医院船。此时是晚上 9 时许,医院船抵达仅 5 个小时,就收治了第一批病人。

经过系列检查,1 个多小时后,急性阑尾炎患者被第一个推进了手术室。深夜,医院船抵达 8 小时,便成功实施了首例手术!紧接着,右股骨粉碎性骨折的弗雷拉手术顺利。依力克德由于病情复杂,有待进一步观察治疗,被送入了隔离病房。任务官兵没有丝毫犹豫和嫌弃,来到隔离病房,为依力克德清创、包扎、送药、打针,鼓励他树立信心,挺过难关。

依力克德望着这些年轻的中国军人,感受着他们无微不至的关怀,热泪盈眶地说:"谢谢你们!原以为我被社会和家人抛弃了,真没想到,是你们这些中国军医让我看到了生活的希望。我一定好好活下去,有机会来报答你们的救命之恩!"

陪同前来的塔克洛班市公立医院负责人也激动地连声说:"谢谢中国人!谢谢中国军医!你们的到来,让受灾的菲律宾百姓看到了希望。"

夜色沉沉,大海茫茫。"和平方舟"号医院船通宵灯光闪亮,在天黑海暗的背景下,整条船灿烂辉煌,放射着令人振奋、给人希望的光芒。

11 月 25 日清晨,全体官兵按照任务指挥所确立的"主要依托医院船、前出配置医疗点、灵活派出医疗队"的工作思路,早早就开始了分头行动。

一部分力量分赴东米沙鄢公立医院、罗慕尔德兹私立医院和塔克洛班市高中灾民安置点,展开三个固定"医疗点";一部分力量依托原莱特省塔克洛班市公立医院灾后设施,在水质污染、电路中断、蚊虫肆虐、尸臭扑鼻的废墟上,当天就快速搭建起了一所集门(急)诊、门诊手术、留观治疗等功能为一体的帐篷野战医院,并 24 小时全天候展开,作为海上医院前置"门诊部";一部分力量留在医院船主平台展开"住院部"。迅速构建起了以医疗点为一级、野战医院为二级、医院船主平台为三级的伤病员医疗救治和后送阶梯,保证了伤病员的合理流量和流向。同时,他们还积极打造伤病员后送快速通道,自己动手迅速开辟了临时码头和直升机起降点,将后送医院船时间由原来菲提供码头和机场时的海上 80 分钟、空中 40 分钟,分别缩短至 20 分钟、10 分钟,确保了伤病员后送时效。

随着救援工作的全面展开,为了更快更多地为菲律宾灾民服务,扩大医疗救助覆盖面,最大限度地发挥医院船作用,任务指挥所决定:实施力量前伸配置,在该市的偏远乡镇,增设一所由 30 余名医务人员组成的前置医院。

前置医院设立在重灾区帕洛镇,距离塔克洛班市约 15 千米。一切就绪后,他们立即派出医疗救援小分队,赴邻近村庄和安置点巡诊,能够医治的就地医治,不能医治的转移至前置医院,部分病情严重的患者用直升机或快艇转运至医院船治疗。

11 月 29 日,救援小分队抵达一个偏远村庄设置就诊点,一些村民围着他们,神情木然。台风袭击过的灾区,缺水断电,再加上通信不畅,当地老百姓不知道这些中国军人来这里干什么,能给他们带来什么。

通过沟通,当他们得知这是中国派来的海军医疗救援队,来为他们看病治伤送药时,他们惊喜万分。

一位老者十分惊讶,感慨地说:"台风袭击过后,从来没有一支救援队到过我们村,我们以为自己的村子已经被外界遗忘了。没想到,是中国人第一个想到我们,来到这里。"

消息迅速传开,灾民们纷纷赶来就诊。就在这时,一个母亲抱着孩子跑来,不停地哭喊着:"医生,医生,快来救救我的孩子! 快来救救我的孩子!"

儿科医生杜侃一把接过孩子,发现孩子因高烧而昏厥抽搐。她一边采取急救措施,一边急促地说道:"快! 快! 快送前置医院!"

孩子名叫马利萨,刚刚2岁,已经出现严重的脱水症状,到了前置医院,化验的时候连血都快抽不出来了。

海上医院蔡伟萍护士长也是位母亲,在给马利萨抽血时,心疼得掉下了眼泪。她已记不清,这是自己救治的第几名病人。自从医院船来到这里设立前置医院,每天都有大量的危重伤病灾民前来寻求救治。

那天,蔡伟萍寸步不离马利萨,不时拿出自己的军用水壶给小家伙喂水。每隔一段时间,蔡伟萍就用酒精棉球给打着吊瓶的马利萨擦额头、腋下等部位,为小家伙降温。

"家没有了还能重建,唯一的儿子若是没了,那今后的日子还怎么过啊?"孩子的母亲罗文娜是那样无助,不住地喃喃自语。她的丈夫刚刚在强台风中遇难,现如今只剩下母子俩相依为命。蔡伟萍一边安慰她,一边鼓励她树立生活信心。

天灾无情人有情。任务官兵对马利萨照护得格外用心,他们专门找来一些糖果、玩具送给这个可怜的孩子。出院那天,马利萨大声哭闹着,不愿意离开中国军医。年幼的他已经把这里当成了新家,把中国军医当成了亲人。

几天后,"和平方舟"号医院船开设的前置医院撤收,母子俩专程赶来送行。马利萨捧着一束茉莉花蹒跚着跑过来,一头扎进了蔡伟萍的怀里。

茉莉花是菲律宾的国花,用以表达对远方客人最高的敬意。母亲罗文娜动情地说:"感谢中国! 感谢中国军医! 从你们身上,我看到了中国人的仁心大爱。如今,茉莉花开了,你们也要走了。我和我的儿子祝你们一路顺风!"

尽管已经过去了七八年,但这束茉莉花的芬芳依旧萦绕在"和平方舟"号医院船护士长蔡伟萍的心头……

3. 白衣天使 妙手仁心

"感谢中国! 感谢中国军医!"任务官兵的无私奉献精神,深深地打动了当地灾民,这句话成了当地民众的流行语。这不是客套,也没有虚情假意,而是菲律宾灾区民众发自肺腑的真诚话语。

那是一个风雨交加的夜晚，罗塞塔被临产阵痛纠缠得坐卧不宁。她才18岁，是第一次生育。年轻的丈夫手足无措。由于遭受"海燕"超强台风袭击，附近的医院都已被摧毁，处于瘫痪状态，妻子到哪里生孩子？他找不到一个合适的地点。在罗塞塔一声高过一声的呻吟中，他突然想起这两天盛传的中国医院船，还有他们在镇上设立的前置医院。

他没有犹豫，背起妻子冲进风雨中，踏着泥泞的山路，奔向希望，奔向那24小时都透射着光明的中国临时医院……

黑暗中，风雨里，这10余千米的崎岖山路，不知他们夫妻俩是怎么走过来的。

黎明时分，风小了，雨停了，2个泥人扑进了前置医院的门诊。中国军医紧急检查处置！中国军医紧急召唤舰载救生直升机……

清晨，"哇、哇、哇……"一阵动听的婴儿啼哭声在"和平方舟"号医院船上响起。这是该船入列以来第一个在船上诞生的"和谐宝宝"，新生儿的啼哭声犹如天籁，回荡在海天之间。

刚刚生产完的罗塞塔，怀里抱着自己的孩子，嘴角一直挂着微笑，是那样幸福。

顺利生产，母子平安。负责接生的原海军总医院妇产科医师闫玲和贾小宁，推着罗塞塔和孩子走出手术室时，脸上除了疲惫，还洋溢着一种高兴和幸福。是的，已是母亲的她们，为这对年轻夫妻高兴，也分享着他们的幸福。

到了病房，闫玲问罗塞塔："这么可爱的宝宝，给他起个什么名字啊？"

罗塞塔侧脸和一直在笑的丈夫商量一阵，然后对闫玲说："我们给他起名叫'卡娜'，卡娜·罗斯。"

"为什么叫卡娜？这名字有什么含义啊？"

"因为中国在英语里是China，所以我们给孩子起了谐音叫'卡娜'，就是为了让孩子长大了不要忘记China的救命之恩，就是为了感谢你们这些来自China的白衣天使。"

闫玲和贾小宁听后非常自豪和骄傲。新生儿卡娜·罗斯的诞生，不仅给罗塞塔一家带来了生活的新希望,还增进了中菲两国和人民的友谊。

出院那天,年轻的父亲不知道怎样才能表达自己全家的感谢。思来想去,他拿起一块孩子用的尿布——住院那天,他们什么也没带,这尿布还是医院船赠送的——不假思索,在上面唰唰唰写下:"感谢中国!感谢中国军医!感谢和平方舟!"

有人说,这块特殊的尿布,成为这场救援行动最深情的记录!

这里还有个记录:短短十几天里,根据菲方的支援需求,"和平方舟"号医院船先后4次紧急派出直升机,前接4名在台风中受到不同程度影响的临盆孕妇,在医院船剖宫产或顺产下4名婴儿。孩子的父母们给孩子起名"和平"、"阿克"(音译,意为"方舟")和"中国"等,以表达他们的感激之情。

危难中,点燃生命之光!伤病时,伸出援助之手!

"和平方舟"号医院船的每一次出航,都像它的名字一样,播撒关爱与温暖,传扬和平理念。道道航迹,波光粼粼,那是海军官兵和医护人员爱心与责任的心血凝聚……

回忆这次菲律宾救灾,海上医院护理部主任李洪艳深有感触地说:"真是难忘啊!当时,我们每一名医护人员都已经做好艰苦奋战、长期奋战、连续奋战的思想准备,本着人道主义精神,以认真负责的态度,为菲律宾灾区人民提供最好的医疗救助服务。"

对于中国军医的仁心妙手,受过救助的菲律宾民众更是难以忘怀:

玛丽索尔和嘉丁是一对美丽的姐妹花,从小就喜爱和练习舞蹈。

灾害发生时,嘉丁的左腿不幸被重物砸中,骨折了,因灾区医疗条件有限,她受伤的腿只被进行了简单的固定处理。一晃20多天过去了,嘉丁仍未得到有效救治。

"也许我再也好不起来了……"

绝望包围了这对姐妹花,也吞噬着她们的梦想——携手登上舞台,跳最美的舞蹈。

中国海军"和平方舟"号医院船前来菲律宾救助,重新点燃了她们的希望之火。几经辗转,她们找到了任务官兵开设的前置医院。

海上医院骨科医生张夕凉立即为嘉丁检查伤情,并建议她们搭乘直升机到医院船上进行手术治疗。

第二天,手术后的嘉丁醒来后,紧张地问身边的主刀医生王德利:"医生,我可以继续跳舞吗?"

"放心,你很快就会好起来,我们期待你的精彩舞蹈!"听着医生的回答,看着医生的微笑,嘉丁仿佛看到了舞台上旋转着的自己。

玛丽索尔眉开眼笑地说:"感谢中国海军,治好了我妹妹的腿,是中国医生带给了我们健康和快乐!"

出院时,姐妹俩和医护人员留下了一张合影,并表示将永远珍藏这张照片。

2 年后,这对姐妹花通过手机给医生发来了她们演出的照片,分享她们的快乐和幸福,以表达内心的感激……

伊丽莎白的感激源自她的父亲。风灾中,她的父亲被砸骨折,可当地医院受损严重,所有的设备都被冲毁了,她父亲无法获得治疗。眼看着病情一天天严重,她父亲的生命危在旦夕。

幸亏"和平方舟"号医院船及时赶来,让她父亲上船住了院。谁知一检查,她父亲的病情比想象中要复杂得多。老人患有严重的肺部疾病,他的身体根本无法支撑治疗骨折的手术。

中国军医决定先给老人治肺病,等肺病稳定了,再做骨折手术,终于使老人转危为安。

德菲娜是当地一名教师,风灾后期她因为车祸眼部受伤。由于当地没有医疗条件,她的伤口很快感染,视力骤降,并且感染有向颅内扩散的可能。危急之时,她得到了中国军医的悉心治疗,伤势很快得到控制,视力也很快恢复。

这怎能不让德菲娜感激?她说:"我非常感激这些中国医生,他们是真正的白衣天使,妙手仁心。我会把他们的事迹告诉我的家人、朋友和同事,讲给我的学生们听,让我们共同珍惜这来之不易的中菲友谊。"

这一桩桩、一件件、一个个难以忘怀的救治案例,不仅感动着受惠者本人和亲属,还令旁观者为之动容。

一天中午,顶着烈日,踏着40余摄氏度的热浪,海上医院的医务人员到灾民聚居点巡诊,发现一名出生才7天的男婴得了脓疱疹,全身起满红疱,有的地方还形成大片糜烂,疱疹把孩子折磨得奄奄一息。有些邻居和家人甚至认为,这孩子没救了。

生命至上! 我方医务人员立刻报告指挥所,联系直升机,将小男孩转到船上医治。

在护送孩子上船的过程中,当地的联络官 Joan G. Cornista 不停地抹眼泪,哽咽着说:"感谢中国医院船,感谢中国医生! 从你们身上,我知道了什么叫善良,什么叫仁心,什么叫大爱无疆……"

奇迹发生了,孩子得救了!

时任副指挥员的管柏林,一和我谈起这次菲律宾风灾大救援就十分激动。他说:"此次任务非常艰巨,也十分惊险,是一场没有炮火硝烟的'战斗'。全体任务官兵,不辞辛苦,不畏凶险,个个冲锋陷阵,人人奋勇争先,没有辜负祖国和人民的期望,打了一个漂亮的大胜仗,不仅获得了世卫组织和菲律宾官方的感谢,更赢得了当地灾民们的尊敬和爱戴。"

在这场"战斗"中,任务官兵面对疫情扩散、水污染、蚊虫肆虐、一半晴天一半雨天的恶劣环境,许多人吃住在帐篷,每天24小时不间断地接诊,连续奋战16天,共接诊伤病员2208人,手术44例,辅助检查1482人次,检测了21个灾民点的25处水源水质,为2600余名灾民送医送药……医务人员日就诊人数较原位于该地的省立医院翻了一番,就诊范围最远达周边200多千米。任务官兵不仅为伤病患者提供优质医疗服务,还为无家可归的患者及其家属提供了周到的生活保障,让他们在和平方舟上时刻有家的感觉,而迟迟不愿离开。

与此同时,医院船还针对塔克洛班市11家医院里只有1家公立医院在运营,且辅助检查诊疗设备基本瘫痪的实际情况,组织了一支医疗设备维修分队,多次深入该市公立医院、比萨尼私立医院、SCRH 私立医院和莱特省省立医院开展医疗设备巡回检修,使所到医院大多恢复了基本辅助诊疗功能。

"和平方舟"号医院船现任船长邓强对我说:"那次菲律宾风灾大救援,充分体现了我国以德报怨,履行大国责任的气度,也是和平方舟播撒无疆大爱、传递和平友谊的最有力的例证。"

12 月 10 日,"和平方舟"号医院船完成任务,离开菲律宾,驶出莱特湾。

波相送,浪鼓掌,波峰浪谷间,塑造国家形象;救危难,扶伤患,救死扶伤中,传递和平理念……

A 卷

脚印留在浪花上,放舟巴拿马运河,我随和平方舟到访西班牙语为"胡子岛"的巴巴多斯。在敬老院里我遇到了一位老船长,他曾驾船到过中国,看过长城、大熊猫,这一次又见到了"大白船",实现了戴戴中国军帽的愿望。他含泪的笑声与中巴两军官兵海滩联欢的欢声笑语交汇在一起……

第七章 "胡子岛"上活力四射

2015 年 11 月 18 日,我随"和平方舟"号医院船离开墨西哥阿卡普尔科,前往"和谐使命-2015"任务的下一站——巴巴多斯首都布里奇顿。

在西班牙语中,巴巴多斯是"胡子岛"的意思。其实,"胡子岛"并不是一个古老的国度,独立的时间也不长,充满了青春活力。

作为一个海军老兵,在这一章,我主要给大家讲述一些航程中、访问时年轻的水兵活力四射的故事……

1. 把脚印留在浪花上

航迹向远方,"和平方舟"号医院船由北向南驰骋在太平洋上,犁出晶莹浪花,溅起朵朵欢乐……

因为在前方,大家有个期盼。中国海军 152 舰艇编队完成亚丁湾护航任务后,返回时顺访欧、美、亚各国,来了个小环球航行访问。目前,他们正在前往我们刚离开的墨西哥阿卡普尔科港途中,2 个任务舰船编队将在东太平洋上相遇,双方商定并经上级批准:中国海军要干点儿事。

干什么事?

编队会合时搞演练,联合开展国际人道主义海上医疗救护与后送,"和平方舟"号医院船还要为 152 舰艇编队官兵进行医疗巡诊。

演练背景:某商船在太平洋东部某海域航行时,船舱突然起火发生爆炸,多名船员受伤。该商船向正在附近海域航行的中国海军 152 舰艇编队及"和平方舟"号医院船发出救助请求。在"和平方舟"号医院船海上指挥所统一指挥下,共同组织这场大救援。

演练分为海上会合、国际人道主义海上医疗救护与后送 2 个课目。参演舰艇分别为导弹驱逐舰"济南"舰、导弹护卫舰"益阳"舰、综合补给舰"千岛湖"舰和"和平方舟"号医院船,同时出动 4 艘小艇和 2 架舰载直升机。

11 月 20 日晨,下了点儿小雨。我早早起床,往北眺望着,有点儿激动、兴奋。我知道,每一个任务官兵的心情都和我的一样。前些日子,美国的军舰到我国南海耀武扬威,我们同样可以在他们家门口一展身手,将憋闷在胸中的那口恶气释放一下!

中午,雨停了,天渐渐放晴。下午 2 时,"和平方舟"号医院船和 152 编队按计划相向会合,互相鸣笛致礼的声音震耳欲聋。此时,我正站在船艏最高层的 05 平台上,离喇叭很近,听到的声音最响亮。随后,"和平方舟"号医院船加入 152 编队,双方先后以"一"字队形行进、护卫队形行进等,抵达演练海区漂泊。

半小时后,一场大救援开始了! 20 余名医护人员组成两支医疗救护分队,乘坐高速小艇,分别前出至"济南"舰和"益阳"舰,进行伤病员接诊。一切都是快节奏。

快! 两边的舰载直升机迅速升空。快! 两边派出的快艇高速穿梭。快! 海上医院进入临战状态……转运就诊人员、模拟伤员、实施救治等按流程顺利进行。

下午 5 时 30 分,随着"济南"舰舰载直升机将"伤员"接回,前出医疗救护分队返回医院船,任务指挥所宣布解除海上医疗救护部署,此次演练圆满结束。

对于此次演练,任务指挥员管柏林总结得很到位:"这是一次历史性的会合,2 个分别执行不同任务的远航舰艇编队在茫茫大海上不期而遇,在远海陌生海域成功地开展了一次'背靠背'实战演练。随着中国海军走出去,将来会有更多的这种会合。我们紧紧抓住这次难得的契机，开展海上编队远海协同训练，进行医疗救护和后送演练、医疗巡诊服务等，为将来在远海陌生海区作战、兵力快速协同和应急医疗救治积累经验，提升能力，意义重大而深远。"

152编队指挥员王建勋高兴地说："这次演练还进行了实打实的医疗巡诊，是对连续执行护航出访任务已有7个多月之久的官兵的一次'健康维护'和短暂的'身心疗养'。我们编队全体官兵十分感谢军委首长和海军领导对一线官兵的关心关爱，切身体会到了强军路上浓浓的战友情谊。"

应该说，此次演练事小意义大。我从内心里这样理解：这次演练既锻炼了官兵的应急反应能力，又宣示了我中国海军的存在。我们已经走出来了，也敢于在某些人家的后院或家门口亮剑了！

其间，人民海军报社原记者处的郭益科处长乘快艇来到我们船，他随152编队护航出访，趁此会合机会从"济南"舰上过来。老战友相见自然是十分亲热，我们拥抱着，惊喜万分。

吃过晚饭，我们一起来到飞行甲板，看四周堆积起浓云，但晚霞依然很顽强地从云隙里透出红光，给静静地漂泊在海面上的几艘中国海军舰船穿上绚丽多彩的盛装……

"展示一路、服务一路、学习一路、训练一路、抓建一路"，这是任务指挥所对全体任务官兵提出的要求。联合演练虽然取得了成功，但任务指挥所还是发现了瑕疵：医疗救护分队在前出的过程中，个别医护人员攀爬软梯时没掌握技巧，速度较慢，还有胆怯现象。

怎么补这块短板？唯有学习和训练。"把风浪当磨刀石，将训练变加油站，让学习成倍增器"，这是任务官兵的共识。没过几天，医院船首次海上攀爬软梯训练就开始了。

这天早晨，我早早来到04甲板撤离平台上。作为一名50后的老同志，我可以不参加。我正犹豫不决，一位年轻的女军医一阵风似的跑了上来，冲我调皮地一笑："沙姥爷，你也准备下海呀？"

我不由自主地点了点头。

她冲我竖起了大拇指,吐了一下舌头,问:"敢不敢和我比赛?"

这个鬼丫头! 我岂能示弱? 应道:"好。"

她发出一阵银铃般的笑声,跑到前面,先在甲板上学习和练习攀爬技巧。

她叫余霜霜,是位 90 后,上海人,典型的江南女子,大学毕业后入伍刚 1 年,在海上医院任护师。平时我看到她,马上就会联想到《红楼梦》中的林黛玉,但她又比林黛玉显得青春、有活力,还带着一种可爱的活泼和调皮。

"故事就这样开始了……"

这是余霜霜参加训练后写的文章开头的一句,文章标题是《把脚印留在浪花上》。

她的这篇文章写得幽默有趣,充满了青春气息和现代感。我个人认为,唯有她这个年龄段的女孩子才能写得出,现分享给大家:

> 故事就这样开始了……
>
> 如果说用"万里无云"来形容今天的天气,那可能是再好不过了。早晨打开舷窗,我脱口说了一句:"哇,天气好棒!"谁知道我只是说说而已,小心脏却早已怦怦跳个不停呢? 上午 8 时 30 分的烈日就足以让我退避三舍,看看班长他们豆大的汗珠从脸颊两侧滑落,想想自己还是无比幸福的,至少我只在 04 撤离平台待了不到 5 分钟。但这 5 分钟恰恰是今天惊喜的开始——攀爬软梯训练。
>
> 海魂衫,大裤衩(听着不怎么文雅),作训鞋,印有"中国海军"字样的橙色救生衣,还有那脸上厚厚的一层又一层的防晒霜,就是我今天的装备。
>
> 8 时 30 分,在 04 甲板撤离平台集合……一开始让我穿大裤衩的时候,心中真是无比不爽,不好看不好看不好看! 重要的事情说三遍。之前不让穿大裤衩在人前走,今天竟然还能穿着训练啦! 然后呢? 难道我还敢不穿吗? 当然不敢,服从命令听指挥嘛! 另外,还有那个船上年龄最大的沙姥爷,两鬓飘着"白浪花",还像小伙子似的跃跃欲试! 不服气不服气不服气!

不认输不认输不认输!

软梯不长,小意思,嗖嗖两下就上去了,边上的班长一个劲地说:"踩中间! 踩中间! 踩中间!"稳当落地,那一瞬间,真以为妈妈再也不用担心我不会爬软梯子……

"爬完的同志再去01甲板进行训练。"一句话惊醒梦中人,被起床气和烈日纠缠的我瞬间在海风中凌乱,原来这只是"预告片","惊喜的姐姐"——惊险出现了。

我怀着无比激动而紧张的心情来到01甲板,这句话听起来毫无新意,但对于我,甚至对于整个866船,都是第一次。第一次开展海上攀爬软梯训练,更别说在这大洋彼岸的加勒比海,绝对是史无前例。好奇心促使我往前走了两步,刚踏出水密门,就被喊了回来,"回去歇着吧"。难道是怕我看了之后被恐惧吞噬吗? 我,应该不会吧? 有些犹豫了。

终于,我被温柔地绑了起来。我像很多人一样,转过身来,慢慢地把脚伸到了甲板之外,一步一步,我能感受到浪花拍打在船舷边,软梯也随之晃动,而我的内心却比这海浪更波涛汹涌:咦,还没下到底吗? 刚才的软梯不是这样的啊! 怎么这么长呢? 我会不会掉下去? 下面那是什么呢? ……短短2分钟,我经历了这一上午最复杂的心理斗争,直到重新爬回到甲板上,似乎还意犹未尽。

听大家说,我爬得很快。不知是激动,还是紧张。可能激动的成分更多,我想用行动告诉大家:我并没有看上去那样柔弱,部队已将我培养成一名坚强的"女汉子"。抑或有些紧张吧,让我甚至没有注意到膝盖上有一道浅浅的划痕。

回到宿舍,分享着手机中的战斗成果:可爱的、惊讶的、咬牙切齿的、费劲努力的……各种各样的表情占满了屏幕。突然,我发现,在那海面小小的角落里,圆圆的救生筏上,有一个黑瘦黑瘦的脸庞,眼神的方向,是软梯上每一个或身轻如燕或"身"宽体胖的身影。放大,放大,再放大,原来是于大鹏副指挥员,他小小的眼睛中透露无限的保护欲,似乎在说:"看着你们,我才放心。"回想起来,惊喜和惊险的"开发者"们,一直陪伴着我们,每一个期待而又担心的眼神,每一句关心而又幽默的话语,都是对我们的肯定与信任。因为有你们在,所以我们更加勇敢,我们更加顽强。感恩,感谢! 不管怎样,这都将会是我们人生中最美好的回忆……

第二天,余霜霜找到我,有点儿腼腆地说:"沙老师(这次没喊沙姥爷),我写了一篇稿子,您帮我看看呗。"

我接过来浏览了一遍,强忍住笑评价道:"嗯,观察得挺细啊。"特别是她对我"两鬓飘着'白浪花',还像小伙子似的跃跃欲试"和于大鹏"小小的眼睛中透露无限的保护欲"的描写,真是入木三分。

"怎么样? 可以用在咱们报纸上吗?"她忽闪着大眼睛望着我。

我故意逗她,沉吟了一阵说:"凑合吧,放在版面一个'小小的角落里'吧。"

这机灵鬼一听就明白了,鼻子一耸,朝我举起右手:"敬礼! 沙姥爷——哈哈……"留下一串笑声,一溜烟地跑走了。

我忍不住笑了,在心里感慨:"年轻真好!"……

2. 巴拿马运河上放舟

航迹在延伸……

11 月 22 日上午 10 时,"和平方舟"号医院船驶进巴拿马湾,在巴尔博亚港太平洋锚地锚泊,等待过运河。

巴拿马运河是一条船闸式河道,南起太平洋巴尔博亚港,北止大西洋加勒比海利蒙湾,长 68 千米,连同两端海湾中的人工深水航道,全长 81.8 千米,共设三道船闸。它的开通使两大洋间的航程至少缩短 5500 海里,被称为"世界桥梁"。

在我们船的附近,停泊着大大小小几十艘各国的轮船,它们也在排队等待。据说,为了安全,运河一般白天过大型船,晚上过小型船。我们船算不大不小的吧,排在了 18 时 30 分。

在锚泊期间,我和江山站在撤离平台上,久久地向这个神秘的国度眺望。当时,我国还没有和巴拿马共和国建交,不能上岸,但高楼林立的巴拿马城已近在眼前。湾里有一块突兀而起的方形礁石,十分壮观。

江山是一位勤奋而又称职的宣传干事,出访期间拍摄了大量的照片,大部分新闻稿件也都是他撰写的,他还专门写了过运河的稿件。后来,他又2次参加"和谐使命"任务,再次伴着"和平方舟"号医院船穿越巴拿马运河,又写了专题文章。为了支持我写这部报告文学,他把所有资料都给了我,让我更加便捷地了解了巴拿马的前世今生:

有人说,如果没有运河,这里或许还只是个渔村。16世纪初,这个渔村被印第安人称为"巴拿马"(Panama),意为"丰富的鱼"。沧桑巨变,当年小小的渔村,如今已成为巴拿马共和国的首都——巴拿马城。

翻开世界地图可以清晰地看出,它是连接南北美洲、沟通大西洋与太平洋的交通枢纽,具有极其重要的战略地位,这注定了巴拿马的前世是坎坷的。

500多年前,包括巴拿马地峡在内的一大片美洲大陆沦为西班牙殖民地。

1846年至1848年,美墨战争爆发,美国攫取了加利福尼亚。大批美国人通过巴拿马地峡,前往加利福尼亚"淘金"。

为了获得更多的权利,美国于1846年通过签约获得巴拿马地峡自由通行权。从此,美国正式登上"巴拿马"这个耀眼的舞台。

那时,开凿运河难度大,铁路技术相对成熟。1855年1月,经过5年施工,由美国公司建造的巴拿马铁路正式通车。这是美洲第一条连接大西洋和太平洋的铁路,它为美国垄断公司带来了极为丰厚的利润。

来自中国的大量劳工参与了铁路建设,命运极为悲惨。至今,这里还有一个名为"马塔钦"(Matachin)的车站,意为"已死的中国人"。

运河建成后,美国独霸掌控运河数十年,其军事战略和政治影响在拉丁美洲得到实施和巩固。

巴拿马人民为收回运河主权,进行了半个多世纪的艰苦斗争。1964年1月9日,一名巴拿马学生为了维护国家主权和民族尊严,勇敢地携带国旗进入运河区,升起国旗,竟被美国驻军枪杀。这一暴行激起了巴拿马人民的极大愤怒,数万群众高举国旗向运河区进军,遭到美军血腥镇压,2 天内 400 多人被打死打伤。1 月 10 日,巴拿马政府与美国断绝外交关系,并宣布废除运河条约。全国许多城市举行罢工、罢市、罢课,抗议美国暴行。巴拿马人民的正义斗争得到全世界人民,特别是拉美和亚非各国人民的有力支持。

美国被迫于 1977 年签订了新的条约,规定美国于 1999 年 12 月 31 日将运河无偿移交巴拿马。无期变有期,对于巴拿马人民来说,这是一次伟大的胜利。

但是,由于巴拿马政府在运河和中美洲冲突问题上违逆美国人之意,1989 年 12 月 20 日晨,美国以莫须有的理由,悍然出兵侵略巴拿马,将巴拿马时任国防军总司令、国家实际权力掌控人诺列加将军强行押往美国审问,以贩卖毒品和敲诈勒索罪判其 40 年监禁。随即,巴拿马国防军被解散,常备军被废除。巴拿马继哥斯达黎加之后,成为拉丁美洲第二个没有军队的国家。

但是,世界自有公理在!

1999 年 12 月 31 日正午时分,在全世界的关注下,美国迫于各方压力,无奈地将运河的所有权移交给巴拿马。

十几年后的 11 月 22 日,傍晚,中国海军"和平方舟"号医院船就要驶过巴拿马人的巴拿马运河了。

当地时间 18 时 30 分,几位巴拿马运河引水员上船。其中一位引水员姓张,是位华工后代。据他介绍,包括他共有 4 名引水员为"和平方舟"号医院船通过运河提供引航服务,而且他们之间有明确的分工。"我的祖辈曾参加修建巴拿马运河,这次很荣幸能为和平方舟引航。因为往返运河的中国船越来越多,作为引水员,我见证了中国的和平崛起。"他十分高兴地说。

这时,太阳已经沉入海面,绚丽的晚霞点染了云朵,周围的霓虹灯也亮了起来。我站在船舷边,从繁忙的巴尔博亚港眺望高楼林立、灯火璀璨的城市夜景,有种如梦如幻的感觉。没有亲身经历,想象不到巴拿马运河的雄伟。

我在想,世界七大工程奇迹之一的巴拿马运河,它的神奇之处究竟在哪里?怎么通行?

"起锚部署!"19 时许,"和平方舟"号医院船起航,离开巴尔博亚锚地,向着闸门慢速前进。

当我们顺着巴拿马水道通过美洲大桥时,站在甲板上能听到岸边的音乐与笑声,我甚至闻到了"中国菜馆"飘来的香味。

是幻觉,还是真实场景? 我自信不是幻觉。

巴拿马国土面积 7 万余平方千米,人口 400 多万人。坐拥交通运输之便利,巴拿马有美洲最大的免税区——科隆自贸区。中国是该自贸区最大的商品供应国。中国的中港湾、华为等企业将地区总部设在这里。不少华人也选择在巴拿马定居,并形成拉美最大的华人侨社之一,旅巴华侨华人总人数已经超过 20 万人。"那么多中国企业,那么多华人,彼此联系那么紧密,两国建交一定是迟早的事!"此时此刻,面对此情此景,我相信,这是我和许多同志的共同想法。

行进中,我与"和平方舟"号医院船第二任船长、时任指挥组组长的章荣华交谈。他告诉我:"按照过巴拿马运河相关规定,夜间过运河水道可双向通行。但盖拉德水道狭窄,在航道中遇到对遇船只,容易造成紧迫危险。"

"我们采取了什么安全措施?"我问。

"按惯例,我们采取了安排主要职手上更、舰艇增设瞭望更、备便双锚、不间断定位等措施,确保船只安全顺利通过运河。"章荣华自信满满。

运河的核心部位是船闸,奇妙之处在于,运河水位高出两大洋 26 米,相当于 8 层楼的高度。如何保障各类船只通过? 依靠的是设计精巧的船闸系统和一整套功能强大的机器,通过蓄水泄水的原理,一级级将船抬升,在湖面航行一段后,再将船舶降下,送入另一侧海面。

为了适应日益繁忙的交通运输需要,当时,巴拿马运河正在扩建,新建两套三级船闸,尺寸明显增大,长 427 米,宽 55 米,水深 18.3 米,能通过 7.6 万吨级船舶,货物年通过量也从 3 亿吨增加到 6 亿吨。

我们过的是旧船闸,从南向北依次为望花船闸、米格尔船闸、加通船闸,宽度均为 33.5 米,长 305 米,深 12.55 米,双道对开闸门结构。

"准备右舷靠导堤,开始进船闸!"20 时 30 分,广播里响起洪亮的口令声。

关闸、加水、上浮、过闸……在岸边四辆牵引车的辅助下,"和平方舟"号医院船缓缓进入第一道船闸——望花船闸。

约 1 小时后,"和平方舟"号医院船升高了数十米,随后通过船闸驶入望花湖。该湖为一个 650 米宽的人工湖,连接望花船闸和米格尔船闸。

同样的动作,23 时 34 分,"和平方舟"号医院船进入第二道船闸——米格尔船闸。约 20 分钟,放水将船再升高 9.5 米后,通过船闸驶入盖拉德水道。该水道为运河最狭窄的地方,最窄处仅 152.4 米。

经加通湖水道后,"和平方舟"号医院船于次日凌晨 3 时 45 分进入加通船闸一级闸门,用时 1 小时左右,到达运河北口克里斯多港。

巴拿马籍引水员要告别了。一位叫何塞·博格斯的引水员幽默地说:"昨天傍晚你们还在太平洋,现在却在大西洋上了,是不是很奇妙? 期待着你们再来,我们在太平洋上等着你们!"他还在医院船留言簿上写下:"很高兴能为中国海军引水! 我代表全体巴拿马人民,热烈地欢迎你们来到我们国家。未来,无论你们去哪里,都祝你们一帆风顺。祝全世界和平与友好!"

11 月 23 日清晨,5 时许,"和平方舟"号医院船顺利通过巴拿马运河,驶出克里斯多港防波堤,进入加勒比海。

我站在船尾的飞行甲板上,回望渐行渐远的巴拿马运河,不由得感叹:一条运河可以破除障碍,缩短距离,连接 2 个大洋,但国与国、人与人、心与心呢?

破除障碍,缩短距离。这是意料之中的事,但没想到这么快,不到 2 年,中巴两国就建交了。

2017 年 6 月 13 日,中国外交部部长王毅在北京与巴拿马副总统兼外长德圣马洛举行会谈。会谈后,两国外长签署了《中华人民共和国和巴拿马共和国关于建立外交关系的联合公报》。这真是个值得两国人民庆贺的日子。中巴友谊之船在历经风雨波折后驶入正确航道,迈向新的征程。

11 月 30 日,国家主席习近平在对巴拿马共和国进行国事访问前夕,在巴拿马《星报》发表题为《携手前进,共创未来》的署名文章,引起热烈反响。他深情地说:"中巴两国人民的友好交往已延续160多年。160多年前,首批华人抵达巴拿马,帮助巴拿马人民修铁路、挖运河,最后留在了这片热情的土地上,积极融入当地社会,同巴拿马人民一道为了幸福而努力奋斗。为此,巴拿马政府专门设立了'华人节'。20世纪60年代,中国人民坚定声援巴拿马人民收回运河主权的正义斗争。为此,中国全国各地1600万人举行游行集会,成为那一代中国人难忘的记忆。这些都充分表明,两国人民血脉相连,心心相印。"

是的,"血脉相连,心心相印"。中国海军"和平方舟"号医院船,作为中国人民的和平使者,满载着中国人民的深情厚谊,向世界传递着和平与仁爱。

在巴拿马运河放舟之后,我们很快就到达了又一个充满阳光和热情的国度——巴巴多斯。

3.人生多了份美好回忆

11月27日,"和平方舟"号医院船抵达巴巴多斯首都布里奇顿。

望着这片异国景色,我的脑海里突然响起《外婆的澎湖湾》这首歌,只不过要把"仙人掌"这个词换成"甘蔗林"。

巴巴多斯是个小巧玲珑、风景秀丽的珊瑚岛国,四周有海洋环绕,面积约为431平方千米,人口28万左右,热带海洋性气候。实际上,它不在加勒比海中,而是在大西洋上。这个岛国最北端的"北点",则是大西洋与加勒比海的交汇点。我曾到过这里,站在峭壁矗立的岸边,见识过"惊涛拍岸,卷起千堆雪"的壮观景象。

我在前面写过,巴巴多斯是"胡子岛"的意思,其缘由是什么?

那是在1518年,西班牙人为寻找在砂糖农场做工的奴隶,登上了这个岛。他们登上这个岛,看到这儿绿树成荫,每棵树上都垂挂着缕缕青苔,就好像长着胡子一般。面对这种奇特的风景,西班牙人给这个岛起了个名字,叫巴巴多(barbaro,长着胡子)。之后,他们掳走了岛上的居民,"胡子岛"成了无人岛。

1620年,英国人登上了这个荒无人烟的岛屿,建起了砂糖农场。他们从非洲大陆运来大批的黑奴充当劳动力,种植甘蔗,熬炼砂糖。第二次世界大战结束后,该岛不愿和西印度群岛上的其他岛一起组成联合政府,而是自己宣告建国,但是加入英联邦,成为英联邦的成员国。

1966 年 11 月 30 日,巴巴多斯正式宣告独立,并制订计划,逐渐脱离英联邦,于 2021 年 11 月成为共和国。因为该国位于巴巴多斯岛上,所以被人们称为"长着胡子的国家"。

巴巴多斯首都布里奇顿,人口约 10 万人。其名称源于印第安人在河上建造的一座小桥——印第安之桥。这座小桥历史悠久,且保存完好,和现布里奇顿城区及西班牙、葡萄牙、英国殖民时期遗存的驻防要塞一起,被联合国教科文组织列入《世界遗产名录》。

1977 年 5 月 30 日,中国与巴巴多斯建交。近年来,两国高层往来不断,各领域友好合作进一步加强,在国际事务中保持良好的沟通与配合。2013 年 6 月,国家主席习近平在访问特立尼达和多巴哥期间,同时任巴巴多斯总理的斯图亚特举行了双边会晤。

我们靠码头是在当地时间上午 10 时,一进港湾就看到了其海岸警卫队的 2 艘舰艇来迎接我们……近了,红旗、横幅及欢迎的人群映入眼帘。出乎意料,人还真不少,有我国驻巴使馆人员、中资机构及企业职工、华侨华人,以及该国军政官员、海岸警卫队的军人。

下船之后,我看到王克大使等一行人翘首以待,并看到横幅右侧有几位手拿两国小旗的中国人,穿的是"中国建筑"的工装。因为我在国内与中国建筑工程总公司有过多次接触,在异国看到这家央企的标志,倍感亲切,他们是在该企业驻加勒比海地区经理部的组织下前来迎接祖国亲人的。我很快与姚福利、胡勇 2 位经理及翟慎秀处长等同志联系上,顿时有一种"他乡遇故知"的感觉,十分激动。后来,我们成了好朋友,回国后我们依然保持着联系。

在不远处还有一排擦得锃亮的小轿车,每台车前都站立着一个手持小国旗的华人,领头的是位中年汉子。上前询问才知,原来是华人社团组织的义务车队,以保证任务官兵出行。那汉子叫杨汗新,是个实在又热情的福建人,在这里开餐馆,这次放下生意,连儿子都被他动员来了。

下午,任务指挥所的领导们分别前去拜会巴巴多斯的军政官员,海上医院紧锣密鼓地准备着明天的医疗服务,船员们全力以赴地对船只进行检修……可谓各司其职。我和郭林雄主任暂时帮不上什么忙,就下船在港区里观看。

杨汗新看到我们,便迎上前来问:"你们是不是想出去?"

我和郭主任一商量,觉得趁此时机看看市容市貌也不错,就回去请了假。

仅用十几分钟,杨汗新就把我们送到了布里奇顿这座世界文化遗产城市的中心。

因为恰逢巴巴多斯独立日放假期间,市区几乎无人,商店全部关门。

在世界文化遗产中漫步,仿佛回到古老的时光。特别是到了那座大教堂,看着那一个个或古老或新立的墓碑,让人不由得感慨万千。

我们走进巴巴多斯博物馆,其前身是英国军事监狱,记录了岛屿自 16 世纪以来的进化演变历史,以自然历史展厅、历史地图、艺术作品及庭院咖啡厅为特色。

我们走过了那座古老的桥梁布里奇顿,这座城市就是以它的名字命名的。离这里没多远,就是那片闻名于世的卡伦海滩,位于圣菲利浦区,在西海岸中南部,海岸线长 3 千米,被公认为世界十大美丽海滩之一。

卡伦海滩沙细且洁白,假日里人头攒动,尤其是孩子们在尽情地戏耍,五彩的遮阳伞排列成一道亮丽的风景。海面上不时驶过几艘大帆船,更为丽日碧海添了几道美丽的色彩……

这时,《外婆的澎湖湾》的动人旋律又回响起来。我想,在某艘大帆船上,一定"还有一位老船长"……

说来也巧,我还真遇到了一位老船长。第二天,11 月 28 日,星期六。任务官兵除了在医院船主平台开展医疗服务外,还派出几支小分队,分别赴巴国防军总部、敬老院、残障保育院等地,开展医疗设备维修、疾病预防知识宣讲、灾害医疗救援专题交流、传统中医培训与展示、健康服务和文化联谊等。

我参加的是文化联谊活动,去当地的一家敬老院。这里条件不错,20 余位老人早已在活动室里等候。

任务官兵一到达,就迅速地忙碌起来。在大家的装扮下,不一会儿活动室里就挂起了横幅、红灯笼、中国结等,显得格外温馨。

伴着优美的音乐,原海军总医院心脏中心护师赵坤首先出场,通过幻灯片介绍中国标志性建筑和优美风光。

这时,我看到一位老人听得看得都非常认真,还喃喃自语,那情形,像是在回忆某段往事。我走过去,坐到了他的右侧。

通过翻译,我明白了他的意思:"年轻的时候,我去过中国,去过北京,去过故宫和长城。相比巴巴多斯,中国很大很大,我只去了北京、上海等几个地方。"

老人叫考克金斯,85岁,背有点儿弯曲,青壮年时当过货运船长,去过世界许多地方。老船长是个见过世面的人,很健谈,他津津有味地观赏着富有中国特色的乐曲、歌舞、太极拳表演,还时不时扭头和我及坐在他另一侧的海上医院中医师陈明霞交流。

陈明霞登台讲授、演示中医保健知识时,老船长一板一眼地跟着学习,而后长叹了一口气,对我说:"岁月不饶人啊!我不可能再去中国了,但希望你们常来。"

这时,任务指挥员吴成平带着2名炊事兵走了进来,每人手里还端着一大盘菜。为了让这些老人全方位地了解中国,炊事班精心准备了丰富的食材,派出2名一级厨师,现场烹饪了鱼香肉丝和糖醋山药等美味佳肴。

"这是和平方舟炊事员现场做的中国菜,请你们品尝!"吴成平兴奋地说,给老人们带来了一阵惊喜。

"噢,中国菜!"老船长边吃边竖起大拇指。

欢乐时光总是匆匆,又到了说"再见"的时候。任务官兵与老人们相互告别,都有点儿依依不舍。

巴巴多斯国家救助协会副会长杰克曼目睹此情此景,由衷地表示:"从老人们的表情可以看出他们非常高兴,一个个像孩子,与远方的亲人相聚又告别。"他继而赞叹道,"和平方舟从事的是人类伟大的事业,你们传递的爱心,弥足珍贵!"

老船长紧紧抓着我和陈明霞的手,像有什么话还没说完。

我低头向他投去询问的目光。他久久地盯着我头上戴着的军帽,然后喃喃地说:"我没当过海军,但当过船长。我想戴戴你们的军帽,行不行?"

老船长的愿望马上得到了满足。他在陈明霞的搀扶下,挺直了腰板,并很庄严地举起右手行礼。老人说:"你们的陪伴,让我感觉很亲切、很幸福。我的人生,从此又多了一份美好的回忆!"话音刚落,老人已经泪流满面。

我端起相机,留下了这珍贵的瞬间。当天下午,我把这张照片转给了上船采访的当地《民族报》的记者。

第二天,《民族报》刊发了我拍摄的照片并发文称:"和平方舟的访问有力地证明了中国与巴巴多斯业已存在的友谊,也必将进一步促进两国、两军之间的交流合作,将进一步推动双边关系更上一个台阶!"

4. 欢乐海滩青春荡漾

交流合作多种多样,双边关系蒸蒸日上。

在"和平方舟"号医院船停靠码头左侧不远的地方,有一片洁净的沙滩,步行过去大约5分钟。这沙滩叫什么名字,我记不起来了,姑且称它为"欢乐海滩"吧。

由于离得近,任务指挥所每天下午在这里组织部分任务官兵进行游泳训练,副指挥员于大鹏带人驾巡逻艇保证安全。

12月2日上午10时许,"欢乐海滩"上一片欢乐,中巴两军官兵沙滩文体联谊活动开场了。

巴巴多斯国防军始建于1978年,主要由总部、陆军、海岸警卫队、空军组成,人不多,大约只有600人,其中海岸警卫队约130人。

这次活动,海岸警卫队派出了120余人之多,基本上是全员出动,可见其重视程度。按照对等原则,"和平方舟"号医院船也派出了120名任务官兵。

活动安排丰富多彩,有游泳、海上皮划艇、沙滩足球、排球、橄榄球、拔河比赛,以及官兵临时组织的各类游戏等。比如说,在开展文体比赛前,巴军几位年纪大的官兵在玩一种麻将大小的接龙游戏,我站在旁边看了一会儿,很快就学会了。他们就邀请我加入进来,玩了几把。

一声哨响,几项比赛同时展开,令人目不暇接:

这边,沙滩足球踢得正酣。船长郭保丰任我方队长兼教练,此次活动他还是裁判。可是不一会儿他的脚就痒了,他把哨子随便递给一个人,自己就上了场,左冲右突,抬脚怒射,球应声落网,引起周围一片掌声……

那边,沙滩排球竞争也非常激烈,并且没按真正的规则,一边5个人,还男女混合组队,比分交替上升……

要说热闹,那就是拔河比赛了,上的人多,"加油"声惊天动地,你拉过来,我扯过去,最后双方都人仰马翻,在沙滩上打着滚……

一场活动总有几个活跃分子,医院船机电长赵学虎就是其中之一。他是南京人,个儿不高,很敦实,与巴方的一个高个子兵玩得非常开心!他们俩一会儿在沙滩上摔跤,一会儿搂着脖子喝啤酒,一会儿又在一张桌子上掰腕子。掰腕子吸引了不少人,双方官兵轮番上阵,加油声阵阵……

我看到政工组张昭处长上去了,回族男兵刘星上去了,维吾尔族女兵苏丽亚上去了……

别看苏丽亚长得白白净净,没想到她还挺有劲,一上场就很轻松地掰胜了对方一个黑壮的女兵。对方不服,又上来一个女兵与她对阵,两人足足僵持了3分钟,要不是对方裁判及时叫停,宣布平局,估计她还能胜。

陆上热闹,海上更加动人心魄!

游泳比赛时,双方官兵个个都是"浪里白条",在碧波之中尽情地戏水,让我这个只会简单"狗刨"的旱鸭子羡慕不已。

更有勇敢者乘着皮划艇在浪尖上腾跃,其中有我们早已熟悉的江山,还有被男兵们称为"烨哥"的女班长黄芳烨等,后面我要专门向读者们介绍她。

"欢乐海滩"成为中巴两军官兵欢乐的舞台。碧海荡漾,青春荡漾!

任务指挥员管柏林曾这样告诉我:"军事外交同样充满了人情味。"

"和平方舟"号医院船出访巴巴多斯期间,管柏林在王克大使的陪同下,先后拜会了巴巴多斯代总理查德·斯里、卫生部部长约翰·博尹斯和国防军代理参谋长苏兰德等军政要员,双方进行了坦诚友好的交流会谈。

巴巴多斯代总理查德·斯里说:"这艘医院船弘扬人道、博爱、奉献精神,为世界人民做出了伟大贡献。和平方舟的来访,对巴巴多斯意义重大。这是中国海军舰艇第一次访问巴巴多斯,也是第一艘向巴巴多斯人民提供免费医疗服务的医院船,巴巴多斯人民热烈欢迎并十分感激!"

那天中午,巴巴多斯国防军代理参谋长苏兰德也来到了"欢乐海滩"。他看到两军官兵一起吃完烧烤依然余兴未尽,就对任务指挥员管柏林、吴成平说:"让他们年轻人尽情地多玩一会儿吧。"他知道,"和平方舟"号医院船明天就要离开巴巴多斯了。

吴成平点点头,深情地望着这片海洋,感叹道:"我们中国有句俗语:'亲戚越走越近,交往越深越亲。'愿我们两国、两军的友谊,像他们一样,永远充满青春活力!"

苏兰德颇有同感:"这些天,巴中官兵在相互交流中结下了兄弟姐妹般的友谊,欢迎并期待你们再次来访,这邀请永远有效!"

我相信,这邀请永远有效!但来访毕竟是短暂的。

12月3日上午10时,"和平方舟"号医院船准时离开码头。巴巴多斯军政要员及国防军官兵前来送行,依然隆重而热烈。我国大使馆的同志们来了。中国建筑总公司及中资单位的朋友们来了。杨汗新等华侨华人同胞们都来了……

列队了,起锚了,鸣笛了,歌声响起来了。在我们挥手间,送行的中国人挥舞着国旗,我们饱含热泪,和同胞们齐声唱起了《歌唱祖国》。

每次一到站,这首歌响起的频率就高起来,同胞们为我们送行时都要唱。

这是祝愿,也是心声。每次听,每次唱,都让我热血沸腾,都让我热泪盈眶!

我抹了一把泪,凝望着船艉上迎风飘扬的五星红旗,一幅"红五星相伴红十字,红十字辉映红五星"的瑰丽画面愈放愈大……

B 卷

和平方舟是中国的,也是世界的。在南京青奥会期间,习近平主席会见斐济总统奈拉蒂考,两国元首谈及医院船;汤加王宫上空飘扬的国旗上的红十字与医院船上的红十字遥相呼应;瓦努阿图总理纳图曼说:对你们全心全意提供的优质医疗服务表示诚挚的谢意;巴布亚新几内亚独立日庆典,医院船的军乐队奏乐共庆……

第七章　大洋洲四国旋起"中国风"
——"和谐使命-2014"

红五星相伴红十字,红十字辉映红五星。

每一次的靠港、离港,都让我对"和谐使命"的内涵认识更清晰,感受更深切:海军是大国形象的名片,是面向世界的窗口,是角逐国际的战略力量。海军每一步的发展壮大,每一次的海外行动,都与国家发展战略、利益拓展以及民族振兴密切相关,国家利益拓展到哪里,舰艇航迹就要延伸到哪里。

"和平方舟"号医院船"走出去"执行使命任务,履行的是国际义务,展示的是大国形象;奉献的是真诚爱心,体现的是精湛技术;传播的是和谐理念,营造的是和平环境;付出的是人道主义,回馈的是国家安全。从深层次思考,我们看似只是为他国民众提供医疗服务,但本质上是为"和谐世界""和谐海洋"服务,是为祖国地位和安全服务,是国家战略运用的组成部分,是构建人类命运共同体的具体实践……

2014年6月9日至8月3日,"和平方舟"号医院船随编队参加"环太平洋-2014"多边海上联合演练。之后,医院船在指挥员沈浩、汪光鑫的率领下,随即转入"和谐使命-2014"任务,赴大洋洲汤加、斐济、瓦努阿图、巴布亚新几内亚四国访问,并为当地民众提供人道主义医疗服务,在南太平洋上旋起一股强劲的"中国风"!

1. "剜出了那颗'罪恶的子弹'!"

汤加人和当地的气候及其国家名字一样,对远方的客人充满了热情和友好。汤加属热带雨林气候,被人们称为"友爱群岛"。

2014 年 8 月 13 日上午 10 时,"和平方舟"号医院船停靠汤加王国努库阿洛法港乌娜码头。汤加国王图普六世和王后及公主来了。首相图伊瓦卡诺及代首相、副首相和卫生部总监来了。国防参谋长陶埃卡·乌塔阿图准将和皇家海军、陆军司令带官兵来了。我驻汤加大使黄华光及使馆工作人员来了。当地民众、华侨华人也拥来了……

一说起汤加,国人可能马上会想到,这个国家以胖为美。当地人对美的要求是,人不一定有多高,但一定要富态。总之,无论男女,一定不能太瘦。

但是,我悄悄地告诉您:撇开审美观不谈,过于肥胖毕竟有健康隐患。近年来,汤加国王也开始带头,号召国民减肥了。所以,不能用老眼光看这个世界。

汤加王国属大洋洲,位于南太平洋西南部、国际日期变更线西侧,是世界上第一个看见太阳升起的国家。

1998 年 11 月 2 日,中国同汤加建交。建交后,两国在政治、经济、文化、教育、卫生和军事等领域的友好合作关系不断发展,双方政府高级官员和代表团互访频繁。

任务指挥所针对汤加是本次"和谐使命"任务亮相首站,民众医疗服务需求强烈等特点,将健康体检、疾病诊治、医学交流、参观展示等有机地融为一体,采取迎进来与走出去的方式,边展示边服务边交流,确保完成各项任务。

"和平方舟"号医院船在进港的当天下午 1 时 30 分,主平台就全面展开,开始接受汤加民众前来就诊,半天时间就诊治患者 80 名,辅助检查 66 人次。海上医院肝胆外科医师杨英祥、胸外科医师文峰,在一名汤加医生的协助下,成功实施了该站首例胆囊切除手术。

8 月 14 日,医院船在全天候接诊病人、开展手术的同时,先后派出数支前出医疗队,分赴塔布岛、埃瓦岛等多个地区及维奥拉医院等,进行医疗巡诊和定点医疗服务。"中国军医来了!""中国军医来了!"这个珊瑚岛国的民众们口口相传……

8月15日,一名中年男子拄着拐,一步一瘸地来到了医院船,脸上充满了痛苦。

他患的是什么病?从严格意义上讲,他没有病,他是负了伤。这名中年男子叫库萨斯伊卢,46岁。

8年前,一颗罪恶的子弹击中了他的左大腿。由于当时的医疗条件差,他只是被简单地包扎了一下伤口。又由于他承担不起做手术的费用,子弹一直深埋在身体里,使他苦不堪言。库萨斯伊卢得知中国海军医院船来到他们国家,免费为普通百姓开展医疗服务,就满怀希望地赶来了。

但是,当他走近这条"大白船"时,他内心又非常复杂:是不是真的免费?中国军医对穷人的态度怎么样?时间这么久,还能手术吗?……

然而,当他走上这条船时,一切又看似那么简单。中国军医非常热情地接待了库萨斯伊卢,并立即安排他住院做手术。

海上医院骨科医师李勇主刀,胸外科医师文峰协助,仅用了半个小时,就将那颗折磨了库萨斯伊卢8年的"罪恶的子弹"取了出来。

无独有偶。同病相怜。

库萨斯伊卢出了手术室,立即想到了同样受了枪伤的一位青年人,马上把喜讯告诉他:"中国军医帮我剜出了那颗'罪恶的子弹'!"

这位青年叫特维塔·玛卡,时年27岁。

那是个恐怖的夜晚。那是两颗"罪恶的子弹"。

2010年3月,特维塔·玛卡偕新婚妻子维纳前往美国夏威夷度蜜月。这天傍晚,他们在旧金山一处海滩上漫步。天渐渐黑了下来,他们正准备回宾馆,没想到与一个美国青年发生了冲突。一言不合,那个美国青年就拔出了手枪。砰!砰!两声枪响在旧金山的海滩上回荡。特维塔·玛卡腹部、胸部中弹,倒在血泊中。幸亏妻子维纳冷静,及时叫了救护车,将他送到医院,捡回了一条命。

8月17日,特维塔·玛卡夫妇早早来到了"和平方舟"号医院船。

特维塔告诉中国军医:"当时,我腹部的那颗子弹被医生取出来了,但位于左胸壁深层的这颗子弹定位困难,手术风险高,只好留在体内未取。受伤4年多来,我曾辗转国内和美国的5家医院,医生都由于这些原因放弃了手术。每一次我都是抱着希望而去,带着失望而归。"

妻了维纳接过话:"库萨斯伊卢人哥告诉我们,中国军医剜出了埋在他体内8年的子弹,这重新点燃了我们心头的希望之火。"

负责接诊的海军军医大学第二附属医院普外科副教授张剑认真地看完他们带来的病历资料,很白信地说:"这次不会让你们失望的!"

张剑副教授是位医学博士,江苏江都人,长得白净又英俊,年龄不大,还有2个月才过35岁生日。前几天参加"环太平洋-2014"多边海上联合演练,在模拟进行伤员抢救时,他表现突出,被外国同行一致评价为"技术一流,堪称优秀"。

他心里很清楚,深埋在特维塔·玛卡左胸的子弹定位确实非常难,手术风险也确实高!但他也很自信,在任务团队的通力合作下,这颗子弹是可以取出的。

"和平方舟"号医院船虽然是因战而生,但真正治疗枪伤在汤加还是第一次,为库萨斯伊卢取子弹是第一例,有了第一例,就为第二例打下了基础。

确实,特维塔·玛卡的手术要比库萨斯伊卢的复杂得多,海上医院高度重视。

很少见这样负责任的医生,很少见这样负责任的医院!

你听说过甘冒风险陪着病人一起接受X光片照射的医生吗?张剑副教授从上午8时30分到11时,拿着金属标志物引导X光片操作技师拍片,陪着特维塔·玛卡一起连续拍了6张X光片,通过一张张对比分析,初步确定子弹在其体内的大致部位。在此基础上,3名B超技师联合进行超声波扫描,最终确定了子弹在其体内的确切位置。

你听说过为了一个病人召集10名专家集体会诊的医院吗?下午2时30分,海上医院院长孙涛带领10名专家进行了术前集体会诊,进一步分析手术重点、难点,制订紧急情况处置预案,并确定下午 4 时实施手术。他说,虽然子弹定位了,但病人体重达 135 公斤,全身麻醉的风险很大,于是决定实施局麻。

谁来主刀? 张剑副教授是不二人选。助手还是文峰。

术前 30 分钟,张剑副教授与病人及家属签订手术知情同意书。实事求是地讲,这时的特维塔·玛卡夫妇,既满怀期盼,又有点儿紧张。

张剑和文峰不时地找些轻松话题,缓解他们的紧张情绪,同时也进行了感情和信任方面的沟通。

下午 4 时整,特维塔·玛卡要被推进手术室了,他有点儿紧张。妻子维纳趋身上前,在他额头上亲吻了一下,轻声安慰道:"你放心吧,中国军医很棒,我相信这次手术一定会非常成功!"

男子汉不能让女人担忧! 特维塔·玛卡长舒了一口气,轻轻点头,又微笑着朝妻子眨了眨眼睛。手术室的大门关上了。

中国有句成语叫"度日如年",对于在手术室外等待的病人家属则是度"时"如年、度"分"如年。此时,他们的心情是矛盾的:期盼手术快点儿结束,又怕手术中途医生出来叫家属。

还不到 1 个小时,手术室的大门被打开,张剑副教授从里面走了出来。

维纳心里咯噔一下,急忙迎了上去。当她看到中国军医那张微笑而又亲切的脸庞时,一颗悬着的心顿时放了下来。

张剑副教授告诉维纳:"手术非常顺利,也非常成功,从切开皮肤到取出子弹,仅用了 23 分钟。"他摊开手掌,"你看,这就是威胁你丈夫生命和身体健康的那颗'罪魁祸首',有 9 毫米长。不过,从今天开始,你们再也不用为此担忧了。"

维纳闻听,哇的一声哭了。这是真正的喜极而泣,泪雨滂沱。

她从张剑手中拿过那颗子弹头,紧紧攥在手心里,哽咽着说:"谢谢中国,谢谢中国海军医院船,更要谢谢您! 你们帮我丈夫剜出了这颗'罪恶的子弹',我们要把它永远留下来,看到它,就会想到中国人的救命之恩!"

张剑摆摆手说:"别客气,救死扶伤是我们医院船的使命,治病救人是我们当医生的本分。"

是的,救死扶伤是医院船的使命,治病救人是当医生的本分。

汤加人虽然不知道中国军医的名字,但他们看在眼里,也记在了心里……

在 7 天的医疗服务中,"和平方舟"号医院船共接诊病人 4210 人次,住院 20 人,手术 39 例,开展 CT、DR 等辅助检查 2264 人次;同时派出健康服务和文化联谊分队赴小学和残障院开展健康宣教诊疗 82 人次,与 30 名汤加医务人员进行了 3 个专题的学术交流。

8 月 19 日,"和平方舟"号医院船收到了一封发自汤加偏远海岛艾瓦岛的感谢电:"能够得到中国医疗队的医疗服务,我们深感幸运,这项人道主义救援对我们来说是个莫大的福祉。"署名是该岛议会主席苏尼亚·菲力。在此前一天,"和平方舟"号医院船派出舰载直升机,连续飞行八个架次,运送医疗队前往岛上巡诊,在这个仅有 5000 名居民的小岛上引起轰动。医疗队员放弃午餐时间,持续接诊至最后时限,为 447 名民众进行了医疗服务。更加幸运的是一位少年,他癫痫病突然发作,口吐白沫,摔倒在地,病情危急。幸亏医疗队及时赶到抢救,使他转危为安。

汤加国防参谋长陶埃卡·乌塔阿图准将得知医院船针对汤加民众体型偏宽、分量偏重,病人上下舷梯不便的实际情况,专门连夜切割舱室通道的事,十分感动。他对指挥员沈浩说:"将军不仅身体力行,亲自为我们抬病人,还决策为我们改变舱室结构,你们做的事,比《圣经》里面的故事还感人。"

汤加首相图伊瓦卡诺·波希瓦出国访问,归来后上船体检时表示:"我代表汤加政府和人民,感谢中国政府和习近平主席派出和平方舟到访汤加并开展医疗服务,为汤加人民带来了福祉!"

《"和平方舟"号医院船传递无疆大爱》,这是 8 月 13 日《汤加日报》头版头条的大标题。

"和平方舟"号医院船停泊的乌娜码头,正对着汤加王宫。身兼汤中友好协会会长的王室公主萨洛特·皮洛莱鸟·图伊塔,那些日子里几乎天天登船,耳闻

目睹了发生在眼前和身边的医患之间的感人故事:

一位 5 岁的汤加小女孩因为右侧足底肿块,需要进行手术治疗。陌生的医院船,陌生的面孔,小女孩对一切都很陌生,在进手术室之前,她明显表现出了恐惧和烦躁。

海上医院手术组医生马兵像对待自己的孩子一样,一把将她抱在怀里,轻轻地拍抚着她,哄逗着她,将她接进了手术室。

躺在手术床上,小女孩看着周围陌生的环境和一个个戴着口罩看不见脸的叔叔阿姨,内心更害怕了,哇哇大哭起来。

怎么办?

杨涛医生灵机一动,将一个橡皮手套吹成气球,然后用笔三勾两画,娴熟地画出了一张可爱的笑脸,小女孩立刻就被吸引住,止住了哭声。

与此同时,缪雪蓉医生用英文为她唱着儿歌,帮助她舒缓情绪。

在这样的气氛中,小女孩渐渐消除了紧张和害怕的情绪,在麻醉药的作用下,安静地入睡了。

手术非常成功!孩子的母亲知道这些细节后,感动得哭了。

皮洛莱乌公主闻知也为之动容。她说:"中国人有善心,中国军医都怀揣着无疆大爱。我们知道中国海军医院船的消息太晚了,真希望你们能早点儿来,经常来,汤加王国欢迎你们,感谢你们的人道主义关怀!"

在"和平方舟"号医院船离开汤加前往斐济时,起航前,皮洛莱乌公主还专门派人送来了鲜鱼和蔬菜,以表达她的心意。

汤加国王图普六世上船参观时,见到了康复中的特维塔·玛卡,以及一位刚做了左环指不全离断伤再植修复术的男青年,并代他们向中国军医致谢。

任务指挥员沈浩陪同图普六世登上 04 甲板撤离平台,上面的大红十字格外引人注目。他们并肩伫立,望向对面的王宫,广场上面迎风飘扬着汤加王国国旗和中华人民共和国国旗。

汤加国旗左上角有一白色小长方形,其中也有一个红十字,与"和平方舟"号医院船上的红十字遥相呼应,成为努库阿洛法港一道亮丽的风景。

任务指挥员沈浩面对此情此景,感慨道:"中汤两国是在用红十字'握手',人道、博爱、奉献的红十字精神在这里熠熠生辉!"

图普六世也深有同感,他挥笔在签字簿上留言:"感谢中国!感谢了不起的船员!当我知道你船在我们最需要的时候给予了这样的帮助,并且帮助了数以千计的汤加人民时,我感到非常高兴。希望今后继续得到'和平方舟'号医院船的帮助,欢迎你们再来!"

8月20日,在"欢迎你们再来!欢迎你们再来!"的深情告别声中,"和平方舟"号医院船缓缓离开汤加努库阿洛法港,前往下一站——斐济……

2. 两国元首谈到这艘医院船

时间往前推几天。2014年8月16日,中国南京,第二届夏季青年奥林匹克运动会在这里隆重开幕。这是继北京奥运会后中国举办的又一项重大奥运赛事。国家主席习近平亲赴南京宣布开幕。

中国政府还邀请了斐济总统奈拉蒂考、布隆迪总统恩库伦齐扎、马尔代夫总统亚明、黑山总统武亚诺维奇、新加坡总统陈庆炎、瓦努阿图总理纳图曼和时任联合国秘书长潘基文等出席开幕式。

8月17日,习近平主席在南京会见斐济总统奈拉蒂考,对他专程前来出席南京青奥会表示热烈欢迎。习近平指出,斐济是太平洋岛国地区具有重要影响力的国家,也是最早同中国建交的太平洋岛国,是中国的真诚朋友和重要伙伴。中斐关系发展符合两国人民根本利益,也有利于太平洋岛国地区和平、稳定、发展。双方要采取更多措施,便利两国人员和经贸往来,推进农林渔业、旅游、交通、通信基础设施建设等领域合作。中国海军"和平方舟"号医院船即将抵斐济访问,这将增进两国人民的友好情谊。

奈拉蒂考总统对应邀出席中国南京青奥会表示感谢,并说,非常感谢中国政府安排"和平方舟"号医院船访问斐济,并为斐济人民提供出色的医疗服务,非常感谢中国海军为全世界的和平与和谐做出的杰出贡献。中国政府和军队是斐济的真诚朋友,在中国的帮助下,斐济基础设施建设及公共事业服务水平不断提高,斐济人民生活质量全面提升……

此时,"和平方舟"号医院船正在汤加王国开展人道主义医疗服务。

3天后,8月20日,他们起航前往斐济。

航程中,海上指挥所专门召开会议,学习解读两国元首在南京会谈的内容。习主席的讲话,充分表明了他对"和平方舟"号医院船行动的高度关注、对"和谐使命"任务的高度重视,体现着关心和关爱,浓缩着希望和期待,对全体任务官兵既是莫大的鼓舞,也是有力的鞭策。

全体任务官兵群情振奋,纷纷表示:一定不辜负习主席的期望和重托,自觉地把习主席的关注、关心和关爱转化为履行"和谐使命"的强大精神动力,落实到医疗服务的具体行动中,不断增强光荣感和自豪感,为祖国争光,为军旗添彩,用优秀答卷向党和人民汇报!

8月22日上午,"和平方舟"号医院船停靠斐济共和国苏瓦港南国王码头。斐济武装部队总参谋长阿齐兹·穆罕默德准将率9名高级官员、50人军乐队、100余名官兵,与我驻斐济大使黄勇及使馆工作人员、中资机构职工、华侨华人代表一起前来迎接。

斐济共和国位于西南太平洋中心,是太平洋岛国中经济实力较强、经济发展较好的国家。

1975年11月5日,中国同斐济建交。斐济共和国是太平洋岛国最早与中国建交的国家,两国关系一直良好。

斐济首都苏瓦港系重要的国际海港,是斐济的最大海港,又是南太平洋的航运中心,斐济因此有南太平洋的"十字路口"之称。

斐济还是个花的国度,任务官兵一抵达,就融入花的海洋里。这可不是夸张的描写,因为这段日子正逢斐济一年一度的红花节。红花即扶桑花,或称"木槿花",是斐济的国花。为期7天的红花节是斐济的重要节日,整个苏瓦都被鲜花装扮得五颜六色。

斐济的花很多,到处都是戴着鲜花的人,男男女女无一例外。据说,把花戴在左边是表示未婚,而把花戴在两边则表示已结婚。男人除了戴花外,更让人吃惊的是,居然也穿裙子。裙子在这里被称作"SOLO",不仅男人平时会穿着SO-LO,甚至指挥交通的警察们也是穿着SOLO执行公务,成为街头一景。

还有让人惊奇的呢!在人们的印象中,平静的大海是蓝色的,但是斐济的大海是彩色的,五颜六色,真是"花的海洋"。这是什么原因呢?斐济拥有300多个大小不一的岛屿,这些岛屿被环状的珊瑚礁包围着,成了鱼儿的天堂。无数条奇形怪状、色彩斑斓的海鱼在水里畅游嬉戏,将大海搅得五彩缤纷,如鲜花般盛开。

任务官兵没有陶醉于这美景中,而是立即投入了医疗服务这场"战斗"。

当天,海上医院院长孙涛就带领医疗分队赴瓦乐乐屋医疗中心、伊丽莎白女王军营医院、萨马布拉敬老院等前出医疗点进行现场勘察、布置……

当天,普通外科、肝胆外科、耳鼻喉科的6名医生,组成专家医疗队,来到殖民战争纪念医院,进行急需手术病人筛选,有50名患者被列入名单……

当天,医院船主平台展开,开始收治病人,有3位病人住院。当晚,海上医院医师吴仕和不顾航行疲劳,连着为2位患者做了手术,一位是右腹股沟斜疝患者,一位是背部脂肪瘤患者。这位普外科的老专家,已经到了知天命的年龄,但依然和年轻人一样冲锋……

带着友谊,携着热情,斐济总统奈拉蒂考从中国回来了。

8月24日傍晚,奈拉蒂考刚下飞机就率领国防部部长、军队总司令、武装部队参谋长、卫生部部长、苏瓦市特别行政长官等政府和军队高层官员,专程出席"和平方舟"号医院船举行的甲板招待会。

甲板招待会结束后,已经到了晚上九、十点钟,奈拉蒂考总统饶有兴致地参观了"和平方舟"号医院船。

此时,还有2台手术在进行中。任务指挥员沈浩带他走进医院船信息中心,请他通过视频监控系统观看手术过程,并向他介绍:"在斐济期间,我们采取的是'白天门诊,晚上手术'的方式,这样可以节省时间,多诊治一些病人。"

他听后非常感动,连声说:"谢谢!谢谢!你们辛苦了。"

疝气修复手术顺利结束,患者被移送到病房。

这是一位 60 多岁的老人,名叫塔布亚。当看到总统奈拉蒂考走进病房时,他非常兴奋。

奈拉蒂考总统来到他的病床前,询问他的病情。

塔布亚半躺在病床上,紧紧地抓住总统的手,眼含热泪地说:"我患这个病 11 年了,腹部经常疼痛难忍。中国医院船来了,刚刚为我修补了一个直径 12 厘米的软性包块,我的痛苦就要结束了。感谢和平方舟上的每一个人,他们为我带来了福音。"

奈拉蒂考总统用另一只手轻轻拍着塔布亚的手背,点点头说:"是的,我们要感谢习近平主席,感谢中国政府,感谢和平方舟上的每一个人!"

随后,总统来到 ICU 病房,逐一看望手术患者,并亲自为一名白内障手术患者揭开纱布。他十分动情地说:"今天我看到的每一个病人,都带着喜悦的笑容。感谢和平方舟为斐济人民带来笑容,这让我记忆深刻,并非常感动!"

在斐济为期 7 天的医疗服务时间里,"和平方舟"号医院船共向当地民众开放了 31 个专业科室,诊治病人 5898 人次,住院 37 人,手术 68 例,开展 CT、DR 等辅助检查 2249 人次。

中国海军医护人员精湛的医术和热情周到的服务,赢得了斐济军政要员、部队官兵及当地民众的尊重和爱戴。在"和平方舟"号医院船停靠的苏瓦地区,欢迎中国海军访问和感谢中国军医的宣传画册随处可见,当地的《斐济太阳报》《斐济时报》等 9 家平面、电视及网络媒体派出精干的记者队伍,大篇幅报道和平方舟上的"和谐故事"。

8 月 26 日,《斐济太阳报》以《中国海军医院船提供免费医疗服务》为题这样报道:

> 斐济人受益于中国海军"和平方舟"号医院船提供的免费医疗服务。
>
> 昨天,从四面八方远道而来的人们在苏瓦港排成长队等候诊疗。
>
> 埃伦娜·拉图莱乌为了诊治她的眼睛,昨天一大早就从里瓦的维沃村

赶到苏瓦港。64 岁的拉图莱乌说,自去年以来,她的眼睛就变得模糊不清并且近视。她 7 点 45 分就排到候诊的长队中,不顾天气炎热,一直排到 11 点多,为的是能够得到医疗服务。"我是从广播中听说这艘医院船来到斐济的,我想这是一个使我的眼睛得到检查的好机会。对于像我这样的穷人来说,这是一个难得的机会,因为这次医疗服务是免费的。"她还说,今年 1 月她就去殖民战争纪念医院就诊过,但是她的眼睛没有明显好转。"我希望通过到这里诊疗会有些好转。"拉图莱乌女士说。

来自劳托卡的拉杰什急需治疗哮喘病,也远道来到苏瓦。"从 1993 年起,我就患哮喘病。从那时起,每当犯病我就进出医院。我一去医院就用喷雾器呼吸,但只能缓解一会儿,然后我只能接着用它呼吸。所以,我希望在这里得到帮助。"拉杰什说。

……

后来,拉图莱乌和拉杰什的希望都没有落空,他们自然有说不尽的信任和感谢。

在斐济,这种信任和感谢表现在每一个阶层。

斐济国防部部长约凯塔尼·索卡纳辛加在这一周里曾五次登上"和平方舟"号医院船,或参加公务活动,或参观,或体检治病,或看望住院患者……

8 月 24 日,他登船进行了 B 超、心电图、CT 等几个项目的身体检查,并针对多年来的膝盖伤痛,体验了传统中医的针灸及推拿疗法,感觉良好。回到家,他向夫人炫耀了一番。

宝贝女儿远在新西兰,从事的是医疗护理工作。他忍不住将这次体检经历与女儿分享。

女儿仔细阅读了检查报告,不由得赞叹:"爸爸,中国军医的专业水平真棒啊!你说这几份报告不到 1 个小时就拿到了,是真的吗?"

"爸爸还能骗你?"

"哇!效率真高啊!与西方一些发达国家的医院相比,也是快的。如果在我们国家的医院,简直不可想象。"

"是的,3 个星期能出来就不错了。"

"爸爸,为什么不让妈妈去中国医院船看看呢?"

"是啊!"索卡纳辛加回头看了看夫人。

夫人一直在旁边听他们父女俩聊天,心动了,不由得点了点头。

4 年前,夫人右手中指长了一个肿瘤,在斐济各大医院进行了多次会诊,因为手术风险大,再加上她已 70 多岁高龄,始终未能下决心进行切除。

第二天,索卡纳辛加陪着夫人毅然登上了"和平方舟"号医院船。

国防部部长夫人要在船上看病做手术,任务指挥所非常重视,组织海上医院专家进行会诊,通过认真讨论和风险评估,制订出了周密的肿瘤切除手术方案。

索卡纳辛加部长通过自己的体检经历和与女儿的交流,以及近几天的耳闻目睹,十分钦佩中国医务人员的专业技能、丰富经验和高效作风,并非常信任和平方舟海上医院这个医疗团队,对诊断结果和手术方案充满了信心,毫不犹豫地在手术知情同意书上签上了名字。

8 月 26 日下午 3 时,斐济国防部部长夫人被推进了手术室。

成功!中国军医马兵、张剑为她成功地实施了"右手中指腱鞘巨细胞瘤扩大根治+指关节功能重建+局部皮瓣转移术"手术!

消息传出,在斐济军政高层引起强烈反响!同时,这消息也像长了翅膀一样,传遍了斐济的城乡和海岛……

8 月 29 日上午 9 时 45 分,"和平方舟"号医院船将要离开斐济,前往瓦努阿图。

在医院船离开码头前,索卡纳辛加部长偕夫人及家人和工作人员 7 点多就到了,提前两个半小时登上医院船。他说:"我要再多看看和平方舟,再次感谢你们这些为我和家人及斐济民众带来健康和阳光的和平使者!"

在 2018 年,中国政府和军队又一次给了索卡纳辛加部长看和平方舟的机会,这是后话。

在此期间,索卡纳辛加部长向任务指挥员沈浩、汪光鑫等人讲了一个病例背后的故事。这个病例就是"和平方舟"号医院船到达斐济当天,由海上医院吴仕和做的首例手术。

这位患者叫乌里麦萨莫,25 岁,来自马库阿塔省一个名叫那布布的偏远村庄。患病 5 年来,他在母亲的陪伴下四处求医,终于有医生说可以做手术,他却苦于无法凑齐 1 万美元的手术费,准备放弃治疗。幸运的是,他进了中国军医的筛选名单,并第一个做了手术。

索卡纳辛加部长说:"前几天我上船看望手术患者,遇到了术后康复的乌里麦萨莫,他气色很好,表情轻松。这一切得益于中国海军医院船全体人员的辛勤付出,他的生命才恢复昔日的光彩,他的家庭也将摆脱持续数年的阴霾。"

起航的时间到了,索卡纳辛加与陪同他参观的任务官兵一一握手,再次说道:"衷心感谢'和平方舟'号医院船为斐济人民提供的优质医疗服务,这充分体现了中国政府、人民和军队对人道主义事业的崇高追求,为人类的健康、和平做出了杰出贡献!"

索卡纳辛加部长下船不久,船就离岸了。

火红的太阳泼洒下一片热情,索卡纳辛加部长和送行的人们一起不停地挥手,是那样不舍……

3. "和平方舟的大门总是敞开的"

2014 年 9 月 1 日,《瓦努阿图每日邮报》以《世界第二大海上医院到瓦努阿图提供免费医疗服务》为题报道:

> 昨天上午,世界上第二大医院船——中国人民解放军海军"和平方舟"号医院船停靠星星码头,瓦努阿图副总理利尼到码头迎接。"和平方舟"号医院船上有 300 余人,其中包括医疗服务人员、医生和军人。
>
> "和谐使命-2014"任务指挥员沈浩在船上向欢迎人员致辞,表示他们的团队将从今天开始向当地民众提供免费人道主义医疗援助。

　　在和平方舟会议室里,任务指挥员沈浩向由瓦努阿图副总理利尼、旅游部部长哈姆·利尼率领的欢迎团队表示,他们执行的"和谐使命-2014"任务是中华人民共和国传播爱心的一种举措,为民众带来希望,增进中国与到访国之间的友谊。

　　作为瓦努阿图政府和人民的代表,副总理利尼对中国政府和人民向瓦努阿图提供的援助,表示衷心的感谢和崇高的敬意。

　　"我确信,尽管不是所有民众都能享受到你们的医疗援助,但那些将获得你们医疗援助的人会对你们表示由衷的感谢。"

　　利尼强调,自1982年两国建交以来,瓦努阿图和中国之间关系友好,而今天,瓦努阿图将再--次见证来自中国政府和人民的友好壮举。

　　他向参加此次医疗援助的多个不同医疗领域的医护人员表示感谢。

　　鉴于"和平方舟"号医院船首次到访瓦努阿图,副总理表示:"我们期待这艘船将来能够再次访问瓦努阿图。"

　　……

　　"和平方舟"号医院船,是在8月31日停靠在瓦努阿图共和国首都维拉港主码头的。

　　1982年3月26日,中国同瓦努阿图建交。建交以来,两国友好合作关系发展顺利。

　　瓦努阿图首都维拉港,位于埃法特岛西南端三面环山、一面傍海的迈利湾,是天然的避风港和商港,但限制它的是,能停泊大型船舶的只有主码头。

　　正是这个缘故,"和平方舟"号医院船在访问瓦努阿图期间,不能全程停靠星星码头,而是多次离开,在港内锚泊。

　　针对这种情况,任务指挥所及时调整服务重心,采取"前出门诊,后送诊疗"模式,把医疗服务的主阵地前置,在当地维拉中心医院、中华公会和美丽村共设立三个医疗点,把医院船主平台作为深度治疗的"海上基地",通过每日定时定点使用登陆艇,实时转运医护人员和患者,保证了患者及时就诊,打通了一条患者就诊的快速"海上绿色通道",架起了一座连接海陆的"生命之桥"。

在此期间,任务官兵克服种种困难,发扬不怕疲劳、连续作战的精神,人道主义医疗服务的一些数字又创新高:共诊治病人 7512 人次,住院 26 人,手术 58 例,开展 CT、DR 等辅助检查 3382 人次。

9 月 6 日傍晚 6 时,瓦努阿图总理纳图曼从中国访问回国的当天,就在我驻瓦大使谢波华、参赞李翠英的陪同下,第一时间率外交部部长、总理第一政治顾问等人登上"和平方舟"号医院船。

纳图曼总理说:"我到贵国出席南京青奥会开幕式期间,与习近平主席进行了非常愉快的会谈。习近平主席专门谈到了'和平方舟'号医院船要到瓦努阿图访问,并开展人道主义医疗服务。虽然这不是中国海军第一次派军舰访问瓦努阿图,但这次意义非常重大,极大地缓解了瓦努阿图医疗卫生面临的困境,将进一步加深两国、两军之间的友好合作关系。"

纳图曼总理专门在签字簿上留言:"我谨代表瓦努阿图共和国政府和人民,对你们全心全意提供的优质医疗服务表示诚挚的谢意!"

任务指挥员沈浩对他说:"和平方舟是中国的,也是世界的。对全世界人民来说,和平方舟的大门总是敞开的……"

历次任务指挥员类似这样的话不知说了多少遍,但绝不是空话和虚话。"和平方舟"医院船执行"和谐使命-2018"任务时,又一次向瓦努阿图人民敞开了大门……

我们开放! 我们自信!

9 月 1 日凌晨,"和平方舟"号医院船抵达瓦努阿图维拉港仅仅 10 多个小时,2 名外国军医就上了船。他们来自澳大利亚部队医院,一位叫约翰·特纳,是陆军上校,另一位叫罗斯·米尔斯,是海军中校。他们都是五六十岁的老医生,有着多年的行医经历。他们要全程参加"和平方舟"号医院船在瓦努阿图的联合诊疗,这是医院船首次接纳外国军医参加"和谐使命"任务。

早饭后,医疗组组长王志慧等人与他们见了面,介绍了 866 船、历次"和谐使命"的基本情况和此次"和谐使命-2014"任务医疗服务总体安排。

此后几天里,他们与中国同行同吃、同住、同诊病,任务结束的航渡阶段,还进行了学术交流。

时间过得真快,抵达任务下一站时,他们就要下船了,大家都有点儿依依不舍,分别留下了感谢信。

但是,就在下船的前一刻,他们站在舷边,抚摸着栏杆,似乎还有许多话要对这条船、对中国同行说。这时,前来送行的任务指挥员沈浩和他们打招呼,2 位外国军医十分感动。

沈浩微笑着与他们交谈:"我知道,特纳在地面部队、飞行部队和核潜艇部队工作过,米尔斯则在新西兰陆军、海军和澳大利亚海军、空军服役过,而且你们都有多次海外执行人道主义医疗救助经历。中国有句古话叫作'外行看热闹,内行看门道',请你们谈谈这次参加任务的体会并给和平方舟提些建议。"

米尔斯中校说:"将军阁下,您太客气了。要说体会,那就是收获了许多感动。我们在维拉中心医院巡诊时,一名来自瓦努阿图偏远农村的妇女对我说:'和平方舟是上帝送来的礼物!'她在医院船上治好了长达 5 年的顽疾。我想,这是一种最真实也是最高的评价,说明这次医疗服务开展得非常成功。的确,诊治病人 7512 人次,实施手术 58 例,这是一个非常了不起的成绩。"

特纳上校点点头,接过话:"是的,和平方舟医疗团队非常了不起,他们能够快速精准地判断出患者的病因,并能熟练地使用英语与患者进行交流。我特别想知道,这些医护人员是怎么选拔的? 这不违反保密纪律吧?"

沈浩哈哈笑着,说:"这不保密,我可以毫无保留地告诉你。我们选拔执行任务的医护人员通常有三个标准:一是要有精湛的医学水平,在精通自身专业的前提下,具备一定的通科水平;二是要有良好的沟通能力,熟练使用英语问诊是必备素质;三是要有优质的服务态度,能够时刻用微笑面对一切。"

特纳上校又问:"我们参加此次任务,你们一定做了不少工作吧?"

"你们是'和谐使命'任务的第一批外国成员,为了你们的到来,我们做了充分的准备,以便让你们尽快地熟悉医院船主平台的工作流程和前出医疗服务的开展方式,进行全过程、全要素、全流程的体验。这可没对你们保什么密。"沈浩幽默地回了一句。

米尔斯中校也笑了,连声说:"非常感谢!非常感谢!在和平方舟上我先后参与了6个科室的诊疗工作,还与中国同行合作了2台手术,这几天的收获是无法用语言来表达的。借用将军您的一句话——'和平方舟是中国的,也是世界的',我希望更多的外国医生有机会登上和平方舟,执行医疗服务任务。"

特纳上校说:"我期待和平方舟越来越多地出现在世界各地,为急需医疗救助的民众提供免费服务,也期待和平方舟上能出现更多的外国医护人员,不仅能够共同提供人道主义医疗服务,还能培养各国医护人员的国际合作能力。"

沈浩向他们表示:"中国海军'和平方舟'号医院船开展医疗服务和人道主义救援的步伐不会停止!你们作为第一批外国成员并不是一种尝试,而是一种开端、一种模式。《圣经》里面有一句话叫'医生的大门总是敞开的'。这里,我想借鉴一下,就是'和平方舟的大门总是敞开的'!"

特纳上校非常兴奋,连连点头:"是啊,是啊,我没想到,在中国的中秋晚会上,我竟然与中国年轻的水兵一起唱起了卡拉OK,感觉非常棒。我虽然已经63岁了,而且歌也唱得不好,但我努力融入这个热情的集体,而且我觉得自己就是这个集体的一员了。这是我第一次与中国海军如此近距离的接触,你们开放、透明、包容的态度令人惊奇也令人惊喜。"

回忆在医院船上度过的这些日子,米尔斯中校也有许多话要说,他掰着指头如数家珍地一一罗列道:"过中秋、练太极、包饺子、学针灸、拔火罐……和平方舟上的每一次活动都给我留下了美好的印象。但最让我惊奇的是,和平方舟就像一个大家庭,将军和士兵竟然在同一个餐厅吃饭。"

沈浩微微一笑,轻松地回答:"官兵平等是我军的光荣传统。参加这次任务的383名官兵,临时抽调自40多个单位,除了在民族餐厅就餐的几位少数民族战友外——我们十分尊重穆斯林同胞的生活习惯,必须分开吃——其他的都在一起就餐。这体现的是一种平等,体会的是一种乐趣。另外,吃饭是人精神最放松的时刻,也是互相交流的最佳时机。"

米尔斯中校向任务指挥员沈浩投去炽热的目光,由衷地说:"有时候我感觉,您更像一位每天关注士兵成长和患者健康的父亲。我走在维拉港街上时,因戴着和平方舟的舰帽而不断收到当地民众的道谢。这是和平方舟给我的荣誉,为此我感到非常骄傲! 套用我们澳大利亚的一句谚语,作为和平方舟的一员,'是一项值得世世代代流传的殊荣'!"

下船的时刻到了,2 位外国军医郑重地向任务指挥员沈浩行了一个军礼,依依不舍地告别了那些一起生活、工作过一段时间的中国同行以及那艘让人难以忘怀的"大白船"。

写到这里,我的心情异常沉重:现在,澳大利亚政府传统的对华政策已经被改变,中澳关系变得前所未有地紧张,未来也不乐观。特别是一些政客,紧紧绑在美国反华的战车上,歇斯底里地在新冠肺炎疫情、涉港、涉疆、涉藏、涉台、南海以及双方经济贸易合作等问题上,无耻地进行造谣污蔑,干涉中国内政,形成了一股来势汹汹的恶流……

我不知道这 2 位澳大利亚军医对此有何看法,但我知道,他们一定还记得与他们愉快合作的中国同行以及那艘"大白船"……

我知道,他们一定还记得瓦努阿图民众驾着小船,为"和平方舟"号医院船送行,用自己的方式,一次一次地在她的航迹上撒满鲜花,他们与任务官兵一样,感动得泪流满面……

我善意地猜测,他们还会在心里将那段日子作为"值得世世代代流传的殊荣"……

4.独立日庆典迎来中国贵宾

啊! 全体子民起来吧

歌唱自由把欢乐表达

感谢上帝欢呼新国家

巴布亚新几内亚

从高山到大海把歌唱

巴布亚新几内亚

让我们高声宣布独立

巴布亚新几内亚

感谢归于无上的天主

他的善良智慧和仁爱

父辈的土地自由重光

巴布亚新几内亚

让世界听到我们呼唤

巴布亚新几内亚

我们独立并享受自由

巴布亚新几内亚

这是巴布亚新几内亚独立国的国歌,歌名为《啊,起来,祖国全体儿女》。从国名到歌词,我们深深地体悟到巴布亚新几内亚人民对独立的渴望与追求。

巴布亚新几内亚独立国,简称"巴布亚新几内亚",是南太平洋地区人口、面积仅次于澳大利亚的国家,它由北部的新几内亚和南部的巴布亚两部分组成。

经过历史工作者考证,公元前8000年,这里就有了人类的足迹。新几内亚岛及其邻近岛屿,一直是亚洲东南部人民向太平洋地区航海或迁移的一个重要跳板。

1976年10月12日,中国同巴布亚新几内亚建交。建交以来,两国关系的发展基本顺利。

2014年9月11日上午9时55分,中国海军"和平方舟"号医院船抵达巴布亚新几内亚莫尔斯比港。

莫尔斯比港位于新几内亚岛东南巴布亚湾沿岸,是巴布亚新几内亚独立国首都,是全国政治、经济、文化中心和最大的港口城市。它以欧文·斯坦利山脉为屏障,两面环水,一面是天然良港费尔法克斯湾,另一面是珊瑚丛生的大海,山水相依,港湾套港湾,美不胜收。

然而,"和平方舟"号医院船时任船长章荣华却皱起了眉头。

这是为什么呢?

因为莫尔斯比港主码头是货运码头,与上一站瓦努阿图维拉港一样,医院船到访不能全程靠泊,要随机离开,到港内锚泊,利用登陆艇输送医护人员及患者。这不仅有很大的不确定性,还增加了工作强度及风险。

任务指挥员沈浩问章荣华:"有困难吗?"

章荣华憨厚地回答:"请首长放心,有困难,我们能克服。"

同时,海上医院也遇到了难题。因巴布亚新几内亚属英联邦国家,并且美军的"仁慈"号医院船也曾来这里服务过,各种医疗服务手续承办烦琐,办事人员对我方存在顾虑和怀疑,信任度不高,民众就医的积极性也不高。

针对这种情况,任务指挥所要求全体任务官兵:牢固树立政治意识、大局意识、外交意识、精品意识,在比较中展示实力,在竞争中展示形象,充分发挥特色和优势,以真诚爱心、精湛医术和优质服务扭转不利局面,为"和谐使命-2014"任务画上圆满的句号。

9月11日,到港的当天,海上医院院长孙涛就带领前出医疗分队、专家分队赴莫尔斯比港总医院、陶洛马军医院现场,进行勘察布置和筛查急需手术患者。晚上,医院船主平台开始收治患者。9月12日,医院船主平台全面展开,全天接诊患者,开展手术。前出医疗分队到当地医院开展医疗服务。9月13日,情况有所好转,特别是为巴布亚新几内亚国防军参谋长高纳上校的夫人做了左手包块切除手术后,当地民众口口相传,蜂拥而至。

巴布亚新几内亚卫生部部长迈克尔·马拉巴格在会见任务指挥员沈浩时介绍:巴布亚新几内亚国内医疗资源有限,医疗设备和专业人才相对匮乏,一部分经济宽裕的民众甚至远赴澳大利亚、新加坡、印度、中国求医,大量普通民众的医疗需求得不到满足,政府的公共卫生事业面临巨大挑战。

马拉巴格还说,此次"和平方舟"号医院船到访,带来了资深、高效的医疗团队,尤其是眼科、心脏科、外科、牙科等专家,巴布亚新几内亚民众将极大受益。

这也让他切身体会到，中国海军"和平方舟"号医院船是传播友谊、传递关爱的使者，为到访之地带去和平与关爱。

一个个患者在这里被解除了病痛，一台台手术在这里获得了成功。任务官兵用实际行动证明了"和平方舟"的称号名副其实，增进了互信，赢得了赞誉，实现了巴新方面对我医疗服务从顾虑怀疑到信任折服的巨大跨越，有力地宣扬和展示了我国"和平、发展、合作、共赢"的理念和负责任大国风范。

当地民众送给任务官兵许多美丽的雅号，称他们是从东方飞来的"极乐鸟""天堂鸟""太阳鸟""女神鸟"，这些名字都源自巴布亚新几内亚的国鸟——新几内亚极乐鸟。

新几内亚极乐鸟是该国极具特色的鸟，也是这里的人民最引以为豪的鸟，他们认为它是来自天堂的神鸟，所以又叫它"天堂鸟"。由于它羽毛鲜艳无比、体态华丽绝美，人们又称其"太阳鸟""女神鸟"等。巴布亚新几内亚的国徽上就有一只极乐鸟，它象征国家、民族独立和人民自由与幸福。

9月14日晚上，巴布亚新几内亚总督迈克尔·奥吉奥夫妇及一众军政要员，应邀参加"和平方舟"号医院船举行的甲板招待会。迈克尔·奥吉奥总督在招待会前与指挥员沈浩谈话时表示："我和夫人非常高兴应邀参加甲板招待会，在这里，我代表巴布亚新几内亚政府和人民对你们的到访表示热烈欢迎。此访体现了中国人民对巴布亚新几内亚人民的深情厚谊，衷心感谢中国政府为我们所做的一切。一直以来，巴布亚新几内亚政府和人民也将中国政府和人民视为重要的伙伴和真诚的朋友。近日，恰逢巴布亚新几内亚独立国喜迎第39个独立日，'和平方舟'号医院船为当地民众带来医疗福祉，带来和平与关爱的信息，仿佛'和平方舟'号医院船此访本身就是独立日盛大庆典的一部分……"

9月15日上午9时30分，迈克尔·奥吉奥总督在我驻巴新大使李瑞佑的陪同下又来了，他登船看望住院患者并参观"和平方舟"号医院船。"再次感谢中国政府和人民39年来给予的支持和援助，这是巴新人民发自内心的肺腑之言。"临别前，迈克尔·奥吉奥总督紧紧握着任务指挥员沈浩的手说，"我代表巴布亚新几内亚独立国政府和人民,诚挚地邀请你们参加我们第 39 个独立日盛大的庆典活动,希望我们像亲兄弟一样共同庆祝!"

任务指挥员沈浩愉快地答应了邀请,十分高兴地说:"好,像亲兄弟一样共同庆祝!"

9 月 16 日,巴布亚新几内亚独立国举行第 39 个独立日盛大庆典,人们以热烈的掌声欢迎"和谐使命-2014"任务指挥员沈浩、"和平方舟"号医院船船长章荣华、任务外事组组长陈斌、中华人民共和国驻巴布亚新几内亚独立国大使李瑞佑等中国贵宾的到来。

下午 4 时整,庆祝活动降旗仪式结束后,莫尔斯比市变成一片欢乐的海洋。其中,一束涌动的"白浪花"尤其令人注目,那就是来自中国海军"和平方舟"号医院船的军乐队。

这支军乐队其实并非专业乐团,而是由船上官兵组成的。它主要由医院船时任副政委陈洋阳负责组织训练,14 名队员分别来自机电、枪帆、船务等部门,其中还有 2 名女船员。他们平时操纵军舰,维修保养发动机,甚至在炊事班做饭,每当船上有重要活动时,14 名队员会身着洁白的军装,拿起形状各异的乐器,奏起雄浑激昂的军乐,合成动人心弦的曲调。他们青春勃发的气质、庄重优雅的外形、铿锵有力的步伐、美妙娴熟的演奏,彰显了中国海军重视礼仪的传统与魅力,每每出现,都会成为一道亮丽的风景。

现在,让我们走出喜庆和欢乐的气氛,重新来到莫尔斯比港候诊的人群中吧。

9 月 17 日,是"和平方舟"号医院船开展医疗服务的最后一天。这一天的《信使邮报》在头版头条刊登了记者采写的一篇文章,题目为《数千民众在中国海军医院船就诊》:

> 数千莫尔斯比港民众昨日上午在巴新国防军登陆艇基地排队数小时,以期到中国海军"和平方舟"号医院船就诊。

"和平方舟"号医院船靠泊在莫尔斯比港主码头,此访恰逢巴新的第39个独立日庆典。该船于上周四抵达巴新,次日即向公众开放、提供医疗服务,所有服务将于今天结束。

对于那些就诊的民众来说,5—7小时的排队时间并不算什么。

2位来自洼爪泥的姐妹,周五早晨7时就到了,排了将近一天的队才登船就诊。她们说,虽然等待时间很长,但就诊的过程是快速、高效的。对于医院船提供的医疗服务,不愿透露姓名的两姐妹还表示了特别的感谢。她们说就诊结果很快就拿到手了。比如,其中一人因胸口疼痛,做了X光照射,另一人去眼科做了检查。

莫尔斯比港商界翘楚、私人医院的老板Janet. Sios女士,于周五一大早和数百民众一起排队后说道,她把这一天的就诊当作一种经历,但长时间的等待让她为身后仍在排队的民众感到难过。她说:"如果政府能够建造类似规模的医院,聘请最好的医生,出资让本国的民众学习成为优秀的医生,我们就不至于对中国朋友提供的医疗服务如此渴望。我曾强烈建议我们政府向中国政府寻求帮助,帮我们建立一所这样的医院,为广大民众提供医疗服务。作为一名旨在提高民众健康水平的倡导者,我觉得我们政府做得不够到位。"Sios女士还说,"世界上任何一个不能满足民众基本需求的政府,是不可能赢得人心的。"

这是普通民众的感受,这是当地人民的心声。

"和平方舟"号医院船在巴布亚新几内亚期间,共诊治病人4591人次,住院27人,手术47例,开展B超、CT、DR、生化等辅助检查2391人次,圆满地完成了各项任务,为本次"和谐使命"任务画上了一个圆满的句号。

9月17日傍晚,任务即将结束时,巴布亚新几内亚总理奥尼尔一行8人上船参观并致谢。

奥尼尔总理还表示,2个月后,他本人将到中国参加APEC会议,并会见中国国家主席习近平。到那个时候,他会亲自向习近平主席表示对"和平方舟"号医院船此行提供医疗服务的感谢,并请求中国未来能够提供更多的医院船访问机会,帮助巴新增进医疗福祉,改善民生,进一步深化两国、两军的友好关系。

2018 年 7 月,"和平方舟"号医院船在巴新人民的期盼下,又一次停泊在莫尔斯比港。后面我还要写到,这里就不做详述了。

当年 11 月 16 日,中国国家主席习近平访问巴布亚新几内亚独立国,在莫尔斯比港和巴布亚新几内亚总理奥尼尔共同出席中国援建的独立大道移交启用仪式。

奥尼尔总理和习近平主席谈起"和平方舟"号医院船 2 次到访时的盛况,以及任务官兵为加深两国友谊所做出的贡献……

A 卷

一个曾遭美军侵略的国度,迎接来自中国的"和平方舟"。格林纳达首都圣乔治的上空架起了一座绚丽的"彩虹"——"中国建筑"的援建项目在"流动的国土"上移交,中国大使在格林纳达办事可以"刷脸",和平方舟为格林纳达十分之一的国民提供医疗服务……

第八章　格林纳达上空的"彩虹门"

在执行"和谐使命-2015"任务的日子里,我随"和平方舟"号医院船到达格林纳达首都圣乔治,亲耳听到该国总理基思·米切尔这样说:"世界上只有一个中国!我们做出与中华人民共和国恢复外交关系的决策是正确的!这给我国人民带来了福祉,现在'和平方舟'号医院船到访,并免费提供医疗服务。我来到医院船看望住院患者,看到每一个人的表情,都是高兴的、满意的,充满了对中国人民的感激之情,这说明中国军医为提高格林纳达的医疗水平做出了奉献和牺牲,这是两国深厚友谊的有力证明!"

中格于 1985 年 10 月 1 日建交。1989 年 7 月 19 日,格时任政府宣布与台湾当局"建交",我国中止了与其的外交关系。1995 年,基思·米切尔领导新民族党在大选中获胜,基思·米切尔出任总理,并审时度势,逐步加强与中国的联系。2005 年 1 月 20 日,中格签署联合公报,宣布自即日起正式恢复外交关系。

格林纳达虽说是一个偏远的岛国,我们这一代人却因一场侵略战争对其耳熟能详。1983 年 10 月 25 日凌晨,美国出动"快速部署部队",采用突然袭击手段,对格林纳达发动了海空联合入侵。这是自越南战争失败以来美国的第一次军事行动。

这么多年过去了,格林纳达人民是否已经抚平了战争创伤?

我急切地想走近它,一睹它的真容……

1. 中建援建项目在甲板上移交

从巴巴多斯到格林纳达航程很短,如果开足马力,半天就到了。但我们每出访完一个国家,都需要及时总结,人员与装备需要休整,同时也要对下一阶段任务进行具体部署和准备。为此,我们医院船在海上机动了 2 天。

2015 年 12 月 5 日上午 10 时,"和平方舟"号医院船抵达格林纳达首都圣乔治。

格林纳达位于东加勒比海向风群岛的最南端,国土面积 344 平方千米,人口仅有 11 万左右,是英联邦成员国。时任总督塞茜尔·拉格雷纳德为格历史上首位女总督,2013 年 5 月 7 日就任,是位化学博士,长期从事食品科学研究工作。

格林纳达的自然环境可以说充溢着和平与安宁,给人以安全感。因为这里无大型野生动物,无危险的动物,甚至连毒蛇、毒虫都没有,以小型野生动物为主,如犰狳、蜥蜴、刺猬、鼠类、鸟类等,而且大部分源于北美。

首都圣乔治,人口约 1 万人,位于主岛西南端圣乔治区,既是格林纳达的行政中心,也是经济中心和交通枢纽。

我下船之后就看到了欢迎队伍里身着中建工装的张学富、曹连社,他们已从驻巴巴多斯的姚福利、胡勇、翟慎秀等人的电话中得知我随船到访。

这是 2 个青年人,他们给我介绍说:

前些年,飓风"伊万"袭击加勒比地区,使格林纳达受到了重创,全国上下满目疮痍,一些体育设施被摧毁。

中国政府和人民伸出了援助之手。从中格关系大局和格民众切实需求出发,中国陆续为格林纳达援建了国家板球场、低收入住房等项目。其中板球场为格林纳达成功举办 2007 年世界杯板球赛起到了不可或缺的重要作用,已成为格地标性建筑和中格友谊的象征。

2012 年 8 月 24 日,我国政府与格林纳达政府签订有关换文,确定帮助格进行国家体育场田径场恢复重建,由中国建筑股份有限公司负责实施,中建八局天津分公司海外部施工。

该项目在加勒比地区是最大的公建项目,总建筑面积为 11606.9 平方米(原有建筑面积 4516 平方米,新建建筑面积 7090.9 平方米),建筑层数为 3 层,建筑高度为 20.525 米(罩棚结构高度)。主要施工内容为恢复原有看台、足球场、跑道,拆除和加固看台破损部分,恢复 7000 人座观众席;增建部分看台以支撑新建罩棚,更新场内体育设施、给排水系统,完善运动员、媒体和贵宾室等配套用房,并配备必要的家具和体育器材。

中建八局承接该项目之后,迅速抽调精干力量,组成以张学富为组长、曹连社为总工程师的技术组,远赴格林纳达。项目于 2013 年 12 月 17 日开工。施工中,他们克服了场地移交、桩基施工、钢结构吊装、跑道沥青砼施工、塑胶跑道施工等各方面的困难,顶酷暑、战风雨,该项目在 2015 年 10 月 15 日顺利竣工。经过中格双方共同验收后,该项目还被国际田联授予一级证书。

拉格雷纳德总督在视察该项目时对中国政府表示真挚的感谢,并向建设者表示热烈祝贺,感谢他们为格林纳达国家建设和人民幸福做出的贡献。她称中国援建的格林纳达国家体育场田径场项目将成为格林纳达人民健身、竞赛的最佳场所,为格林纳达培养出更多的基拉尼·詹姆斯(2012 年伦敦奥运会男子 400 米冠军,被称作格林纳达民族英雄),也必将成为格中两国人民世代友好的又一丰碑。

通过验收仅仅 1 个月,这里就已经成为格林纳达的一处旅游景点。他们很自豪地带我到项目上参观。

望着这片现代化的体育设施,我忍不住为他们点赞:"真棒!"

"可是,今天就要移交了。"张学富对我说,还显得有点儿依依不舍。

"什么时间? 在什么地点?"我问。

曹连社神秘地一笑,对我说:"你应该能猜得到。"

我猜测应该就在项目上。

张学富摇摇头,说:"还没最后定,你会看到的。"

我的脑海中灵光一闪,似乎猜出了谜底。

特殊的时间,特殊的地点,特殊的交接!

12月5日晚上8时,中华人民共和国驻格林纳达特命全权大使欧渤芊与格林纳达青年发展、体育、文化和艺术部部长凯特·刘易斯,分别代表两国政府,在中国海军"和平方舟"号医院船到访的第一天,在即将为格民众开展医疗服务的医院船的甲板上,在中国的这片流动的国土上,郑重地进行交接签字仪式,将中国政府援助的格林纳达国际体育场田径场恢复重建项目移交给格方,其意义非凡,影响深远……

2天后的12月7日晚上7时,"和平方舟"号医院船举行盛大的甲板招待会。

欧渤芊大使在致辞中自豪地介绍了该项目,并特意说:"项目的承建者中国建筑的代表也应邀参加了招待会。"

人们将目光投向张学富、曹连社,向他们报以热烈的掌声。

格林纳达外交部部长克拉丽斯·莫德斯特·柯文在致辞时动情地说:"感谢中国政府和人民!感谢中国军队及和平方舟上的每一位官兵!感谢中国建筑和项目的建设者们!你们对我国进行的全方位支援和帮助,格林纳达政府和人民将永远铭记在心!"

在现场,张学富非常激动,他对我说:"参加招待会,站在甲板上,我深感祖国的伟大,无比自豪和骄傲!这几年的付出和辛苦,值了!"

归国后,我专门写了一篇文章来记述这件事。开头是这样的:

一艘船,一艘特殊的船,在大洋上破浪航行。她是中国海军的医院船,祖国给她命名为"和平方舟"。

一家企业,一家中央企业,在商海里纵横驰骋。她是中国的建筑企业,祖国给她命名为"中国建筑股份有限公司"。

和平方舟执行的是"和谐使命",是航行在大海之上的和平之舟、生命之舟、友谊之舟。自2010年以来,她已多次驶出国门,到访亚非拉40余个国家,为数以几十万计的各国军民提供医疗服务。

中国建筑股份有限公司在世界 500 强中排第 18 位,承建了国内 90% 以上的超高层建筑,并且是最早实施国家"走出去"战略的央企,在世界 129 个国家和地区矗立起一座座地标性建筑。诸如印尼雅加达标志塔(东南亚第一高楼,638 米)、马来西亚吉隆坡标志塔(438 米)、俄罗斯联邦大厦(420 米,欧洲第一高楼)、肯尼亚内罗毕哈斯塔(非洲第一高楼,300 米)、阿尔及利亚大清真寺(265 米,世界最高的宣礼塔)等。在她的麾下,有一支号称"铁军"的队伍,这就是中国建筑第八工程局。

2015 年 12 月,我荣幸地随和平方舟执行"和谐使命-2015"任务,并在遥远的南半球,加勒比海之畔,与中国建筑及八局人有了一次巧遇……

2. 英姿飒爽的中国女外交官

和平方舟带着"和谐使命"一次次鸣笛起航,每靠一港都成为传播和平理念的"明星舰",每到一国都旋起一股强劲的"中国风",在深蓝航线上,把中国好声音越传越远,让中国"朋友圈"越来越大,被称为"最值得信赖的一支和平力量"。

每一名任务官兵心里都非常清楚:走出国门,就代表中国军队;身在海外,就是形象大使。我们始终坚持从国家战略高度理解任务,从政治外交全局审视行动,多次迈出战胜恶劣环境的救援之旅、缓和双边关系的破冰之旅、首次建交访问的开荒之旅、营造良好政治氛围的先遣之旅、巩固传统友谊的亲睦之旅……

"形象大使"这些成就的取得,离不开我国驻外使领馆外交人员的辛勤付出,特别是大使个人的工作能力、人格魅力和主动作为。

周恩来总理曾经这样说,外交官是不穿军装的解放军!

我这次随船出访八国九港,就遇到了一批这样的战士,其中 2 位大使还是女性。

那天,"和平方舟"号医院船靠泊圣乔治港时,在迎接我们的人群中,我看到的第一张笑脸,就是中华人民共和国驻格林纳达特命全权大使欧渤芊。

欧渤芊大使身材适中,白皙的脸庞上架着一副黑框眼镜,齐耳短发,身着藏蓝隐透紫色花纹的短袖旗袍,一串晶莹的珍珠项链相配,显得庄重大方、干练优雅。

她满脸灿烂地和我们先下船的同志一一握手,不停地说着:"欢迎,欢迎,欢迎你们访问格林纳达……"

欢迎仪式结束后,她坐下来和任务官兵交谈。

任务指挥员管柏林说:"为了我们这次到访,欧大使和使馆的同志们辛苦了。"

"老家来人了,我们高兴啊!这点儿辛苦不算什么。"欧渤芊兴奋地说。

因为不太了解外交官的工作,不和他们接触,我与众多国人一样,对他们一直有个固有的印象,认为这是个"高大上"的职业,很高光,出席各种招待会、记者会,会见各国领导人,也很潇洒、很浪漫,走遍世界各地,观赏奇山秀水,却不知道他们和我们军人一样,背后隐藏着各式各样的酸甜苦辣、难言的困难艰辛,甚至还要冒着生命危险,个中滋味只有亲身经历了才能知晓。

"和平方舟"号医院船到访格林纳达并开展医疗服务,不说前期的各种联系协调、准备工作,就从欧渤芊大使第一天的足迹来看,就可了解其辛苦的一面:

9 时,她到达圣乔治港,准备迎接工作;

10 时,医院船抵达,她主持欢迎仪式,并陪同格方军政官员登船参观;

11 时,她送走格方人员并与任务官兵座谈;

11 时 30 分,她召开新闻发布会,会见记者;

12 时,她在船上用餐;

13 时 30 分,她陪同任务指挥员管柏林一行拜会格总督塞茜尔・拉格雷纳德;

14 时 30 分,她陪同任务指挥员管柏林一行拜会格总理基思・米切尔;

随后,她陪同拜会格外交部部长克拉丽斯・莫德斯特・柯文、卫生部部长尼古拉斯・斯蒂尔、警察总监温斯顿・詹姆斯等官员,晚饭前才回到船上;

20 时,她又与格林纳达青年发展、体育、文化和艺术部部长凯特・刘易斯,分别代表两国政府,进行国家体育场田径场恢复重建项目交接签字仪式,一直忙到很晚才回去。

第二天一大早,她又陪同塞茜尔·拉格雷纳德总督,与任务官兵一起,前往霍普金斯残障院、里奇蒙老人院、圣乔治教会小学,开展健康服务和文化联谊活动。

拉格雷纳德女士非常感动地说:"今天是个特殊的日子,我们非常开心地迎来了正在格林纳达访问的中国海军'和平方舟'号医院船医疗团队。圣诞节就要到了,这是一份非常特殊的圣诞礼物!"她扭头对当地民众讲,"你们都是非常幸运的,希望大家度过一个美好而又开心的圣诞节。"

任务官兵所到之处,都翻卷着开心的"浪花":

在残障院,一个胳膊畸形的小男孩,用企盼的目光盯着折红纸船的中国女军医张萍。当被张阿姨抱起来时,他紧紧地搂着她的脖子不放,笑得那样开心。

在老人院,一位只能坐在床上不能行走的老妇人,一边吃着热腾腾的中国菜,一边看着中国新赠送的中国产的液晶大电视,笑容洋溢在她满是皱纹的脸上。

在教会小学,教室里、操场上汇成一片欢乐的海洋,孩子们摇着中格两国小国旗,与任务官兵一起唱着歌曲、跳着舞蹈、玩着游戏、学着武术……炊事班战士桂江波在教室外墙上用颜料画了一面五星红旗,并写上了2个大大的汉字"中国",全场响起了"China!China!"的欢呼声……

欧渤芊抱起身边的一个孩子,开心地和孩子们一起欢呼着,脸上绽放着灿烂的微笑,同时也流下了开心的泪水……

在"和平方舟"号医院船到访格林纳达的日子里,处处闪现着这位女外交官英姿飒爽的身影。有人说,她就站在任务官兵的队伍里,像位战士在冲锋、在战斗,开心地忙碌着、辛苦着……

12月7日晚饭后,欧渤芊大使很开心地接受了我的采访。后来我知道她是天津人;我知道她大学毕业就进入了外交部非洲司;我知道她曾任中国驻乌干达共和国大使馆随员、三秘,还曾任中国驻澳大利亚联邦大使馆政务参赞;我知道她当过陕西省西安市新城区区委副书记;我知道她还当过外交部办公厅副主任,直至前 2 年她出任中国驻格林纳达特命全权大使。

我说:"欧大使,这几天你们辛苦了。"

欧渤芊大使摇着手道:"不辛苦,不辛苦,你们才辛苦。敬爱的周总理称我们是解放军,和你们一样,我们都是在为祖国而战斗!"

我问欧渤芊大使:"您上任之初,印象最深、最难忘的事情是什么?"

欧渤芊大使不假思索,脱口而出:"是格林纳达整个国家和人民对中国的渴望和感激。"

"渴望?"

"是呀!首先是格林纳达官方对中格关系发展的渴望。借鉴中国经济发展经验,搭乘中国经济发展快车,成为格林纳达举国上下的共识。米切尔总理、尼姆罗德副总理以及多位政府部门部长等政要,都多次表示对中国发展成就的钦佩,希望学习中国治国理政经验,寻求中国对格经济社会的帮助。习近平主席在特多与米切尔总理会晤时,米切尔曾向习主席真诚地表示,与中国恢复外交关系是其从国家利益出发做出的唯一正确的选择。"欧渤芊大使停顿了一下,又说,"再就是格林纳达民众对美好幸福生活以及希望了解中国的渴望。格林纳达人民生性乐观,对美好幸福生活有着发自内心的渴望和向往。中格隔着重洋,距离遥远,但距离并不能隔断格林纳达民众对中国的兴趣和好奇。随着中国的国际影响力不断提升,格林纳达民众迫切希望了解大洋彼岸的中国,希望了解博大精深的中华文化。大使馆和中资企业人员及华侨华人走在路上,不时有人来打招呼,想和你聊聊中国。"

"是吗?你们在这方面肯定做了不少工作。"

欧渤芊大使点点头,娓娓道来:"我们针对格林纳达民众的切实需求,做了一些有效的工作,比如选派汉语教师赴格林纳达授课,在格林纳达成立孔子学院,举办了中国电影节、元宵庙会等系列活动。我们还多次就中国文化、传统节庆等赴格林纳达电台、电视台做专题节目,赴格林纳达高校开展专题讲座,积极满足格林纳达民众对了解中国的渴望。恢复外交关系 10 年来,经过我们的不懈努力,中格友好已在格林纳达深入人心,中国形象在格林纳达得到广泛树立。'和平方舟'号医院船这次到访,将更加有利于我们开展各项工作。"

我自豪地接话说:"和平方舟自入列以来,用人道关怀、救死扶伤的真诚行动传播友谊、传递关爱,以润物细无声的方式、实实在在的成果,传播我国'和谐世界''和谐海洋'的理念,展现我国软实力和大国胸怀,效果得到广泛认可,中国负责任、敢担当的大国形象越树越牢。"

"是啊,是啊。中国形象,中格友谊,已经深深扎根于格林纳达民众的心中。目前,格林纳达各界将中国视作格林纳达经济社会发展最重要的伙伴之一,对中国充满了深深的感激。特别是前天刚刚移交的格林纳达国家田径场,将满足格林纳达民众各层次体育需求,在格林纳达好评如潮。不少格林纳达友人对我们说,中国大使在格办事可以'刷脸',到超市买东西,收银员都能认出我是中国大使。有一次,我和使馆的一位同志上街去买水果,小贩认出了我们,坚持不要钱。我说买东西付钱天经地义。那小贩说,中国帮助了很多格林纳达人,他们非常感谢,这点儿水果就算他表达的谢意。他的这番话还引起了围观民众的共鸣。没办法,我只好把钱放在水果摊上,匆匆地离开了。就这样,那小贩还拿着钱追出了老远。每每想到这一场景,我心中都充满了感动和自豪……"

我也被深深地感动了,忍不住说:"用真心换真心,用真情换真情。用咱们中国老百姓的话来说:'人心都是肉长的。'你真心对他好,他也真心对你好。我随医院船一路走来,也遇到了许许多多感人的事,真正体会到中国海军'走出去',开展军事外交工作的意义。"

欧渤芊大使颇有同感,她说:"医疗服务本身覆盖面广,效果直抵人心。和驻外使领馆日常开展的'细水长流'式公共外交活动相比,医院船能够在较短时间内提高停靠目的地民众的好感度和在当地民众心中的美誉度,是驻外使领馆开展日常公共外交的强有力的助推器,两者相互促进,相得益彰,能够更好实现公共外交效应……"

那天,我们聊到很晚。

送走欧渤芊大使,看着她斗志昂扬的背影,我凭舷远眺。

"和平方舟"号医院船停靠在圣乔治港,它前方的高地上,矗立着法国殖民者修建的弗雷德里克堡,也称"圣乔治要塞",上面的炮台正对着下面的马蹄形港湾,虽几经转手,但 300 年间,主要还是起防卫作用。

我静静地站在那里,一动不动,就像一座雕像,凝望着无边的暗夜,凝望着那黑黢黢的要塞,思绪却在时空里飘荡着……我的眼前突然掠过一串火光,甚至有血雨在飘飞,耳边也仿佛响起了激烈的枪炮声……

我知道这是一种幻觉,使劲晃晃头,想驱散它、赶跑它,可它固执得很,依然纠缠着我。这也许是军人的本能,来到格林纳达,不能不想到那场战争,因此也更加珍爱和平……

3. 海边废弃机场依然飘着硝烟

12 月 8 日,迎接新一天的是一阵"太阳雨"。太阳刚露头,就被它噼里啪啦地浇了下去。然后,太阳又顽强地顶出来,照射得那雨丝成为金黄色的"琴弦"。雨点滴落在甲板和船身上,给人一种"嘈嘈切切错杂弹,大珠小珠落玉盘"的意境。

这天我休息。雨下得时间不长,甫一停歇,我就急切地沿着石板路登上了圣乔治要塞。

我站在高处往下看,能非常清楚地看到"和平方舟"号医院船的舷梯。它的对面靠泊着一艘巨大的游轮。许多来自世界各地的游客把医院船视为第一景点,排着长长的队伍等待上船参观。

这时,一个美妙的场景出现了,一道"七"彩斑斓的彩虹横跨在"和平方舟"号医院船的上空,倒映在一望无际的海面上,特别壮丽,犹如一个巨大的花环,更像一座"彩虹门",代表上苍对和平方舟为人类健康及世界和平所做奉献的褒奖,引得人们驻足观看,齐声欢呼。

这座"彩虹门"虽然仅显现了几分钟,却永久地保留在了许多人的相机和手机里,更珍藏在我的心底。经过海水、雨水沐浴的太阳露出了笑脸,把光和热洒向大地。

我漫步在要塞里,拜访那一门门怒目金刚似的大炮,挨个抚摸它们钢铁的身躯,感觉有点儿烫。

我心里暗想,它们是否依然置身于那横遭欺凌的年月里,依然准备用落后的武器、微弱的火力做一次反抗?

美国发动的那场战争,代号为"暴怒行动"。这是一场以强凌弱的战争,这是一场以大欺小的战争,这是一场"一边倒"的战争,这是一场美国对一个主权国家发动的侵略战争,遭到了包括美国的欧洲盟国在内的世界绝大多数国家的一致反对。

美国人的借口是解救美国在格林纳达的侨民,实质上是为了推翻亲苏联、亲古巴的时任政府,扶植亲美的新政府,同时慑服中美洲其他国家亲苏联、亲古巴的政治势力,以对抗苏联和古巴在中美洲的渗透和扩张。

阴谋早有先兆,魔爪开始伸出。

1983年10月23日,美国将"独立"号航空母舰编队和"关岛"号两栖攻击舰编队部署到格林纳达周围海域,并在格林纳达岛周围建立了半径为50海里的海空封锁区,对格林纳达实施全面封锁。

10月25日凌晨4时30分,随着格林纳达珍珠机场的第一声爆炸,美国入侵格林纳达战争正式爆发。

5时,来自84-1陆战队两栖戒备大队的400名海军陆战队员,从集结于珍珠机场以东水域的"关岛"号两栖攻击舰搭乘直升机,直接在珍珠机场跑道上垂直登陆,接着,后续部队约800人分别搭乘直升机和登陆艇登陆,经过2小时的战斗,便完全控制了珍珠机场。

此后,美军又夺取了萨林斯机场。

占领2个机场,对于这场战争具有决定性意义。

经过25日一天的激战,美军在圣乔治以北又开辟了新的战场,从而与机场方向的部队形成了从南北两路对格林纳达首都圣乔治实施夹击的有利态势。

毫无悬念,美军仅用了一周多的时间,付出伤亡百余人的代价,占领了格林纳达,抓获和杀害了一批军政官员,用先进武器扑灭了格林纳达军队、民众反抗的火焰,取得了这场战争的胜利。

10时许,我离开要塞,和郭林雄、杨毅斌等几位媒体战友分乘张学富、曹连社开的车,前往那座因战争而一直被废弃的珍珠机场。

杨毅斌是中央电视台原驻海军记者站记者,一位很壮实的年轻人,曾多次参加"和谐使命"任务,关于"大白船"的许多新闻都是他采写的。有时我想,多亏了他这个大块头,扛着沉重的机器,经得起风浪的折腾,顶得住爬上爬下的辛苦。

珍珠机场在海边,离圣乔治不远,仅有几千米,一条坑坑洼洼的水泥路通向那里。

虽然30多年过去了,岁月抹去了那场战争的许多痕迹,但是,阴影犹在!

下了车,首先映入我眼帘的是2架被炸毁的运输机的残骸,是苏制的"安型机",一大一小,横七竖八地瘫在那里。还有废弃的塔台、被炸毁的跑道,在无声地诉说着那场战争的惨烈⋯⋯

我们围着2架飞机残骸转圈参观。大的那架较为完整,我拉开舱门,特意钻进去看了看,里面空空如也。

我站在有点儿倾斜的舱门口往外看,不由得感叹:如果抹去战争的痕迹,删掉这被炮火轰炸过的场景,这里好一派田园风光。

你看近处,芳草萋萋,野花绽放,彩蝶飞舞,一群肥硕的黄牛、黑牛、花牛悠闲地吃着草,时而有头母牛昂首哞哞叫两声,呼唤撒欢跑远的小牛犊儿。还有几只叫不上名的小鸟,时而驻足在牛背上梳理着锦绣的羽毛,时而展翅飞翔一阵,落到牛角上亮开歌喉啼啭啁啾⋯⋯

再望远处,大西洋绽放着宝石般的蔚蓝。轻风吹拂下,泛着银白色花朵的浪涛,鱼鳞似的,一波接着一波,退下去又返回来,亲吻着柔情的沙滩⋯⋯

"沙老,你闻到硝烟味了吗?"说话幽默、爱开玩笑的杨毅斌在叫我。

我愣了一下神,小心翼翼地跳下飞机,也用玩笑的口气回答他:"我没闻到,但看到了刀光剑影。"

"真的!不是和你开玩笑。"

杨毅斌越是一本正经,我反而越不相信,随口答道:"你这是美国佬的阴魂不散!"边说边弯腰看被美国人炸断的飞机前起落架。

"沙老,这次是真的,我不骗你。"杨毅斌又一次强调说。

我直起腰,耸了耸鼻子,使劲嗅了嗅,还真的在空气中闻到了烟火味。

这烟火味是从海边飘来的,我们循味觅踪,向海边走去。

走到沙滩边,我们看到了2个当地男女青年,他们在用树叶、玉米秆和从海边捡来的木柴烤玉米。柴火比较潮湿,烟也较大,飘出去老远。

他们显然是一对恋人,黑里透红的肤色闪着油光,浑身散发着一股青春的朝气,眉宇间透露着满满的甜蜜。

女孩子见到我们还有点儿羞涩,朝男孩子身后躲了躲。

格林纳达官方语言为英语,杨毅斌和中建的朋友说得都流利,与他们交流不算困难。

"你们好! 你们在海边野炊,打扰了。"我说。

"喏,喏,不打扰,我们来这里放牛,中午不回去了,就地烤点儿玉米当午餐。"男青年指了指远方的牛群,然后从火堆里扒拉出几个烤好的玉米,要送给我们。

我们婉谢了。

郭林雄问:"你们知道我们来自哪个国家,来干什么吗?"

男青年扭头与女青年交流了一下,又审视了我们一阵,回答:"知道,你们是来自中国的朋友,驾着和平方舟来为我们免费看病的。昨天我们上了和平方舟,真漂亮,真先进。"

女青年补充说:"中国军医也漂亮。谢谢你们! 谢谢你们对我们的帮助!"说这话时,她脸上没有了羞怯,充满了真诚。

"朋友之间不要客气。"我边说边指着远处的飞机残骸问,"你们知道那场战争吗?"

男青年点点头说:"我们都知道。虽然那时我们还没有出生,但我们每个格林纳达人都会一代代传下去。在我们眼中,飞机残骸上依然飘着硝烟。你们送来的是和平与友爱,送来的是健康和幸福,可有些人送来的是炮火和杀戮。"说着,他凝视远方,神情有点儿沉重。

我从那对青年男女的眼睛里读出了许多东西……

与他们告别后，中建的朋友请我们到忧郁胭脂海滩吃午饭。

忧郁胭脂海滩也称"BBC 海滩"，位于格林纳达北部，在首都圣乔治附近，被许多人认为是格林纳达最好的海滩。它拥有洁白细软的沙滩和蓝绿色的海水，而且周围的环境也很清新自然，成为格林纳达人度假时最喜欢去的海滩，也是国外游客争相前去的旅游景点。

"和平方舟"号医院船副观通长付理达曾经写过一篇题为《记住你的美》的短文，记述自己的观后感：

格林纳达的美，美在海。那风光的确旖旎，随处一望都是景点。海边沙白浪洁，岸边绿树成荫，岛上怪石耸立。石缝间满是花儿，红黄吐艳，紫白争奇，一丛丛、一树树，姹紫嫣红。行走在沙滩上，五彩直扑人的眼睛。但其最美的是在傍晚。傍晚的海边有一番韵味，在太阳似坠未坠的当儿，大概也比一竹竿儿高那么一点点，此时的阳光依然白亮亮，但并不特别刺眼，只是微微有点儿晃人的眼睛，阳光洒在沙滩与海面上，到处闪着粼光。海面由远而近，散发点点华光。也就在你转身的一刹那，太阳的光华逐渐淡了下去，闪动着丝丝缕缕的橘红，袅袅地升腾着，你还来不及辨识，转而变为黄金色，先是淡淡的，继而浓浓的，后如鸡蛋黄那样鲜、那样嫩，不染一丝尘埃，静美极了……

直到如今，我还在猜测，格林纳达人为什么把这里叫作"忧郁胭脂海滩"，虽然很唯美，但也很令人费解。"胭脂"一词好理解，说这里的景色很美丽。"忧郁"这个词呢？

我想，这里面肯定包含着格林纳达的历史与艰辛，或许还蕴含着格林纳达人的情绪和气质……

4. 为近十分之一的国民提供医疗服务

正如海边那对青年所说，"和平方舟"号医院船送来的是和平与友爱，送来的是健康和幸福。

自 12 月 5 日至 11 日,任务官兵满负荷工作,创造了医院船自入列以来的多个纪录:总接诊数量最高,9057 人次;主平台接诊数量最高,5037 人次;单日接诊数量最高,2605 人次;单日辅助检查数量最多,987 人次……

格林纳达人口仅有 11 万左右,不到一周的时间里,我们就为近十分之一的国民进行了医疗服务,创造了一个又一个奇迹。在此期间,医院船还积极拓展医疗服务的深度和广度,采取"多点前出、驻岛服务、巡回医疗"模式,连续多天派出多个医疗队深入 6 个社区,甚至前往监狱,为民众送健康送服务送温暖;专门抽调医疗专家远赴外岛,开设流动门诊,将服务覆盖到全国岛屿,成为卡里亚库岛第一个登岛服务的外军医疗队,并成功开展了小马提尼克岛历史上首例手术……

无私大爱、真情帮助、尽力奉献,感动着格林纳达民众。

71 岁的白内障患者格瑞斯林,在塞茜尔·拉格雷纳德总督的见证下揭开了蒙在眼上的纱布,激动地说道:"我看见了,我看见了! 感谢和平方舟,感谢中国军医,让我重见光明! 希望你们永远别走!"

几位任务官兵在总结这一站的医疗服务时,谈了这样的感受——

健康服务与文化联谊组的余霜霜说:"我们不是说那些空洞的大话,而是真真切切用自己的微薄之力在传递爱与关怀。健康服务与文化联谊活动作为'和谐使命'任务的一部分,是在医疗服务、参观见学等活动之外,展示中国文化、增进两国感情的重要活动形式。无论是在大学、敬老院,还是在孤儿院、残障院,我们都是用真心真情传播人道爱心,传递正能量,尽我们所能展示中国文化。事实证明,经过一站又一站的不断完善,文化联谊已经成为'和谐使命'的一张亮丽名片。"

她在回顾几个点的联谊活动后,充满激情地挥挥手说:"美丽的格林纳达,让'和谐使命'再一次发光发亮。文化联谊是'和谐使命'的一个重要部分,在忙碌的医疗工作之外,我们也希望用一种文化感受另一种文化,希望用我们的付出给医疗服务锦上添花,为'和谐使命'增光添彩。加油吧,少年们,为成为一名和平使者而努力奋斗！"

门诊组的雷蕾说，回顾这将近一周的医疗服务，脑海里不禁浮现出 2 个字："累"和"暖"。

说到累，那可是真正的累，有医院船创下的数个纪录为证。但在一个个数据的背后，又有着怎样的故事呢？

她先从一整天的工作状态讲起：每天早晨 7 时 30 分，我们的护士已经准备就绪，很快，01 甲板的检伤分类大厅里就挤满了前来就医的民众。她们面带微笑地接待每一个患者，引导他们登记、分诊、候诊……在 02 甲板的诊疗区，1.5 米宽的走廊里排满了患者，不时有粉红色的身影穿插于人群中。她们或在向病人指引方向，或在向病人解释流程；她们或搀扶着老人，或怀抱着小孩……在诊室内同样挤满了患者，从人群的缝隙中可以看到穿白大褂的医生，他们有的在仔细聆听，有的在耐心讲解，有的正埋头开方……很多医生为了不上厕所，不敢喝一口水，只因为外面还有很多患者等待着。临近傍晚，诊疗区的患者渐渐少了，一整天的门诊工作基本结束，但是，看了一两百个患者之后的部分医生，在两层甲板间来回走了几万步的一些护士，要进行术前会诊，还要做术前准备，待整个手术结束已经到凌晨。其他同志也没有休息，要加班整理当天的就诊信息，还要为整个病区做洗消工作……

几个小时后，又一个 7 时 30 分来到了……

雷蕾说："任何医疗工作都存在风险，总会有各种不可预知的紧急情况发生。在接诊的第一天，我们就遇到了一名糖尿病酮症酸中毒的患者，送至主平台时已经接近休克状态，脉搏微弱，血压几乎测不出。经过紧急扩容升压、调整血糖，患者转危为安。次日，又一名患者晕倒在码头。我们以最快的速度做好各项检查，在半小时内明确诊断为急性广泛前壁心肌梗死，并做好处理，转运到当地医院。当地的医生为我们在如此短的时间里完成了如此详细的检查与细致的处理，感到惊讶！在 6 天的医疗服务中，我们先后遇到了 5 例急危重患者，通过及时救治，他们的病情都稳定了，或痊愈回家，或转至当地医院。"

说到暖，雷蕾讲，在辛苦工作的同时，感受到的更多的还是温暖。这些温暖来自炊事班的战友凌晨为手术室准备的夜宵,来自指挥所领导一句"辛苦了"的问候,来自同事之间一句"赶紧去吃饭,我帮你顶一会儿"的关心,来自患者在次日又专程登船,只为了对我们郑重地道一声"谢谢",来自患者转危为安后搂着我们开怀的笑容……

"大与小,多与少,苦与乐。"这是医疗保障组田泾对工作的概括。

大与小:大家做的医疗工作,看似小事,其实我们干的是国际外交的大事!每一个微笑,每一个动作,都显得那么有意义。

多与少:工作多,休息少;后勤保障多,吃饭时间少……

苦与乐:这一站医疗服务确实辛苦,但大家心里是甜的,是乐的。在为格林纳达民众服务的过程中,体现了和平方舟的价值与意义,完成了祖国和人民赋予的"和谐使命"。

田泾提到了海上医院检验科主任技师荣扬和数位战友。

在我的印象中,荣扬精瘦,个儿不高,爱喝工夫茶,是个活跃并多才多艺的"江南人"。他有过援藏经历,爱上了高原雪山,每次出节目,他都会跳上一段藏族舞。后来采访他时我才知道,他的家乡在山东淄博。

荣扬在服务过程中了解到,格林纳达没有一台 CT 机,对于这里的很多人来说,这是一台很神奇的机器,没有疾病也想做一次;这里约一个 B 超,竟然要等上2 年时间,这么漫长的等待,很多患者会错过最佳治疗时机。他对负责检验的几位战友说:"要充分理解这里的医疗环境,能为他们多做一些就多做一些,能多做一个就多做一个。虽然这样不可能彻底解决这里的医疗问题,但我们尽了最大努力,心里安呢。"

战友们拼了,一个个令人难以置信的数字诞生了:标本检验 1284 人次,处方发药 1522 张,CT 检查 253 人次,DR 检查 645 人次,B 超检查 1085 人次(其中徐涛技师一人一天做了 260 人次,累得胳膊都抬不起来了),心电图 489 人次(刘玲技师除了正常工作之外,还参与了抢救)……

田泾还说到了主管技师张雅芳:"在寝室里面,雅芳姐插上了两面小国旗。

早上起床的时候,我一看到,心里一热,情不自禁地说:'回国后,我也要在家里挂几面国旗,时时刻刻都能看到它!'"

病房组的黄云写了一首诗:"四面出击展身手,八方来援齐上阵。敞开心怀迎远客,真情奉献暖人间。"

手术组的傅海龙,说话如他的手术刀一样,干脆利落:"满负荷工作,全身心投入。"

军事医学组的陈伯华研究员是位博士,在单位时主要在实验室里搞研究,他说话很幽默:"我们积极响应海上医院再就业号召,转岗不下岗,主要从事导医、码头分诊、后勤保障等服务性工作,在角色转换中学习提高。"

当代海军杂志社的吴丹是个年轻的女孩,她乘着小艇,随专家医疗分队赴外岛巡诊,风里浪里 70 多个小时,并记录下该岛迎来的第一支外军医疗队的服务过程:

卡里亚库岛是格林纳达第二大岛,总面积 33 平方千米,常住居民 7000 余人。

皇家公主医院是该岛仅有的一家公立医院,仅有医护人员 15 人、病床 34 张,除了一台心电图监测仪外,其他辅助医疗器械几乎为零。由于当地医疗设施有限,许多患者得不到及时有效的诊疗。

了解这一情况后,12 月 7 日,"和平方舟"号医院船派出由 5 个学科 8 名专家组成的医疗分队,前往该岛开展医疗服务。

医疗分队领队李欣说:"根据当地民众的需求及我们前期调查的当地主要疾病的情况,我们抽调了内科、外科、妇科、儿科、口腔科的相关专家,同时根据当地医院的设备情况,带上了可以做超声、心电诊断的设备。"

医疗分队吸引了大批患者前来就诊,仅 7 日上午,门诊量就是平时的十几倍。

皇家公主医院行政负责人玛丽萨说:"我们医院只有 2 名全科大夫,中国医疗队的到来,加强了力量。你可以看到现场来的患者很多,我想,在场的每一名患者都非常感谢你们!"

当天医疗服务结束时,海上医院胸外科专家李军说:"从早上到现在,我看了六七十个患者,主要病种在外科方面,关节炎、痛风和糖尿病等,这里的老百姓很需要我们的医疗服务。"

在服务现场活跃着一批当地志愿者。

有一位叫富兰克林的志愿者,5年前曾在中国留学。得知中国海军医疗队登岛服务,他第一时间来到现场,主动当起了志愿者,充当翻译,在医患之间搭起沟通的桥梁。

他说:"我很高兴能为你们服务。你们从中国过来,给我们国家的人看病送药,这是件大好事。5年前我在中国留学时,你们国家还给我奖学金。中国人太好了,是真心帮助我们国家。我感谢你们,全格林纳达人民都感谢你们!"

12月9日,医疗分队即将完成在该岛的巡诊,得知在该岛附近的小马提尼克岛上还有许多患者期盼医疗服务,他们立即乘船渡海前往。

50岁的帕特里克,右肩上长了一个包块,5年来越长越大,直径有5厘米左右。由于岛上没有医生,这个包块一直困扰着他。

医疗队来到后,诊断为脂肪瘤,需要做手术。这个手术在国内任何一家医院都很普通,但此刻在外国一个偏远的小岛上,不是在正规医院里,更不是在医院船的主平台上,没有其他科室辅助,没有更多的人力、物力支持,只有一支综合性的中国医疗分队,只有李军一名高年资外科医生,怎么办?

在帕特里克的乞求下,在小马提尼克岛人期望的目光中,医疗分队终于做出决定:为患者实施手术!

奇迹诞生了,小马提尼克岛上有史以来第一例手术成功了!

我问帕特里克:"你感觉怎么样?"

帕特里克说:"我感觉很好。"

"有没有不舒服的地方?"

"所有的一切都很好,非常顺利。"帕特里克笑着回答。

12月9日当天,医疗分队体检和接诊患者600余人。

　　格林纳达政府公共事务官黛安娜说："大家都知道,我们是个小岛国,医疗条件非常有限。我们非常感谢中国政府派出海军医院船,来到这里,为我们近十分之一的国民提供了医疗服务。"

　　……

　　12 月 11 日,"和平方舟"号医院船圆满地完成使命任务,离开格林纳达圣乔治港,前往下一站——秘鲁。

　　新一期的《和平方舟报》又要出版了,我撰写了一篇题为《我们依然在路上》的评论员文章,发表在头版头条上,结尾这样写道:

　　　　战友们,"和平方舟"号医院船又鸣笛起航了!

　　　　航行有终点,服务有终结,但学习无止期,抓建无完成,使命依然在肩上,我们依然在路上……

B 卷

悍涛惊无痕,骇浪漱秋舣。2017 年 7 月,和平方舟犁开环非访问的航程,留下无数感动,创造一个个奇迹。

紧急施救中华商船船员的眼睛,"祖国伟大 感谢军医"的标语浮现在波涛之上;一场与时间赛跑的生命接力,"世界和平日"诞生的塞拉利昂婴儿起名"和平";《感谢你,我的中国亲人》,患儿父亲谱写的歌曲传唱在刚果(布)的城乡海港;坦赞铁路女工上船参观,用毛笔写下"您好,习大大"……

第八章　访问八国创"八个最"
——"和谐使命–2017"

是的,我们依然在路上。

2016 年 6 月 30 日至 8 月 4 日,"和平方舟"号医院船执行"环太平洋–2016"军演任务。

2017 年 7 月 26 日至 12 月 28 日,"和平方舟"号医院船再次驶出国门,执行"和谐使命–2017"任务,赴非洲吉布提、塞拉利昂、加蓬、刚果(布)、安哥拉、莫桑比克、坦桑尼亚和亚洲东帝汶八国访问,并提供人道主义医疗服务。其间,技术停靠斯里兰卡、西班牙,并位亚丁湾、吉布提为我海军第 26 批护航官兵和驻吉布提官兵、施工人员进行医疗巡诊,航程 28000 余海里,穿越 12 条国际海峡水道,2 次跨越赤道,2 次过零度经线,创造了"和谐使命"任务以来"八个最":

一是任务兵力最少,二是抽组单位最多,三是航行时间最长,四是到访国家最多,五是接待和拜会国家元首、军政要员最多,六是诊疗总人数最多,七是单日门诊量最高,八是手术区同时展开手术台数最多等。

1. 践诺"七年之约"的真诚感动

2017 年 7 月,"和平方舟"号医院船再次出征,执行"和谐使命–2017"任务,海上医院的医护人员以刚刚转隶到海军的海军军医大学人员为主。

海军军医大学附属医院消化内科主任医师、教授林勇,在接到命令后,豪情满怀地写下了一首《卜算子·出征》:

> 遍寻戈壁绿,再识深海蓝。
>
> 铁马冰河入征梦,鬓秋羡少年。
>
> 悍涛惊无痕,骇浪漱秋滟。
>
> 家国情怀兴邦事,笑与儿孙谈!

7月26日,"和平方舟"号医院船驶离母港,在任务指挥员管柏林、金毅,副指挥员于大鹏、孙涛的率领下,开始了战惊涛斗骇浪的新航程。虽然有的国家在7年前曾到访过,但这次是医院船首次环绕非洲。

7月30日,在最高统帅大漠沙场阅兵的庄严时刻,航行在南沙某海域的任务官兵自觉受阅,组织了一场全员额、全要素、全流程的海上应急救援实兵演练,以特有的方式迎接中国军人自己的节日。

8月1日,大海深处,誓言声声!热烈庆祝中国人民解放军成立90周年升旗暨签名宣誓仪式,在04甲板平台上隆重举行。

任务指挥员金毅大校带领全体任务官兵,举起右手,庄严宣誓:"坚定维护核心,坚决听从指挥,牢记神圣使命,严守各项纪律,加强团结协作,不负祖国重托,展示良好形象,争当和平使者,以优异的成绩向党和人民报告!"

全体任务官兵表示:一定认真学习最高统帅沙场阅兵重要讲话精神,将其转化为完成使命任务的强大动力,练就过硬本领,不辱神圣使命。

在非洲,在大洋的那边,在当地时间8月1日,伴随着雄壮的中华人民共和国国歌,鲜艳的五星红旗冉冉升起,高高飘扬在中国人民解放军驻吉布提保障基地营区上空,宣告我军驻基地部队在八一建军节这天正式进驻营区。

升旗仪式后,举行了阅兵式。乘海军舰艇刚刚抵达吉布提的基地部分官兵组成的四个人员方队和一个装备方队,以及吉布提三军仪仗队,在营区广场上整齐列队,接受检阅。

这是我国首个海外保障基地,将主要为我国在非洲和西亚方向执行护航、维和、人道主义救援等任务提供有效保障,也有利于我国更好地执行军事合作、联演联训、撤侨护侨、应急救援等海外任务,与有关方面共同维护国际战略通道安全。

这也是中国军事力量"走出去"、彰显大国担当的标志性一幕,同时,也翻开了中吉两国政府、军队和人民深厚友谊向纵深发展的新篇章……

8月6日上午10时许,执行"和谐使命-2017"任务的"和平方舟"号医院船抵达斯里兰卡科伦坡,进行为期4天的技术停靠,并提供免费医疗服务。斯里兰卡海军西部军区副司令尤特帕拉与我驻斯里兰卡大使易先良一起主持了盛大的欢迎仪式。

这是"和平方舟"号医院船首次停靠斯里兰卡。斯里兰卡从前的名字叫锡金,它是位于南亚次大陆南端印度洋上的一个岛国。中斯两国是真诚互助、世代友好的战略合作伙伴,友好交往历史悠久,明代航海家郑和下西洋时曾多次到达这里。

8月8日,"和平方舟"号医院船与斯里兰卡海军在科伦坡港成功举行了一场联合演练。35岁的斯里兰卡海军骨科医生斯瓦卢奔全程参与,他非常珍视这次经历,真诚地说:"对于我来讲,能参与这次演练是件激动人心的事。一边参演,一边向中国海军同行学习,收获很大。"

几天的技术停靠,几天的医疗服务,几天的交流演练,在斯里兰卡引起强烈反响,许多军政要员、部队官兵和当地民众非常希望"和平方舟"号医院船能多停留一些日子。

可是这愿望无法满足,只能留下遗憾,因为中国海军官兵使命在肩,任务在身,从某种意义上来讲,他们是践诺"七年之约"而去的……

亚丁湾,我们又来了! 数不清的飞鱼随着浪花起舞,成群的海豚围绕船只嬉戏,织成了一个热烈欢迎的"花环"。

7 年前的 9 月 16 日,"和平方舟"号医院船首次驶出国门,首次执行"和谐使命"任务,首站就是亚丁湾,为人民海军第 6 批护航编队官兵提供医疗服务。

4 年前的 7 月 11 日,"和平方舟"号医院船再现亚丁湾,为我第 14 批护航编队官兵和各国护航舰艇人员提供医疗服务。当年,他们曾向护航战友许诺,他们会再来。

虽然岁月更替,虽然舰艇轮换,虽然战友不同,虽然现在已经是第 26 批,虽然医院船上的医护人员也已换了一茬又一茬,但承诺不会变!

2017 年 8 月 17 日,医院船与第 26 批护航编队中的中国海军"黄冈"舰,在亚丁湾中部海域会合,在为护航官兵提供医疗服务的同时,还联合为我国"腾达"号商船实施伴随护航。

"腾达"号商船上的一位船员看到迎风飘扬的八一军旗和大红十字,飞奔着跑进船舱,兴奋地大喊着:"轮机长,轮机长,你有救了,你的眼睛有救了!"

正躺在铺上痛不欲生的轮机长张春燕闻听此言翻身坐起,急切地问:"怎么啦? 怎么回事?"

"咱们海军的医院船来了,咱们的和平方舟来了! 你快看,你快看!"那位船员太激动了,手舞足蹈地往外指着。

张春燕看到了,这个在风浪里闯荡了一二十年的硬汉子,情不自禁地抱着头泣不成声。

8 月 13 日,"腾达"号商船进行装备保养,张春燕发现轮机的一个零件有磨损,就用角磨机打磨修复,没想到出现了意外,一粒铁屑飞入他的左眼。俗话说"眼里容不得一粒沙子",更何况这是一粒铁屑。5 天来,张春燕的眼睛红肿充血,疼痛难忍,左眼视力急剧下降。

茫茫大海之上,船上又无处理条件和能力,他只能无奈地忍受着煎熬,甚至都绝望了,觉得自己的左眼保不住了。

没想到,希望从天而降! 那一刻,他都有点儿怀疑自己是否在做梦。

电话打到了"和平方舟"号医院船,得知情况后,任务指挥所立即派出小艇,在亚丁湾上架起了急救通道,将张春燕接了过来。

海上医院眼科医生吴晋晖立即对其进行了检查,确诊为角膜深层异物伴严重感染,轻度溃疡。

张春燕担忧地问:"医生,怎么样?"

吴晋晖倒吸了一口凉气,忍不住说道:"再耽搁2天,你这只眼睛真的就保不住了。"

张春燕有点儿垂头丧气,又问:"现在还有希望吗?"

吴晋晖微微一笑,安慰他:"放心吧,小手术,不会耽误你航行开船。你很幸运,遇到医院船来到亚丁湾。"

不到1个小时,麻醉、消毒,3毫米长的铁屑在风浪中被清除,病灶清创在大海上顺利实施,手术非常成功,张春燕回到了"腾达"号商船。

护航解除那一天,"腾达"号商船在甲板上打出巨大的标语:"祖国伟大 感谢军医"!

面对此情此景,海上医院眼科医生吴晋晖心潮澎湃,感慨万千。当天晚上,他在日记本上写下了一首题为《救援眼外伤》的诗:

> 中华商船驰洋间,
> 船员维保异物溅。
> 眼中岂能揉屑砾?
> 疼痛难忍待救援。
>
> 生命方舟涉万里,
> 飞艇载患登舰舷。
> 妙手除砂转安危,
> 医路征途多笑颜。

8月22日,"和平方舟"号医院船与第26批护航编队分航。

护航编队指挥所发来了感谢信："你们连续 6 天诊疗服务,为我们送来了健康、送来了温暖、送来了快乐,带来了祖国人民的关心厚爱。你们提出的'你们的需要就是我们的任务,你们的健康就是我们的使命'医疗服务宗旨,'不限时间、不限方式、不限人数'的医疗服务态度,让编队官兵深受感动,备受鼓舞!你们持续发扬连续医疗服务精神,最大限度为编队官兵提供了精心的诊疗、细心的检查、暖心的呵护,让编队官兵感受到了家一般的温暖,进一步缓解了编队官兵长时间海上生活的压力,改善了精神面貌,提供了强劲动力……短暂的相聚,共同的梦想。值此分航之际,衷心感谢医院船全体任务官兵的辛勤付出,祝愿你们身体健康、工作顺利!安全圆满完成任务,载誉凯旋!让我们携手共进,奋发有为,共同以优异的成绩向党的十九大献礼!"

吉布提,我们又来了!

8 月 23 日,"和平方舟"号医院船在吉布提民众的期盼中,时隔 7 年再次到访,并将服务时间延长至 9 天。

这个消息一传开,当地民众兴高采烈,纷纷慕名前来,看病的队伍比 7 年前排得还要长。

海上医院眼科医生杜改萍,在就诊的患者中,看到一位拿着印有"和谐使命-2010"字样眼镜盒的老人,就亲切地迎上去询问:"老人家,您看什么病?"

老人抚摸着眼镜盒说:"这是当年你们送给我的礼物,我一直十分珍惜,邻居们羡慕不已,还有人找我借戴,我都有点儿不舍得,可惜前年不小心打碎了镜片。我一直保留着眼镜盒,日夜期盼和平方舟再次到来,今天终于盼到了你们……"

望着老人渴望的眼神,杜改萍马上明白了他的心思,转身拿出几副老花镜让他挑选、试戴。老人选中了一副,激动得双手有点儿颤抖。他小心翼翼地把老花镜装到眼镜盒里,嘴里不住地嘀咕着什么,眼角溢出了泪花。杜改萍虽然没听清,但她知道,老人说的一定是祝福和感谢的话语。

任务指挥所考虑到偏远地区的民众来医院船就诊困难,为最大限度惠及当地民众,在主平台全程满负荷运转的同时,连续 6 天派出医疗服务分队,深入条件最差及结核病高发的村落开展义诊。

这里的天气真热,日均气温40℃以上;这里的条件真差,蝇虫飞舞、风沙扑面。医务人员早出晚归,自带盒饭,用汗水与真心换来了患者的微笑,创下了持续6日每天就诊量均达上千人次的诊疗纪录,医疗服务范围覆盖人口占吉布提全国人口三分之一的地区。

在多哈雷村,白发苍苍的哈桑老人拉着医务人员的手说:"平时到当地医院看病很难,小毛病尽量自己扛过去。你们来了,对于我们来说就像亲人,请一定向船上所有的人转达谢意,我们永远欢迎你们!"

8月27日的吉布提港,大风裹挟着热浪。

夜色降临,停泊在8号码头的"和平方舟"号医院船灯火通明。船上,当地民众登船排队看病的热浪刚刚退去。仅这一天,主平台就接诊1100多人次,前出医疗点诊疗600多人次,但医护人员没有丝毫停歇——2台手术正在紧锣密鼓地进行。

第一台手术是从晚上7时开始的。

患者就来自多哈雷村,是一名9岁男孩,名叫阿普迪卡依。

1年多前,顽皮的阿普迪卡依不慎触电,他的胳膊被严重烧伤并与胸壁粘连而严重畸形。

家人带着他到处求医问药,但因当地医疗条件落后,皆失望而返。

"中国的这艘医院船曾经来过吉布提,孩子出事后,我几乎天天都在盼望它再来。"阿普迪卡依的父亲说。

盼望着,盼望着,在近乎绝望中,终于盼来了中国海军"和平方舟"号医院船!这惊天的喜讯,给孩子及其家人带来了希望。

经过联合诊断,阿普迪卡依被确诊为右上肢瘢痕挛缩畸形,如不进行手术,不仅限制右上肢功能,而且会严重影响他的发育成长。

"那个小孩很可爱,虽然只会说当地语言,但医生让他躺下或侧过身来,他都很配合,很懂事。他或许知道,医院船的医生是来救他的。"在信息中心,海上医院院长孙涛正与政委马德茂、医务部主任钟海忠等人,通过视频系统,密切关注着手术室里的一举一动。

3 个小时,手术结束,非常成功。

"经过手术,他的上臂与胸壁粘连牵拉部分被分开,前臂肘关节得到松解,以后就可以像正常人一样自由活动上肢了。"在重症监护病房,手术主刀医生——烧创伤科医生纪世召告诉前来陪护的小孩父亲。

这位父亲激动得眼泪汪汪,一个劲地说:"Merci(谢谢)! Merci!"

与此同时,另外一场手术也在进行。今年 42 岁的患者崔新华来自中国籍货船"振华 26"号,几天前,随船停靠吉布提港。

"他右下腹转移性疼痛,经抽血化验和 CT 检查,确诊为急性阑尾炎。"主刀医生陈红旭介绍说,"如不及时处理,可能会进一步发展为急性腹膜炎,严重时会危及生命。"

海上医院云集了中国海军各医院的专家,这名中国籍船员的"棘手问题",在这里却不再是个问题。经过近 1 个小时的手术,崔新华的阑尾被切除,解决了后顾之忧。

"吉布提医疗资源匮乏,要不是遇到和平方舟,我这次得病,可就麻烦大了。"崔新华感慨万千,"即使远在万里之外的异国他乡,也有一种祖国就在身边的感觉。"

是的,祖国就在身边!

"和平方舟"号医院船全体任务官兵,深知中国人民解放军驻吉布提保障基地的战友、施工工人工作生活的艰辛与不易。他们突出服务基地这个重心,坚持内外并重、对内优先、按需展开的原则,抵吉之前就预先收集掌握基地接受诊疗人员信息,抵达首日就优先为基地一线官兵集中开展医疗服务,连续 2 天专门派出各类专业专家分队前出基地上门服务,贯穿全程全时提供服务保障,用最大热情、尽最大努力、提供最优质的服务,让官兵和工人们真正感受到来自祖国的关切和温暖。其间,主平台门诊 407 人次,体检 34 人,辅助检查 188 人次,收治住院 5 人,手术 5 例;专家分队前出诊疗 87 人,组织了"非洲常见病防治""高温天气健康饮食""急危重病人护理"等专业授课和技能培训。同时还充分发挥"和谐使命"任务官兵的优势资源,多层次、多方位、多形式与基地官兵、施工工人联谊互动,精心举办"相聚吉布提 共筑强军梦"主题文艺晚会,在欢声笑语中送上人文关怀。

从海军政治机关调来的张庆宝上校非常感动地说:"感谢祖国和人民的厚爱,感谢军委和海军的关心,感谢和平方舟的战友们! 我们一定坚决履行党和人民交给的神圣使命,早日把基地部队建设成为一支世界一流的驻军!"

8月29日上午,难得的一场小雨,让持续高温的吉布提久旱逢甘霖。

中国驻吉布提大使符华强陪着一批军政要员冒雨登上医院船。

"我来了,朋友!"这是吉布提军队总参谋长扎卡里亚中将上船见到任务指挥员管柏林时讲的第一句话。

他抬眼望了望飘着细雨的天空,非常高兴地说:"和平方舟不仅带来了免费医疗服务,还带来了好运与欢乐。你看,这场雨下得恰逢其时。"

他表示:"医院船到访意义重大,中国是唯一一个长期执行这种国际人道主义援助的国家,这是和平方舟第二次在吉布提开展医疗服务。通过此访,两国、两军的友谊将得到巩固深化,同时也将进一步拉近两国民众的距离。"

两国民众的距离确实越拉越近。

在与巴拉巴拉区举办的健康服务和文化联谊活动中,区长瓦贝里代表当地民众感谢"和平方舟"号医院船提供的免费医疗服务,他期待着和平方舟今后再来。

瓦贝里说:"你们是爱的化身,是东方的白衣天使!"

瓦贝里带领民众一起高呼:"感谢和平方舟,吉中友谊万岁!"

8月31日,"和平方舟"号医院船从吉布提起航,留下了和平,留下了友谊,也给当地民众留下了新的期待和承诺……

人走了,情留下。曾参与救治阿普迪卡侬的原海军总医院烧伤整形科医生阎晓辉,写下一首深情的诗,赠予这个通过手术"张开了翅膀"的异国男孩:

我真想

——赠吉布提男孩阿普迪卡依

当黎明的曙光

洒满了吉布提的大地

使刚刚苏醒的小草

勃发了一丝生机

当远来的方舟

激起了沉重的思绪

令稍稍平静的心海

泛起了一片涟漪

当眷恋的脚步

迈出了艰难的步履

当微微颤抖的声音

锁定了一路痕迹

当远方的呼唤

叩开了尘封的记忆

将幽幽无痕的岁月

定格了一生记忆

是谁

使小草勃发生机

是谁

令心海泛起涟漪

是谁

让声音锁定痕迹

是谁

将岁月定格记忆

我真想

驾上飞驰的快艇

伴随天使而去

用刚刚张开的上臂

拥抱心中的感激

我真想

插上健硕的翅膀

追随方舟远去

让匆匆离去的脚步

不在远方响起

……

2. 国际和平日诞生的"和平"

2017年9月10日,"和平方舟"号医院船技术停靠西班牙马拉加港阿多沙多码头。停靠时间仅3天,但消息早早传开,华侨华人们从西班牙各地纷纷前来,有的甚至从欧洲其他国家专程赶来,为的是见一见老家来的亲人们,为的是看一眼祖国的"大白船"。码头上的欢迎仪式也依然热烈隆重,西班牙海军驻马拉加指挥官哈维尔、副指挥官佩德罗,我国驻西班牙大使吕凡和工作人员,以及数百名各界代表早早等待。

西班牙南部华侨华人协会会长李松林一登船就激动地说："来到和平方舟，就像回到了祖国的怀抱，非常亲切，非常温暖，非常自豪。它不仅是医疗服务国民众的福星，也是我们海外华侨华人的生命守护神。"他专门组织了 10 多名华侨华人志愿者来到马加拉市，为医院船提供西班牙语翻译，协助医护人员为华侨华人提供医疗服务。

马拉加市市长弗朗西斯科登船参观后表示："和平方舟首次停靠欧洲就选择马拉加，是我们的荣幸，也成为城市一道亮丽的风景，吸引许多市民前来参观。和平方舟设备先进，使命光荣，向世界传递和平与友爱。"

9 月 19 日，"和平方舟"号医院船抵达塞拉利昂弗里敦港。

塞拉利昂共和国，位于非洲西部。弗里敦是塞拉利昂的首都和最大的城市，濒临塞拉利昂河口，是西部非洲最优良的港口。

1971 年 7 月 29 日，中华人民共和国与塞拉利昂共和国建交。建交以来，两国关系发展顺利。

2016 年 11 月 30 日，塞拉利昂共和国总统欧内斯特·巴伊·科罗马对中国进行国事访问。12 月 1 日，中国国家主席习近平在人民大会堂同科罗马总统举行会谈。两国元首决定将中塞关系提升为全面战略合作伙伴关系，更好造福两国人民。

在我的印象中，塞拉利昂是个多灾多难的国家，2002 年才结束了长期的战乱，被联合国列为世界最不发达国家之一。2014 年暴发埃博拉疫情，首都弗里敦成为重灾区，疫情持续近 2 年。其间，中国政府和军队不仅援助了大量抗疫物资和资金，还派出了以军人为主的抗疫医疗队。

写到这里，我的耳畔回响起一首援助非洲人民抗击埃博拉疫情的歌曲《有我在》，歌中这样唱道：

走上舷梯挥挥手，深情告别祖国。他方有难需要我，一声令下什么也不用说，带着重托跨越大洋，把中国人民的情意送到他乡异国。闪耀的八一军徽,点燃希望之火,哪里的困难最大哪里就有我,飘扬的五星红旗迎接凯旋,让世界看到 China 是负责任的大国!

扎下营帐敬个礼,我就代表中国。兄弟有难有我在,一声 hello 什么都不用说,患难之交真心相助,用中国军人的智勇创造新的生活。闪耀的八一军徽,点燃希望之火,哪里的困难最大哪里就有我,飘扬的五星红旗迎接凯旋,让世界看到 China 是负责任的大国!

我想,这首歌献给"和平方舟"号医院船也非常合适。

8 月 14 日清晨,塞拉利昂首都弗里敦遭遇风暴袭击,引发洪水和泥石流。该市摄政区的一段山丘部分崩塌,摧毁了这里的大片房屋,导致大量人员被埋,造成巨大伤亡。

塞拉利昂灾难管理官员罗杰斯称,此次灾难还导致超过 2000 人无家可归。

此时,"和平方舟"号医院船正在航行途中。

"兄弟有难有我在,一声 hello 什么都不用说,患难之交真心相助,用中国军人的智勇创造新的生活。"任务指挥所下令顶浪前进,勇敢"逆行",如期来到这里。

在刚刚经历了泥石流灾害的塞拉利昂首都弗里敦,为尽可能满足当地民众医疗需求,医院船将诊疗时间从原定的 8 小时延长到 10 多个小时。

在为民众提供医疗服务的同时,医院船派出 9 名专科医生,冒着危险,来到弗里敦最大的灾民安置点,设立了临时门诊和药房,免费给当地受灾民众诊疗,发放药品以及抗疟疾专用药物和测试试纸,并派出"消杀灭"分队,对灾民临时住所、卫生区域和公共设施进行严格消毒处理,切断疟疾、甲肝、伤寒等传染病的传播扩散,还将 9 名重症患者接到医院船,做进一步治疗。

玛丽·卡马拉和阿米纳塔·卡马拉是一对姐妹,也是被接往医院船主平台的主要患者。玛丽·卡马拉的左脚脚踝在泥石流中骨折,她 10 岁的女儿不幸遇难。妹妹阿米纳塔·卡马拉的左腿被石头砸中受伤,失去了 9 个月大的儿子。

医院船为这些受灾受伤的民众提供了"绿色通道",并指定专人负责,专家诊疗,给予特别关爱。

骨科医生张志凌介绍说:"我们对姐姐玛丽进行了 CT 检查,对妹妹阿米纳塔进行了小腿创面伤口处理,从检查情况看,恢复良好。经过约 5 个小时检查和诊疗,这些受灾受伤民众也相应得到了满意的结果,在医护人员的陪护下从医院船返回安置点。"

在 8 天停靠时间里,医院船诊疗病人 8177 人次,完成了 51 台手术。

那么,就让我们随着记者江山,走进医院船的一间普通病房:

"One or two(一个还是两个)?"

"One(一个)。"在和平方舟的病房里,对于 65 岁的白内障患者哈桑来说,今天的世界格外明亮。和平方舟眼科专家吴晋晖轻轻揭开蒙在哈桑眼上的纱布,哈桑重见光明了。他与一旁陪护的妻子激动地拥抱亲吻,洋溢着幸福。

"就在昨天,我想要写字还非常费劲。这个手术只用了 20 分钟,但从此改变了我的生活。"哈桑主动在记者的本子上写上名字。

哈桑的隔壁病床,是 87 岁的老人阿尔吉斯,他双眼几乎失明,由儿子陪同来做白内障手术。"得知和平方舟来弗里敦送诊,我昨天带着父亲从 50 千米外的村庄赶来。"他儿子告诉记者,"昨天手术前还有些迟疑,所以只做了右眼,手术后明显改善,父亲恳请医生把左眼的手术也做了。"

塞缪尔是一名 38 岁的患者,4 年前一次下颌外伤后反复感染,逐渐形成一个巨大的肿块。"出血很少,手术非常成功。"主刀医生田刚历时 4 小时顺利完成手术,初步病理诊断为炎性肉芽肿。

7 岁的小女孩普琳塞斯,躺在病房中最显眼的床位上。她妈妈去世早,她在奶奶的陪同下到和平方舟寻诊。经过全麻下脐疝修补手术,和平方舟医疗专家为小女孩解决了生长发育的大问题。不善言辞的奶奶在一旁看着忙碌的医护人员,眼神中充满了感激。在医护人员的精心护理下,小女孩康复得非常顺利。

当医护人员喂普琳塞斯喝牛奶的时候,她眼睛一眨不眨地盯着眼前陌生而熟悉的脸庞。或许,随着成长,她脑海里的一个个问号将被"拉直"。

41 岁的莫哈默德是家里的顶梁柱,与妻子生育了 3 个孩子。3 年前,他患膀胱结石并发血尿及感染,失业在家,经过多家医院诊疗,仍然不见好转。听收音机得知和平方舟来弗里敦送诊的消息后,他彻夜未眠,天一亮就在弟弟的陪护下赶来就诊。

"患者膀胱中有 2 个巨大结石,较大的直径约 4 厘米。结石引起反复血尿、尿路感染、尿频、尿急等症状,如不及时处理,还可能导致膀胱癌变等严重后果。"泌尿外科专家张振声说,这次采用微创的理念与技术,仅 40 分钟就将结石完全粉碎,并且不留任何伤口。

"没想到和平方舟的医疗技术这么先进,我现在感觉非常好,昨晚做的手术,今天下午就可以出院了。"术后莫哈默德竖起大拇指,脸上露出了笑容……

9 月 21 日,是国际和平日。这是联合国为"在各国和人民中纪念并加强和平理想"而设立的特殊纪念日。

联合国在 2001 年 9 月 7 日通过决议,决定从 2002 年开始,将每年的 9 月 21 日定为国际和平日,还确定国际和平日为全球停火和非暴力日,呼吁交战双方在这一天实现停火。

10 余年来,世界各国人民每年都以不同的方式纪念这个日子。

2017 年 9 月 21 日,在这个特殊纪念日的傍晚,塞拉利昂弗里敦中塞友好医院里,依然挤满了前来看病的民众。这是"和平方舟"号医院船在该国开展人道主义医疗服务的第三天。

一位叫依巴拉黑尼·巴的塞拉利昂青年,找到正在这里巡诊的海上医院妇产科医生胡电。

4 年前,当埃博拉病毒在塞拉利昂肆虐时,一批来自中国的军医,冒着被感染的危险帮助他们。从那之后,这个距离中国万里之遥的西非国家的人民,对中国人,中国医生,特别是对中国军人有着天然的亲切感和信任感。

"医生,医生,快去看看我的妻子!"依巴拉黑尼·巴满头大汗,脸上充满了忧虑和焦急。

胡电疾步来到孕妇拉马图·巴身边,认真检查后,心不由得提了起来。原来孕妇患有妊娠期糖尿病,血糖很高,胎儿已经出现宫内缺氧症状,再拖下去,孩子很可能保不住。

胡电考虑到当地医院条件有限,当机立断:"快! 联系主平台! 有产妇需要紧急手术!"

"和平方舟"号医院船接到胡电的报告,马上开辟"绿色通道",并启动应急预案,一个包括妇产科、心内科、儿科、麻醉科等科室的专家的团队迅速组成。很快,手术室准备就绪,病房准备就绪……

一场与时间赛跑的生命接力开始了。

胡电同这对夫妇回到了医院船,尽管此前她扭伤了腰,但还是忍着疼痛走上手术台。

晚上 10 时 20 分,手术正式开始。手术室外,依巴拉黑尼·巴在焦急地等待着,1 分钟、2 分钟、3 分钟……对于他来说,每一秒都无比煎熬。他信任中国军医,又向真主祷告,求"大能的主"保佑母子平安!

"哇——"在他的祷告声中,手术室里传出了婴儿的啼哭声。

国际和平日的深夜,一名约 6 斤重的塞拉利昂男婴在"和平方舟"号医院船上出生。这一声啼哭,给那一夜所有在场的人都带来了欢笑和喜气。

胡电欣慰地说:"术中发现,孕妇的羊水几乎没有了,胎盘出现大范围钙化,脐带水肿、短,还绕颈一周,情况是很危险的。好在我们团队紧密配合,采取措施得当,确保了母子平安。"53 岁的她,曾在汶川抗震救灾中从死神手中抢回 4 个"地震宝宝",这回又在和谐征途上抢回了 1 个"和平宝宝"。

夜深沉,星满天,风轻抚,海面平。此时,弗里敦港口寂静无声。

在港口外,一位"历史老人"也在无声地注视着这一切。它是一棵巨大的木棉树,有 30 多米高,十几抱粗,虽逾 500 岁高龄,但依然遒劲挺拔,枝叶繁茂,生机勃勃。

这棵木棉树是弗里敦的象征,塞拉利昂的纸币上印着它的雄姿,小学生作文比赛也常以"我与木棉树"为题。

木棉树曾看到,在历史上,自己的浓荫下曾是西方殖民者贩卖黑人时集合

"黑奴"的地方，许多非洲同胞从此丧失了自由。因此，人们把这里叫作弗里敦，意为"自由城"，以表达对自由与和平的渴望。

今天，木棉树看到的是另外一种场景：中国人派来了大型医院船，为"自由城"的民众免费提供医疗服务，中国军医带来了真正的幸福和安康、自由与和平……

一阵风掠过，木棉树轻摇着树冠，表达着无声的感谢……

医院船病房内，依巴拉黑尼·巴激动万分，他对妻子拉马图·巴说："是和平方舟给了孩子生命，就取名'Peace'（和平）吧。"

拉马图·巴微笑着点点头，身旁的小和平已经安然入睡。

巧合！国际和平日当天，一个塞拉利昂婴儿在"和平方舟"号医院船上出生，新生儿得名"和平"。

也不是巧合，这是在"和平方舟"号医院船上出生的第 6 个"和平宝宝"。这些"和平宝宝"的平安诞生，是中国海军播撒和平理念结出的"硕果"。

4 天后，塞拉利昂总统科罗马在我国驻塞拉利昂大使吴鹏的陪同下登上医院船参观。他特意来到病房，看望这个名叫和平的小家伙。他轻轻地摸了一下和平的小脸蛋，然后动情地对指挥员管柏林说："非常感谢习主席派医院船访问塞拉利昂，非常感谢你们为我们提供免费医疗服务，中国永远是我们最可靠的兄弟！无论是我们经受埃博拉打击的时候，还是上个月发生泥石流，中国的援助总是最真诚、最及时、最快速、最高效，起到了引领国际社会的作用。塞拉利昂人民永远不会忘记！你们的到来给塞拉利昂人民带来了希望，给很多患者带来了新生。和平方舟的到访也增加了两国人民的交流，每一个上船的人都会把他的经历告诉亲朋好友，使更多的塞拉利昂人民铭记中国人民的友情。我期望你们很快能再来塞拉利昂……"

3. 让加蓬人民分享"双节"喜庆

你生在十月

我生在十月

祖国诞生在十月

时间与生命的结合

命运与国家的融合

不再纠结离别圆缺

亚非的思念

系着小家的守望和大家的富强

灿烂的十月

祖国正相约你我

共同见证父女的荣光时刻……

我引以为豪的女儿啊

你是十月的幸运儿

就像含苞的花朵儿

祖国肥沃的土壤

正在滋养你

不久的将来完美绽放

我朝思暮想的女儿啊

你的勤奋好强

使我筑梦海疆的路上

一刻也不敢停留和张望

始终努力着

做你心中

那个永远崇拜的偶像……

这是任务指挥所装备组组长杨乐任在远航中写给宝贝女儿的诗。

2017 年 10 月 1 日,执行"和谐使命-2017"任务的"和平方舟"号医院船抵达加蓬共和国奥文多港,开始对加蓬进行为期 8 天的友好访问并提供人道主义医疗服务。

这是中国海军舰艇首次访问加蓬。

加蓬共和国位于非洲中西部。奥文多港是加蓬最大的商港,位于首都利伯维尔东南 16 千米,加蓬河河口北岸。

中国与加蓬于 1974 年 4 月 20 日建交,两国友好合作关系发展顺利。

任务官兵到达这里时,恰逢雨季,天气时雨时晴。加蓬素有中部非洲"和平绿洲"的美誉,放眼望去,绿树成荫,鲜花盛开。

访问期间,恰逢中国的国庆节和中秋节,医院船彩旗高挂,喜气洋洋。

因此,无论是军政要员还是普通民众,无论他们是登船参观还是上船看病,都向中国朋友表达节日的祝贺。

任务官兵认识到,分享"双节"喜庆最好的方式就是为加蓬民众解除病痛,带来欢乐。

这喜庆,这欢乐,8 岁的小男孩孟吉欧体会得最深。

这个孩子一出生就被旁人视为怪胎,双手十指连在一起,像两只鸭掌,走到外面被人指指点点,生活、学习都很不方便。

深深的自卑感一直缠绕着他幼小的心灵,他的脸上很少露出笑容,就连父母亲也觉得抬不起头来。

孟吉欧的父亲说:"我有 3 个孩子,孟吉欧是老大。他一出生就这样,找了很多医生,都治不了。要是到国外治,又花不起那么多钱。"

"和平方舟"号医院船来了,决定免费为孟吉欧做手术。

这喜讯让孟吉欧的父母恨不能当场跪下来。父亲一个劲地表达感激:"谢谢,谢谢中国军医!你们解开了我和妻子的心结,也救了我们这一家。"母亲搂着孟吉欧,哭得说不出话来。

10 月 4 日,是中国传统佳节中秋节。

这天晚上,奥文多港的月亮也非常圆,洒下一片清辉。

海上医院对这例手术非常重视,派出精兵强将:一位是海军军医大学第一附属医院烧伤整形科医师纪世召,一位是原海军总医院烧伤整形科医师阎晓辉。

小男孩孟吉欧被推进手术室,纪世召和阎晓辉连续 6 小时并肩奋战,在全麻下为他成功地实施了手术。

这么长时间实施全麻手术,又创造了"和平方舟"号医院船的一个纪录。

"孟吉欧是先天性双手并指畸形。这台手术精细,可以说是精雕细琢。"女军医阎晓辉擦了把汗,微笑着说。

回到病房里,纪世召关心地问孟吉欧:"还疼吗?"

"虽然现在还很疼,但我知道会好起来的。"孟吉欧的回答,显得比他的年龄成熟。

"是的,你很快就会好起来。到时候你就能和正常的孩子一样,握笔写字拿东西了。"

孟吉欧笑了,他轻轻地动了动被白纱布包起来的双手,然后郑重地说:"我还要学画画、打篮球。"

"好啊! 那你画什么呢?"

"我要画一面中国国旗,画大海上行驶的'大白船',还要画你们这些为我做手术的叔叔阿姨。"

孟吉欧的这番话让在场的人都笑了,病房里洋溢着喜庆和欢乐。

欢乐绽放在脸上,感激深埋在心底。14 岁男孩努让东的母亲,把欢乐和感激表达得更直接。努让东从 6 岁起就患上了阻塞性睡眠呼吸暂停低通气综合征,常常在睡梦中被憋醒,吃药打针都没见效,医院手术做不了,全家人提心吊胆。这一次,中国军医林顺涨、王伟为努让东实施了手术,立竿见影,当晚他就睡了一个好觉。

虽然术后努让东不便说话,但他与母亲一起竖起大拇指,为中国军医点赞。

母亲更是压抑不住喜悦的心情,她说:"感谢和平方舟,感谢上帝恩赐!"并当场跳起了欢快的舞蹈,庆祝儿子的手术成功。

"这种感觉太美妙了,真心感恩和平方舟!"60 岁的奥古姆巴笑容满面。他患有比较严重的腹股沟斜疝,容易引起嵌顿。中国军医郑秀海与加蓬三军总医院医生德里莱尔联合成功为其进行了手术。

45 岁的邦朱姆布眼患重疾,是中国军医吴晋晖妙手回春,使他重见光明。这次在加蓬期间,吴晋晖为 10 位眼疾患者实施手术,均顺利成功。

还有 8 岁的小男孩伊克楠加,6 年前在当地医院做完包茎切除手术后,发生尿道狭窄。孩子经常因尿痛和排尿困难等症状而哇哇大哭。海上医院医生张振声、李蓉为其施行了尿道狭窄切开和尿道外口整形术,解除了孩子的痛苦……

一个个病例,一台台手术,解除患者病痛,带来喜庆欢乐!

"中国海军派出最好的医生,不远万里,跨越大洋,就是来服务每一个前来就诊的人。"中国驻加蓬大使胡长春在接受加蓬《团结报》专访时说,"中加两国虽相距遥远,但和平方舟满载白衣天使和中国人民的情谊而来。巧的是,此访正值中国'双节',任务官兵没有因节日而停止诊疗,将会满负荷工作,尽最大努力同当地民众分享喜庆,为当地民众解除病痛,带来欢乐。这也必将进一步拉近两国人民心灵的距离,促进中加全面合作。"

中国军医的举动感动了加蓬政府,总统阿里·邦戈·翁丁巴决定:授予和平方舟 11 名任务官兵国家荣誉勋章,并授权加蓬国防部举行隆重的授勋仪式,以表彰他们在两国交流合作中做出的杰出贡献。另外,总统事务兼国防部部长马萨尔还代表邦戈总统特别授予任务指挥员管柏林加蓬"黑豹"军官勋章,以表彰其为增进中加两国友谊、促进两军交流合作中做出的卓越贡献。

10 月 7 日上午,加蓬总统阿里·邦戈·翁丁巴冒雨来到奥文多港码头。他曾先后 11 次来华,其中,2006 年 11 月出席中非合作论坛北京峰会;2008 年 8 月参加北京奥运会开幕式;2016 年 12 月来华进行国事访问,与习近平主席达成共识,将两国关系提升至全面合作伙伴关系。

他说:"中国是加蓬的朋友,加蓬是中国的朋友,两国之间传统友谊深厚。和平方舟此次到访,进一步加强了两国友好关系,是 40 多年来传统友谊的又一个新起点,也是落实我与习近平主席达成共识的最具体、最富有成效之举。"

在中国驻加蓬大使胡长春,"和谐使命-2017"任务指挥员管柏林、政委金毅等人的陪同下,邦戈总统兴致勃勃地登上"和平方舟"号医院船。

在医院船飞行甲板上,邦戈总统检阅了医院船水兵仪仗队,饶有兴趣地登上救护直升机参观;在主平台门诊,他察看了加蓬民众就诊情况,与患者亲切交流互动;在医院船病房,他看望慰问了手术后留船住院的加蓬患者,向他们赠送了中国结和熊猫玩具,祝福他们早日康复;在撤离平台,他与获得加蓬国家荣誉勋章的官兵代表们逐个握手,表达祝贺与敬意,并与大家合影留念……

邦戈总统说:"对于今天的登船参观,我感到非常高兴。而最让我感到高兴的是,一路走来,看到加蓬的患者们脸上写着满意和欢乐,这是和平方舟全体官兵富有成效工作的真实体现。和平方舟所做的,一定会感动全世界。"结束参观时,他笑着对指挥员管柏林说:"我借用很多患者跟我说的一句话,作为我参观的结束语——总统,我们希望和平方舟能再来加蓬!"讲到这里,他攥紧拳头挥了挥,加重语气说道,"中加友谊万岁!"

告别时,邦戈总统得知一个消息:曾在中国学习中医的加蓬三军总医院医生阿迪坎·德姆博,在船上遇见了自己的中国老师——海上医院中医李伟红,并共同为患者诊疗。他停下脚步,亲切接见了这对师生,称这是非常有意义的例子,体现了加中两国之间的友谊。

他幽默地对李伟红说:"师生携手诊疗,好比一场考试,这样中国老师就能够更好地检验一下加蓬学生有多大的进步。老师,你给你的学生打多少分?"

李伟红笑着回答:"我打满分,总统先生,您说呢?"

"不能打满分,要不他就骄傲了。"

这段对话,引得在场的人都笑了。

我和李伟红很熟悉,曾经是"谐友",并肩执行过"和谐使命-2015"任务。

她是一位来自海军军医大学的中医专家,一位给人天然亲和力的中年女性。

我们到访的每一站,她所在的诊室都爆满,最受欢迎,她也最忙。她热情地为患者把脉、问诊,不停地为民众针灸、拔罐,认真地为患者开方、拿药,耐心地讲述中医养生、医疗知识……她诊疗技艺娴熟,讲话温声细语,不知不觉中就拉近了医患之间的距离,患者愿意向她敞开心扉。

航行中,我们常在一起聊天。

李伟红告诉我:"中医是人类医学宝库的一块瑰宝,这是我们老祖宗对世界文明的巨大贡献,每一个中国人都应该感到自豪和骄傲。作为医学交流的一部分,海军军医大学每年都会接收一批外国留学生。这些留学生最喜欢选学的专业就是中医,他们毕业后像一颗颗友谊的种子撒向世界各地。我们随医院船执行'和谐使命'任务,在世界各地遇到自己的学生是常事,看到他们用学到的本领服务自己的国家,真令人开心。"

我们一起出访那年,李伟红在马来西亚就遇到了这种情况,演练中,马方国防卫生部的联络人肯就是她的学生。

我亲眼看到,肯把丈夫及 4 个孩子一起带来,看望她的恩师李伟红。

这一次,李伟红在加蓬又遇到了学生阿迪坎·德姆博,师生共同为当地患者进行诊疗,受到了总统接见,李伟红还荣获了加蓬国家荣誉勋章!

我们访问澳大利亚时,我曾带华人张亚悦找李伟红看病。

张亚悦诉说自己的双腿膝盖长期疼痛,胃部经常难受。

通过号脉和察看舌苔等,李伟红说她胆囊出了问题。

这让张亚悦大吃一惊,这位医生没用任何仪器就发现了她身上的隐疾。她忍不住问:"你是怎么看出来的?"原来,前 2 年张亚悦到当地一家医院看病,被误摘了胆囊,现如今还打着官司呢。

于是,李伟红就给她讲了一番中医理论,并教她每天怎样敲击胆经、洗脚按摩,让她注意饮食等。

临别时,张亚悦竖起大拇指对我说:"你们这位中医专家真神!"

2019 年 10 月,北京,海军机关。

在庆祝新中国成立 70 周年"向海图强新时代"万里海疆美术展上,一幅名为《恩师》的国画吸引了众多参观者驻足欣赏。这幅画描绘的是,"和平方舟"号医院船上的一位女军医与自己教过的一名外国留学生联手为到访国民众诊疗的动人场面。

艺术源自生活。

我看出来了,这位画家笔下的女军医原型,就是原海军军医大学中医李伟红。

他乡望月,思乡情浓。

让我们再回到加蓬吧,为了给当地民众带来健康与欢乐,任务官兵们是在满负荷诊疗服务中度过国庆和中秋佳节的。

这天夜里,一天忙碌的医疗服务结束了,海上医院护师付立走到舷边,仰望明月,心驰神州。

她打开微信,看到丈夫老陆发来的一首词,《清平乐·和平方舟》:

> 天高海阔,望他乡明月。
>
> 和平方舟万里过,化作中非喜鹊。
>
> 风轻云淡水蓝,月却是故乡圆。
>
> 播撒人间正道,早日班师凯旋!

老陆还发来一张儿子麒麒酣睡的照片,并留言:"马上就到中秋了,儿子想你,昨晚偷偷躲在被子里哭,现在还没醒呢。"

付立站在船舷边,脑海里不断回放着丈夫和儿子送她远征时的场景,眼前的屏幕竟不知不觉地模糊起来……

良久,她抹了一下眼睛,在微信上写下这样的话,发给远方的亲人:

"转眼间,我们已分开快 3 个月了。麒麒,妈妈何尝不想你啊?手机和电脑的屏保都换成了你们的照片,一有空就会拿出来一遍又一遍地看,却怎么也看不够……

"每逢佳节倍思亲,在万家团圆的日子里,我和战友们在加蓬,执行着'和谐使命'任务,向世界传递中国人民的友爱与和平!

"相隔万里,相思几何!让我们仰望同一轮明月,你们在东方祖国,我们在非洲西部,彼此默默地祝福吧!"

一家不圆万家圆,他乡望月倍思亲。

10月9日,《和平方舟报》出版专刊,发表任务官兵的国庆、中秋感怀。

海上医院医生张宏兵对爱人说:

"大西洋上的月光明亮照人。仔细回味着和你分离时的分分秒秒,嘱咐不尽的话语此刻已渐渐模糊。眺望着海那边大陆的方向,想象着你此时此刻在干什么。亲爱的老婆,还有二十天你就到预产期了,不能在孩子出生时守护在你身边,甚至不能第一时间看一眼你们娘儿俩,真的对不起,感谢你的理解。我不在的日子里,一定要照顾好自己。还有肚子里的小家伙,要多体谅妈妈,不要太调皮捣蛋哦。

"海上生明月,天涯共此时。在阖家团圆的中秋,思念也变得尤为绵长。想你的时候我会在甲板上听着哗哗的海浪声,一个人静静地看看月亮。你要是想我了也可以看看月亮,那也许是没信号时连接你我最短的距离……"

医院船雷达兵张双晶对父母说:

"又是一年中秋节。爸、妈,你们一定记得,当兵以来我已经4年没在家过中秋了。和往年不同,今年中秋我将和战友们一起在远离祖国的非洲加蓬度过。

"每当想念你们时,我总会回忆儿时的情景,还记得我们去动物园参观,还记得过年时给我买的花格子衣服……如今女儿大了,可你们在慢慢变老。我知道,你们多么希望中秋我们能围坐在一起,一边看着月亮,一边品味着家的味道。我也知道,你们担心我、挂念我,在你们心里我永远是个长不大的孩子。可女儿选择了当兵,选择了无怨无悔的军旅青春。这将是我一生的骄傲!"

海上医院主管护师周淑蓉对女儿说:

"宝贝女儿,妈妈离开你已经快3个月了。还记得当初接到任务时,懂事的你对我说:'妈妈,你放心出差吧,我在家会听爸爸的话,好好吃饭,好好学习!'正是因为有了你的鼓励,我才安心踏上了'和谐使命'的征程。

"站在甲板上,望着皎洁的明月,听着轻柔的海浪,心中充满了无限思念。你6岁那年暑假,爸爸出差不在家,妈妈计划带你外出旅行。东西都收拾好了,却突然接到单位通知,妈妈马上出海执行任务。情急之下,我只能购买机票,将你委托给航空公司托运回爷爷奶奶家。看着小小的你牵着航空公司阿姨的手消失在视野中,妈妈再也控制不住,泪水模糊了双眼。有人说,军人是最可爱的人!我想说,军人的孩子是最坚强的娃!"

海上医院医师陈明霞的自豪:

"2010年的中秋节,我随和平方舟执行'和谐使命-2010'任务在吉布提;2015年的中秋节,我随和平方舟执行'和谐使命-2015'任务航行在太平洋爪哇海;而今年的中秋节,我随和平方舟执行'和谐使命-2017'任务在非洲加蓬。因为使命,我与和平方舟有缘,与许多战友又团圆了。但我想说:'抱歉,老公和儿子,我又不能和你们一起团团圆圆过节了。'"

还有海上医院护士长朱红、海上医院医师蒋栋、海上医院主管护师王小凤、海上医院主治医师蒋鑫、救护直升机机长赵巍仑……

读着这些战友发自肺腑的语言,摘抄着这些战友滚烫的词句,我的眼睛不由得一热……

我在想,这艘满载和平友谊的"大白船"的航迹,就如同向世界伸出的友谊之手,超越了国家、种族和文化的差异,让世界为之一暖!

4.《感谢你,我的中国亲人》

顶着风,你们来了

踏着浪,你们来了

你们来了,带着兄弟般的情谊

你们来了,带着姐妹般的爱心

你们来了,你们来了

感谢你,我的中国亲人

开着船,你们来了

背着药,你们来了

你们来了,让病危者脱险苏醒

你们来了,给贫困者扶助解难

你们来了,你们来了

感谢你,我的中国亲人

这首名为《感谢你,我的中国亲人》的歌曲,是刚果(布)黑角市当地乐手奥朗达·马尔道驰填词编曲即兴创作的。在2017年10月中旬那段日子里,这首歌回响在黑角市的港口、大街小巷及各个医疗分诊点。

10月10日,执行"和谐使命-2017"任务的中国海军"和平方舟"号医院船抵达黑角港,开始了中国海军舰艇对刚果(布)的首次友好访问,并提供人道主义医疗服务。

刚果(布),全称"刚果共和国",位于非洲中西部,首都为布拉柴维尔。黑角港位于刚果(布)西端,大西洋岸,几内亚湾南端,是刚果(布)的最大海港和第二大城市。

中国和刚果(布)于1964年2月22日建交,两国长期保持友好关系。中国自1966年起就开始向刚果(布)派遣医疗队。

德尼·萨苏-恩格索总统对"和平方舟"号医院船的到访高度重视和非常欢迎,特意派出总统专机,接送任务指挥员管柏林、中国驻刚果(布)大使夏煌一行,到首都布拉柴维尔会面,称中刚两国长期以来相互支持,积极推进务实合作,特别是2016年7月他第14次访华,在和习近平主席会晤时,两国元首决定将中刚关系提升为全面战略合作伙伴关系。

他还对管柏林说:"近半个世纪,我们两国始终相互支持,合作也不断取得新的进展,目前已达到了前所未有的水平。和平方舟首访刚果(布),将有助于深化和拓展刚中在军事及卫生领域的合作,是两国全面战略合作伙伴关系的一个重要体现和最好见证。随着时间的推移,我们的关系必将进一步加强与巩固。感谢你们执行这次重要任务,这对加强我们两国关系具有重要的历史意义。"

管柏林表示:"作为和平使者,全体任务官兵一定认真落实好两国元首达成的共识,将用真诚的爱心、周到的服务、精湛的医术,传递友谊、传递大爱,让更多的刚果(布)民众受益。"

萨苏总统要求各相关部长亲自协调医院船到访的准备和医疗服务工作。

总理穆安巴在百忙之中代表总统率国防部部长蒙乔、卫生部部长米科洛等7位部长和一些军地要员,专程从首都赶到黑角港,登船参加甲板招待会,看望慰问任务官兵及就诊民众。

穆安巴总理如此感慨:"军队通常为战事奔波,但中国海军'和平方舟'号医院船名副其实,是为和平、团结和友谊而来的。和平方舟的友好访问,超越了国家间制度和种族的差异,增进了双方的友好关系。所以,所到国民众也把你们视为真正的朋友和亲人! 刚中两国是坦诚相待的好朋友,是风雨同舟的好兄弟。今天上午,我亲眼看见许多患者前来就诊,仅口腔科就有50多位患者接受了诊疗,甚至2名部长也在就诊的队伍中,这充分体现出刚方对中国的信任和与中国开展医疗合作的信心。这些都是发自内心的,是最诚挚的。"

"和平方舟"号医院船抵达黑角港后,任务官兵同样把这里的民众视为真正的朋友和亲人。

在服务过程中,任务官兵不仅努力为患者提供高水平的临床治疗,还从生活上精心呵护,为每一名住院和手术患者都送上专门制作、有助于康复的营养套餐。完美的治疗和贴心的服务,不仅深深地打动了患者,还赢得了刚果(布)军政高层的一致称赞。

患者罗恩竖着大拇指,感动地说:"感谢中国医生,你们是最善良、最伟大的医生!"

卫生部部长米科洛女士这样评价:"和平方舟不仅名字里强调'和平'两字,更以实际行动传递大爱与和平!"

这称赞、这感动、这评价,已经深入刚果(布)人民心中……

少年瓦娃全家感触最深。我的战友加"谐友"江山以《刚果（布）少年瓦娃在和平方舟就诊记》为题,详细地记录了瓦娃就医的经历:

瓦娃·马尔道驰,来自刚果（布）黑角市的一个普通家庭。他个子很矮,身体瘦弱,不像12岁的样子,是一名初中二年级学生。

"4岁起,他肚子上渐渐凸起一个肿块,运动或吃饭后还常会疼痛。"瓦娃的母亲忧心地说,"在学校他不愿与同学交流,性格越来越孤僻,这严重影响了孩子的学习生活。"

父亲奥朗达·马尔道驰说:"我很早就从电视新闻里听说和平方舟要来黑角免费送诊,就暗想,一定要想方设法把瓦娃送来治病!"

10月10日上午10时许,中国海军"和平方舟"号医院船按计划停靠刚果（布）黑角港。

4个小时后,和平方舟派出一支医疗专家团队,前往市区的卢安基里医院,筛选需要手术治疗的患者。在首批登船准备手术的11名患者中,就有幸运的瓦娃。

"我知道瓦娃遇到救星了。"瓦娃的母亲激动地说。

当天下午,瓦娃在父母的陪同下,与其他病人一起被接到了医院船。

刚刚住进病房,瓦娃就得到了医护人员的额外关爱——瓦娃是医院船抵达刚果（布）后接诊的第一位手术患者,被特意安排在离护理站最近的1号病床。

这一夜,瓦娃睡得格外香,一直到天亮才醒来。

11日早晨,值班护士陈娟为瓦娃抽血,以便尽快得到化验结果。手术前的准备工作有序地展开,瓦娃在医护人员和翻译的陪同下,穿梭于检查诊室,陆续完成了心电图、DR两项检查。等待结果的片刻时间,瓦娃若有所思地望着繁忙的码头。

或许,他在担心手术会不会很疼;或许,他正在憧憬着病快点好起来。

半个小时后,结果出来了:瓦娃的血液化验和检查结果,均符合手术要求。这也就意味着可以如期开展手术了。

"这是一例典型的脐疝手术,前期我们已进行了详细的病例讨论,预计手术时间在 1 小时左右。"外科医师郑秀海向瓦娃的父母详细介绍了手术过程及注意事项。

"我们信任中国医生,你们在拯救我的孩子!"瓦娃的父亲毫不犹豫地在手术知情同意书上签下了名字。

上午 9 时 40 分许,手术正式开始。此时的瓦娃,因为接受了全身麻醉,正安稳地"酣睡"在手术台上。手术室里,主刀医师郑秀海和助手陈红旭分秒必争地为瓦娃手术;手术室外,瓦娃的父母在护士彭玉洁的陪护下耐心地等候。

10 时 35 分,随着最后一针缝线的完成,手术顺利结束。没过几分钟,麻醉医师薄禄龙、蒋鑫就顺利地为瓦娃拔除了气管导管。

从麻醉状态中苏醒过来的瓦娃,安静地忽闪着眼睛。或许他心里知道,从这一刻开始,未来生活会变得更加美好。

"手术很成功,你一定会好起来的。"12 日上午,前来查房的郑秀海对瓦娃说。

听到法语翻译的解释后,瓦娃咧嘴笑了,露出两排洁白的牙齿。这天下午,瓦娃就可以出院了。出院前,医生对他进行最后一次伤口换药;医护人员还给他赠送了礼物,祝他早日康复。

"Merci! 等我长大了,我想到中国去感谢你们。"临行前,瓦娃羞涩地说……

瓦娃的父亲奥朗达·马尔道驰是黑角市的一名乐手,并以此维持全家的生计。当长期困扰儿子的疾病在中国医院船免费得到治疗后,他十分感动和激动,创作灵感瞬间在脑海里奔涌,"感谢你,我的中国亲人"这句话不吐不快。很快地,他填词编曲创作了一首《感谢你,我的中国亲人》,并自发组织了一支小乐队,到码头和医院船分诊点轮回演唱。

"感谢你，我的中国亲人！"一时间，这首充满深情、曲调优美的歌曲风靡黑角市。

"感谢你，我的中国亲人！""和平方舟"号医院船在刚果(布)期间，累计完成诊疗 7508 人次，CT、DR、B 超、心电图等辅助检查 2921 人次，手术 44 例，住院 25 人，设备维修 76 台(件)。

"感谢你，我的中国亲人！"那些日子里，这句话成了当地民众的口头禅，无论是上船参观就诊，还是在街头偶遇任务官兵，他们都会微笑着真诚地说。

"感谢你，我的中国亲人！"这句话是多么珍贵，千金难买！

这是任务官兵用真心和大爱换来的。

前面读者们已经了解到，除常规医疗服务外，每到一站，"和平方舟"号医院船都会派出健康服务与文化联谊分队，深入当地的学校、孤儿院、残疾人中心等进行联谊活动，以爱之名，传递和平正能量。

原海军总医院重症病房科医生张萍曾经这样告诉我："在孤儿院，给孩子们一个深情的拥抱、一场欢乐的演出、一件精美的文具、一堂有趣的讲座、一次贴心的体检，就是给孩子们一个美好憧憬，让和平友爱的薪火代代相传。"

海上医院皮肤科主治医师郭志丽，10 月 12 日写下一则出访日记——《我就是你的妈妈》：

今日，我作为健康文化联谊分队的一员，来到了位于刚果(布)黑角的 Jeanbaba 孤儿院开展医疗服务，这里主要收留 4 岁以下的孤儿。

一踏进孤儿院大门，就看见绿茵茵的草坪上围坐着一群可爱的孩子。他们黝黑的小脸上挂满了笑容，穿着五颜六色的衣服坐在小凳子上，手中挥舞着中国和刚果(布)两国的国旗，仿佛过年一般等待着我们的到来。

当我刚放下药箱准备开始工作时，一个 3 岁多的小男孩突然冲上前来，双手一下子抱住了我的大腿。我一怔，还没回过神来，只听见他嘴里竟然蹦出了 2 个清晰的字："妈妈！"我连忙低头望向他，他个头不高，橙色的 T 恤衫配上牛仔裤,十分帅气可爱。如果不是他黝黑的脸庞提醒着我,那一刻真不敢相信自己身处非洲大地。

小男孩一声"妈妈"早已融化了一个母亲的内心,我的眼眶湿润了。我想起了自己家中的儿子,他与眼前的这个男孩一样渴望着母爱,渴望着母亲的陪伴。我一把抱起了这个非洲小男孩,亲吻着他的额头,来不及顾及语言的障碍,那一刻,我告诉他:"我就是你的妈妈!"

任务政管组干事李延的感悟是——《有爱的地方就有阳光》:

海浪开出了花朵,绵延向远方,满载着希望。
爱引领着我们,风雨里劈波斩浪。
阳光洒在海面上,跳跃着音符,散发出光芒。
爱引领着我们,千万里送去安康。

有爱的地方就有阳光,大爱照亮世界。
有爱的地方就有阳光,爱让我们不再孤单。
有爱的地方就有阳光,大爱没有国界。
有爱的地方就有阳光,爱让我们心相连……

5. "我对未来充满了信心"

乘风破浪,喜迎盛会。

2017 年 10 月 18 日,"和平方舟"号医院船正航行在大西洋上,前往安哥拉共和国罗安达港,进行首次友好访问。就在这时,传来了中国共产党第十九次全国代表大会胜利开幕的消息。

如何在茫茫大洋中庆祝党的十九大胜利召开?任务临时党委决定组织全体党员,举行重温入党誓词仪式等系列活动。铿锵有力的誓言,伴着滚滚波涛,回荡在大洋之上！

领誓的是任务指挥员金毅。我与金毅曾是人民海军报社的同事,后来他下到部队任职。这位战友不仅理论功底深厚,精通政治工作,还写得一手好文章,特别是对诗词歌赋颇有研究,常有华章问世,让人过目难忘。

金毅代表任务临时党委提出要求:全体官兵一定要把喜庆盛会的热情转化为传递和平、传播友爱的自觉行动,用真诚爱心、精湛医术和良好形象,担当中国责任,当好和平使者,以优异成绩向十九大献礼。

10 月 19 日,"和平方舟"号医院船抵达罗安达港,开始对安哥拉进行为期 8 天的友好访问,并提供人道主义医疗服务。这期间,恰逢党的十九大在北京召开的会期。

安哥拉共和国位于非洲西南部,濒临大西洋。首都罗安达,其港口位于西海岸北部,始建于 1575 年,系安哥拉最大的海港。安哥拉遭受殖民统治数百年,1975 年 11 月宣告独立,成立安哥拉人民共和国。独立后,内战则愈演愈烈,直到 2002 年方实现全面和平,开始进入战后恢复与重建时期。中国与安哥拉于 1983 年 1 月 12 日建交,2010 年建立战略伙伴关系。

10 月 21 日上午,安哥拉国防部部长基安达在中国驻安哥拉大使崔爱民的陪同下,到医院船参观并体检。基安达部长动情地说:"在内战结束以后,唯一帮助安哥拉走出战争创伤的国家就是中国。中国的帮助改变了我们国家的形象,这次和平方舟为安哥拉提供人道主义医疗服务又是一个有力的佐证。我对安中两国未来的关系充满了信心,我相信我们的友谊一定会进一步深化。"

海上医院病理科医生朱焱是一位年轻的姑娘,更是一位海军新兵。

之所以说她是新兵,是因为她是原第二军医大学转隶为海军军医大学的首批博士生之一,刚刚换上海军军装,而且她在 6 月 29 日毕业当天就接到出海命令,执行"和谐使命-2017"任务。

在塞拉利昂开展医疗服务期间,朱焱第一次独立为一名 15 岁女孩做病理诊断,快速准确地做出是乳腺纤维腺瘤的判断。海上医院的战友成功为这个女孩实施切除手术,拯救了花季女孩的未来。

10月22日上午,一名安哥拉花季女孩的病理送到了朱焱面前。这个女孩叫伊莎贝拉,18岁,是当地一所大学的大一学生,主修葡萄牙语文学,家境一般。2个人都是年轻女孩,聊起来也比较随意。

伊莎贝拉对朱焱说:"我阿姨在码头附近工作,是她告诉我和平方舟到来而且免费提供诊疗服务的消息,全家人都特别兴奋。"

朱焱问到她的病情:"你什么时候发现的?"

"大约是1年前,我在洗澡时发现左乳有个明显的肿块,而且感觉越来越大,这让我非常苦恼和担忧。"

朱焱非常理解她,安慰她道:"不会有什么大事。"

结果出来了:左乳纤维腺瘤,肿块约10厘米。

"哇,这么大!"伊莎贝拉有点儿紧张。

朱焱安慰伊莎贝拉:"放心吧,小毛病,动个小手术就好了。"

当天晚上7时30分,伊莎贝拉被推进了手术室。主刀医师郑秀海和助手刘文宇经过1个多小时的奋战,为她成功实施了左乳纤维腺瘤摘除术。

朱焱非常关心这位安哥拉小妹妹,悄悄地问主刀医师郑秀海:"手术顺利吗?"

郑秀海说:"这个瘤子的位置很深,形似葫芦,特别狭长,有一定的手术难度,但总的来说还比较顺利。"

朱焱为伊莎贝拉感到幸运,幸运地遇到了"和平方舟"号医院船来访,幸运地遇到了这么好的医生。

10月23日早晨,在病房,术后的伊莎贝拉恢复良好。她一看到前来探望的朱焱,就像见到了亲人,含着热泪说:"姐姐,谢谢你,谢谢和平方舟上的全体医生! 你们拯救了我的身体,也给了我新的未来。"她紧拉着朱焱的手,加重了语气表示,"我对未来充满了信心!"

"对未来充满了信心"的还有安哥拉海军中尉尼尔森。

2012 年,尼尔森在中国人民解放军外国语学院昆山校区学习中文,回国后在安哥拉海军外事部门工作。这次和平方舟首次访问安哥拉,他担任联络官和翻译工作。

"我在中国留学 4 年,登上和平方舟就像回到了中国。作为一名海军军官,能到中国留学,是非常荣耀和令人羡慕的事情。"尼尔森中文说得很流利,聊起在中国留学的时光,洋溢着自豪,"我在昆山留学的时候,周末坐火车一刻钟就到上海了。上海实在太漂亮了,我特别喜欢这个城市。如果有机会,我还想到中国去学习或工作。"

穿着海军白军装的尼尔森,特意把中国人民解放军院校徽章和外国语学院校徽佩戴在姓名牌上方。他还对新结识的任务官兵说:"我自己是安中两国、两军深厚友谊的见证者和受益者,也要为两国、两军的友好交往做出贡献。我对安中两国、两军关系,对未来充满了信心!"

10 月 26 日,"和平方舟"号医院船驶离安哥拉罗安达港,前往下一站。在安哥拉短短几天的人道主义医疗服务中,共为华侨华人及当地民众体检 53 人次,门诊诊治 6543 人次,住院 14 人,手术 14 例,各种辅助检查 3775 人次。

"人民海军忠于党,舰行万里不迷航。"你到人民海军的任何营区,都会看到这样一幅十分醒目的标语。

在航行中的人民海军舰船上,这幅标语不仅被张贴在舱室里,还被牢牢记在了官兵的心头。

10 月 31 日晚,执行"和谐使命—2017"任务的"和平方舟"号医院船,劈波斩浪地航行在南非南部某海域。任务临时党委利用航渡时间,举办了一场学习宣传贯彻党的十九大精神体会交流会,来自不同岗位的官兵代表结合思想实际、工作实际、任务实际,登台演讲交流。

任务官兵精心布置了主、分会场,为其披上了节日般的盛装。主会场里,"紧密团结在以习近平同志为核心的党中央周围""高举习近平新时代中国特色社主义思想伟大旗帜",两条红色横幅格外引人注目;分会场上,张贴着"千里万里党在心里,时差温差思想不差""怀仁扬帆新时代,和谐征途写忠诚"等标语,表达着共同心声,激励着完成使命任务的斗志。

这些天,任务官兵在紧张地开展医疗服务的同时,还挤出时间认真学习十九大文件,领会十九大精神,说起话来都带着新名词。

党的十九大提出必须坚持走中国特色强军之路,全面贯彻习近平强军思想,打造坚强高效的战区联合作战指挥机构,构建中国特色现代作战体系,全面推进国防和军队现代化,把人民军队建设成为世界一流军队。任务临时党委委员、指挥组组长王锋第一个登台发言,他说:"一流军队需要有一流的政治品格、一流的政治信仰、一流的打赢本领、一流的本色作风。"

医院船政委刘仲荣表示:"学习贯彻十九大精神,首要的就是毫不动摇地坚持党对军队绝对领导,坚决拥护习主席权威,坚决听从指挥,确保令行禁止、忠诚可靠。"话音刚落,现场便响起热烈掌声。

中医李伟红所在的中医门诊一直比较繁忙,但她利用晚上休息时间进行学习,她说:"十九大报告里重点提及旨在解决人类问题的中国理念、中国智慧、中国方案,把构建人类命运共同体的伟大理想写了进来,这让我感触颇深。作为一名中医,我一定努力做到倾情为患者诊疗,尽力传授中医技术,尽情传播中国文化,让更多的国外民众通过中医诊疗重获健康,共享人类美好的未来。"

"走出国门,我就代表着祖国;身在海外,我就是形象大使。"全军士官优秀人才奖一等奖获得者、和平方舟电航班班长兼技师郭丰涛,这次是第6次随船执行"和谐使命"任务,他把报告的主要内容摘抄成小册子,随身携带、随时学习。他说:"不忘初心、牢记使命,就是把每一次任务当成第一次,以首次标准、首次激情、首次状态,立足本职岗位,展示良好形象,为和谐征途增光添彩。"

病理科医生朱焱说:"十九大报告中指出,经过长期努力,中国特色社会主义进入了新时代,这是我国发展新的历史定位。"她在谈了自己首次执行使命的感受后讲道,"国家有国家大的定位,个人也应该有个人小的定位。我刚刚穿上了海魂衫,成为一名光荣的海军军医。学习十九大精神,我对实现伟大的中国梦充满了信心,同样,我对自己的未来也充满了信心!"

舷窗外,涛声阵阵;舱室内,掌声如潮。

海上医院麻醉科医生王振猛讲述了任务官兵用行动践行"推动构建人类命运共同体"庄严承诺,成功为国外患者诊疗3万多人次,实施166例手术的成果;直升机飞行员徐宁讲述了他与战友首次在地中海成功进行跨昼夜飞行训练的细节,表达要在强军征途上再创辉煌的雄心壮志;海上医院护士王晓红讲述自己从军25年的心路历程,表达了"不忘初心、牢记使命"的责任担当;应急分队李凯立和他的队友主要担负随船护卫、靠泊警戒和伴随护卫等任务,他用铿锵誓言表达了为和平方舟保驾护航的信心决心……

6. "幸福的巧合,最好的礼物"

"和平方舟的到来,恰逢马普托市建城130周年纪念活动,对于马普托市民而言,这真是幸福的巧合,最好的礼物。"莫桑比克马普托市市长戴维·西曼戈在会见"和谐使命-2017"任务指挥员管柏林和中国驻莫桑比克大使苏健一行时表示。

11月7日上午10时许,"和平方舟"号医院船抵达马普托港,开始对莫桑比克进行友好访问并提供人道主义医疗服务。这是"和平方舟"号医院船首次访问莫桑比克,也是"和平方舟"号医院船入列以来到访的第36个国家。

莫桑比克共和国位于非洲东南部,东临莫桑比克海峡并与马达加斯加隔海相望。马普托被誉为"印度洋上的珍珠",其前身是一个小渔村,于1887年11月10日建城,如今已发展成为莫桑比克首都、全国最大城市和最大商港。

莫桑比克1975年6月25日独立当天,就与中国建立了外交关系,两国关系友好发展,合作成效显著。2016年5月,中莫建立全面战略合作伙伴关系。

莫桑比克人民对中国十分友好,马普托市民众将医院船在建城庆典之日来访,视为"幸福的巧合",看作"最好的礼物"。

62岁的玛利亚·罗莎眼含热泪地说:"和平方舟来得太巧了,让我少挨了一刀。"

1 年前,她进行了胆囊切除和胆总管内引流术。近两周来,她反复出现中上腹痛,当地医院诊断为胆总管内引流管残留可能,需要进行外科手术治疗。

玛利亚忧心忡忡。她从电视上看到中国海军"和平方舟"号医院船即将来访,心存希望,就对当地医生说:"我想等一等,让中国医生看一看,就算要再做一次手术,我也想到和平方舟上做。"

11 月 7 日下午,"和平方舟"号医院船抵达马普托港仅 4 小时,一支由普外科、烧伤科、眼科等科室组成的专家医疗队就来到马普托军事医院巡诊,并进行手术患者筛查工作。

玛利亚第二天被送往医院船,消化内科医生施新岗为她进行了静脉麻醉下的胃镜检查。经检查确认,玛利亚的胆道引流管已脱落,她的腹痛症状是由一处溃疡引起的,不用做手术。玛利亚非常庆幸也非常激动:"和平方舟给我带来了健康福音!"

医院船到访莫桑比克,担任莫方联络官和翻译的是阿里·穆斯塔法中校,他是莫桑比克国防部政策局亚太方向负责人。巧的是,他还是一位"中国女婿"。

穆斯塔法曾在北京大学上学。他在留学期间与一个北京姑娘相爱并结婚,如今他们的 2 个儿子都已 10 多岁了。

"这是中国医院船,是中国的流动的国土,也是你们的'姥姥'家。"穆斯塔法对 2 个儿子说。2 个儿子一听非常兴奋,缠着爸爸带他们"走亲戚",到医院船上去看看。

11 月 10 日一大早,穆斯塔法就带着兄弟俩登上医院船,成为当天第一批就诊人员。

在儿科门诊,医生蔡斌仔细地询问了兄弟俩的症状,并进行检查,开具了药方。

"只要上船做了检查,在北京的妻子就放心了,我心里也踏实了。"穆斯塔法对蔡斌医生说。

2个孩子十分可爱,操着熟练的汉语大声喊着:"回'姥姥'家了,回'姥姥'家了!"在船上跑上跑下,并和任务官兵兴奋地交谈。

穆斯塔法一脸的幸福,他说:"我们盼着医院船来,就像盼着亲人来。"

有这种感觉的还有安东尼奥一家。

大约1年前,安东尼奥的右耳听力明显下降,近期还出现流脓等症状。他和妻子找遍全国最好的医院,都治不了。如果到国外医治,费用又太昂贵,家里承担不了,所以一直拖着。

安东尼奥的儿子正在北京师范大学读书,安东尼奥苦恼地说:"和儿子视频聊天时,听不清儿子说什么,妻子还嫌我声音太大,真是烦透了。"

在医院船上,安东尼奥被诊断患有右侧化脓性中耳炎。8日傍晚,耳鼻喉科医生林顺涨为他实施了鼓膜修补术。10日下午,还在术后恢复中的安东尼奥说:"现在听儿子的声音很清楚,再也不需要大声说话了。儿子说,北京非常漂亮,他与同学们相处融洽,过得很好。"

"中国政府资助我儿子去留学,还派医生医治好了我丈夫的耳朵,中国真是我们一家人的恩人。"安东尼奥的妻子动情地说。

医疗服务期间,任务官兵也有许多"幸福的巧合",收到了许多"最好的礼物"。

11月9日,任务指挥所外事参谋兼翻译何正外出办事,走在一条大街上,他抬眼一看,一股幸福的暖流涌上心头。这条异国他乡的大街,竟然叫"毛泽东大街"!

毛泽东大街为东西走向的绿荫大道,双向四车道,中间有绿色隔离带,两边人行道上是绿树鲜花,总宽超过50米,长约2.5千米。它西头接南北走向的列宁大街,与其形成"丁"字形,再向西便是马克思大街,3条街组成一个"干"字形。除两端相接的大街外,另有10条街道与毛泽东大街交叉,每个十字路口皆标有毛泽东大街的名称。1975年独立时,莫桑比克人民用世界无产阶级的伟大革命导师马克思、列宁和毛泽东的名字命名首都的大街。他们以这种特殊方式,感谢中国政府和人民为莫桑比克人民解放事业所做的巨大贡献。

正幸福着的何正接到一个电话,这使他愈加幸福。妻子幸福地告诉他:"你刚刚做了父亲,儿子出生了! 放心吧,母子平安!"

说实在话,何正参加任务时,妻子已怀孕 5 个多月,当时他也犹豫过,但妻子一句"孩子我负责生,任务你放心去",打消了他的顾虑。

他与妻子商量给孩子起个什么名字。

妻子说话依然干脆:"他姓何,孩子我负责养,名字你来起!"

何正念叨着:"何、何、何……"一个名字脱口而出,"何平方舟!"

"好,这个名字好!"妻子表示同意。

他对妻子说:"这个名字是对我随和平方舟首次环非访问的一种纪念,更是一种期待,希望孩子长大后,能像和平方舟一样,心怀大爱,照亮他人。"

孩子在医院船出访时出生,起名"何平方舟",这个消息很快在任务官兵中传开,战友们分享着何正的幸福。

后来,在归航途中,"和平方舟"号医院船举行了一场温馨而特殊的仪式,时任船长郭保丰将授予何平方舟"荣誉船员"的证书,交到何正手中。

时任实习船长邓强说:"这是和平方舟的第一位'荣誉船员',希望何平方舟健康成长,长大后为和平方舟增光添彩。"

"希望他在伟大的新时代茁壮成长,志存高远,长大入伍当海军,子承父业,为世界和平事业作贡献。"接过证书后,何正表达了对儿子的殷殷厚望。

任务指挥员管柏林对一个数字的印象尤为深刻——"和平方舟"号医院船入列 11 年来,有 90 多名官兵是在远航任务期间当上父亲的。

远方的祖国,婴儿落地呱呱啼哭,辽阔的大洋,滔天巨浪咆哮翻涌,宛如一首雄浑悲壮、激越昂扬的交响曲! 这穿越时空、震撼人心的交响曲背后,不仅回荡着医院船官兵一次次远渡重洋的奉献与牺牲,而且蕴含着一个个家庭和一位位亲人的艰辛付出……

11 月 11 日,恰逢战友江山生日,也是"幸福的巧合","和平方舟"号医院船上有 5 名任务官兵在这天过生日。

同月同日不同年,他们相聚在一起合影留念,用家信或日记的形式记录着心情,在执行任务途中、在各自岗位上度过难忘的生日。

前面我已经介绍过,在航渡期间医院船每个月都要举办一次海上集体生日会,任务指挥所领导为寿星们送上亲笔签名的特制生日贺卡,并逐个合影留念。随后,官兵们一起唱生日歌,吹生日蜡烛,切生日蛋糕……一场海上集体生日会让大家感受到来自组织的温暖和战友的情谊。

因为有5位同志生日是同一天,这个月的集体生日会就定在了11月11日的晚上。虽然有长有短,但每位同志都做了精彩发言。

江山在发言时是这样深情告白的:

"转眼39岁了。生日,最挂念的是父母——我想他们,他们也想我;我越来越大,他们越来越老。

"'遇到了好时代,不要辜负了好时光!'越洋电话里,年迈的父亲叮嘱道。而母亲提醒的永远是要注意休息,身体是革命的本钱。

"遇到这样的父母,是上天的恩赐,是一生的幸福——一个要珍惜时光,一个要不吝时光。其实,心愿都一样。

"从1998年考入军校,与父母便渐行渐远——离开粤北家乡,先后在广州、青岛、大连、北京、上海、连云港等地学习或工作,其间于2010年历时192天执行第五批亚丁湾护航任务,2015年历时142天执行'和谐使命-2015'任务,如今随中国海军'和平方舟'号医院船环非洲访问第109天。

"筑梦深蓝,有幸与人民海军相识相知,见证人民海军大发展大跨越。莫桑比克是我随中国海军舰艇抵达的第22个国家,其中有的国家去过两次,有的国家去过两座不同的城市。随着人民海军的壮丽航迹,我的足迹也遍及三大洋六大洲。

"'你走到哪里,我们就在地图上找到哪里;你发来的每一张图片每一段视频,就像你在我们身边,带着我们看世界。'微信视频里,父母永远乐呵呵的。"

海上医院医生吴晓青说:"今天是我48岁生日。在国内,今天还是亿万网民彻夜狂欢的购物节,而远在万里之外的莫桑比克首都马普托,我们却依然默默地坚守在自己的岗位上。虽然辛苦,虽然远离祖国亲人和购物狂欢,但我觉得这是自己过的最有意义、最为难忘的生日。候诊民众排起的长龙和充满期待的目光,就诊后满意的微笑和由衷的感谢,更让我们体会到工作的价值所在。这一路走来的点点滴滴,也必将成为最值得珍藏的美好回忆。"

炊事员陈太应人实在,说得也实在:"今天是我的 27 岁生日,也是妈妈的受难日,妈妈辛苦了。第一次在国外过生日,在执行任务中度过这一天,觉得特别有意义。前几天,我被表彰为'和谐标兵',这是任务指挥所送给我的最好的生日礼物,值得一辈子珍藏。'一艘船,一家人,一条心,一股劲。'这是和平方舟大家庭的口号。和谐征途上,岗位不同,使命一样。民以食为天,我与炊事班的战友们一定努力做好饭菜,让'家人'吃得放心、吃得健康。"

后勤组组员桂诗屏未发言脸先红,她把要对爱人讲的心里话吐露出来:"亲爱的永生,当你在今天 0 时为我送上 26 岁的生日祝福时,我特别开心。记得当我为了参加此次任务而不得不推迟我们原计划的婚礼时,你没有一丝抱怨,而是笑着对我说:'登上军舰走出国门远航万里,是我们一直以来的梦想。如今你终于能够实现,我由衷地为你感到高兴和骄傲。等你平安顺利归来,我们再举行婚礼。'我想对你说声'谢谢',你对我的支持让我更加坚定信念,让我圆了远航万里当一名播撒友谊的和平使者这个梦。"

指挥组组员李长讲话很干脆:"又是 11 月 11 日,36 岁了。作为一名军人,忙碌于各种任务,似乎已经记不清上次与家人一起过生日是在什么时候。选择了这身海军蓝,常伴左右的是战友,是兄弟,家人的陪伴成了一种奢侈。此时此刻,正在莫桑比克执行'和谐使命'任务,实现儿时驰骋大洋的梦想,虽没有妻儿陪伴左右,但携梦远航,筑梦深蓝,为中国梦添一把力,为和平友谊贡献力量,这个生日对于我来说意义非凡……"

11 月 12 日,部分任务官兵应邀与莫桑比克国家艺术中心的艺术家开展文化交流活动。

莫桑比克国家艺术中心主席伊利亚斯以及伊达斯、迪图等知名画家来了,他们要与官兵们一起,挥毫泼墨,创作以"和平方舟"为主题的作品,画出他们心中的中国海军"和平方舟"号医院船,共绘中莫两国友谊的绚丽画卷。

而此时,远在大洋彼岸的中国国内,互联网上正热火朝天地开展 2017 年"人民海军十大名舰"评选活动。结果出乎预料却也合乎情理,"和平方舟"号医院船荣登十大名舰之首,这是送给"和谐使命-2017"任务官兵的一份厚礼。

网友"烧白逆袭"的留言,道出了网民们的共同心声:"带着希望的和平方舟更能体现大国风范!"

11 月 14 日,"和平方舟"号医院船结束了对莫桑比克的访问。在莫桑比克首都马普托,在"幸福的巧合"的日子里,任务官兵共接诊 9881 人次,单日门诊量最高达 1796 人次,均创下历次"和谐使命"任务的最高纪录。这份"最好的礼物"单,使"和平方舟"号医院船真正成了当地民众心中的"希望之船"……

7. 她用毛笔写下"您好,习大大"

"哈巴里(大家好)!哈巴里!今天能够在坦桑尼亚尼雷尔国际会议中心同各位朋友见面,感到十分高兴和亲切。"

2013 年 3 月 25 日,中国国家主席习近平在坦桑尼亚尼雷尔国际会议中心发表演讲《永远做可靠朋友和真诚伙伴》,他用斯瓦希里语"哈巴里!哈巴里!"开头打招呼,结束时还不忘用斯瓦希里语"阿桑特尼萨那"(谢谢大家)向听众致意,使大家倍感亲切友好。

习近平说:"这是我担任中国国家主席之后首次访问非洲,也是我第六次踏上非洲大陆。一踏上坦桑尼亚这片美丽的土地,我就感受到了坦桑尼亚人民对中国人民热情奔放的友情,坦桑尼亚政府和人民举行了特殊的隆重欢迎仪式。这不仅是对我和中国代表团的重视,更体现了中坦两国和两国人民深厚的传统友谊。"

2017 年 11 月 19 日,"和平方舟"号医院船时隔 7 年第二次来到坦桑尼亚达累斯萨拉姆。这座名字意为"平安之港"的城市,也是用"特殊的隆重欢迎仪式"迎接任务官兵的。

11月的达累斯萨拉姆港,骄阳似火,碧波荡漾。坦桑尼亚海军司令马康佐少将和官兵代表、达累斯萨拉姆省省长马孔达、港口警察局局长布西等数十名军政官员前来迎接并上船参观。成百上千名身着五颜六色的民族服装的民众,自发前来码头广场迎接,或载歌载舞,或翘首以盼,期待上船参观并接受中国军医的诊疗。

首批上船参观的有位叫塔莉穆的女士,她是坦赞铁路业务部门的一名员工。

在留言台前,她用毛笔写下这样几个汉字:"您好,习大大。"她说:"2013年,习近平主席访问坦桑尼亚时,我就在现场聆听了他那热情洋溢的演讲。我希望和平方舟捎给习主席真诚的问候,希望他再来坦桑尼亚。"

习主席在演讲中用"真、实、亲、诚"四个字总结中非友好关系。他在讲到"亲"字时这样说:"加强中非友好,我们讲一个'亲'字。中国人民和非洲人民有着天然的亲近感。'人生乐在相知心。'中非如何知心? 我以为,很重要的一点就是要通过深入对话和实际行动获得心与心的共鸣。中非关系的根基和血脉在人民,中非关系发展应该更多面向人民。"

"和平方舟"号医院船这次环非行,就是落实习主席这四个字的实际行动。

"中国朋友给了我们一家生活的希望。"货车司机姆库比拉充满感激地说。他的儿子侯赛因得了严重疝气,由于他收入不高,月工资仅有30万坦桑尼亚先令(合800多元人民币),只够勉强养活家里的3个孩子,没有钱给侯赛因看病。医院船到来后,中国军医给侯赛因免费做了手术,让这名12岁的男孩又露出了灿烂的笑容。

市民布普经过中医针灸治疗后,腿脚轻便了许多,她十分高兴地说:"中国医生就像天使一样飞到我身边,还像一道阳光从窗户照射进来,减轻了我的疼痛。感谢中国,中国是我们最真挚的朋友。"

阿布巴卡尔带着他2岁大的孩子来看病。他说:"我的孩子呼吸有困难,中国医生给了我很好的建议,还有不少药,我希望孩子能健康成长。感谢中国,感谢中国军队为我们带来如此优质的帮助!"

这一声声感谢,真挚热烈,情深谊长!

正如习近平主席在演讲中所说:"非洲人民对中国人民发自内心的友好情谊,就像非洲的阳光那样温暖热烈,让人难以忘怀。"他指出,"非洲有句谚语:'河有源泉水才深。'中非友好交往源远流长。20世纪五六十年代,毛泽东、周恩来等新中国第一代领导人和非洲老一辈政治家共同开启了中非关系新纪元。从那时起,中非人民在反殖反帝、争取民族独立和解放的斗争中,在发展振兴的道路上,相互支持、真诚合作,结下了同呼吸、共命运、心连心的兄弟情谊。"

习近平还如数家珍地讲述了非洲人民给予中国人民的大力支持和帮助:"2008年北京奥运会火炬在达累斯萨拉姆传递过程中,坦桑尼亚人民像欢庆自己的节日一样,载歌载舞地迎接奥运圣火,喜庆的画面深深定格在中国人民的脑海中。中国汶川特大地震发生后,非洲国家纷纷伸出援手,有的国家自己也不富裕,人口不到200万,却向地震灾区慷慨捐出200万欧元,相当于人均1欧元,这份情谊让中国人民倍感温暖。我们双方不断加强在国际和地区事务中的协调和配合,有力维护了发展中国家共同利益。"他说,"中国人民和非洲人民的友谊与合作,已经成为中非关系的标志,在国际社会传为佳话。"

中坦、中非友谊最明显的标志当数坦赞铁路。坦赞铁路被誉为"友谊之路""自由之路"和"希望之路",它东起坦桑尼亚港口城市达累斯萨拉姆,西至赞比亚中部的卡皮里姆波希,全长1860.5千米,由中国政府提供无息贷款援建。

11月24日,"和平方舟"号医院船抵达坦桑尼亚的第六天,任务指挥所组织官兵代表,专程赴坦赞铁路达累斯萨拉姆火车站参观见学。当他们到来时,10名参与坦赞铁路建设和管理的坦方员工代表已早早在站台等候。

80多岁的费南加老人,是达累斯萨拉姆站原站长,见到任务官兵感觉非常亲。他双手分别拉着任务指挥员管柏林、金毅,颤巍巍地说:"中国在自身经济还非常困难的情况下,出资修建坦赞铁路,先后派出工程和技术人员5600余人次,60多位中方技术人员为修建这条铁路献出了宝贵的生命。"说到这里,老人动情了,两眼含泪,"这些我都记忆犹新,永远也忘不了啊。可以说,我的一生见证了坦中深厚友谊,坦桑尼亚人民永远感激伟大的中国人民!"

任务指挥员金毅点点头,亲切地拍了拍老人的手背,说:"是啊,是啊,我们都永远忘不了。我们坚信:铁路有尽头,中坦两国人民的友谊没有尽头;轨道有终点,两国的合作没有终点。她承载的不仅仅是车厢,比车厢更多更重要的是两国人民的感情和信赖。"他又对在场的其他坦方人员说,"在新时代,和平方舟为坦桑尼亚人民送来健康与关爱,用实际行动弘扬坦赞铁路精神,传承中坦深厚友谊,努力践行着人类命运共同体的理念。"

他的话音刚落,一声汽笛的长鸣在火车站内回响,一列长长的货车驶向远方……

任务官兵抬眼望,40 多年过去了,火车站主楼依然雄伟;任务官兵低头觅,轨道上"中华人民共和国制造"字样清晰可见。

沧海桑田,时光易逝。但这条伟大的铁路,始终是中坦、中非友谊的不朽丰碑。人们也不会忘记为铸造这座不朽丰碑而奉献牺牲的先烈们。

任务官兵在坦方铁路员工的陪同下,来到位于达累斯萨拉姆西郊的援坦专家公墓。

中国国家主席习近平在访问坦桑尼亚时,也曾冒着蒙蒙细雨来到这里凭吊。

这里,满目青葱,公墓庄严肃穆,纪念碑上"中国专家公墓"六个隶书大字格外醒目。一座座墓碑整齐排列,下面长眠着 69 位当年在坦赞铁路建设中殉职的中国专家、技术人员和工人。

号声低沉,思念长存。习近平仔细整理纪念碑前花圈上的缎带,在墓碑前献上了洁白的花束,并在纪念簿上题词:"烈士精神永励后人,中坦友谊世代传承。"他满怀深情地说:"他们的名字和坦赞铁路一样,永远铭记在中国人民和坦赞人民心中。"

今天,"和谐使命-2017"任务官兵来这里进行祭祀和宣誓活动,深切地缅怀为中坦、中非友好事业献出宝贵生命的烈士们。

"烈士精神永励后人,中坦友谊世代传承。"任务指挥员管柏林诵读着习近平主席的题词,深情地说,"烈士们用生命诠释了伟大的国际主义精神,是铸就中坦、中非友谊丰碑的英雄。我们'和平方舟'号医院船遵照习主席的号令,已经到访 36 个国家,服务 17 万多名中外民众,大力弘扬'人道、博爱、奉献'精神,向世界传递着中国和平发展的正能量。"

11 月 26 日,"和平方舟"号医院船圆满完成在坦桑尼亚为期 8 天的医疗服务,准备离开达累斯萨拉姆港。

坦桑尼亚总统马古富力在我国驻坦桑尼亚大使王克的陪同下,专程赶来为"和平方舟"号医院船送行。他登上医院船后,与每一位医护人员亲切地握手,不停地说:"谢谢中国老朋友。"

马古富力总统说:"在尼雷尔总统和毛泽东主席时代,中国人民就是坦桑尼亚最亲密的朋友,至今仍然是最好的朋友。我期待两国在政治、经济、文化、军事等各领域合作取得更丰硕的成果,造福坦中两国人民。"

他在致辞中动情地说:"你们在短短一周时间里,从早到晚为 6400 多名坦桑尼亚民众提供了无私帮助,我真的非常感动,这是真正的兄弟情义。你们就要离开这里了,我无法用言语表达我的感激之情。"

为了表达感激之情,马古富力总统带来了一尊名为"大团结"的国礼木雕,赠送给"和平方舟"号医院船。

这尊巨大的黑木雕上精心雕刻着几十个形态各异、栩栩如生的人物形象,寓意世界人民团结友好、共同发展进步。

马古富力总统还分别请王克大使、管柏林指挥员向习近平主席转交书信,他说:"请允许我向习主席及他领导的中国政府和人民致敬,坦桑尼亚人民永远不会忘记中国人民提供的帮助……"

当代郑和,扬帆海上丝绸之路;和平使者,播撒仁爱友谊之花。

"和平方舟"号医院船圆满完成环非行使命任务,于 11 月 27 日掉转航向,驶向亚洲……

此时,船长郭保丰挺立在驾驶舱,思绪纷飞,诗情奔涌。他随手拿起纸和笔,写下了一首《环非行》:

方舟独行撒爱心,万里航程情意长。

环非之旅兄弟情,和谐爱心架虹桥。

中国强军震四方,天下最美中国红。

古今传递中国印,巍巍华夏五千年。

东方巨龙跃九州,炎黄子孙美名扬。

友谊彩虹传世界,方舟行处国梦圆。

无独有偶,海上医院神经内科医师张社卿伫立在舷边,回望着渐行渐远的非洲大陆,心潮澎湃,一首题为《江城子·环非洲医疗服务》的词作也伴着涛声诞生:

如今大国再角逐,弟兄情,不能丢。远隔重洋,也要施援手。友谊遍播传世界,兴巨舰,造方舟。

五旬从戎似已秋,鬓虽羞,力尚遒。英姿勃发,依旧雄赳赳。为酬当年万里志,西南望,赴非洲。

8.为元勋功臣老兵医治战伤

"祖国,祖国,我们的国家东帝汶,光荣归于解放事业的英雄!……我们击退殖民主义,我们呐喊:打倒帝国主义!自由的土地,不容被占据,在与人民的敌人帝国主义的战斗中,坚定果敢地团结向前进!走在革命的大道上,直到最后的胜利!"这是东帝汶民主共和国的国歌《祖国,祖国,东帝汶,我们的国家》的歌词。

东帝汶民主共和国于 2002 年 5 月 20 日正式宣布独立,是 21 世纪第一个新生国家。首都帝力是东帝汶政治、经济、文化中心和主要港口,位于帝汶岛东北海岸,三面环山,北濒海洋,气候炎热,终年高温,是一个深水良港。

数百年来,东帝汶一直被他国侵略殖民,从 16 世纪到二战结束,一直是葡萄牙的殖民地,1975 年独立后又遭印度尼西亚吞并。

东帝汶人民坚忍顽强、英勇抵抗,前仆后继地为民族解放进行着不屈不挠的斗争,直至 2002 年终于获得了完全独立,成立了民主共和国。

中国与东帝汶的友好交往源远流长,早在 1436 年,中国著名航海家郑和就曾率领船队抵达东帝汶。

东帝汶结束战争赢得了独立之后,我国是第一个与之建交的国家。

2002 年 5 月 20 日,时任外长唐家璇率中国政府代表团出席东帝汶独立庆典,并与奥尔塔外长签署两国建交联合公报。2014 年 4 月 8 日,东帝汶总理沙纳纳对中国进行国事访问,并同中国国家主席习近平会面。两国领导人一致决定,将双边关系提升为睦邻友好、互信互利的全面合作伙伴关系,秉承传统友好,深化互利合作,携手共同发展。

"和平方舟"号医院船离开非洲坦桑尼亚后,连续航行 18 天,于 2017 年 12 月 14 日顺利抵达"和谐使命-2017"任务最后一站——亚洲东帝汶。针对东帝汶医疗资源匮乏、医疗资源服务体系不健全,以及东帝汶政府高层和民众对中国医院船来访期望值高等特点,任务指挥所加强统筹谋划,严密组织实施,坚持立足医院船主平台,精选服务对象,优化服务方式,尽最大能力惠及广大民众,扩大医疗服务效果和影响力。

东帝汶老兵是其民族独立解放的元勋和功臣,备受社会各界高度重视。12 月 14 日,医院船抵达帝力港,当天下午海上医院即按照 VIP 规格,安排 11 名老兵登船,为他们提供个性化诊疗服务。

马丁洛上尉虽然 53 岁了,但依然精神抖擞,腰板挺直,他上船后的第一个动作就是向迎接他的医护人员敬了一个庄严的军礼。他说:"我们都是军人,也就是战友。过去我们打仗,是为了和平。今天你们来我们国家,也是为了和平。你们的船就叫和平方舟,多么贴切的名字,多么伟大的事业啊!"

他还告诉这些异国战友,自从得知中国海军"和平方舟"号医院船要到东帝汶提供免费医疗服务,他就睡不踏实了,生怕错过了这个好机会。今天他起了个大早,经过 7 个小时的车程,从住处赶到帝力港。

"您哪里不舒服?"

他轻轻拍了拍左大腿,说:"那是 1999 年,我在一次战斗中被一颗炮弹掀翻在冲锋的路上,被战友们救回来后,因为条件限制,只是做了简单的包扎处理。受伤后的左大腿时常疼痛不适,阴雨天更是疼痛难忍。"

听了他的诉说,海上医院立即对其进行了 CT 等系列检查,专家会诊后确认:马丁洛为左大腿弹伤并异物留存。

一切优先安排,一切周密准备。当天晚上,马丁洛被推进了手术室。中国军医为他取出遗留在身体里的弹片,解除了多年来困扰他的病痛。

躺在舒适的病床上,马丁洛对医护人员有说不尽的感谢:"感谢中国! 感谢中国海军! 感谢中国医生! 你们对我们这些老兵非常好,我又可以为保卫祖国冲锋了!"

老兵卢杰罗的情况与马丁洛的类似,他 47 岁,比马丁洛年轻,但受伤时间更早。在东帝汶独立战争期间,他右肩中弹。由于当地医疗条件有限,这个弹片在他身体里留存了 26 年,疼痛也困扰了他 26 年,右手无法正常活动,严重影响了他的生活。医院船的到来给他带来了希望,医护人员成功为卢杰罗取出遗留在右肩部的一个 3 厘米长的弹片。

看到取出的弹片,卢杰罗感慨万千,激动地说:"我们的国歌里唱到'光荣归于解放事业的英雄',而此刻,光荣也属于中国海军,因为你们是守护和平的英雄。"

任务官兵从来没有想过去当英雄,更没有把自己当成英雄。他们做这一切,只是因为烙印在心中的责任和镌刻在灵魂深处的使命!

"和平方舟"号医院船首访东帝汶,受到当地民众的极大欢迎,民众纷纷前来就诊。医院船在充分发挥主平台优势,集中对患者进行医治的同时,还派出了四支医疗分队,分别赴东帝汶阿陶罗岛、国防部、国立医院以及中国驻东帝汶大使馆,开展集门诊、辅助检查、清创、中医理疗为一体的综合医疗服务。

12 月 16 日,海上医院派遣的一支医疗队抵达阿陶罗岛。岛上有 5 个村子 19

个社区,常住居民约12000人。维拉医院是岛上唯一的医院,建于1962年,只有几间平房。目前医院只有8名医生、8名助产师和4名护士,设备老旧。

总统夫人希达莉亚是阿陶罗岛人,她得知"和平方舟"号医院船将派出医疗分队到自己的家乡送医送药,一大早就乘船从首都赶来迎接。

中国医疗队的到来解决了医院接诊能力不足、水平不高的问题。一大早,医院门前的空地上已经坐满了前来就诊的当地居民。

17岁的厄沃迪阿是一名高中生,4年前的一次发烧导致她听力下降,现在左耳完全丧失听力。

厄沃迪阿说:"耳朵一直有炎症,但我从来没看过医生。"面对中国医生,她有些腼腆。

"从来没看过医生?"海上医院耳鼻喉科医师王伟有点儿惊讶。他给厄沃迪阿认真做了检查,详细向她讲解了病情,告诉她药物的作用以及服药方法。担心她记不住服药量,王伟还在药盒上画了一些简单的符号。

"这是我们医院船的'秘密武器'。在国外,语言不通,我们就用简单的符号提示患者们早、中、晚的用药量,他们很容易懂。"王伟笑着说。

说起这个"秘密武器",是一次次"和谐使命"任务的发明和传承。

那是在"和平方舟"号医院船第一次走出国门时,这天,一位病人领了药,怎么用,医护人员怎么也说不清楚。时任护理部主任江有琴急中生智,拿来笔和纸,画了一条横线作为地平线,又画上半个圆代表太阳,表示早晨,再画上几粒药片的样子,写上阿拉伯数字。这个病人一下就明白了。这启发了大家。在此基础上,医护人员集思广益,手势和图画成了一种有效的沟通方式。实践中,他们又不断完善,发明了一张张"药物用量图",效率大大提高,受到当地民众的赞赏。

医疗分队来到阿陶罗岛,不到1天时间,就为484名岛民提供了专业、精心的诊疗服务。

"感谢和平方舟!感谢中国!"看见火爆的诊疗场面,希达莉亚夫人深受感动,临时安排乡亲打鱼做饭,在简易的茅草屋里,用特别的"国宴"招待中国军医。

独立战争老兵通过手术取出了弹片,患白内障的老人重见光明,碎石手术后的青年消除了疼痛……

一个个令人惊喜的消息传到总统府,传遍整个东帝汶。

12 月 17 日上午 10 时,在中国驻东帝汶大使刘洪洋、"和谐使命-2017"任务指挥员管柏林、金毅等人的陪同下,东帝汶总统卢奥洛偕夫人希达莉亚特意登船致谢。

当得知老兵通过手术取出了弹片时,卢奥洛总统感到非常欣慰,称这些老兵是他的战友和同僚,医院船为东帝汶元勋老兵做出了突出贡献,也是中国支持东帝汶人民争取民族独立斗争的延续。

当听到就诊民众希望"和平方舟"号医院船再来东帝汶时,卢奥洛总统说:"这艘船是拯救生命的,中国建造这艘船是为了帮助需要的人,它代表了中国人的热心,以及中国对他国的和平祝愿。这艘船所代表的和平已经打动了东帝汶人民,两国间的合作与发展也会因为医院船变得更加美好! 本人非常感谢,我代表这些来到船上的患者感谢你们。我和大家的心情一样,非常欢迎和平方舟不久后再来,因为还有很多患者需要帮助,东帝汶需要中国的帮助。"

中国驻东帝汶大使刘洪洋非常骄傲地说:"没有大炮,没有导弹,没有鱼雷……和平方舟满载着中国人民和军队对和平的渴望,是和平发展的'中国名片'。"

在东帝汶期间,"和平方舟"号医院船累计诊疗 7289 人次,CT、DR 等辅助检查 4208 人次,手术 53 例,收治住院 20 人……

阿尔卡蒂里总理在医院船体检后表示:"对于一艘海上医院船来说,这是非常了不起的成绩。我与普通民众一样相信和平方舟的医疗技术,如同相信中国!"

卢奥洛总统还主动当起宣传员,并不断在个人社交媒体上发布消息,赞扬"和平方舟"号医院船到世界各地开展人道主义医疗服务,像一个明亮的窗口,展现出中国负责任大国的形象。

"窗口"之外,是风景;"窗口"之内,是中国……

波涛阵阵,雪浪滚滚。

"和谐使命-2017"任务指挥员金毅望着"大白船"犁出的尾迹,心情宛如身后的大洋,久久无法平静,一篇《"和谐使命-2017"赋》酝酿而成:

和平方舟者,海军唯一医院船也。初造衔命,救伤于海战场。皆因国强兵壮,四海波平,遂高举红十字,寰球辗转。蹈大洋,救死扶伤,蜚声海外;跨大洲,怀仁扬善,名闻遐迩。其形也美:远而观之,若银燕翱翔碧波之上;近而视之,似雪山昂首层峦之巅。列阵铁骑,英气焕然,娇躯飒爽,须眉惜逊三分姿,巾帼唯输七分刚。

丁酉闰六月初四,方舟解缆舟山,受命环非造访。是时,骄阳炎灼,暑气蒸腾。亲友执手作别,千嘱万咐,依依然热泪盈眶。鸣笛起航,惊起白鸥无数,若随若离,若送若恋,漫天徊翔。

出征者,三百又八十一人。医护百余名,皆拔诸四海之精英,尤以海医大为栋梁,然军装初换,多非谙海熟洋。及至穿台海,渡南海,越马六甲,踏印度洋,风烈浪狂。浩浩兮海天倾覆,令花容失色;滔滔兮波涌起伏,教搅胃翻肠。然军中儿女,人似浮萍仍志若磐石,身如轻絮却心比坚钢。万丈意气,千仞豪情,怀碧血丹心;两肩使命,一身肝胆,藐排山雪浪。弃家雀之志短,流连花间理羽梳妆;慕海燕之毅勇,翩跹雨中展翅昂扬,扶摇凌云,搏风击浪。

万里走单骑,朝沐曦轮①之煦晖,暮披星辰之清光。经南亚,泊科伦坡,华侨华人相告,探舟问医奔忙。走亚丁湾,会师护航官兵,战友手足情长,欢喜异常;并肩习搜救,联演砺兵锋,弯弓射天狼。靠吉布提港,背药箱,顶酷日,行赤地,钻陋棚,以中国最拔萃之医术,援东非顶贫穷之民氓,义薄云天,

—————————

① 曦轮:早晨的太阳。

泽被洪荒。入红海，过苏伊士，进地中海，经停马拉加，憩之海岸，游于街巷，重整精神再起航。跨直布罗陀海峡，叹无敌舰队[①]之枭霸，未逃折戟沉沙之仓皇，一朝战败，帝国没落，蹶踣懊丧。抵大西洋，方舟南行，携萧瑟长风于舷杆，挽纷飞落霞于桅樯，步陌途路漫漫极目苍茫，拓新径风猎猎雄心浩荡。至塞拉利昂，多难之邦，才驱埃博拉之虎，又遇泥石流之狼，褴褛饥民，赤脚小贩，长街熙攘。方舟迎喜，诞"和平宝宝"，哭声嘹亮。念及天灾遗孤，白衣进山探望。嗟乎，方舟悬壶可解身上顽疾，医生妙手难开济世良方。行加蓬，总统身莅方舟，慰患赞医，极尽褒奖，致谢忱无以言表，托要员以授勋章，厚情状青山入霄，挚爱类绿水悠长。鞍马未歇，踏波几内亚湾，船靠刚果（布），眺草木之森茂，赏繁花之竞放。未承想，弹坑新绿掩疮痍，鲜衣华服藏旧伤。生民无计，难抑恶疾之横行；医者少药，苦缺长房之竹杖[②]。华佗来，喜天降，倾青囊[③]，施岐黄[④]，海有岸，爱无疆。不日登岸罗安达，土肥地沃，物华天宝，西非明珠下受尽殖民之苦，溢彩流光中常忆黑奴之殇。方舟泊埠，万民蜂拥，扶老携幼，摩肩接踵，呼儿唤女，鼎沸盈汤。医护被累，仁济苍黎祛邪症，德达市井获颂扬。方舟启碇，绕好望角，北上莫桑。诊医余暇，行足美丽马普托，金合欢之都，蓝花楹之乡，自然馆里赏标本，毛泽东路参画廊，神若逸云之飘飘，心若长风之爽爽。续战坦桑，传统友好，欢聚甲板，联谊广场，唱劲歌如迎兄弟，献热舞似聚邻坊。更有坦赞铁路，四十载延情不止；专家陵园，几代人续援未旷。至方舟归去，总统亲临送行，忆及先辈，念兹在兹，情绵绵山高水长，意悠悠云阔天广。自此非洲行终，方舟驰骋，横跨印度洋。至东帝汶，白衣天使，剂药解忧愁，圣手护健康，孤岛留身影，口碑镌

---

① 中世纪西班牙帝国国力的最高象征，曾经所向披靡，16世纪末征战英伦失败，西班牙作为海上帝国，从此开始走下坡路。

② 长房、竹杖：费长房，相传得仙人医术真传，手持竹杖，悬壶行医济世，竹杖可祛疾鞭鬼。

③ 相传华佗被杀前，为报一狱吏酒肉侍奉之恩，将医书装在青囊内相送，狱吏读后成医，"青囊"因此成为医术的别称。

④ 中医的别称。黄帝与大臣岐伯坐而论道，内容记载于《黄帝内经》。

市巷。

方舟之行,曜目光芒;佳节盛期,未曾错享。逢国庆,驻加使馆设筵,官兵举觞,淡水作玉液,清茶胜琼浆,共祝祖国母亲,春秋安泰,万年永康。遇中秋,浩空月朗,千里婵娟清辉冷,万家灯火思无量,念桂香,泪潸然,自难忘。最喜党开盛会,方舟满旗张灯,官兵击鼓喧乐,心澎湃同洪波汪洋,血沸腾共虹霞炫煌。

传友谊,涉三洋,踏破十万里风浪;播仁爱,历五月,祛除五万例疾伤;行大道,走三洲,收获十国家荣光。慷慨军中儿女,虽无聱鼓催鞍之铿锵,亦少仗剑御敌之豪壮,然胸怀慈心善德,行舟不辞天涯远,悬壶当念海角近,纤手织就和谐网,挚诚添得侠骨香。

有道是:银汉耿耿,昭华夏医者仁心;碧海迢迢,鉴中华大国担当。

2017 年 12 月于印度洋

A 卷

千万只鸥鸟翱翔在和平方舟上空,鸣唱着迎接我们的到来,与秘鲁卡亚俄人民一样热情。比中国人还"中国"的外国人登船当志愿者,汉语说得倍儿棒。

身在海外,心系神州,部分任务官兵应邀到秘鲁首都利马中华通惠总局做客,瞻仰周恩来总理 1939 年为侨胞第三次筹捐抗日军饷书写的六幅题字:"有力出力,有钱出钱,把一切献给祖国! ……"遒劲有力。

第九章 助飞"安第斯山雄鹰"秘鲁

我随"和平方舟"号医院船执行"和谐使命-2015"任务的最后一站,时间也是在 12 月中旬,只不过年份不同、国家不同。

2015 年 12 月 11 日,"和平方舟"号医院船离开格林纳达圣乔治港,前往下一站——秘鲁卡亚俄港。

在古印第安语中,"秘鲁"意为"玉米之仓",此地因盛产玉米而得名。

还有资料这样介绍,"安第斯山雄鹰"秘鲁,位于南美洲西部,与中国相隔太平洋。

时任中国驻秘鲁大使贾桂德在其撰写的《书写中秘友好新篇章》一文中这样说:"站在世界地图前,从祖国大陆东岸向着东南,跨赤道、越大洋来到南美洲西部,有一个版图如同竖起双耳的美洲豹的国家,这就是我持节出使的国度秘鲁。"

"玉米之仓""山鹰之国""美洲豹国"均是秘鲁的别称。

关于秘鲁卡亚俄港,我曾在 A 卷第六章《"中国之船"和"中国姑娘"》中向读者们提到过:"中国之船"一路风雨兼程,先抵墨西哥阿卡普尔科,再南下秘鲁卡亚俄港。它开辟的这条太平洋上的航路,被誉为"海上丝绸之路"……

从某种意义上来讲,卡亚俄港是海上丝绸之路的终点或者说是另一个起点。

因此,我对能到这里访问,有一种莫名的渴望和激动……

1. 千万只海鸟鸣奏欢迎的序曲

2015 年 12 月 20 日,是"和平方舟"号医院船靠泊卡亚俄港的日子,我起了个大早。可有人比我起得还早,我正洗漱,就听到舱门被敲响了:"沙老、郭老,你们快点儿出来。"

"咦,今天外面怎么这样热闹?"我听出是摄像员钱智能在叫,心中暗想。

我和郭林雄匆匆沿着舷梯上到 04 甲板,一跨出水密门就惊呆了。

只见成千上万只我叫不出名字、分不清种类的海鸟围着我们医院船展翅翱翔,用"遮天蔽日"来形容一点儿也不为过。有大的,有小的;有纯白的,有花色的;有红喙的,有黑嘴的……

有的组成编队掠过我们船上空,直直地飞到前方,似乎在给我们导航引路;有的排列整齐地绕着我们船翩飞,斜斜地盘旋转圈,似乎在给我们表演舞蹈;有的向上直冲,然后身子一转,像子弹一般射进海里,似乎在给我们表演特技;还有的停落在我们船的甲板、船舷、舱台、船顶等处,梳理着羽毛,个别大胆的甚至驻足在我们的肩上,似乎在和我们交流……

它们或大声鸣叫,或小声唧啾,用鸟类特殊的语言在诉说,在歌唱……

许多不操船、不值班的任务官兵,和我一样出来看热闹,也被这奇观所震撼,纷纷掏出手机留影。江山捧着照相机不停地按着快门,钱智能、高奔各扛着一台摄像机拍录……

"这真是一幕难得一见的奇景,宏伟壮观!"我感叹。

"千载难逢!"郭林雄颇有同感。

医疗组王岩助理员说:"鸟儿也通人性,这是对我们来秘鲁表示欢迎。"这是一位来自山东泰安的年轻军官,高个头,平时很少说话,总是笑眯眯的,今天也忍不住发了言。

我说:"秘鲁的海鸟都这样热情,秘鲁人肯定更热情。"

王岩露出那招牌式的笑容,点点头,没有说话。他高扬手臂,张开双手,似乎要拥抱海鸟们。

千万只海鸟翔集的场面,一直持续到"和平方舟"号医院船驶进卡亚俄港,它们或盘旋在上空,或飞回海岛,或落到码头上……

上午 10 时,"和平方舟"号医院船准时靠码头。

码头上人山人海,欢迎场面盛大。五星红旗飘扬,秘鲁国旗飞舞,欢迎横幅高挂。秘鲁海军军乐队高奏两国国歌,当地民众跳起欢快的民族舞蹈,华人舞狮队尽情地腾挪跳跃……

果然被我说中了,秘鲁人民真是热情! 中国驻秘鲁大使贾桂德及工作人员、中资机构人员、华侨华人、留学生代表前来迎接。秘鲁国家卫生部部长维拉斯克斯、卡亚俄省副省长波利斯、卡亚俄市议长古兹曼、秘鲁海岸警卫队司令波马尔中将、海军医院院长卡耀少将等军政要员及官兵、民众代表前来欢迎。

维拉斯克斯部长表示:"和平方舟带着全心全意、带着精湛的医术来到秘鲁,这是中国人民送给秘鲁人民的圣诞和新年礼物,也证明了我们两国历久弥新、源远流长的友谊。近年来,秘中两国关系发展得非常好,同时秘鲁也有很多华人,医院船来访是两国友谊深厚的象征。"

此后,维拉斯克斯部长曾 3 次登上"和平方舟"号医院船,看望在医院船主平台接受诊疗的当地民众并感谢、慰问任务官兵。

利马是秘鲁的首都,几乎与其连在一起的这个直属区,就是我们停靠的卡亚俄。

秘鲁是一个文明古国,灿烂的印加文明闻名遐迩,马丘比丘令人神往,鲜为人知的卡拉尔文明是美洲最古老的文明。秘鲁后来沦为西班牙的殖民地,通过不懈斗争,于 1821 年 7 月 28 日宣布独立,官方语言为西班牙语。

秘鲁更是一个与中国友好交往源远流长的国家。1849 年首批华人抵达秘鲁,如今约占秘鲁人口 10%(据秘鲁有关人士称,已达 20%左右)的华裔织就了中秘友好的血缘纽带。在拉美国家中,秘鲁是华人移民最早、同新中国建交最早、开展对华经贸往来最早的国家之一。自 1971 年建交以来,中秘关系一直健康、稳定地发展。2008 年中秘建立战略伙伴关系,双边关系发展驶入"快车道"。2010 年,《中国-秘鲁自由贸易协定》正式生效。2013 年,时任秘鲁总统乌马拉访华期间,习近平主席同乌马拉总统共同宣布将中秘关系提升为全面战略伙伴关系。这是新形势下两国领导人着眼中秘关系长远发展做出的战略决策,开启了中秘关系新阶段。政治互信为中秘务实合作,尤其是双边经贸关系的发展奠定了坚实基础。

近年来,中秘双边贸易不断增加。作为拉美地区唯一一个与中国建立全面战略伙伴关系并签署一揽子自贸协定的国家,秘鲁在推动中拉关系发展方面居于突出地位。目前,中国是秘鲁第一大贸易伙伴、第一大出口市场,秘鲁则是中国开展国际产能合作首批重点国家之一。在两国人民的心中,中秘之间具有兄弟般的情谊。

12 月 22 日晚上,中国驻秘鲁大使馆举办了欢迎"和平方舟"号医院船到访招待会,气氛同样热烈,除了 160 名任务官兵之外,还有许多华侨华人参加。

在这里我认识了中华通惠总局的名誉主席萧孝权、主席梁顺等。在此期间,我与来自台湾的一位刘姓商人交谈,他现在在秘鲁开水疗馆。我们针对台湾当时的政局情况简单聊了聊。当我们聊到马上要进行的台湾地区领导人选举以及两岸统一的话题时,他认为即便民进党当选,也无法"台独"。和平统一是共识。

贾桂德大使在致辞时首先代表中国驻秘鲁大使馆全体人员热烈欢迎"和平方舟"号医院船到访,祝"和谐使命-2015"任务取得圆满成功!

任务指挥员管柏林真诚地表示:"和平方舟是流动的国土,也是广大旅秘侨胞的家,欢迎广大侨胞参观访问,医院船将为大家提供精心周到的医疗服务,以感谢驻秘使馆、华侨华人、中资机构和青年志愿者们对我们的大力支持和帮助!"

这个晚上,洋溢着欢乐,洋溢着喜庆,洋溢着真情,洋溢着祝福,招待会成了联欢会。《我爱你中国》《浏阳河》在古筝、吉他的丝弦上流淌,舞蹈《天山姑娘》、武术表演《少林小子》随着音乐跳跃,京剧清唱《越是艰险越向前》、歌曲《铃儿响叮当》在大厅里回响……

难忘今宵

难忘今宵

无论天涯与海角

神州万里同怀抱

共祝愿祖国好

祖国好……

在歌曲《难忘今宵》的大合唱声中,招待会落幕。

走出大使馆,在大门口,我与用中秘两国文字写着"中华人民共和国大使馆"的金黄招牌合影留念……

2.比中国人还"中国"的老外

"和平方舟"号医院船靠港那天,10余位"青年志愿者"就上了船,帮助任务官兵翻译、联络有关事宜。

说是"青年志愿者",并不全是青年。这支志愿者队伍里有一对父子、一对母女,还有一对夫妻。这大概是考虑到船上安排工作和食宿方便。那对夫妻,女的是华人,男的是个外国人。

他们夫妻在中医门诊遇到我,男的先向我打招呼:"您好,我叫高旺民,这是我夫人陈玲。此后几天,我们将和您并肩为秘鲁人民服务,请多关照。"

话一出口,就把我震住了,他那一口纯正的普通话让我非常惊奇。我与他握着手,仔细地打量他。

他身着一套古色古香的唐装,个子不是很高,很敦实,很健壮,阔脸高鼻,肤色较深,眼睛很大很亮,眉毛很浓很长,只不过是灰白的,头发稀少,索性理了个光头。

我估摸他50岁出头,后来熟了一问,比我小2岁。我叫他"老高",他称我"沙兄"。

我告诉他我的名字和身份,他一听十分兴奋,闲暇时就常和我聊中国文化。从古典名著到唐诗宋词,从《易经》道教到风水八卦,从国画书法到曲谱乐器,从武术门派到传统中医,从二十四节气到十二属相,他几乎无所不知,涉猎很广,对中国传统文化研究得很深,比我这个中国人还"中国"。

他还送给我他用西班牙文翻译的《易经》和撰写的《虎年运程》两本书以及一幅书法"厚德载物"。

陈玲显得有些娇小玲珑,典型的江南女子,一问,她笑答来自中国福建。

高旺民很健谈,他告诉我,他父亲是位产业工人,母亲是位接产妇。兄弟三人,他最小。他从小就十分热爱中国文化,立志学习中国文化,一位老华侨就给他起了个中文名字"高学华"。随着学习的深入、年龄的增长,他对中国文化有了新的认识。他对我说:"中国文化是民族兴旺发达的根基,我学习中国文化,也是为了民族兴旺,所以我后来改名叫'高旺民'。"

前些天,老高的夫人陈玲给我转来一篇孟可心先生的文章,发表在 2021 年 5 月 11 日的秘鲁《公言报》上,题目是《我眼中的秘鲁"神人"老高》。

孟可心先生原任秘鲁《秘华商报》的总编辑,后任《公言报》的社长,现为《今日中国》驻海外的负责人。

孟可心先生的这篇文章对老高的成长经历描写得很精彩、很翔实,我引用几段,让读者们进一步了解这位很"中国"的老外。

孟可心先生的文章里这样写道:

认识老高是 1998 年的时候了,那是去朋友的餐馆吃饭,无意中看见角落里有一位秘鲁人手里拿着一本很旧的《三国演义》很专注地看着,我觉得特新鲜。朋友介绍说,他有个中文名字叫高学华。我才看清,他看的这本书还是竖排繁体版,一个秘鲁人读中文,还是繁体字,确实了得。老高是我对他的称呼,他爱叫我 Señor Meng(孟先生),他本名叫 Joseph Cruz Soriano,是地地道道的秘鲁人,"高学华"是一位老华侨看他对中国文化这么感兴趣,给他起的中文名字。

我为什么称他是"神人"？他的中国话说得好，而且还会中国武术，画中国画、写书法也有模有样。这还不算什么，最"神"的是他把中国的《易经》翻译成西班牙文并出版。他对我说，一位在南京读中医博士的古巴华裔朋友看后，给他的书的评价是，看过英文版和西文版的《易经》，老高这本翻译得最好，也能证明这本书不是"蒙"老外的。高学华，从他的名字就可以看出他对中国文化的热爱。他说，早期来秘鲁的都是广东人，所以他 5 岁开始就会用广东话数数，在去中国之前，他就已经会说广东话，还有客家话，后来又学会了普通话，他很有语言天赋。

据他讲，他的母亲是个产科医生，经常为他家附近的居民接生，其中也有中国人。记得小时候跟着母亲去中国人家，那时看到中国人家里的一些摆设以及仕女和山水挂画，觉得很有趣。再加上他父母都有中国的远房亲戚，他有个表哥是中国后裔，平时不爱说话，就爱跟他聊天，妈妈有个外甥女还嫁给了中国人，这与他喜欢中国文化也有很大关系。在 23 岁时，他认识了一位学识渊博的老师唐海正，开始教他系统地学习中文包括古文，还有中国诗词，这使他对中国文化更感兴趣了，后来在利马唐人街的几个广东会馆他又接触到了越来越多的中国文化。

他在番禺会馆学习南拳，后来在中山会馆学习舞狮。1988 年通惠总局成立了舞狮团，他是第一批舞狮团成员之一，从舞狮步伐到敲鼓的节奏，非常认真地学起，到现在自己也有个叫"会友"的舞狮团，也是对舞狮不能割舍的喜爱。他的舞狮团成员大都是秘鲁土生华裔或是秘鲁人，他们的年龄都在 50 岁以上，都是出于兴趣爱好聚在一起。朋友的店铺、餐馆逢年过节请他们去表演助兴，大家都是为了高兴。

1993 年，首钢秘铁刚来秘鲁，请他去矿区教中国人学习西班牙语，其中一个学生会打陈氏太极拳，从那时起他开始一边讲课一边学习太极拳，而且学得很认真，每天都会抽空练上三四遍。在 1996 年秘鲁全国武术比赛上，老高还获得了陈氏太极拳传统套路冠军。

老高对中国文化的熟知度已经在秘鲁人的圈子里小有名气，大学邀请他去做中国文化讲座,特别是每年新年关于中国生肖的解释和一年的运程,都是当地电视台必做的节目,也都会邀请老高。后来老高又对中国的《易经》产生了浓厚兴趣,开始钻研起《易经》,并且把自己的名字"高学华"改成了"高旺民"。他从 2004 年开始策划这本书,到 2011 年终于把《易经》译成西班牙文出版,经过了 8 年的时间。记得当时在这本书的发布会上我问过老高:"秘鲁人把《易经》翻译出来已经很不容易了,你怎么能把哲理这么深奥的《易经》准确地翻译出来?"他说:"我阅读了大量《易经》方面的资料,也得到了国内专家的帮助。深奥难懂的东西,就用秘鲁相似的本地文化来诠释,这样有深度,也更容易让人理解。"

很长时间没有见到老高了,前几天突然见到在《公言报》读者群中,老高大谈现在秘鲁的政治形势,又列举了秘鲁当代政治的发展过程,详细分析了秘鲁的发展方向。他的分析思路清晰,又有亲身经历,在 500 人的读者群中引起热议,也使我一下子想起老高。过去 20 多年的交往,点点滴滴记忆犹新,历历在目。真期盼老高在中秘两国文化交流中还能有更多的"神"作和惊喜。

后来熟悉了,我问老高:"你怎么追上我们中国姑娘的? 与陈玲是怎么相识的?"

他笑呵呵地说:"第一次认识是在中华通惠总局。那天,我到那里去看新出版的《秘华商报》,这份报纸是总局编辑出版的,以公正严谨、版面新颖、图文并茂、报道迅捷、综合性强和广告效益显著等特色,赢得了读者的喜爱,我也十分喜欢看。正翻阅报纸时,我看到一位华人女子走进来,一看就很有个性,特别是那双眼睛,似乎会说话,让我印象很深。起初我以为她是从台湾来的,可一说话我就知道她是从大陆来的。她是来办事的,问我办公室在哪里,就这样我们认识了。"

"认识多久结婚的?"

"有 1 年多吧。"

"娶个中国女孩,幸福吧?"

"那当然了,我们是志趣相同才走到一起的。"老高的脸上挂满幸福感。

"她做什么工作?"

"她在利马天主教大学教中文,讲《易经》,讲儒学,对我研究中国文化帮助很大;我画画、写书法,她研墨、铺纸,把东西全部准备好,真正有一种红袖添香的感觉;我喜欢唱歌,她填词、编曲,和我一起演唱……"老高滔滔不绝地"晒"着幸福。

"她写的什么歌啊? 你最喜欢哪一首?"

"她的音乐是家传,有一首很浪漫的歌,叫《耕田夫之歌》。"老高说着就哼唱起来:

歌尼玛是音乐舞蹈的故乡

莫水河是永远春天的地方

九月二十九日的大节日就要到了

我姑娘

展示你的美丽

动人可爱

庆祝耕田的农民就要来到

编上几十条辫子

束起彩色发带

九月二十九日的大节日就要到了

我姑娘

展示你的美丽

动人可爱

庆祝耕田的农民就要来到……

老高向我解释,每年的9月29日是这里的耕田节,如同中国的中秋节,人们都要欢庆一番。

3.一个崇尚英雄的国家和民族

12月23日一大早,政工组汤润干事通知我,任务指挥员吴成平要去分诊点巡看,让我和郭林雄、王玉山、张昭、杨毅斌等人随行。

与前几站一样,"和平方舟"号医院船除了在主平台大批接诊之外,还派出专家医疗分队,设置医疗分诊点,以便更好地为当地民众提供医疗服务。

我们去的分诊点在皇家费利佩城堡,这让我有点儿喜出望外。我原本以为到了卡亚俄,没有时间和机会到此,只能留下遗憾了。

皇家费利佩城堡是西班牙殖民者在美洲殖民地修筑的最大、最坚固、最完整、最有意义的军事防御工程之一,1747年8月1日奠基,为典型的16世纪中叶欧洲城堡建筑风格。它位于卡亚俄海岸,守卫着整个卡亚俄港,有"一夫当关,万夫莫开"之势。后来,为纪念已故国王费利佩五世,将其命名为"皇家费利佩城堡",并沿用至今。如今,该城堡已成为秘鲁陆军军事博物馆,部分设施为部队营房。

走进这座城堡,正对着大门的是一组雕像和一座纪念碑,纪念的是秘鲁军队创建者和1868年城堡保卫者弗朗西斯科·波罗内格西·塞万提斯上校。

海上医院的专家门诊点设在纪念碑左侧一间大房子里,秘鲁部队官兵正排队候诊。

我们进去之后,吴成平向秘鲁部队负责人了解了一下情况,并同其进行了友好的交谈。

秘鲁部队负责人很热情,邀请我们参观秘鲁陆军军事博物馆,并向我们介绍了它的前世今生。

登上城堡,室外、室内展厅里陈列着各类文物,展示秘鲁军队组建和成长史,以及各个历史时期的英雄、武器装备、传统等,是秘鲁人民和军队的骄傲,如同我们北京的中国人民革命军事博物馆。只不过它是由殖民者建造的一座防御工事改造而来,雄踞在卡亚俄海边。

离开皇家费利佩城堡，我们前往利马。

利马是秘鲁的首都，濒临太平洋，终年少雨，是世界有名的"无雨城"。我们沿途看到，它实际上已与卡亚俄连在一起了。

车在行进中，我看到街上熙熙攘攘的人群。来自首钢秘铁的志愿者马书楼对我们解释说："西方的平安夜、圣诞节就要到了，和我们的春节一样隆重，人们置办过节物品，到处都在布置。"

然而，给我印象最深的是，街边花园、院落门前、广场中央矗立着的一尊尊人物雕像。

我问马书楼："这纪念的都是些什么人？"

"民族英雄！秘鲁是一个崇尚英雄的国家和民族。"马书楼对一些雕像能叫出名字，有一些则说不清。

到了利马市中心，我们在武器广场下车。

美洲国家的城市广场很多，有以人物命名的、以事件命名的、以建筑物命名的等。

广场是一种文化，承载着厚重的历史，体现出这个国家、这个民族对某一事件的记忆或对某个人物的纪念。

武器广场建于 1650 年，两边是利马大教堂和市政厅，往左跨过一条十几米宽的路就到了总统府。广场中央最古老的部分是一座铜制喷泉，喷泉最上端立着小天使吹号的雕塑，周围是相交的各种奇兽。

武器广场似乎在美洲国家很常见，古巴的哈瓦那有，智利的圣地亚哥也有……

为什么叫这个名字？

马书楼说："这是受欧洲殖民的影响。按照宗主国的传统，一般会在开阔平坦的地方设武器广场，最初有绞架，有军队，象征皇家权力，士兵经常在此操练，以后又有了贸易集市，各种建筑和街道随之向四周辐射，逐渐成为城市中心。"

实际上，武器广场所见证的是美洲国家遭遇殖民与争取独立的历史。

在利马,武器广场的教堂里就有一副玻璃棺,里面放着弗朗西斯科·皮萨罗的干尸。他是西班牙殖民军的首领,1533年征服印加帝国,开启了西方殖民南美洲的历史。

西方殖民者征服南美洲的过程,充满了对原住民的血腥杀戮和疯狂掠夺,在人类历史上留下了可耻的一笔;而殖民地人民的反抗和斗争,则谱写出可歌可泣的不朽篇章,涌现出令人景仰的旷世英雄。

旷世英雄受到秘鲁人民世世代代的尊崇。离武器广场不远,穿过一条步行街,就有一处纪念英雄的广场——圣马丁广场。

圣马丁广场建于1921年秘鲁独立100周年之际,纪念的是秘鲁解放者之一——阿根廷人何塞·德·圣马丁将军。

我们以朝圣般的心情前往瞻仰。在广场中央,巨大的底座上,圣马丁将军纵马驰骋的雄姿非常威武,栩栩如生。

圣马丁出身于阿根廷殖民官吏家庭,早年曾在西班牙马德里学习军事,深受欧洲启蒙思想的影响,常与留学西班牙的拉美进步人士交往。1810年,阿根廷拉普拉塔爆发"五月革命",开始了独立战争,圣马丁投身其中。1814年,他任拉普拉塔联邦爱国军队北路军总司令,击退了殖民军的反扑。1817年1月,他率部翻越安第斯山进攻智利,击溃西班牙守军;次年2月12日,智利宣布独立。1820年,他指挥一支4500人的"解放秘鲁军"和智利海军24艘舰船,从海上进军秘鲁,9月7日在皮斯科登陆,继而解放利马。1821年7月28日,秘鲁宣告独立,圣马丁被推举为秘鲁"护国公"。

那是一个风起云涌的革命年代,拉美解放运动势如破竹,与圣马丁齐名的另一位大英雄叫西蒙·玻利瓦尔,在南美洲北部也创造了惊人的业绩。玻利瓦尔出生在委内瑞拉,父母是西班牙贵族后裔,但他同样背叛了殖民者,自愿为南美洲的独立解放而战。1805年,他曾立下誓言:只要祖国一天不从西班牙统治下获得解放,他就要奋斗一天。玻利瓦尔一生参加过470多场战役战斗,先后帮助委内瑞拉、秘鲁、哥伦比亚、厄瓜多尔、玻利维亚和巴拿马摆脱殖民统治,获得国家独立。

1822 年 7 月下旬,被誉为解放南美洲"南北巨子"的圣马丁和玻利瓦尔在厄瓜多尔的瓜亚基尔会面,共商军政大计。会后,圣马丁悄悄返回秘鲁,在稍后举行的秘鲁国民大会上郑重而严肃地宣布辞去国家首脑和军队统帅的职务,并取下了身上象征权力与最高荣誉的两色绶带,决定不再拥有任何权力。

他真诚地对议会成员们说:"而今桂冠布满了整个南美洲战场,我的头颅却要躲避最后胜利的桂冠!我的心灵从来没有被甜蜜的感情激动过,然而今天却激动了我的心!对于一个为人民的自由、民主、幸福而战的斗士来说,胜利的喜悦只能使他更加诚心诚意地成为使人民享有权利的工具……我异常高兴地见到了国会的成立,在这届国会上,我辞去我所拥有的一切最高权力!我今天讲话的目的只有一个,那就是,请所有议员先生都不要投我继续执政的选票!"

所有在场的人都非常吃惊,纷纷劝说圣马丁收回辞呈。但圣马丁意志坚决,从各个方面解释了他辞职的原因。不过,人们隐约感到,最主要的原因仍然是瓜亚基尔会谈。可是,关于这点,圣马丁只字未提。

我仰望着那尊雕像,思绪朝那个年代驰骋,似乎看到:夜幕笼罩了大地,一切是这样寂静。也许,圣马丁的心里也如夜晚那样宁静、安详。因为他这个时候正骑在马上,静静地注视着万籁俱寂的夜色。

圣马丁骑马悄然无声地离开了利马市,又悄悄地坐船来到智利,随后离开了曾为之奋斗不懈,并付出满腔热爱的祖国,远走欧洲,去迎接他穷困潦倒的晚年,终老法国。

一个曾为国人无限敬仰的领袖,何以做出如此选择呢?人们又把目光聚焦到了瓜亚基尔会谈上。

由于 2 位英雄的会晤极端保密,没有第三者参与,也没有留下任何记录,所以他们分手的原因成为一个谜。后来的研究者推断,雄心勃勃的玻利瓦尔渴望建立一个新的南美洲民族联邦政府,因为当时委内瑞拉、哥伦比亚和厄瓜多尔已经形成一个大哥伦比亚共和国,玻利瓦尔是这个共和国的总统;圣马丁却更看重在南美洲建设独立的主权国家,而且他比玻利瓦尔年长,更显成熟,不愿因两人的政见之争而让殖民者从中渔利,于是选择了急流勇退。

还有一种说法是:在与玻利瓦尔会谈时,双方在根本问题上产生了争执。玻利瓦尔当时 39 岁,血气方刚,可能对圣马丁态度强硬,寸步不让。而圣马丁当时 44 岁,由于 12 年的戎马生涯,身体严重受损,所以自动让出统帅之位,将南部军队指挥权交给玻利瓦尔,让玻利瓦尔独自率军扫清殖民者残余势力。

圣马丁曾说过,"我并不寻求荣誉","我的剑绝不为争权夺利而出鞘"! 只要秘鲁和整个拉丁美洲真正独立,我"将远远地离开这里"。

圣马丁把自己毕生为之奋斗而取得的,也是南美洲最辉煌的胜利果实与最高权力、荣誉,主动拱手让与了既是他的革命伙伴又是他的对手的玻利瓦尔。他受到了全世界许许多多人的赞扬,被称为"一个在历史上几乎无双的灵魂"!

圣马丁和玻利瓦尔都曾为南美洲和秘鲁解放立下卓越功勋,他们永远活在南美洲和秘鲁人民心中。

作为西班牙人后裔,圣马丁革了西班牙殖民者的命,遭到当时西班牙执政者的忌恨,西班牙执政者永远不许他进入西班牙。可南美洲和秘鲁人民感念他的功勋和人格,尊其为"圣",称其"圣马丁"。

一位诗人这样赞颂圣马丁:

丰功伟绩如激动人心的春雷

何等值得自豪啊

祖国纯洁高尚的儿子

南美永远盛开的鲜花……

我站在他的铜像前,郑重地向英雄敬了一个中国军人的军礼!

我感叹:圣马丁不愧为"圣",他真是了不起,功高盖世,却功成身退,实在令人敬佩。我也敬佩秘鲁人民,他们崇尚英雄,热爱英雄,并且胸怀宽广,不分种族,只要为这个国家做过贡献的,同样敬重。

这让我想起在我执行"和谐使命-2015"任务出征前的 9 月 2 日,习近平主席在颁发"中国人民抗日战争胜利 70 周年纪念章"仪式上发表的重要讲话。他说:

"'天地英雄气,千秋尚凛然。'一个有希望的民族不能没有英雄,一个有前途的国家不能没有先锋。包括抗战英雄在内的一切民族英雄,都是中华民族的脊梁,他们的事迹和精神都是激励我们前行的强大力量。"

他指出:"今天,中国正在发生日新月异的变化,我们比历史上任何时期都更加接近实现中华民族伟大复兴的目标。实现我们的目标,需要英雄,需要英雄精神。我们要铭记一切为中华民族和中国人民做出贡献的英雄们,崇尚英雄,捍卫英雄,学习英雄,关爱英雄,勠力同心为实现'两个一百年'奋斗目标、实现中华民族伟大复兴的中国梦而努力奋斗!"

我突然感觉到,一股浩然英雄气从脚下往上升腾……

4.心系神州的通惠总局和侨胞

中午,我们到秘鲁中华通惠总局拜访。通惠总局所在地,就是利马唐人街。放眼望去,到处都是中国字招牌,让人顿生一种亲切之感。通惠总局的名誉主席萧孝权、主席梁顺等人热情地接待了我们。

原先从字面上看,我觉得通惠总局是个商业组织,走进一看一了解,才知这是一个统领秘鲁华人的社团,是秘鲁华侨的全国性总机构,平时为华侨华人做慈善,兴办中华学校、传播中国文化、协调侨界事务等。

通惠总局是家"百年老店",1884年开始筹建,1886年正式奉清朝光绪皇帝御颁圣旨成立。创始人为清廷驻秘鲁公使郑藻如,取名通惠总局,意为"通商惠工"。宗旨是:总理秘鲁华侨的慈善公益事业,加强华侨相互扶助,继承和发扬中华民族传统,维护华侨权益。

通惠总局这个旅秘全侨的最高机构,领导成员由各家会馆推举的代表选举产生,目前的办公地点在利马的中山隆镇隆善社内。

史料记载:中国人正式落脚秘鲁是在1849年。1999年,秘鲁政府和侨界举行了纪念活动,通惠总局还挑头编撰出版了《历史与发展——纪念华人抵达秘鲁一百五十周年》纪念专刊。通惠总局的名誉主席萧孝权先生特意送给我一本,扉页用毛笔题字:

赠予:沙志亮老师惠存　秘鲁中华通惠总局

　　上面盖有秘鲁中华通惠总局的圆形蓝色大印。这枚大印设计得很有特色,外圆一圈是秘鲁文字,内圆上方是一个城堡图案,城堡下方两只手相握,外面两束稻穗半围,下面是汉字"秘鲁中华通惠总局"。

　　我拿到这本厚重的纪念特刊,迫不及待地翻阅起来。

　　编者在首页这样写道:

　　1849 年 10 月 15 日,是一个具有重大历史意义的日子。这一天,我们秘鲁华人的先辈——首批契约华工 75 人,怀着改善自身生活的愿望,冒险犯难,远涉重洋,到异国他乡闯荡谋生,从而开始了华人在南美洲的"山鹰之国"艰苦创业的历程。

　　秘鲁华人走过了一段很不平凡的道路,经受了许许多多的磨难与屈辱,饱尝了人世间的各种冷暖与悲凉。但是,秘鲁华人是顽强不屈的,他们就像过河卒子,拼命向前。他们赤手空拳,只凭着自己的勤劳与智慧,以及不屈不挠的奋斗精神,排除万难,超越险阻,终于在安第斯山脚下开创出一片小天地,扎下根来,繁衍生息,变他乡为故乡,充分体现了中华民族的大无畏精神,不愧是龙的传人。今天,经过好几代人的努力和奋斗,秘鲁华人从最底层——代替黑奴的劳工逐步向上爬升,融入秘鲁社会,同秘鲁各族人民同呼吸共命运,平等相处,成为秘鲁民族大家庭的一个成员,为秘鲁的繁荣进步做出了贡献。值得一提的是,在这个过程中,华人社会出现了一些高层次、高素质的人才群体。这些人在社会的各个方面展现了自己的才华和实力,他们对社会贡献的效果不仅提升了华人的社会地位,还改善了华人的社会形象。秘鲁外交部部长费尔南多·德特拉塞格涅斯·格兰达博士曾在秘鲁国会为纪念华人抵秘 150 周年所举办的"中秘文化座谈会"的讲话中说:"没有中国人的努力,就没有今日的秘鲁。秘鲁华人的出现不仅仅是一种历史上的巧合,而且华人为创造秘鲁历史并为秘鲁今天做贡献而存在。"这是对秘鲁华人的充分肯定和公正的历史评价。

正因为华人在秘鲁的存在意义,在华人抵达秘鲁150周年纪念日到来之际,秘鲁政府和民间都很重视。秘鲁总统接见了华裔代表,同他们进行了亲切友好的谈话。国会举办了"中秘文化座谈会",由外交部部长出面为过去华人受到非人待遇公开道歉。秘鲁国会和文化界分别出版了好几种有关华人的书刊。这是秘鲁历史上从来没有过的,它体现了秘鲁社会对华人的一种关爱和热诚。秘鲁华侨组织中华通惠总局和秘华协会(土生华人组织)为纪念先侨的艰辛创业和缅怀他们的历史功勋,更隆重地举行了各种纪念活动……

中国时任驻秘鲁大使麦国彦和秘鲁时任外交部部长费尔南多·德特拉塞格涅斯·格兰达分别为特刊作序。

麦国彦大使在序中写道:

历史是要经常回顾的,"温故而知新"。华人抵秘150年是中国人历经千辛万苦,一步步融入秘鲁社会的历史,是中国侨民和秘鲁人民一道开发、建设和繁荣秘鲁的历史,也是广大旅秘侨胞弘扬中华文化,开创出自己一片天地的历史。如今中国人和中国文化已深深印在秘鲁人心中,受到秘鲁社会的认可和尊重。

费尔南多部长在序中说:

150多年前,被迫而勇敢的中国移民穿过一望无际的太平洋向陌生的海岸驶去,但在那里一切都与希望开始一个新生活的愿望相违。他们基本上是带着勇气、带着超越的愿望、带着优秀的工作能力和牺牲精神而来,不屈不挠地融入一个新的民族中。总而言之,他们是基于一种精神力量而不是物质基础进行冒险事业的。这些人实际上并不是第一批到达秘鲁的华人。众所周知,在总督时期就有中国人随同去马尼拉做生意的船只抵达我们的海岸(他说的应是我前面写到的从"中国之船"所开辟的海上丝绸之路过来的中国商人和水手——作者注)。

他在文中做了一个计算:

> 如果我们仔细注意一下19世纪的移民,可以估计出大约有10万中国人来到秘鲁。根据这一数据,我们可以计算出每2个人的一个平均后裔人数(实际上很多中国人育有很多儿女,也有一些没有留下后代)。考虑到自那时起已大约有五代人(按照通常30岁一代人计算),现在应该有300万秘鲁人拥有中国血统。但是,这一算法还有欠缺,因为在20世纪——关于这一点我没有资料——也来了相当数量的中国人,他们在秘鲁也建立了家庭。因此,如果说在秘鲁有20%的居民具有中国血统,一点不错。

他在叙述华侨先辈的历史功绩和所受到的不公正待遇后说:

> 1999年,在纪念第一批中国移民抵达秘鲁150周年之际,我很荣幸地以秘鲁外交部部长和总理的身份在共和国议会的一个隆重仪式上向这个中秘群体进行了公开道歉,这同时也是对我们的错误的承认,以及对华侨们致以崇高敬意和感谢,特别是对那些开辟了这条艰难的融合道路的先期中国移民,为他们和他们的子孙在秘鲁的发展中所做出的贡献致以崇高敬意和感谢。

他在文中还谈到,遍布秘鲁全国的万余家中餐馆 Chifa("吃饭"的谐音)广受欢迎,成为秘鲁美食的亮丽名片,也体现了中秘文化的深度融合;华人不仅带来了所有秘鲁孩子爱玩的"包剪锤"游戏,还提供了一流的哲学家、作家和专业人员……

在这本纪念特刊的封二,印着"五个标志性人物"的照片:戴脚镣的华工,穿清朝服饰的中国商人,成功商人谢宝山,农业家戴宗汉,超市业巨子黄业生。

我久久地凝视着第一张照片,心如被紧紧地攥着般绞痛。在一座如山的甘蔗堆前面,站着一位五六十岁的华人,一双赤脚上戴着一副沉重的镣铐,用根绳子系着挂在脖子上,左手提着一个水葫芦,右手提着一个旧饭罐,一身破衣烂衫,头戴一顶毡帽,双眼透露出无助、无奈的痛楚,迷茫地望着前方……

梁顺先生告诉我:"这是一张真实的照片,摄于秘鲁北部的一个甘蔗种植园。这位华工对沉重的劳动和屈辱的生活感到不满而逃跑,后被庄园主派猎人抓回,被加上沉重的脚镣,工作和休息时都不能除下。当年,像他这样的华工很多,有的戴了 8 年,更有一个戴了 15 年,直到合约期满。"

"这种中世纪的惩罚方式,真是惨无人道!"我愤愤地说。

"当年先辈们被当作'猪崽'骗来这里,掏鸟粪、种香蕉、砍甘蔗、修铁路、开矿山等,受尽折磨,是一部血泪史啊!"

萧孝权先生接话说:"这也是一部奋斗史和爱国史。我们秘鲁侨胞虽长期旅居海外,而且绝大部分生活得并不十分富裕,但我们与祖国休戚与共,始终不忘我们的根在中华大地。在祖国需要的时候,广大侨胞总是尽其所能为祖国出力,甚至在加入秘鲁国籍之后,或者是已隔几代,仍不忘自己是炎黄子孙,仍以华人血统为荣,仍关心祖国的命运。"

梁顺先生进一步介绍道:"尤其是抗日战争期间,秘鲁侨胞同仇敌忾。通惠总局召开了全侨代表大会,成立了秘鲁华侨抗日救国总会,发动侨胞捐款救国。华侨华人不分男女老幼,万众一心,以义捐、月捐、演戏、开彩、插花义卖等各种方式筹款。在此期间,共筹得 1500 万秘鲁币,约合 150 万美元,并派人不远万里秘密送回祖国。"

萧孝权先生自豪地说:"1939 年初,我们这里的华人把第三次筹得的抗日捐款送回去时,周恩来先生还为我们题了几幅字呢,至今仍保存在这里。"

说话间,我们走进通惠总局的议事大厅,迎面看到习近平主席和秘鲁时任总统的大幅画像,两国国旗分挂于两边,左右两侧墙上悬挂着许多名人的字画。

周恩来总理的六幅题字被放在了突出位置:

有力出力,有钱出钱,把一切献给祖国!
旅秘鲁中山隆镇隆善社第三次筹捐抗日军饷民国廿八年一月　周恩来书

万里外六千侨胞,统筹债捐达二百万秘币,是侨胞之模范,是抗战之光荣!
旅秘鲁中山隆镇隆善社第三次筹捐抗日军饷民国廿八年一月　周恩来题于重庆

为争取民族解放而战!
旅秘鲁中山隆镇隆善社第三次筹捐抗日军饷

为保卫世界和平而战
中华民国二十八年一月　周恩来题于重庆

坚持持久抗战,发动全面战争,争取主动地位,是我抗日战争的一贯方针,全国同胞应共守不渝!
旅秘鲁中山隆镇隆善社第三次筹捐抗日军饷民国二十八年一月　周恩来敬书

坚持持久战,坚持抗日民族统一战线,坚持建立三民主义的新中国,就一定能够达到抗战胜利,建国成功!
旅秘鲁中山隆镇隆善社第三次筹捐抗日军饷民国二十八年一月　周恩来敬书

听着萧孝权、梁顺等理事会成员的介绍,读着周总理的墨宝,看着高悬的习主席和秘鲁时任总统的画像,我深深地被侨胞们的爱国之情所感动。

现如今,秘鲁华人已融入当地社会,在政界、商界都涌现出一批精英人物,受到当地人民的认可和尊重,出现过华人议长、议员等。在秘鲁,人们以拥有华人血统为荣,这是华人百余年拼搏的结果。

华侨华人是中秘情感联络的纽带,也是中秘文化交流的使者。每逢春节等中国传统节日,唐人街的舞龙舞狮表演也深受秘鲁人民的喜爱,甚至很多表演者就是秘鲁人。

12 月 25 日是西方的圣诞节,入乡随俗,健康医疗和文化服务小分队前往利马教会敬老院,为老人们送去充满中国元素的关爱和节日祝福。

官兵们不仅为他们检查身体,还带去了中国武术、新疆舞蹈、古筝弹奏等精彩节目,以及中国过年期间吃的汤圆。

84 岁的希尔维亚女士捧着碗流泪了,她说:"我有华人血统,是第五代,虽然在这里出生,在这里长大,不知道祖地在哪里,但我知道祖籍在中国,父亲姓姚。今天老家来人了,还吃到老家的美食,我真的很开心,感谢你们。"

联谊活动结束后,32 名敬老院修女随任务官兵来到卡亚俄港,饶有兴趣地参观了"和平方舟"号医院船,并体验了中医治疗。

敬老院院长伊尔玛修女说:"和平方舟弘扬人道、博爱、奉献的精神,是伟大的事业。"

这天晚上,通惠总局组织当地侨胞与任务官兵进行了一场盛大的联欢,使这个圣诞节有了浓浓的中国味。那血浓于水的情感,侨胞们爱国、爱乡、爱同胞的真诚,让我久久难以忘怀……

正如习主席所指出的:团结统一的中华民族是海内外中华儿女共同的根,博大精深的中华文化是海内外中华儿女共同的魂,实现中华民族伟大复兴是海内外中华儿女共同的梦。

在这部作品里,我不止一次说过"不出国,不知道什么叫爱国",我也不止一次地记述所到出访国的侨胞们浓浓的爱国情怀。

12月26日上午9时50分左右,"和谐使命-2015"任务即将胜利完成,"和平方舟"号医院船即将驶离秘鲁卡亚俄港。在这个时刻,在这个异国码头,我又遇到了一件事,虽然有重复之嫌,但我还是忍不住写下来,原原本本地告诉您:

热烈隆重地欢送,依依不舍地话别,每完成一站任务,类似的场面都会重演。我随任务指挥员管柏林、吴成平,船长郭保丰等人向前来送行的人们挥手道别。这时,一对华人老夫妇匆匆赶来。见战士们正准备收起舷梯,他们有点儿焦急。

他们看到站到前面的指挥员管柏林,就小跑着过来,急切地说:"我们是从外地赶过来的,能否让我们到甲板待一小会儿?几分钟就行!"

管柏林抬腕看了看时间,再看看老人渴望的眼神,咬咬牙,点点头同意了。

我看这对夫妇满头银发,应该都在70岁以上,便招手让2名战士过来,搀扶他们走上舷梯。我随他们登上医院船的飞行甲板,为他们介绍救生直升机和有关设施。老夫妇牵手伫立、环视、仰望,脸上露出无比欣喜的笑容。

突然,老爷子松开了老伴的手,缓缓屈膝跪下,然后将脸颊轻轻贴上甲板,犹如依偎在母亲的胸膛。他轻轻地亲吻着甲板,浑身抽动着,放声号啕:"妈妈啊,我们来看您了!您不孝的儿子站到咱祖国的土地上啦,我的头上飘扬的是五星红旗……"

我紧咬着嘴唇,强忍着眼泪,蹲下身子,扶起老人,轻声对他说:"老人家,时间到了。"可是,这话一出口,我的眼泪就决堤了,满面横流……

老人恋恋不舍地走到舷梯口,脚步顿了顿,身体靠近武装更:"再让我感受一下祖国亲人的温暖吧……"

那一刻,任务官兵都在舷边站坡,目睹这一切,许多人都抬手悄悄抹了一下眼角。

我已经不记得在跟随"和平方舟"号医院船航行的日子里,有多少这样令人泪目的场景,感动之余,总有一股无形而温暖的力量盈满心房。

那一刻,我心里有许多话,想对着海天大声呼喊,想对这世界诉说:

侨胞们,亲人们,我们的祖国已经强盛了,在中国共产党的领导下,山河破碎的中国、备受屈辱的民族,正在走近世界舞台的中央,中华民族伟大复兴中国梦一定能够实现!在任何地方,你们都可以挺直腰板,自豪地宣称"我是中国人"!

侨胞们,亲人们,我们的人民富裕了,真正当家做主人了,民生得到极大改善,国力迅速得到增强,中国快速成为世界第二大经济体,脱贫攻坚战也取得全面胜利。千年小康梦已照进现实,以人民为中心的发展道路越走越宽阔,老百姓生活幸福、安居乐业,贫穷落后的帽子已被彻底甩到了太平洋……

5. 赤道长风送来新年钟声

"和平方舟"号医院船驶离秘鲁卡亚俄港之后,"和谐使命-2015"任务也进入尾声,下一阶段除了在夏威夷短暂技术停靠几天外,就是归国的航程了。

按理说,这一阶段应该是比较放松的时候,可对于我与和平方舟报编辑部的小伙伴们来说是最繁忙、最紧张的日子,我们要赶在 2016 年元旦前把这期报纸编辑印刷出来。

说到编辑部里的涂雪斌、黄昕、金玲玲几位小伙伴,他们真是辛苦,日夜加班,从无怨言。特别是涂雪斌,这位来自江西南昌的小伙子,任劳任怨,是编辑部的绝对主力。

他担负的工作太重太多了,我给他总结为"八大员":

卫生员,这是他的职务,本职工作;编辑员,负责报纸的编辑出版;音响员,负责各种活动的音响控制;刻字员,负责有关活动的刻字;横幅打印员,负责各种标语、横幅的打印;图书管理员,负责图书的借阅登记和整理;文体器材保管员,负责文体器材的发放和保管;引导员,负责引导各国民众上船参观和就医。

我们在一起工作时,我常常望着他出神。他又黑又瘦,个子又矮,但身躯凝聚的力量如同海浪奔腾不息。

2015 年 12 月 31 日深夜,其他战友都休息了,我们俩在工作中迎来了 2016 年的第一个黎明。

《和平方舟报》第1、2版刊载了任务指挥员管柏林、吴成平联合署名的《新年献辞》：

挟赤道长风，迎大洋晨曦，伴新年钟声，踏深海浪花！在这辞旧迎新的美好时刻，任务指挥所向全体将士致以新年的祝福和崇高的敬意，并通过你们向远方的亲人致以亲切的慰问和衷心的感谢！

回顾"和谐使命-2015"任务之行，两洋八国的万里波涛见证了任务官兵的满腔赤诚。117天沐风浴浪，398颗心灵相拥，在我们身后留下了一串串深蓝航迹，撒下了无数颗爱的火种，收获了沉甸甸的胜利果实。

忘不了马六甲海峡的舰驰翼旋，中马两军首次实兵演练，立体突击，海空搜救；忘不了布里斯班河畔"祖国万岁"的深情呼喊，旅澳侨胞的心声使官兵豪情倍添；忘不了帕皮提浓浓的华夏情缘，中法海军真诚协作、直面交流、海上救护、携手并肩；忘不了圣迭戈邂逅"仁慈"号医院船，成体系参观学习，探讨合作共赢借鉴提高；忘不了阿卡普尔科的荷枪实弹，烈日下的候诊长龙，和平方舟是一道独特的风景线；忘不了与巴巴多斯国防军海滩训练场上的盛大联欢，球赛中滚动着兄弟般的情，皮艇上荡漾着姐妹般的谊；忘不了格林纳达倾情奉献的医疗"大餐"，传递了无疆大爱，提供了无私帮助，赢得了无数好评；忘不了卡亚俄港口万只海鸟的热情相迎，利马华人的热情接待，平安夜的灯光辉映着中秘两国友谊的万丈光芒……

这是一次强军实践的先锋之旅！我们牢记党中央、中央军委、海军的重托，坚持"和谐使命"任务主旨，充分发挥医院船独特优势，争当军事力量"走出去"的排头兵，为推动"一带一路"建设，巩固与到访国关系做出重要贡献，向世界展示了我负责任大国风范和威武之师、文明之师、和平之师形象。

这是一次和谐包容的友谊之旅！我们高举"和平、发展、合作、共赢"伟大旗帜，秉持"和谐世界""和谐海洋"理念，以求同存异、务实开放的态度，积极开展军事外交，传播中华文化，包容他国文化，在尊重他人的同时，也赢得了广泛尊重。

　　这是一次传播健康的关爱之旅！我们全力打好免费医疗和人道主义服务"组合拳"，先后为各国民众诊疗 16572 人次，收治住院 46 人，手术 58 例，开展 CT、DR 等辅助检查 7275 人次，广泛开展健康服务和文化联谊活动、医疗设备维修、环境"消杀灭"等公益慈善活动，书写了"和谐使命"新的篇章，创造了和平方舟新的辉煌。

　　这是一次舍家为国的奉献之旅！我们始终坚持国家利益、民族尊严、军队形象、海军荣誉高于一切，巩固深化"三严三实"专题教育成果，出访一路，服务一路，学习一路，提高一路，同舟共济、精诚团结、爱岗敬业、顽强拼搏、科学规范、严守纪律，勇于探索、开拓创新，用实际行动铸就了对党和人民的无限忠诚。

　　新的一年，我们依然在路上！

　　我们承载着"和谐使命"而来，我们是光荣的和平使者，我们必将继续沿着和谐的征程扬帆万里……

　　我们把一摞报纸折叠好后，天已经亮了，新年的第一抹红霞出现在海平面上。

　　我对涂雪斌说："新年新气象，咱们这份报纸也有了新模样。"

　　涂雪斌怀里抱着报纸，深情地说："任务快结束了，我们就要回家了……"

　　新年第一天，如何过？

　　为了活跃节日气氛，又要考虑航行安全和场地限制，指挥所组织任务官兵举行了趣味运动会，有掰手腕、折返跑、仰卧起坐、平板支撑、跳大绳、吹乒乓球、斗牛等近十个项目，人人参与，热闹非凡。

　　其中女子斗牛吸引的人最多，冠亚军争夺战在孙影、王丹 2 位妇产科主任之间展开。她们俩都是重量级的，相持不下，十几分钟未分出胜负，王丹手指都磨破了，硬是不服输。

　　我在旁边当裁判，看着这种场面，只好喊了声："并列冠军！"

"好！好！"大家一致赞同,掌声、笑声、叫好声响成一片。

医院船电工兵包敬崇和警卫战士范盼盼的平板支撑较量也到了白热化。包敬崇是位山东烟台小伙,平时就十分注意锻炼。我注意到他是因为他的"另类"——大家在散步、学太极时,他却在甲板上铺开一堆现代化健身器材,练出了一身腱子肉,不亚于某些健美比赛冠军。

范盼盼是位河南小伙,从小习武,再加上陆战队的淬炼,他表演的少林功夫常让异国民众看得如痴如醉。

2位血气方刚的青年,2位习武精武标兵,在比赛中较上了劲,一时间难分伯仲。

"加油！加油！"战友们不停地为他们鼓劲。

1分钟、2分钟、10分钟、半个小时……任务指挥员管柏林看不下去了,笑呵呵地挥手叫停,朗声说道:"不能再比了,也是并列冠军！"2个小伙子爬起来,相约下次再比,似乎都有点儿不服气……

有任务就上,有第一就抢！我在心里感叹道:"无论男女老少,荣誉感都这么强！"

在医院船上,男兵们有没有服气的?

有！而且是个女兵,他们都叫她"烨哥"。我有点儿纳闷:这是为何?

"烨哥"大名黄芳烨,是个90后,来自福建宁德。

20多岁的大姑娘被一帮男人称为"哥",黄芳烨不恼不火,反而说:"这是大家对我的认可。"

在此后几天船上组织的基础技能比武中,我负责记时间,终于找到了黄芳烨令他们服气的因由。

这场比武有战伤救护、打绳结、穿潜水服、穿戴个人防护器材、体能五项,还有堵漏和灭火两项损管表演。

在比武中,黄芳烨力压群雄,一举夺得打绳结、穿潜水服、穿戴个人防护器材三项第一。

黄芳烨是 2011 年 12 月入伍的。

她刚上大学没几个月,就听说海军到学校招兵。她用一个"就是想当海军"的理由,硬是说服了家人,成为"和平方舟"号医院船上的一名女兵,也是海军首批上舰女舰员之一。

分配专业时,自小长在海边,特别喜欢船舶的黄芳烨如愿成为一名操舵兵。

不仅如此,她还利用工作间隙学习小艇驾驶,并通过了考核。这让她在此后执行任务时派上了大用场。

2014 年 9 月,"和平方舟"号医院船执行"和谐使命-2014"任务,抵达瓦努阿图。当时,舰船无码头靠泊,只能在距岸边 10 海里处抛锚,1000 多名就诊人员只能依靠登陆艇运送。

黄芳烨主动请缨,与操舵班班长印达军轮流操艇。

在一次转运途中,登陆艇正高速前行,突然一个浪打过来,小艇大幅度摇摆,海水更是飞溅到黄芳烨的眼睛里,刺激得她无法睁眼。此时艇上搭载 40 余人,随时可能发生小艇失控、人员落水的危险。关键时刻,黄芳烨强忍疼痛,使劲睁开双眼,双手用力握牢舵杆,稳稳控制艇速,终于安全抵达靠泊点。

一连 6 天,黄芳烨平均每天驾艇往返 20 余趟,每趟 20 余分钟。高温高湿条件下的连续高强度作业,让她多次出现中暑症状,皮肤也晒得黝黑粗糙。

黄芳烨干一行钻一行,并触类旁通,大舰操舵、开高速艇、驾冲锋舟、开大吊机,她也都驾轻就熟。

每次赴海外执行任务,看到她那乘风破浪的飒爽英姿,外国同行都不由得竖起大拇指:"Great(太棒了)!"

2015 年,我和她成为"谐友"时,她的职务却是防化班班长,是船上最年轻的班长,并且还是海军唯一一名防化专业的女班长。

据说调整专业时她有点儿不乐意,但没办法,"军人以服从命令为天职"。她眉头一皱,找船长"讨价还价":"我服从专业调整,但有一个要求。"

时任船长章荣华黑着脸说:"部队不是集贸市场,工作上的事怎能讨价还价?"

"船长,你也是开船的,能理解我此时的心情,我舍不得啊。我只有一个要求:往后还准许我驾登陆艇、高速艇。"她说着,眼泪竟吧嗒、吧嗒地掉了下来。

章荣华一听,愣住了,原来是这个要求。他有点儿心疼和感动,这孩子,对事业爱得多么热烈和纯真。但他故意板着脸,说道:"哭什么鼻子? 还号称烨哥呢,丢不丢人?"

黄芳烨抹了把泪,显露出女儿态,用撒娇的口吻求船长:"好船长,你就答应我吧!"

章荣华鼻子轻轻哼了一下,吐出2个字:"同意。"

黄芳烨笑了,立正,敬了个礼,转身跑了。

章荣华望着她的背影,在心里感叹:"这个丫头,真是个好兵!"

黄芳烨担任防化班班长后,面对女舰员从未涉足、又苦又脏的防化岗位,抓住点滴时间学习专业教材,熟悉防化装备,很快就练就一手绝活:穿戴防护服,30秒内高质量完成;打绳结,20秒内打出10多种……她连续2次在支队基础技能比武中拔得头筹。

后来,黄芳烨还报名参加了海军第二批兼职女潜水员培训。

说到黄芳烨在医院船上的角色,那可真是一专多能、身兼数职:操舵兵、防化兵、电工兵、帆缆兵、潜水兵及安检员、纠察队员、军乐队员……

一位《解放军报》记者在采访她后,忍不住赞叹:"女兵黄芳烨犹如新时代的花木兰,绽放着中国海军女兵的灿烂芳华!"

在驶往夏威夷的航途中,我问黄芳烨:"今后有什么打算?"

她拂了一下短发,调皮地一笑,说:"从个人打算来说,我想成为海军第一名女高级士官,这样服役时间更长;从工作上讲,你主编的报纸上不是讲过了吗?"

说到这里,她停顿了一下,然后琅琅地背诵《新年献辞》里面的最后两句话:"新的一年,我们依然在路上! 我们承载着'和谐使命'而来,我们是光荣的和平使者,我们必将继续沿着和谐的征程扬帆万里……"

B 卷

"谢谢,我爱中国!""我想到了《圣经》里的挪亚方舟","和平使命-2018"出访了 11 个国家,是历次出访任务最多的一次。任务官兵在为世界各国人民提供医疗服务的过程中,在收获无数感激的同时,倍感使命伟大,任务光荣……

第九章　我认识了一艘伟大的舰船
——"和谐使命-2018"

新的一年,2018 年。这年 6 月 28 日,遵照中央军委命令,"和平方舟"号医院船又一次出征了,执行"和谐使命-2018"任务,访问巴布亚新几内亚、瓦努阿图、斐济、汤加、哥伦比亚、委内瑞拉、格林纳达、多米尼克、安提瓜和巴布达、多米尼加、厄瓜多尔并提供人道主义医疗服务,其间参加智利海军成立 200 周年庆典活动和"2018 拉美国际海事防务展",并技术停靠法属波利尼西亚和斐济。此次任务率队的是指挥员管柏林、秦威,副指挥员柳堤、卓洪斌,参谋长卢爱清等。

1. 重访大洋洲四国传佳话

我在前面曾经写道:2014 年 6 月 9 日至 8 月 3 日,"和平方舟"号医院船随编队参加"环太平洋-2014"多边海上联合演练。之后,随即转入"和谐使命-2014"任务,赴大洋洲的汤加、斐济、瓦努阿图、巴布亚新几内亚四国访问,并为当地民众提供人道主义医疗服务,在南太平洋上旋起一股强劲的"中国风"!

不同的是,这次"和谐使命-2018"任务到访的国家多,到访大洋洲的航线也是逆方向,首站是巴布亚新几内亚,此后是瓦努阿图、斐济、汤加等国。

"和平方舟"号医院船时隔 4 年重访,又给大洋洲四国留下了怎样动人的中国故事和佳话呢?

2018 年 7 月 11 日，中国海军"和平方舟"号医院船缓缓驶抵莫尔斯比港，开始对巴布亚新几内亚进行为期 8 天的友好访问并提供人道主义医疗服务。

"我热烈欢迎和平方舟的到访，这是和平方舟第二次访问巴新，服务我们的人民，加强我们 2 个伟大国家的双边关系。42 年来，巴新和中国具有非常强有力的关系。1 个月前，我率代表团访问中国，我们两国间的伙伴关系已经变得更加深厚、更加广泛。和平方舟的到访，表明了我们不断成长的关系已经扩展到包括对巴新医疗支持的众多领域。我们非常感激，此访将继续提供医疗服务，这是在许多发展中国家非常缺乏的，非常感谢中国海军的支持。我尤其高兴，在不久前我向习主席提出请求后，中国海军能够进行此访，非常感谢你们的快速反应和快速访问。今年是巴新的 APEC 年，再次感谢中国政府和人民为巴新举办 APEC 做出的贡献。我们期待中华人民共和国主席习近平在此期间的国事访问，这是中国国家元首首次访问巴新，是历史性的，必将加强我们两国间的关系，巴新人民一定会给予热烈的欢迎！我们要庆祝和平方舟来到巴新，靠泊莫尔斯比港，要感谢和平方舟为我们的人民提供医疗服务。祝你们几天后离开时旅途愉快！"这是巴布亚新几内亚总理彼得·奥尼尔在甲板招待会上发表的热情洋溢的讲话。

"和平方舟"号医院船没有辜负巴新政府和人民的期望，在此期间，累计为当地民众诊疗 6209 人次，CT、DR、B 超、心电图等辅助检查 2042 人次，手术 36 例，住院 36 人。

这里的人们传颂着中国军医的大爱仁心，脸上洋溢着欢欣的笑容。

其中一位 4 岁小男孩的笑容感动了巴新全国，使他成了巴新的"小名人"。这个小男孩叫达米安·马英。几个月前，一场火灾将他的双手烧伤，结瘢后手指挛缩畸形，无法活动。

孩子痛苦啊！看到别的小朋友雀跃着做游戏，他只能在一旁呆呆地看着，幼小的心灵被忧伤和自卑笼罩。

父母绝望啊！"我非常担心，带他去诊所换药和治疗，希望病情能够好转，但奇迹并没有发生。想到他一辈子都会这样，我感到忧虑和绝望，因为我没有钱让他接受手术。"达米安的妈妈莎伦·阿里这样说。

中国医院船的到来,点燃了他们心头的希望之火。海上医院张从昕院长组织专家会诊,经过慎重研究决定,为孩子做手术!外科医生马兵、杨超领受了任务。他们都是第二次随船到大洋洲执行"和谐使命"任务,和其他医护人员一起,白天门诊,晚上手术,天天满负荷地工作。

马兵说:"辛苦点儿不算什么,我们这样努力工作,就是为了让更多的当地民众得到中国送来的福祉。"

手术成功了,同时也创下了医院船全麻患者年龄最小、体重最轻的纪录。小男孩的妈妈莎伦喜极而泣,激动地说:"在接受免费手术后,我很高兴地看到儿子的手指能动了。我非常感谢和平方舟,感恩中国!"

小男孩达米安高兴了,脸上绽放着幸福的笑容。他的这个笑容被当地主流媒体《信使邮报》的记者捕捉到了,刊登在报纸的头版上。小男孩满面笑容的大头照在当地引起轰动,人们争相传阅,成为佳话……

在船上住院期间,活泼可爱的小达米安很快就与医护人员熟悉起来。出院前,他亲吻着病房护士长冯苹的脸颊,羞涩地说:"谢谢,我爱中国!"

"谢谢,我爱中国!"瓦努阿图女青年诺埃林·汉默术后醒来,用不同的语言说着同样的话。

诺埃林·汉默 29 岁,结婚多年一直不能怀孕,并且腹部时常疼痛。家里老人着急,小夫妻俩更是着急。虽然她曾多次到当地医院就诊,但苦于医疗条件较差,医生建议她到国外检查治疗,可昂贵的费用和手术的风险让夫妻俩望而却步。

7 月 23 日,中国海军"和平方舟"号医院船时隔 4 年再次到访瓦努阿图,为当地民众提供高水平的免费医疗服务。闻此喜讯,诺埃林·汉默第一时间赶了过来。妇科医生陈于接诊了她,经过多项检查发现,她的左侧卵巢有个巨大的囊肿,需要手术。

医院船综合各方面考虑,决定用瓦努阿图所没有的腹腔镜,对其实施微创手术。它的优点是创伤小、恢复快,对卵巢功能的影响小,有利于尽快康复、早日受孕。

7月26日晚上9时,中国农历六月十四日,这一天的瓦努阿图月朗星稀,泊在岸边的"大白船"在月光下映出淡淡的剪影,非常美。海水在微风的吹拂下,摇曳着月光,轻拍着码头,荡出一道道银色的弧,越发显得宁静祥和……

医院船的一间手术室也非常宁静,陈于、彭泳涵和吴思楚3位医生如同一片白云飘了进来,他们了解了一些术前准备情况后,用眼神、用手势代替语言,开始了当天晚上的第二台手术。

诺埃林·汉默静静地躺在那里,麻醉后的她,睡梦中脸上还挂着微笑。术中发现,她的左侧卵巢有一个直径接近10厘米的拳头般大小的囊肿,而且已经压迫到子宫和输卵管,造成了它们的偏移,这是她不能怀孕并时常疼痛的主要原因。手术很成功,不仅摘除了囊肿,对卵巢进行了修复,还将子宫和输卵管恢复到了正常位置。

"谢谢,我爱中国!"诺埃林·汉默术后醒来,第一句话就是表达感激之情。

陈于医生也为这位异国姐妹高兴。她轻握着诺埃林·汉默的手说:"祝贺你,手术非常成功!同时也祝福你,将来能圆当母亲的梦。"

诺埃林·汉默脸红了,同时绽放出幸福的笑容。后来,她对当地媒体记者说:"当陈医生告诉我将来还有可能做妈妈时,我感到无法用语言形容的高兴。我爱中国,我爱和平方舟!"

第二天上午,任务指挥员管柏林、秦威拜会瓦努阿图总统塔利斯·奥贝德·摩西。摩西总统说:"和平方舟的到访为瓦努阿图人民带来了希望,送来了健康。请转达我对贵国习近平主席的谢意,期盼和平方舟能再次来。同时,我诚挚邀请和平方舟官兵参加瓦努阿图第38个独立日的庆祝活动,你们的到来不仅送来了节日的祝福,而且是我们庆典活动一道亮丽的风景。"

是的,这是一道亮丽的风景。

30日上午,瓦努阿图第38个国家独立日庆祝活动在瓦努阿图独立广场举行,"和谐使命-2018"任务指挥员管柏林、秦威和30名任务官兵,作为嘉宾观礼了庆祝活动。他们的到来,为庆祝活动增添了喜庆色彩,引起了当地民众的一阵阵欢呼……

8月2日,执行"和谐使命-2018"任务的中国海军"和平方舟"号医院船抵达斐济苏瓦港。

在欢迎的人群中,有一位特殊的人物尤其引人注目,他就是斐济前总统埃佩利·奈拉蒂考。奈拉蒂考握着指挥员管柏林的手说:"4年前和平方舟来访的时候我还是总统,见证了斐济人民对和平方舟的欢迎与感激,而此次再访,我看到了同样的欢迎与感激。中国是我们的老朋友,无论和平方舟什么时候再来,我都会前来迎接大家!"

他上船后第一句话是:"我的身体很好,最重要的是我要来看看船上的医护人员,看看我的中国老朋友们。"

这位也应算老朋友,一位70余岁的女士对身旁的人说:"我这是一次跨国预约!"她叫瓦索尼拉维,一位有着50年教龄的英语老师。她虽是斐济人,但近些年一直在瓦努阿图教书。

2014年,"和平方舟"号医院船首访瓦努阿图时,她就想着到船上治疗眼疾。然而非常遗憾,由于工作原因,她没能赶上。这一次,当得知医院船再访瓦努阿图的消息时,她特别兴奋,感觉是"上帝的眷顾"。可是,正值期末考试,待处理完学校事务后,她才赶上就诊的"末班车"。

海上医院眼科医生给她仔细检查后,确诊她左眼患有白内障,需要手术治疗。但时间不够了,"和平方舟"号医院船即将离开瓦努阿图,前往下一站斐济。"斐济是我的家乡,我回到斐济等你们!"瓦索尼拉维与中国军医约定。她第一时间订好机票,在"和平方舟"号医院船靠泊苏瓦港的前2天回到了斐济。

这天,瓦索尼拉维在丈夫的陪伴下,一大早就赶到码头,迎接"和平方舟"号医院船的到来。当晚,她在医院船上成功地接受了白内障超声乳化和人工晶体植入手术。

8月4日,斐济总理姆拜尼马拉马登上医院船,到病房亲切看望术后住院的当地民众,并帮瓦索尼拉维解开纱布。那一瞬间,瓦索尼拉维觉得眼前一亮。她拉着医生的手说:"你们是中国派来的光明使者,我会永远铭记你们的善意与帮助……"这是后话。

靠港那天,欢迎的人群中有一对母女,她们的心情有些不同。她们虽然也充满了期待,但在期待的同时,母亲的心中更多的则是后悔和自责。

她后悔,4年前"大白船"来斐济时没带女儿来就诊;她自责,是自己的固执延误了女儿的病情……

女儿叫戴安娜,6岁了,像个小天使,漂亮的脸蛋、长长的睫毛、灵秀的眼睛,人见人爱。

可是,戴安娜生下来时先天畸形:本应纤细幼嫩的小手,右手中指却短了一大截,无名指多出好几块肉,却少了一个关节,不仅难看,还影响功能;她的左小腿有明显的凹陷,导致两条小腿粗细不一;还有两个脚趾也畸形地连在了一起,严重限制了正常运动。戴安娜从小就不愿在小伙伴面前伸出自己的右手,也不愿意穿裙子。

大家知道,在斐济谁不穿裙子呢?就连男人平时也穿。可是,戴安娜稍微开始懂事,就坚决不穿裙子,一给她穿,她就又哭又闹。

戴安娜2岁时,中国的"大白船"来了。本来这是个好机会,妈妈却犹豫了,顾虑重重。她犹豫什么?顾虑什么?

她带着戴安娜看过很多医生,有斐济的,有印度的,有英国的,有古巴的,他们都说做这种矫正手术很难很复杂,需要专家级的医生亲自主刀;即便做,也要很长的过程,不是短时间内一刀两刀就能解决的。中国医院船来这里,只有这么几天,又不一定有高级专家为戴安娜这个普通家庭的孩子动手术。她思来想去,在犹豫和顾虑中放弃了。她不想带着希望而去,却带着失望而归,使孩子更受伤。

然而,当"和平方舟"号医院船离开斐济苏瓦港后,她从媒体上和乡亲们的街谈巷议中,了解了许多"大白船"的事迹,开始有点儿后悔了。

让她真正感到后悔的,是戴安娜懂事后对她的一次发问:"妈妈,中国'大白船'来的时候,你为什么不带我上去看看呢?大家都说,中国军医的医术非常好,设备也先进,说不定能治好我的手和腿呢。"

妈妈闻听,愣了好大一会儿,垂泪说:"是啊!那时候怎么鬼迷心窍,不带你找中国军医看看呢?后悔了,后悔了,我真的后悔了!"她深深地自责,那次错失的有可能不仅仅是对女儿的治疗,还是女儿的人生、女儿的梦想啊!

她把女儿揽在怀里,喃喃地说:"'大白船'会来的,一定还会再来的。我们就天天祈祷吧,说不定哪天它会听到我家宝贝的呼唤,从东方乘风破浪而来!"这番话像是安慰女儿,更像是安慰自己。

真的,是真的,"大白船"真的又来了!

戴安娜的妈妈欣喜若狂,她在心里暗暗说道:"这次一定不能错过,我不能让自己后悔一辈子!"

那天,"和平方舟"号医院船还在靠岸,6 岁的戴安娜就在母亲的带领下,早早来到码头,用左手高举着中斐两国的小国旗,和无数的人一起大声喊:"欢迎,欢迎,热烈欢迎!"

戴安娜觉得,她的喊声,中国军医一定听得到。是的,中国军医听到了。上船后,经过完善的术前检查,戴安娜当天就入院了。

第二天,戴安娜接受了几个小时的全麻手术,手足畸形均得到了成功矫治。

戴安娜的母亲激动得热泪盈眶,连声道谢说:"感谢和平方舟,是你们给了我女儿一双飞翔的翅膀,希望她将来能飞到中国去感谢你们!"

戴安娜恢复得很快,她真的很开心,伸出右手、跷起左腿给人看,一遍遍地说:"我好了,我好了,我和小朋友们一样了。我能上学了,我能跳舞了……"

病房护士长冯苹欣喜地看着乖巧的戴安娜,送给她一只长毛绒大熊猫,又捧起她满是灿烂笑容的小脸蛋亲了亲,说:"你真是个可爱的小天使!"

小天使插上了新翅膀,小女孩有了新梦想。出院前,戴安娜的妈妈给她穿上了一条崭新的花裙子。这一次,她很开心,还张开手臂旋了旋。下船时,戴安娜有点儿不舍,她悄悄地告诉陪伴自己多日的病房护士长冯苹:"阿姨,我会想你们的。等我长大了,我想到中国跳一支芭蕾舞,来感谢你们!"

冯苹望着她那可爱的样子,开心地笑了。在场的人,都开心地笑了……

俗话说:无巧不成书。

8月13日,"和平方舟"号医院船第二次到访汤加,靠泊努库阿洛法港,巧合的是,与4年前首访同月、同日、同时、同地点。这是友爱的重逢,是幸福的再会。

抵港不到1小时,汤加首相图伊瓦卡诺便在政府办公大楼会见了来自中国的友好使者。"4年来,我实实在在地见证了中国对汤加的无私支持与帮助,这栋办公大楼就是中国援建的,一竣工就成为我们首都的新地标。"见面后,图伊瓦卡诺就对老朋友打开了话匣子。

"和平方舟"号医院船上一次来访时,图伊瓦卡诺首相出国访问,没有在第一时间迎接中国朋友,他一直觉得是个遗憾。

图伊瓦卡诺作为汤加历史上首位平民首相,曾当过教师和报社编辑,更能体会民众的感受。

医院船到访第三天,图伊瓦卡诺首相率政府官员登船慰问,并代表汤加国王、政府和民众表达深深的敬意:"太巧了,在汤中建交20周年之际,和平方舟到访是中国送来的最好礼物。"

甲板招待会上,任务官兵还为汤加人民送上一份特殊礼物——军乐队现场演奏该国名曲《鸟的天堂》。

随着悠扬的乐曲响起,汤加王国公主萨洛特·皮洛莱乌·图伊塔感到十分意外,带头鼓起掌来。她激动地对任务指挥员管柏林说:"这首曲子是我祖母的得意之作,曲调非常美丽,但演奏起来难度很大,真没想到中国海军这么有心,演奏得这么流畅,可见你们对汤加王室和汤加文化非常尊重。"

管柏林说:"美好的事物和美好的文化,是人类共同的追求。但这也真是巧合,我们只知道这是一首汤加名曲,并不知道是老王后所作。"

"各美其美,美人之美,美美与共,天下大同。"任务官兵以良好的文化素养及对当地文化的充分尊重,显示了中国包容并蓄、海纳百川的东方文明大国形象,赢得了到访国民众的普遍欢迎。这样的一幕幕,在"和谐使命"任务的航迹上屡屡上演。

"和平方舟"号医院船抵达努库阿洛法港那天,码头上的欢迎人群中,有一个身穿中国海军军医大学附属医院白大褂的帅小伙,他格外兴奋。

他叫拉图,26岁,是一名汤加军医。拉图曾于2011至2017年在中国海军军医大学学习临床医学专业,是汤加第一位赴中国海军军医大学学习的军事留学生,也是该校第一位来自南太平洋地区的本科毕业学员。

"真是太巧了,太惊喜了,还能在汤加见到中国老师。"船一靠码头,拉图就迫不及待地上船,与自己的中国老师商艳、黄海、赵佳琦、周毅等一一见面,汇报回国后的学习、生活和工作情况。

"这个病人有哮喘,呼气时通过听诊器可以听到哮鸣音。"呼吸内科医生商艳一边诊疗,一边继续带教。作为汤方志愿者,拉图不仅当翻译,还当助理医生,忙得不亦乐乎。

闲暇时,几位老师询问他今后有什么打算。

拉图说:"我有一个梦想,就是创建汤加历史上第一所军队医院,像中国一样,让部队官兵也有自己的专属医院!"原来,汤加目前没有军队医院,作为军医,拉图只能到地方医院工作。老师们表示:一定大力支持他,特别是在医疗技术方面,有什么困难就及时告诉他们,他们想办法帮助解决。

"医者仁心,大爱无疆。感谢中国,在我最美的青春年华,给了我爱的力量。"拉图感动不已地说,"我相信,这份来自中国的爱,不仅在汤加,在大洋洲,甚至在全世界,都将永远绽放绚丽光彩。"

这份来自中国的爱,旅居汤加的澳大利亚籍老人彼得·哈特享受到了。近年来,彼得·哈特的左眼长出翼状胬肉,并遮盖瞳孔,使他的视力越来越差,严重影响生活。

彼得·哈特来到当地医院就诊,从医生口中得知,中国医院船马上要来汤加啦。"从那时开始,我一直盼啊盼!"

医院船抵达第二天,彼得·哈特就登船就诊。眼科医生史胜为他做了检查,并于当晚实施了手术。很巧,此日也是彼得·哈特的生日。

8月15日,恢复很好的彼得·哈特与远在澳大利亚的亲人刚通完电话,病房里突然响起生日歌。"Happy birthday to you!祝你生日快乐!"中国军医唱着《祝你生日快乐》,手捧着蛋糕出现在病房中。

"我突然有种错觉,以为这歌声来自电话那头,还以为这里就是我的家。没想到,这是中国军医们送来的诚挚祝福。"彼得·哈特非常激动。

彼得·哈特在流动的中国国土——"和平方舟"号医院船上的病房里度过了68岁生日。

彼得·哈特热泪盈眶地说:"这个生日我永远难忘,中国人把大爱奉献给了全世界,传递的是和平理念和力量……"

据统计,"和谐使命-2018"任务期间,"和平方舟"号医院船在大洋洲四国累计诊疗23014人次,辅助检查9851人次,收治住院112人,手术127例。

2. 最高规格迎送任务官兵

狂风劲吹,白浪滔滔;夕阳西坠,彩霞满天。2018年9月21日傍晚,中国海军"和平方舟"号医院船与委内瑞拉海军"叶库阿纳"号巡逻舰,在加勒比海帕拉瓜纳半岛以东海域会合了。

"和平方舟"号医院船在完成对大洋洲四国的访问和医疗服务之后,航程中在法属波利尼西亚帕皮提港进行了技术停靠,随后赴中南美洲继续访问。

得知中国海军首次来访,委内瑞拉举国欢腾。委内瑞拉海军"叶库阿纳"号巡逻舰提前起航,顶着大风浪前出180多海里迎接引导。两舰会合后,双方官兵在甲板上列队,相互鸣笛敬礼。"叶库阿纳"号巡逻舰通过甚高频发来欢迎词:"我代表总统马杜罗欢迎你们到访委内瑞拉,欢迎你们来到查韦斯的故乡,进一步加深两国友谊。下面,请跟我一起航行到拉瓜伊拉港。"令任务官兵没有想到的是,一波欢迎高潮将止,又一波随即来到!

云卷云舒,战鹰高翔!委内瑞拉空军5架K-8教练机飞临"和平方舟"号医院船上空,先进行精彩的飞行表演,然后用高规格的编队飞行来表达对中国海军舰船到访的热烈欢迎。

更大的欢迎场面还在后面。9 月 22 日上午,"和平方舟"号医院船在"叶库阿纳"号巡逻舰的引导下,即将抵达拉瓜伊拉港时,委内瑞拉总统马杜罗第一时间在个人推特上发文表示欢迎,并再次高规格派出"瓜伊盖里"号巡逻舰和 4 架 T-27 教练机前出迎接。码头上,委方举行了盛大欢迎仪式。委内瑞拉部长理事会副主席兼国防部部长帕德里诺四星上将、战略作战司令部司令塞瓦略斯四星上将、陆军司令苏亚雷斯上将、海军司令阿雷桑德雷略上将、空军司令胡利亚克上将、巴尔加斯州州长卡尔内依罗等一众军政官员前来迎接。

委内瑞拉部队官兵整齐列队,军乐队演奏欢迎曲,民众载歌载舞。中国驻委内瑞拉大使馆代办邢文聚及工作人员、中资机构人员、华侨华人代表挥动着中委两国国旗,更是抒发着满腔热情……

隆重欢迎的场面激动人心,但任务官兵清楚:委内瑞拉正处于多事之秋,美国及其西方盟友对其封锁、制裁,煽动、支持委内瑞拉国内反对派动乱,企图颠覆现政权,造成政局不稳,整个国家处于动荡之中。委内瑞拉对中国海军舰艇首访如此高度重视和热烈欢迎,是对中国政府、人民和军队在关键时刻伸出援助之手,表示最诚挚的感谢!

委内瑞拉玻利瓦尔共和国,简称"委内瑞拉",位于南美洲北部,首都加拉加斯。

委内瑞拉的国名"Venezuela"源自意大利文,意为"小威尼斯"。至于正式国名里的"玻利瓦尔",是 1999 年委内瑞拉重修宪法时才加入的,用以纪念领导人民争取独立的开国英雄西蒙·玻利瓦尔。委内瑞拉 1974 年 6 月 28 日同中国建交,两国关系一直密切良好。

说到委内瑞拉,不能不说其前任总统查韦斯。他在我和许多人心中,是一位反帝斗士、民族英雄。广大委内瑞拉人民也以他为傲。

查韦斯 1954 年 7 月出生,毕业于委军事学院。1982 年,他创建由退役军人和社会中下层人士组成的"玻利瓦尔革命运动"。1992 年,他领导"二四"军人政变未遂,入狱 2 年后获释。1998 年 1 月,查韦斯创建"第五共和国运动",主张彻底改革国家政治体制,建立人民参与的真正民主;12月,作为竞选联盟"爱国中心"的总统候选人参加大选并获胜。就任后,查韦斯推动通过全民公决成立制宪大会修宪,对国家政治体制进行重大改革。根据新宪法,查韦斯于2000年7月再次当选总统。2006年12月和2012年10月,查韦斯连选连任总统。2013年3月5日,查韦斯不幸因病在首都加拉加斯去世。

现任总统尼古拉斯·马杜罗·莫罗斯继承了查韦斯的遗志,高举反帝大旗,因此受到了美国及其盟友更加疯狂的围堵和打击。他们甚至采取暗杀的形式,想在肉体上消灭这个民选总统。可以想象,委内瑞拉国内经济也是每况愈下,人民生活困难。

但是,委内瑞拉人民不屈不挠,坚持斗争,正如国歌《英勇人民的光荣》里唱的那样:

光荣归人民,他们抛弃锁链,尊重法律、德行,美名天下闻。

"快打开那枷锁!快打开那枷锁!"上帝大声说,上帝大声说。

茅屋里的穷人要求自由,这个神圣的名字吓破暴君的胆,得意忘形的家伙听了发抖……

大家都知道,委内瑞拉是个"选美之国",是环球小姐、世界小姐的最大"制造国"。2008年和2009年两届环球小姐冠军都来自委内瑞拉。

每年的9月,一年一度的委内瑞拉小姐评选,是这个国家最重要的事情。这期间的大街上空空荡荡的,很少有人员走动、汽车行驶,大家都坐在电视机前,观看电视台转播的美女评选。

可是,2018年9月,许多委内瑞拉人却因中国海军"和平方舟"号医院船的到访改变了这一习惯,争先恐后地来到拉瓜伊拉港,期待能早一点儿得到中国军医的诊疗。

任务指挥所着眼委内瑞拉民众就诊意愿强烈、医疗期望值高的实际,在医院船靠码头的当天,主平台便开始接诊;同时,精心组织医疗合作,访问期间,每天安排委方 50 名医护人员全面参与分诊、挂号、门诊、辅助检查等工作,在联合诊疗、联合手术、联合查房中互学互鉴;还组织医疗专家分队,赴军队医学院、军营、敬老院等进行学术讲座、技能展示交流和上门送诊。

委内瑞拉维森特军队医院医生维克多,曾多次参加联合诊疗和技能交流活动,他深有感触地说:"参加交流收获很大,中国军医的医术精湛,我们学到很多,希望能建立长久的合作关系。"

说起中国军医的精湛医术,维克多佩服得五体投地,往日的场面一幕幕浮现在他的眼前:

9 月 23 日早上,一位排队候诊的重度高血压患者突然晕倒在地,中国军医冲过去抢救,使他转危为安。当天下午,更危险的状况出现了,一位在分诊点求医的女性突发心梗,中国军医正确处置,并急送主平台,挽救了她的生命。第二天,一位患者发生疝气嵌顿,中国军医及时处理,帮他渡过了危难关头。还有心衰患者、低血糖患者、妊娠中毒症患者……维克多亲身经历了 10 多例。面对突发情况,中国军医都是艺高胆大,稳妥处置,有效地避免了医疗风险。在委内瑞拉开展医疗服务期间,医院船累计完成诊疗 3840 人次,CT、DR 等辅助检查 2349 人次,体检 64 人,收治住院 30 人,实施手术 25 例。"和平方舟"号医院船的倾情服务被委内瑞拉人民记在心头。

9 月 29 日,"和平方舟"号医院船就要离开拉瓜伊拉港时,委内瑞拉政府、军队和民众举行了更加隆重的欢送仪式。

委内瑞拉副总统罗德里格斯率国防部部长帕德里诺四星上将、战略作战司令部司令塞瓦略斯四星上将等军政要员登船话别,她在甲板上发表了热情洋溢的讲话:

"今天我专程赶来,代表马杜罗总统,为和平方舟送行,向和平方舟全体官兵表示衷心感谢。我非常高兴能够登上和平方舟这艘满载友谊、和平、合作之船。说实话,我真的舍不得它离开。

"3 天前,我刚刚出席了中国大使馆组织的中华人民共和国成立 69 周年国庆招待会,招待会上我表达了对中国人民的热爱,和愿与中国进一步加强双边关系的热切期望。在现场我得以结识管将军、秦将军、任务官兵和各位医护人员,你们在海上航行200多天,就是为了给全世界人民带来团结和平的信心,唯一遗憾的是你们在这里的时间太短了。在这里,我还想感谢中国驻委内瑞拉大使馆的工作人员,正是通过你们向全世界传递了友好和平的信心,传递了委中关系巩固发展的积极信号。

"正如国防部部长帕德里诺上将刚才说的那样,现在世界受到帝国主义的威胁,而中国一直在推动世界朝着多极化方向发展。委内瑞拉愿同中国一道努力,致力于建设一个平衡的、多极化的、相互尊重的世界。一个被单边主义、霸权主义阴云笼罩着的世界是不可持续的。和平方舟为世界带来了和平、尊重和公平的光明。

"和平方舟即将起航,借此机会,我代表委内瑞拉人民向全体官兵表达最衷心的感谢! 就像帕德里诺上将说的那样,相知者不以山海为远,没有什么边界和距离能将我们分隔开来。委中两国人民团结起来,没有什么困难是不能克服的! 感谢大家!"

每一次任务,每一站服务,各国政要发自内心的赞许,也激励着任务官兵在新的航程上创造新的辉煌……

3. 这里的一切恍如昨日

空气里流淌着芳香,海湾里拍打着轻浪。踏着夜色,任务指挥员管柏林绕着码头散步,一圈一圈,眼前的一切是那么熟悉,他在心里感叹:"恍如昨日,已是经年。"

2015年12月,他作为任务指挥员曾率任务官兵首次出访这个有着"香料之国"之称的国度格林纳达。当年,我就是398名任务官兵中的一员。2018年10月2日,时隔近3年,"和平方舟"号医院船再次到访格林纳达圣乔治港,他再次担任了任务指挥员。管柏林想起了白天的几次拜会和格方军政要员的上船参观,老朋友相见十分亲热、十分自然,像是昨天刚坐在一起喝茶,才分手又见面一般。

总督塞茜尔·拉格雷纳德依然是那样端庄知性,这位女科学家出身的国家领导人,穿着得体,说话也十分得体:"和平方舟满载着健康和友谊,3 年前为格林纳达民众提供了巨大帮助,带来实实在在的医疗成果,这是格中两国友好交往与合作的典范,具有重要意义和深远影响。"她接着说,"这个季节是格林纳达的雨季,但这 2 天天气很好,预示着和平方舟带来了阳光……"

总理基思·米切尔性格很直爽,说话也直爽:"我很荣幸,能够接待和平方舟这支光荣的团队,你们的到访使我们的政府形象得到了极大改善。虽说老朋友不应该客气,但是,作为国家总理,我要代表政府和人民,对和平方舟过去所做的一切和现在正在做的一切表示深深的感激与谢意。"

卫生部部长斯蒂尔虽然讲的是官话,但语气明显透着亲切,他的母亲是位华裔。他说:"我代表格林纳达政府和人民对和平方舟再次到访表达感谢。和平方舟带来的是健康、和平与合作,这是加勒比海地区所需要的,也是世界人民所期盼的。格中两国关系将成为国与国发展关系的表率……"

想着这些,管柏林深知格林纳达民众对医疗服务的深切期待,深感使命任务的责任重大。

他仰望海天,星光灿烂,心里说:"明天又是个好天气!"

10 月 3 日确实是个好天气。太阳倾洒着热情,但也比不上就诊民众的浓烈热情。一大早,码头候诊区就排起了数百米的长队。排在最前面的是位壮年男子,他叫威廉,55 岁,是圣乔治一名普通的工人。他自豪地展示 2015 年的就诊卡,侃侃而谈:"这虽然是一张旧的就诊卡,但它就像格林纳达的香料一样,散发芳香,因为这是中国人民送来的健康大礼。"

3 年前,威廉因为意外造成韧带撕裂、关节损伤,严重影响了工作和生活。恰巧那段时间"和平方舟"号医院船首访格林达纳,当地医院推荐他到船上就诊治疗。

当时,海上医院医生为威廉进行了关节穿刺抽液体治疗,还给他配好了相关护具和药品。这段经历让威廉非常满意,也感怀在心,他把就诊卡珍藏了起来。他说,至今还记得治疗情景和医生相貌。

"和平方舟再访格林纳达的消息,让整个海岛都沸腾了。"得知消息后,威廉兴奋不已,一夜未眠。他特地带着当年的就诊卡登船复诊并致谢。

海上医院骨科医生付奇伟为威廉进行了检查,发现他的膝盖稳定性恢复尚可,但需要坚持进行恢复性训练。付奇伟不但细致地教授威廉训练方法,还反复叮嘱注意事项。

"谢谢!谢谢!"威廉竖起大拇指为付奇伟点赞,"虽然未见到上次的主治医生是个遗憾,但中国军医都一样棒!"

访格期间,"和平方舟"号医院船采取提前筛选患者、双方联合安检、候诊区域前移等措施,实时调控分诊、候诊患者,使主平台医疗服务高效有序;同时,先后派出十一支医疗分队,深入当地医院、社区、青年体育中心和国家监狱开展前出诊疗。

大家一定还记得我在前面写到的卡里亚库岛吧?2015年,这个小岛第一次迎来外军医疗队。时隔3年,那支外军医疗队又来了,只不过人员换了,科室有所调整。像上次一样,他们将驻岛巡诊,尽最大努力惠及更多的民众。

"真的很幸运,今天对于我来说真的很幸运!"

42岁的费茨沃尔是一名建筑工人,2天前,他在工地作业时不慎跌落,导致右脚骨折。由于岛上没有骨科医生,外科医生只给费茨沃尔做了止痛和消肿处理,如需要诊治,还要转诊至首都圣乔治。这对于费茨沃尔来说真的很难,从岛上去首都交通不便,要多次换乘轮船不说,还有那笔不菲的医疗费用,他难以承受也无力筹措。费茨沃尔长叹了一口气,只能强忍着疼痛熬日子,让伤脚慢慢长好。没想到,幸运悄然无声地降临到他头上。

中国海军的医疗分队来岛上巡诊了,不仅有骨科医生,还免费医疗。费茨沃尔大喜过望,他知道,3年前他们曾经来过这里,并在岛上做了该岛历史上第一例手术,引起轰动,至今人们还津津乐道。家人推着费茨沃尔找到了医疗分队。骨科医生张帆检查发现,如果不马上固定,费茨沃尔的脚骨头很快会发生移位,产生功能障碍,从而严重影响行走。为了保险起见,张帆医生还与外科医生葛瑞良进行了联合会诊,决定为费茨沃尔采取保守治疗,实施了骨折复位和石膏固定,并为他留下了一些后期康复所需的药物。

处置完毕之后,张帆拍了拍费茨沃尔的肩膀说:"老兄,你放心吧,很快就会好的。可是,往后干活悠着点儿,千万要注意安全哟!"

一声"老兄",把费茨沃尔叫得热泪横流,他紧紧抓住张帆的手说:"谢谢!谢谢中国军医!你们不仅送医疗服务,还把大爱送上岛!你们要是不走,那该有多好呀!"

家人推费茨沃尔回去时,他还留恋地频频回头和招手……

留恋这艘中国之舟的不仅仅是这些普通民众,还有各国政要及其家人们。10 月 8 日晚,"和平方舟"号医院船上来了 3 名特殊的客人,他们是格林纳达卫生部部长斯蒂尔的父母亲和弟弟,他们从家里专程赶来,当面向任务指挥员管柏林、秦威表达感激之情,并为全体任务官兵送来当地的手工巧克力。

"得知你们明天要走了,我们无论如何都要赶来看望你们。我父亲是中国福建人,曾经是一名船工,几经磨难和周折,在格林纳达扎根、生存。"斯蒂尔的华裔母亲激动地说。

随后,她领着丈夫和小儿子,在海上医院院长张从昕等人的陪同下,兴致勃勃地参观了和平方舟门诊、病房。在一间病房前,她停住了脚步,对在场的人说:"2015 年,我在船上进行了脚部手术,住的就是这间病房,现在恢复良好。我在这里术后住院的情景还历历在目,犹如就在昨天。对于我而言,那是一段多么美好的往事。"

张从昕院长推开了病房门,请他们进来,并说:"现在我们的设备更新了,条件比那时更好了。这说明,我们的祖国更加富强啦。"

斯蒂尔的母亲频频点头,动情地说:"3 年来,我一直有个心愿,要再看一看来自父亲故乡的军舰、来自故土的亲人,上船当面感谢帮助过我的中国军医,今天这个愿望终于实现了。来到这里,我有一种回家的感觉,是那样亲切。我为我拥有中国血脉而自豪,我一再教育我的孩子:'在你们的血液里,有着祖辈带来的精神力量和坚忍品质。'"

临别前,这位华裔母亲握着任务官兵的手,恋恋不舍地说:"真心祝愿格中两国人民手牵手,世代友好。期盼你们能够再来,我好再回'娘家'!"

在 A 卷第八章中,我曾对自己参加的"和谐使命-2015"任务做过一个粗略的概算:格林纳达人口有 11 万左右,不到一周的时间里,和平方舟就为近十分之一的国民提供了医疗服务,创造了一个又一个奇迹。

这一次"和谐使命-2018"任务,"和平方舟"号医院船在格林纳达累计完成诊疗 7275 人次,CT、DR 等辅助检查 2764 人次,体检 49 人,收治住院 17 人,手术15 例,也是为近十分之一的国民提供了医疗服务,再次感动了格林纳达政府和举国民众。

4. "我想到了《圣经》里的挪亚方舟"

今天早上,有幸参观了"和平方舟"号医院船,印象深刻,也深受启发。"和平方舟"这个名字,让我想到了《圣经》里的挪亚方舟,正是那条方舟将人类解救出来,免遭洪水的灭顶之灾。

我相信,今天早上参观"和平方舟"号医院船的政府各部部长和各级官员们与我的感觉是一样的,对船上具备的医疗服务能力,船员的组织管理,到访过世界上如此多的国家、地区的经历,感到无比钦佩,对和平方舟为多米尼克灾后重建提供各类支援和帮助充满了期待。未来几天,和平方舟到社区服务的医生们将有机会目睹去年 8 月份"玛丽亚"飓风带来的毁灭性破坏——道路中断、桥梁被毁,甚至森林植被也遭受了重大损坏。今天是"玛丽亚"飓风袭击后的第 13 个月,我们国家目前仍旧处于房屋重建、设施维修阶段。你们从船上也可以看到,我们仍有很多工作要做,很长的路要走,但我们要建成一个比"玛丽亚"飓风袭击之前更好的多米尼克,同时也非常感谢中国政府对多米尼克灾后重建工作的大力支持。

在重建的关键时期,我们非常高兴你们能来到这里。一艘设备齐全的海军医院船来到多米尼克,让所有多米尼克人民都看到了新希望。尤其是那些深受疾病困扰的患者,对和平方舟的到来更是充满了期待,无比高兴……

多米尼克与中国建立外交关系之初,我在内阁工作。当时,多米尼克是由工党和自由党组成的联合政府,我是自由党领袖,与中华人民共和国建交、坚持一个中国政策是两党共同的决定,所以我很自豪地说,我是多中建交的倡导者、建立者和奠基者。

以上引文,是多米尼克总统查尔斯·萨瓦林在会见"和谐使命-2018"任务指挥员管柏林、秦威时的讲话,其真挚、期待、热情可见一斑。

2018 年 10 月 12 日,"和平方舟"号医院船抵达罗索港,开始对多米尼克进行为期 8 天的友好访问,这是中国海军舰艇首访多米尼克。

萨瓦林总统偕夫人专程在码头迎接,举行隆重的欢迎仪式,并率代总理麦金泰尔、外交部部长巴伦、卫生部部长达鲁等政府官员登船参观,后在总统府会见了管柏林、秦威一行。

多米尼克位于东加勒比海向风群岛东北部。罗索为该国首都,是国家政治、商业、旅游、教育、通信和服务中心,也是加勒比地区唯一有河流穿过的城市。1493 年,哥伦布第二次航行美洲时发现了这个岛,这天恰好又是星期日,故取名"多米尼克"。

多米尼克于 1978 年独立,2004 年 3 月 23 日与中国建交。最近几年,中多高层交往不断增多,两国关系发展迅速。2013 年 6 月,国家主席习近平在访问特立尼达和多巴哥期间,同多米尼克总理斯凯里特举行了双边会晤。

多米尼克是个碧海蓝天、山峦起伏、风景秀丽的岛国。然而,这样一个天然之岛,2017年8月18日遭受飓风"玛丽亚"灾难性袭击,国家一度处于瘫痪状态,医疗卫生体系几近被摧毁,用联合国官员的话说,多米尼克险些因飓风重创被"抹掉"。

国家受灾,人民受难,患者痛苦……中国首先伸出了解难之手,决定为多米尼克援建一所新的国家总医院,并派出援多医疗队。在重建过程中,中国海军"和平方舟"号医院船也及时地出现在罗索港,被当地政府和民众视为"挪亚方舟",一点儿也不为过。管柏林、秦威拜会时,外交部部长巴伦深情地表示:"中国在多米尼克人民心中占据着一个特殊而崇高的位置,当你们走在多米尼克大街上时,民众都会用中文和你们打招呼,这就是最好的证明。"

35岁的帕特里克是罗索市的一名工人,原是一个家庭安乐、生活无忧的快乐青年。飓风过后,一切都变了。

"这是一场灾难,不堪回首。"帕特里克说。全城停电,重建工作异常繁重。这个时候,他的身体却出现了问题,近2个月来,左侧腰腹部反复出现剧烈疼痛。

帕特里克到全国最好的玛格丽特公主医院就诊,这里的医疗设施也因飓风袭击残缺不全。当地医生通过CT检查发现,他左侧输尿管里有一块1.5厘米大的结石,造成左肾积水。因为没有办法进行碎石手术,当地医生只能给他一些口服药物治疗。

"疼痛起来,比飓风更可怕!"帕特里克痛不欲生。

中国医院船到达的消息,让饱受折磨的帕特里克和一筹莫展的医生都看到了希望。帕特里克当天就登船就诊。

海上医院泌尿科医生刘冰通过检查发现,这块结石紧紧卡在输尿管里,导致输尿管不通,左侧肾脏已出现严重积水,再不治疗,肾脏功能将会受到进一步损害。

10月15日上午,帕特里克被推进手术室,成功接受了全麻下输尿管镜钬激光碎石手术。"所用输尿管镜及碎石的钬激光设备,均是中国制造的。"刘冰介绍说,这是多米尼克国内首例同类手术。在病床上苏醒过来的帕特里克,感到久未有过的轻松,他惊喜万分地说:"感谢中国军医,我将永远记住和平方舟!"

31 岁的洁曼妮女士,术后的话语很浪漫,她笑着说:"有爱的地方没有痛,谢谢和平方舟给了我勇气和未来!"

别看洁曼妮长得高高大大,但对疼痛极为敏感,甚至恐惧。几个月前,她臀部长了一个很大的肿块,并且有发展的趋势,必须尽快手术切除。但由于害怕疼痛,她一直在逃避。

"和平方舟"号医院船来了,经过家人劝说和上船考察,洁曼妮终于同意让中国军医为她做手术。可她上了手术床,紧张得双手不住地颤抖,心跳一度加快到每分钟 114 次,血压也相应升高。

手术室主管男护士徐立见状,赶忙坐在洁曼妮旁边,对她进行心理疏导和安慰:"疼痛就像藏在心底的恶魔,如果你不害怕或者不去想它,它就会变成温驯的绵羊。"并和声细语地和她唠家常,谈孩子的学习。

洁曼妮的眉头渐渐舒展,心情慢慢放松下来,但她始终紧握着徐立的手。

不到半个小时,不知不觉中手术已完成。洁曼妮显得非常激动,给陪伴她的男护士徐立一个大大的拥抱,称他是充满爱的"男天使",发出"有爱的地方没有痛"的感叹。

"虽远隔千山万水,但我们心心相印。和平方舟是生命之舟,新的挪亚方舟!"这是多米尼克广大民众的心声。

多米尼克首席医疗官大卫对此给予了印证,他动情地说:"一位 70 多岁的患者在码头拉着我的手说,中国军医解决了困扰他一生的问题,真的希望和平方舟能再来。我认为这不仅是他个人的感受,还是 5000 多名登船就诊的民众,甚至是全多米尼克人民实实在在的心声!"

访问期间,针对多米尼克曾遭受飓风"玛丽亚"重创,处于重建之中的特点,"和平方舟"号医院船在主平台满负荷提供医疗服务的同时,还派出多支医疗分队前出当地医院、社区进行诊疗,并派出设备维修分队赴当地医疗机构进行医疗设备检修,完成诊疗 5044 人次,CT、DR 等辅助检查 2981 人次,体检 29 人,收治住院 44 人,手术 46 例。

14 年前,多米尼克决定与中国建立正常的外交关系,推动此事的有一个关键人物,他就是该国总理罗斯福·斯凯里特。

"和平方舟"号医院船靠港那天,斯凯里特总理出国访问,未能到码头迎接。

10 月 18 日夜,他从国外回来,第二天一大早,就在我驻多大使卢坤的陪同下,登上医院船参观和送行,并发表了发自肺腑的讲话:

"感谢 2 位将军和全体医院船官兵的到访,惠及了多米尼克人民,加强了两国之间的友谊。在过去的 14 年中,我们两国在众多领域有着良好的合作。中国政府正在为我们援建一所新的国家总医院。此次医院船的到访,给我们留下了一个实实在在的印象,我相信未来多米尼克这所新的国家总医院也将是这样一个面貌。昨晚回国以后,我做了一个决定:作为多米尼克政府和人民向中国政府和人民表示感谢的一个见证,我决定将这所新的国家总医院命名为'多米尼克-中国友谊医院'。我会将这个想法通过正式渠道告知贵国政府。因为,这是中国政府对我们的医疗援助,涉及我们人民福祉的核心。这所医院不仅仅是一座建筑,我们希望它成为两国持续合作、分享知识的一个象征,两国之间友谊的纪念碑。同时,如果有可能的话,我们也希望能引进中国的中医到这所医院。

"和平方舟专业、敬业的医护人员如同上帝派来的天使,为那些等待接受专业治疗的民众带来了福音。我想代表被和平方舟深深感动的 5000 余名登船诊疗的民众,也代表他们的家人,向你们表示感谢。如果我是一个自私的人,我真的希望你能在这里停留几个月,但是,我在安提瓜和巴布达的兄弟姐妹们现在正翘首以盼地等待你们……"

5. 坚守和平理念的一个象征

确实,"安提瓜和巴布达的兄弟姐妹们现在正翘首以盼",等待"和平方舟"号医院船的到来。

安提瓜和巴布达,位于加勒比海小安的列斯群岛的北部,简称安巴。首都圣约翰位于安提瓜岛西北海岸,濒临大西洋,是一座深水港。1983 年 1 月 1 日,中国与安提瓜和巴布达建交。建交以来,两国友好关系顺利发展,双边高层交往和各领域交流与合作不断加强。2013 年 6 月,国家主席习近平在访问特立尼达和多巴哥期间,同时任安巴总理斯潘塞举行了双边会晤。2014 年 7 月,习近平主席访问巴西期间,出席中国-拉美和加勒比国家领导人会晤,并会见拉共体"四驾马车"领导人,安巴总理贾斯顿·布朗参加了这次活动。8 月,布朗总理对中国进行正式访问,并出席在南京举行的第二届夏季青年奥林匹克运动会闭幕式。

安巴是东加勒比地区第一个同中国建交的国家,也是"和平方舟"号医院船入列 10 年来访问的第 40 个国家。

2017 年 9 月 6 日,飓风"艾尔玛"横扫安巴,给该国的经济造成巨大损失,而整个巴布达岛几乎沦为废墟,医疗设施被摧毁,给民众就诊带来很大困难。

2018 年 10 月 22 日,在安巴人民的期待中,"和平方舟"号医院船抵达圣约翰港,这是中国海军舰艇首访安巴。安巴总督罗德尼·威廉斯偕夫人专程在码头迎接,并举行隆重的欢迎仪式。他在致辞中说:"你们的到来,清楚地表明了你们对安巴人民利益和健康的关心,也表明了你们的主席和你们的政府,对我们人民利益的重视,你们一直以来对我们社会、经济发展的援助,让我们安巴不再落后于他人。我代表安巴人民,向习主席和中国政府表示感谢! 感谢和平方舟的指挥员、全体医护人员和船员,感谢你们为我们提供的支持!"

中国驻安巴大使王宪民在致辞中表示,2018 年是中国和安巴建交 35 周年,和平方舟的访问将载入史册,必将进一步强化两国医疗合作,增进两军了解,巩固两国人民友谊,为两国关系书写闪耀的新篇章!

医院船访问安巴期间,针对该国受灾和重建情况,在保证主平台运转平稳顺畅的同时,还连续 2 天派遣救护直升机,输送医疗分队前往灾情严重的巴布达岛,为岛上民众提供急需的医疗服务。

当地民众称赞,中国海军救护直升机在安提瓜与巴布达 2 个岛屿之间,架起了一条空中健康通道。

这世间,唯有爱可以穿越一切障碍。

在开展医疗服务的同时,10 月 24 日,一支奉献爱心的文化联谊分队也出发了,目的地是安巴儿童康复中心。

安巴儿童康复中心位于首都圣约翰山顶,从这里俯瞰,首次到访的中国"大白船"与城区的红瓦绿树构成了一幅和谐美景。

康复中心的孩子都有先天缺陷,有的是脑瘫患者,有的有智力障碍,有的肢体残缺……但这都不影响他们对爱的感知。虽然他们有的不能说话,有的不能行动,但脸上洋溢的笑容是那么真实而美好。

"得知你们到来,孩子们兴高采烈,像期盼过节一样。"康复中心行政主管维西提德说。

现实有时很残酷,梦想却充满神奇。在互动环节中,任务官兵与一个小女孩携手表演了魔术《梦想的力量》。一张小桌子,似乎在没有外力的情况下,被轻轻抬起。孩子们仿佛感受到了梦想的魅力,个个瞪大眼睛,使劲喝彩。一个名叫柯枫的大男孩,眼睛里满含热泪。由于先天残疾,他无法站立,也无法说话,一直俯卧在简易床上。现场节目精彩纷呈,他完全被吸引住了,时而欢笑,时而兴奋地大叫。或许,梦想的力量此时正在他的内心涌动。"他的梦想是当一名画家,把爱心画满全世界。"维西提德介绍说,在康复中心,在首都圣约翰,甚至在安巴全国,身残志坚的柯枫的乐观和自信的故事让人感动。

这天,擅长绘画的炊事员桂江波与柯枫共同完成了一幅画作——以和平方舟与和平鸽为主题,相互画出心中的对方,以此祝愿世界和平,并见证彼此的友谊。画面上,中国"大白船"乘风破浪航行,甲板上站立着几位不同肤色的少年儿童,双手高扬,迎接从远处飞来的数只和平鸽……这幅题为《和平》的画作,虽显稚嫩,但寓意深远。柯枫对这幅自己参与创作的作品非常满意,双眼放射着喜悦的光芒。

更令他没有想到的是,作为炊事员的桂江波,得知柯枫即将过生日,转身从给康复中心孩子带来的大蛋糕上切下来一块,临时制作了一个红色的心形蛋糕。

"祝你生日快乐,梦想花开! 希望我们心心相印,爱心永存!"这祝福,让柯枫惊喜万分,他张开的嘴巴久久没有合拢,感动得热泪盈眶。

这祝福,也感动了全程参加活动的总督罗德尼·威廉斯和他的夫人。他说:

"感谢和平方舟的官兵,这是一场十分体贴周到、富有爱心的活动。你们不仅给全国普通民众提供诊疗,还专门为这群特殊的孩子送来特别的爱。"

他还对王宪民大使说:"和平方舟不仅送来健康诊疗,还送来欢乐与希望。这种充满爱的行动,深化了两国传统友谊,推动了两国交流合作不断向前迈进,是中国推动构建人类命运共同体的生动实践。"

联谊结束前,任务官兵现场用毛笔书写了"友谊长存""大爱无疆""和平万岁"等几幅大字,赠给安巴儿童康复中心。

"我们的友谊只有开始,没有结束。"康复中心医务主管巴斯蒂德女士接过书法作品时说,"我们永远铭记中国军人送来的深厚友谊和无疆大爱!"

"和平方舟"号医院船访问安巴期间,累计完成诊疗 3924 人次,CT、DR 等辅助检查 2410 人次,体检 53 人次,收治住院 16 人,手术 14 例。

10 月 28 日晚,安巴总督罗德尼·威廉斯偕夫人、总理加斯顿·布朗偕夫人,外交部部长保罗·格林、卫生部部长墨尔文·约瑟夫、国防军参谋长特雷弗·托马斯等军政官员出席中国驻安巴大使馆举行的欢送和平方舟招待会并分别致辞。

威廉斯总督发表热情洋溢的致辞,还向和平方舟赠送了他们专门制作的总督盾形徽章,并附上一封感谢信以表达心情:"此次任务增进了两国从 1983 年以来的传统友谊,希望在将来能够继续合作,延续这份深厚友谊。此次医疗服务的慷慨礼赠,为安巴人民提供了更加健康和光明的未来。欢迎和平方舟再来!"

布朗总理在致辞中说:"中国有许多坚守的理念,和平就是其中之一。我认为和平方舟就是这一理念的一个象征。"

这是一个国家领导人、一个真心朋友的理解、评说和赞赏。

出访途中,我不知道有多少国家元首、领导人说过类似的话语。每每听到这些、读到这些,我都为自己的祖国感到自豪和骄傲,为能亲身参加使命任务感到幸运和光荣……

6.重获最美的容颜和自信

"为自己的祖国感到自豪和骄傲,为能亲身参加使命任务感到幸运和光荣!"每一位参加过"和谐使命"的官兵都和我有着同样的感受。

操舵班班长印达军曾亲口对我这样说过。这是一名有着丰富操舵经验的老水兵,2004年入伍,来自安徽马鞍山。入伍前,这名纯朴的乡村小伙没有见过大海,曾经的梦想就是走出大山,到外面去看看。他没想到,穿上海魂衫,不仅见到了大海,还操纵着军舰驰骋在大洋上。没有当过水兵,感受不到大海的风情万种,也体会不到远航的酸甜苦辣。

印达军从晕船呕吐到闲庭信步,从手忙脚乱到淡定从容,当羞涩的脸庞露出灿烂的笑容时,一次次的远航,一次次的挑战,便换来了一天天的成长与成熟。

印达军曾经非常自信又非常自豪地对我说:"和平方舟到过哪里,我就到过哪里!我的足迹,留在了六大洲三大洋;我的脑海里,装着整个世界!"

印达军是"和平方舟"号医院船入列时的第一批水兵之一,从学习操舵到当班长,现在已是四级军士长。在船上,一个水兵如果没有参加过七八次远航,没有去过几十个国家,都不属于老兵。这里的老兵,不是按年龄,而是按资历。

印达军的战位,就是"和平方舟"号医院船驾驶室正中间的那把驾驶椅。在这里,他操舵穿越过如城墙般的巨浪,也欣赏过无数次壮美的日出日落。这把驾驶椅,到访国的国家元首和领导人登船参观时都喜欢坐一坐。"有多少位国家元首坐过这把驾驶椅?"我问他。印达军摸摸头,不好意思地说:"我也记不清楚了。"

在"和平方舟"号医院船现任政委陈洋阳看来,到访国元首和政府首脑登上和平方舟,给船上带来了莫大荣耀,但更让他感到欣慰的是,和平方舟给孩子们带来了希望和欢乐。他说,许多儿童接受治疗后,摆脱了疾病的困扰,改变了人生轨迹,他们长大后,可以用双手建设自己的国家,让世界变得更美好。

11月1日,印达军在时任船长郭保丰的指挥下,稳稳地操舵将医院船停靠在多米尼加圣多明各港。郭保丰看着热闹的港口,思绪却已飘向历史深处。15世纪末,西方航海家哥伦布来到这里。那条经历了无数风浪的帆船就靠泊在"和平方舟"号医院船靠泊的码头上。

几个世纪过去了,港口涛声依旧。只是,当年西方殖民者来到这里,带来的是杀戮与掠夺;今天,中国海军"和平方舟"号医院船来到这里,带来的是健康与希望。

多米尼加共和国是"和平方舟"号医院船入列以来访问的第41个国家,也是此次任务的第九站。

多米尼加在西班牙语中的意思也是"星期日、休息日"。

有人可能会问,多米尼加和前面到访的国家多米尼克,意思一个样,国名也差不多,到底是怎么一回事呢?

据说都是因为哥伦布到达美洲这个群岛时是星期日,所以就随口叫了这个名字。可有人还说,多米尼加不一样,1496年,哥伦布的弟弟巴塞罗缪·哥伦布来到奥萨马河东岸,发现这里地理位置险要、自然风光秀丽,便率众兴建了一座市镇,开工那天是个星期日,所以就把这里叫作"多米尼加",给市镇起名"圣多明各",意为"神圣的星期日"。总之,都与西方殖民主义者和哥伦布发现所谓"新大陆"有关。

圣多明各是多米尼加共和国的首都、全国最大的深水良港、南半球最古老的城市。

"和平方舟"号医院船到访多米尼加还有个特殊情况——2018年,中国与多米尼加刚刚正式建交。在5月1日上午,国务委员兼外交部部长王毅在北京与多米尼加外长巴尔加斯签署《中华人民共和国和多米尼加共和国关于建立外交关系的联合公报》,宣布两国建立大使级外交关系,多米尼加与台湾断绝所谓的"外交关系"。这次系两国建交后中国海军舰艇的首次到访。另外,多米尼加时任总统梅迪纳此时正在我国访问,习近平主席将与其进行历史性会晤。可见和平方舟此次到访意义的深远和重大。

有人说:加勒比海有许多美丽的小岛国,但最美的应该是多米尼加,以最棒的沙滩和最原始的生态闻名。

这里最著名的风景便是圣多明各的金色海滩——博卡奇卡海滩。洁白的海滩辽阔平坦,柔软的细沙在阳光下闪着金色的光芒,葱郁的棕榈树秀丽挺拔。

多米尼加景美人也爱美。

他们十分注重外表,民族服装也非常华丽,交往时喜欢互送鲜花,因此,大街上的鲜花店格外多。

一位叫胡里萨·戈麦斯·阿布莱乌的女孩,就在街头开了一家鲜花店。3 年前,新婚的阿布莱乌像只彩蝶在鲜花丛中飞来飞去,生活也像她精心照看的花儿一样绚丽多彩。

她很年轻,25 岁,正是蓓蕾初绽的季节;她很漂亮,圆圆的脸庞上呈现着鲜花般的俏丽;她很爱美,穿的戴的闪耀着鲜花般的光彩……然而,鲜花也有枯萎的时候。阿布莱乌万万没有想到,一次穿耳孔的“美丽”举动,改变了她的面容。她的右耳垂出现了严重感染,继而越肿越大,多次就诊,毫不见效,反而越来越明显。后来,瘢痕疙瘩长成拳头般大小,扭曲了她俊俏的脸庞。

这对于阿布莱乌来说,简直是个致命的打击。她不唱歌了,不跳舞了,不敢照镜子了,成天以泪洗面,变得沉默寡言,甚至产生了轻生的念头。

好在她有个疼她爱她的丈夫,他一直劝慰她、鼓励她,得知中国海军“和平方舟”号医院船到访多米尼加的消息后,第一时间陪伴她登上医院船寻诊。

经过一系列检查,针对阿布莱乌的病情,海上医院院长张从昕立即组织耳鼻喉、整形、烧伤、麻醉等多个科室的专家,联合当地医院整形科医生进行会诊,科学制订手术和恢复治疗方案,为这位年仅 25 岁的女性实施全麻下“右耳巨大瘢痕疙瘩切除+耳后动脉带蒂皮瓣转移+上臂内侧取皮自体皮移植”手术。有人说医疗术语太复杂,那么索性就叫“恢复美丽容颜工程”吧。

手术班子可以说是超强的,出动了海上医院耳鼻喉科医生陈争明、李力,整形科医生杨超,烧伤科医生马兵,麻醉师李永华、缪雪蓉、王嘉锋等,还邀请了多米尼加萨尔维多医院的 2 名整形科医生奈斯特和玛尔恩,以及其他医护人员。

“和平方舟”号医院船一开始开展医疗服务,海上医院的 120 名医务人员就和当地 40 多名医生并肩奋战,从常见疾病到复杂手术,开展联合诊疗和"传帮带";同时派出医疗专家赴当地医院,与多方 50 余名医务人员开展疑难病例讨论和联合诊疗,进行学术交流。

"这个病例的治疗难度在于,切除右耳的瘢痕疙瘩只是第一步,随即还要为她植皮进行外耳再造,最后要确保恢复她正常的听觉功能。"海上医院耳鼻喉科医生陈争明事后介绍说。

11 月 3 日晚上 7 时,"恢复美丽容颜工程"攻坚战打响了!

麻醉顺利! 切除瘢痕疙瘩顺利! 植皮顺利! 外耳再造顺利! 历时 2 小时 40 分钟,顺利! 一切顺利! 晚上 10 时许,从全麻中苏醒过来的阿布莱乌得知手术成功,脸上露出了久违的笑容。

参与联合手术的多方整形科医生玛尔恩说:"和平方舟医生们的敬业精神和精湛技术,让我感动和受益,希望下一次还有机会与他们进行交流与合作。"

"并肩奋战的日子,是最美的时光。"另外一名医生奈斯特这样说。

11 月 6 日,阿布莱乌要出院了。离开病房前,她特意穿上一件红色 T 恤衫,主动邀请主刀医生和主管护师合影。照片里,每个人的脸上都挂着灿烂的笑容。阿布莱乌说:"当我想念你们的时候,我就看看这些照片。"

与医院船合影、与中国军医合影,似乎成为各国曾在船上接受过诊疗的患者的共同心愿。如今,我们再次翻看"和平方舟"号医院船的这本沉甸甸的相册时,看到的是一张张笑脸。这些笑脸的背后,是医院船传递给世界的温暖力量。

下船那一刻,阿布莱乌是那样不舍,再次和医护人员一一相拥,泪流满面地说:"真心感谢和平方舟,让我重获美丽与自信!"

重获美丽与自信的不仅仅是当地就诊的患者,还有一些身在异乡的华侨华人。

11 月 1 日这天,一声长长的汽笛划破了多米尼加圣多明各港的宁静,也点燃了早已等候在岸边的华侨华人的期盼之情。中国军舰首次到访,在多米尼加旋起了一股温暖的"中国风"。特别是华侨华人,由于两国刚刚建交,他们更能体会到前所未有的归属感和故土情,迫不及待地登上和平方舟就医或参观,零距离地感触这片流动的国土。

"和平方舟"号医院船开放首日,一个女孩就跟着父亲登船参观。女孩叫黄秀儿,多米尼加华侨学校高三学生,来自祖国的宝岛台湾。整洁的船容、先进的设备、敬业的医生、威武的官兵……在"和平方舟"号医院船诊疗区最显眼的位置,放置着两块古色古香的展板,上面挂着该船到访过的国家和地区的旗帜。一面面旗帜辉映着这艘"友谊之舟"的一道道航迹,述说着"中国好,世界才更好"的故事。

黄秀儿认真地观看着船舱里的每一块宣传展板,当她得知"和平方舟"号医院船先后 9 次走出国门,为全世界 23 万民众带去福祉时,心中堆积着越来越多的感动。

她异常兴奋,像只小燕子似的沿着舷梯飞上飞下,还时而发出银铃般的笑声。

父亲知道女儿平时并不是这样,在学校里总有寄人篱下的感觉,平时很少说话,更难得一笑,就问她:"高兴吧?"

黄秀儿俏皮地一耸鼻子,回答父亲:"当然高兴了,你看咱们中国的和平方舟多了不起,航迹远及三大洋六大洲,友好到访 41 个国家和地区,还为那么多当地民众开展医疗服务。"

"是啊,是啊,咱们中国海军真是了不起!"父亲看到女儿脸上透露出从没有过的骄傲和自信,是那样美丽,心中也异常兴奋。

下船时,黄秀儿抱着父亲的胳膊说:"爸爸,我有了一个新梦想,那就是成为一名外交官,像和平方舟一样,到世界各地传播和平友好的理念。"

"那得好好地学习哟。"

"嗯,我要继续学好汉语、英语、法语和西班牙语……"

"高中毕业后想去哪里上大学?"

黄秀儿眼神坚定地回答:"中国!"

"为什么去那里?"

"因为那里是我的祖国!"

父女俩都笑了,笑得那样自信与骄傲……

7. 系紧"赤道之国"的友谊纽带

一轮朝阳,自东方天际缓缓升起,渐次晕开的光线将云层尽染,铺开了一匹巨大的鲜红锦缎。

2018 年 11 月 15 日早晨,中国海军"和平方舟"号医院船缓缓抵达厄瓜多尔共和国瓜亚基尔港。

厄瓜多尔首都基多,坐落在安第斯山脉的高原上,平均海拔 2852 米,名闻遐迩的胜迹"赤道纪念碑"就矗立在基多市附近,这里被看作"地球的中心"。

瓜亚基尔位于濒临太平洋的瓜亚基尔湾,因位于瓜亚斯河西岸而得名,被称为"太平洋的滨海明珠",为厄瓜多尔的最大城市和第一大海港。城中心有一处"百年独立广场",高耸着 1920 年修建的巨大的解放纪念碑,以及南美独立运动的领袖玻利瓦尔和圣马丁的塑像。

1822 年 7 月 26 日至 27 日,这 2 位民族英雄就是在这里共商大计,决心把西班牙殖民者赶出拉美大陆,争取南美洲各国的彻底独立。这次历史性的会晤,推动了南美洲人民赢得胜利的进程。

我在前面写过,圣马丁来到瓜亚基尔,与玻利瓦尔会谈,会谈是在绝密的情况下进行的,没有任何第三者参与,只有这 2 位享誉南美洲的"南北巨子"。因此,会谈内容也只有他们 2 个知道,在历史上留下了一个永远解不开的谜。

中国和厄瓜多尔两国人民友好往来历史悠久,瓜亚基尔港起过很重要的作用。早在 18 世纪,中国的服装、纺织品等物品就是通过这里运往厄瓜多尔各城市的。

1980 年 1 月 2 日,中华人民共和国与厄瓜多尔共和国正式建立外交关系,也揭开了中厄两国友好交往的新篇章。

2013 年,我国在酒泉卫星发射中心用长征二号丁运载火箭承担"高分一号"卫星发射任务,同时成功为厄瓜多尔搭载发射了"飞马"小型卫星,圆了兄弟国家卫星上天的梦。

2016 年 11 月 17 日下午,国家主席习近平抵达这里,开始对厄瓜多尔进行国事访问。这是两国建交 36 年来,中国国家元首首次访问厄瓜多尔。厄瓜多尔时任总统科雷亚打破厄国内《公共典礼条例》和总统不赴机场迎送外国元首的惯例,亲赴机场举行隆重仪式,欢迎习近平主席的到来。总统府会谈前,科雷亚总统在入口处迎接,礼兵列队欢迎。机场离别时,科雷亚总统再赴机场,礼兵列队欢送。厄瓜多尔媒体巧妙地一语双关:"习主席,欢迎您来到太阳的国度。"

"和平方舟"号医院船访厄期间,突出军事外交质量效益,突出医疗服务的广度和深度,突出和谐理念的宣扬传播,采取主平台全面开放、码头调控分诊、专用舷梯快速放诊、外派专家服务交流等措施,加快就诊民众通过速度,努力惠及更多民众,累计诊疗 4333 人次,CT、DR 等辅助检查 3506 人次,收治住院 39 人,实施手术 38 例。

中国驻厄瓜多尔大使王玉林说:"浩瀚的太平洋阻隔不了中厄两国人民的深情厚谊,而是将两国人民的心紧紧连在了一起。"

类似的话语也出自厄瓜多尔军政要员和民众的口中心中。

国防部部长奥斯瓦尔多·哈林在招待会上表示:"太平洋不再是横亘在厄中两国间的障碍。此次'和谐使命'任务不仅仅是 2 个民族间的和谐,还是两种国家制度间的和谐,经过此次访问,两国人民的友谊纽带必将连接得更加紧密。"

陆军司令罗克·莫雷拉中将专程从首都基多赶来,参加医院船的甲板招待会。他在致辞中深情地说:"此次医疗服务无关金钱,无关国籍,而是和平方舟,或者说中国人民对厄瓜多尔人民的深深情谊。虽然两国语言不通,但彼此心意相通,这足以跨越所有鸿沟,将厄中民众的双手紧紧连在一起。"

是的,"两国人民的友谊纽带必将连接得更加紧密","厄中民众的双手紧紧连在一起"。那么,我就采撷几朵医疗服务和交流中的小浪花,使我们对此有更深的了解和认识。

我们先听听普通民众怎么说：

"30 分钟内，就完成了血液化验和 CT 检查，这在当地至少要等半年。我现在根本没钱看病，要不是你们来了，身上的病痛，也只好熬着。"11 月 20 日，马丽莎·嘎岱纳登船诊疗后由衷地称赞。她一连挂了眼科、妇科和外科，恨不得把所有毛病都诊疗一遍。

马丽莎·嘎岱纳是瓜亚基尔市的一名普通民众，有 2 个孩子。她指着自己的胸口说："所有感激，都在心里。"

马丽莎·嘎岱纳只是医院船访厄期间诊疗的 4000 余名患者之一。在主平台门诊通道的椅子上，每天排满了民众。他们在任务官兵的引导下，分别到相应科室就诊，现场井然有序。

我们走进门诊室。"你认为，这种病例该如何处理?"在外科门诊，医生颜荣林习惯性地问，他正在带教来自瓜亚基尔圣地亚哥天主教大学医学院的学生。

"这是一种全新的体验，也是非常好的临床实践。"该校 71 名学生参与了志愿者活动，既当翻译，又参与诊疗。他们纷纷表示，非常珍惜这个难得的机会。

我们来到瓜亚基尔市特立尼达医院：

一场"糖尿病防治"知识讲座为普通市民精彩开讲。得知中国军医来了，半个篮球场大小的会场很快被挤得水泄不通。

"糖尿病并不可怕，可以通过饮食和运动控制它……"主讲者是海上医院内分泌科医生邹俊杰，他从糖尿病发生的基础知识讲起，深入浅出，还不时与患者交流互动。周霞、李晓光等专家还现场为 90 余名民众进行了血糖检测。

我们深入厄瓜多尔海军陆战队军营：

中国海军战伤救护专家与厄瓜多尔海军官兵之间的战伤救护技能展示与技术交流如火如荼地展开。

气道开放与建立、心肺复苏、止血包扎、固定搬运……一个课目接一个课目，既有理论授课，又有操作培训，既有技能展示，又有交流互动，让 100 多名厄瓜多尔海军陆战队队员直呼"很过瘾，很实用"。

这里还有一个小插曲。按照预定计划,我海上医院将与厄方开展一次包括战伤救护、中医学等常规内容的军事医学交流。可是,就在快靠码头的那天,厄方临时改变主意:能否与中国军医开展一次关于神经病理性疼痛的交流? 这个专业在麻醉学里属于非常冷门和小众的专业。是维持原计划不变,还是答应临时更换课题? 任务面前,中国军人不言退缩! 斟酌再三,任务指挥所决定:答应厄方请求,并派出最强的专家阵容。

应下来容易,做起来难! 一场国际高水准医学学术交流包含基础研究、临床研究、现场实作三个部分。由于没有过多时间做准备,由来自毛主席家乡的医务主任毛志国带队,李永华、缪雪蓉、王嘉锋、刘岩、陈文颖等医护人员既合作又分工,以冲锋的姿态主攻课题。交流会如期而至。

《神经病理性疼痛表现遗传学机制》,麻醉科医生缪雪蓉侃侃而谈。《超声引导下神经阻滞镇痛技术》,麻醉科医生李永华讲解得深入浅出。再加上麻醉科医生刘岩在现场组织了超声引导下神经阻滞镇痛展示,现场先是一片寂静,继而掌声雷动。

那天,论坛主持人是厄瓜多尔海军医院的一名分子生物学教授,这位曾留学美国的专家在认真听完、看完3名中国专家的交流后,满脸的不可思议:"没想到中国海军仅来了一艘船,就能进行这样专业、深入、前沿的医学交流,太让人吃惊了!"

"欢迎派员到中国学习交流,中国也有很多前沿的实验室。"缪雪蓉满脸自信。她的话又引起了一阵掌声。这掌声是送给任务官兵的,更是送给"和平方舟"号医院船的。在医疗服务的主平台上,和平方舟是耀眼的明星;在军事医学交流的讲台上,和平方舟依然是那颗闪亮的星。

11 月 22 日,她满载着"赤道之国"人民的深情厚谊离开瓜亚基尔港。出港之时,迎面而来的那些厄瓜多尔军地船只纷纷鸣笛致敬。

厄瓜多尔海军"青博拉索"号巡逻舰舰长弗莱哈通过甚高频用中文说:"非常感谢和平方舟为我们国家和人民提供的帮助和服务。我们爱中国!"

"我们爱中国"久久地回响在浩瀚的太平洋上……

8. 精彩亮相智利海军国际大阅兵

"真正的朋友能够从世界的另一头触及你的心灵。"这是拉美地区的一句谚语,也是中国国家主席习近平出访智利时对智利时任总统巴切莱特说的话。

2016 年 11 月 17 日至 23 日,习近平就任国家主席以来第三次走进拉美,对厄瓜多尔、秘鲁、智利进行国事访问并出席 APEC 第二十四次领导人非正式会议。

出访智利前夕,习近平主席在智利《信使报》发表署名文章指出:"中国(China)和智利(Chile)不仅有着兄弟般的国名,两国人民还拥有兄弟般的友情。"

智利在地理上是离中国最远的国家,但在心理上同中国相系相连,在行动上更是同中国结为伙伴。

智利共和国位于南美洲西南部,安第斯山脉西麓,西临太平洋,南与南极洲隔海相望,被称为"天涯之国",首都是圣地亚哥。智利国土的狭长在全世界独一无二——南北长 4270 千米,东西之间平均宽度仅为 180 千米。

"两国跨越太平洋,距离最为遥远。"一位智利将领形象地描述,智利与中国正处在地球两半球相对应的位置上,假如从智利开凿一条隧道穿越地球,走出来就到中国了。

1970 年 12 月 15 日,智利同中国建交,是第一个同中国建交的南美洲国家。建交以来两国关系发展顺利,双方高层接触频繁,经贸合作日益扩大,在国际多边领域保持良好合作。在拉美,她第一个支持中国加入世界贸易组织,第一个承认中国市场经济地位,第一个与中国签署自由贸易协定。习近平主席访问期间,双边关系定位再提升,宣布建立全面战略伙伴关系,启动自贸协定升级谈判。

2018 年 11 月 29 日,中国海军"和平方舟"号医院船经习主席批准,执行"和谐使命-2018"任务,抵达智利港口城市瓦尔帕莱索,首次对智利进行友好访问,参加智利海军成立 200 周年庆典活动和"2018 拉美国际海事防务展"。此次活动共有 28 个国家派代表团出席,7 个国家派舰艇参加。这是医院船入列以来访问的第 43 个国家,也是此次任务的最后一站。

瓦尔帕莱索被誉为"太平洋珍珠",是太平洋东岸重要海港,并以其独特的建筑风格,被联合国教科文组织列入《世界遗产名录》。

2003 年,智利国民议会宣布:瓦尔帕莱索成为智利的"文化首都"。智利文化部随后迁至这里。

瓦尔帕莱索也是许多艺术家和文学家的居住地,智利伟大的诗人巴勃罗·聂鲁达曾在这里长住。

巴勃罗·聂鲁达在拉美文学史上有着显赫的地位,是继现代主义之后崛起的伟大诗人,曾获得诺贝尔文学奖,在中国至今仍有许多读者。

1951 年新中国成立不久,他就来到了北京,并激情澎湃地写下了《新中国之歌》这首不巧的长诗,被誉为"中拉友好之春的第一燕"。他在《向中国致敬》一节中这样写道:

> 从海洋到海洋,从平原到雪山,
>
> 世界各民族一起望着你,啊,中国!
>
> 他们说:"我们当中出现了一个多么坚强的兄弟!"

12月2日早晨7时,初升的太阳将瓦尔帕莱索以北近岸海域照耀得一片透亮。

"和平方舟"号医院船作为中国海军舰艇的代表,参加智利海军成立 200 周年国际海军阅舰式活动,与智利、美国、英国、秘鲁等国的 24 艘水面舰艇、2 艘潜艇和 15 架飞机同台亮相。阳光下,洁白如浪花的船体和那个大大的红十字,与周围环伺的各国战舰形成了鲜明对比。

当"和平方舟"号医院船通过检阅舰——智利海军"阿尔戴尔"号坦克登陆舰时,官兵们军容严整,举手礼整齐划一。

"点赞和平方舟,点赞中国。这艘中国'大白船'向世界展示了新时代的中国形象。""和平方舟"号医院船的精彩表现,不仅赢得了智利总统皮涅拉的赞誉,还让数以万计的民众领略了新时代中国海军的风采。

访智期间,"和平方舟"号医院船除了参加多国海军阅舰式、航拍等活动,还举行了舰艇开放日,接待多国官兵、当地民众和华侨华人等1500余人登船参观。

"今天,我认识了一艘伟大的舰船,它用和平与爱沟通并帮助世界。和平方舟不愧是中国的骄傲。"智利海军中将冈萨雷斯参观完和平方舟后赞叹不已。

智利海军参谋长里韦拉中将表示:"虽然智中两国距离最为遥远,但我们是隔着太平洋相望的友好邻居,两国海军的密切交往,为两国友好关系做出了贡献。"

中国东方歌舞团同期访问智利,亲自率团的董事长宋官林,情不自禁地赋诗赞誉。在我驻智利大使徐步主持的使馆招待会上,该团2名演员声情并茂地朗诵了这首抒情诗:

和平方舟——放飞和平之鸽的生命彼岸

蓝色中——

我看见一朵圣洁的花朵

花朵中——

我看见照亮生命之光的红色

宽阔的甲板——

是关爱济世的博大胸襟

高扬的国旗——

是唱响和平美好的壮丽赞歌

和平方舟——

人类命运共同体的温馨家园

和平方舟——

翻卷在五洲四海的友谊浪波

和平方舟——

"一带一路"的心灵纽带

和平方舟——

新时代中国人民的友好使者

你们没有花前月下

只有辛劳奔波

你们没有花园中的漫步

只有解难、疗治和攻克……

你们没有小家的天天团聚

你们的心里时时刻刻有一个伟大的祖国

在这难忘的时刻

我们相聚在圣地亚哥

和平方舟——

请接受我们的敬礼

我们为你献上最美的赞歌……

12月8日,"和平方舟"号医院船在精彩亮相智利海军成立200周年庆典活动之后,满载着收获的喜悦,扬帆归航。

从北半球到南半球,从太平洋到大西洋,从大洋洲到南美洲……

航程31500海里,航时2664小时,诊疗50884人次,辅助检查26231人次,实施手术288例……

"和谐使命-2018"任务日志上这串数字,诉说着中国军医救死扶伤的爱,承载着中国人民热爱和平的心,托举着全人类共同幸福的梦,在大洋彼岸留下了温暖的感动记忆,与各国人民一起描绘了和平合作、命运与共的美好愿景。

迎着晨光,沐着晚霞。这艘中国"大白船"在远离祖国的深海大洋上犁波逐浪,掀起一片片欢腾的浪花,那是拥抱世界的友好航迹。

这一趟,阔别祖国和亲人近5个月了,"和平方舟"号医院船正朝着家的方向,日夜兼程,破浪前行……

"一艘船，一家人，一条心，一股劲。"这是任务官兵常挂在嘴边的一句话，并悬挂在和平方舟的舷舱里。

"一次和谐行，一生战友情。"我们胜利返航了，但任务有止期，使命无终结。未来的日子里，和平方舟将继续遵循构建人类命运共同体的伟大理念，在这个星球上留下中国人民爱好和平的不凡航迹……

尾章　返航，向着祖国的方向

"和平方舟"号医院船正朝着家的方向，日夜兼程，破浪前行……

我参加的"和谐使命–2015"任务以到访八国九港，共诊疗 17441 人次，体检 397 人次，收治住院 46 人，实施手术 59 例，CT、DR 等辅助检查 8059 人次的优异成绩圆满收官，并创造了单日诊疗 1539 人次、辅助检查 987 人次的新纪录。

2016 年 1 月 9 日，我们船停靠在夏威夷。这是美国唯一的群岛州，由太平洋中部的 132 个岛屿组成，首府位于瓦胡岛上的火奴鲁鲁（檀香山）。

我们停靠的码头紧挨着珍珠港，这里是美国的海军基地和造船基地，也是北太平洋岛屿中最大最好的安全停泊港口之一。

迎着海风，伫立码头，我心中暗暗揣想：这是时间的巧合，还是上苍的安排？

我们出发时，在首都北京，在天安门广场，我国举行了中国人民抗日战争暨世界反法西斯战争胜利 70 周年盛大阅兵；我们返航时，来到了太平洋战争爆发和停泊着日本递交投降书战舰的地方。

我去了珍珠港——

我走进"亚利桑那"号战舰纪念馆。1941 年 12 月 7 日，日本偷袭珍珠港，发动了太平洋战争。在那次事件中，美国太平洋舰队"亚利桑那"号战舰沉没。美国政府 1980 年在其残骸上建起了珍珠港事件纪念馆。在纪念馆中的白色大理石纪念墙上,镌刻着在战舰上献身的 1177 名海军将士的名字。透过仪式厅的大窗口,隐约可见海底的"亚利桑那"号战舰的舰体。

我登上"密苏里"号战舰纪念馆。1945 年 9 月 2 日,在东京湾,在这艘战舰的甲板上,举行了由陆军五星上将道格拉斯·麦克阿瑟和海军五星上将切斯特·尼米兹主持的接受日本投降仪式,这标志着二战的结束。1999 年,"密苏里"号战列舰从美国西海岸移行到珍珠港,停泊在"亚利桑那"号战舰纪念馆的旁边。这对于美国来说,标志着二战的开始与结束,以及战争最屈辱的岁月以及最荣光的时刻。

我漫步在珍珠港广场。几位二战海军老兵在阳伞下坐着,他们都已 90 多岁了,胸前挂着勋章和纪念章,面前的桌子上摆着回忆二战和介绍夏威夷文化的纪念品与书籍,他们颤巍巍地为购买者签字。我买了几本书,与他们合影留念。

他们问我来自哪里。

我自豪地回答:"我来自抗击法西斯的主战场中国,我来自中国海军,我来自中国海军'和平方舟'号医院船!"

"和平方舟真的了不起,为全世界人民服务。"一位老兵这样说。

因为中国海军"和平方舟"号医院船不止一次来过这里,他们已经很熟悉。

我说:"我们将继续努力,为维护世界和平贡献力量。向老兵致敬!"

我们互致军礼,又不约而同地竖起大拇指……

这天晚饭后,我到飞行甲板上散步,向珍珠港方向眺望,真正体会到什么叫残阳如血,或者称为血色黄昏。一块巨大的云块在夕阳的辉映下,闪烁着血色的光芒,在它的覆盖下,洋面上也泛着浓郁的血色的反光,给人一种撼人心魄的力量。随着太阳坠入海中,这片血海更加浓稠,渐渐地与夜色融为一体,成为一片无际的墨池……

这浓稠的血海,这无际的墨池,让我想起阿富汗、伊拉克、叙利亚、巴勒斯坦……那里的土地依然弥漫着炮火硝烟,那里的人民依然在血海中挣扎,被墨池浸染,看不到光明……

那时那刻,我有一种冲动,一种放声呐喊的冲动:人啊,历史的教训须牢记,穷兵黩武,害人害己！和平来之不易,需要珍惜,需要捍卫！

1月12日晚,"和平方舟"号医院船鸣笛起航,离开夏威夷港,驶上了归程。

"回家了!"大家的心情都有点儿激动,在走廊里碰面时这句话就脱口而出。

"回家了!"真要回家了,即将退伍的主机兵彭扬帆的心情有些复杂,希望她快一点儿,又希望她慢一点儿。

我们这次任务跨了年度,在国内,退伍老兵早已回到家乡,而他们却因执行任务,不能按期退役。在全军,这大概是海军独有的现象,参加亚丁湾护航任务以及在南沙守礁的老兵也是这样。

船一天不到港,服役就一天不到期。这一次,"和平方舟"号医院船上有9名到期士兵,他们有的是报务兵,有的是舱段兵,有的是炊事员,也有女卫生员……

如果不是后期郭林雄主任要采访他们,我都不知道。

这些到期老兵一如既往地钻机舱、上战位、值班执勤,始终以"在位一分钟,干好六十秒"的工作干劲,坚守岗位,履职尽责,为祖国站好最后一班岗。

彭扬帆来自湖南衡南,他的战斗岗位在船的心脏地带——主机室。入伍8年来,他伴随着机器的轰鸣,在湿热并夹杂少许油烟味道的环境里瞪大眼睛,排除着一次次大小故障,确保医院船安全航行。他说:"我的名字叫扬帆,就应该干海军。离队前,我愿在和平方舟超期服役;退伍后,我愿为人民海军再出征。"

李端伟是船上的文书兼通信员,来自四川德阳。他说:"每个人都有脱下海魂衫的时候,但我无悔于自己在战位上的付出,为能为建设世界一流海军出一份力而骄傲。"

雷达兵邓欢说:"从军的岁月,让我看到了不一样的风景,培养了我坚强执着的性格。如今我将带着这些好作风、好习惯去拥抱新的生活。"

"即将脱下军装,真的有点儿舍不得。但请组织和战友们放心,回到地方我也不会给部队丢脸,只要祖国需要,时刻听从召唤。"梁伟这样说。他是浙江余姚人,除了机电部门舱段兵岗位外,还是军乐队的小号手。

梁伟告诉我,参加任务出发前,当过兵且身患重病的父亲叮嘱他,站好最后一班岗!

这些到期老兵深深感动着我,他们在最后一班岗上展现最美军姿,生动地诠释着新时代水兵的自豪与担当。

让我同样感动的还有那些在体会交流时自称"新兵"的"谐友":

海上医院医生史丽静,在交流中以《相逢是首歌》为题:"我是一位第一次参加长航执行任务的新队员,用这个题目有两层含义:一是这是电视剧《红十字方队》的主题曲,我们现在站在866船的大红十字下,我们也是一个红十字方队;二是传播和谐和大爱是一个只有开始没有结束的使命,为了和谐聚在一起的我们,只有相逢,没有相离。"她就"与使命相逢,与866船相逢,与和谐官兵相逢,与任务中各项工作相逢"谈了自己的感受和体会。

卢艺尹是一名刚从军校毕业的大学生,被分配到"和平方舟"号医院船任副观通长。这位来自浙江金华的姑娘,一上船就赶上了出任务。"这是我第一次出远海,第一次值夜班,第一次广播,第一次看到海豚,第一次看到海上日出日落,第一次操作仪器,第一次记录下我们的经纬度,第一次与外国民众亲密接触……"她回忆着任务中一个个感人故事,把这段蓝色之旅概括为三句话,"我热爱我们的国家,热爱我们的民族。我热爱我们的使命,热爱我的岗位。我热爱我们的世界,热爱我们的生活。"最后她含泪说,"相逢犹如昨天,离别就在眼前。我要感谢这段难忘的旅程,感谢你们每一个人,感谢我们一起相伴走过的日日夜夜。这段旅程,因为有你们而意义非凡,就好像秘鲁圣诞节夜空中的烟火,照亮了我的21岁……"

在场其他人都被她的话感动了。可以说,在执行任务的142天里,我是天天都被感动着。

"一次和谐行,一生战友情。"这是官兵们每次执行任务后最真切的体验、最深刻的感怀。对于每一个在"大白船"上生活过的官兵来说,这艘医院船就是他们在海上的家、他们心中的国。

1月23日,风急浪高涌大。

寒流南下,我们迎头往西北方,即将进入宫古海峡。

想想也挺有意思的,"和谐使命-2015"两头都遇大风浪,开始时从马来西亚出来不久,行至珊瑚海,遇到几天几夜大风浪,返航时又不期而遇,似乎大海在有意锤炼官兵的意志,砥砺官兵的血性胆魄。

吃过早餐,我登上驾驶室,透过玻璃往外看,真是怒海滚滚,阴云密布。船艏如果压到某个浪谷之间,会掀起一波冲天浪,浪涛直扑驾驶室,引起一阵惊叹,让人真正感受到大海无比巨大的力量。

任务指挥员吴成平和海上医院张晓东、周山、夏菁、张志勇、吴建祥等几个不晕船的人也上来了。飞沫溅射到玻璃上,模糊一片,需不停地刮刷。

我问航海长陈维兵:"我们船现在什么状态?"

"航向300°,航速15节。"

副船长邓强说:"闯过大风浪,就到我国领海线了。"

"近了,我们离家更近了。"航空部门长王先为说。

近了,驶进祖国领海线的日子越来越近了,中华民族的传统节日春节也越来越近了……

第二天晚上,我们在海上举行了具有特别意义的"迎新春晚会"。

海上医院政委王海涛、医生王丹联合创作了一首诗——《返航,向着祖国的方向》:

汽笛长鸣,惊起鱼跃鸥翔;
锚链声响,医院船犁海戏浪。
和平方舟转动她那美丽的白色身躯,
向着太平洋彼岸祖国的方向——返航!

身后洁白的浪花,绵延起舞,
宛若思乡泛起的涟漪荡漾;

前方似火的晚霞,深情美丽,

仿佛亲人期盼的目光。

五个月的"和谐使命"任务,

伴着太阳的东升与西落,

成为一生经历中的难忘;

三万海里的遥远长航,

随着太平洋的潮落潮涨,

留下一路航迹闪光。

今天,波涛送我踏上回国的航路;

明天,朝阳迎我靠泊熟悉的军港。

祖国,我们骄傲地向您报告:

"和谐使命-2015"任务圆满完成、胜利返航!

还记得任务集结时的畅想吗?

东海前哨送医巡诊的队伍里有你有我。

还记得三亚军港为官兵体检诊疗的情景吗?

经略南海、维护海权你我一同血脉偾张。

南亚九月,仍是如火的骄阳,

马六甲海峡,引来世界注目。

海空突击,联合搜救,医院船真演实练出彩争光;

战鹰翱翔,舰驰斩浪,中马首次实兵联演淋漓酣畅。

金秋十月,中澳海军交流结出硕果,

旅澳侨胞"祖国万岁"的深情呼喊久久难忘!

帕皮提的碧海蓝天,

中法海军海上救护直面交流携手并肩,

对视的眼神中闪动着默契和彼此的赞赏;

圣迭戈军港参观交流的现场,

我们找差距、比优势,
建设走向深蓝的大国海军,
需要我们每个人的责任与担当!

忘不了阿卡普尔科街头荷枪实弹的景象,
炎炎烈日下的候诊长龙,
使我们深深体会到医者大爱之高尚;
忘不了巴巴多斯海滩上的笑声朗朗,
和平方舟为中巴两军友谊再添芬芳;
忘不了格林纳达披星戴月的日夜繁忙,
医疗服务超万人,各项数据屡创新高,
和平方舟又一次在加勒比海美名传扬;
更忘不了医院船首次来到秘鲁卡亚俄港,
码头上那万只纷飞的海鸟,
构成了一个宏伟的欢迎现场,
它们也想飞越大洋架起友谊的桥梁。

爱是一种芬芳,明澈而香甜,
呼吸到这种芬芳,每个人都会沉醉向往。
深沉的礁石,快乐的海浪,
自由的海燕,浩瀚的大洋,
无不为这大爱去跳跃、去欢唱。
和平、发展、合作、共赢,
我们用微笑和友好面对世界;
学习、参观、交流、互访,
我们展示大国形象,更加自信开放。
和平方舟是一道亮丽的中国风光,

她秀美庄严,带着祖国的芬芳,

让无数海外游子泪水盈眶。

和平方舟是中国一张骄傲的名片,

她传播友爱,引来无数祝福与赞扬。

和平方舟是最美的一条船,

她洁白安详,抚慰病伤。

我和她融在一起,一起创造,一同绽放。

在免费医疗和人道主义服务中,

谱写和平友爱,共创和谐海洋,

用忠诚与奉献为军旗添彩,为祖国增光!

返航,舷边相伴的是难舍的海鸥,

身后翻滚的是欢畅的浪花;

返航,飘带上舞动的是南太平洋的白云,

蓝披肩上扬起赤道的霞光;

返航,脸上洋溢着自豪和喜悦,

心中激荡着对祖国的向往;

返航,既是"和谐使命"任务圆满完成,

又是新征程的即将开场。

携海天长风,迎万里晨光,

八国九站的大洋波涛,

见证了所有官兵的忠诚与辉煌;

398 颗心灵相伴,142 天栉风沐"浪",

绽放心灵的美善与梦想。

亲爱的战友们,

让我们整整军帽、理理军装,

敬一个军礼,道一声"珍重",

深深的祝福已装满行囊。

祝福和平方舟——再添佳绩,再创辉煌!

祝福人民海军——不断壮大,驰骋大洋!

祝福我们伟大的祖国——繁荣富强,

实现中华民族伟大复兴的梦想!

亲爱的祖国,我们回来了!

亲爱的妈妈,我们回来了!

亲爱的战友,我们回来了!

回来了,回来了,我们回来了!

2016年1月26日,"和平方舟"号医院船胜利完成"和谐使命-2015"任务,回到了浙江舟山母港。

耳畔响起那首熟悉的歌,我情不自禁地唱起来:

红旗飘舞随风扬,

我们的歌声多嘹亮,

人民海军向前进,

保卫祖国海洋信心强!

爱护军舰像爱护自己的眼睛一样,

军民团结保国防,

我们有共产党英明领导,

谁敢来侵犯就让他灭亡……

回到祖国,我的"随和平方舟出访日记"也画上了一个圆满的句号。

我知道,"和平方舟"号医院船依然会鸣笛起航,承载使命驶向远方……

人民海军"和平方舟"号医院船,积极贯彻习近平主席和中央军委关于海军"走出去"战略部署,先后圆满地完成"和谐使命"系列、人道主义援助救灾联合实兵演练和军事医学联演、"和平友谊"实兵军演、多国海上联合演练等20余项重大任务,彰显了海军转型建设崭新成就。和平方舟入列11年来,先后9次驶出国门,航行24万余海里,到访43个国家和地区,为23万多人次提供医疗服务,实施手术1400余例,让500多名白内障患者重见光明,拜会和接待国家元首、军政高层230余人次,成为新时代中国军事外交的"明星舰"。

人民海军"和平方舟"号医院船,2次在海上光荣接受习主席检阅,被共青团中央、全国青联授予"中国青年五四奖章集体",被海军表彰为"人民海军70周年突出贡献单位",先后荣立一等功2次、二等功2次、三等功1次。2019年末,中宣部授予它"时代楷模"荣誉称号!2020年八一前夕,中共中央军委主席习近平签署通令,为"和平方舟"号医院船再次记一等功!

人民海军"和平方舟"号医院船,怀仁扬帆担当大义,博爱奉献救死扶伤,破浪满载和平渴望,握手世界展示形象,成为一张闪亮的中国名片!

后　　记

我很荣幸——

我的长篇报告文学《和平方舟》创作计划,在 2020 年初被中央军委办公厅列入"庆祝建党 100 周年军事文艺重点选题",并得到了海军各级领导、各级组织的大力支持。2021 年 7 月 1 日,在举国欢庆的日子里,这部书的初稿画上了句号。特别自豪的是,这一天也是我的生日,我兴奋地写下"百年奋斗铸辉煌,前赴后继谱华章。荣幸生日同一天,颂歌一曲献给党",发在微信朋友圈,得到数百位微信好友的点赞和祝福。

我很荣幸——

2015 年 9 月,我随"和平方舟"号医院船赴马来西亚参加"和平友谊-2015"中马联合实兵演练,随后执行"和谐使命-2015"任务,环太平洋访问澳大利亚、法属波利尼西亚、美国、墨西哥、巴巴多斯、格林纳达、秘鲁,并在中南美洲开展免费医疗和人道主义服务。142 天的生活体验,数万海里的战风斗浪,我有幸结识了任务指挥员管柏林、吴成平,海上医院院长孙涛、政委王海涛、医院船时任船长郭保丰、政委姜景猛等领导和战友。特别是多次执行"和谐使命"任务的指挥员管柏林,一直关注着这部书的创作,提供了大量创作素材和细节,并从头至尾对初稿进行审读,提出了具体的修改意见和建议。

我很荣幸——

"一次和谐行,一生战友情。"我在执行任务中融入了这个由 398 人组成的战斗集体,大而广之,应该说是融入了和平方舟入列以来所有执行使命任务的英雄团队,他们用实际行动、青春汗水、奉献牺牲、无疆大爱、精湛医术……诠释着使命真谛,书写着任务光荣,激励我完成这部书的创作。特别要提到的是老战友查春明、刘文平、江山等,他们将自己参加"和谐使命"任务时撰写的稿件都打包给我,使我能够全景式地记录与展现"大白船"的动人事迹和光辉航迹。

我很荣幸——

在该书的创作出版过程中,安徽文艺出版社的领导和责任编辑们给予我很大的支持帮助,我还得到了原海政创作室主任朱秀海及著名作家李炳银的指点帮助,并参考了在宣传这个全国重大典型时媒体朋友的精彩华章。

最后,我唯有用真诚感谢来表达心情,感谢这个新时代,感谢和平方舟,感谢"和谐使命"任务,感谢所有我未能提到的幕后英雄,并向他们致以最崇高的军礼!

沙志亮

2021 年 7 月 1 日初稿

2021 年 8 月 1 日二稿

2021 年 10 月 1 日三稿

2022 年农历春节定稿